FABIAN KROPP

BLASSE GERICHTE AUF SPÜLMASCHINWARMEN TELLERN

Roman

Herausgegeben und mit der Bemerkung versehen, dass über das in diesem Buch zu Lesende bislang kein Lektorat gewütet hat, sich der Autor aber dennoch nach dem sorgfältigen und prüfenden Auge eines sehr guten Buchverlages die Finger lecken würde, von Fabian Kropp.

Bibliografische Information der Deutschen Nationalbibliothek: Die Deutsche Nationalbibliothek verzeichnet diese Publikation in der Deutschen Nationalbibliografie; detaillierte bibliografische Daten sind im Internet über dnb.dnb.de abrufbar.

© 2017 Fabian Kropp

Herstellung und Verlag: BoD - Books on Demand, Norderstedt

ISBN: 978-3-743-16129-0

MEINER MALI MAL.

Buch I
ZUSTOSSEN UND (IMMER SCHÖN) NACHSTECHEN

BRÜHEND HEIßER ZIPFEL? IN DAS FÜR DICH VORGESEHENE MIT DIR!
(Montag)

Karwroooooooohm! Wummer, wummer. Gluck, gluck. Er stützt seinen Kopf auf den aufgestellten Arm, legt die Stirn in die hohle Hand. Ob es wohl daran liegt, dass er sich ärgert, dass sich sein Kopf so erhitzt anfühlt? Und feucht. Das ist nicht gesund, so viel Ärger, kann gar nicht gesund sein, denkt er. Und gleichzeitig denkt er, dass es ihn jetzt wiederum ärgert, dass er sich jetzt auch noch über das hier ärgert. Es darf einem ja nicht jede nervenzerrende Kleinigkeit gleich die ohnehin vom vielen Zerren spröde gewordene Hutschnur abreißen, gesteht er sich ein. Nun, dass er ein guter Zuhörer sei, hat er schon einmal gehört. Nein, gar mehrmals eigentlich. So kommt er wohl rüber, bei anderen Menschen. Einige Male schon, und, Herrjemine, er weiß es sich nicht begreiflich zu machen, wie dieser Irrtum überhaupt irgendwie die Chance hatte, zustande zu kommen, ließ er schon das Prädikat über sich ergehen, er hätte den bei Menschen unüblich anzutreffenden Vorzug inne, eine fleischgewordene Klagemauer zu verkörpern (Backsteine aus Plüsch), die der Heimsuchung frenetischer Emotionsgewitter standhalte. Albern. Sehr nervig ist das, muss er dran arbeiten. Und wirklich komisch ist das ebenso, also wirklich komisch, nicht lustig. Also die Annahme, er lebe mit dem Schaden – mit dem offenen Ohr. Nix, denkt er, sollen die mich doch alle mal schön in Ruhe lassen. Doch immer wieder bettete einer seine als Geduld missverstandene Ausstrahlung – die ihm ja eigentlich wie ein stummer, mit grimmig eingefrorener Mine ausgestatteter Asi im zerwetzten Unterhemd, mit den verschorften Ellenbogen ins Kissen gedrückt, über den Fenstersims nach draußen, in die Welt außerhalb seiner Statur, lehnt, anhand Starrens tonlos pöbelt –, auf einen mit purpurfarbenen Samttücher ausgelegten Thron, sang dem Andenmannbringen seines ungeteilten, eigentlich irrtümlichen Andenlippenhängen süßklingelnde Chorale zum oft in Weinlachen aufgeschwemmten Dank. Die als Fürsorgen missverstandene Ausdauer eines Typen, der es, an etwas mit Flaschenhals geklammert, zustande bringt, während eines organisierten, mit stimmungsvollem Gedudel unterlegten Miteinanders, unterdessen gern manch Tanzbeine über den Flokati geschwungen wird, die Dauer seiner Inbetriebnahme an der Wand angelehnt zu verharren, bis, wenn die Feier anfängt zu bröckeln und sich einzelne Bröckchen zum Weiterfeiern in die Stadt verteilen, seine Kontur als heller, noch nicht allzu vergilbter Fleck an der Tapete verbleibt, als habe an der Stelle an der er die Fete über stand, jahrelang ein Bild gehangen. Zu erkennen, ihn zu erkennen, dass er so einer ist, der null Bock auf Quatschen hat und vor allem komplett uninteressiert am Innenleben der seines Weges Säumender ist, hielt er stets für offensichtlich. Man wird seine Gemeinschaftsunfähigkeit doch schleunig bemerken, bereits, wenn man ihm zum ersten Mal gegenübersteht, wenn man ehrlich ist, denkt er, ist ja nun mal auch Fakt. Warum erkennen das die anderen nicht? Außerdem sehen andere einladender aus, denkt er, also im Sinne, dass die so aussehen, als können man mit denen gut reden, nicht im Sinne von besserem Aussehen, denn, nein, nein, schlecht sehe ich wahrlich nicht aus, denkt er, nicht einmal gewöhnungsbedürftig. Eigentlich, denkt er, bin ich recht hübsch, also so normal plus ein Stückchen in Richtung gut, ist aber auch egal, denk er dann und bricht dann den Gedanken vorsichtshalber ab, bevor er sich in seinem Denken selber peinlich wird. Ist wie Bettenabziehen, denkt er, nach vielen Malen drin schlafen sehen die Laken längst noch nicht so schlimm aus wie das Innere, das Bettzeug darin. Man sollte sich Dingen, die verschlossen sind, nicht so lange widmen, denkt er. Ekelgefahr.

Also dann den Leuten lieber fern bleiben, zog er bereits vor langer Zeit den Entschluss, bringt ja sonst nichts, dieser Kommunikationszwang. Geht ja auch ohne. Dann geht's wenigstens ohne Missverständnisse. Und herumpampen, sobald er das nächste Mal wieder für einen gehalten wird, dem vor Stolz die Herzregion erwärmt, darf er sich um Privates anderer kümmern, das ihn nichts angeht, möchte er schließlich auch nicht, das bringt ja auch nichts, denkt er. Gut, etwas eigentümlich, zugegeben. Aber da gibt es ja dann auch wieder den Fall ganz andersherum, denkt er begütigend, in denen ich mich äußerst beschwingt, etwas albern vielleicht doch lebensbejahend, Konversation führend, zwischen kleinen und größeren Grüppchen bewege und da hätte keiner abstoßend schräggezogener Mimik bemerkt, denkt er, dass mich die Haare, die mir bereits auf den Zähnen wachsen, beim Sprechen behindern. In dem Sonderfall allerdings, hat er meist besonders tief ins Schmunzelwasserglas geschaut. Das weiß er auch: Quatschen? Nur in Begleitung von Lallen!

Nun aber zurück zu dem, worüber er sich ärgert, dass er sich über sowas überhaupt ärgert. Bei allem Bauchpinseln seines ihm von Unwissenden angedichtetem Vorzuges, ein unverwüstliches Gehör zu besitzen, von dem herabhängend das Ohrläppchen erwartet, sorgfältig abgekaut zu werden, zum Trotze also: Man irrt. Umnächtigte Schwafelei auf Zimmerlautstärke sei das eine, doch spätestens bei x-hoch-irgendwas Dezibel ist das Maß voll! Sicherlich, für Vielflieger und Meilenpunktesammler ist die flughafennahe Behausung direkt unter der Einflugschneise wenn auch lautstärketechnisch ungenießbar doch immerhin dem praktischen Zweck der eingesparten Reisezeit aufs

Flughafengelände zu gelangen einzahlend. Und sicherlich spart man bei einer Wohnsituation die einen Balkonausblick zur Südseite – auf die nahliegende, etwa 10 Meter Luftlinie entfernte Autobahn – verspricht an üppiger Nutzung seiner aus dem letzten Wanderurlaub im Harz gehorteten, wohl verdienten Entspannungsreserven, wie auch das nötige Kleingeld im Portemonnaie, das man, für bessere Verwendung aufgehoben, nun vorfreudig aufs bevorstehende Ketterauchen, für Zigarettenhülsen und losem Tabak aus Dosen mit Gummideckel über die Ladentheke wandern lassen kann. Aber: Welcher Dämelack hat diese Espressoautomaten für »teuer Geld« geordert und die metallgewordenen Störenfriede auf den Fluren aller Etagen der Agentur verteilt?! Lautstärke ist keine Stärke, die eine Gastronomie-Espressomaschine besser macht als einen herkömmlichen Kaffeemaschine, die nur nett gluckst.

Sein wachsendes Alter erkennt man daran, dass einen einerseits das Gefühl beschleicht, die Fingernägel wüchsen auf mysteriöse Weise schneller als im Leben zuvor, weiter, noch viel gravierender, bemerkt man, so plötzlich als wäre man davon überrascht worden, wie es sich eine neugewonnene Lautstärkeempfindlichkeit im Nervensystem, und zwar dem dünnen Sommerkleid aus seidigen Psycho-Nerven, häuslich gemacht hat, nun mit ihren vier Buchstaben in der Lieblingsfurzmulde festsitzt und nicht die Anstalten macht, sich wieder zu verkrümeln. Flughäfen, Autobahnen, Espressoautomaten. Da gibt's ja noch vieles, das man aushalten muss. Während das Alter beständig fortschreitet. O, es stehen noch viele Jahre bevor. Ohren zu und durch.

Schlock! Quietsch, krzssschh, wroam, brrrrrrrrrrrrrrrrrrrrrrr, krip! Zzzisssch! Ein unverschämtes Getöse. Der Espressoautomat, ein großer metallischer, aus vielen Scheiben, Muttern, Ventilen und Düsen zusammengesetzter Klotz, ist immer auf Standby, allzeit bereit, die nächste dampfende Kaffeeschweinerei zu zaubern, seine Werksstabilität, seine Potenz, lediglich durch einen Stromausfall oder einen markanten Defekt zu zerrütten, so erfreut er sich ständigem Traktieren. Selbst wenn der Vorgang an einen frisch gezapften Espresso, wie aus der »original neapolitanischen Espressobar« respektive dem »original Pariser Café«, zu gelangen, ein umständlicher ist. Zuerst hofft der, dem es nach belebendem Koffein düngt, auch die angehende Kaffeebesorgung wieder Glück zu haben, dass die Pappschachtel, die, ungeduldig aufgerissen wie ein Geschenk zum Geburtstag eines heranwachsenden Ritalin-Patienten, neben dem metallenen, blitzblinkenden Ruhestörer steht, noch mindestens eines dieser runden Kaffeefilterpapierbeutelchen mit Zipfel dran beinhaltet, in denen ein kleines Häufchen Espressopulver zu einem langgetreckten Hügel gepresst ist, und wenn dann da mindestens einer der in der Agentur geläufig so genannten »Kaffee-Pads« noch von da ist, dann geht die ganze Schose erst los und bewahrt ihre Schrecklichkeit auf hämische Weise fürs Finale auf: Zuerst also öffnet man die trotz Perforierung schwer zu öffnende Aluminiumverpackung – dessen Material übrigens golden ist und in Braun etwas darauf steht, etwas Italienisches natürlich – um an den Beutel mit Zipfel zu gelangen. Geschafft, ist daraufhin das Pulvertäschchen zwischen zwei Edelstahlsäulen am Automaten zu klemmen und dann betätigt man den Hebel an der Maschinenseite wie den eines Einarmigen Banditen, damit die unten liegende Trägersäule und die Stalagtitensäule darüber aufeinander gepresst werden, dann ist der Beutel eingeklemmt und nur der Zipfel schaut zwischen den chromglänzenden Säulen heraus. Nun fließt sehr heißes Wasser durch den Kaffee-Pad, oder extrem heißer Wasserdampf wird durch das zusammengepresste Espressopulver gedrückt oder keine Ahnung, auf jeden Fall tröpfelt die fastschwarze Brühe durch einen schmalen Metallrüssel in die Tasse, die Nase wird umwölkt mit und die lüsternen Nüstern gefüllt von frischem

Kaffeeduft. Aaah, wohltunend. Ganze Familien lieben den Geruch von Kaffee. (Kennt man aus der Werbung: Nachkommen aller Art bereitet es unendlich allwochenendliche Freude, den Eltern frisch aufgebrühten Kaffee zuzubereiten, der als morgendlicher Weckruf in einer konzentrierten Bahn aus Dampf, die Treppe zum elterlichen Schlafzimmer hoch segelt; ein tiefer Zug in den Schnitt der frisch aufgeschlitzten Vakuumpackung Kaffeepulver und ein Kind schmilzt dahin und bereichert den Speicher um einen »Ich weiß noch genau«-Geruch.) Wem jetzt das Wasser im Munde zusammenläuft und sich das Gefühl breitmachen, bloß ein Espresso könnte in diesem Moment der trägen Verfassung Beine machen, sei mit folgendem wichtig zu Erwähnendem zurück auf den Milbenteppich der Tatsachen zu holen: An den Beutelchen sind also diese bereits (vielleicht schon zu häufig für mancher Geschmack) erwähnten Zipfel, die dem Kaffeeuser erleichtern, nach getanem Zapfvorgang, den nassen Beutel zwischen den wieder voneinander gelösten Edelstahlsäulen heraus zu zupfen. Wer nicht gerade Schmied von Beruf oder Schneemann von Beschaffenheit ist, verbrüht sich beim Rupfen des mit kochend heißem Wasser vollgesogenen Beutels die Finger am feuchten Zipfel. Und das, ungelogen, unter Garantie! Kann man Gift drauf nehmen, gerne auch Hosenböden drauf verwetten. Eigentlich (wäre die Welt irgendwie so, wie, als wenn sie eine bessere wäre, aber pah!) müsste vom Entwenden des soeben benutzten Kaffeepads aus verletzungstechnischen Gründen abgeraten und, beispielsweise auf einem aus Sicherheitsvorkehrungspflicht über der Maschine zu montierenden Warnschild in großen, signalroten Lettern, darauf hingewiesen werden, den ersten Rupfversuch bitte erst nach Verstreichen einiger Minuten nach dem Kaffeebrühen vorzunehmen. Auf sämtlichen Bauteilen der Kaffeemaschine wie auch jedweden Bestandteilen des Beutelchens sowie der dazugehörigen Verpackung müsste zusätzlich (wenn die Welt gerecht wäre und einem braven Menschen kein Unheil an den Hals gewünscht würde, aber iwo) jeweils ein der Größe des auszuweisenden Untergrundes entsprechend großes Warnschild prangen, auf dem sich lesen ließe: »Das Gras wächst nicht schneller, wenn man daran zieht.« Und schon leuchtete jedem in dieser Werbeagentur Angestellten ein, zuerst einmal an sein eigen Lebewohl zu denken, um folgend in kommentarlos misszuverstehender Geste dem Nächsten die Aufgabe, das mittlerweile abgekühlte Beutelchen zu entwenden, aufs Auge zu drücken. So wäre es richtig und fein. Doch der dem Volksmund zugehörige, doch keinesfalls mehrheitlich innewohnende »gesunde Menschenverstand« lässt sich nur ungern etwas aufdrücken und so sind die Nachfolger am Kaffeebrunnen zu höchst erregt, finden sie den nassekeligen, zimmerwarmen Pulvermatschbeutel des Vorgängers in der Vorrichtung, bloß weil der Übertäter aus »Ich bin doch nicht blöd!«-Gründen, demnach also vernünftig handelte, und sich, eine schmackhafte Linie aus qualmendem Kaffeeodeur hinter sich herziehend, zurück an seinen Büroplatz gemacht hat. Die meist mit wenig Leidensverständnis ausgestatteten Arbeitskollegen jedoch regen sich, sich eigenhändig die Rolle des Rechthabenden auf den vom vielen hinterm Bildschirm Sitzen in S-Form gesessenen Leib schneidernd, bitter auf, als hätten ihm ein einst vertrauensvoller Zwischenmieter statt einem Dankschreiben auf dem Telefontisch, eine vergammelte Ratte in der Mikrowelle hinterlassen, die nach der halbstündigen 700 Watt-Bestrahlung so langsam auf Raumtemperatur herunter temperiert. Das Kollegenschwein mit Sorgfältigkeitsleck wird demnach im Verdeckten böse getadelt: Halunken, die sich erdreisten, ihre unappetitlich triefenden Pads von Nachfolgern aus der Maschine ziehen zu lassen, begleitet in den hiesigen Mauern kein guter Ruf. So verbrennt es, das fiese Schwein unter den Kollegen, sich ebenso die Finger an Pflichtgefühl wie seine Kollegenschaft, wenn man bitten darf, und es, das gelehrige Schwein, verbleibt mit berechtigter Angst vor Schmerz und Verletzung körperlicher wie geistiger Konsistenz gänzlich unverstanden. Hier arbeiten mehrere hundert Menschen in diesem Bürokomplex, in dem Ängsten und Empfindlichkeiten per unterzeichnetem Arbeitsvertrag offenbar Hausverbot erteilt worden ist. So erfährt manch eine zu einem Kollegium Dazugewürfelte sensible Seite keine Streicheleinheiten. Ganz im Gegenteil. Das wiederum, sorgt ergo für Einsamkeit. Allein unter allen, alle irgendwie allein. Bla. Zum Glück ist der Mensch ja Gewohnheitstier, so bemerkt er gewöhnlich nicht, in welch lästiger Lage er sein ständiges Dasein fristet. Also wieder alles in Ordnung, oder?

»Hey. Na? Wie geht's?«
»Bitte, was?«, antwortet er.
»Wie es geht.«
»Gut. Ja, gut.«

A u t s c h . D e r k o c h e n d h e i ß e Z i p f e l d e s Espressopulverbeutelchens tut sein Schlimmstes, als er zwischen Daumen und Zeigefinger geklemmt, auf seinen Freiflug in den Mülleimer wartet. Doch da steht jetzt ein Betriebsgenosse in der Flugbahn, ein Typ mit so einem Exemplar bernsteinfarbener Hornbrille mit übergroßen runden Gläsern auf der Nase, ein dünner Rahmen, der jedem noch so öden Allerweltsgesicht das Antlitz eines Intellektuellen herausschälen soll (zumindest laut Plan während der Besorgungsphase), auf der Nase, in deren Mitte ein knöcherner Bogen empor sticht. Das Fett auf dem Höcker lässt seinen Kolben in der Deckenbestrahlung glitzern. Bebrillter Kollege trägt darüber hinaus einen knallroten Pullunder, dem ein kleines, silbernes Krokodil auf die Brust gestickt ist, und offensichtlich in den 8oern übern Ladentisch ging. »Darüber hinaus?«, fragt nun der Spitzfindigste unter den aufmerksamen Lesern. Weil ein Spitzenoutfit es nicht bis über seine Spitze hinaus treiben darf. Sonst wirkt es durch das Fallenlassen der Maßnahme, harmonisch zu portionieren, schnell ulkig. Oder schrullig. Wer trägt denn heute noch Pullunder, denkt er, und diese Witzfigur fragt nun, wie es um mein Befinden aussieht? Das ist ja nett.

»Das ist Körperverletzung, weil du vermeidlich absichtlich im Weg stehst, obwohl du dich mit der Problematik des heißen Zipfels ebenso gut auskennen solltest, wie ich es tue, wenn du doch hier schon anstehst, dich somit als Kaffeetrinker dekuvrierst«, denkt er, doch sagt entgegen des Schmerzes gezügelt, um einen reizlosen Ton bedacht: »So... Moment...«, wobei er »Moment« eher wie eine Bitte fragt als als einen bestimmenden Hinweis, bitte kurz zu Warten, meint, während er das dampfende Beutelchen hinterm Rücken des Kollegen her in den Papierkorb manövriert.

»Oh!«, sagt der pullundertragende Intelligenzbrillenträger, »sorry, sorry!« und biegt seinen Rücken nachträglich ins Hohlkreuz. Die Fingerkuppen brennen wie Osterfeuer.

»Schon okay«, sagt er so eintönig es ihm auszusprechen gelingt und trocknet die feuchten Finger am Pulli. Er dreht sich ab wie ein Auto an der Ausfahrt und verschwindet hinter der Glastür in den fast quadratischen Glaswürfel, den er sein Büro nennt.

Er rüttelt die Maus und deaktiviert den Bildschirmschoner, nippt am Glas und verbrüht sich Lippe und Zunge. Es ist zum Schreien, vielleicht auch zum Weinen. Nein, eher ist es zum laut Schreien, denn hier Weinen wäre peinlich. Immerhin sind die Wände seines Büros, wie gesagt, aus Glas. Doch trotz brandheißer Leidensphase, obschon er sie auszuhalten nicht mehr lange imstande zu sein vermag, es brennt nämlich höllisch und so wie so kauert seine Laune zwischen den Staubmäusen zu Boden – er zwingt sich, cool zu bleiben. Immer schön cool bleiben, denkt er, trotz der Marter. Und verdammt cool bleibt er. Keine Miene verzieht er. Denn in der Agentur möchte er so wenig auffallen wie möglich. Er möchte ebenso stark – d.h. für umliegende Augen die Seite hervorkramen, die eben nicht des Sensibelchens Haupteigenschaft darbietet, innere Aufregungen getrost zeigen zu können – wie stark asozial wirken. Denn nur so hält man sich die Kollegen vom Leib. Wer will schon was von sauertöpfischen Eigenbrötlern.

Während oder im Nachklang an Situationen wie jenen wie gerade, wenn er durch seine Anwesenheit zur falschen Zeit am falschen Ort zum Gespräch genötigt wird, wünscht er manchmal, er würde in einem Paket verpackt sein, in dem es dunkel und das außen mit schön viel Paketklebeband umschlingt ist, damit er sicher nicht durch einen Riss im Pappboden heraus und zurück ins Leben der anderen fällt. Verschicken lassen möchte er sich dann, mit dem Poststempel des Schicksals frankiert, wohin, egal. Ein glücklicher Zufall darf ihn getrost ein paar Male um die Welt schicken, von der er nichts sieht, da im blickdichten Innenraum. Und irgendwann, doch wahrscheinlich schon früher, als dass er es auch nur einmal um die ganze Welt schaffen könnte, würde er verhungert und verdurstet und nach Fügung der Gestirne auf irgendeinem Kontinent dahingesiecht sein. Post mortem würde in seinem Wikipedia-Eintrag, den es mit doppeltgemoppelter Höchstwahrscheinlichkeit nie geben wird, nachzuschlagen sein: »Lollo, *18.02.1982, Hamburg-Altona, † ?«, und der aus unerfindlich wie unnachzuvollziehbarem Anlass neugierig nach Lollos Tod nachschlagende Leser wäre so schlau wie zuvor. Die Idee, sich für den Anblick des Unterbaus von Radieschen an einem Ort auf der Welt nicht entschieden haben zu müssen – weil, allermeist, wenn man dabei ist zu sterben, weiß man eigentlich immer, wo das stattfinden wird, außer die Spontanität eines Unfalls tippt einem im Toten Winkel auf die Schulter –, sondern an einem Ort das Zeitliche zu segnen, der mit Heimat nicht Geringstes zu tun hat, fand Lollo schon interessant, da sprudelte ihm noch Wonne im Bauch wie die

Kohlesäurebläschen am Glasrand der Cola hoch, die er sich leichtlebig mit den Nachbarskindern teilte. Nicht auspacken, so verscharren sollen sie ihn, im Paket begraben, verbrennen oder den Fischen vorwerfen. Sicherlich gibt es doch auch aasfressende Fische, dann ist seine tote Materie wenigstens noch zum Hungerstillen gut. Wenigstens etwas. Für den Fall aber, dass er doch in der Nähe der Ortschaften, die er zu Lebzeiten alltäglich mit schlurfenden Absätzen durchpflügte, übern Jordan geht, trägt er seit Jahren einen Organspende-Ausweis in seinem Portemonnaie mit sich spazieren, in dem er mit Fineliner den Zusatz addiert hat, dass, fände man ihn zur leblosen Stolperfalle hampelmannmäßig alle Viere von sich gestreckt irgendwo in der Walachei liegen, Chirurgen und vorrangig angehende Ärzte ohne Scheu mit Skalpellen und Macheten an seinen Überbleibseln bedenkenlos herumsezieren sollen, auf dass möglichst schnell nichts mehr von ihm auf dem Seziertisch übrig bleibt, das Aufschluss darauf gibt, wie er aussah, als er mal gelebt hat, was wiederum einen Eindruck davon geben könnte, wie er war, als er gelebt hat. So ist Organsuchenden sowie der Fingerfertigkeit medizinischer Nachzöglingen geholfen. Und das ist allemal besser, findet er, als mit Grab und wohl kaum noch überraschend eintretender Trauer einiger Angehörigen Bohei machen, um einen, der während seiner Lebzeit kaum in Einklang mit seiner Umwelt kam. Und so eine besucherfreie Trauerfeier und ein mit den über den Stein, der seine Anwesenheit an diesem Fleckchen unter der Erde in dieser kollektiven Ruhestätte ausweist, in Rasenseile hinwegfegenden Jahreszeiten immer mehr verwahrlosendes Grab, das ist doch nichts. Apropos Ruhestättengemeinschaft: Das ist ja ebenfalls nichts, sein sich verflüssigendes Dasein nach dem Tod noch Schulter an Schulter in direkter Nachbarschaft jemand anderes, fremdes zu fristen, wie er es einst im Leben zuvor im Glaskastenbüro getan hatte. Scheint ihm eher Ergebnis schlechten Karmas als Besoldung für ein absolviertes Leben, in dem alle geforderten Pflichten erledigt und Gesetze weitestgehend nicht gebrochen wurden, zu sein. Es gibt Tage, denkt er, da siehste so schwarz, da siehste die Hand vor Augen nicht. An solchen Tagen, denkt er, musst du dir mal eben kurz wieder 'ne Dosis Scheißdrauf injizieren, dann ist wenigstens wieder alles für eine Weile egal. Soll mich doch der Kopf mal schön in Ruhe lassen, denkt er, über sich selbst verärgert, da kriegt man ja schlechte Laune von, wenn einen das eigene Hirn immer so ins Düstere hinein imaginieren lässt, dann gesteht er sich ein: Ich bin doch viel zu faul, zu einem Therapeuten zu gehen um mich dann in seiner Praxis auch noch vor dem auf den Kopf zu stellen um beim Ausschütten darüber den Versuch anzustellen, zu referieren, wie mein Gemüt so unterwegs ist. Einfach an etwas anderes denken, denkt er, jetzt bloß nicht wieder in sowas rein steigern. Morgen ist nicht ein neuer Tag, denkt er, gleich schon, ist es schon wieder eine Minute später, denkt er, und schon 60 Sekunden später kann das Ganze, worüber man sich den Kopf zerschlägt, längst vergeben und vergessen sein. Das oberflächliche Denken nimmt zum Glück mehr Raum im Luftschloss ein, als das unter der Baufläche tieferliegende Tiefsinnige, wonach man erst am Burggraben graben muss, und fürs tief in seiner Psyche Graben, wie gesagt, ist er, Lollo, viel zu faul.

Hurra! Gleich ist es erstmal 12 Uhr 30, und damit höchste Zeit, sich vor der Mittagspause noch eben zu konzentrieren und ein paar Sätze ins Word-Dokument zu tippen. Zu ballern. Buchstaben rauschen auf das Display wie Hagelgewitter.

Draußen. Nahezu alle Blätter sind schon von den Bäumen gesegelt und werden am Boden zu Püree zusammentreten. Ein paar Veteranen hängen noch mit letzten Kräften, gelb mit braunen Flecken wie verdorrende Bananen, an den mit dem Wind schaukelnden Zweigen. Herbst eben, nachdem die schöne Anfangsphase der Jahreszeit, in der es am meisten

Spaß macht, bei Autobahn- oder Zugfahrten aus dem Fenster die in bunte Herbstfarben getauchte Walachei zu bestaunen, vorbei ist. Die Trittplatten formen einen Gehsteig, wie man ihn sich vorstellt, verwüstete ein starkes Erdbeben das Viertel. Die Tafeln senken sich zum Teil tief in den Boden, stehen mal zentimeterweise vom Boden ab, stechen daraus heraus quasi. Ein Stolperparcour für Kinderwagen, Rollstuhl-, Rollatoren- oder Inlineskatesfahrer. Das liegt an dem vielen Regen in Hamburg, denkt Lollo, als er sich, den Hals in den Kragen der Jacke eingezogen, auf den Weg in die Mittagspause macht, der Regen nämlich unterspült das Fundament, und in Vierteln, die noch nicht gentrifiziert worden sind, lässt die Stadt die Gehwege auch so lange nicht ebnen, bis das erste Hotel an der Stelle gebaut wurde, auf der jetzt noch ein renovierungsbedürftiges Mehrfamilienhaus steht, in dem türkische Familien wohnen.

Überall Matsch. Das Saftgrün des Sommers ist eliminiert und was die Blätter an Bäumen versteckten, kommt nun als wirre Verästelungen zum Vorschein, die manchmal hochgezogenen Schultern ähneln, als wüssten sie nicht weiter, wie es weitergehen soll, nachdem die dritte Jahreszeit Einzug erhält. Erstmal Ballast abwerfen. Und alles neu macht später dann der Frühling. Solange sind ein paar Farben aus dem Stadtbild gelöscht, der Wind drückt kalte Nässe durch Ritzen, Löcher und Lücken der Kleidung auf die Haut und als Nebenprodukt der mitgebrachten Frische des Herbst lässt sich mit ihrer Hilfe hervorragend ausnüchtern, der alkoholisierte Hitzkopf kühlt bei ungeheizter Frischluft einfach besser runter und so muss man sich mit seinem unterhaltungssüchtigen Kater nicht so lange beschäftigen, auch wenn Lollo jenen schon fast Lieb gewonnen hat, da er ihn öfters besucht, als etwa ein guter Freund. Kühle, die ein Herbst so mit sich bringt – ein praktisches Willkommensgeschenk.

Gestern hat Lollo es echt wieder übertrieben mit dem Alkohol. Erst war er alleine im Kino, im *Abaton*, danach alleine in einer Bar, die direkt neben dem Kino im Studenten-Viertel am Grindel ist. Dass sicherlich ein paar hübsche Studentinnen im Kino sind, die nach dem Film, ebenso wie er es von Anfang an für sein Abendprogramm geplant hatte, noch etwas trinken gehen, hat er sich gedacht. Und die Mädchen, die dann dort sind und das tun, was sie pausenlos tun, treffen sie sich – unaufhörlich quasseln, manisch gestikulieren und vom Rand des Glases Getränk abschlürfen sobald die Gegenüber im Wechselspiel zu quasseln anfängt –, die könnte er dann anschauen und vielleicht sogar Blickkontakt mit einem Exemplar aufbauen, flirten und, wenn sich gegenseitig genügend gemustert wurde, ohne viel Brimborium mit zu sich nach Hause nehmen oder mit in ihre Studenten-WG genommen werden und auf dem Weg dahin macht man schon mal im Taxi rum oder so.

Man darf da aber auch nichts erzwingen, denkt er immer, an der Bar hockend und Ausschau haltend, als sich keines der ihr Gesagtes mit ausfallenden Gesten untermalenden Fräuleins für ihn interessiert. Und so kam es mal wieder zu nichts und er saß doch nur vergeblich alleine an der Theke, blätterte in der abgewetzten Ausgabe der gestrigen *Mopo*, überflog die Fotos und Schlagzeilen, und ließ sich ein Bier nach dem anderen reichen. Er hatte kaum ausgetrunken, da stand schon die nächste Flasche neben dem Bierdeckel, auf dem sich die Striche am Rand summierten. Gerne hätte er »Gezapfte« gehabt, statt Flaschen. Trinkt sich besser, wie er findet. Leider investiert man in dieser Bar die gesparte Zeit, die man aufbringen müsste, ein Bier zu zapfen, ins Mixen kosmopolitischer Cocktaillachnummern aus Schlehensaft und Wermut oder ähnlichem, dessen Fruchtgeschmäcker vom gemeinen Campusgaumen anscheinend dem frisch gezapften Pils vorgezogen werden. Schade, aber das Flaschenbier tat's auch und einmal brachte ihn der Kellner mit einem gönnerhaft gefüllten Schnapsglas eiskaltem Wodka, welcher für den bemitleidenswerten Soziokrüppel netterweise aufs Haus ging, auf den Geschmack. Fortan schüttete Lollo drei oder vier weitere randgefüllte Schnapsgläser davon herunter, die nun nicht mehr aufs Haus gingen, sondern sich sowie im Magen, als auch auf der Rechnung warm ausbreiteten. Er bezahlte, gab üppiges Trinkgeld, vielleicht um sich selbst vorzutäuschen, der Abend wäre das Geld wert gewesen, wankte dann nach Hause. Erst wollte er ein Taxi heran winken, lies das dann aber doch sein, da sein Bargeld auf den Kopf gehauen und seine Electronic-Cash-Karte wie von der Geldbörse verschluckt worden war, in der sie gewöhnlich im Kartenschlitz klemmt. Die Karte fand er erst wieder, als er, in seiner Wohnung in Eppendorf angekommen, seine Hosentaschen am Hintern überprüfte. Da war es schon kurz nach Zwei Uhr.

Er nimmt sich vor, heute mindestens zwei Stunden Mittag zu machen, in denen er seinen Kater Gassi führt, bis dieser freiwillig seinen Lieblingsplatz auf Lollos staubtrockener Hirnrinde verlässt. Sein Kopf brummt. Außerdem hat Lollo weder Lust noch Anstand, innerhalb der Regelzeit von einer Stunde Mittagspause pro Tag in die Agentur zurückzukehren. Die Zeiten sind vorbei, in denen er sich freiwillig das Korsett eng zieht. Seine Erfahrung lässt ihn wissen, dass das auch alles so funktioniert, ohne dass man sich einer Notwendigkeit, der nämlich, Regenerierungspausen abzuhalten, die nötige Zeit dafür streichen lässt. Außerdem mag er sie da alle, also die alle da in der Agentur, nicht sehen. Nicht etwa, dass er sich am einen oder anderen »totgesehen« hätte, wie man so sagt, dafür kennt er sie alle noch gar nicht genug. Er arbeitet erst seit kurzem in dieser Agentur, kennt eigentlich noch immer niemanden so richtig, schickt sich auch nicht an, jemanden kennenlernen zu wollen, ist einfach nicht mein Ding, denkt er, auf andere zuzugehen, obschon seine klangheimlich aus den Augenwinkel linsenden Pupillen ein potentielles Interesse an einer Freundschaftsschließung innerhalb des Kollegiums verraten. Doch hat Lollo bisher niemanden entdeckt, von dessen Äußerlichkeiten er sich versprechen würde, ein Kumpel werden zu können. Etwas geläufiger ist ihm lediglich sein Creative Director. Den hat er vor Jahren schon einmal in einer anderen Werbeagentur kennengelernt, der hat ihn dann auch zu sich ins Team geholt, eine saftige Gehaltserhöhung zur damaligen mit ihm vereinbart und deshalb sitzt Lollo nun in dieser Agentur und versorgt eine Handvoll neuer Kunden – vorwiegend Firmen aus der Presse-, der Tourismus-, der Automobil-Branche und dem Bereich Kosumgüter-Food – mit geistreichen Inszenierungs-Ideen und schmackhaften Texten, bei denen Endverbrauchern das Wasser dem Mund austritt. Aber der Creative Director, Gereon heißt er, ist ja auch irgendwie sein Chef und irgendwie ist eine Freundschaft mit Vorgesetzten nicht drin, denkt er. Es bleibt demnach die gleiche Suppe, die er in den Agenturen, in denen er zuvor arbeitete, nun auch in dieser neuen auslöffeln muss: Er muss sich fortan, statt mit den taufrischen Gesichtern der durch die Flure der Werbeagentur fleuchenden Menschenschar, mit einem sich wiederholenden Alleingang anfreunden, sich erneut mit dem altbekannten Solistendasein arrangieren, da sein Engagement, sich Leuten gegenüber aufgeschlossen zu geben, als sei sein Wesen nicht mehr in der Lage, sich in dem Miteinander dienlichen Nuancen doch noch umorganisieren zu können, weiterhin ermüdend, und jeden Tag aufs Neue so enttäuschend wie ermüdend ist. Philanthropisch bleibt es also, ebenso wie die pünktlich abzuliefernde Kreativarbeit, trotz neuer Firmenlogos und dazugehöriger neuer Farbgebung, vorwiegend Layouts, in denen Rot und Weiß und schwarze Schrift dominieren, eigentlich das Gleiche in Grün. Inhaltlich bleibt alles wie bisher. So ist das, als alter, das Handwerk beherrschender Meister Lampe des Werbetext-

Business, da kann kommen, was will, die Aufgabe bleibt stets dieselbe: Den Konsumenten im Fadenkreuz, gilt es, wie aus der Maschinenpistole, Salven an illuster Werbeinszenierungen abzufeuern, die den Bedarfsträger unverzüglich mit Geldscheinbündeln wedeln lassen, sowie dem Anbieter der nun um so mehr des danach Lechzens würdigen Produkte baggerschaufelweise Münzen aufs Konto abladen. Skripte für Werbeclips, Headlines und Copys für Print- und Digitalmedien, Mechaniken für Gewinnspiele offline oder in Social-Media-Kanälen, Funkspots für den Reklameblock im Radio, organisierte, aufmerksamkeitsstarke Darbietungseinfälle im öffentlichen Raum und so weiter. Das hat er drauf, das alles beherrscht er aus dem Effeff, das hat er jahrelang geübt, darin ist er total fit, fit wie ein Ausdauersportler, ein Leistungsschwimmer, zum Beispiel, der sich jeden Morgen direkt nach dem Aufstehen erneut ins Becken schmeißt und paddelt, wie vom Affen gebissen. Ein Kampfschwimmer mit Ekel vor Umkleidekabinen, Sammelduschen und Fußpilzbefall der Trittflächen auf Absprungblocks in Schwimmbädern, in diesem, in Lollos Fall. Doch, obwohl er seine Disziplinen, seine Aufgaben im eigentlichen Sinne, gewissenhaft erledigt und mit entsprechend hoher von ihm erwarteter Qualität bewältigt, so stößt ihm sein eigenes kreatives Schaffen, mit gedeihender Zeit, die er jetzt schon dabei ist, und das ist bald schon der Bezeichnung »Ära« würdig, wie er findet, so lange macht er das jetzt schon, vermehrt sauer auf. Denn, am Ende, bleibt was von all dem Haha und Trara? Nichts, als zum Bleistift, der zu einer irrwitzigen Szene zurechtgedokterte Aufruf, zur molligen Weihnachtszeit beim »großen Geldbaum-Gewinnspiel« der BILD-Zeitung teilzunehmen und dieser Aufruf geht dann beispielsweise so:

Sie: »Schahaaaatz?! Du schmückst unseren Weihnachtsbaum doch nicht etwa mit Geldscheinen!«

Ihr Schatz: »Ich schmücke unseren Weihnachtsbaum nicht

mit Geldscheinen, ich bastele einen Weihnachtsbaum *aus* Geldscheinen.«

Die übliche Stimme bei BILD, sagt dann: »Machen Sie mit – beim großen »Geldbaum-Gewinnspiel« von BILD und BILD am Sonntag. Und gewinnen Sie täglich bis zu 1000 Euro. Teilnahme ab 18 Jahren. Das große »Geldbaum-Gewinnspiel«, jetzt in Ihrer BILD und BILD am Sonntag.«

Und dann hängt zum Abschluss der knarzende Rock'n'Roll-E-Gitarren-Jingle-Fetzen dran und dann die bekannte Stimme wieder: »BILD Dir Deine Meinung.«

So und ähnlich vergeht und versiegt ein Tag nach dem anderen. Wie der nächste Tag und der darauf folgende verläuft: Gleich, gleich, doch anders, wie der Amerikaner sagt, wenn auch an pointierten, charmanten, mal trockenen Herausforderungen, denen sich ein Witzeschreiber, wie Lollo einer ist, stellen muss, unterschiedlich. Ab dann, wenn allmorgendlich die Regenfunktion der Dusche aktiviert wird, passiert die ungefähre Routine anhand erfahrener Handbewegungen, der Geist fährt so langsam hoch, aber nicht zu hoch, die Lust auf den ersten Kaffee des Tages exponiert.

Ein Penner bröselt den Tabak platt ausgetretener Kippenstummel, die er auf dem Vorhof der *Laiszhalle* aufgesammelt hat, in ein Zigarettenblättchen. Es soll eine filterlose Zigarette werden.

In der *Stadtbäckerei* am Gänsemarkt stehen 25 Berufstätige anliegender Firmen, wie beim Bund, hintereinander aufgestellt, halten belegte Brötchen auf Tellern auf Brusthöhe vor sich, warten darauf, bezahlen zu dürfen und sich vom freien Blick auf die vor den Kassen aufgebauten Desserttheken überzeugen lassen zu können, sich zur Feier eines ganz gewöhnlichen Tages zusätzlich eine Köstlichkeit zum Nachtisch zu gönnen.

Die Kassiererin sagt zu einem Muffin »Maffing«, und wenn die Kunden mit Essen fertig sind, pflückt ein Afroamerikaner in Putzhilfemontur, der besser weiß als die einheimische Backwarenverkäuferin, wie Muffin korrekt auszusprechen ist, nämlich auf Ankleben zusätzlich auszusprechender Bonus-Buchstaben verzichtend, eifrig die leeren Teller von den Tischen. Lollo genehmigt sich als Horsd'oeuvre ein halbes Weizenbrötchen mit Nordseekrabbensalat, zum Hauptgang das gleiche nochmal, zum Abschluss ein Franzbrötchen mit Streusel, das er beim Verlassen der *Stadtbäckerei* mit einem kleinen Filterkaffee im Pappbecher auf die Hand nimmt, den er bereits auf den nächsten Metern ausgetrunken hat.

Draußen, auf der Treppe neben dem Höhlenschlund einer Tiefgarage, hocken zwei füllige Jungs, die, wagen wir es mal anhand ihres offensichtlichen Hangs, auch an »ungemütlichen« Tagen, ohne Jacken darüber, ihre geliebten schwarzen Hardcore-Band-Tour-T-Shirts auszuführen und dem Indiz ihrer am Hinterkopf im Zopf herabhängenden Haarpracht zu vermuten, also wahrscheinlich in der zum Justizgebäude gehörigen Elektronischen-Datenverarbeitungs-Zentrale arbeiten, die von Ihresgleichen heutzutage allerdings abgekürzt »IT«, also »Informationstechnik« gerufen wird, so viel Zeit muss sein. »Wir sind aus der IT«, würden sie, mit wahrscheinlich nicht wenig stolz geschwollener und vereinzelt eiterig bepickelter Hühnerbrust klarstellen, würde man sie nach dem Beruf fragen. Im besten Fall würden sie in ihrem Beruf gar ihrer Berufung erkennen oder sie darin gefunden haben, das könnte man sie auch mal fragen, ob das bei ihnen ein solcher Fall ist oder wenigstens mal gewesen ist. Aber wir wollen es mal nicht erzwingen, Brief und Siegel auf ihre Ambition zu geben, ist ja an und für sich auch egal. Beide rauchen auf jeden Fall Zigaretten aus der Schachtel (»Aktive« nenne sie Zigaretten, die man vorm Rauchen nicht extra drehen muss), einer hat eine 0,5l-Coca Cola-PET-Flasche schon fast ausgetrunken und rülpst fluffig, bevor er von einer Entdeckung am Wochenende erzählt: Der unsichtbare Umhang, World of Warcraft. Kann man sich kaufen. Im World of Warcraft-Webshop. Wohl unsichtbare, aber im Massively Multiplayer Online Role-Playing Game sehr effiziente Pixel für nur 300 Dollar. Tatsache. Also tatsächlich sitzen bravurös jegliches Klischee erfüllende Jungs da beieinander und unterhalten sich erregt über ihres beiden Interesse und der dahergelaufene Betrachter stellt verblüfft die Vermutung an, dass Voreingenommenheit doch präziser Abbilder trifft, als man sich ihr nachzusagen traut. Ein Kevin oder Dustin wird es in Deutschland nie in eine hohe Positionen in der Politik schaffen? Na, Logo. Schwarze haben den Längeren? Ja, klar! Hamburger Werber nerven? Seit ihrer Erfindung! (Wahrscheinlich nicht nur in Hamburg.)

Ein Auto fährt aus einer Parklücke, ein Falschparker wird von einem als Politesse verkleidetem Mann erwischt.

Ein auf dem Gehweg der falschen Straßenseite radelnder Fahrradfahrer steigt vom Drahtesel ab, denn ein Schutzmannduo spaziert ihm mit hinter Rücken verschränkten Armen entgegen, so entgeht er den zehn Euro Strafe für die Verkehrswidrigkeit.

Überall klemmen zusammengerollte Strafmandate hinter Scheibenwischern. Ein entrolltes Mandat flattert, an einer

Ecke vom Wischer festgehalten, wie der Flügel eines kopflosen Huhns im Zug der engen Straße zwischen den Bürohochhäusern vor der Windschutzscheibe.

Apropos Windschutz: Das Skandic-Hotel am Dammtorwall ist endlich hochgezogen. In der schummrig beleuchteten Lobby ist kein Mensch zu sehen, dafür hat man von der Straße aus einen ungewöhnlichen, nicht wenig unterhaltsamen Einblick, wer drinnen die Toilette benutzt und für wie lange in der Kabine bleibt, ganz ohne die nach kostenfreier Unterhaltung gierende Nase in intime Angelegenheiten anderer zu furchen – die Toilettentüren gehen zur Fensterfront zur Strasse hin auf. Auf der gegenüberliegenden Straßenseite steht sogar eine Bank, von der aus man prima Mäuschen spielen kann, in so fern man sich mit dem starken Luftzug arrangiert, der in der hier neu entstandenen Schneise dieser engen Straße, aus der die Luft nicht ab- sondern durchzieht, da haben die Bauherren stadtarchitektonisch nämlich gepennt, herrscht.

Ein in alle Himmelsrichtungen groß gewachsener Anzugträger, der übrigens aussieht wie Kurt Beck als Riese, raucht vor seiner Arbeitsstätte genüsslich eine Fluppe mediumstarker Nikotinstufe. Er sieht dem Penner von vorm Theater am Laeiszplatz sehr ähnlich, bloß ist er größer, aber auch, wie zu vermuten ist, sauberer, wesentlich reicher und viel, viel sorgfältiger rasiert.

Die Ziffern auf der Uhr auf dem Display Lollos iPhones zeigen, dass nicht ganz eineinhalb Stunden vergangen sind, seitdem er zur Mittagspause in die Innenstadt flüchtete. Bevor er gleich den Weg zurück antritt und von den Mauern der Werbeagentur verschlungen und mit neuen Briefings und Abgabeterminen ins Kreuzfeuer geraten wird, besucht er noch den Kiosk an der Ecke, Gänsemarkt, Gerhofstrasse, um eine Schachtel Zigaretten zu kaufen und damit einher noch ein bisschen mehr Zeit zu schänden. Demnach er sich selbst kategorisiert, ist er Gelegenheitsraucher. D.h., wie das Wort schon ausreichend erklärt, er raucht nur zu gegebenen Anlässen: Etwa, wenn es ihm aus heiterem Himmel – sei's kurz nach dem Aufstehen, dem Fußweg zum Supermarkt, kurz vor, während und nach einem Anflug ähnlich gähnend langatmiger Banalitäten – oder auch nur einfach so einfällt, einem Glimmstängel könnte es gelingen, die Angelrute auszuwerfen um ein kurzes Zeitfenster gelungener Abwechslung zu erhaschen, während er eine unverhofft leckere Zigarette versucht; Oder wenn er im Laufe eines sich nicht mehr als kleckerhaft fortbewegenden Vorganges, beispielsweise dem des Werbetextens bierernster, so genannter »Long-Copys« – also der etwas kleiner geschriebenen Schriftblöcke, die etwas detaillierter als die Headline darüber, das auf Anzeigen, Plakaten, Broschüren und ähnlichen Werbemedien beworbene Produkt, mit mehrwertversprechenden Füllformulierungen mittels akzentuierender Prädikate wie »innovativ«, »der erste seiner Klasse«, »einzigartiger Genuss«, »na, wenn sich das nicht lohnt, innerhalb des Aktionszeitraums, dann weiß ich auch nicht« et cetera baukastenmäßig nach Würfelprinzip und einem zwinkernden Auge in Bedacht auf die Charmantes, nach bedrückendem Hin- und Herschieben möglichst nicht hohl wirkender Halbsätze und Aussageprioritäten, diese, die Prioritäten, wiederum das Augenmerk des Kunden besonders herausfordern, die herauszustellenden Aussagen auf gewünschte Anordnung zu überprüfen – mit einer Zigarette, die die von stumpfsinnigen, doch erhöhte Konzentration bedürfenden Aufgaben wie diesen angenagte Seele für eine zigarettenlange Weile des Trostes, mit wattegefüllten Mickey Mouse-Handschuhen zu Beruhigung streichelt, in die wohlverdiente Kurzpause begibt, um den Rauch zu inhalieren, um mit diesem die während des die Denkmurmel zermatschenden Vorganges bereits erstickte Nerven reanimiert; Oder wenn er in Gesellschaft ist und unter dem

Deckmantel der Geselligkeit nebst anderen trinkt und Schachteln leert, da er bei Stelldicheins nichts Besserem nachzugehen weiß, als gehörig zu trinken und zu rauchen, bis er die Festivitäten verlässt wie er gekommen war: alleine. Nur besoffener; Stichwort, genau: Oder wenn er alleine trinkt, wovon um so häufiger als Möglichkeit zu Rauchen zu rechnen ist.

Er lässt die Schachtel in der Jackentasche verschwinden, da fällt ihm ein, dass er sich, bevor er sich mittlerweile terminlich erforderlich auf die Socken zurück zur Arbeitsstätte begeben müsste, an dem Schaufenster von Alligator Lederwaren entzücken sollte. Die haben da dieses sympathische Logo mit dem aus Neonröhren geformten Krokodil, das aus dem Wasser schaut, denkt er, voll Kasperletheater. Chromglänzende Reisekoffer, erlesene Ledertaschen aller Größen, Regenschirme mit Holzstielen buhlen hinter der blitzblank geputzten Schaufensterscheibe um wirksamstes Aufsichaufmerksammachen. Also begibt er sich um die Ecke auf den Jungfernstieg, mit dem Bestreben, nach einem Regenschirm Ausschau zu halten, einen metallischen Koffer der Firma Rimowa besitzt er auch schon und eine Ledertasche, mit der er immer noch ganz zufrieden ist, befindet sich ebenfalls bereits in seinem Fundus. Einen wirklich guten Schirm, den besitzt er aber noch nicht und den braucht er jetzt, schließlich ist es Herbst, folglich wird es – nicht mehr als sonst, aber man sagt's dem Herbst nun mal nach – schütten, was das Zeug hält und was preisgünstige Knirpse, also die Faltschirme an Teleskopstangen aus dem Budnikowski-Drogeriemarkt, nicht aushalten. Norddeutschtypische Brisen zwangen alle Knirpse zu Schnapperpreisen, die Lollo bisher besaß – und er besaß mehr als einige, etliche vielleicht, um mal einen Eindruck von der Menge zu geben – in die nichtvorhandenen Knie, es brachen jedwede Gelenke. Die abnorm kostengünstigen Auslagenprodukte für dessen Anschaffung, plärrt es, man nicht lang zögert, verwandelten sich beständig zu Papierkorbartikeln innerstädtischer roter Mülleimer, auf denen mit witzigen Sprüchen wie »Bin für jeden Dreck zu haben.« oder »Wer wird Müllionär?« oder »Vorsicht: Fresse auch Hamburger.« von Kummer über den erneuten Funktionsverlust eines nur kurzweilig intakten Schirmes kurzfristiges Schmunzeln abgelenkt werden soll. Bestimmt, denkt Lollo, vergoldet sich der absurd Schlecker-ähnliche Budnikowski-Drogeriemarkt den Allerwertesten damit, dass der kurz »Budni« Gerufene, gerade in einer regen- und windstarken Stadt wie Hamburg, die höchstqualitätsmindersten Regenschirme für Kleingeld vertickt, die irgendein Drittewelfland sich zu üblich kümmerlich rabattierten Kostenaufwendungen anzubieten verpflichtet fühlt, beinahe gratis für den westlichen Markt anzufertigen, die mithilfe eines anhand meisterhafter Ingenieurskunst systematisch eingeplanten und hervorragend umgesetzten Produktionsfehlers, nach den ersten, sagen wir mal, sieben Minuten unter freiem Himmel eines durchschnittlichen Hamburger Unwetternachmittages in die Witten geht. Ratsch, knick, huch, Mülltonne. »Hummel, Hummel, Müll, Müll.« Manchmal, das bemerkten wir hier, scharrt Lollos Laune so dermaßen am Boden des Fußraums des schwärzesten Schwarz, man fasst es nicht. Nein, man darf sich gar nicht vorstellen, was los ist, ist Lollo, der durch und durch in Verdruss Getränkte, vielmehr darin *Er*tränkte, erstmal 60 Jahre alt, bei all den Gebrechen, die sich an einen so anschmiegen mit dem Alter. Ein furchtbares Gezeter, kann keiner am Kopp haben. Lollo muss diesbezüglich etwas ändern. Allzu flott, bitte, wenn's möglich ist.

Vor Alligator Lederwaren angelangt, erkennt Lollo, dass die Preise für die schönsten Schirme des Schaufensters großartigerer Beträge sind als er erwartete, was Lollos Vorhaben aber eher anreizt als abschreckt, sich einen hochwertigen Schirm zu kaufen. Ab einem gewissen Alter, spätestens ab dann, denkt er, ab wann einem selbst an einem selbst aufgefallen ist, dass man, ohne groß darüber nachzudenken und dies gezielt vorgehabt zu haben, begonnen hat, einen akkuraten Männerhaarschnitt statt einem Tocotronic-Wusel von der Stirn herunterlappen zu tragen, bemerkt man, dass man jetzt dort angekommen ist. Angekommen im heiratsfähigen Alter. Dort angelangt, gehört es sich förmlich, nur noch Dinge mit dementsprechend adäquater Qualität zum Level angezielter Lebensqualität zu erstehen, so muss der Schirm eben sehr gut sein, um in der hochklassigen Lebenswelt des Werbers mithalten zu können. So ist das jetzt eben: im Schritttempo vor, keinen Schritt zurück. Da entdeckt er den einen oder keinen Schirm: Ein schlichtes, klassisches Exemplar ohne Schnickschnack wie Entenkopf als Henkel oder so, mit dunkelbraunem, etwas rötlichem Stil – vielleicht ist es Mahagoni, das ist durchs spiegelnde Glas schlecht zu erkennen – mit schwarzer Bespannung. Lollo nimmt sich vor, ist er das nächste Mal in der Stadt und es regnet, werde er so schnell eben möglich Alligator Lederwaren aufsuchen und sich genau diesen vor fallender Nässe schützenden Parapluie besorgen. Ja, denkt er, der Mensch braucht immer etwas, was er vorhat, worauf er sich freuen kann. Wenn's zur gegenwärtigen Zeit wenig zu holen gibt, gibt es somit immer noch zu Ergötzendes im Bevorstehenden. Deshalb immer schön zusehen, denkt Lollo, dass man lückenlos Vorhaben beschafft, auf die man sich freuen kann, sonst benötigt man bald solch einen feinen Schirm weniger zum Regenschutz, als als Gehstock.

Als letzte Station heutiger Mittagspause flitzt er eben über die grüne Ampel an der Gabelung bei American Apparel und verschwindet im Starbucks gegenüber von Nivea, am Anfang der Colonnaden. Natürlich, in der Agentur gibt es auch halbwegs guten Kaffee – aber nur mit Zipfel!

»Hallo, ein-« beginnt Lollo die Bestellung.

Der Kaffeediener hinter dem Tresen (besonders in der einsilbigen Begrüßung eine betont lautstarkes Stimmvolumen auffahrend): »HI! Was darf's sein?«

»Huh-hmm«, entweicht Lollo, der kurz zusammenzuckt, als die Bedienung ihn mit bedrängendem Zuvorkommen überfährt, ein nasaler Ton, als er erschreckt, wofür er sich just schämt und jetzt besser schnell die Bestellung los wird, bevor er sich noch für seine Flatterigkeit vor der Schürze tragenden Bedienung entschuldigen muss, »einen Kaffee, bitte. Zum Mitnehmen.«

Der Koffeinschubser (wie ein Oberkörper barbekleideter Schweizer Steilhangkartoffelbauer lauthals von einem Berg zum nächsten gen der etwas hinter ihm auf Anweisungen wartenden Frau am Milchaufschäumer rufend, sodass in China ein Sack Reis plumps macht): »Einen Venti Americano to go, bitteeee!!!« Dann wendet er sich komisch friedvoll lächelnd zurück zu Lollo. »Zwei Euro Vierzig macht das, bitte.«

Lollo gibt zwei Euro fünfzig. »Bitteschön. 10 Cent für die Kaffeekasse, bitte.«

Bohnenbutler (Rückgeld herausrückend): »Daaaanke, uuund 10 Cent zurück.« Ist ja wie mit Dönerfritzen, denkt Lollo, die hören einem auch nicht zu, gibt man zu Anfang schon die Kriterien an, was man nicht auf dem Döner haben möchte – keine Petersilie, keine Zwiebeln, und dann fragen die, wenn die das Fleisch ins Brot geschmissen haben, trotzdem wieder das obligatorische »Döner mit alles?«.

»Dein Name war nochmal?« fragt jetzt der Kassierer, als er einen Eding zückt um Lollos Namen auf den Becher zu kritzeln. Wie, »nochmal«, wundert sich Lollo. »Lass gut sein« sagt er ohne den Typen hinter dem Tresen noch eines Blickes zu würdigen und geht schon mal da hin, wo man den Kaffeebecher in Empfang nimmt. Der Coffeebarkeeper findet das unverschämt und sein Beleidigteleberwurstgesicht zeigt das auch.

Lollo zieht die Pappkrempe über das heiße Gefäß und verlässt den Laden. Die Brühe dampft aus dem kleinen Trinkloch in die frische Herbstluft. Lollo begibt sich auf den Rückweg.

Ein alter Mann in schwarzem Fließmantel, mit dunklen, fettsträhnigen Locken, hockt auf der Bank, holt Brötchenkrümeln aus einer vollflächig bedruckten Saturn-Plastiktüte und beschmeißt damit einen dankbar gurrenden Taubenpulk. Als die sich fast mit den Hälsen ineinander verknotenden Tauben regelmäßig ihren typischen Laut abgeben, schläft der Mann, wie unter Beschallung einer einer Frauenzeitschrift beiliegenden Entspannungs-CD die meditativen Meereswellenklang beinhaltet, ein. Gurr-gurr. Der Mund des Mannes klappt auf, wie der eines sitzenden Toten, ein Rotzetropfen glänzt ihm im Nasenloch, die letzten Krümel kullern ihm aus der Hand zu Boden, die Tauben picken noch etwas, dann ist nichts mehr zu futtern da und sie hauen eine nach der anderen ab, lassen den spendablen Geber, umringt von Menschen, deren Fußweg auf seiner Höhe einen leichten Knick nach außen macht, in all der Tatsächlichkeit seiner Lebenslage zurück. Bei so einem wie dem, denkt Lollo, ist nicht damit zu rechnen, dass da gleich das Handy klingelt und die Frau ihn zum Mittagessen in die Wohnung ruft oder dass ein Kompagnon vorbeischaut, ihn unter sanftem Rütteln weckt, auf die Uhr tippt und mahnt, dass sie doch bereits in einer halben Stunde zum Tennis verabredet sind. Nee, der ist einsam, das sieht man dem schon an der Kartoffel gewordenen, roten Nasenspitze an, denkt Lollo, und somit haben wir etwas gemeinsam, denkt er, und dann denkt er: Oh, Zeit für eine Zigarette! Und macht sich eine »Aktive« an.

VOM ABGEBEN EINES GESCHÄFTIGEN BILDES ZWISCHEN ZWEIT- BEZIEHUNGSWEISE SPAßWAGEN
(Dienstag)

Vorigen Abend machte Lollo einen Spaziergang durchs Wohngebiet. Das ist so sein Hobby, Spazierengehen, wie andere Sportarten zum Hobby haben. Nur bedarf es den meisten Sportarten meist an tunlichster Rastlosigkeit und möglichst hoher Rasanz, beim Lustwandeln allerdings, zählt das alles nicht. Der Flaneur legt, ohne groß auf die Gefahren des Straßenverkehrs Acht geben zu müssen, gänzlich unaufgeregt eine Strecke hin, während er dem Augenmerk die Leine kappt und es fidel schweifen lässt.

Es war 20 Uhr und es war bereits stockduster. Es gibt Nächte, da scheint der Mond so hell, im Schatten stehende Dinge werfen Schatten. Gestern Abend aber war der Mond dem hingegen nirgends zu entdecken. Es war nebelig in den Straßen, so wie die Witterung in englischen Krimis immer dargestellt wird, wenn die gelben Lichter der Gaslaternen durch den Dunst schummern, der Himmel war wolkenlos, und wenn nicht ganz schwarz, dann war er dunkellila, doch ebenso wenig Sterne waren am Himmelszelt zu erblicken, wie obligate Yuppies auf den Straßen Eppendorfs. Liegt wohl daran, dass es heute Abend wesentlich kälter und feuchter ist, als an den Tagen zuvor, warum die Straßen so leer sind, dachte Lollo, als er sich, mit den Händen in Taschen und eingezogenem Kopf, wie eine nach vorne gelehnte Kickertischfigur die Eppendorfer Landstraße Richtung Norden hoch bewegte. Kein Porsche Cayenne rollte vorbei und auch kein als Zweit- bzw. Spaßwagen genutzter Saab 900 i Cabrio. Ein menschenleerer Stadtteil wie aus dem Bilderbuch machte sich vor Lollo breit, bereit, genauer ergründet zu werden. Vereinzelt legten die spärliche Nachtbeleuchtung einiger Schaukästen seichtes Licht auf den Gehweg davor ab, sonst passierte nicht viel, auf dem fast schnurgerade abzuschreitenden Trottoir.

Als ihm der Sinn nach Abwechslung stand, mochte Lollo die Straßenseite wechseln, so abrupt, als habe er eine Eingebung gehabt, als er durch die schmale Lücke zwischen den Stoßstangen zweier nah voreinander parkenden Autos, dem Hintern eines kantigen Landrover und der Nasenspitze eines Mercedes SLK, mit dem spitzbübischen Einfall stehenblieb, er könne die beiden Wagen ein wenig demolieren. Genügend Langeweile dazu hatte er genug, bester Nährboden also, um auf Flausen zu kommen, nur kam ihm spontan keine Lösung, wie genau er seine fixe Idee in die Tat umsetzen sollte, und auch das warum er es überhaupt tun sollte, das Demolieren, mischte sich im nächsten Moment mitschwingend dabei. So beschloss Lollo es erst einmal damit zu versuchen, mit den Schienbeinen gegen die Wagenspitze des Benz zu stoßen, anschließend seinen Hintern ans Heck des Geländewagens zu drücken. Als er dann dabei leicht in die Hocke ging, drückten sich seine Knie immer mehr auf die tiefliegende Motorhaube vor ihm. Dann, spack zwischen den Autos eingeklemmt, als wolle er die tonnenschweren Monstren durch eigene Kraft voneinander wegschieben, rüttelte er mit ganzem Körper, schubste seine Masse so kräftig er konnte vor uns zurück, wodurch eine große Wackelei der Fahrzeuge entstand, doch keine derer Alarmanlagen ansprang. Trotz des bereits angeschwollenem Adrenalinpegels, obschon der gebannten Bereitschaft, jeden Moment, hallten die Alarmanlagen ohrenbetäubend entlang der Häuserreihen der Eppendorfer Landstraße, im Schweinsgalopp in eine Seitenstraße zu entkommen, blieben die Alarmanlagen der miteinander schunkelnden Wagen stumm und er ließ das Schuckeln bleiben. Bringt ja nichts, dachte er, passiert ja doch nichts, und dennoch beeilte er sich, flott auf die andere Straßenseite zu gelangen, um von der Straße mit den vielen Läden, in eine düstere Wohnstraße einzubiegen, in jener in den Vorgärten ansässiger Stadtvillen, hinter mit dicker schwarzer Paste lackierten, schmiedeeisernen Gartenzäunen, Gartenmöbel durch Plastiküberwürfe winterfest gemacht worden sind. Die gewaltigen, jugendstilverschnörkelten Fenster der weißen Reihenhausvillen schmissen wohnliches Licht auf den darunter nass glitzernden Rasen zum Zaun hin. Wie ein Spion, ein Schatten seiner Selbst, auf bestimmter Mission um Unauffälligkeit bedacht, bewegte sich Lollo die Gartenzäune mit den für Kletterer verhängnisvollen Spitzen entlang, stierte, nach Attraktion Ausschau haltend, in die großen Wohnungen. Einem besonders schönen Exemplar war der Fußboden im Erdgeschoss auf 100 Quadratmetern mit verschieden bunten, ornamentarisch bemalten kleinen Fliesen zu großen, sich wiederholenden Mustern gelegt, darauf standen teure Möbel, wobei jedes Möbel in üppigen Radien Platz um sich herum hatte. Hinten gab es ein längliches Gartenstück, man konnte es sehen, warf man den Blick durchs Wohnzimmer, über den Flur hinweg durch die Terrassentür in der Küche, nach draußen. Unterm Dachvorsprung stand, neben einem so genannten »Heizpilz«, ein großer Kugelgrill, der noch darauf wartet, in den Schuppen eingemottet zu werden.

Mit einem weißen Frotteehandtuch um die nassen Haare geknotet, betrat eine frisch Geduschte, etwa 50jährige Bademantelträgerin den Raum, in dem fernsehguckend ihr Mann, mit hochgelegten Füßen auf dem Ottomane, im Sessel versunken war. Der Mann schaute »Wer wird Millionär – Das Prominenten-Special« auf RTL, Günter Jauch bluffte mal wieder, dass er die Antwort nicht vom Bildschirm vor ihm ablesen könnte und schüttelte den Schlabberhals wie alte Damen Unterarme beim Abschiedwinken. Der fernsehguckende Mann massierte sich derweil, die Hand im V-Ausschnitt des Schurwollpullovers vergraben, an der Seite des Nackens, weilst seine Frau barfüßig in die Küche watete.

Lollo floss ein kalter Schauer den Rücken herunter, mit der Gänsehaut plusterten sich Körperhaare auf wie Federn balztanzendem Federviechs. Er stellte sich vor, von der Barfüßigen um Eintritt ins Warme gebeten zu werden und sich mit ihr am Tresen in der Küche stehend ein Glas Rotwein zu genehmigen. Ein bisschen aufwärmen, ein wenig plaudern. Was machen Sie denn so, ach, lass uns doch gleich du sagen, gerne, ist mir natürlich auch lieber, wie heißt du denn, Lollo, und du, Marina, der Wein schmeckt lecker, wirklich lecker, ist ein Montepulciano, trocken, aus dem Edeka, glaubst du's, du glaubst ja gar nicht, was die für eine prächtige Weinauswahl haben, du, der Aldi hat, seinem Ruf als-, ja, weiß ich, Marina, möchtest du noch, ich frag' mal deinen Mann, ja, mach, der Arme, hat sich beim Doppel mit den Jungs die Schulter verknackst, geht morgen zum Masseur, den, den die vom HSV auch haben, der biegt das wieder gerade, der hat heilende Hände, sagt man, jaja, aber möchte er vielleicht auch noch einen Wein, schon, bestimmt, frag ihn doch mal, wie heißt er denn, ich bin ja gerade erst in euer wirklich wunderschönes Heim gestolpert und weiß noch nicht alles Wissenswerte über die Bewohner dieses Haushalts, außer deinen Namen natürlich, Marina, Marina ist übrigens ein schöner Name, also wie heißt er denn, dein Mann, Andreas, Andreas, Andreas! möchtest du vielleicht auch ein Glas vom Rotwein, ist ein Monte-, Montepulciano, ein Montepulciano, das i, wenn es vor einem darauf folgendem Vokal steht, bleibt immer stumm, das wiederum weiß *ich* bereits, wegen der ganzen Italien-Urlaube, die wir in jahrzehntelangem miteinander querfeldein um den Globus Reisen unternommen und genossen haben, Italien ist einfach va bene, da unterhält man sich ja mit Hinz und Kunz, klar, den Touristeninformationen, mit Leuten, die man nach dem Weg fragt, aber auch mit den landeseigenen »Originalen«, schon klar, Andreas, bitte schön, sehr lecker, zum Wohl, für deine Schulter wünsche ich dir gute Genesung, man, der Jauch immer mit seinem schlabberigen Hauthals, da schlackert der Hals immer so, wenn er so tut, als ob er die Lösung nicht schon längst von seinem Display da abgelesen hätte, ja klar kann er das, glaub ich auch, Lollo mein Name, übrigens, angenehm, ich bin der Andreas, Lollo!, Lollo? kleinen Moment bitte, Marina, dein Mann und ich reiten noch die letzten Schritte auf Jauch Schwanenhals herum, gleich bin ich wieder bei dir, Lollo, magst du in die Küche kommen und mein frisch gebadetes Gesicht küssen, ohne dass mein Mann im Wohnzimmer davon Wind bekommt?

Ja, er würde gemocht haben sie zu küssen. Lollo kam wieder zu sich, riss den Blick nach drinnen ab, klatsche sich beide Hände ins Gesicht, vergrub es darin. Schnell zog er die Schachtel aus der Tasche und machte sich, die hohle Hand zum Windschutz über die Flamme gehalten, eine Zigarette an. Am lodernden Glimmstängel nuckelnd, machte er sich ohne weitere Umwege auf den Heimweg.

Kruoooooooich, chiiiiiioooouuuoooooich, prpppffftzzzzzchoooiiiich, röööööööööhhhchiziccchh. Durch den Flur auf Lollos Etage in der Werbeagentur dröhnen spuckeabsaugende Gerätgeräusche vom Zahnarzt. Gerade wird Milch aufgeschäumt. Zusätzlich des zusätzlichen Milchaufschäumen der darüberliegende Etage, die durch eine Treppe mit dem Stockwerk darunter verbunden ist, ertönt ein von zwei furchtbaren Biestern gesungener Milchaufschäum-Kanon. Der Großteil der hier angestellten Werbetreibenden trinken seinen Kaffee am liebsten aufgeschäumter Milch beigemengt. Lollo, dessen Ausblick durch die Glastür seines Büros den lieben, langen Arbeitstag geradeaus auf die Kaffee-Pad-Maschine gerichtet ist, ist bei jener Nutzung der akustischen Strapaze völlig ausgeliefert. Als eine von vielen ihrer eins, hat eine Kollegin böse angewöhnten Habitus inne, den aus dem dünnen Stahlrüssel austretenden Espresso unter kräftigem Rühren unter die Milch zu strudeln, als wolle sie die Milch zu Butter schlagen. Der Löffel macht Plingelinhglinglingling an der Porzellanwand der Tasse, Jackpot, totale Ausschüttung sämtlicher Stresshormone.

Wo hatte ihn sein Talent, sein Querkopf, nur hin verschlagen. Freilich wäre es kaum eine Option gewesen, etwas »Anständiges« gelernt zu haben und sich jetzt in einer Anstellung außerhalb der Kreativfabrik in Lohn und Brot zu bringen. Dazu wäre er viel zu faul gewesen. Lieber strebte er, wie so oft in bisheriger Laufbahn, den Weg des geringsten Widerstandes an und suchte sich aus einigen Berufs-Opportunitäten diejenige heraus, die ihm am wenigsten nach »echter« Arbeit erschien, dem Werbungfabrizieren für Geld eben, da sich gewohnheitsmäßig große Mengen gestalterischer und amüsanter Erleuchtungen ad hoc über ihm ausschütten, als wäre es der Sand am Meer, schmeißt er nur für einen kurzen Moment seinen Grips an. Dass er es noch redlich zu spüren bekommen wird, dass auch das Aufschreiben putziger

Wortverkettungen in Einbetracht der Menge der von ihm täglich geforderten Kreativitätserzeugung, die es meist im Akkord auszudenken und niederzuschreiben gilt, zu einer mitunter bloß qualvoll zu bewältigenden Aufgabe werden kann, wusste er damals nicht, er hatte sich auch nicht informiert, wie das so läuft in der Werbung, mach' ich eben 'n bisschen Werbung, hatte er sich gedacht, das ist doch kein Problem. Und er machte das und machte das und hörte nicht auf damit, und kassierte die ständig anwachsende Vergütung für das, was er lieferte, jene er stets als Schmerzensgeld auffasst, für die verlorene Lebenszeit, die ihn die überwiegend Überstunden abzusitzen verlangende Arbeitszeit kostet, für das Gesundheitsleck, da ihm die Geburten Millionen bislang in die Welt gesetzter, putzmunterer Ergüsse mittlerweile hungrig geworden an seiner körperlichen Rüstigkeit nagen, für das rausgebrochene beträchtlich große Stück seiner Seele oder anders: für die großflächige Besudelung seiner einst noch so schön perlweißen Weste, die er, trotz des modischen Fauxpas, gerne noch eine Weile länger getragen hätte. Sechs Jahre schon, schultert Lollo das Reuegefühl, sich allen üblen Anfangs dazu entschieden zu haben, in der Werbebranche einzusteigen, einer von ihnen – ein »Werber« – geworden zu sein. Als ein Parademitglied des Typus Hamburger zu leben, das – um anhand nur eines Exempels seine allgemeine Unbeliebtheit bei Staatsbürgern außerhalb des Mikrokosmos Werbung mal kurz zu beschreiben – nur widerwillig, und nur mit ums Doppelte erhöhtem Eintritt, von den Marxistischen zu einem der Benefiz-Konzerte ins Kulturzentrum Rote Flora eingelassen wird. Wenn überhaupt. Da mag mancher, der gerne einwendet, einwenden, dass man ja wohl einen Werber optisch nicht von der einfachen Bevölkerungsgruppe unterscheiden kann. Dieser sei von der Seite angeraunzt: Doch, sehr wohl kann man das! Trägt der Werber auch keine Uniform, wie der Arzt den Arztkittel oder der Richter die Robe, die auch durch hundert Meter Gegenwind unmittelbar den Berufsstand erkennen lassen, doch erzielen die Bars und Cafés des Schulterblatts ihre Haupteinnahmen durch die dem fiesen Kapitalismus den Darm hochrobbenden Werber, welche morgens bis Nachmittags Cappuccino schlürfend und abends Bier trinkend eine Vollmeise haben. Und die, die erst Milchschaum abtrinkenden, später Pilsener Urquell kippenden Werber, sehen eben alle gleich aus. Das sei als straffe Hypothese hier mal gleich in Stein gemeißelt und nie wieder zu verrücken hingestellt, ohne dass über Rennräder, Sonnenbrillen, Frisuren mit »Undercut« und lange Bärte wie sie zuvor nur kanadische Holzfäller trugen referiert werden muss. Tja, des Gastronomes Segen ist des Linkens Leid. Vielleicht also, verkleiden sich die Autonomen am 01. Mai zum alljährlich vorprogrammierten Spießrutenlauf mit der Polizei, unter anderen ja auch aus dieser bescheidenen Veranlassung in Trauerkleidung in Form schwarzer Kapuzenpullis, und lassen einen Tag und die dazugehörige Nacht mal so richtig den Chinaböller krachen. Vereinzelt geht auch mal irgendwo ein Auto in Flammen auf (der Trick, sein im zeitweilig abgesteckten so called »Gefahrengebiet« geparktes Auto nicht lodern zu sehen, ist übrigens, einen FC St. Pauli-Sticker an einer prominenten Stelle, vorzugsweise in der Region überm »HH« des Nummernschildes, auf die Karosse zu kleben, dann widerfährt dem geliebten Auto nicht einmal der kleinste Kratzer eines spitz abgespreizten Fingernagels), Farbbeutel werden auf anliegende Lokale samt inzwischen zum Inventar dazugehöriger Schaulustiger, die in Werbeagenturen arbeiten und cliquenweise, wie Lausbefall, über den einst politisch alternativen, heute jedoch en vogueschen Stadtteil hinweg fegen, und nach Übernahme jeder noch so kleinen, noch freien Ladenzeile, eine mit alten Möbeln und Dekors gespickte Neueröffnungen von Szenelokals aus dem Boden stampfen, geschleudert, um in erster Linie auf die Beimischung der ihre Ideologie verflüssigenden Bourgeoisie hinzuweisen, in weiterer, um auf die Rückwärtsentwicklung einer antiautoritären Gesellschaftsordnung mittels der drastischen Geste eines schwunghaft geworfenen Ziegelsteingeschosses ans Visier des Schutzmannes hinzuweisen.

Wenn er ehrlich ist, vermag Lollo es kaum zu ertragen, gestern wie heute und weiterhin, sich beim brutalen Man-selbst-Sein, einer derer, der Werber, zu sein, im Spiegel betrachten zu müssen. Doch wird er, wie es ihm, ist er mal ehrlich, und er weiß das, ähnlich sieht, nicht jetzt, noch in nächster Zeit – Monate, Jahre, Dekaden, Schlaganfall – in Angriff nehmen, sich einer anderen Berufskategorie zu verschreiben, kraft der er ab dato, eine ruhigere Kugel schiebend, seinen Unterhalt verdient. So steht an, was kommen muss – das ständige Durchleben täglich gleicher Arbeitsrituale, für die, des Verständnisses halber, eben kurz die Zeit genommen werden sollte, sie anhand eines gerafften Abrisses wie folgt zu beschreiben: In möglichst knappen, bestenfalls auch für Menschen mit Knick in der Auffassungsgabe zu kapierenden Sätzen, dichtet er, unter Verwendung glühender Buchstaben der Computertastatur des iMac, geistreiche Hirngespinste auf die in weiß gehaltene Pixel-Fläche des Microsoft Word-Dokuments, welche er später, in auf 80g-Druckerpapier ausgedruckter Form, seinem Creative Director aushändigt. Dieser liest die Ergüsse oder lässt sie sich vorlesen, nickt folgend ein paar davon ab, die restlichen landen im Papierkorb und verbleiben vergessen in den toten Tiefen der Festplatte, bis diese durchbrennt oder sowas. Die vom Creative Director, i.F. Abk. »CD«, ausgewählten Ideen, die der CD als zur gegebenen Aufgabe geeignet gelöst worden empfindet, werden dann an Art Direktoren, i.F. Abk. »AD«, weitergereicht, und die ADs, das sind Grafik-Designer die sich selber gerne selbstspöttisch als »Pixelschubser« bezeichnen, basteln aus dem Beschriebenen, was da als Text auf den Zetteln steht, entsprechende Bilder, indem sie v.a. das Bildbearbeitungsprogramm Photoshop benutzen. Soweit fürs grobe Htgr.-Wissen. Und so sieht das ganze Land dann, wie – je nach Begabung des ADs – gut, gewöhnungsbedürftig oder schlecht das aussieht, was Lollo einmal aus den Gedanken frei ließ, und bemerkt, waren seine Ideen gut ausgedacht, vonseiten eines jedermann im Untergrund schlummernden Verhaltensmuster auf die Werbung reagierend, dass das, was sie im Fernsehen, auf dem Plakat, auf der Anzeige in der Frauenzeitschrift und so weiter sehen, sogar funktioniert, und zum Kauf von BILD-Zeitungen, Sportartikel, Autos, Last-Minute-Reisen, Fruchtsäfte, und sonstiges, für das geworben wurde, führt.

Nun, wenn das Werbetexten auch sein gezogenes Los ist, so richtig glücklich ist Lollo nicht mit der beständigen Erfüllungspflicht, Meinungen und Kaufeinstellungen der unschuldigen Bevölkerung zu beeinflussen, mit der obendrein ein, und das beileibe nicht bloß von Linksautonomen so aufgefasster, schlechte Ruf einer geht: Darf man den Zahlen der Umfrage trauen, befindet sich die Berufsgruppe der Werbefachleute im Vertrauensvoting der Deutschen auf einem der letzten Plätze, dem drittletzten Platz sogar – nur noch vor den Versicherungsvertretern und Politikern. Das ist ihm, Lollo, ja auch eigentlich schnuppe, natürlich, doch wünscht er sich eben manchmal dann doch Feuerwehrmann oder sowas geworden und somit bei der Allgemeinheit beliebt zu sein, doch Brandbekämpfung, Sanitäts- oder Pflegedienst sind seinem Naturell dann doch zu wider und es bleibt nichts, als sich seine Unbeliebtheit nicht anmerken zu lassen, und sich bestenfalls mit dem Schritttempo der Gruppe zu bewegen, über der das Damoklesschwert der Antipathie genau so schwebt, wie über einem selbst.

Mittagspause. In der U2 stapelt sich junges Gemüse im »Vierer« übereinander. Kein Schoß bleibt unbesetzt. Es wird eher gerufen als sich unterhalten, durchweg blitzen die Blitze der Smartphone-Kameras auf wie Sternschnuppen zu Beginn ihres Fallens. Und, wie es einem untergekommen ist, darf man sich mit jeder im Fallen erwischten Schnuppe insgeheim etwas wünschen, die erwiderte Liebe einer bislang unerwiderten Liebe, mal so als Inspirationsbeispiel für einen solchen Wunsch eingeworfen, so mag es sein, dass von den Jungs mit dem talgigen Teint und den Make-Up-Mädchen pro Knips fröhlich losgewünscht wird, mit dem fingertouch des Auslöserbuttons einen Moment eigefangen zu haben, der in derlei Wundervolligkeit einer rasant voranschreitenden Epoche – an die man sich in einiger Zeit bloß nur noch schemenhaft an die grundalbernen Gebaren und die fashionabel mies zusammengestellte Garderobe jener flatterigen Pubertätsära erinnern wird – so in dieser besonderen Breite dieses sporadischen, schnell ablaufenden Weilchens womöglich nie wieder in Megapixel zu bannen zu bewerkstelligen sein wird, und dessen kontemporäre Wiedergabe überdies, vollkommen unbemerkt beiläufig mit der Eigenschaft eines Museums veredelt, die später emotional um so wertvollere Reminiszenzen in fotografischen Exponaten nachträglich begreifen lassen. Die ausgelassenste Stimmung einer Bahnfahrt mit Freunden von der Schule. Ever. Lollo beobachtet vor allem die Jungen, wie sie sich ins Zeug schmeißen, bei den Mädels gut anzukommen. Und klar, wirken ihre Versuche katastrophal verkrampft und auszuschließen ist, dass ihr erstes Aufatmen der Erleichterung nicht außerhalb der vier Wände ihrer verbarrikadierten Kinderzimmer passieren wird, und doch ist Lollo neidvoll beeindruckt von der beachtlichen Präsenz des Wirkens jedes einzelnen in der Gruppe. Früh übt sich sozialer Umgang. Und auch später, scheint ihm, sollte man im Training bleiben um mitmenschlich nicht einzurosten. Manchmal, denkt Lollo weiter, ist es für späte Einsichten aber auch zu spät, und ein wenig Flugrost rieselt ihm aus dem Ärmel zu Boden.

Lollo klettert aus der U-Bahn-Station am Jungfernstieg und erreicht das Alsterhaus. Mit der Schulter drückt er die große Glastür nach innen, und es ergibt sich so ein Sog, so ein Gegendruck, der das Türöffnen so schwer macht, wenn die kalten Luft von draußen rein, und die erwärmte von drinnen nach draußen entweichen möchte. Trockene Heizungsluft braust durch den ersten Spalt aus dem Vorraum, in den Lollo gerade reinstolpert, ins Freie. Er hat sich vorgenommen, h e u t e i m *LeBuffet*-Restaurant, im vierten Stock des Altershauses zu essen. Dort gibt es alles, was Gaumen begehren: Indisches, Ceylonesisches, Italienisches, Gutbürgerliches, Chinesisches, Suppen, Crêpes, Smoothies, Eis, Kuchen, Torten, Cola, Fanta, Sprite, Bohnenerzeugnisse aller Art und Trallala.

Im Alsterhaus ist mittags ganz schön viel los, fällt ihm auf, während er sich durch einparfümiertes Gemenge im Erdgeschoss Richtung Rolltreppe wühlt. Nicht oder nicht mehr arbeitende Frauen verprassen zu Hauf ihr Erspartes für exklusive Eau de Toilettes, Cremes, Kayalstifte, Puder und so weiter und lassen sich von den weiße Blousons tragenden Beauty-Beraterinnen, die allesamt ihre Gesichtsfarbe anhand pudernder Rottöne auf Hautton von Squaws hochgeschminkt haben, und die zudem, sofern sie zu der jüngeren, dort beratenen Generation gehören, allesamt das Bild, das Lollo von weiblichen Partyhüpfern, die in irgendwelchen Großraumdiscos in denen R'n'B gespielt wird, auf Tanzflächen ihr Senkrechtes schlängelnd überschwappende Sektgläser hochhalten, hat, verkörpern, im *Beauty Department* beraten. Pornöse Bunnys, denkt er.

An einer der zahlreichen schwarz-weiß gescheckten Marmorsäulen, an denen meterhohe Spiegel angebracht sind, die den bereits weiträumigen Raum durch Reflexionen der Reflexionen der Reflexionen et cetera gar noch größer erscheinen lassen, bleibt Lollos Augenmerk an einem Plakat kleben, das, in einen goldenen Rahmen gefasst, Laetitia Casta zeigt, die in anrüchiger Rekelgeste auf einem Sofa in einem prunkvollen Pariser Hotelzimmer mit Blick auf den Eiffelturm für einen Damenduft im Flakon wirbt. Ihr Männerträume wahr werden lassendes Dralles umschmeichelt nur ein Hauch, sich um ihre Kurven schmiegende, perlmuttglänzende Seide. Ad hoc wird Lollo ganz wuschig und er bemerkt, wie er seit Sekunden bereits das Plakat anstarrt, sich dabei nur schleichend, manch bummelnde Frau dabei versehentlich anrempelnd oder auf die Hacken tretend, was jedes Mal ein entsprechendes Echo ergibt, vorwärtsbewegt, und so langsam mal seinen Blick von Laetitia Casta ablassen müsste, bevor die Leute es bemerken, dass da einer seinen vor Geilheit starr gewordenen Blick nicht von der ziemlich unverhüllten, abgedruckten Laetitia Casta lassen kann, doch er kann im Moment wirklich nicht weggucken, denn in diesem Moment, als Laetitia Casta in die Kamera und damit auch die sie Betrachtenden anschaut, und ihr Blick fast schon auffordert, ihr eine ausführliche Fußmassage zu geben, bemerkt er, dass ihm das fehlt, nicht das irgendjemandem eine Fußmassage geben jetzt, sondern, überhaupt mal wieder jemanden zu berühren, geschweige denn, von jemandem berührt zu werden. Das hier allgegenwärtig durch die Lüfte schwebende Parfümgemüsch tut sein üblich Betörendes, Lollo schnuppert das stimulierende Bukett der Weiblichkeit, ein Abriss allem, wonach die Frau von heute so duftet, süß, frisch, nach Gras, golden, herb, und dann erwischt Lollo auch noch einer dieser seltenen Momente, in denen einem nichts weiter durch den Kopf geht als das unabdingbare Verlangen, in den nächsten Minuten mit einem dazu bereiten Menschen zu schlafen, eben seine Hose zu öffnen, und die Luzi das volle Waschprogramm flöten zu lassen. Ich sollte unbedingt aufhören, das Plakat anzustarren, ermahnt er sich, das ist ja lächerlich, denkt er, wenn da einer das Plakat die ganze Zeit anstarrt, wie muss das wohl aussehen, wenn da so einer die ganze Zeit auf das Plakat blickt, von dem aus Laetitia Casta einen anblickt, voll pervers, denkt er, jetzt reiß dich mal zusammen, irgendwann abends, denkt er, holst du dir mal schön einen runter, aber heute Mittag haben derlei Begehrlichkeiten keinen Platz, da musst du dir später Zeit für nehmen, denkt er, und dir mal ordentlich einen runterholen, wenn du zuhause bist. Jedoch, bleibt er, nachdem er seinen Blick nun endlich von ihr abgelassen hat, noch ein bisschen in Gedanken bei Laetitia Casta, welche eine tolle Frau, Laetitia Casta, von so eine Frau wie Laetitia Casta, denkt er, könnte sich das allweltliche Foto- und Laufstegmodelaufkommen getrost manch Lendenscheibe abschneiden, das täte denen mal ganz gut, denkt er, und von den hiesigen Beauty-Beraterinnen, fällt Lollo in diesem Moment auf, wäre wiederum Chirurgen gut daran getan, sich nicht von deren zumeist nicht allzu üppig existierendem Kurvenreichtum, sondern jener inkomparablen Keimfreiheit ein Scheibchen abzuschneiden. Denn nicht nur, dass sich die beautyberatenden Damen allesamt pausenlos mit Desinfiziergelee aus dem Seifenspender die Hände bazillenfrei rubbeln als stünde eine OP bevor, obendrein sehen die vorzeigbaren Beauty-Beraterinnen auch am von den Händen abgehenden restlichen Körper über alle Maße sauber, ja fast schon antiseptisch aus! Jede noch so mickrige Gesichtspore wurde mit Concealer zugekleistert wie Bohrlöcher in Küchenwänden mit Moltofill, jegliches auf der Haut liegende rötliche Pünktchen Hautunreinheit ist unter einer präzise eben geklopften Staubschicht Pulver begraben, die perlweißen Zahnreihen machen den Anschein, aus dem Material aus dem Tic-Tacs bestehen gemeißelt worden zu sein, wenn Kundinnen begrüßt und jener scheinbar unvollständigen Beauty beraten wird, strahlen ihre kongruenten Hauer zwischen gewollt lächelnden, rosérot hervorgehobenen Lipglosslippen heraus, wie das UV-Licht der Solarien, derer sie sich regelmäßig bedienen. Laetitia Casta uns so Knallerfrauen, pah, denkt Lollo frustriert, bevor man eine wie sie kennenlernt, muss so eine wie sie ja erst einmal überhaupt da existieren, wo man sich herumtreibt! Doch gesteht er sich daraufhin schmerzhaft ein, dass mit Sicherheit auch in Hamburg jene Exemplare leben, bei deren Betrachtung Lollo automatisch die Zunge die Kinnlade herunter ausrollt, infolgedessen sehr schlecht das zu tun ist, was er so wie so nicht ausreichend beherrscht: Mit einer attraktiven Frau ein fruchtbares Gespräch zu führen, nämlich. Dazu wird ihm viel zu schnell viel zu flatterig, wenn er dabei ist, sich die zum Kennenlernen notwendige Aufmerksamkeit für seine Gesprächspartnerin aus den Rippen zu leiern. Doch Beziehungen entstehen nun mal nicht ohne des miteinander Sprechens und notwendiger Aufmerksamkeitsvortäuschung, wenn man dabei ist, sich kennenzulernen, das weiß Lollo genau so, wie, dass es, spricht er mit einer Frau eines optisch oder intellektuell oberen Kalibers, ihm zu einer unmittelbar erhöhten Darmfluktuation verhilft und sich sein Fokus von der Gesprächspartnerin ab auf die Suche nach dem nächstbesten Lokus umlagert. Und so blieb es bislang stets die Einsamkeit, die als einziger andauernder Besucher auf Lollos Hausmatte steht, wenn es an der Tür kratzt.

Er nimmt die Rolltreppe nach oben und streichelt mit dem rechten Daumen die linke Hand, die auf dem rotierenden Gummiband des Geländers liegt. Peinlich, denkt er, da giere ich nach einem Poster, auf dem eine unter Seide gebettete Prominente verspricht, fabelhaft zu sein, und ich glaube ihr das und dann vermisse ich sie, Laetitia Casta, oder so eine wie Laetitia Casta oder Hauptsache irgendein weibliches Wesen, das nach meinem Frauengeschmack, der übrigens geil ist, ist, in meinem Leben, und dann fühle ich mich einsam, heiliger Strohsack, ich fühle mich einsam, denkt er, weil eine Parfümwerbung, die mich geil macht, mich daran erinnert, wie einsam ich bin, wie traurig ist das denn, wie lächerlich ist das denn bitteschön, denkt er, jetzt bloß nicht weiter drüber nachdenken, sich jetzt bloß nicht weiterhin selbst vorführen, denkt er, bringt ja nichts, denkt er, nichts außer weitere daraus resultierende Traurigkeit und der aus der Erkenntnis, wie lächerlich ich bin, damit einhergehende Verlust an Selbstliebe. Apropos Selbstliebe – heute Abend nicht vergessen, sich schön einen runterzuholen und zu vergessen. Sich schön ausgiebig einen runterholen und vergessen, dass ich schlimmerweise spürte, wie es sich zu verlieben anfühlt, als ich im Erdgeschoss im Alsterhaus die auf ein Poster gedruckte Laetitia Casta angegafft habe. Ahja, die Treppenstufen der Rolltreppen haben Rillen, die Deckenleuchten leuchten hell, das Plakat wirbt für knallig gefärbte Socken, und schon habe ich die Fährte von eben verlassen, schon längst wieder vergessen und konzentriere mich endlich wieder auf Dinge, die scheißegal sind, denkt er plötzlich zufrieden und denkt infolge an nichts Bestimmtes und vor allem nicht an die Sache mit Laetitia Casta und seiner Einsamkeit zurück, es riecht auch nicht mehr so feminin, das hilft auch, und dann kommt er im dritten Stock in der Dessous-Abteilung an, in der, hinter einem Pult aus Holz, das man für eine moderne Nachrichtensendung nicht hätte anders entworfen haben wollen, eine den Stimulus bedrohlich herausfordernde Dame steht, derer Erscheinung der einer – Lollo schafft es auf die Schnelle nicht, den Vergleich zu einer anderen Tierart herzustellen – Wildkatze anmutet. Einmal hat einer erzählt, denkt Lollo, und kommt nicht mehr drauf, wer ihm von dieser Theorie erzählt hat, dass man das Aussehen von Frauen, auch den gut Aussehenden, in nur wenige tierische Schubladen stecken kann, es gibt Frauen, sagte der, der Lollo das mal erklärt hatte, die sind Kühe, Frauen, die sind Pferde, Frauen, die Schafe sind, Frauen, die Ziegen sind, Frauen, die Katzen sind. Das war's glaub ich, denkt Lollo, und geht alle Kategorien noch einmal durch und stellt sich dabei ein jeweiliges Gesicht einer Frau vor, die ihm so vorschwebt, wenn er sich denkt, dass da eine Frau wie eine Kuh aussieht, wie ein Pferd, wie eine Katze und so weiter und denkt auch jetzt noch, stimmt, denkt er leicht überrascht, mehr als diesen possierlichen Bauernhof an Tieren braucht es wirklich nicht, um da jegliche Frauenaussehen unterzuordnen, und die Frau hier in der Dessous-Abteilung im Alsterhaus ist vom Gesicht her, von ihren Bewegungen so weit ich das sehe, eben eine Katze, und weil sie diese südländischen, schwarzen, zu einem strengen Lehrerinnenzopf zurückgebundenen Haaren besitzt, auf denen das Licht der Lichtspots hell glänzende Bahnen wirft, handelt es sich hier, denkt Lollo, um eine Wildkatze, einen Panther, um eine Pantherfrau eben. Unterstützend kommt noch hinzu, dass sie sich eines Menschenfrau gewordenen Panters entsprechend bewegt, ihre Augen Mitternachtsfarbe haben und sie komplett in schwarz und so hauteng gekleidet ist, dass man bei jedem ihrer Schritte ihre Sehnen und Muskel arbeiten sieht. Die Pantherfrau ordnet einige mit Büstenhalter-Höschen-Kombis behangene Kleiderbügel in richtigen Abstand zueinander, zupft hier und dort ein wenig Stoff zurecht und hält Ordnung, wobei ihre Mimik dabei konstant streng bleibt, was vielleicht ja auch ein Ergebnis ihrer Langeweile, ihres Hungers nach Abwechslung ist. Die von Lollo besetzte Rolltreppenstufe setzt ihn im Dritten vor ihr ab. Lollo bleibt wie angewurzelt stehen. Er kommt sich vor, wie ein Beutetier, das ohne das irgendwie vorgehabt zu haben, den Weg der Pantherfrau kreuzt und ihm jetzt kein Ausweg sinniger erscheint, als bewegungslos an der Stelle auszuharren, vielleicht, denkt er, entdeckt sie mich dann nicht, dann entdeckt sie auch nicht, dass ich sie so schissig von der Seite anglotze, als hätte sie mich irgendwie in ihrer Gewalt, aber besser eigentlich, denkt er, sollte ich selbstverständlich schleunigst die nächste Rolltreppe nach oben nehmen, schnell raus aus dem Gefahrengebiet, nur wieso überhaupt, denkt er, macht mich ihre Erscheinung so nervös, das ist doch irre, was ist das, was ist denn heute eigentlich los, denkt er und denkt infolge an das, was er heute Abend scheinbar wirklich nötig und unbedingt vor hat. Normalerweise, wenn heute nicht heute und die Situation nicht Gegenteiliges beweisen würde, hat Lollo ja das Talent inne, sich einzubilden, dass ihm allen Ortes einige weiblichen Anwesenden in irgendeiner Weise an ihn gerichtetes Interesse bekundet. Natürlich überbringen die Interessenten ihr von ihm Gewolltes mit ihre Absicht verratender Kusshand, ganz offensichtlich ist das immer für ihn, dass die ein oder andere was von ihm will, da reicht einmal Kontakt mit den Augen, ein Lächeln und für Lollo ist die Sache klar – da geht was. Diese hochaufgeschossene Empfindung der Wirkungsweise seiner potenten Ausstrahlung setzt ihn doch manchmal mehr unter Druck, als ihm lieb ist. Ständig ist er aufgesessen, den liebestollen Blicken der Frauen standzuhalten und sich jene adäquat zu redigieren in Pflicht zu fühlen. Die Pantherfrau aber beachtet ihn nicht einmal. Das ist es vielleicht, was ihn unsicher macht, dass sie ihm nicht einmal Beachtung schenkt, sich nicht erkühnt, mit Wimpern zu klimpern, nachdem sie mich ankommen sah, denkt er, oder sie hat mich tatsächlich noch gar nicht gesehen, oder vielleicht ist sie auch lesbisch und schaut über Männer automatisch drüber hinweg, aber das will ich genau wissen, denkt Lollo jetzt ein wenig mutiger geworden, und nimmt sich vor, ihr zu Anfang erst mal zuzunicken, also gibt er sich einen Ruck und nickt der Dessous-Verkäuferin zu, als er denkt, dass der Moment günstig ist, da sie gerade in seine Richtung schaut, doch sein Gruß bleibt unbemerkt. Lesbe, denkt Lollo, und nimmt die nächste Rolltreppe, mit der er langsam gen Restaurant fährt und sich während des Gondelns fragt, ob er vielleicht Angst vor Lesben habe, vor Homosexuellen im Allgemeinen vielleicht, die Frage hatte er sich noch nie gestellt, könnte ja sein, dass er da Diskrepanzen hat, das wäre lächerlich, das weiß er auch, aber er hat sich noch nie gefragt, ob er Angst vor Homosexualität hat und wenn das so wäre, warum das so ist. Darüber sollte ich später mal nachdenken, denkt er, wenn ich Zeit dafür habe, jetzt, denkt er, ist irgendwie kein richtiger Zeitpunkt darüber nachzudenken, ob ich Angst vor

Homosexuellen haben und wenn ja, warum, und wenn tatsächlich ja – will ich das überhaupt wissen? Schnell an etwas anderes denken, denkt er, ich glaube, ich kann es schon riechen, denkt er, als er die letzten Meter auf der Rolltreppe in den Vierten zurücklegt, auf der Etage sich das *LeBuffet*-Restaurant befindet.

Der Geruch von Essen bringt Lollos Magen zum Knurren. Typisch, denkt Lollo spöttisch, das ist wie mit einfach allem, aus den Augen, aus dem Sinn, aber wird einem etwas Begehrenswertes vor die Nase gehalten, wird das vor die Nase Gehaltene plötzlich sowas von begehrenswert, damit hätte man vorher, als da noch nichts war, nicht gerechnet. Es ist wie mit Laetitia Casta, denkt er. Erst denkst du nicht an Laetitia Casta, dann hängt da so ein Plakat und schon bist du verliebt in die. Begehren ist etwas Primitives, denkt er, aber wo würde es uns hinführen, würde es nicht typisch menschlich sein, zu begehren. Zum einen begehrte einer vielleicht nicht eines anderen Weibe oder wie das war, schon, zum anderen aber begehrte man zum Beispiel dann auch kein leckeres Essen und vergesse zu essen und würde demzufolge verhungern, so sieht's nun mal auch aus. Und um begehrenswert zu schmecken, haben Früchte beispielsweise ja auch einen besonders guten Geschmack und auch Mahlzeiten kocht man demgemäß, dass sie lecker schmecken werden. Das ist wiederum genau wie mit den Frauen, die machen sich ja auch schön her, um begehrenswert zu sein, aber besser hier jetzt mal so langsam den Gedanken abbrechen, denkt Lollo, das bringt ja jetzt nichts so eine Gedankenkette zu beginnen, das führt ja ins Unendliche und etwas ungeheuerlich Bedeutungsvolles ist damit nun auch wieder nicht herausgefunden worden, denkt er und nimmt sich, um sich von seinem Homo-Einfall abzulenken, schließlich vor, bevor er ins *LeBuffet* geht, noch einen Abstecher über den Delikatess-Boulevard selbiger Etage zu machen.

Sich im hinter unruhig gelb-orange flackernden Wänden des Veuve Clicquot-Standes versteckend, thronen zwei Frauen zu Seiten eines dicken Mannes auf 90er Jahre Möbelmesse anmutenden Barhockern an der U-förmigen, eisweiß beleuchteten Moet Chardon-Champagnerbar. Der Dreier süppelt das fürstliche Prickelwasser. Wie es dem klischeehaften Abbild ihresgleichen Kreise gängig sieht, ist der weißhaarige, wohlstandsbäuchige Mann mit dem an den Ärmeln hochgekrempelten Hemd in ihrer Mitte höheren Alters als die seine Haare auf den Unterarmen streichelnden Frauen. Und das wesentlich. Routinesicher bedient derweil eine Halstuch tragende Moet Chardon-Mätresse die sich betrinkenden Gäste innerhalb der angebrachte Atmosphäre schaffenden Champagnerwolke. Lollo riecht den Champagner bis auf den Gang und denkt, dass sich den Geruch von erstklassigem Perlwein wirklich nicht viel vom Odeur eines handelsüblichen, vor Rewe schnorrenden Obdachlosen unterscheidet. Das ist auch ein Job, denkt Lollo, solche Leute tagein, tagaus Visavis bedienen zu müssen, ohne auch nur einen Funken die Miene zu verziehen, ohne dass die bemerken, wie scheiße man sie eigentlich findet. Der Job ist härter als meiner, denkt er die Frau hinterm Tresen umso mehr bewundernd, je länger er darüber nachdenkt, was für einen Schießjob sie eigentlich hat, und dann hat er keine Lust mehr, wie vorgehabt, noch den Delikatess-Boulevard entlang zu schlendern, sich die Olivenöle, die handgegossenen Schokoladen, die Meeresspezialitätentheke, die Käsetheke, das Abteil mit den Tees und den ganzen Schischi reinzufahren und dreht direkt um und geht zum *LeBuffet* rüber.

Er nimmt sich ein Tablett vom Stapel und verschafft sich erst einmal einen Überblick, wo was steht, wo man Getränke holt, wie der Weg zur Kasse ist, wenn er sich etwas zu Essen ausgesucht hat und so, er war länger nicht mehr hier, hat das alles irgendwie vergessen und steht nun mal auf reibungslose Abläufe. Das Küchen-Rondell in der Mitte des Banketts, in dem Landsmänner und -frauen in kleinen Parzellen Landesgemäßes zusammenbrutzeln, verbreitet Multikulticuisinewogen, so dass dem Werber wohl das Wasser im Mund zusammenläuft, doch er daraus nicht herauskristallisieren kann, wonach seinem Gaumen heute die Lust steht. So geht er erst einmal eine Runde im Kreis herum um sich die Auslagen anzuschauen, entscheidet, dass die Lasagne beim Italiener das Los gezogen hat, und lässt sich ein appetitlich qualmendes Stück auf einem kleinen Teller reichen. Mit der Lasagne und einer 0,2-Liter-Glasflasche Mineralwasser mit Strohhalm bewegt er sich zu den Kassen, überblickt beim Bezahlen des Menüs den Speisebereich nach freien Plätzen und entdeckt einen freien Tisch in vorzüglicher Nachbarschaft zum Fenster, das einem beim Mahlzeit in sich hinein Schaufeln einen stattlichen Ausblick auf die Binnenalster verschafft.

Touristenbeladene Barkassen tuckern, die dort treibenden Schwäne aufscheuchend, ums Wahrzeichen des Teiches am Jungfernstieg: die ca. 60 Meter hoch spritzende Alsterfontäne, die bei günstigem Windaufkommen nicht nur die Scheibenwischer der Boote winken lässt, sondern unverhofft auch die Einkaufstüten Spazieren tragenden Landratten bis nahezu Höhe des Vier Jahreszeiten besprenkelt.

Lollo hängt den Mantel über die Lehne, nimmt Platz, rückt den Teller auf dem dunkelbraunen Tablett zurecht, rollt das Besteck aus der Servietten, ordnet es, links Gabel, rechts Messer, den Händen zu, und ist gerade in Begriff, zu futtern anzufangen, da überfällt ihn der Umstand, unerlässlich austreten zu müssen. Er muss ganz nötig, ganz plötzlich. Das nervt. Aber keine Chance das Essen zu genießen, solange er so doll pinkeln muss. Das muss jetzt sofort erledigt werden, denkt er, sonst kann ich's mir nicht schmecken lassen und quäle mich hier rum, geht doch ganz zack zack, denkt er, wüsste ich nur, wo sich die Toiletten befinden. Er schaut zum Kassenbereich rüber, entdeckt aber nichts, das auf Toiletten hinweist, kein Schild, keine sich sonst noch logisch ergebene Richtung, er legt das Besteck nieder und tritt den Gang zur Suche an. Er läuft beim Chinesen entlang, an Indien vorbei, den Spanier streifend, den Italiener passierend, der ihn erwartungsvoll anschaut, als befürchte er eine Reklamation, Deutschland tangierend, geht den gang entlang und findet endlich das WC-Schild.

Beeilung, denkt Lollo, der mit dem Strahl ins kleine Abflussloch im Pissoir zielt, wenn ich mich nicht beeile, ist die Lasagne kalt, und dann knarrt sein Bauch passender Weise Auffüllung verlangend, aber zu doll beeilen, denkt er, bringt es auch nicht, sonst bleibt da noch was drin hängen, wenn ich ungeduldig werde, hier zu früh Schluss mache, den Kuhstall zu früh zumache, und mit einer vollgepissten Unterhose Lasagne essen, wäre ja wohl das Letzte, also Contenance, ganz locker, lass laufen, entspann dich, Kollege, denkt er, und dann fällt ihm dieser Spruch »Es hilft kein Schütteln, es hilft kein Klopfen, in die Hose geht der letzte Tropfen« ein, und er muss lachen, und genau in diesem Moment geht die Tür auf und ein Mann gesellt sich zu ihm und Lollo zwingt sich, ganz schnell mit dem Lachen aufzuhören, das könnte missverstanden werden.

Zurück am Fensterplatz entdeckt Lollo, dass die Lasagne erfreulicherweise, vermeintlich noch genau so unberührt, dort steht, wo er sie so lecker dampfend hat zurückgelassen. Kurios nur, dass auf dem Stuhl auf dem er saß, dem Stuhl direkt vor seinem Tablett mit seinem Teller mit seiner nun nicht mehr so köstlich dampfenden Lasagne drauf, nun jemand anderes sitzt. Eine schmale, unter langen, offenen Haaren vermummte Gestalt, eine Frau vermutlich, dessen Haare so lang sind, dass ihr die Enden im Sitzen auf den Oberschenkeln liegen. Die sitzt jetzt da und Lollo kann nicht einmal ihr Gesicht erkennen vor lauter Haaren. Oder schaut sie aus dem Fenster und deshalb kann er ihr Gesicht nicht sehen. Lollo wundert sich und bemerkt, dass er zu schleichen begonnen hat. Es kribbelt ihm vor Aufregung in der Brust. Hätte sie sich nicht auf den Platz gegenüber meines Platzes setzen können, denkt er, der ist doch auch noch frei, will sie unbedingt einen Platz am Fenster haben, das geht doch so nicht, das Tablett steht doch genau an der Kante der Tischplatte, deutlicher kann man die Zugehörigkeit des Essens zu einem Sitzplatz gar nicht darstellen, das sieht man doch, das der Platz, gerade genau der Platz mit einem gerade noch am dampfen gewesenen Essen nicht, denkt er verärgert, das ist doch völlig bescheuert, setzt man sich genau an den Platz, wo ein Tablett mit Essen auf dem Tisch steht und obendrein noch einer Jacke über der Rückenlehne hängt, die muss ja vollkommen blind sein, oh nein, denkt Lollo jetzt, da ihm das sehr wahrscheinlich vor kommt, dass die, die da platzgenommen hat, blind ist, wahrscheinlich ist die blind, die da sitzt, das kann ja heiter werden, Blinde gehören zwar nicht der unzurechnungsfähigen Sorte Behinderter an, aber wenn man nicht weiß, wie man damit umgehen soll, mit deren Blindsein, dann verhält man sich aus Versehen vielleicht nicht regelrecht, die gucken ja auch immer so komisch, da weiß man ja nie, woran man ist, und wenn ich die erst einmal davon überzeugt habe, dass das mein Essen ist und ich meinen Platz wieder haben möchte, soll ich der dann einen neuen Platz suchen und die am Arm da hin führen, oder was, denkt er, warum muss das ausgerechnet mir passieren, das ist doch alles scheisse, da hab' ich jetzt nun mal wirklich keinen Bock drauf, auf sowas, denkt er, und kurz überlegt er, ob er sich nicht einfach ein neues Essen kaufen und sich woanders hinsetzen soll. Wenn er aufgegessen hat, oder sie noch bevor er aufgegessen hat aufsteht und geht, zieht er einfach die Jacke von der Stuhllehne und haut schnell ab aus dem *LeBuffet*, aber das wäre lächerlich, denkt er dann, so asozial kann ja keiner sein, denkt er, und gibt sich einen

Ruck und macht ein paar wie auf Samtpfoten so leise voreinander gesetzte Schritte zu seinem nun von jemand anders, eventuell blindes, besetzten Platz hin. Ich könnte mich ja auch einfach auf den Platz gegenüber setzen und das Tablett wortlos zu mir rüber ziehen und anfangen zu essen, denkt er, aber dann würde ich mich so beim Essen beobachtet fühlen, blind hin oder her, und dann wäre da noch das mit der Jacke, die dann da noch über ihrem Stuhl hängt. Spätestens wenn ich fertig mit Essen bin, muss ich da ja irgendwie an die Jacke dran. Erstmal auf den Platz gegenüber setzen, so fang ich erstmal an, denkt er, das ist nicht weit vom Essen entfernt und dann bin ich nicht mehr weit davon entfernt endlich zu essen. Also setzt er sich. Er legt die Arme auf den Tisch, schaut zu ihr rüber und sieht nichts als Haare und flüstert: »Hallo.«

Keine Reaktion der Platzdiebin. Die Spitzen ihrer Ohren stechen ein klein wenig durch die glatten braunen Haare, die ihr in einer geschlossenen Bahn rundherum vom Scheitel herunterhängen und an der Stirnseite zwischen den Ohren das Gesicht vor der Außenwelt verstecken wie ein zugezogener Theatervorhang die Bühne. Lollo verspürt keinen Hunger mehr, dafür auf einmal Hormone tanzen. In seinem Bauch machen sich Schmetterlinge ans Werk, Staubschichten von den Flügeln abzuschütteln. Was ist denn hier los, wundert er sich, was geht denn da ab, erst Laetitia Casta, dann die Pantherfrau und jetzt sowas, locker bleiben, Kollege, ermahnt er sich, nur ruhig Blut, was auch immer es ist, es fühlt sich okay an. Unsicherheit vermischt sich mit Entspannung und Lollo wundert sich, wie das überhaupt einer gehen kann, tut es aber und er beschließt, das Tablett rüber auf seine Seite zu ziehen und schon mal zu essen anzufangen, dafür war er ja auch eigentlich hier, und nicht etwa, um sich mit allerlei Frauenkram zu beschäftigen. Er trennt eine Gabelportion von der Lasagne ab und versucht unter nervös zitteriger Zurmundführung einen Bissen, und er bemerkt, wie seine

Bewegung der Gabel zum Mund die Aufmerksamkeit seiner ihm gegenüber erregte. Die schaut mir ja beim Essen zu, denkt er, und ihm fällt auf, dass er zwar Lasagne im Mund hat, jedoch überhaupt nicht schmeckt, wie die schmeckt, und er hat auch gar keine Lust mehr, seine Nudeln zu genießen, der Appetit ist ihm irgendwie vergangen, nur noch der Hunger bleibt, und so wundert er sich über das, was er da vor sich sitzen sieht und schiebt sich eine neue Portion von der Lasagne in den Mund. Die Hände der langhaarigen Frau ruhen wie die eines gesitteten Internatmädchens aus Anno Tuck ineinander gefaltet auf ihrem Schoß, was sehr verschwiegen, beinahe leblos wirkt, doch geht von ihr so eine stille Unruhe aus, die will doch irgendwas, denkt Lollo, die hat doch was vor, denkt er, die mysteriöse Tischgespielin scheint wie ein Hund um ein Leckerli zu betteln, kommt ihm in den Sinn, ein besonders gut erzogener Hund allerdings, der stumm und bewegungslos um Aufmerksamkeit und Essen wimmert. Die hat sich ja nicht meinetwegen hier hin gesetzt, nicht meiner anatomischen Aufstellung halber hier hin gepflanzt, die ist nicht interessiert an mir, ich war ja gar nicht zugegen, als sie mir den Platz weggenommen hat, denkt er, die will meine Lasagne, so viel ist mal klar!

Diskret lehnt sich Lollo zur Sitznachbarin herüber über den Tisch, um zu erschnüffeln, ob sie den »Freiheit« symbolisierenden Duft der Obdachlosigkeit versprüht. Aber nichts da. Sie riecht gut. Gut nach eben Garnichts. Sie sieht auch nicht aus, als lebe sie auf der Straße, dazu ist ihre Kleidung zu sauber und ihre auf Hochglanz gestriegelten Haare liegen picobello. Lollos Augenlieder beginnen zu zittern, Stress baut sich auf oder Aufregung, was auch stressig ist, sich in diesem Fall aber wärmer, irgendwie netter anfühlt, als dass er bloß stark zu schwitzen anfängt. Fipsig bebendem Inneren ist ihm, als gehe schon bald sein Mittelohr flöten, doch wird ihm nicht schwarz, sondern plötzlich quietschbunt blümerant vor Augen. Wird ja immer skurriler hier, denkt

Lollo, der so was noch nie gefühlt hat, fühlt sich aber gut an und er hat gar keine mehr Angst oder sowas, und er fragt sich, ob in der Lasagne synthetische Drogen versteckt waren, die in diesem Moment wirken, aber warum sollten gerade in der Lasagne Drogen versteckt sein, denkt er sich, was hier ab geht, kommt nicht vom Essen, sondern von der Situation, soviel ist sicher. Um sich die Verblüffung nicht ansehen zu lassen, trennt er mit der Gabelseite ein nächstes Stück von der Lasagne ab, und der Happen bleibt ihm quer im Hals stecken und er würgt, peinlich, denkt er, jetzt würge ich auch noch, und dann hat er das Stück zurück auf seine Zunge gewürgt und schluckt es erneut, was jetzt noch etwas einfacher runter geht, da das Stück bereits die Form seiner Speiseröhre angenommen hat. Lollo bemerkt, dass ihm Tränen die Augen hochgestiegen sind, durch den dadurch milchig gewordenen Blick linst er zur Tischplatte gesenkten Kopfes zur Fremden gegenüber rüber. Und obwohl er ihr Gesicht nicht sehen kann, bloß durch die Position ihrer ihr durch die Haare spitzenden Ohren erkennen kann, wo es sitzen muss, ist ihm, als schaue sie ihn direkt an, als starre sie gar.

Die folgende Gabel, mit der Lollos Hand wie fremdgesteuert ein weiteres Stück von der Lasagne abquetscht und vom Teller hebt, wandert – in diesem Moment macht sein Herz einen Lebensmüdigkeit vortäuschenden Satz und wagt den Klippensprung in seine Hose – rüber zur Essenschnorrerin.

Die Nase der sich klammheimlich zu seinem Mittagessen Gesellten sticht wie in Zeitlupe durch den Haarvorhang, bald kommen ihr leicht geöffnete, rosafarbige Lippen nach, dann sieht man etwas vom schneeweißen Kinn. Lollos Finger lassen die schwebende Gabel in der Luft zittern. Ihr Kopf nähert sich, mit der Oberlippe stupst die Fremde das Nudelhäufchen an und schreckt blitzartig zurück, als ob die Nudel heiß wäre, ist sie aber nicht, im Gegenteil, die Lasagne ist inzwischen komplett abgekühlt. Sie lässt erneut die Oberlippe gegen die

Portion auf der Gabel stupsen, dann öffnet sie den Mund, stößt ruckartig mit dem Kopf nach vorne, stülpt die Lippen über die Nudelportion, zieht sie im Rückwärtsgang von der Gabel ab und verbleibt, zurückgelehnt an Lollos Jacke, die Hände stets ineinander gelegt im Schoß ruhend, wie ein Hamster mümmelnd, unter ihrem Zelt aus Haaren versteckt, aus dem heraus es manchmal so schwer ausschnaubt, dass Haarsträhnen nach vorne fliegen und über dem Tisch wehen wie Fahnen mit Rückenwind.

Draußen, zu Boden des Jungfernstiegs, kreischt ein Kleinkind aus dem Kinderwagen, ein Hund bellt wie Nachbars Lumpi, ein Fahrradfahrer legt eine Vollbremsung hin und sich mit lautem Rumms lang, wegen des Busses, der den Zebrastreifen nicht beachtete und um die Kurve bog, Menschen hicksen vor Erschrecken über den Beinaheunfall, die Alsterfontäne prustet unentwegt Wasser in die Atmosphäre, als erzählte einer der Binnenalster, nachdem sie einen kräftigen Schluck aus dem Wasserglas genommen hat, eine gelungene Pointe, dessen Witzigkeit niemals endet, die Eitelkeit dringt durch die Ritzen zwischen den riesigen Glasscheiben des Apple-Stores und findet beharrlich reichlich geeignete Andockpunkte in der Empfindsamkeit des noch so pedantischen Konsumenten, im vierten Stock im Alsterhaus tauschen Mägen der Mittagspäusler Zustände mit dem Geschirr vor ihnen, an der Tablettrückgabe da hinten geht Glas und Porzellan zu Bruch, allerlei Umstände flehen um Aufmerksamkeit, doch das alles juckt Lollo nicht. Er hat sich ganz und gar auf die unverhoffte Fütterung eingeschossen. Die Welt um sich herum hat er ebenso ausgeblendet, wie seinen einst in recht anständiger Intensität zurückliegenden Hunger. Er vergisst selbst zu essen, dafür finden immer mehr Gabeln den Weg ins Zentrum des haarigen Vorhangs, hinter welchem sich ein Gesicht versteckt, von jenem dem Werber noch keine Kostprobe gegönnt war, einen kurzen Eindruck zu erhaschen. Es äst, keucht und mampft im Zentrum der haarigen Kulisse, sobald die Frau vor Lollo den Körper von der über den Tisch gelehnten in die nach hinten lehnende Kauposition zurück zieht. Schnell ist der Teller aufgegessen und Lollo, der erst jetzt bemerkt, dass er in so etwas wie einer Trance steckt, wacht auf und sieht, dass sich auf der Tischplatte etliche zermalmte Nudelwürmchen, Zucchinistücke mit Bisswunden und vereinzelte Regentropfen und Pfützen aus Speichel sammeln. Was für ein Schlachtfeld, denkt Lollo, und erinnert sich gleich an einen Fernsehspot, dessen Aufzug in nahezu identischen Abwandlungen sicherlich schon für zahllose Werbefilme wieder- und wiederverwertet wurde, und der ging so, da war nämlich so ein Kleinkind, ein Junge, mit Lätzchen um den Hals, im Kinderstuhl, und der, der Junge, war frech zu seinem ihn zu füttern versuchenden Vater und wollte das nicht essen, was ihm die nur noch am äußeren Rande seiner Geduld befindliche Vaterfigur mit dem Löffel reichte und schlug um sich und seinem Erzeuger nicht müde werdend den voll beladenen Löffel aus der Hand und bald war die ganze Szenerie am Esstisch mit orangefarbenem Brei vollgesudelt und der Sohn schaute grimmig doch triumphierend über seine vor der Brust gekreuzten Arme den Vater, der eine wahrlich schlechte Figur beim Füttern machte, an, und der Vater tat, als wäre ihm beim Anblick des Blickes seines störrischen Sohnes umgehend zu heulen zumute und eine dazugehörige Mutter trat in diesem Moment der emotionell umkippen zu drohenden Expression rettenderweise ins Bild und sorgte für spontane Ermunterung in allen im Spot vorhandenen Gesichtern, denn sie hatte gleich das Waschmittel, das die weißen Kleidungs- und textilen Tischdekorationsstücke ganz easy pisi von orangenen Flecken befreit, parat, und der Junge tat dem Vater sodann den Gefallen, ihm dann doch noch brav oral einen Löffel abzunehmen. Naja, auf jeden Fall sah der Schauplatz in besagtem Werbespot ähnlich benimmanarchisch dem hiesigen Umstand aus und demgemäß stellte sich Lollo gleich die Frage, ob er ein ebenso talentloser Fütterer sei, wie der gecastete Schauspielervater aus der Werbung von damals und erwartete beinahe eine ihm unbekannte Angetraute, einen Großpack Megapearls umarmend, ihm in den Augenwinkel flattern oder sich gar die Ariel Klemetine zu ihnen gesellen, diese, die Klementine, allerdings aber doch vor ein paar Jahren gestorben ist, weiß Lollo noch.

Lollo legt die Gabel auf dem Teller ab, wischt sich mit den Handballen die Augen aus, als wolle er nach Stunden des Wegdösen den Sandmännchensand entfernen. Ihm fällt auf, dass er total neben sich steht, über ihm flattert ein beflügeltes rotes Fragezeichen, und dann bemerkt er, dass er seine Fußsohlen nicht mehr spürt und auch sein Hintern, der lang wie breit auf dem Holzstuhl rastet, fühlt sich taub an, als schwebe er mit geringem Abstand über der Sitzfläche. Die Sektion unterhalb der Gürtellinie verweilt derweil schwerelos, wobei sich seine Arme bleiern der Schwerkraft hingeben, als sei ihr Besitzer von der Tsetsefliege heimgesucht worden. Müde schaut Lollo zu seiner Gegenüber herüber.

Der sich selbst zum Mittagessen Einladenden schießt in diesem Moment eine Hand aus dem Schoss ans Kinn, sie schiebt die Haare vorm Mund an die Seite und putzt sich, vier Finger kurzum zur Serviette umfunktionierend, die vor Öl triefenden, mit Tomatensoße verschmierten Lippen ab. Für einen kurzen Augenblick kann Lollo die Augen seiner Gegenüber erkennen. Sie fixieren den hinteren Teil, also den Teil direkt vor Lollo, auf der Tischplatte auf der der leere Teller steht, und schauen nicht – zum Dank für das unkonventionelle Essen etwa – zu ihm hoch – hoch in seine Augen, sodass es Lollo etwa gelänge, aus ihnen etwa ein gewisses Vorhandensein eines gewissen Interesses an ihm herauszulesen, das auf eine etwaige Begründung hinweist, warum sie gerade ihn, gerade hier oder andersherum mit ihrer Existenz überraschte –, sondern einfach nur auf den leeren Teller, der da auf dem Tablett steht.

Die Rätselhafte öffnet ihre Beine und schaut durch einen ihr vom Kopf gen Boden baumelnden Tunnel aus Haaren zwischen ihnen hindurch auf ihre Schuhe. Dabei krallen sich ihre Fingernägel in die Jeans auf ihren Knien, die da, an den Knien, schon ein wenig aufgeribbelt ist. Soeben schüttelt sich die Fremde, formt schnell einen Katzenbuckel und eruktiert in den geschlossenen Mund. Ein voluminöser, hohler Rülpser, vor dem manch Elchröhrenimitiermeister staunenswert den Hut zieht, ist deutliche zu vernehmen, beim Ausatmen fliegen ihre Haare im Wind ringsherum, zu ihren Füßen wird Staub und Dreck aufgescheucht. Dass spätestens ihr kräftiges Bäuerchen jetzt auch alle Aufmerksamkeit bisher unaufmerksamer Anwesender auf Lollo und seine vermeintliche Begleitung wie mit unsichtbaren Lassos heranzieht, juckt Lollo wenig. Zu sehr steht er neben sich und ist, wenn er auch als aus Fleisch und Blut modelliertes Erscheinungsbild so existent wie es nur möglich ist, in der Realität mit seine Verfassung illustrierender Schlagseite auf dem Stuhl am Tisch im *LeBuffet*-Restaurant kauert, irgendwie trotzdem nicht ganz er selbst. Ihm ist gerade, als könnte er sie, also die Fremde und sich selbst, selbst von Außen dabei zuschauen, wie ihr Bild als unkonventionelles, sich klangheimlich inmitten eines gängigen Bildes geschlichenes Paar, zu diesem Zeitpunkt Gewohnheiten attackiert. Sie gehört zu mir, das was die alle sehen, sind wir, denkt er von einer plötzlichen Klarheit erfasst, die ihn selbst überrascht, das ist sicherlich wie mit vielen Erlebnissen, die später als »einschneidend« eingestuft werden, den ungemütlichen, denkt er, Situationen, in denen du dir normalerweise nichts mehr wünschst, als dass sich der Boden auftut und dich verschlänge, das ist wie mit einer Geburt vielleicht, spinnt er weiter, obwohl, kinderlos wie er ist, er gar keinen Schimmer hat, wie das so ist, bei einer Geburt, ihm fällt auf die Schnelle aber kein treffenderes Beispiel ein, mit dem er seinen Gedanken füttern kann, keine Ahnung, aber sowas ist bestimmt ein einschneidendes Erlebnis, vor dessen Geschehen du dir erst viele zerfahrene Gedanken machst, wie das so werden wird und was alles passieren kann, hast Schiss und fragst dich, ob du das überhaupt aushalten kannst, dabei zu sein, während deine Frau stundenlang versucht, unter den größten Schmerzen, die ein Mensch in einer solchen Ausnahmesituation eben zu ertragen hat, aus einer für einen geeignet großen Ausgang nach draußen viel zu kleinen Öffnung ein Kind rauszudrücken, und schreibst vorab schon mal gute Ausreden auf einen Zettel, die dich vom Dabeisein im Kreissaal im Notfall entschuldigen können, und dann bist und bleibst du doch dabei, bei der Geburt, und dann erfährst du auf jeden Fall, dass das doch alles gar nicht so schlimm ist, wie du gedacht hast, musst ja selbst die Schmerzen nicht aushalten, wobei den Gebärenden ja ein Hormoncocktail dabei behilflich ist, die Schmerzen auszuhalten, und, naja, also, denkt er schnell, bevor sich der Faden endgültig zu verlieren droht, bevor ich hier jetzt endgültig den Faden verliere, das hier mit der, die ich soeben gefüttert habe, weshalb uns jetzt alle anschauen, ist eben auch so ein Fall von »Schaff' ich nicht« und »Ging letztendlich dann doch«, wenn man erstmal live dabei ist, die Situation zu bestehen, da steckst du knietief einbetoniert im Schlamassel drin und dann bleibst du locker, eben so locker, dass du deinen Rumpf schon nicht mehr spürst, und ziehst das durch, als wärest du ein alter Hase in derlei Sonderumstände oder würdest üppig bezahlt dafür, deinen Mann zu stehen oder, als hättest du diese Hardliner-Fähigkeit, uneingeschränkt eiskalt bei Sache zu bleiben. Gerade jedenfalls kommt sich Lollo, auch wenn ihm sehr schwindelig ist, so angenehm unzugänglich vor und es rumpelt in ihm drin, als er bemerkt, wie die sich in seiner Peripherie bewegende Kompanie ihn sowie seine Gefütterte verächtlich und angewidert anschaut, und das schräge

Angucken erzürnter oder angeekelter Gesellschaft zündelt umgehend an seiner verkürzten Lunte – ein Relikt seiner grob vier Wochen andauernden Vergangenheit als Bierdosen aufreißender Bahnhofstreppen-Punk mit hohen, zumindest mündlichem Aggressionspotential –, mit der er ausgestattet ist, und dementsprechend ist Lollo bereit, zu allem bereit, seine jüngst zu ihm Disponierte und ihr gemeinsames Essverhalten nach allen Regeln der verbalen Kampfkunst zu verteidigen, wenn nötig, sogar mithilfe von markerschütternder Stimmerhebung nebst beidhändiger Drohgesten mit abgespreiztem Ringfingernachbar, wobei mit dem Nachbar nicht derjenige Finger gemeint ist, den die Edelgilde bei genüsslicher Vertilgung von Schaumwein vom Glashenkel abstehen lässt. Gerade ist Lollo dabei, sie beiden, die mit den irrsinnig vielen, langen braunen Haaren und sich selber, sich immer tiefer als zusammengehörig, als Team, als Komplizen, einzuverleiben, Bonnie und Clyde, Marianne und Michael, Klaus und Klaus, da springt die Braunhaarige abrupt vom Stuhl auf und hält ihm am lang ausgestreckten Arm schroff ihre Hand entgegen. Als sich ihr Körper aus dem Stuhl erhebt und ihr Bauch Lollo auf Nasenhöhe begegnet, fallen ihm zuerst die Essensreste auf, die sich auf ihrem Mantel zu einem Muster wie aus dem Kaleidoskop – Nudeln, Brocken und Kleckse sind ausgewogen verteilt und nahezu kongruent zueinander positioniert – verstreut haben, dann erst ihre Hand. Er erhebt sich, greift danach und schüttelt sie. Ihre schmalen Finger liegen ihm in der Hand wie leblose Sardinen. Zarte, warme Sardinen, die er mit dem Schütteln in ein zünftiges Schleudertrauma versetzt. Der Arm der Langhaarigen, die, stellt er fest, als er so vor ihr steht, die ulkige Maßeinheit eines circa »halben Kopfes« kürzer ist als er, schlackert bis zur Schulter mit dem Rauf und Runter der Hand mit, als rüttle er am Arm einer Abgelebten. Darauf zieht es ihren restlichen Körper in Mitleidenschaft und schon bald schaukelt ihre lange, braune, haarschampoowerbungglänzende Haarpracht vor und zurück und vor und zurück und erste Essensreste verabschieden sich vom Mantel und fallen zu Boden. Wie die langen Haare der Mitesserin während des Händeschüttelns so in gleichmäßigen Wellen nach vorne und nach hinten zurück schwappen, sticht die Nase Lollos neuer Bekanntschaft gelegentlich durch den dichten Vorhang aus Haaren und teilt diesen, infolge ist ab und zu für einen kurzen Moment ihr Gesicht dahinter zu erkennen, von dem Lollo nicht mehr sieht als Augen und noch mehr Haare über darüber, über den Augen, dicht gedrängte Haare, langes, dichtes Haar, das buschige Augenbrauen formt. Augenbrauen, die leuchten. Leuchtende Augenbrauen von denen Lollo meint, sie innerhalb von Bruchteilen einer Sekunde farbig aufblinken gesehen zu haben. Er möchte fast in noch größerer Kurve ihre Hand hoch und runter bewegen, um genauer zu erkennen, was es mit diesen enormen Augenbrauen auf sich hat, doch da bekommt er mit Schmackes einen in die Hand gewischt, als hielte er am Schafgehege einen Elektrozaun fest, und lässt als Reaktion auf den Schmerz sofort ihre Hand los, die sogleich aus seiner Hand heraus fällt und neben ihr am Arm herunterbaumelt, und stracks macht sie auf der Hacke eine Kehrtwende und bewegt sich auf direktestem Wege zur Rolltreppe, die nach unten führt, und taucht hinterm Horizont des vierten Stocks unter.

Wäre sie noch etwas geblieben, hätte Lollo folgende drei Fragen gehabt: »Sehen wir uns wieder?«, infolge eines bestätigenden Nicken »Wo sehen wir uns wieder?« und das zweisilbige, in Berichten nach im Medienumfeld so genannten »Tragödien« stets in die ohne Vorwarnung vom Vorfall erschütterte Runde geworfene W-Fragewort: »Warum?«

Wieso, weshalb, warum ist der Platz dreckig, hat Lollo immer noch Hunger, leuchteten ihre Augenbrauen, kann er nicht fassen, das das gerade wirklich passiert ist? Darum, weil sie aß wie ein Ferkel mit unzureichender Kinderstube, darum, weil Lollo fütterte bis der Teller leer war und selbst vom Gericht nahezu gar nichts aß, darum, weil, Himmel, keine Ahnung, warum ihre buschigen Augenbrauen hinter dem ungewöhnlich undurchlässigen Teppich aus Haaren zu leuchten schienen, und zuletzt ist es darum nicht für ihn zu fassen, was seinem bisher eigentlich ziemlich ereignislos hinschwindendem Leben zu dieser Mittagspause widerfuhr, weil Unfassbares oft die Eigenschaften einer Eingebung hat: Sie schneit ohne Termin ins Haus und so unvorhersehbar sie aufgetaucht ist, so unvorbereitet ist man sie zu verdauen verpflichtet. Unfassbares ist eben gewöhnlich unglaublich.

Eines ist aber trotz aller Unklarheit klar wie destilliertes Wasser zum sedimentfreien Bügeln feinster Blousons: Er muss sie wiedersehen. Am besten schon morgen in der Mittagspause. Gleiche Zeit, gleicher Ort. Der erste kleinste und bisher einzige gemeinsame Nenner: Mittagspause im LeBuffet-Restaurant im Vierten des Alsterhauses. Wo, wenn nicht hier und im selben Zeitraum wie heute, sollten sie sich wiedersehen. Auf alle Fälle wird er da sein, komme, was wolle.

DAS LIEBLICHE MURMELN FAIR GEORDNETER GRÜPPCHEN IN PAUSEN
(Mittwoch)

Das lief ja nicht so gut. Da hat die Beratung aber auch falsch gebrieft. Meinetwegen, vielleicht lag's ja auch an mir, denkt er, da habe ich vielleicht eben kurz nicht aufgepasst, war wahrscheinlich nicht so ganz bei der Sache, als die Beratung den Job und was nun zu tun sei erklärte.

Als er dabei war, den Job wie gewohnt aus dem Ärmel zu schütteln, fielen auch diesmal muntere Formulierungen ab, die der ihm aufgetragenen Aufgabe spielend einen Haken ans Hinterteil hätten machen können, doch leider waren seine Lösungen nicht die der zu lösenden Aufgabe adäquat gewesen, was auch immer von Lollo zu erledigen versucht wurde, als seine Finger wie treffsichere Bomben auf die Buchstaben der Tastatur zimmerten – er tat das Falsche. Um angemessen illustre Worte für verkaufsfördernde Mottos für eine kommende Plakat-Kampagne eines Last-Minute-Reisen-Verkäufers zu finden, erfand er für einen Job wie diesen zuverlässige Kracher und tischfeuerwerkartige Knaller wie »Spareinspaziert! Jetzt Last-Minute-Reisen zu Ultra-Last-Minute-Preisen sichern!«, um nur eines von einigen buchstabengewordenen Geniestreichen eines ausgebufften, unter standesgemäßer Beanspruchung der »kreativen« Gehirnpartien ausdauertrainierten Wortjongleurs, als ein zum Blutergüsse hervorrufenden Schulterklopfen bewegendes Beispiel zu nennen. Doch Rabatt annoncierende Mottos, die über eine Plakat-Kampagne das schnelle Verhökern von Last-

Minute-Reisen fördern, wurden gar nicht benötigt, sondern war bestellt, einen Blumenstrauss aus schicklich zusammenspielenden Bild-Headline-Beispielen zu binden, die Reisen nach Mallorca anpreisen, zum Beispiel: Bild von der Insel Mallorca von oben, darüber die Headline: »Machen Sie's wie die Insel — gehen Sie baden.«, Punktaus, sowas eben, und Lollo konnte es sich nicht erklären, wie er sich so selbstverständlich an die Arbeit gemacht haben konnte, Mottos zu schreiben, obwohl das gar nicht die Aufgabe gewesen war, seine Aufmerksamkeit muss anscheinend ohne Abmeldung in den Reha-Aufenthalt abgedampft sein, war ihm ja eigentlich auch egal, setzt er sich eben nochmal hin und tippt Scherze ins Word-Dokument, das Blöde an diesem Missverständnis, dem ein zwingender Extraaufwand unmittelbar anhängt, ist nur, dass dabei, trotz Routine im erforderlichen Schaffen und imaginärer Kunstgriffe die sitzen, jetzt extra Zeit dafür drauf geht das Fauxpas wieder gut zu machen und er in die Mittagspause hinein schreiben muss, in der er doch eigentlich im Vierten des Alsterhauses aufschlagen und mit seiner Bekanntschaft von gestern ein ohne Worte verabredetes Rendezvous abhalten wollte. Da müsse er jetzt aber bitte umgehend noch einmal ran, meint sein Creative Director Gereon direkt, da habe wohl ein klitzekleines Missverständnis vorgelägen, Schwamm drüber, aber jetzt, hopp hopp, die Deadline ist zeitnah, bis allerspätestens 14 Uhr müssen dem Last-Minute-Reiseanbieter die fertigen Layouts der Plakat-Reihe vorliegen, was für den Werbetexter und seine Grafik-Design schaffenden Kollegen so viel bedeutet wie »heute leider keine oder eine sich in den Nachmittag verzögernde Mittagspause«. Die zwei Grafiker, von dem einen Lollo nicht mal den Namen kennt, schauen ihn säuerlich an. Ist ja gut, ich beiße mir ja selbst dafür in den Arsch, ist meine Schuld, sorry, denkt Lollo, auf den ja sonst immer Verlass ist, im selbstverständlich Stillen. Wer aber, der über die gestrige Mittagspause des

Sündenbocks bescheid wüsste, würde ihm sein vormittagliches Nebensichstehen zu verübeln wagen. Doof nur, dass die heutige Mittagspause zu weiterer Verwirrung nichts beifügen wird.

Um 12:30 Uhr verlässt das Kollegen-Kollektiv in kleine Gruppen geordnet das Gebäude – und zwar freudig. Nicht, dass Lollo gefragt worden wäre, ob er einer Gruppe Lunchteilnehmern beiwohnen wolle, iwo, sowas kommt nicht vor. Zum jetzigen Zeitpunkt schon gar nicht, gegenwärtig hält er indes am Platz Stellung, grübelt, tippt und kneift. Kneift? Ja, kneift. Und zwar in seine Eichel. Genau, der zum Penis zugehörigen Eichel. Es folgt eine Erklärung dafür, fürs Kneifen, die nur Männer kennen, doch vor allem das weibliche Geschlecht interessiert die Ohren spitzen lassen wird: Bei Lollo sticht und juckt es nämlich am unteren Kranz der Glans. Das Zwicken stammt daher, da er letzte Nacht sehr lang andauernd masturbierte. Und das ganze Ratsch, Ratsch, das Ziehen und Quetschen, das Reiben von Haut auf Haut, hat die von Lusttropfen eigefeuchtete Umgebung da unten total aufgeschubbert, so, als wäre er mit der rauen Seite eines Putzschwammes das ansonsten hinter Vorhaut Verhangene angegangen. In träumerischen Gedanken in bargekleideter Begleitung der Begegnung aus dem Alsterhaus, fummelte Lollo, den eigenhändigen Sexualakt mit fantasievollen Handlungsabläufen auskleidend (Laetitia Casta schaute ebenfalls vorbei), sein Ding allmählich zu einer fortpflanzungsfähigen Stange, bekam aber schnell schrecklichen Durst dabei oder davon und, bevor er »die Sache« zu Ende bringen wollte, musste er erst einmal seine steppentrockene Kehle mit Flüssigkeit benetzen, woraufhin der stolze Ständer zu devotem Ursprungsgehänge zurück erschlaffte und er folge dessen seinem Schwellkörper erneut die Blutzufuhr erweitern musste, daraufhin entwickelte sich dann aber bald ein langsam aufblühendes Brummen im

Schädel, das sich zu einem wuchtigen Kopfschmerz ausbaute, dessen Ausdehnen zum erneuten Erschlaffen des Gliedes führte, das daraufhin wieder hochgeholt und hart gemacht werden musste und so weiter. Immer wieder wiederbelebte er das blutentleerte Ding durch Drücken und Schieben, half seinen schwachen, und mit der Weile lustlos gewordenen Kumpel mit Anfeuerungsrufen immerfort zurück auf die Beine, erreichte viel zu spät die Ziellinie, aber immerhin. Der Orgasmus war von ernüchternd knapper Dauer und unsäglich laff. Als Lollo sich danach abwischte und kurze Zeit später eingenickt war, schlief er unruhig.

Ein mulmiges Gefühl fährt ihm im Bauch auf dem Dreirad die Magenwände entlang. Zum einen spürt Lollo deutlich, wie ihm der Hunger auf die Schliche kommt, darüber hinaus beschäftigt ihn das Ärgernis, das Date nicht wahrnehmen zu können, das in diesem Moment in all seiner unberechenbaren Eigentümlichkeit hätte stattfinden können. Vielleicht ist sie bereits da, im Vierten im Alsterhauses, hat sich bereits einen schönen Platz für sie beiden ausgesucht und Hunger mitgebracht. Alles Vorbereitungen zur Fütterung getroffen, fehlt nur noch Lollo und das Tablett mit dem Essen und dann same procedure as every-, äh, yesterday.
Lollo schüttet Kaffee da rein, wo Mittagessen reingehört. Das Koffein kriecht ihm durch die Venen wie ein ein lustiges Lied bimmelnder Eiswagen durch die Spielstraße, der aus sich wie von selbst öffnenden Türen und Toren Hysterie magnetisch anzieht. Sein Nervenkleid ist löchrig, er ist stark genervt und vehement unter Stress, denn er muss dieses Bild-Headline-Dings schleunigst erledigen. Fahrigem Innenlebens sieht er sich gezwungen, den heutigen Tag als gewöhnlichen Arbeitstag, demnach als fruchtlos abzustempeln.

DINGE, DIE MAN SICH ANTUT, IM SCHWANKGANG TOTALER ÜBERFORDERUNG
(Donnerstag)

Wie auf einem Kassenband in Fahrtrichtung mitlaufend, tragen ihn seine Füße aus dem Büro, in die U-Bahn, aus dem Hals des U-Bahnschacht heraus, der ihn auf den Jungfernstieg und fast direkt vor die Glasflügeltüren des Alsterhauses speit. Da steht Lollo auf einmal und schaut zum patinagrünen Dach hoch, worüber in zu seinem Tempo ähnlichem Sauseschritt kuscheltierförmige Wolken herziehen, und Lollo nimmt sich eben die Zeit für Hase, Bär, Elefant, Wolf und noch einen Hasen. Ansonsten widmete er, seitdem er aus der Agenturtür galoppierte, dass sich hinter ihm ein Windschatten ergab, den aber keiner zu seinen Gunsten zu nutzen schätzte, weder seine Zeit noch werten Gedanken an ein divergentes Thema als an die Langhaarige von vorgestern, als er sich von dort aus der Werbeagentur bis hier zum Ort der herzerwärmendsten Eventualitäten in der gefühlten Dauer eines Wimpernschlages beförderte. Nur noch um ein Quentchen zeitschnelleres Beamen hätte ihn sich noch geringer mit anderen Gedanken befassen lassen können, als mit dem Umstand einer wirklich großen Aufregung, kurz bevor er sie – gegebenenfalls sie ist hier heute auch wirklich zugegen, allerdings – wiedersehen würde, nachdem er es gestern nicht geschafft hatte, im *LeBuffet* vorbei- und sich nach ihr umzuschauen. Weil er wusste, dass, wenn er es heute Mittag schafft, Mittagspause zu machen, und selbstredend keinen anderen Ort zum mittagshäuslichen Verweilen aufsucht, als das *LeBuffet* im Alsterhaus, vor Aufregung stark schwitzen wird, hatte sich Lollo kurz nach der Dusche am Morgen extra viel Deo unter die Achseln geschmiert und sogar noch etwas auf dem Brustbereich verteilt und auf den Schultern, was auch immer das bezwecken sollte, aber was tut man sich nicht alles an, im Schwankgang totaler Überforderung. Na, was ist Lollo doch aufgeregt. Alle paar Meter der zurückliegenden Strecke meinte er sich selbst daran erinnern zu müssen, wie sehr aufgeregt er doch ist. »Sei doch bitte nicht so aufgeregt, Mensch. Mensch, bist du aufgeregt.« Untertassengroße Schweißflecken unter den Achseln zieren den Stoff des feinen Hemdes, welches sich Lollo diesen Morgen des mittaglichen Anlasses zu Würden übergestreift hat. Perlend, wie Morgentau auf den Blättern der schönsten Wiesenblüten, liegen von Lampenfieber an die Oberfläche hochzitierte Schweißtröpfchen auf seinen Handinnenflächen sowie auf der Stirn. Durch diese Indizien ist nicht nur für einen Kriminalkommissar ohne Anstrengungen und großes Kombinieren zu erkennen, wie sehr Lollo doch aufgeregt ist. Man sollte niemals vollkommen verschwitzt zu einem Date erscheinen, denkt Lollo, das ist ekelig und peinlich. Aber, denkt er dann, durch ihren undurchsichtigen Haarvorhang wird sie sicherlich ebenso wenig von dahinter raus gucken können, wie es einem von außen versagt ist, durch den Vorgang auf das dahinter zu schauen, und dieser Gedanke beruhigt ihn erst einmal, mache ich mich die ersten Minuten eben am Tisch breit, denkt er, und sitze für einige Zeit lang erstmal mit auseinander gefalteten Achseln am Tisch, bis die wieder einigermaßen trocken sind.

Vielleicht war sie gestern da, denkt er, wie er es sich bereits tausend Mal zuvor vorstellte, noch einmal, sie war da, er nicht, und sie saß hungrig am Tisch, hielt einen Platz neben sich oder vor sich auf der anderen Seite des Tisches frei. Vielleicht. Wenn sich einer zu ihr setzen wollte, fauchte sie vielleicht jene sich an sie heranwagende Person an, die sogleich erschrocken Reißaus nahm. Und vielleicht wartete sie vergebens und das Geräusch, das ihr leerer Bauch machte, klang so einsam wie der wehleidige Gesang eines verirrten Wales, der vergeblich seine Herde sucht, bevor ihn des Fischers Harpunen triezen. Vielleicht. Vielleicht, aber schon ziemlich wahrscheinlich war sie wirklich da, denkt er, ich meine, wäre ja auch logisch gewesen, so wie sie den Tag zuvor auseinandergingen, ohne sich für bald zu verabreden, ohne Nummern ausgetauscht zu haben. Wo, wenn nicht an erneut selbem Ort und selber Stelle, würde man sich zum nächstbesten Zeitpunkt wieder sehen werden, wenn man kein Folgedate an einem anderen Ort ausmachte, denkt er. Und die Zeiten und Koordinaten für ein nächstmögliches Wiedertreffen ohne sich dazu überhaupt verabredet zu haben, waren in diesem Fall nun wirklich besonders exakt gegeben: Das Wiedersehen findet den Mittag darauf, um – logisch – die Mittagszeit, am selben Ort wie einmal statt. Es wären keine Fragen offen gewesen. Nichts würde Lollo lieber am heutigen Tage bewerkstelligen, als ein Gericht zu kaufen, es auf dem Tablett zu ihr zum Tisch zu balancieren und sie damit zu füttern, mit dem Tellergericht, nicht mit dem Tablett, selbstverständlich. Von ganzem Herzen und aus vollem jenen nähme er es erneut in Kauf, später wieder und immer noch total Hunger zu haben, da er nicht dazu gekommen sein würde, sich vom Schmaus selbst etwas in den Mund zu manövrieren. Doch wie ein werdender, abgewetzter Vatervogel seine brütende Frau im gemeinsamen Nest im Alsterhaus ganz oben, würde er seine dort Sitzende füttern und sich dadurch bei den restlichen Gästen nach allen Regeln der Gewandtheit zum Himbeertony machen. Das alles würde ihm überhaupt nichts ausmachen. Das Maß seiner jungen Zuneigung würde ihn sofort wieder das Freiwilligenamt, ihren persönlichen Versorger abzugeben, antreten lassen, sein Obolus als jüngst dieser Rolle Entsprechender würde stillschweigend und anstandslos von ihm erfüllt werden.

Einmal, da war Lollo 14, hat er mit dem Fahrrad eine Katze überfahren, als er mit seinem Kumpel zum Kiosk radeln wollte, um sich eine bunte Tüte für 3 D-Mark zu kaufen. Cola-Kracher, sauere Katzenzungen, Schaummäuse, Frösche, Apfelschnüre. Das griffige Offroad-Profil des breiten Mountainbikereifens erfasse die Hüfte der weißen Katze. Vorderreifen. Lollo hatte den auf vier Beinen vorbeizischenden Fellhügel unter seinem Reifen kaum bemerkt, wegen des Stoßdämpfers an der Vorderachse. Es war ein super Mountainbike, er war stolz darauf. Die Katze zog sich, schrill und ausdauernd wie ein Menschenbaby kreischend, an den Vorderbeinen ins nächstgelegene Gebüsch. Ein Jäger aus der Nachbarschaft erledigte das maledierte Geschöpf mit einem Schuss Schrot in den Hinterkopf. Es war nicht anzusehen. War es wirklich nicht, während der Jäger schoss war Lollo, der sich längst um Skatermusik zu hören in seinem Kinderzimmer verkrümelt hatte, gar nicht zugegen, man erzählte es sich bloß im Dorf, davon bekam er erst nachträglich Wind und trotzdem kein schlechtes Gewissen oder sowas.

Soll heißen: Natürlich erlebt man komische Sachen. Wenn einem das Leben auch noch so kurz und manch einem gar schal vorkommt, im besten Sinne merkwürdige Begebenheiten fallen, wenn auch unregelmäßig, dennoch x-fach, wie irritierende Eingebungen einfach so vom Himmel und überrumpeln die von Gevatter Schicksal respektive Mütterchen Zufall erkorene Person, auf die abgezielt wurde, auf überraschendste Manier. Aber das, denkt Lollo, was ihm durch die Unbekannten im *LeBuffet*-Restaurant im Alsterhaus passierte, ist das Merkwürdigste, was ihm bislang widerfahren durfte.

Lollo trocknet die schweißnassen Hände in den Innentaschen seiner diesen Morgen frisch und bretthart von der Wäscheleine geholten Jeans ab und tritt durch die Eingangspforte des Alsterhauses, schließt die Augen und atmet die warme Luft ein, die durch die Luftschlitze in die Eingangsschneise zwischen den Glastüren zur Straße und denen zum Innenraum des Erdgeschosses hin geblasen wird. Zur Nase ein, durch den Mund aus. Doch auch das hilft nicht zur Entspannung. Die trockene Luft kratzt in den Atemwegen, woraufhin Lollo doll husten muss, bis sich Tränen auf den unteren Lidern sammeln und heraus kullern. Mit dem Ärmelzipfel tupft er sie ab, betritt die Make Up-Arena, wo er mit aus dem Husten resultierenden, rotfeuchten Augen von einer typisch makellosen Parfümverkäuferin begrüßt wird, er grüßt das Bunny entsprechend freundlich zurück, dann nimmt er die Rolltreppe.

In der Dessousabteilung im Dritten angekommen, kann er sie noch nicht erspähen, sie muss sich hier irgendwo versteckt haben, denkt er, schließlich bemerkt er ganz deutlich ihr Spähen, ihre Blicke ihn anpeilen, die ihm wie gezielte kleine Blitze auf der Haut kribbelnd neckend auffordern, ihr seine hochachtungsvolle und bitteschön ungeteilte Aufmerksamkeit teil werden zu lassen: die Pantherfrau. Lollos Blick schwenkt über die Abteilung aus Höschen und BHs, da entdeckt er die eleganteste aller im Alsterhaus vorkommenden Lebewesen dabei, auf der Edelstahlstange einer hinteren Garderobe an Bügeln baumelnde Büstenhalter in regelmäßigen Abständen akkurat zueinander aufzureihen, da schaut sie ihn schon gar nicht mehr an, wobei Lollo nicht gesehen hätte, dass sie ihn überhaupt beachtet hat, als er da mit der Rolltreppe in ihr mögliches Blickfeld schlich, so kann Lollo nicht einmal zum Gruße ansetzen, das klappt nur, wenn die sich endlich traut, mich anzusehen, denkt er, und bewegt sich stockend und immer wieder stehenbleibend, als hadere er mit dem Kurs, den er eingeschlagen hat, und beobachtet, solange er noch nicht auf die unterste Stufe der nächsten Rolltreppe gestiegen ist, die ihn hoch in den Vierten und damit zu seinem eigentlichen erhofften Frauengesuch bringt, das äußerst schmackhafte äußerliche Erscheinungsbild der Pantherfrau: Sie trägt eine schwarze Blazer-Rock-Kombination. Der Rock liegt ihr dicht überm prallen Hintern, aus dem Rock stechen zwei lange, in blickdichte Strumpfhosen eingepackte Beine in die in Klavierlack getauchten Hochhackigen. Glasklar eine Klischeekleidung zum Zwecke Geil. Logo tagträumt Lollo mit ihr zu schlafen, so viel Zeit muss nun doch noch eben sein, schon wischt vor seinen Augen das Szenario her: Bei Kerzenlicht entkorkt er eine teure Flasche Rotwein, sie schiebt die Riemen des BHs von den Schultern und lockert den Dutt, den sie in seiner Fantasie trägt, nun flattert ihre schwarze Mähne wie Fackelfeuer im Sturm, regelmäßiges, tiefes Atmen und klick, klack, schon setzt Lollo die Sohlen auf die Rolltreppe und lässt sich hoch in den Vierten bringen.

Dort brät und brutzelt es schon bei den Rolltreppen hörbar, dass selbst aus Hörorganen sabbernde Zungen ausfahren. Der Geruch von frischem Knoblauch umwölkt Lollos Nase, es duftet nach scharf gebratenen Gambas. Der bittersüße, leicht angebrannte Geruch von Knoblauch und Gambas erinnert Lollo immer an die Insel Sylt. Jeder, der den Autozug über den Hindenburgdamm nimmt, kommt im in letzten Jahrzehnten durch ÖVM kostengünstig erreichbar gemacht und somit durch kleinbürgerliche Völkerwanderungen unterm Motto »Nichts für mich, aber muss man mal gesehen haben!« an Glanz und Glamour einbüßendem Örtchen Westerland an. Fährt der Besucher bei Einfahrt in den Bahnhof dann die Fensterheber herunter, ist das erste was der Riechkolben wittert, nicht etwa gute Nordseeluft, dafür die Ausdünstungen der Pfannenfischgerichte, für die sich das Fischrestaurants Gosch zu verantworten hat, die, wie gesagt, allesamt vom Autozug bis über die rechteckigen Wipfel der Betonblockhotels, die, zum Leid aller derer, denen das Bild der Strandpromenade vor den 1960ern noch geläufig ist, die Skyline hinter den Dünen ergeben, auf Mensch wie Möwe das Odeur von Knoblauch und Gambas niederlegen. Lollo läuft bei dem Geruch und der damit verbundenen Reminiszenz zu einem Ort der seines Erachtens völligen Völlerei, hinterm Kauwerk das Wasser zusammen, er hat richtig Kohldampf, Gambas mit Aioli oder Hummersoße und Weißbrot, das wäre jetzt genau das richtige, denkt er, aber das ist nicht jedermanns Sache. Bruuuuöööööt... Da, wo in gedärmschwabbeliger Nachbarschaft ein Magen ansässig ist, meckert ein unzufriedener, schlaffer Ballon, der weiß, dass man sich, wenn schon nicht von der Kombi aus Luft und Liebe, erst recht nicht ausschließlich von Luft ernähren kann und schreit um Befüllung anhand Fressalien. Morgen, denkt Lollo prophylaktisch, wird er beim Türken in der U-Bahnstation Jungfernstieg vorm Aufgang gen Himmel ins Restaurant im Vierten, einen Börek mit Schafskäsefüllung picken, sollte es ihn, aufgrund einer möglichen unerfüllten Mission, sie zum Mittagessen wiedergetroffen zu haben, morgen erneut hier hin ziehen – weil kurz darauf, zur Fütterung, findet diese statt, kriegt er ja bestimmt wieder nichts vom Gericht ab, da sie zu füttern irgendwie wichtiger ist, als er sich selbst. Und nach der Mittagspause hungrig wie ein just aus dem Winterschlaf erwachter Siebenschläfer zurück zur Agentur zu wanken, ist ebenso ungesund, wie unnötig, wie unbefriedigend, wie ebenso unergiebig für den weiteren Verlauf des Arbeitstages, denn die Energie, die Lollo später noch für seinen Job aufbringen muss, damit er auch im Folgemonat wieder den Regeln entsprechend seine Miete abdrücken kann, zehrt an den Reserven. Und da Lollo weder in Punkto Sparschwein, noch Energiehaushalt die Attribute eines Sparfuchses zu erfüllen geübt ist, ungesalzene Luft fad schmeckt und Liebe als Placebo-Nahrungsmittel in seinem speziellen wie auch im Allgemeinen reellen Fall üblicherweise ausbleibt, sollte Lollo mittags schmausen, als ob es kein Abendessen gäbe. Heute noch nicht lückenlos durchdacht, die Pause zu Mittag, aber morgen dann inklusive Börek.

Er kommt dem Gebrutzel näher, schnappt sich eines der Tabletts vom Stapel, stützt es auf den Hosenbund und trommelt mit den Fingerspitzen einen Rhythmus gegen die Unterseite des braunen Plastiks, tock-trrrott-tok, als er an den Speiseständen vorbei schleicht und sich einen Überblick übers Angebot der internationalen Cuisine verschafft. Indisches, zu speziell, könnte zu scharf für sie sein, denkt er, ich weiß zu diesem Zeitpunkt ja noch nicht, ob ihr indisches Monofarbiges der Geschmacksrichtungen Gelb, Rot und Orange überhaupt schmeckt, besser etwas anderes wählen. Schnitzel mit Kartoffelsalat, oben in die Kartoffelmajopampe sind Gurkenscheibenhälften gefächert reingesteckt, was ja witzig aussieht, aber wenn sie Vegetarierin ist, wird nach dem Motto »Prost, Mahlzeit« lediglich Ersteres erledigt, und in diesem Sinne stellt Lollo schnell eine kleine Coca-Cola-Flasche aufs Tablett und pflückt zwei Strohhalme aus dem als Halmspender fungierenden Cocktailglas, das Wort »Coca-Cola« soll ja das bekannteste Wort der Welt sein, fällt ihm dazu ein nicht ganz uninteressanter Fakt ein, daraufhin fällt ihm ein, dass sie ebenfalls Karnivore ist, zur ersten Fütterung aß sie zumindest Fleisch, das ist gut, denkt er, das weitet die Spanne der Auswahlmöglichkeiten. Doch, wenn ich recht überlege, denkt er, wähle ich Fisch zur heutigen Verköstigung. Das ist 'ne sichere Bank. Denn jeder hier in Hamburg mag Fisch. Jeder? Jawohl, die Gesamtzahl der sich aufgeblasen als Hanseat bekennenden HHler schicken allsaisonal das da rein, wo gewöhnlich Liebe durch geht: Fisch. So darf man mit ziemlicher Sicherheit sicher sein, dass, wenn man sich fragt, ob sein oder seine Gegenüber Fisch verachtet oder seine oder ihre Geschmacksknospen für diesen eine gewisse Schwäche besitzt, die Person infolge einer den Betreff bezüglichen Frage, als Antwort höchstwahrscheinlich angibt, Fisch zu mögen. Zur Herleitung dieser Hypothese sollte die These ihr Dienlichstes tun, dass als Pflichtbeitrag der Hansestadt zu Würden, so ziemlich alle in Hamburg Lebenden, gebürtig hier Entsprungen und der Stadt treu Gebliebenen, sowie jegliche Zugezogenen, den Würgreflex, den über die Zunge wandernder Fisch bei ihnen auslöst, in etlichen geheimnächtlichen Brutzel- und Zubereitungseinheiten am Küchenherd abtrainiert, antrainiert haben, über einen annehmbaren Genuss bei der Fischverköstigung zu verfügen, verschmäht kaum ein, nein, eben keine einziger Hanseat und Wahlheimathanseat den Fang aus Fischernetzen. Ist so. Wer an dieser Stelle sich auch nur ein einziges Gegenbeispiel auszurufen angestachelt fühlt, solle jetzt so laut er oder sie es mit sich vereinbaren kann, seinen oder ihren Protest kundtun – na bitte, man hört niemanden lauthals prusten und so gilt es die Behauptung, und mit ihr den mit marodem doch ausreichend werktätigen Fischernetz ans Land gezogenen Beweis, von nun an felsenfest hinter grüne Ohren zu meißeln. Ein vegetarisch Daherkommender mit Hamburger Wohnsitz würde sich immerhin, nein, eher unbedingt sogar, als Pescetarier bezeichnen. So viel norddeutsches Flair muss sein. Vegane Nervenbolde sollen mit stadtweitem Einverständnis eilends hinfort ziehen, und mit ihrem aufgeschulterten Beutelchen Gepäck in Gefilden aufkreuzen, in denen fröhlich Käsespätzle geschlabbert oder totenblasse Würschte gezuzelt werden, gerne mögen sie auch die Tür ihrer 5-Personen-Wohngemeinschaft mit drei Vorhängeschlössern zusätzlich verriegeln, damit dem aus der Gemeinschaftsküche dringende Duft von gebratenem Heilbutt kein Einhalt gewährt ist, des Veganers unbefriedigten Gusto lecker-fischig zu betören.

Also bestellt Lollo ein Schollenfilet mit einem Klecks Remoulade, Kartoffelchips, Zitronenviertel und Petersilienzierde am Tellerrand. Er bezahlt. Und wo er so an der Kasse steht, müsste er lediglich seinen Kopf etwas drehen und schon könnte er in einem Teil des Speiseareals nach ihr Ausschau halten, gucken, ob er sie schon dort irgendwo sitzen entdeckt, vielleicht winkt sie ihm ja, obwohl er mit euphorischem Winken ihrerseits nun mal wirklich nicht rechnet, soweit weiß er sie schon einzuschätzen, doch er traut sich nicht , nach ihr Ausschau zu halten, immer schön eins nach dem anderen, denkt er, erstmal bezahlen, Besteck nehmen, dann langsam Kurs zu den Tischen nehmen, dann sie entdecken, dann geht's los. Er nimmt Besteck und stapft um die Ecke zu den Tischen, an denen bereits genüsslich Maul gestopft wird und hält nach freien Plätzen und langen, glatten, mittel- bis dunkelbraunen Haaren Ausschau.

Heute ist mehr los, als vor zwei Tagen. Ein jeder Fensterplatz ist besetzt, neben jedem am von der Sonne erwärmten Tisch kauernden Kauenden hockt schon der nächste, der sich über die von der Sonneneinstrahlung weißgefärbten Tischkante des fastschwarzen Tisches gebeugt, genussfreudig Gabelportionen in die Luke schiebt.

Ein Mitarbeiter einer Bank oder solchermaßen Stätte, in denen Männer diese Anzüge mit den dualfarbigen, diagonal gestreiften Krawatten tragen, überrascht seine Arbeitskollegen zum Dessert mit einer Runde Schokoladeneis, die er gerade bringt. Vermutlich kündigte er an, denkt Lollo, bloß noch schnell die Toilette zu besuchen, bevor man zurück zur Arbeit aufbräche, kehrte daraufhin aber zur freudigen Überraschung aller und derer sie in diesem Moment vergnügt beim sich überraschen lassen dabei zuschauenden Umwelt, unterlegt von Oooohs, Wows und Applaudieren der glücklichen Direktbetroffenen, mit dem eisgekühlten Nachtisch zurück. Auch wenn jetzt manch einer bessermeint, dass, wenn man den WC-Gang anmoderierte, vorzugsweise mit andersfarbiger, statt einer braunen Eissorte zu den Genossen zurückkehren sollte, so sei doch ausgeführt, dass sich Sparkassenangestellte, sowie das Leben auf abstrakterer

Marschrute Absolvierende gleichgestellt, auch trotz bällchenförmigem Fäkalkolorit über derlei Gaumenfreude überaus freuen, und zwar gänzlich und ohne Mätzchen zu machen. Da freut sich der Gönner über den Überraschungserfolg und lacht so hold es seine Gesichtsmuskulatur hergibt und lässt sich beim Gut-zu-seinen-Kollegen-sein gut finden. Der Schüchteren der zwei in Hosenanzüge gesteckten Blondinen des Kollegiums funkeln die frisch mit spontaner Verliebtheit aufgeladenen Äuglein durch die 0,8-Dioktrin ihrer randlosen Gläser ihrer Brille mit den violetten Bügeln mit floralen Verzierungen.

Lollo entdeckt seine hier Erhoffte nirgends. Er hat sich genau in die Mitte des Raumes gestellt und dreht sich nun, als wäre sein Kopf die Lampe eines Leuchtturmes, bereits zum dritten Mal im Kreis. Sie ist nicht da. Er schaut auf die Uhrzeit auf dem Display seines Telefons. Es ist noch früh, vielleicht kommt sie erst noch, er wird warten. Lollo nimmt auf einer der Bänke rücklings zum Gang vor der Küche platz, stellt die Scholle ab und steckt die zwei Strohhalme in den Hals der Coca-Cola-Flasche. Die braune Blubberbrause schäumt auf. Die Kohlensäure schiebt die Halme hoch, sie plumpsen heraus, Lollo wartet einen Moment, bis der Schaum aus hellbraunen Bläschen im Flaschenhals abgeklungen ist und steckt die Strohhalme erneut ein und aufs Neue schiebt die Kohlensäure die Halme nach oben, bis sie wieder aus der Flasche heraus aufs Tablett fallen. Klappt irgendwie nicht, denkt Lollo ernüchtert, manchmal klappen Dinge eben nicht auf Anhieb so, wie sie sollen, erklärt er sich, das ist ja oft so im Leben, denkt er, da gilt es, es nach notweniger Contenancebewahrung, es wieder und wieder zu versuchen, bis ein nächstes Probieren irgendwann eben glückt, Abwarten und Tee trinken eben, und wenn kein Tee zugegen ist, nascht man eben von der Cola. So nimmt Lollo einen kleinen Schluck aus der Flasche und lässt die Strohhalme erst einmal noch liegen und draussen durchfliegt eine besonders laut kreischende Möwe das Fensterpanorama von der einen Seite zur anderen.

Wie einen pantomimische Darbietung eines Chamäleon beim Sonnenbaden, ruht Lollo regungslos vor dem Essen, das schon länger nicht mehr dampft und appetitanreizenden Duft verteilt, ein Arm links, den anderen rechts vom Teller abgelegt. Gelegentlich bewegt er den einen Arm langsam zum Besteck, das daneben liegt, kommandiert den Arm dann aber doch immer wieder zurück in Ursprungsposition, da er gelernt hat, dass, bevor »alle« am Tisch sitzen, man nicht zu essen anfängt, und wartet noch mit dem Essen und auf sie, währenddessen, unter Magenknurren, pausenlos den Raum nach ihr absuchend. Sie ist immer noch nicht zu entdecken. Die Haut der Scholle ist schon ganz eingetrocknet und biegt sich am Rand schon nach oben, auf den Kartoffelchips lagern viele kleine erkaltete Fetttropfen, die Lollo an seinen Schweiß erinnern, an den er schon länger nicht mehr gedacht hat, und er überprüft die Nässe unter seinen Armen, und ja, da ist es stets nass, aber die Feuchtigkeit ist bereits ebenso erkaltet wie der Fisch auf dem Teller vor ihm, was nur bedeuten kann, dass er aufgehört hat zu schwitzen, was ihn schon einmal beruhigt, und dann fährt er mit dem Handrücken noch kurz über seine Stirn um zu testen, ob es dort auf der Oberfläche vergleichbar aussieht, wie auf der der transpirierenden Kartoffelscheiben, doch auch seine Stirn ist bereits getrocknet, was wiederum sein Interesse darauf lenkt, festzustellen, wie viel Zeit bislang vergangen sein mag, dass er schon hier sitzt und bisher vergeblich auf sie wartet.

An Lollos Tisch herrscht Kommen und Gehen, andauernd wechseln die Ansässigen. Der Platz auf der Bank neben ihm wird von Lollo stets als reserviert angegeben, wenn einer fragt. Wenn ein Anwärter kommt, legt er schnell die flache Hand auf das Sitzpolster und schüttelt kurz den Kopf.

»Ist hier noch frei?« Eine gelockte, schätzungsweise

Mittfünfzigerin zeigt mit dem Finger auf die freie Sitzfläche neben Lollo, »oder warten Sie noch auf jemanden?« Was weiß sie über mich, denkt Lollo erschrocken, ihr Finger deutet nun auf die zwei Strohhalme, dann auf den noch nicht angerührten Fisch. Ist sie Detektivin? Sie schaut ihn seelenruhig und friedvoll an.

»Der Stuhl da«, Lollo spricht sehr laut, als habe er es mit einer Schwerhörigen oder Verständnisschwachen zu tun und weist auf den Stuhl ihm gegenüber, »der ist frei. Oder der Stuhl«, er zeigt auf den Stuhl neben dem Stuhl auf den er davor zeigte, »wenn er«, damit meint er den Herrn, der sich noch schlemmernder Weise auf dem Stuhl sitzend befindet, der sein Tellergericht fast schon aufgegessen hat und ihre Unterhaltung gar nicht beachtet, »da nicht mehr sitzt. Hier auf jeden Fall«, Lollo tätschelt das Polster neben ihm, »ist reserviert.«

»Ich vermutete ja bereits, Sie erwarten noch jeman-«
»Jarichtig!«
Die Dame versucht ihr Schmunzeln zu verstecken und setzt sich auf den Stuhl gegenüber von Lollo, wünscht dem restlichen Tisch einen weiterhin guten Appetit, dieser bedankt sich den Wunsch zurückgebend, und beginnt mit der Nahrungsaufnahme. Lollo zieht nochmals das Telefon aus der Hosentasche, um auf die Uhr zu schauen. Seit über einer Stunde sitzt er bereits vor der trocken gelegten Scholle. Das wird wohl nichts mehr, denkt er, das bringt ja nichts. Die Scholle ist kalt, die Remoulade sieht mittlerweile aus, als wäre sie aus Gummi, was soll's, denkt er, der Hunger treibt's rein,und er rollt das Besteck aus der Serviette und beginnt zu essen, kneift seufzend mit der Gabel ein Stück vom Fisch ab, steckt es sich in den Mund. Schmeckt auch kalt gar nicht schlecht, denkt er, schmeckt irgendwie nach etwas anderem, hat mehr Geschmack, als wenn die Scholle heiß wäre, stellt er positiv überrascht fest, doch wenn man traurig ist, denkt er dann, schmeckt's nur noch halb so gut. Grazile, heimtückisch

transparent aus dem weißen Fleisch stechende Gräten funkeln in ganzer Länge im Licht der Deckenfluter. An diesen feinen Gräten kann man wunderbar qualvoll ersticken und sterben, denkt Lollo. Er lässt die Gabel sinken, steckt die Strohhalme zurück in den Flaschenhals und zieht mit geschlossenen Augen die Coca-Cola durch beide Strohhalme, bis die kleine Flasche binnen weniger Sekunden geleert ist, erhebt sich ruckartig und verlässt grußlos den Tisch.

STAKKATOHAFTE EINNAHME BLASSER GERICHTE AUF SPÜLMASCHINWARMEN TELLERN
(Freitag)

Der aberwitzig gestaltete Heinrich-Hertz-Turm, der aussieht wie ein mit fliegenden Untertassen aufgezogener Käsespieß, sticht in den stehenden Nebel, der wie ein graues Tuch über Hamburg liegt, wie eine Käseglocke die Stadt umstülpt.

Heute Morgen, auf der eichenumzäunten Allee entlang des Isebekkanals, auf dem Weg zur Arbeit, ist Lollo mit dem Fahrrad auf schmierigem Laub ausgerutscht. Bei rund 30km/h stieg ihm gerade dieser herbstliche Geruch verdorrter Äpfel in die Nase hoch, da fragte er sich, wo der Geruch wohl herkommt, wo es doch in nächster Nähe gar keine Apfelbäume gibt, soweit er weiß, oder ist es verwesendes Laub, das so riecht, wie faulende Äpfel, da – Kladrrrisch! – fand er sich, nach großem Knallpeng und Ratsch, schon in von den Bäumen abgestürzten, matschig gewordenen Blättern auf nassem Schotter wieder. Er hat sich richtig lang gemacht, voll aufs Knie ist er dabei gefallen. Gleich nach dem Sturz schleicht sich bei Lollo umgehend die leise Ahnung ein, dass es sich bereits den frühmorgendlichen Gegebenheiten nach durchaus anböte, den mit Schreck und Schmerz beginnenden Tag, vermutlich etwas voreilig, doch der unschönen Konstellationen entsprechend berechtigterweise, auf den so genannten Namen »Pechtag« umzutaufen. Doch einen Tag des Pechs kann Lollo nach zwei aufeinander folgenden Tagen, an denen ihm, wenn auch nicht unbedingt blankes Pech, dafür aber auch kein besonderes Glück zuteil wurde, nun mal wirklich nicht gebrauchen. So ein Sturz mach obgleich das Knie, an einem von negativen Schwingungen heimgesuchten Tag doch aber lange nicht den Braten fett! Da muss das Unheil schon noch früher aufstehen, ihm schon mit ausgebuffteren Tricks ein Schnippchen schlagen, um ihm einen saftigen Pechtag mit allem Pipapo verabreichen zu können, denkt Lollo, als er allmählich seine Beine vom Fahrradrahmen entknotet. Wer bereits ziemlich weit unten, im verlorenen Laub eben, dümpelt, denkt er sich Mut machend, kann logischerweise viel tiefer nicht mehr fallen. Kann also alles nur noch besser werden, heute.

»Moin.« Der Typ, der sich neben Lollo an die Kaffeemaschine gestellt hat, nimmt die Brille ab und reibt sich erst einmal ausgiebig die Augen. »Erstmal 'n Kaffee, was?«
»Ja, klar« sagt Lollo schwunglos, dessen Antwort wie die eines typischen Morgenmuffels äußerst knapp ausfällt. Dabei vergrämt er keineswegs allmorgendliche Rituale zu Frühstückszeiten, im Gegenteil, er schätzt die Zeitspanne gar sehr, wenn man dabei zuschauen kann, wie Wesensarten allmählich die Kissenabdrücke aus den verknautschten Visagen ausbeulen, währenddessen kaum einer den anderen anspricht. Jedoch ist er bedauerlicherweise asozial geschient und so jagt es ihm spontan Furcht den Buckel herunter, wird er aus heiterem Himmel angesprochen und zu antworten bedrängt, von der freundlichen Geste, sich nett Krähenfüße an Augenwinkeln hervorzurufen und mit jemanden Floskeln auszutauschen, fühlt er sich manchmal schon nahezu belästigt und reagiert zeitweisen gar säuerlich empört auf ein Ansprechen, wobei er selbst weiß, dass das eine übertriebene Reaktion darauf ist, wenn man ohne Vorwarnung angesprochen wird. Nicht von Vorteil ist obendrein auch, dass, zieht man sich einen Kaffee am Espressoautomaten auf dem Flur dieser Werbeagentur, die Bohnenbrühe nur äußerst behäbig aus dem Edelstahlrüssel in die Tasse rinnt. Eine

anständige Portion Wachmacher, die dauert. Und so bleibt dem nach Kaffee Dürstenden mehr Zeit als gewollt, um etwa ausgiebig mit einem sich unbestellt zu einem Gesellten zu plaudern. Außerdem herrscht in der Kommunikationsbranche bezeichnenderweise Redezwang! Mach's dir nicht schwerer als nötig, ermahnt Lollo sich selbst, und sucht schnell, bevor er sich zu seinem Gesprächspartner wendet, nach einem Thema, über das er mit ihm reden kann. Er überwindet sich also an Gewohnheiten zu rütteln, glättet die Stirnrunzeln und dreht sich zum Daneben um, als sei er interessiert an einem Plausch.

»Findest du nicht auch«, beginnt er, »dass dieses Kaffeepad-System bei dieser Version von Espressoautomat voll, äh, dämlich, sag ich mal, gelöst ist? An diesen heißen Zipfeln an den Pads verbrennt man sich ja regelmäßig die Pfoten, wenn man das brühend heiße Pad da rauszieht um's in den Mülleimer zu schmeißen, wenn der Kaffee durch ist. Da steckt ja noch das ganze kochende Wasser drin, wenn man das da am nassen Zipfel anpackt.«

»Geht mir genau so!« lacht der Kollege. »Ist mega scheiße. Ich kann zuhause nicht mal Geschirr mit weitaus weniger heißem Wasser abwaschen. Ich verbrühe mir schon bei, was weiß ich, 45 Grad oder so die Finger. Aber so geht's mir mit allem, was mit Hitze zu tun hat, ich dusche auch eher so lauwarm bis kalt. Oder so 'ne isländische heiße Quelle, wo drin die Touristen immer baden, zum Beispiel, würd' ich mir auch nur mit genügend Sicherheitsabstand anschauen. Obwohl ich jetzt gar nicht weiß, wie heiß die wirklich sind.«

»Egal. Da wo die sind, stinkt's so wie so alles nach Schwefel. Schon deshalb würde ich da nicht reingehen wollen.«

»Das stimmt, da soll's wirklich alles nach Schwefel riechen. So eierig. Eigentlich ekelig.« Es entsteht eine kurze Pause. »Lollo, nicht? Bist neu hier, oder?«

»Genau. Wobei... Ne, genau, ziemlich neu.« Lollo freut es

irgendwie, dass der Kollege, von dem er den Namen nicht kennt, offensichtlich seinen, Lollos, Namen kennt, und hält dem neben sich die Hand hin, dieser nimmt und schüttelt sie mit festem Händedruck, von dem Lollo denkt, dass das ein recht anständiger Händedruck ist, den er da austeilt. Sieht gar nicht so aus, der Typ, dass der so kräftig zudrücken kann, ist ja eher die schmächtige Sorte Mann, und zudem täuscht sein in schmalen Ringen jeansblau-weiß gestreiftes Hemd, das er scheinbar in einer für ihn zu weiten Konfektionsgröße trägt, und diese bernsteinfarbene Hornbrille mit den riesengroßen runden Gläsern, die Lollo schon bei der letzten Begegnung an der Kaffeemaschine als alles, bloß nicht charakteristisch männlich, auffiel, darüber hinweg, dass unter dieser schlaksigen Statur ein vollwertiger Haudegen steckt.

»Constantin« stellt sich der Kollege vor. »Du auch Text, oder?«

»Hmhm«, bestätigt Lollo, der vergnügt und etwas überrascht feststellt, wie sehr ihm das Gespräch mit Constantin eben nicht auf den Wecker geht, zudem ist der Kaffee jeden Moment durchgelaufen, dann ist das Konversation machen geschafft und lief ziemlich zufriedenstellend, denkt er. Der Kaffee ist durchgelaufen. Lollo zieht den Hebel an der Maschinenseite runter, die Edelstahlsäulen öffnen sich, der klitschnasse Pad kommt zum Vorschein. Constantin schiebt Lollo mit dem Fuß den Papierkorb entgegen. Lollo nickt dankend, kneift die Fingernägel in den Zipfel des Pads und schleudert den schmerzhaft heißen Pulversack auf schleunigstem Wege in den blechernen Papierkorb, der knallt an die Innenwand – pong! Lollo putzt die nassen Finger an der Hose ab und zieht die Kaffeetasse unter dem Edelstahlrüssel weg.

»Was bist'n du so dreckig an der Hose?«

»Mit dem Fahrrad lang gelegt heute morgen, volle Breitseite.«

»Oh, biste verletzt?«

Lollo klopft ein wenig angetrocknete Erde von der Jeans, es rieselt sandig. »Nö, nö, nichts Schlimmes«, sagt er, obwohl, als er jetzt an den Sturz von vorhin erinnert wird, fängt sein Knie plötzlich wieder an, etwas doller zu pochen, na klar, denkt er, es wird immer erst wirklich schlimm, wenn man an das Schlimme denkt, denkt er noch fahrig, dann grüßt er zum Abschied und tippelt Kaffee schlürfend in sein Büro. Das Knie wummert schon noch, so stark zumindest, dass er darüber nachdenkt, sein Bein hochzulegen um es ein bisschen zu schonen und so legt er es auch sogleich über die Ecke der Tischplatte, doch schnell verflüchtigt sich der Gedanke an das kaputte Knie wieder, als Lollo die Uhrzeit am oberen Bildschirmrand abliest. Der Tag ist gerade am weitesten von Mitternacht entfernt, somit beginnt in einer halben Stunde, um 12:30 Uhr, die Mittagspause. Da muss er dann »wohin«, seine ungeteilte Beachtung einer hoffentlich dort auffindbaren Person widmen und sie auf gar keinen Fall dem ihn momentan belästigenden Knie schenken oder sich gar von jenem ausbremsen lassen.

Nach gestrigem Soloauftritt im Restaurant des Alsterhauses ein bisschen unbehaglich zumute, macht sich Lollo, in Hoffnung heute eben da diese Frau wieder zu sehen, auf den Weg dort hin.
Da stakkatohaft abgefeuerte Fehler Menschen ab einem bestimmten Zeitpunkt X in der Regel dazulernen lassen, denkt Lollo diesmal mit und sorgt essentechnisch, wie vorgehabt, schon einmal vor, und isst vorm Eintritt ins Alsterhaus, wie geplant, einen Börek mit Schafskäsefüllung beim Türken, unten in der U-Bahn Jungfernstieg. Während die Blätterteigtasche in so einem Grill-Gerät warm gemacht wird, unterhält er sich mit der Frau hinter der Theke über das Arbeiten unter Tage. Solange *er*, Lollo, derjenige ist, der das Gespräch sucht, läuft das eigentlich immer ganz gut bei ihm, mit dem Plausch, als willkommene Nebenwirkung lenkt ihn

das Reden an dieser Stelle ferner herrlich von seiner Aufregung ab, gleich gegebenenfalls die mit den langen braunen Haaren wiederzusehen, und er bemerkt seine Unruhe erst wieder aufköcheln, als er aufgegessen hat und sich mit deutlich zittriger Flosse ein Fishermen's Friend-Drops aus der Packung zu fingern versucht. Er packt's bald und das Bonbon zergeht mintfrisch scharf auf der Zunge. Falls heut Mittag also – man darf ja wohl noch träumen dürfen – geknutscht werden sollte, ist der Werber, obgleich auch nicht mit korrespondierendem Nervenkleid potentiell zu darüber hinaus anzustellenden physischen Verrenkungen, dafür aber mit gutem Atem ausgestattet.

Aus der U-Bahn, oben auf dem Gehweg des Jungfernstiegs angekommen, schiebt sich Lollo durch die Glastür ins Warenhaus, taucht durch die Hitzewelle der Eingangspforte, ihn empfängt das Beauty Department im Erdgeschoss, in dem es mal wieder geruchssinnbetäubend nach einem von zu vielen Köchen verdorbenen, allzu kräftig gewürztem Potpourri mancherlei Aromen schnobert. Er bewegt sich geradewegs zu den Rolltreppen, springt auf eine Metallstufe und bummelt die Etagen herauf.

Wenn man bei Betreten in Schulklassen anmerkt, der Raum rieche nach Pumakäfig, ist in ähnlicher Intensität beim Betreten des Stock Nummer Drei unvermeidlich zu wähnen, man habe es hier mit einem Pantherkäfig zu tun. Dies aber liegt keinesfalls am Bukett, nein, hier riecht es weder nach der Duftsause von unten, noch nach der Universalglobalküche von drüber, sondern an verwegenen, nennen wir es mal Strömungen, die auf der Plattform, auf der Sachen für die Frau für Drunter von der Verkäuferin jenes Leibwäsche-Angebotes ausgesandt werden. Wogen aufreizendem Temperaments, die unseres Werbers Empfindsamkeit aufpeitschen, der, gondelt er allmählich zu ihrer Etage hoch, sich bereits, auf den letzten Zentimetern davor, einen Schuss zu sehr um einen möglichst gleichgültigen Ausdruck in seiner

Körpersprache auf der Rolltreppe, die Hand leblos auf dem Handlauf aufliegend, positioniert, und verkrampft, um ja nicht derartig schlotterig zu wirken, wie ihm ist, zu einer übertrieben akkurat durchgestreckten Figur, so als würde er an der Kopfhaut auf einen Fleischerhaken gespießt hängen, dabei stehen ihm die Augenlider auf Halbmast gesenkt und die Mundwinkel in einer gelangweilt anmutenden Position. Lollo bemerkt, während er sich vorstellt, er wäre nicht er, sondern ein anderer, der sich gerade so verhielte wie er und wie er das wohl von Außen betrachtet finden würde, wie doof das aussehen muss, so verkrampft wie sich das anfühlt, und als er ankommt, kommt er sich vor, wie ein Tierpfleger auf der falschen Seite der Gitter zur Fütterungszeit, in dem Moment er auf die in den Boden eingelassene Messing-Drei des Metalltritts schreitet und dort erst einmal kurz verharrt, um die reizvolle Gefahr in Ladygestalt zu suchen, die er auf den ersten Blick mal wieder nicht findet. Versteckt sich wohl wieder, der heiße Pantherfeger, soll sich wohl als running gag profilieren, dass sie sich stets erstmal vor mir versteckt, wenn ich vorbeischaue, denkt er. Lollo setzt behäbig einen Fuß vor den anderen, er pirscht, inspiziert auffällig um Unauffälligkeit bemüht den Raum, überprüft, ob die Pantherfrau hinterm Schild auf Lauer liegt, auf dem SALES steht, er blinzelt sogar zur Decke, in seichter Ahnung, die Pantherfrau könnte, wie eine Schlange vom immergrünen Dschungelbaum, von oben auf ihn herabfallen, ihn würgen, beißen, kratzen, küssen. Lollo zerbeißt den mittlerweile fast komplett abgelutschten Fishermen's Friend-Schnipsel mit den Schneidezähnen, es brennt an der Zungenspitze. Dann hat er es schon zur nächsten Rolltreppe geschafft und steht falsch herum auf der Treppenstufe, die ihn eins hoch zum *LeBuffet*-Restaurant chauffiert, fährt dabei stets die Dessousabteilung mit wachsamem Auge ab, bis sich das Sichtfeld schließt. Keine Pantherfrau da.

Im vorderen Essbereich, dem mit den bunten Malereien astrologischer Motive auf der von hinten beleuchteten Glaskuppel, sammeln sich Frauen und Männer angejahrter Betagtheit. Solche, die den Herbst ihres Lebens sich immer öfter in Ausflugsgrüppchen formierend, in Kaffeefahrtbussen hockend, der romantisch abendrot scheinenden Lebensneige auf acht Reifen entgegen reiten, um eben – wie sie selbstzynisch anzumerken pflegen »so lange man noch kann« – noch ein bisschen rumzukommen. Und wenn deutschland- und polenweit nach jeglicher besuchsmöglichen KZ-Gedenkstätte ein trauerdurchweichtes Abhaken getan ist und man sich – eben weil sie voll Ironie erheitert beklagen, dass Alter vor Torheit nicht schütze – auf Anti-Rechts-Demos schon einmal getraut hat, sich Nazis in den Weg zu setzen oder, beim Abtransport atomaren Mülls, in einem Wald irgendwo in Brandenburg gleisversperrende Menschenketten bildeten, ist bei den Pensionären als Balsam für die von zu viel Freizeit stark belasteten Nerven, zur Abwechslung mal wieder locker flockiger Städtetrip angesagt, da »Kultur« zuhause noch spärlicher gesät ist, als das dörfliche Restaufkommen allerseits geliebter Tante Emma-Spar-Läden. Heute steht also die Hafen- und neuerdings auch »Musicalhauptstadt« betitelte Hansestadt Hamburg auf dem Plan. Herrje, und wie laut sie sind, die Rentner! Was sind Rentner doch laut, wenn man sie auf Mannschaftsfahrt schickt.

Die graue Herde guter Laune flößte sich offenbar zur Geselligkeit – der begrüßungswertesten, und irgendwie auch typisch deutschesten Rechtfertigung, schon früh am Tage trinken zu dürfen, denkt Lollo – anscheinend längst den ein oder anderen, zügellockernden Sekt ein, er ist deutlich zu riechen, der Sekt, und dieser Geruch nach Säure und Süße erinnert Lollo so nebenbei an seine Kurzepisode als Punk, da haben sie immer in geselligem Rudel den billigen Prosecco von Aldi getrunken und nach einem halben Nachmittag bekam Lollo dann Dünnschiss und musste sich zwischen zwei

Zigaretten immer aufs Bahnhofsklo verziehen um eben die heiße Suppe auszuscheiden, seitdem trinkt er nur noch sehr ungern Perlweinartiges und mag es auch jetzt nicht gern riechen. Zu dem Sektodeur schwebt zudem die aromatisch aufs Äußerste getriebene Bestätigung, die mit dem Alter und der aus jenem resultierenden, sich fortan ständig weiter reduzierenden Lust an hygienischer Instandhaltung des runzelig gewordenen Körpers, anhand schwerem Eau de Toilette-Nebels über der Gruppe der Pensionisten. Parfums wie aus dem Mittelalter und die scharfe Note von Altherren-Rasierwasser liegen über steppenkargen Köpfen und aufgedrehten Locken mit Violettstich unbewegt in der Atmosphäre wie ein Rosenkohlfurz im Personenaufzug. Man hustet viel, räuspert sich viel, witzelt unentwegt und ungehemmt und lacht wie Sextaner in der letzten Reihe beim Schulgottesdienst. Auch untereinander geflirtet wird, bis der Notarzt kommt, meint Lollo auf die Schnelle zu erkennen. Als Symbol der Enthaltsamkeit scheinen Eheringe den libidinösen Perspektiven von Partnerwechseln innerhalb der Gruppe keinen Riegel vorzuschieben, denkt er, aber vielleicht vertut er sich auch. Der Biss der antiken Gesellschaft in Sachen erfinderischer Konversation in Punkto humorvollem Einfallsreichtum ganz oben mitzumischen, ist er sich aber sicher, schmälert sich im Alter aber ganz sicher nicht, vermutlich sogar ganz im Gegenteil: Ist der Körper ramponiert, lebt es sich gar ungeniert, und weil ihm dieser Reim so schnell eingefallen ist, muss er kurz zufrieden schmunzeln.

Lollo findet den Weg durch den Geräusch- und Geruchspegels der abblühenden Kaffeefahrt, schnappt sich am Einstieg der internationalen Gerichteküche ein Tablett und watet, auf der Suche nach einem geeigneten, im besten Fall grätenlosen Mittagessen für sie, entlang des opulenten Speiseangebotes. Heute auf Nummer Sicher gehen, denkt er, Folienkartoffel mit Kräuterquark und kleinem Pflücksalat. Er bezahlt das blasse Gericht auf dem spülmaschinwarmen Teller, sowie eine Mineralwasserflasche in der zwei Strohhalme stecken, die nicht, wie bei der Cola, nach oben aus dem Flaschenhals geschoben herausfallen, woran sonst, als an dem Zucker dürfte das liegen, dass die Strohhalme bei Brause heraus flutschen, bei Sprudel aber nicht, müsste man mal herausfinden, denkt Lollo, doch jetzt ist für Feststellungen, die nicht wirklich von akutem Belangen sind, nun wirklich keinen Zeit, denkt er, und findet einen freien Zweiertisch am Fenster. Welch ein Glück! Von wegen Pechtag. An einem Pechtag wird einem ein derlei glücklicher Zufall, in einem bis ziemlich auf den letzten Platz besetzten Restaurant, zwei Plätze äußerster Güte mit Sicht nach draußen aufs heiter gewordene Bilderbuchherbstwetter zu ergattern, nicht zuteil. Fehlt nur die Begleitung zum Essen, doch wohin er auch schaut, nirgends ist eine Frau zu erblicken, der die Haarpracht zur Stirnseite ebenso voll und dicht vom Scheitel herunterfällt, wie am Hinterkopf. So wartet er. Noch dampft die heiße Kartoffel. Lollo fummelt zum Zeitvertreib ein bisschen an der Alufolie herum, glättet sie hier, knickt sie dort. Eine Weile ist vergangen und sie ist immer noch nicht da. Dumdidum, summsummsumm. Eine zeitlang ist er noch aufgeregt, dann verflüchtigt sich die Zappeligkeit und Langeweile nimmt ihren Posten ein, und Lollo denkt, Langeweile, da hat man eine ganz schön lange Weile Zeit, einmal gehörig darüber nachzudenken, ob man mit der Kartoffel, dem tristesten aller Gemüse, nun das fadeste aller möglichen Gerichte gewählt hat, nur, weil man selbst keinen Hunger mehr hatte, oder, schlimmer noch, da es vermutlich das günstigste aller Gerichte der Gerichtpalette war das zur Auswahl stand, dazu noch das Mineralwasser statt etwas mit Geschmack gewählt zu haben, dass 20 Cents teurer gewesen wäre, oh bitte nicht, soweit darf es nicht gekommen sein, denkt er, über sich selbst besorgt, ich werde doch nicht automatisiert geizig ein Gericht eingekauft haben, wie unsympathisch wäre das denn von mir, und dann denkt er, dass, ertappt man sich selbst dabei, wie man Themen, die ohne Belang sind, durchkaut als ginge es um etwas von echter Bedeutung, es in diesem Augenblick eigentlich der beste Zeitpunkt wäre, sich, während man sich in Gedanken in sich selber zurückgezogen hat, plötzlich von der Person, aufgrund derer man vor Vorfreude auf sie die ganze Zeit so kribbelig gewesen war, wie vom Blitz überrascht zu werden. Au ja, denkt Lollo und schreckt vorsichtshalber schon einmal hoch. Doch sein erhofftes Date steht immer noch nicht vor ihm. Da hat sich niemand unverhofft angeschlichen. Naja, was immer noch nicht da ist, denkt er, kann noch lange auf sich warten lassen, und ich kann warten, denkt er, ich habe noch etwas Zeit, bis ich zurück in der Agentur sein muss und habe dank der Blätterteigtasche auch noch gar keinen Hunger.

Minuten vergehen und draußen vor dem Fenster zieht sich der Himmel wieder zu. Es fängt an zu regnen. Zwei Möwen streiten im Flug um ein großes Stück Brot, das so sperrig ist, dass sie es kaum im Schnabel behalten können. Der einen fällt es aus der Zange, beide Vögel tauchen hinterher, die andere Möwe fängt das Stück, fliegt damit weg bis auch sie es wieder verliert, und so weiter, irgendwann klaut eine dritte Möwe das schnabelwechselnde Brot und zischt damit ab. Richtig so, denkt Lollo, einfach Chance ergreifen und damit abhauen, sollte man sich mal ein Beispiel dran nehmen, denkt er, und weiß in diesem Moment selbst grad nicht, welche Lehre er daraus nun auf sich bezogen ziehen soll, ach, ist ja auch egal, denkt er, dippt die Gabelspitze in den Kräuterquark und probiert. Schmeckt gar nicht schlecht. Doch die Haut der kalten Kartoffel hat Runzeln und das erinnert ihn an die Hautbeschaffenheit einiger Angetrunkener der Kaffeefahrt von vorhin und den Vergleich zwischen langsam verdorbenen Menschen und Nahrung, die er essen soll, möchte er nicht anstellen, also bringt er das nicht angerührte Gericht auf dem Tablett zur Tablettrückgabe und verschwindet.

FINGERNÄGELLAOLA AUF STRAFF GESPANNTEM SYNTHETIK
(Montag)

Das komplette Wochenende hat es geschüttet wie aus Kübeln. Der ewige Regen reibt den Deprimierten einmal mehr die Idee unter die Nase, eines erneut verregneten Tages, dessen andauernde Schauer das Schmieröl zwischen den wenigen noch ineinandergreifenden Gliedern der letzten Dinge, die im Leben noch Spaß machen, abwaschen, die Zehenspitzen zu jenem Ergebnis gefährlich nahe am porösen Abgrund zu parken, den nächsten kräftigen Windstoß abzuwarten, der sie stößt und dort hin niederdrückt, wo Körper und Geist mit der Laune zusammengeführt werden, welche ihnen schon seit viel zu langem abhanden gekommen, mutterseelenallein in der schlammigen Trauergosse herumkrebsend Erlösung herbeisehnt. So ist das, schlimm ist das. Lollo aber, den juckt das Katzen- und Hunderegenwetter nicht die Bohne. Es greift ihn nicht an, perlt an ihm ab (Lotusblütenfunktion im übertragenen Sinne). Er war heute Morgen schon extra früh aufgestanden, um, bevor ihn die Arbeitskollegen später allein schon mit ihrer Anwesenheit konfrontieren, einen ausgiebigen Spaziergang durch die nieselberegnete Nachbarschaft zu machen. Die Straßenlaternen und Autoscheinwerfer spiegelten sich im Nassen, alles war nass, und so funkelte es und es tanzten die Lichter bei jedem Schritt auf allen Oberfläche. Es war noch nicht viel los, auf den Straßen, was gut war, denn so wurde Lollo Zeuge eines ganz seltenen Phänomens, nämlich manchmal, so gegen 6 Uhr morgens, transportieren die ankommenden, die Stadt mit dem Himmel verbindenden Wasserfäden, den Algen- und Muschelgeruch der Nordsee aufs Festland, die Luft riecht dann so gut und frisch wie zu keiner späteren Tageszeit, denn sie bleibt nicht lang, da die Dynamik der wachen Bevölkerung mit ihren Beförderungsmittel sie rasch abträgt, doch bei frühaufstehenden Heinis macht sich, hält sie Stippvisite, gleich Erholung breit, und dieser Morgen war so ein Ausnahmemorgen, an dem pure Nordseeluft die Elbe herunter kroch und die Hansestadt besuchte, und kaum jemand war schon vor die Tür treten, um Zeuge davon zu werden, die Stadt lag noch in der Horizontalen, pofte vorsichtshalber getreu dem Motto »Wer nicht dabei ist, dem kann nichts passieren« noch in der Koje, bis es planmäßig losging, wie eben immer.

Die Wetterverhältnisse am vergangenen Samstag wirkten als Pro-Argument für Lollo, trotz eines wirklich horrenden Preises, der ihn kurz erschrecken ließ, da er wohl mit keinem Schnäppchen, doch mit einem derlei hohen Betrag nicht gerechnet hatte, den Alligator Lederwarenladen am Gänsemarkt zu beehren, um den Regenschirm zu erstehen, den er sich letztens ausgeguckt hat. Der Schirm ist schwarz bespannt und hat einen glänzend überzogenen, rotbraunen Stiel aus Mahagoni. Ja, Mahagoni. Kreisrund stecken außen kleine, handgefertigte Nupsis aus gleichwertigem Holz an den Spitzen der schwarz lackierten Spannstreben. Die Metallelemente des Einrastsystems sind gülden wie Lollos Stimmung an diesem Morgen, an dem er seinen neuen, wunderschönen Regenschirm ausführt, ihm die prachtvollsten Straßen seiner gut betuchten Wohngegend zu zeigen, das frisch entfaltete, noch makellose Textil mit der raren Nordseeluft zu belüften. Regentropfen prasseln unaufhörlich auf das straff gespannte Synthetik wie eine mehrfingerige Fingernägellaola auf die Tischplatte. Das sich im Segelflug auf den Asphalt ergebene Wasser rauscht hypnotisch beruhigend wie der senderplatzfreie »Ameisenbildschirm« eines statisch aufgeladenen Röhrenfernsehers. Manchmal schlagen eine Reihe dicker Tropfen, die sich von einer Dachrinne herunter lassen, in einem bestimmten Takt die Pauke, prallen sie oben auf den Schirm und platzen. Das Pauken im Ensemble des meditative Audiovisuell des mit Schirm im Regen Laufens. Hach, herrlich, hielte doch jeder Tag einen so schönen Start für einen parat, das Leben wäre so aushaltbar.

Unter dem Schirm versteckt, schoss Lollo die am Straßenrand parkenden Autos mit Kastanien ab, die unter einem solchen Baum zu hunderten über den Gehsteig verteilt lagen, es machte ponk, pock, plonk, puck, er kickte so lange Kastanien an Autotüren, und versuchte vor allem die Autos, die in zweiter Reihe, etwas weiter hinten parkten, zu treffen, bis ihn ein Schmerz an der Kniescheibe an den Fahrradsturz von letztens erinnerte. Er sollte sich so wie so nicht dabei erwischen lassen, dass er teure Karosserien mit Kastanien abschießt, und bald war es schon soweit, dass Vorhänge und Haustüren geöffnet wurden, der Tag nun auch offiziell begann, und die Straßen belebter wurden, also Schluss jetzt damit, ermahnte sich Lollo. Er machte noch einen kleinen Umweg durch den Hayns Park, tanzte »singing in the rain«-mäßig dann zur nächstbesten Bahn bei Winterhude und dann ab zur Agentur. Heute, dachte Lollo, ist ein guter Tag, und er hatte viel Geduld und eine positive Allgemeinstimmung für ihn mitgebracht. Alles war so früh am Morgen noch so schön offen, es konnte einfach noch alles passieren. Alles mögliche Gutes.

In der Agentur angekommen, wird Lollo dementgegen anhand etlicher E-Mails und mehrerer Termine zu Briefings und Re-Briefings, die größtenteils noch am Vormittag abzuhalten waren, schnell klar gemacht, dass, anstatt eines Tagesablaufs, wie er ihm passen würde, bloß agentürliche Strapaze bevorsteht.

Schieb es nicht auf den Montag, dass du beim Gedanke an die viele Arbeit, die die frisch angebrochene Woche noch anstehen wird, das kalte Kotzen kriegst, denkt er, ein Wochenende geht zähflüssiger von der Hand, als ein Wochenanfang, an dem viel zu bewerkstelligen ist, zwingt er sich, positiv zu denken. Da ist es schon okay und nebenbei vielleicht auch ganz hilfreich, dass man, außer ausschließlich an die Arbeit, an nichts anderes mehr zu denken kommt, denkt er, dann wird mir wenigstens erst wieder zappelig zumute, wenn ich auf dem Weg zum Alsterhaus bin.

Lollo haut in die Tasten. Das, was er letzte Woche nicht geschafft hat, da er wankend auf dem liebesuchenden Pfad wanderte und infolgedessen nun mal ein wenig neben der Spur Slalom fuhr, muss er noch nachholen, und die ersten Deadlines klopfen bereits an die Tür. Klopf, klopf, tipp, tipp, tipp, grübel, tipp, tipp, tipp, grübel, tipp! Das erste Meeting beginnt in fünf Minuten, dann stehen zwei weitere bereits in der Startlöchern, straffes Programm, und kurz vor Mittag erwartet ein Kunde, der berüchtigt dafür ist, die Abgabetermine besonders gern besonders eng zu stecken, eine E-Mail, die, mit abschließenden besten Grüßen vom Kundenberater, eine Handvoll Lollos besonders kreativen Schnellschüsse präsentiert. Es bleibt demnach keine Zeit durchzuatmen, erst recht keine, sich einen zweiten Kaffee zu ziehen, weil das ja immer so lange dauert, wie die Plörre da aus dem Edelstahlrüsselchen rausdröppelt, wir kennen das Problem bereits.

Da ihm keine Wahl gelassen wird, und er es der Gewohnheit halber auch nur halb so schlimm findet wie manch Anfänger oder zarter Besaiteter, vom ewigen Schaffensdruck getriezt zu werden, verschwendet Lollo keine Zeit und beeilt sich einfach, und, wo er gerade so warm geworden allmählich gen Hochtouren läuft, bemerkt er im Exempel, wie es ihm ja eigentlich gefällt, dort zu arbeiten, wo es abgabebezüglich einfach immer brennt. Beeilung, fertig werden, fertig, nächstes und wieder von vorn. Die Agentur brennt, ständig müssen die Kreativen das Feuer löschen, kurz lodert es, dann präsentieren sich neue Stichflammen. Es brennt immer. Dieses Brennen lenkt so unglaublich angenehm von den wirklich wichtigen Dingen im Leben ab, um das mal so pauschal, dennoch um so verständlicher, auszudrücken, und das nimmt einem einiges ab, denkt Lollo, Hauptsache, man hat nicht zu viel Freizeit, in der man Substanzhafteres vor sich her- und vor allem wegschieben muss, denn das kann anstrengender sein, als manch vor Briefings und Deadlines zerberstenden Arbeitstag. Lollo gibt sich also Mühe und beeilt sich und hat ein gutes Gefühl bei dem, was er da tut. Tippi, tippi, tippi. Er weiß, was Creative Director Gereon gefällt. Er brauchte zu Anfang seiner Anstellung in dieser Agentur nur eine ganz kurze Eingewöhnungsphase, dann schrieb Lollo Gereon seine Ideen ganz nach Maß auf den Leib. Und es macht ihm, Gereon, auch immer Spaß, Lollos Einfälle zu lesen, und das gibt ihm, Gereon, das erleichternde Gefühl, sich in Sicherheit zu wägen, dass, so lange ihm Lollo noch auf Kommando kreativ zuarbeitet, jede der in seinem Team entstandene Kampagne, jede Anzeige, jeder Funkspot, einfach jede Idee, gut wird, lustig ist, irgendwie toll, intelligent sogar. Bravo, Lollo und Konsorten.

Lollo zieht sich endlich doch noch einen Kaffee, von dem er meint, dass er ihn jetzt besonders nötig hat, trinkt schlürfend und lässt dabei das Hirn brutzeln bis sich in dem Word-Dokument auf dem Bildschirm ausreichend Formulierungen gesammelt haben, dass er mit gutem Gewissen sagen kann, er hätte nun genügend phantasiert und sei jetzt bereit, vor seinem CD und den anderen vorzutragen. Gleich ist Meeting. Er drückt auf der Tastatur »Apfel, S«, dann »Apfel, P«, druckt das vierseitige Dokument viermal aus, holt die Zettel aus dem Drucker und begibt sich zum Konferenzraum.

Das Meeting wird abgehalten. Ein paar Minuten müssen noch vergehen, dann ist es soweit, denkt Lollo, als er das, was auf den Blättern, die er sauber aufgereiht vor sich gelegt hat, steht, fast fertig vorgelesen hat. Es läuft gut, Gereon ist zufrieden, die Beratung nickt demnach gelassen, denn ist der Oberst zufrieden, ist es der Kunde vermutlich auch und so sind sie es ebenso. Alle Anwesenden wissen anschließend, was nun zu tun ist: Text ist durch, ab jetzt ist Grafik dran. Die zwei Grafiker blättern grummelnd in dem Zettelhaufen vor sich.

Aus dem Meeting entlassen, wirft sich Lollo in seinen Mantel und flüchtet aus dem Gebäude in den Regen, wo sein neuer Schirm endlich wieder zum Einsatz kommen darf. Es prasselt wieder so fein auf der nagelneuen Bespannung. Das Wetter ist so schlecht, dass Lollo sich entschließt, die Strecke zum Alsterhaus fußläufig, inklusive eines Umweges durch Planten un Blomen, anzutreten. Tick, tock, tropf, rump, podump, hach, prasselt das schön.

Im Park ist es ausgezeichnet. Die Wege sind dank des vielen Regens, der heute noch keine Minute zu fallen aufhörte, menschenleer. Zwischen Untersuchungshaftanstalt und Laiszhalle am Johannes-Brahms-Platz verläuft ein Trottoir im Park durch ein Tal, über welches eine Autobrücke führt, in diesen Gehweg sind mit bunten Mosaikfliesen Figuren gelegt, knapp dahinter ergießt sich ein Wasserfall in einen großen See in dem es auch eine Menge Schildkröten gibt, wo man hinschaut, halten Landschaftsarchitektur und Landschaftsplanung den Wildwuchs der Natur in Zaum, und zerlegen, durch viele grafische Betonelementen, mit Schieferplatten gestapelte Wände und Brunnenanlagen als Trenner und Unterteilung, die Parzellen in verschiedene Landschaftsmottos, so lässt sich das Gesamtwerk ausschauen, als sein Planten un Blomen ein ungebärdiges Urwaldspektakeln, das doch mit dem Geschick eines auf ein notwendiges Grundgerüst zu reduzieren fähigen Floristen unter äußerst peniblen Auswahlkriterien zusammengestellt worden ist. Stubenarrestierte U-Häftlinge verdrücken manch Träne im stacheldrahtumzäunten Ziegelsteinblock, landesgartenschauen durch schwedische Gardinen auf eine Parkanlage, die nicht nur landschaftsarchitektonisch ihres Gleichen sucht, sondern – vermutlich, um als erzieherische Maßnahme mit den Bildern diverser Zukunftsperspektiven, für jedwede nur auszudenkenden Möglichkeiten alle Türen und Tore sperrangelweit offen stehen, die einsitzenden Kanaillen zu ärgern – obendrein einen Kindergarten beherbergt, in dessen Sandkästen bunt bemützte Menschchen ganz vorne anfangen, etwas Anständiges aus sich werden zu lassen. Die Wasserspiele am Spielplatz wurden zur kalten Jahreszeit bereits abgestellt, auf der unbewegten Oberfläche des Restwassers schwimmt buntes Mischlaub und hie und dort ein schnatterndes Entenpaar. Den skurril gewachsenen Bäumen im Japanischen Garten, liegen die einst zartrosafarbigen Trachten zu braunem Matsch verwelkt zu Füßen. Schwäne langweilen sich über die Spiegelfläche des Sees driftend, nebst den beinahe eingefrorenen Schildkröten, die auf einer mitten im See angelegten Holzinsel ausharren. Im Planten un Blomen benötigt man keine rosarote Brille, um zum einen durch eine echt Banane aussehenden Brille zu sehen, des weiteren die Welt in geschönter Wahrnehmung zu betrachten, wenn einem die Laune nach Entkrampfung steht, der Geist nach Ruhe strebt, die in Großstädten nur spärlich gesät ist. Statt sich des Doofi-Brillengestells zu bedienen oder verbrannte Harze zu inhalieren, sollte man zu gegebenem Anlass einfach den Park aufsuchen und sich erst einmal an ihm verlustieren, bis man wieder mit ihr kann – der rasenden Restwelt. Ponk, klonk, kluonklonk, pitsch, podonk. Lollo hat sich nicht zu viel vom Umweg durch den Park versprochen, das langsame Latschen entlang der Beete, das Plätschern und das zum Teil noch bunte Herbstblattwerk, mildern die Aufregung gehörig ab, die sich, von dem Moment an, an dem er, nachdem er durch die lückenlose Arbeiterei längere Zeit davon abgelenkt wurde, zum ersten Mal wieder an die Frau, die er sich gleich zu treffen hofft, dachte, ad hoc einstellt.

Auf Höhe des Tropengewächshauses schaut Lollo über den See hinüber zur Innenstadt. Er kann die wallende City schon brausen und tuten hören. Er atmet tief durch die Nase ein, zum Mund wieder aus, aus dem etwas Qualm in die Kälte hervorstößt.

In den nächsten Minuten findet er den Weg zum Jungfernstieg, auf dem die gleiche Bagage kreucht und fleucht wie in der vergangenen Woche. Die Binnenlaster spuckt ihre Fontäne, der Strahl wird von einer Windrichtung erfasst und besprenkelt die noble Häuserreihe, die dem Streuwasser die Stirn und zudem perfekt geeignete Resonanzfläche für den imposanten Hall pferdestarker Motoren entlang wummernder Luxuskarosserien bietet. Große Flaggen peitschen im Luftzug, die Eisenbänder, an denen sie befestigt sind, klimpern hell gegen die Aluminiummasten. Pling! Ping! Möwen sammeln sich in um so größeren Gruppen, je kälter es wird. Lollo schüttelt das Wasser vom Schirm, faltet ihn zusammen nimmt die Stufen hinunter in den U-Bahnhof, um erneut beim Türken einen Snack zu nehmen. Vorsorge ist besser, als später die Nachsicht zu haben, denkt er, und bestellt wieder den Börek mit Schafskäse drin, der sich schon einmal bewehrt hat.

Unterm Vorsprung des Alterhauses zieht er sich den Scheitel in Form, fummelt etwaige Knicke aus dem Kragen seines Hemdes, und tritt ins Warme. Im »Nail & Beauty Center« im »Beauty-Department« lassen sich Damen ihre Fingernägel feilen und stylen. Großes Schweigen zwischen Dienstleister und Klient.

Lollo wohnt ein Klos im Hals, der in diesem Moment durch den Hemdkragen in den Rachenraum hochgeschnürt zu sein scheint. Lollo ist sehr aufgeregt, aber das ist gut so, sonst wird das nix, denkt er. Es wird so langsam mal Zeit, sie wieder zu sehen. Er hofft so sehr, dass sie heute kommt! Sie, das einzige, worauf er sich freut, das einzige, was er vorhat, seine Perspektive gegen die Einsamkeit, gegen das ewig Dröge, sie, seine Erlösung aus dem bloßen Nur-für-sich-Sein. Hoffentlich, ach, hoffentlich, bist du hier, denkt er, und er weiß, während er so drauf los hofft, dass er sie bitte, bitte heute trifft und es in ihm drin vermehrt doller kribbelt, wie traurig er reagieren wird, wenn sie gleich wieder nicht da ist, da oben im Vierten. (Übrigens: Laetitia Casta? Wer ist überhaupt Laetitia Casta?)

Im dritten Stock angelangt – Lollo positioniert sich, für den Fall, sie werfe gleich zu Beginn ein Auge auf ihn, auf dem letzten Meter bevor er endgültig aufs Plateau des Dritten steigt, erneut so natürlich wie möglich auf der Rolltreppe, lehnt mit dem Ellenbogen, durch die deutlich zur Lehnseite geknickten Taille außerordentliche Bequemlichkeit vortäuschend, auf dem Handlauf, dass es schon so dermaßen entspannt aussieht, wie er sich da so in Bogenform das Stockwerk rauf kutschieren lässt, dass es schon unnatürlich wirkt – berät die Pantherfrau eine Kundin. Gemeinsam befingert man die geräumigen Schalen eines für Brüste beträchtlichen Maßes geschneiderten Kleidungsstückes, bestätigt einander sein affirmatives Urteil zu Material und Verarbeitung vermittels bedächtigen Zunickens und so scheint es der Pantherfrau soeben wahrhaftig zu entgehen, dass der Werber Lollo ihres Weges säumt, ohne dass sie ihm ihre Beachtung schenkt. Das kann ja wohl nicht angehen, denkt Lollo, und zieht die Schuhsohlen über den glatten Boden. Es zwitschert, wie in Sporthalle, in denen Mannschaften Ballsportarten vollziehen. Nun ist die Pantherfrau auf Lollo aufmerksam geworden, schaut mit geneigtem Kopf und etwas entgeisterter Mine zu ihm herüber, die Kundin mit dem großen Vorbau tut es ihr gleich, sie rollen im Duett mit den Pupillen und vertiefen sich wieder ins Gespräch. Hmm, denkt Lollo, und bemerkt, wie er es fast vergessen hätte, des Umstandes halber vor Nervosität an die Decke zu gehen und platziert sich auf eine der rollenden Treppenstufe die zum Restaurant führen und fährt hoch.

Vor den Kassen, am Eingang zum Küchenrondell, ist ein Tafelständer aufgestellt auf dem ein Tagesangebot ausgewiesen ist: Ein Entrecôte mit Western-Pommes. Er kauft es und transportiert das Gericht auf dem Tablett in das Speiseabteil des *LeBuffet*-Restaurants. Neben dem Teller steht, bedenklich schaukelnd, eine kleine Mineralwasserflasche, daneben liegen Besteck und zwei Strohhalme.
An dem langen Tisch, an dem bereits zwei Leute sitzen und noch genug Platz für zwei weitere ist, putzt man mit Kartoffelspalten roten Sud vom Teller. Man hatte wohl auch das Entrecôte, dann verlassen sie grüßend den Tisch und Lollo rutscht gleich zum frei gewordenen Platz an der Wand auf. Im Schutze der Wand wirkt alles am weitesten von dem Mittelpunkt weg, wo sich alles tummelt und man, wenn man im Zentrum sitzt, in ständiger Beobachtung steht, denkt er. Guter Platz, denkt er, genau dieser Platz könnte heute gut funktionieren. Er steckt die zwei Strohhalme durch den Flaschenhals und beginnt, sich zum ersten Mal so richtig nach ihr umzuschauen. Kann ja sein, dass sie schon da ist, sich jetzt aber nicht traut, von ihrem Platz, an dem sie mir einen Platz neben oder vor sich freigehalten hat, aufzustehen und rüber zu mir und meinem Platz neben oder vor mir, beides frei und möglich, zu wechseln, das würde ich ihr auch gar nicht zu verstehen geben, denkt er, ich würde gerne meinen Platz aufgeben, um zu ihr überzusiedeln, sitzt sie hier irgendwo. Doch die mit den langen braunen Haaren, die er das eine Mal fütterte und die er seitdem unbedingt wiedersehen wollte, ist nicht da. Noch ist sie nicht da, noch nicht, aber was noch nicht ist, denkt er, kann ja noch kommen. Also wartet er – man kann es bald schon als traditionellen Brauch sehen – vor dem

allmählich kalt werdenden Gericht, darauf, dass sie kommen wird.

Einige Minuten vergehen. Bald ist eine Stunde, in der nichts Eigentümliches vor sich ging, das es wert wäre, erwähnt zu werden, um, der BörsG ist bereits abgesackt und Lollo bekommt so langsam wieder Hunger. So pflückt er eine Reihe Kartoffelspalten, die ganz außen am Tellerrand liegen, ab, so fällt es gar nicht auf, dass da bereits Fritten fehlen, die braunhaarige Langhaarige würde das gar nicht bemerken können, dass er, ohne darauf zu warten, dass sie mit am Tisch sitzt, schon zu essen angefangen ist, isst aber bald, da sie nach einer weiteren halben Stunde immer noch nicht gekommen ist und heute sicherlich auch nicht mehr mit Anwesenheit zu glänzen versuchen wird, anschließend an die komplette Portion Westernfries, noch das kalte Entrecôte auf, wobei er sich wundert, dass das Fleisch bereits eine Temperatur weit unter der Raumtemperatur angenommen hat, wie geht sowas, woran liegt das und ist das überhaupt so, fragt er sich, munden tut es aber trotzdem, auch wenn das Blut im Fleisch schmeckt, als halte man die Zunge an die Pole einer 9V-Blockbatterie. Wer sich gerne daran zurückerinnert, dass er einst Kind war, weiß wie das schmeckt. Doch nicht aus nostalgischen Exkretionen, sondern aus Gründen, mit denen er, wenn er ehrlich ist, schon als er sich heute auf den Weg ins Alsterhaus machte gerechnet hat, wird Lollo, wie zu erwarten war, auf einmal sehr traurig. Was tut er hier überhaupt? Und das Mittag für Mittag.

Ein Versuch einer Herleitung: Tote wird es immer geben. Was nicht groß zu beweisen wäre. Der Beruf des Bestatter ist also bis zum Ende menschlicher Zivilisation auf Erden bis ans Ende seiner Lebenszeit gesichert. Es wird auch immer Kranke geben. Krankheit ist überall, nirgends auf dem weiten, wunderbaren Erdball ist sie nicht, davon Befallene flehen an-, Beispielen auch unangemessen wehleidig um umgehende

Linderung, wovon die pharmazeutische Branche wiederum horrend profitiert. Wir neigen abzuschweifen, zugegeben. Doch nur weiter: Ebenso wird Endgegner Einsamkeit garantiert und für immer für enorm viele in menschenleeren Häuslichkeiten auf Zuwanderung wartende Individuen allgegenwärtig sein. Wer nicht gerade in seinem Beruf die stärkste aller für sich möglichen Beziehungen sieht oder ihm oder ihr ein bestimmter Mensch so fest die Hand drückt, dass man meinen mag, er oder sie ließe nie wieder los, befindet sich entweder schon bald auf dem Weg zur Tierhandlung oder, sind Tiere nicht so seines oder ihres, bleibt, ohne das fragwürdige Talent (Hirngespinst?) sich wortlos vom Haustier verstanden zu fühlen, leider solo. Allein forever. Ach so bitter allein 4ever. Für derlei rundum beziehungsfreie Leute gibt es zum einen die Möglichkeit, auf Suchseiten – und damit sind nicht etwa Google oder, Dings, hier, Labrador, hier, Yahoo, gemeint, sondern Er such Sie-, Sie sucht ihn-, Sie sucht sie-, Er sucht ihn-Seiten von Tageszeitungen – Annoncen zu schalten, die zeitungsschmökernden, kontaktfreudigen ebenso Einsamen einen mit wenigen Zeichen getippten Bruchteil ihres Wesensbildes zu schildern versuchen. Des weiteren haben partnersuchende Solisten, die ihr Glück ungern dem Zufall überlassen, die Möglichkeit Gleiches im Netz, im so genannten »Internet«, zu tun und mithilfe eines als hübsch befundenem Profilbildes und, im Gegensatz zur Zeitungsannonce etwas detaillierterer Produktbeschreibung ihrer selbst, andere Elitepartner von sich zu überzeugen, weiterführend ein adäquates Gegenüber für ein Treffen in der nicht virtuellen Welt zu organisieren. TÜV-geprüfte Partnerbörsen, die wissenschaftlich fundierte Persönlichkeitstests, verifizierte Profile und unverbindliche Partnervorschläge versprechen. Toll. Die sich selbst als seriöse und niveauvolle Traumpartner-Börsen Betitelnden durchlaufen mitunter Stiftung Warentest und schneiden auch gut ab. Bei so viel Wissenschaft und bestandenen Tests, nimmt sogar das »typisch deutsche« Wesen, dem ständig eigentlich gar nichts so wirklich geheuer scheint, das Angebot doch gerne wahr und versucht sein selbstbestimmtes Glück. Auch wenn es einen Einpaarmarkfufzich springen lassen tut. Neuerdings gibt's darüber hinaus noch »Tinder«. Eine gute Idee. Auch eine gute Idee: Als Herausgeber eines Buches mit dem Titel »In 10 Schritten vom Solisten zum Altar« auf dem mit Blütenkontur ein Sticker klebt von dem in einer Neonfarbe »Garantiert!« abzulesen ist, ließe sich viel Moos verdienen.

Der Beweggrund, um nach all dem Tamtam auf Lollo zurück zu kommen, warum seine ihm innewohnende Seele – die ihm, seit erster Begegnung mit der Frau in letzter Woche, schwindelnd taumelnd an die Wände seines Gehäuses schlägt – fordert, sich nach Möglichkeit jede Mittagspause im vierten Stock des Alsterhauses einzufinden: Lollo hat den süßen Geschmack von Love geleckt und befürchtet stark, dass er an besagtem Tag der letzten Woche hier im *LeBuffet*-Restaurant im Vierten im Alsterhaus vom Glück heimgesucht wurde. Und von einer ordentlichen Portion davon, wird man nicht so oft heimgesucht. Es darf sich von der mitlesenden Partei der Fairness halber also nicht mit flachen Händen gegen die Stirn geklatscht werden, wenn erfahren wird, dass Lollo auch morgen, am Dienstag Mittag, wieder den Weg ins *LeBuffet* antritt.

Versprochen?

AMBODENZERSTÖRTEN MIT SCHMACKES UNTER DIE SCHWITZIGEN ACHSELHÖHLEN GREIFEN
(Dienstag)

Quiiietsch. Der Arm der Einarmigen Banditen-Kaffeemaschine rastet ein, die Edelstahlsäulen pressen aufeinander, umschließen den Kaffeepad vollständig zwischen sich; Masochisten müssten sich beim Anblick spontan wünschen, ein Körperteil an den festen Griff der Edelstahlsäulen zu verlieren. Klack! (Aktivierungsknopfgeräusch!)
Brrrkkkrrrrssssssuuuuuuummmmmmmmm... Plemper, pröttl, pitsch. Frisch gebrühter, dunkelbrauner Espresso fließt durch den Edelstahlrüssel, ergiesst sich in den Becher. Klack! (Deaktivierung! Ein Geräusch: entschlossen, kompromisslos, kurz und komischerweise, trotz dass es der selbe Knopf ist, der gekippt wird, auch völlig anders, als das »Klack« vom Aktivieren vorher.) Quiiietsch-Kronk! Der Einarmige Banditen-Arm der Kaffeemaschine wird entsperrt, die Edelstahlsäulen, die vorher wie aneinander geklebt aufeinander klebten, öffnen sich nun, der mit kochendem Wasser vollgesogene Kaffeepan – gerade erst belebt – erblickt – schon tot – erneut das Licht der Welt. Bald: »Aua!« Der nassdampfende Pad, der, wie wir unlängst wissen, bis zum aus den Nähten platzend mit brodelnd heißem Wasser aufgefüllt ist, wird am brühend heißen Zipfel aus dem Träger der unteren Edelstahlsäule gepflückt, anschließend, unter enormen Schmerzen an so vielen Fingerkuppen, wie man mindestens für das Manövern des Pads in den Mülleimer

benötigt, in den Mülleimer katapultiert.

Erstmal Kaffee. Und wie lecker der riecht! Kann man sich erstmal mit befriedigen, sich auf den Kaffee konzentrieren, lenkt auch gut ab, von dem ganzen Ärger hier, denkt Lollo, dessen Mundwinkel heute eine beachtliche Schwäche für die Gravitation zu haben scheinen, hilft einem, den ganzen Ärger zu verdauen.

Sowas kommt vor: Die Jobs, die er gestern Nachmittag zu erledigen hatte, die er, bevor er zur Mittagspause verschwand, noch als Klacks ansah, hat Lollo, nachdem er im Alsterhaus »leer« ausgegangen war, nicht mehr bewältigt. Nicht, dass die noch ausstehenden Jobs wider Erwartens dann doch etwas Unmögliches von ihm abverlangt hätten, ach was, nicht im Geringsten, zeigt Lollos Erfahrung doch: Werbeideen lassen sich auch in Mitleidenschaft größter Müdigkeit, dunkelstem Gemütszustandes, grippalstem Infekt ausdenken, und sie beweisen, im digitalen Text-Dokument manifestiert, eine große Samariterhaftigkeit, indem sie ihren Schöpfer sich auf Abruf daran erinnern lassen, dass das Leben selbst in frappantester Verschrobenheit mentalen Befindens, fortwährend auf selbigem Highway schlendert, auf dem es seit jeher schlenderte, wohl mal eine Ausfahrt nimmt, sich doch, sich die dafür benötigte Zeit nicht nehmen lassend, schnell wieder in den Verkehr auf altbewährter Strecke einfädelt. Jemand, dessen Berufung es ist – da ein solcher Jemand nichts anderes besonders besser kann als eben das: hauptsächlich Ideen ausklügeln –, Ideen zu entwickeln, wird immer in der Lage sein, sein sensitives Gehirn ständig brandneue Geistesblitze herbeizaubern zu lassen. Hex, hex! Paliiing! Das gestern war nicht etwa ein Problem seiner Hirnkapazität, nönö, man kann ja, wie gesagt, wenn man muss. Wenn man aber schlichtweg keinen Bock hat im Dienste allgemeiner und zur allgemeinen Zufriedenheit seine Pflichten zu erfüllen, ist wieder einmal bewiesen, dass das Herz im Armdrücken mit dem Hirn zeitlebens als Gewinner hervorgehen wird. Was allerdings mit sich brachte, dass ihn sein Creative Director Gereon zur Rede stellte. Zuerst war man zum Rauchen vor der Tür verabredet. Dort ergriff Gereon schnell das Wort: »So«, fing er an, »weißte selber, wa?« Gereon hatte einen ernsten Gesichtsausdruck aufgelegt. Lollo schaute erst ihn an, dann schaute er auf die Wand auf der anderen Straßenseite, auf der seit letzter Nacht ein neues Graffiti prangte, dessen Buchstaben man schwer entziffern konnte. Dann schaute er wieder zu Gereon, der immer noch dreinblickte, wie siebenundsiebzig Tage Regenwetter. Dann passierte sehr lange nichts. Das wird was Ernstes, dachte Lollo noch beunruhigter als er so wie so schon war, mit Gereon hier zu stehen und sich mit ihm anzuschweigen. Gereon pustete dichten, weißen Rauch in den trüben Himmel und guckte seinen Nebenan während des gegenseitigen Anschweigens, das eine komplette Zigarettenlänge andauerte, nicht ein einziges Mal an, bis er schließlich, er er die Zigarettenkippe auf die Straße schnipste, wie aus dem Kanonenrohr eine Standpauke abfeuerte, die vermuten ließ, dass Gereon nicht unvorbereitet in das Gespräch trat. Wie lang kochte es nur schon in ihm?

Er erwähnte Begriffe wie »Bringschuld«, »Vertrauensbruch«, aus irgendeinem Grunde tatsächlich auch »Respekt« und führte an, dass die Augen der Geschäftsführung schließlich auf ihn, Gereon, in Position des Teamchefs gerichtet wären, da muss er, in seiner Rolle als CD, nun mal mit der Rückendeckung des ganzen Teams rechnen und »nach oben hin« abliefern. »Ablieferung«. Lollo hörte während des ganzen Vortrages wohl hin, aber nicht so richtig zu. Ob er sich noch an seine Gehaltsverhandlung erinnere, fragte er Lollo. Lollo erinnerte sich aber an keine Gehaltsverhandlung. Die fand seines Erachtens in einer typischen Gehaltsverhandlungsform nie statt, es war alles, was das Geld anging, von vornherein schon mündlich zwischen Gereon und ihm klar gemacht worden, sonst wäre er, hätte man mit ihm ums Gehalt gedruckst und verhandeln wollen, gar nicht erst in diese Agentur gewechselt. Lollo hatte von Gereon sofort das gewünschte Moneten-Plus zugesagt bekommen, das er verlangte, da wurde gar nicht erst Gepokert, obwohl es sich, nur mal so ganz nebenbei angeführt, um eine wesentlich höhere Summe handelt, als seine Kollegen auf gleicher Sprosse der Karriereleiter kassieren, also entschloss er sich, einfach zu nicken. Klar, das alles, soweit er mit einem halben Ohr verstand, war Lollo schon klar, er bekam verhältnismäßig viel Kohle für den Texterjob, dem er sich dieser Agentur vertraglich verpflichtet hat, und er wollte dem vorwiegend guten Gereon auch nicht gegen den Kahn harnen, also tat er auf verständnisvoll, bejahte andauernd alles und nuckelte ab und an demütig am Filter der zweiten und der darauf folgenden Zigarette, die aufzurauchen er während Gereons Rüffel genügend Zeit hatte, bis sich dieser eine kleine Atempause gönnte. Er hat ja recht, ja, ja doch, ist ja gut, dachte Lollo, ist ja so langsam echt mal gut, dachte er, als Gereon dann nach der kurzen Verschnaufpause wieder hochfuhr und Lollo sich zur Vorbeugung auf den bereits im Sturzflug auf ihn herab segelnden Tadel mit der vierten Zigarette ausrüstete und bemerkte, wie ihm jedes aus Gereon nur so heraus plätschernde, scharfe Wort ein bisschen mehr seiner Energie raubte. Mittlerweile fühlte sich Lollos Kopf an, als sei er nur noch durch einen sehr dünnen Bindfaden mit dem Rest des Körpers verbunden, seine abrissbirnenschwere Murmel wackelte allmählich lose zwischen den hängenden Schultern und drohte zu Boden zu plumpsen, so sehr schwächten Lollo die Formulierungen eines der Kritik an ihm nimmermüde werdenden Creative Directors, der ihm für derlei saftigen Anpfiff zuvor bisher noch nicht bekannt war. Die minutenlange Moralpredigt wurde durch einen überraschend kumpelhaften, dumpfen Klopfer Gereons ausgefahrener Pranke zwischen Lollos Schulterblätter beendet. Es schloss sich die Frage an, ob alles okay mit ihm, Lollo, sei. Immerhin sähe er aus, wie gekaut und ausgeschissen, so kenne er, Gereon, ihn, Lollo, ja gar nicht, was sich Lollo gar nicht vorstellen konnte, dass Gereon ihn in seiner für ihn eigentlich typischen griesgrämigen Hülle verpackt noch gar nicht kenne. Aber vielleicht wählte Gereon diese Metapher zum Abschluss auch nur des für seinen Geschmack ulkigen Klanges wegen, dass Lollo wie Verdauungsergebnis herumlaufe. Haha, nein, nein, Gereon, alles im Grünen und 'Tschuldigung für die Unannehmlichkeiten.

In irgendeinem von etwas Benachbarten wie der Protestantischen Kirche in die Auslagen der Buchhandlungen gefeuerten Ratgeber war letztens irgendwann einmal derartiges wie folgt zu lesen (Achtung: Es handelt sich hier um eine lediglich ungefähre, so zu sagen »Pi mal Daumen« aus dem Originaltext entnommene Wiedergabe des Inhaltes:) »Überleben bedeutet, auch mit schwierigen Lebensphasen umgehen zu können, sich von ihnen gar herausfordern zu lassen! (...) Man dürfe nicht vor dem Unglück davon rennen, begebe man sich prophylaktisch schon mal in Haltung sturmartiger Fluchtbewegung für den Falle dessen, Geschwindigkeit aufnehmen zu müssen; im Gegenteil wird zum Arretieren geraten, zum Abwarten, was passiert, und es auszuhalten, wenn etwas passiert, bis einem, wie über Nacht angeritten, die einen aus der gegenwärtigen Misslage errettende Befreiung auf die Schliche kommt.« So stand das da. So in etwa. Weiter wurde geraten, auf »Hoffnung zu plädieren, die einen auch nach einer intensiv zermürbenden Trauerdauer oder ähnlichem endlich aus dem *Loch* holt.« Die Hoffnung sei, so der Ratgeber, »das As in unser aller Ärmel«, weil: stirbt zuletzt. »Unglück ist etwas Spannendes, wenn es auch noch so anstrengend ist. Und, dass man manchmal im Leben am Boden zerstört ist, ist gut! Und muss akzeptiert werden!« Holla! »Positives Denken alleine heilt weder Krise noch Krankheit.« Für wahr, für leider wahr. Doch jetzt wird dem zu Zeiten des Lesens dieses Aufsatzes unter Umständen aktuell am Boden Zerstörten zum Ende des Artikels hin praktischerweise noch einmal ganz dolle Mut gemacht, dem Ambodenzerstörten mal mit Schmackes unter die schwitzigen Achselhöhlen gegriffen: »Lebensverneinende Phasen sitzen tief und der Boden des Tals ist klebrig, schon klar. Doch wenn auch weiterzuleben scheinbar keinen zu ergründenden Sinn mehr macht, man sich aber dessen ungeachtet zusammennimmt und sich aufrafft, wieder diese totale Lust auf streichzarte Pflanzenmargarine, Quatsch, aufs Leben zurück zu ergattern, obwohl man gar nicht mehr genau weiß, wofür sich das Zurückergattern eigentlich nochmal lohnt, wenn einem zum schwerfälligen Aufrappeln nicht genügend Lebensenergie im Speicher vorrätig zu sein scheint, und man sich trotzdem aus den Schatten zu erheben wagt, die einen mit ihren langgliederigen Schattenfingern festzuhalten drohen, dann, im Aufstieg, strömt mit der Höhengewinnung die Rückgewinnung der Lebenslust auf einen ein und ab dann hat einen das am-Boden-zerstört-Sein stark gemacht und erst dann hat man gelernt, dass es, wenn bald mal wieder ein nächstes Unglück am handschmeichelnden Knauf der Haustüre rüttelt, es auch nach erneut erledigtem, ungebetenen Besuch, so gut wie zuvor weiter gehen wird.« Man darf nur was nicht? Genau: »Ja nicht vergessen, sich, wenn mal fällt, wieder aufzuraffen.«

Logisch. Glücklichsein als Pflichtzustand seiner affektiven Welt anzusehen, ist, wenn man sich das alles so durchliest, was eine der protestantischen Kirche benachbarte Glaubensgemeinschaft so fabuliert, also falsch. Das ist richtig. Das hat auch Lollo irgendwann einmal begriffen. Seitdem akzeptiert er für gewöhnlich die Phasen, wenn alles einmal nicht so rosig läuft, nimmt es gar mit Humor, wenn es nicht allzu abwegig erscheint. Vergisst es das Leben manchmal, das Lebensabschnittchen mit frischem Saint Albray zu bestücken und mit Petersiliekrönchen, wie man es aus der Werbung nur von achteckigen, schwarzen Tellern nebst Katzennassfutter kennt, zu dekorieren – Achtung, an dieser Stelle ziehen wir das o.g. As: die Hoffnung –, hofft man doch inständig auf eine das alles aufklärende, die dunklen Wolken des Nichtmehrweiterwissens bei Seite schiebende, perwollweich wärmende Chance, die dem Bedürftigen in Zimmerlautstärke gehaucht die Aufforderung in die Hörmuschel pfropft: »Ergreife mich und gut iss! MfG, die Chance« Nun, und was lange erhofft wird, wird letztendendes, in den allermeisten Fällen, die nicht als absolut aussichtslos einzustufen sind zumindest, bekanntlich gut.

Den angelesenen Weisheiten des zur Lebensbejahung appellierenden Beitrages einer der protestantischen Kirche benachbarten Glaubensgemeinschaft zufolge erhofft sich Lollo somit noch eine Chance, im *LeBuffet*-Restaurant im Vierten im Alsterhaus die Frau mit den langen braunen Haaren wieder zu treffen, die ihm, nach ihrem ersten Treffen, bis jetzt abhanden kam. Raus aus dem Tal, schreit eine Stimme in Lollo drin, solle mich eine Flut neuer, frischer Freude an Lebendigkeit erfassen! Lollo schickt noch schnell eine E-Mail mit den jüngst formulierten Ideen an Gereon raus, damit dieser als Aperitif zur Mittagspause von einem Zufriedenmacher kosten darf, und zischt, die Ärmel voller langlebiger Asse, ab in die Innenstadt.

»Hallo«, begrüßt er die Verkäuferin beim Türken in der U-Bahnhalle, »ein Börek mit Hack, bitte.«
»Mit Hack diesmal? Gerne«.
»Mal 'n bisschen Abwechslung« sagt er und stützt sich mit der Schulter gegen eine Säule.
»Gerne« sagt die Verkäuferin und verlagert den Börek mit der Zange von der Auslage in den Sandwichtoaster.
»Ist da eigentlich Knoblauch drin?«

»Knoblauch ist in alles drin«, die Dame mit dem Kopftuch fährt mit dem Zeigefinger über die mit halbierten Zwiebeln und Petersilie verzierte Speiseauswahl, »aber nur ein bisschen. Ohne schmeckt nicht.«

»Ach so.«

»Ist kein Problem – Kussen können Sie noch!«, schmunzelt die Verkäuferin und überreicht Lollo die warme Teigtasche. Überall haben die Türken Üs und Ös, Sätze voller Doppelpunkte über Vokalen, denkt Lollo, aber komisch: Küssen schreibt sie ohne ü. Er isst. Das krümelige Fleisch im Blätterteig schmeckt auch trotz des Knoblauchs fad und fast nach nichts, tut aber seinen Job und füllt den Bauch, für den Fall, dass er gleich nicht dazu kommen wird, selbst von der Mittagsspeise kosten zu dürfen, die er seiner langersehnten Langhaarigen kaufen wird. Er besorgt noch Kaugummis, schiebt sich gleich eines rein, welches sich auf unappetitliche Weise mit den Essensresten aus den Zahnlücken vermengt, klettert die Kellertreppe aus dem U-Bahnschacht hoch und steht vorm Alsterhaus wie ein Fan vor einer Bühne, auf der es – nach unendlichem sich beim auf den Auftritt der anbetungswürdigen Berühmtheit wartenderweise die Beine in den Bauch Stehen – heute endlich passieren soll.

Tage- und nächtelang schon, schießen Wasserkugeln aus dem Himmel. Lollo öffnet den Schirm, als er unter dem Dach des U-Bahnhofs Jungfernstieg hervortritt, es pitscht und ploinkt auf das schwarze, gespannte Synthetik. Er schaut zum korrosionsbedingt mit Patina überzogen Kupferdach des fünfstöckigen Hauses hoch. Die Wolken darüber spiegeln sich im Fensterglas des dritten Stocks, und was sich dahinter verbirgt, hinter den Spiegelungen in den Fenstern, welche aussehen, wie Leinwände, auf denen Videos vom grauen Himmel abgespielt werden, sieht man nicht.

Im *Beauty Department* im Erdgeschoss des Alsterhauses

liegt ein derber Geruch in der Luft: Offenbar hat ein von Tollpatschigkeit in die Seite gekniffener Warenhausbesucher einen überdimensionierten Flakon eines herben Frauendufts vom Präsentationssockel herunter gestoßen und nun tragen die Passanten die teure Flüssigkeit unter ihren Schuhsohlen durch die Etagen spazieren. Eine Angestellte in schwarzem Hosenanzug mit Halstuch macht sich eilig daran, das scherbenreiche Fauxpas aufs Kehrblech zu fegen, eine zweite und dritte galoppieren herbei, eine transportiert einen Wischmob, die andere schleppt beidhändig einen Eimer aus dem es dampft. Einige Visagistinnen und Make Up-Beraterinnen haben kleine Grüppchen gebildet und unterhalten sich rege, andauernd fahren ihre Finger an die Unterlippen, als würden sie staunen, unablässig werden Strähnen hinters Ohr gekämmt und sich undefiniert umgeschaut und kopfgeschüttelt. Inmitten des Durchgangs hockt eine Frau, etwa 70, auf den Fliesen. Sie wirkt paralysiert. Um sie herum sind einige *Beauty Department*-Bunnys in die Hocke gegangen, man stützt ihr den Rücken, eine weitere bringt ein Glas Leitungswasser und animiert sie, einen Schluck zu trinken. Ein Bunny, das sich um die zusammengesackte Hilfsbedürftige kümmern, dreht sich, als würde es selbst Hilfe suchen, zu Lollo um, der gerade, fast auf Höhe Laetitia Castas, von der er aber auch heute abgelenkt wird, da sich seine Aufmerksamkeit ganz den kuriosen Eindrücken hergibt, die den Raum mit eigentümlichen, dunklen Schwingungen, wie er zu fühlen meint, füllen, ihren Weg passiert. Der Frau, die ein wenig geschockt dreinblickt und ihr in letzten Minuten offenbar etwas blass um die Nase geworden zu sein scheint, rinnt eine Blutspur aus dem Nasenloch. Man reicht ihr ein Taschentuch, hastig tupft sie sich damit ab. Die Alte zu Boden keucht und krampft. Blaulicht von draußen. Lollo nimmt vorsichtshalber schnell die Rolltreppe.

In der Dessousabteilung im Dritten präsentiert die Pantherfrau dem davon verblüfften Werber ihr prachtvoll geformtes Heck. Sie lehnt mit beiden Armen auf dem Verkaufstresen, massiert sich die Schläfen, die Augen hat sie dabei geschlossen. Augenscheinlich ein Anfall von Migräne. Lollo bleibt stehen und beobachtet sie einige Sekunden lang unbemerkt von hinten, schaut an ihr herunter und die Beine wieder herauf, schlürft allmählich zur nächsten Rolltreppe und stellt sich rücklings auf die Stufe, um beim Nachobenfahren noch ein bisschen gucken zu können. Wäre er eine Comic-Figur, wäre ihm beim Anblick der Pobackenzurschaustellung der Pantherfrau die Zunge aus der Mundklappe gefallen und hätte sich gegen die Fahrtrichtung die Stufen herab bis zu ihren Hacken hin ausgerollt.

Im Vierten umkreist Lollo zweimal das Essensrondell, um ein Gericht zu finden, dass sie garantiert mögen wird. Er hielt vorerst Ausschau nach dem Tafel-Aufsteller, dessen Tagesangebot die Wahl erleichtern könnte, aber da stand nirgendwo eine Tafel. Kann eine jeweilige Küchenparzelle die Option, ein Tagesangebot via Tafel-Ständer im Kassenbereich auszuschreiben, wohl beim Alsterhaus oder beim Management des *LeBuffet*-Restaurants einkaufen? Nach Rotationsprinzip müsste ja jeden Tag die Tagesangebots-Tafel draußen stehen und der Reihe nach verschiedene Gerichte der vorhandenen Landesküchen anbieten, der Tafel-Ständer steht, soweit Lollo bisher mitbekommen hat, aber nicht jeden Tag da an den Kassen, heute fehlt er ja auch, stellt Lollo noch einmal fest und freut sich kurz darüber, dass es ihm auch in diesem Augenblick wieder gelungen ist, etwas von ziemlich banaler Gewichtung seiner Nervosität vorzuziehen. Sein Talent, sich vom Eigentlichen abzulenken, ist enorm.

Er kratzt sich am Kopf, als würde das Kratzen zur Inspiration verhelfen, etwas passendes zu Essen auszusuchen und entscheidet sich letztendlich, trotz der Trüffel in der Soße, die ja nicht jedermanns Geschmack entsprechen, für die hausgemachten Tortelloni mit Kürbisfüllung an Trüffelsoße, nimmt eine kleine Flasche Wasser aus dem Kühlschrank, zwei Strohhalme, Besteck, und bezahlt und begibt sich auf Platzwie auf Suche nach der Frau, die er heute Mittag endlich wiederzusehen hofft. Die schmale Flasche Mineralwasser taumelt auf dem Tablett, das von Händen gehalten wird, die, wie Lollo plötzlich bemerkt, schlagartig an Kraft verlieren. Seine Atmung gefriert, seine Miene vereist, Sympathikus und Parasympathikus schieben sich gegenseitig die Zuständigkeit zu. Eben fragt er sich noch, was mit ihm passiert, da sieht er sie:

Da vorne sitzen.

Der Speisesaal ist ungewöhnlich leer. Auf Tischen, an denen niemand mehr sitzt, stehen viele Tabletts, teilweise wurden noch kaum angerührte Gerichte auf den Tellern hinterlassen. Hie und da liegt Besteck auf dem Boden. Stühle stehen schräg, ein paar sind hintern herüber umgefallen. Diesen Mittag macht das *LeBuffet* den Anschein, als handele es sich um den Burger King an der Davidstraße in einer Samstag Nacht oder einen Western Saloon, kurz nach der Klopperei. Sehr aussergewöhnlich fürs *LeBuffet*.
Sie hockt, wie versteinert, am Fenster und blickt, in so fern sie durch den dichten Vorgang aus langen braunen Haaren überhaupt durchschauen kann, nach draußen. Eine große hellbraune Ledertasche mit Lederfransen am Reissverschluss besetzt den Stuhl neben ihr. Schwerelos, wie von einem Beamerstrahl ins Ufo gezogen, gleitet Lollo auf den Platz ihr gegenüber. In dem Moment des Dahingleitens denkt er erst einmal an nichts, spürt nicht einmal die zerberstende Aufregung, mit der er rechnete, die aufkäme, wäre es endlich so weit, und er würde sie endlich wiedersehen. Er stellt das Tablett ab, krempelt sich, so schnell es eben geht und sich

seine Arme nicht in der Vielzahl wahrgenommener Asse in den Ärmeln verkeilen, aus dem Mantel, die langhaarige Braunhaarige schaut währenddessen weiterhin aus dem Fenster, und Lollo sieht von der Seite ihre Nasenspitze, die durch den Vorhang aus Haaren aus dem Verborgenen an die Öffentlichkeit sticht. Sie wird durch die dicke Matte an Haaren unmöglich etwas sehen können, denkt er, nachdem er endlich seinen Mantel abgeschüttelt und ihn über die Lehne gehängt hat, während er einen Spalt in der Haarpracht zu entdecken probiert, durch den er im besten Falle, so zur Begrüßung, einen Blick in ihre Augen erhaschen könnte. Da, wo hinterm Haarvorhang ihr Mund positioniert sein müsste, werfen die Haare mit der ausgedehnten Atmung der braunhaarigen Langhaarigen Wellen. Status: Lollo ist zutiefst aufgeregt und zugleich tiefenentspannt. Wie kann das sein, fragt er sich und überprüft seine Handflächen auf Feuchtigkeit, doch die sind ganz trocken, solche Extremen gehen doch nicht zusammen, kann doch gar nicht angehen, denkt er, na gut, »ich liebe dich, aber gleichzeitig hasse ich dich auch« ist ein gängiges Motiv, dessen sich vor allem Daily Soap-Schreiberlinge gerne bedienen, solch eine Angelegenheit ist ja fast noch logisch, aber vor Aufregung völlig auszuflippen und gleichzeitig diese überlegte Ausgeglichenheit, wie sie eigentlich nur aus mönchsartigen Gefilden bekannt ist, zu verspüren, das ist ein Umstand, mit dem Lollo zum ersten Mal Kontakt machen darf.

Die Braunhaarige legt die Arme auf die Tischplatte und ihre Hände übereinander, dabei berühren die Fingerspitzen fast den Rand des Tabletts. Sie hat Dreck unter den Fingernägeln, bemerkt Lollo, dem so etwas immer schnell ins Auge springt, senfgelbe Ablagerungen, aber in einer anderen Sättigung, wie das Gelb Gereons Raucherdaumen, ein paar ihrer Nägel sind in unregelmäßigen Abständen bis aufs Nagelbett abgekaut, der kleine Finger links, der Zeigefinger, der Daumen und rechts, der Mittel- und der Ringfinger, einige

Finger sind unter der oberen Hand verdeckt, die kann er nicht sehen. Eigentlich sind ihre Finger, bis auf die dreckigen, abgekauten Nägel, sehr schön, lange Glieder, zarte Haut. Sie sollte sich nur mal eine Nagelbürste zum nächst bevorstehenden Namenstag wünschen.

Nicht nur geduldig im Netz rastende Spinnen sehen auch in Parkposition aus, als seien sie, auf den heißhungrig ersehnten Startschuss zum Angriff wartend, in akuter Aufbruchstimmung. Ebenso die langen, schmalen Finger der massiv braun Behaarten ihm gegenüber haben diese spinnenhafte Eigenart, im bloßen Rasten bedrohlich zu wirken. So wie sie sich vor ihm liegend präsentieren, ist Lollo einerseits warm ums Herz und sexy in der Buchse, da die Vorstellung sich auftut, ihre Finger berührten seine Haut, zum anderen strahlen ihre Greifer zugleich etwas eigentümlich Brenzliches aus, als ob sie ihm jeden Moment an die Gurgel zu springen und seinen Kopf mit Fäden zu umspinnen drohen oder so, er kann es sich nicht erklären, warum ihm der da so geduldig vor ihm liegende Händestapel – den er ihn ja auch einfach greifen und streicheln und dazu ein paar zarte Worte der Freude zu ihr herüber flattern lassen könnte – zu Berührungsängsten führen, wobei er ja üblicherweise nichts als ein feuchtes Küchentuch für Arachnophobisches überhat, also eigentlich sollten die spinnengliedrigen Hände nicht das Problem und der Grund für sein Unbehagen sein, aber was ist es dann, warum ihm eine Hemmung die Schranken vorschiebt, einfach gemeinsam mit ihr im Hier und Jetzt zu verweilen, einfach in der Intensität locker zu bleiben, wie sein Körperliches den Anschein macht. Ein irrationales Hin und Her, zwei antonyme Gefühlsebenen, die miteinander funktionieren, sich dabei doch voneinander abstoßen, wie starke Magnete an gleichen Polen, es ist schwer zu beschreiben, so fühlt man sich vielleicht auf ganz bestimmten Drogen, so in Zwietracht, im Kampf der inneren Kontroversen in einem selbst, sollte ich, oder besser nicht, oder wenn man sich vergiftet hat und man stirbt, so in der Endentscheidung Himmel oder Hölle, wo soll's nun hingehen, doch solche Gedanken nützen ja nichts, denk Lollo, und probiert sich aus dem wilden Gezeter dieser dämlichen Assoziationskette dadurch zu befreien, indem er sich traut, ganz schnell das Wort zu ergreifen und das Date, auf dass er Tage, die sich wie Wochen anfühlten, somit offiziell beginnen zu lassen.

»Allo« fiepst er also, das H des Grußwortes direkt einmal aufregungsbedingt verschluckend, och nee, auch noch den Start vermasselt, denkt er, und haut sich unterm Tisch mit der Faust aufs Knie, und weil keine Antwort auf seine Begrüßung folgt, beginnt er umgehend mit der Fütterung.

Er trennt einem Tortelloni mit der Seite der Gabelzargen ein mundgerechtes Stück ab. Die beladene Gabel wandert über den Tisch. Die mit dem dichten, braunen Haarvorhang hebt den Kopf, ihre Nase spaltet die Haarfront in zwei Hälften, und plötzlich sind da Augen zu erkennen, die da aus dem Schattenbereich hinter den Haaren heraus lugen, wohl nicht ihn, doch die Nudel auf der Gabel vor sich fixieren. Es funkelt in den Brauen über ihren starrenden Glubschern, in welchen um die tief dunklen Pupillen herum viel Weiß zu erkennen ist. Jedes einzelne Haar der Augenbrauen scheint mit den Benachbarten um die Aufmerksamkeit ihres Betrachters, der in diesem Moment Lollo ist, zu ringen – Haare, die wie ganz schmale Würmer aussehen, wie Würmer, die leuchten, machen sich lang und stemmen sich aus der Herde, funkeln und glänzen wie von Batterie betriebenes Spielzeug aus Plastik. Schaut man in ihre voluminösen, vor Kraft nur so strotzenden Brauen, ist einem, als blicke man durch ein Teleskop und habe die Milchstraße vor der Linse, die mit ihrem Sammelsurium aus Milliarden von Sternen am Firmament die Nacht erhellt. Die buschigen Augenbrauen der Braunhaarigen, die die vergleichsweise fünffache Fülle von Ottonormalbrauen besitzen, verbreiten einen Glanz im Halbdunkeln des Deckhaars, wie eine Discokugel, die auf düsterem Boden silberne Lichtpunkte verstreut. Hinter ihren Haaren zucken farbige Licher als würde ein Strohboskop auf Stufe Acht blitzen. Ihre Brauen hypnotisieren Lollo, ziehen ihn in ihren Bann, es ist, als versuchten sie, die einzelnen leuchteten Würmer darin, mit ihm zu kommunizieren, ihn zu irgendetwas zu überreden, ihn zu bezirzen, sein Blick klebt, wie auf Distanz mit UHU befestigt, an den glühenden Würmchen fest, er kann nicht von ihnen ablassen, und erst vermutet er, die Borsten da so unter ihrem Schopf spektrales Licht verbreiten zu sehen, würde ihn bald an sich selber zweifeln lassen, doch dann nimmt er es, ohne es sich groß vorgenommen zu haben, dass er es zulassen sollte, einfach so hin, dass er es hier mit einer Abnormität zutun hat und stellt sich vor, dass es dem immensen Volumen der Brauen sicherlich an separater Haarpflege, an Shampoos mit Keratin-Primer, Aufbau-Ceramiden, diversen, aus extrem exotischen Früchten entstammenden Ölen zur UV-Beständigkeitsprophylaxe, einem ausschließlich auf Brauen spezialisierten Coiffeur und so weiter bedarf, die Pracht und Fülle unterstützend in Stand zu halten, und auf einmal findet er es schon gar nicht mehr so befremdlich, dass die Augenbrauen der Person vor ihm die Fähigkeit haben, Helligkeit und Farben auszusenden, ist eben einfach so, denkt er, und das Licht und die Farben legen sich in abgeschwächter Stärke auch auf sein Gesicht und es fühlt sich wunderschön an. Er lässt die Gabel näher zu ihr rüber wachsen, sie schiebt das Kinn etwas nach vorne, sperrt den Mund soweit auf, dass eine Gabelportion hinein passt, er legt vorsichtig die Gabel auf ihre Zunge ab, ihre Lippen schließen sich und Lollo zieht, taub und fremdgesteuert wie eine Marionette, der der Arm an einem Acrylband festgeknotet ist, an dem abrupt gezogen wird, die Gabel ruckartig zwischen den geschlossenen Lippen hindurch aus ihrem Mund. Die Gefütterte zieht ihr Gesicht wieder zurück hinter die Haare und kaut hörbar in ihrem Versteck hinter dem undurchsichtigen Haarvorhang. Sie schmatzt und röchelt und schlabbert. Lollo quetscht derweil ein erneutes Stück vom Tortelloni ab, hält es ihr, die Gabel ganz hinten am Stengel haltend, auf der geschätzten Höhe ihres Mundes hin. Ihre Nase stupst wieder aus dem Haarvorhang und ihr Gesicht kommt nach, zieht die Nudel von der Forke und verzieht sich wieder, mampfend, manschend, zurück in den Schlupfwinkel.

»Ich war jeden Mittag außer einen Mittag hier, seitdem«, versucht Lollo ein Gespräch anzufangen. Seine Gegenüber schiebt ihr Gesicht durch die Frisur und öffnet den Mund, jedoch weniger, um auf Gesagtes zu entgegnen, als um auf die nächste Fuhre Pasta zu drängen. Es scheint, als höre sie gar nicht hin, als reagiere sie überhaupt nicht auf Lollos Ambitionen, die er ihr zu verständigen versucht. Nicht verwunderlich zu vermuten, denkt er, dass es Betäubungsmittel sind, die dieser Person zu derlei benebelter Existenz verhelfen. Selbst begabteste Schüffelnasen würden bei ihr an dieser Stelle vergeblich nach Gefühlsregungen suchen. Eine Gabel nach der anderen landet in ihrem Mund. Das einzige, was man hört: Schmatzen, Mümmeln, Malmen, Backenzähne aufeinander prallen, welches Geräusch Lollo an Geburtstage von damals erinnert, als er neben seinem Opa am Esstisch saß wenn Festgelage veranstaltet wurde, selbst bei Suppe schlug sein Großvater kauenderweise die Zähne aufeinander, als müsse er mit seinen Backenzähnen rohes, sehniges Fleisch wie mit einem Fleischer-Hackebeil bearbeiten um die Flüssigkeit zerstückelt hinunterschlucken zu können, das fand Lollo immer so abartig, ekelhaft, und so ekelhaft, bemerkt er gerade, stößt ihm ihr Kauen gar nicht so auf und er versucht nicht mehr so viel darüber nachzudenken, über ihr Kauen und bald schon hört er es auch gar nicht mehr und so eine Idee erfasst ihn und löst seine Aufmerksamkeit letztendlich komplett von den Kaugeräuschen ab, und er hat auf einmal vor, ihr, während sie so zurückgezogen hinterm Haarvorhang isst, auf eine ruhige, zärtliche Weise die Haare zur Seite zu schieben, so dass er ihr länger als nur den Moment des Umfrachtens der Nudeln vom Teller in ihren Mund, in ihr Gesicht schauen kann. Das muss jetzt sein, das muss drin sein, denkt er entschlossen, passiert ja nicht ohne Grund, dass *ich* derjenige Auserwählte bin, der sie füttern darf, ich bin demnach längst nicht mehr bloß irgendein dahergelaufener Fremder für sie, der ihr eigentlich ja auch egal sein könnte, bin ich nämlich schon längst nicht mehr, sonst säße sie nicht schon wieder hier und ließe sich von mir Gabel für Gabel in den Mümmelkanal stopfen, denkt er ohne groß darüber nachzudenken, ich bin der, der die Priorität hat, sie füttern zu dürfen, der sie hier schon wieder zum Essen einlädt und auch alle kommenden Mittagspausen wieder gerne zum Essen einlädt, vielleicht bringe ich irgendwann sogar mal Kerzen mit, die Idee ist doch gar nicht schlecht, denkt er, und wer ständig gibt, darf schließlich auch mal nehmen, denkt er, lässt die Gabel auf den Teller fallen, es scheppert hell auf dem Porzellan, geht aus dem Stuhl, lehnt den Oberkörper über die Tischkante, steckt ein paar Finger durch ihre Haare und schiebt den haarigen Vorhang zur Seite, soweit, dass er auf beide Augen und die durch sein mutiges Manöver scheinbar wild gewordenen Brauenwürmer darüber freie Sicht bekommt. Augenblicklich kommt es ihm vor, als hätte er das nicht tun sollen, dieses eigennütze, von Neugier erfüllte Handgreiflichwerden. Es zwickt in seinen Fingerspitzen, plötzlich schmerzt es in seinem ausgestreckten Arm, als habe er einen Stromschlag kassiert, der bis in die Schulter zieht, doch sein Interesse überwiegt jedem Empfinden von Schmerz und Lollo schreckt nicht zurück und lässt die Haare, die so als Zopf zusammengenommen ein ordentliches Gewicht aufweisen, in seiner Faust, und er glotzt in ihre Augen, die scheel durch ihn hindurch zurück glotzen, über ihnen, ein haariges Flackern, Blinken, Fluoreszieren. Ihre Augen sehen menschlich aus, die Haut sieht menschlich aus, die Bewegungen der kleinen Muskeln unter der Haut, wie sie um die Augenpartie herum zucken, als würde ihr Sehnerv von grellem Licht geblendet werden, jetzt wo ihr die Haare nicht mehr als Sonnenschutz dienen, sehen menschlich aus, nur die Augenbrauen, diese blinkenden Büsche aus glühenden Würmchen, die sehen aus, als entstammen sie einem anderen Stern und Lollo denkt das, während sein Blick ganz tief in dem bunten Treiben der sich unentwegt bewegenden Lichter und Leuchten in ihren Augenbrauen versinkt, was er schon als Kind dachte, dass nämlich, existieren Zweibeiner und Vierbeiner mannigfaltiger Rassen in opulenter Stückzahl und Varietät auf einem Planet wie dem diesen, es ganz einfach noch andere Planeten, wenn nicht im selben Sonnensystem, dann immerhin in ferner Galaxie geben muss, wäre ja unlogisch, wenn so ein winziger Planet wie dem unseren kleinen Grünblauen der einzige wäre, auf dem bedauerlicherweise zumeist weniger intelligentes als intelligentes Leben herumkrabbelt, wir Menschen und Tiere können nicht alleine sein, ist einfach so, so einfach ist das, wäre ja unlogisch anders, denkt Lollo besonnen, vielleicht, denkt er, sitzt so ein Beweis von außerirdischem Leben in diesem Moment direkt vor mir, und wenn dem so ist, denkt er beschwingt, ist es klasse, denn ich hatte mir immer vorgestellt, dass, wenn es einmal zu einem Tête-á-Tête mit einem Alien kommen sollte, ich keine Angst haben würde, es war mir dabei aber auch zeitgleich bewusst, denkt er, dass dem in einem solchen Falle, käme es zu einem Aufeinandertreffen mit einer außerirdischen Lebensform, nicht so wäre wie in der tollkühnen Vorstellung und ich mir in Echt in die Hosen machen würde vor Angst, und jetzt, wenn das hier also das Echte in Echt wäre, was hier gerade stattfindet, gesetzt den Fall, sie ist eines, so ein Alien, ich tatsächlich nicht einen Funken Angst verspüre, denkt er und das bemerkt zu haben, gibt ihm den Mut, noch einen kleinen Schritt weiter zu gehen.

»En- Entschuldigung...«, Lollo spricht mit gedämpfter

Stimme. »Entschuldigung!«, gewinnt sein an sie gerichtetes Wort – anhand dessen Wortwahl, der Entschuldigung, er sich für nichts entschuldigen, sondern mithilfe des Wortes er sie nur aus ihrem tranceartigen Zustand aufwecken möchte, in dem sie gefangen zu sein den Eindruck macht – an Lautstärke. Auf einmal blinzelt sie, womit bei all ihrem hohlen Stieren nicht zu rechnen war, was Lollo erschrecken lässt, doch zum Glück zuckt er nicht reflexartig zusammen und verliert daraufhin ihre Haare aus der Hand, und kann ihr weiter ins Gesicht schauen, es studieren und probieren, einen Augenkontakt herzustellen, wie es in einem gesunden Miteinander zweier sich gerade erst Kennerlernenden normalerweise eine gelernte, konventionelle, freundliche und Vertrauen schaffende Geste wäre, aber was ist bei dieser Begegnung schon normal, doch wie er auch versucht, seinen Kopf in ihr Sichtfeld zu justieren und Blickkontakt herzustellen, da ist nichts zu machen, die guckt nicht, bemerkt er schnell, da sperrt die mysteriöse Braunhaarige mit den Regenbogenbrauen erneut die Luke zur Nahrungseinflößung auf, was ja immerhin auch eine Art Kontaktaufnahme ist, denkt er, immerhin tritt sie irgendwie in Interaktion mit mir, immerhin, denkt er so langsam von dem Umstand ernüchtert, dass sie anscheinend nur auf die Nudel erpicht und weniger an ihm interessiert zu sein scheint, die Hoffnung allmählich aufgebend, da käme eventuell noch was in Richtung metaphysischer Annäherung, als bloß die Nähe seiner Hände zu ihrem Gesicht, und er lässt die nächste Gabel über die Tischplatte wandern, doch kurz bevor die Gabel ihren offen stehenden Mund erreicht, lässt er die Gabel in der Luft ruhen. Jetzt bin mal ich am Drücker, denkt er.

»Wie heißt du?«, fragt er. Als prompte Antwort darauf, als reagiere etwas in ihr, das aber offensichtlich nichts mit dem Gebärdenspiel einer plötzlich losgelösten Aufmerksamkeit ihrerseits zutun hat, die man ihr am Gesicht ansehen könnte, erklingt ein knurriges, bauchiges Grummeln aus ihrem Kern heraus, das nur eins bedeuten kann: Hunger. Oh, denkt Lollo, und füttert erstmal, ohne weiter Forderungen zu ersinnen, weiter, hält weiterhin mit einer Hand die Haare zur Seite, mit der anderen Bewegt er die Gabel zwischen Tellergericht und ihrem Mund und bald bemerkt er, dass sein Arm, der bis eben noch fürchterlich schmerzte, wie unter Stromstößen, nun vollständig taub geworden ist. Vielleicht ist er eingeschlafen, da fließt kein Blut rein, in dem Winkel, in dem ich ihn halte, denkt Lollo, kein Grund zur Sorge, wenigstens tut es nicht mehr weh. Die Braunhaarige mahlt die Nudelspeise und es ist zu erkennen, dass sie den Teil des Pürees, das ihr nicht während des Schmatzen bereits aus dem offenen Mund über die Reling geht, wie ein Hamster in den Wangen sammelt. Der zusammengetragenen Tortellonikleister pumpt ihre Wangen zu Mumpsbacken auf, die sich beidseitig, wie in der Mitte geteilte Tennisbälle, nach außen erheben und die Haut an den Stellen schon beachtlich spannt.

»Du musst schlucken«, sagt er, »schl- schluck das erstmal runter.« Kann doch nicht angehen, denkt Lollos, legt die Gabel ab, bugsiert schnell die zwei Strohhalme in den Flaschenhals, steckt ihr einen direkt in Mund. Sie saugt und zieht mit dem Mineralwasser den Breivorrat aus den Backentaschen, schluckt ein paar Male und als sie die Lippen wieder öffnet, wandern ein paar Gramm Matsche aus ihren Mundwinkeln auf ihren Mantel und den Boden. Ein eingespeichelter, milchiger Schleimtropfen prangt perfekt kreisrund auf der Tischplatte vor ihr und Lollo, der etwas über hat, für bildnerische Kunst, in denen der Zufall die schönsten Formen hervorbringt, wilde, dynamische, in diesem Fall eben eine besonders runde Form, und betrachtet den pittoresken Fleck, als hätte ihn eine Künstlerin dahin gekleckst, für einen Moment, und weil in diesem Zeitraum des Fleckbetrachtens, des damit einhergehenden Nichtfütterns und dem steten Nichtsprechens ihrerseits immer noch nichts von ihr kommt, das ein erster Annäherungsversuch, ein kleiner Fingerreich aus ihrer stillen Welt sein könnte, fragt er sich auf einmal, ob sie vielleicht taub ist, taub und stumm gegebenenfalls. Würde ja so einiges erklären, denkt er und fragt, um das zu testen: »Hörst du mich? Sag mal, hörst du mich überhaupt?« Als vermeintliche Reaktion darauf, dass er sie erneut angesprochen hat, antwortet ein laut vernehmbares Rumoren, das wieder aus ihrem Bauch kommt und klingt, als ob Magensäure bei 40 Knoten Nordseewellen schlägt, Ungutes verheißend, Gefahr, Seenot, mit Brodeln und bärenhaftem Brummen. Lollo hört es deutlich in ihr rumpeln, es ziiissscht, brodolololt, brummmt, gärt in ihrem Bauch und dann plötzlich, als hätte jemand den Klack-Knopf an der Espressomaschine aus der Agentur gedrückt: Stille. Sie schluckt noch einmal, das klingt wie gnuuuolög, dann sitzt sie mit geschlossenem Mund und ihrem typischen Tunnelblick einfach nur so da. Ausgestellt. Lollo nimmt den eingeschlafenen Arm herunter, der ihm im Zurückziehen, bomm, direkt auf die Tischplatte knallt, ihr rutscht der Vorhang aus langen, braunen Haaren in Ursprungsposition zurück und versteckt ihr Gesicht wieder hinter sich. Lollo lässt den Oberkörper zurückfallen, bis sein Rücken die Stuhllehne berührt und stellt die Flasche aufs Tablett. Die Braunhaarige hat sie fast leer getrunken. Lollo legt die Gabel ab, formt ein Doppelkinn und starrt seine Gegenüber ungläubig an und erkennt bei ihr nichts, keine Regung, keine Lebendigkeit, nichts dergleichen, einfach nichts, sie ist einfach erstarrt. Ihre glatten Haare glänzen irgendwie unecht im Licht der Scheinwerfer, die von der Decke auf den Schauplatz herunter leuchten, die mit den dichten, langen Haaren sieht aus, als sei sie eine Plastik, eine Figur aus dem Wachsfigurenkabinett, eine Puppe aus PVC mit PVC-Haaren auf dem Kopf, etwas künstlich in Form gegossenes. So kommt er mit ihr und bei ihr und auch für sich selbst nicht weiter. Kurz macht Lollo den Fehler, einen Augenblick lang der regulären Welt einen Höflichkeitsbesuch abzustatten und schaut sich um und sieht, wie ihre einseitige Beköstigung eine Menge Schaulustiger herbeigerufen hat, vereinzelt und mit genügend Sicherheitsabstand, als wohne man einer Tigerfütterung bei, stehen und sitzen Menschen im Raum verteilt, die mit großen Augen und Kameras ihrer Mobiltelefone im Anschlag verfolgen, was da vor sich geht, zwischen dem eigentlich recht unauffällig aussehenden Typen und dieser Gestalt, dessen Schädel von einem Kranz aus Haaren ringsherum umschlossen ist. Ein besonders indiskretes Fräulein, die sich zusammen mit einer anderen Frau das Maul über sie zerreißt, zeigt sogar mit dem nackten Finger auf die beiden. Schnell verflüchtigt sich Lollo wieder zurück ins Diesseits jener Welt, die zwischen ihnen, dem braunhaarigen Mysterium und ihm, dem gewissermaßen stinknormalen Werbetexter, entstanden ist, und schon ist alles wieder so schön ruhig und angenehm und unberührt, stimmt genau, unberührt, fällt Lollo auf einmal auf, derart zu beschreibender Zustand ja vielleicht auch deshalb zustande kommt, da es sich beim hiesigen Hergang für ihn um ein im Allgemeinen jungfräuliches Vorkommnis handelt, bei dem niemand weiteres mit unter der Decke steckt und seine Fuchteln im Spiel hat, und schon ist die Welt da draußen wieder ausgeblendet. Schöner nur wäre das Beisammensein, würde man hier auch mal weiterkommen, denkt Lollo, dem diese unfruchtbare Stille, dieses Abwarten bis von ihr endlich mal was kommt – sei es auch nur ein erneutes Zwinkern, wenigstens etwas, muss ja nichts Großes sein, nichtmal einen zusammenhängenden Satz würde er verlangen, längst nicht mehr, Hauptsache nur, es kommt überhaupt noch irgendwas aus ihr raus, nur eine kleine Geste – so langsam gehörig auf den Senkel geht, es wäre durchaus zu wünschen, auch einmal mit dem, was in ihr so vor geht, als nur mit einer Front aus Haaren beisammen zu kommen. So führt das ja zu nichts, denkt er, wenn ich die ganze Zeit nur vor so eine Wand aus Haaren gucken muss und meine Blicke, meine Versuche mit ihr zu kommunizieren, da so unerwidert abprallen, irgendwie wird da doch wohl was aus ihr rauszukriegen sein, denkt er, irgendein Knöpfchen muss betätigt werden und dann fließen die schon, die Wellen der Kommunikation, irgendwie wird doch wohl zu ihr durchzukommen sein, Knöpfchen finden, Knöpfchen finden, denkt er, nur wo findet sich so ein Knöpfchen. Vielleicht sollte ich mal zu ihr rüber gehen und sie erstmal aufs Sorgfältigste durchkitzeln, dann muss da was kommen, so holten immerhin schon die alten Römer Geheimnisse ihres Begehrs aus ihren Gefangenen, durch Kitzelfolter eben, war doch so, zumindest war das in einem Asterix-Film mal so, Mirakulix wurde gekitzelfoltert, soweit Lollo sich erinnert. Aber naja, denkt er dann, die wird mir was husten, wenn ich da bei der jetzt zu kitzeln ansetze, aber irgendwie muss doch zu ihr durchzukommen, an ihr Gesicht, an ihren Gestus zu kommen sein, durch diese Übermacht an Haaren.

An einer Magnetpinnwand in einem Büro in der Agentur, erinnert sich Lollo, er läuft täglich daran vorbei, wenn er auf dem Weg zu den Treppen ist, hängt so eine Postkarte auf der so ein Spruch seltener Dämlichkeit geschrieben steht, wer in diesem Büro sitzt, hat Lollo irgendwie vergessen, aber den Spruch nicht: »Wer nicht versucht besser zu werden, hat aufgehört, gut zu sein.« Das fällt ihm jetzt ein und da denkt er sich, nun gut, in vielen Binsenbonmots glimmt, wenn auch schwächlich, der Funke eines wahren Gedankens, wer nicht versucht, der nicht gewinnt, heißt es ja in meinem Fall, denkt er, das ist damit ja auch gemeint und das ist ja eigentlich auch richtig so, denkt Lollo, damit sie nicht gleich wieder abrupt aufsteht und sich vom Acker macht, muss ich jetzt Initiative ergreifen! Es gibt nur einen Weg, entscheidet er, bevor sie mir, nachdem hier auch noch die letzte Gabel aufgegessen ist, wieder abhaut und wir uns tagelang nicht sehen und auch nicht neu verabredet haben, weil wir es nicht geschafft haben, da sie nicht hören oder nicht reden oder vielleicht sogar beides nicht kann, denkt er und fasst sich ein Herz. Das muss drin sein, das muss doch nochmal drin sein, denkt er, macht sich über den Tisch lang, und lässt seine Hand vorsichtig zu ihrem Gesicht pirschen, er wittert irgendetwas, etwas Bedrohliches, etwas Unsicheres, glasklare Unsicherheit liegt in der Luft, doch da erreichen seine Fingerkuppen schon ihre glatte, braune, das Licht von oben reflektierende Matte, und schon ist alles wieder so ruhig und isoliert, eine Blase umgibt die beiden, und er schiebt die Finger durch die Haare und streicht ihr vorsichtig, von einem ungefähr als Gesichtsmitte eingeschätzten Punkt, an einer Seite die Haare zum Scheitel. Dabei schiebt er Zeige- und Mittelfinger ihrer Stirn entlang und spürt feuchte Wärme unter der Haardecke – so viele Haare, denkt er, das muss schön wärmen im Winter und zu warm sein im Sommer – und es kitzelt spannungsgeladen in seinen Fingerspitzen, es knistert, als er ihr über die Haut fährt, das Knistern und Britzeln ist wohl nicht zu hören, er probiert es zu hören, so deutlich er es spürt, es tut auch anständig weh, aber da gibt's nichts zu hören, was ihn wundert, es knackt und britzelt in seiner Vorstellung, doch in Wahrheit klingt da nichts, und der Schmerz wird immer doller, je mehr Millimeter Lollos Fingerspitzen ihre Haut abfahren, aber dass es schmerzt, tut gut und es fühlt sich richtig an, sie zu berühren, vielleicht fühlt es sich eben auch genau deswegen so gut und richtig an, sie, ohne sie gefragt zu haben, ob er noch einmal dürfe, zu berühren, denkt er, eben *weil* es wehtut, eben *weil* er sich von den immer intensiver werdenden Stromspitzen nicht davon abbringe lässt, zu ihrer eingemauerten Aufmerksamkeit durchdringen zu wollen, eben *weil* es ihm wichtig ist, jetzt nicht locker zu lassen, das ist der Beweis dafür, wie wichtig sie mir ist, sie mir jetzt schon ist, denkt er, obendrein fühlt es sich gut an, ihre mit stromgeladener Abschreckfunktion ausgestattete Haut zu betasten, weil da, britzelt und kneift es, wenigstens irgendwas reagiert, nimmt er – zieht sie sich für die Dauer ihres immer wiederkehrenden Offline-Modus in ihre Haargruft zurück –

handzahmen Kontakt mit ihr auf. Und das zeigt Wirkung: Die Bekanntschaft blinzelt erneut, sogar ein paar Male hintereinander, es ist, als wache sie aus einer Trance auf. Sie neigt den Kopf etwas, macht die Lider groß auf, kneift sie dann wieder zusammen und blinzelt, als stelle sie, wie ein Fotokameraobjektiv, ihre Augen scharf. Sie peilt Lollo an, dann beruhigt sich ihr Augenspiel.

»Hörst du mich?«, fragt Lollo direkt, um ihre Aufmerksamkeit zu halten. Für ihn fühlt es sich an, als schaue ihn ein Wesen an, dass einem Menschen zum ersten Mal Vis-a-vis begegnet und noch nicht ganz weiß, woran es ist. Aber vielleicht braucht sie auch nur eine Brille. Sein Arm beginnt erneut taub zu werden, diese Energiestöße, dieses Blitzen, bis zum Handgelenk spürt er schon nichts mehr, von da ab kribbelt es bis zum Oberarm, in dem der Bizeps ab und an von den Stromspitzen traktiert wird, so dass Lollos Muskel manchmal hüpfenderweise anschwillt und abklingt, als wolle er seiner Lady beweisen, welch unerwartete Kraft auch in der krumm gesessenen Physik eines buckeligen Bürostuhlpupsers zu schlummern vermag.

Grün, Froschgrün, denkt er. Er schweift den Blick durch die Umgebung, aber da ist nichts, was es in ihren Brauen grün reflektieren lässt. Die Brauen leuchten grün, so wie diese sauren Äpfel grün sind, Granny Smith, aber so ein bestimmter Silberton ist auch irgendwie dabei, in ihren Brauen, fällt ihm auf, funkelt es Silber, ist kurz das Grün verschwunden und dann fragt man sich wo das Grün abgeblieben ist und schon ist es wieder da und silbern leuchten auch seine Finger, die von ihren Brauen, den unzähligen herumwuselnden, wabernden Würmchen, angestrahlt werden. Lollo hebt den Daumen etwas und bettet ihn behutsam in das quirlige Ungeziefer, das sofort seinen Daumen zu streicheln beginnt und sein Daumen streichelt mit sanften Hin- und Herbewegungen zurück. Und es schmerzt nicht mehr, da seine Hand bereits vollständig eingeschlafen ist, Lollo kann die Motorik seiner Finger nur noch ganz eben kontrollieren, er fühlt nicht, wie sich ihre buschigen Brauen anfühlen, schade, denkt er, er würde so gerne fühlen, wie sie sich anfühlen, diese wuseligen Würmer, die seinen Daumen so zutraulich umschmeicheln. Die Haarwürmer umarmen seinen Daumen.

»Seitdem wir uns das erste Mal hier getroffen haben, war ich fast jeden Mittag hier um dich wieder zu sehen« flüstert er. Keine Antwort seiner schweigsamen Gesprächspartnerin. Er inspiziert ihr Gesicht aufs Sorgfältigste, kleine hellrote Punkte bereits ausgetrockneter Pickel zieren ihr käsebleiches Gesicht. In einer Formation sich nach erhobener Eiterwulst langsam wieder ebenden Krater meint Lollo in den allmählich verblassenden Relikten ihrer Hautunreinheiten das Sternbild des Großen oder Kleinen Wagens zu erkennen. Die Ebene der etwas frischeren Pickel daneben könnte Andromeda darstellen. Die erst jüngst übergequollenen Tupfen auf ihrer Wange könnten, bringt man etwas Fantasie mit, die Anordnung Kassiopeias haben. Ihre Lider schließen sich und als sie wie in Zeitlupe wieder auf gehen, schauen ihre Augen nicht mehr Lollo an, sondern aus dem Fenster und Lollo beißt sich in Gedanken selbst in den Hintern, hätte ich doch nur nicht nicht nur in den Koordinaten ihrer Hautblüten nach Sternbildern gesucht, denkt er, in ihren Augen, die mir direkt in die Augen schauten, hätte es doch so viel Wichtigeres zu erforschen, herauszufinden gegeben, das einen Eindruck auf ihr Inneres gegeben hätte, damit ich aus ihr etwas klügerer geworden wäre und vielleicht sogar wüsste, was ich als nächstes anstellen sollte, damit sie mir nicht wieder abhaut und schon wieder alles so unangenehm offen ist, Hoffnung hin, Hoffnung her, denkt er, ich will jetzt wissen, was ist, woran ich bin bei ihr, was das Ganze hier soll, ihre Aufmerksamkeit schwirrt mir doch schon wieder total ab. Kurz entschlossen fasst er mit der linken Hand ihre Hände, die stets übereinander gestapelt vor ihm liegen. Er übt leichten Druck auf ihren Händestapel aus, damit sie auch sicher merkt, dass er sie berührt. Das hat Wirkung, erneut knistert es zwischen seiner Haut und der ihren, als hätte er seine Handfläche auf eine Plasmakugel gelegt. Bald fängt der Schmerz an, der bei Berührungen mit ihr mit einher geht, aber damit rechnete er schon, darauf war er gefasst, das überrascht ihn nicht und das ist ja schon mal was, denkt Lollo, so langsam werde ich cool mit der Situation, so als hätte ich die Bedienungsanleitung von ihr gelesen oder was, so ein bisschen kenne ich mich schon mit ihr aus, jede Beziehung startet so in der Art, denkt er und es beruhigt ihn, so peu á peu lernt man sich kennen und langsam wissen die in der Beziehung – die zum ersten Mal ihre gänzlich hornhautfreien Füßchen in Kinderschuhe geklemmt hat – Involvierten allmählich einander einzuschätzen. Die kalten Flossen der ganz allmählich besser Bekannten scheinen unter Lollos warmen und schwitzigen Hand aufzutauen, kurze Zeit später umhüllt eine extrem hohe Luftfeuchtigkeit das spannungsgeladene Handgemenge. Wenn Feuchtigkeit verdunstet und in den Wolken auf die dort ansässigen Eiskristalle trifft, entsteht Gewitter, fällt Lollo ein, mit Blitzen und allem, da entlädt sich dann was, da wird Energie freigesetzt, Strom, Blitze, reimt er sich zusammen, ich bin die feuchte Wärme und sie ist die Eiskristalle, vielleicht, denkt er und starrt ihr hohl aufs Weiß ihrer Augen. Auf einmal, als habe sich eine Fliege in ihren Wimpern verfangen, fängt sie schlagartig an, wie verrückt zu blinzelt, die Lider samt Wimpernborsten schlagen etliche Male so schnell und heftig, als wären es Flügel die wegfliegen wollten. Als der Strohboskopmodus ihrer Augen endlich abbricht, fangen ihre Pupillen erneut ihren Gegenüber ein, Lollo kann es genau erkennen, er spürt, dass sie wieder bei ihm ist. Vom vielen Blinken sind ihre Augen ganz wässrig geworden, es sieht aus, als habe sie geweint.

»Jed-, ähm, fast jeden Mittag war ich hier und habe auf

dich gewartet. Ich wollte dich unbedingt wieder sehen. Es ist wirklich schön, dass du da bist.« Ganz unverhofft ist ein Nicken ihrerseits zu vernehmen, ganz leicht, aber eindeutig. Lollo reagiert mit zimmerlautem Lachen und er fühlt sich, als säuselte Louis Armstrongs »Wonderful world« durch die Räume des *LeBuffet*, so gut fühlt er sich, das Klavier tiriliert, die Trompete schnäuzt sich genüsslich die Nase.

»Hast du noch Hunger?« Sie antwortet nicht.

Die auf der gegenüberliegenden, mit Nudelfetzen garnierten Tischseite, spannt die Mundwinkel an. Sie zieht ihre Hände unter Lollos Hand weg und lässt eine Hand zur Wasserflasche wandern, kriegt sie zu packen, dabei kippt die Flasche bedenklich, dann hebt sie die Flasche an, führt sie zum Mund und trinkt sie, an beiden Strohhalmen saugend, in wenigen kräftigen Zügen aus. Grob knallt das Glas zurück auf alte Position, noch bevor der Flaschenboden das Tablett berührte, lässt sie die Flasche schon los, sie fällt um, dreht sich wie beim Flaschendrehenspiel im Kreis und kullert dann an den Rand des Tabletts. Mit ihrer Zunge, die wirklich unglaublich rot ist und irgendwie lang, wie Lollo auffällt, geht sie über ihre Lippen, leckt das Ölige davon ab.

Wer, der einigen wenigen Übergebliebenen, es in seiner trivialen Mittagspause bisher nicht geschafft hat, nebst in Augenschein Nehmens der hiesigen Irregularität, aus dem Fenster zu blicken, dem sei verraten: es regnet, und zwar immer noch und das nicht zu knapp. Der Himmel ist nach wie vor mausgrau und für einen erheblichen Großteil der Menschen, die sich zu denen zählen, dessen Empfindungen gar nicht bis nur leicht von der »üblichen« Allerweltsempfindsamkeit, »gutes« Wetter sei konkurrenzlos das sonnig-warme, abweicht, von bedrückender Wirkung. Lollo aber jucken Witterungen wenig. Und so, da er zum einen ein wetterbedingtes Missfallen der folgenden Idee aufgrund eines ihm innewohnenden Empathielecks nicht einberechnet, zudem seit letztens einen besonders schönen Regenschirm sein eigen nennt und diesen heute auch bei sich führt, nimmt er allen Mut zusammen und lädt seine Bekanntschaft auf einen »kleinen Spaziergang«, wie er sagt, ein. Und da, da es nicht so wirkt, als spiele sich das Reelle in dem Anschauungsbereich ab, den ihre Augen zu erfassen vermeinen, sondern eher ein wurmlöchriges Garnichts oder andersherum, eine bunt blühende, vorbei wandernde Momentaufnahme ihrer Phantasie, sagt die bisher stumm Gebliebene, das regnerische Wetter als Ausschlusskriterium für einen Spaziergang außer Acht lassend, dem kleinen Spaziergang zu, indem sie nichts sagt oder nickt oder so, sondern ohne hinzugucken in den Lederbeutel neben sich greift und einen Lippenstift hervorholt, um sich in der Manier, mit roter Farbe die Lippen zu verzieren, wie es Dreijährige tun, die Lippen zu verzieren: krumm und schief. Was sehr lustig und irgendwie auch süß aussieht, wie Lollo findet. Sie verstaut den Lippenstift wieder im Beutel. Lollo zieht mit den Schultern seine tauben Arme zu sich heran, der eine Arm, der ihr die Haare aus dem Gesicht hielt, fällt im Rückzug und knallt auf den Tisch, es scheppert gehörig. Lollo springt auf, stapft zu ihr herüber, schüttelt dabei seine Arme aus, in die, wie es sich anfühlt, das Blut zurückläuft und sie zum Leben wiedererweckt. Er hilft ihr in den Mantel, was umständlicher ausfällt, als er annahm. Die beiden machen sich auf den Weg. Er bietet ihr den noch halbtauben Arm an, der wahnsinnig kribbelt, sie hakt sich unter. Die Eingehakte senkt den Kopf, als sie zu laufen beginnt, ihre Mähne baumelt wie eine Röhre aus Haaren zu Boden, die mit einem Schritt vor, mit dem folgenden zurück schwingt. Die beiden erreichen die Rolltreppe und gondeln abwärts in die Dessous-Dangerzone, wo sich zwischen Spitze, String und Push-Up-Körbchen eine Frau bewegt, die nicht nur in Einbezug ihrer beschreibenden beruflichen Anstellung im Alsterhaus, sondern in gleicher Weise durch die Schlagkraft ihrer graziösen Attribute mitsamt perfekt beherrschter Inszenierung jener Körperzonen, als ausgereiftes Schulbeispiel weiblicher Grazie, dahergekommene Damen auf den Geschmack bringt, sich ihre im Geheimen verborgene, unter Umständen gar in Gewohnheit ständigem Versteckspiels auch unauffindbar verlegt gemeinte Ladyhaftigkeit, neu in Schalen-BHs zu schmeißen. Wie Lollo und die stumme Braunhaarige nebeneinander auf einer geriffelten Metallstufe das Stockwerk ins Panthergehege wechseln, kommt es Lollo erneut vor, als sei er ein Tierpfleger, diesmal aber in der Rolle, dem Raubtier per Laufband lebendiges Frischfleisch zu servieren. Die Pantherfrau bedrohlich, stark, geschwungen. Die langhaarige Braunhaarige unbeweglich, schwach, kastenförmig. Die Königin und die Närrin. Raubkatzen wie die Pantherfrau spielen doch von Natur aus mit zu Tode erstarrten Mäuschen, bevor sie sie töten. Spontane Courage appelliert den Werber, sein für sich selbst erworbenes Frischfleisch vor dem bluthungrigen Panther zu schützen. Soll die Katze doch reißen, was sie lustig ist, ein Schaf vielleicht, ein hinkendes Herdentier, etwas ihr Ebenbürtiges – seine aufs Äußerste exotisch, auf Mutter Erde ausgesprochen selten vorkommend anmutende Gattung Frau wird der Wildkatze hier nicht zum Fraße vorgeworfen! Lollo legt den Arm um die mit den langen, braunen Haaren, vergräbt sie unter seiner Achsel, untersucht das Gehege genau, wo sich die Pantherfrau wohlmöglich versteckt hält, kontrolliert jede Möglichkeit: Nicht bei der Lingerie mit Spitze, nicht hinterm Regal mit den hautfarbigen Schlüpfern, auch krallt sie sich nicht an der Deckenlampe fest, die Pantherfrau ist nirgends ausfindig zu machen, das ist schon mal gut, denkt Lollo, doch er wägt sich noch nicht in Sicherheit, obwohl er weiß, fragt er sein vorübergehend auf der Realitätsschiene abgestelltes Selbst nach Einschätzung der Gefahrenlage, eben dieses Selbst die augenblickliche Person Lollo, die momentan in so einer Traumsphäre abgetaucht zu sein scheint, die Information herüberwachsen lassen würde, dass sein Hirn gerade auf dem Trip ist, Informationen falsch auszuwerten und falsch zu interpretieren und sich durch die falsche Analyse bei Lollo Stress aufbauscht, wodurch er Gefahren wittert, wo keine bestehen. Der in der abwegigen Realität herum dümpelnde Lollo würde sich selbst den Befehl zum Ausstieg aus dieser mit Irrsinn um sich herum erdichteten Seifenblase geben – und zwar im Offizierston! Doch da schreit ihn keine innere Stimme zur Vernunft, da passiert nichts dergleichen, Lollo bewegt sich immer weiter in die Tiefe des Tunnels hinein, der – typisch Tunnel – abgeschirmt von der Außenwelt ist, an dessen Ende man nur in einem mikroskopisch kleinen flackernden Lichtpunkt die eigentlich echte Welt erahnt, in der ihm das freiwillig angelegte Scheuklappengeschirr wieder abgenommen wird, sich der Verstand wieder weitet und ihm folgend – unter anderem – gesteckt wird, dass es sich mit dem Essverhalten der Pantherfrau nicht anders verhält, als mit jenem eines gewöhnlichen Menschen: Höchstwahrscheinlich ist die Pantherfrau nur gerade zu Mittag raus und eben nur deshalb nicht im dritten Stock anwesend, so besteht zu diesem Zeitpunkt nicht einmal die Gefahr, sie seine Frau reißen zu lassen, wobei die Gefahr so wie so noch nie bestanden hatte, da Dessousverkäuferinnen gewöhnlich gar keine echten Wildkatzen sind und somit mitunter zum Kratzen oder Beißen, doch nicht zum Reißen neigen. Lollo und die unter der schwitzigen Schutzmulde seines Armes versteckt Gehaltene drehen – ihren Weg wird von schaulustigen Blicken begleitet – doch das bemerkt Lollo nicht – typisch Tunnel eben – zur nächsten Rolltreppe ab.

Was hat es zu bedeuten, dass der plumpen Penetranz nicht abgeneigte Menschen in Duftwolken schwirren, die für den unvoreingenommenen Riechkolben nach nicht Auserlesenerem als dem Duft von Raumsprays schnüffeln und mit ihrer zudringlichen Geschmacksrichtung Mief die Riechknospen ihrer Mitwelt auf die Folterbank spannen, fragt sich Lollo, als ihm bei der Rolltreppenabfahrt ins Erdgeschoss die sekkante Würze des vorhin umgestoßenen Magnum-Parfümflakons auf die Pelle rückt. Soll der auf Haut und Kleidung angehäufte, indiskrete Duft, von wegen sauber sein, etwa Hygiene ausdrücken, gleich es Bodylotions und Waschmittel mit bestimmtem Aroma vermitteln sollen? Oder ist der Sinn dahinter gar, dass der reichlich eingedieselte Duftwasserträger mittels Parfüm gar befähigt wird, seinen Hygienemangel anhand einer farbprächtigen Palette an Wohlgerüchen überspielen zu können? Beabsichtigen es die Fabrikanten der Parfüms tatsächlich, den Konsumenten ihrer Flüssigkeiten einen gepflegten Touch zu verpassen, tragen diese ihren Duft durch eine Welt, in der im Allgemeinen ziemlich selten der Groschen fällt, dass man es mit dem täglichen Aufsprühen eines wohlwollenden Buketts ziemlich überkandidelt handhabt?

Wohl ist es möglich, in bestimmten Situation eines Nichtgefallens einfach über das, was einem nicht passt, drüber hinweg zu sehen, ja es ist sinnestechnisch gar gewährleistet, über etwas hinweg zu hören, nicht aber ist es möglich, über etwas hinweg weg zu riechen oder bloß oberflächlich zu schnuppern: wem's stinkt, dem stink's! Doch, denkt Lollo, an besonderen Tagen wie diesem sollen getrost weitere Flakons herber Frauendüfte von den Werbesäulen gestoßen werden und der Duft des Verschütteten durch die Geschosse schweben, sich an jeglichen Geruchsknospen mit rauschender Hingabe vergangen werden, denn, zu seinem Glück, hat Lollo heute das Nasenrad mit den ganz besonders rosa gefärbten Gläsern auf und so erscheint ihm die penetrant nach Schischi – in diesem speziellen Fall lässt sich etwa ein Mix aus frisch heißgemangelten Hemden zu Teekanne Anis-Kümmel-Fenchel nebst Rosenblätterraumodeur aus der Brise Pyramide (die Bezeichnung »torfig« sollte auch nicht fehlen) vernehmen – duftende Atmosphäre ausnahmsweise mehr als angenehm, nun, er könnte sich gar reinlegen in diesen Duft, sich damit einreiben, sich darin suhlen, ausnahmsweise, ihm würde das Vergnügen an diesem Mief nicht abreißen – denn so wie der Sommer nach Eis von Langnese schmeckt, riecht die Besonderheit dieses mittlerweile traumhaften Tages, an dem etwas lang Erwartetes endlich startet, nach Schischi. Natürlich sorgt übermäßiger Genuss dieser allgegenwärtigen Ausdünstung, dessen Präsenz das Erdgeschoss des Alsterhaus aufs Aufdringlichste einnimmt, für Kopfschmerzen, die sich aufs Sorgfältigste gewaschen haben, aber nach »das ist unser Song, bei dem-« und »das ist unser Ort, an dem-«, darf dieser Geruch folglich als »das ist der Geruch, zu dem man sich kennengelernt hat« genutzt werden. Aber um als zu memorierender Duft ihrer möglicherweise angehenden Love in die Annalen dieser unter Umständen gerade startenden Beziehung überhaupt erst eingehen zu können, müsste man den Namen des verstreuten Parfüms wissen, doch da die Scherben weggeräumt wurden und Lollo sich außerstande sieht, in seiner Verfassung, in dem ihm etwas zu schummrig dafür zumute ist, eine der im Beauty-Department Bediensteten um Auskunft über den Namen des zerstörten Flakons zu bitten, versucht er sich den Geruch genauestens einzuprägen um bei Zeiten, wenn er den Duft noch einmal erschnuppert, nachzuhaken wie der Name lautet.

Die Rolltreppenstufe erreicht das Plateau, die mit den langen braunen Haaren – die, die Haare, diesen bestimmten Fernsehwerbung-Glanz haben – und Lollo steigen ab. Einige Beauty-Beraterinnen fangen sogleich an, hastig miteinander zu schnattern, einige gehen hinter ihren Pulten, auf denen Cremeproben und allerlei Kleinkram aufgestellt ist, in die Hocke, klemmen den Kopf zwischen die Knie und halten sich die Ohren zu, als machen sie Trockenübungen für einen bevorstehenden Flugzeugabsturz, andere flüchten nach draußen in den Regen, von dort ihnen eine Horde klitschnasser Menschen entgegenkommt, die tropfend, ihre Schirme ausschüttelnd, in die Passage platzt. Das Kollektiv träufelt in kürzester Zeit einen flachen See in den Eingangsbereich, dann teilt sich die Gruppe auf, ein jeder sucht in der Shoppingmall nach einer Beschäftigung, Hauptsache, man ist im Trockenen und nicht dort draußen, wo Regenwetter just zu Unwetter wechselte und es gerade wie aus Kübeln aus dem Himmel schüttet.

Lollo und die mit den wahnsinnig vielen braunen Haaren scharwenzeln in Schlangenlinien zwischen den kaltnassen Menschen hindurch zum Ausgang. Kurz vor der großen Glastür holt Lollo noch einmal tief Luft, speichert den Atemzug in der Lunge, bis er draußen den Schirm aufspannt und den »Das ist der Duft, zu dem wir uns kennengelernt haben«-Duft in die nach Frischluft und frischem Regen duftende Außenwelt pustet. Er zieht seine Begleiterin dicht an sich unter die Schirmfläche, und legt ihr seinen Arm um die Schulter. Er hält den Holzstängel des Schirms fest in der Faust. Die massiv Behaarte umgreift seine Taille und steckt ihre Hand in Lollos Manteltasche, in der er zwei benutzte Taschentücher verwahrt. Verträumt – oder auch einfach mal wieder nicht ganz bei Sinnen, wie sie auf Lollo immer wieder den Eindruck macht – zupft sie an den Papierspitzen der Taschentücher herum. Peinlich, denkt Lollo, aber hätte ich davon ausgehen können, dass sie mir heute in die Manteltasche fasst, damit rechnet doch keiner, dass das so gut läuft und wir eng umschlungen Spazieren gehen, ich habe ja nicht einmal damit gerechnet, denkt Lollo, dass ich sie heute überhaupt erst treffe! Ich habe es nur gehofft.

Der schräg in der Luft liegende Regen trifft lautstark aufs gespannte Synthetik über ihren Köpfen, es prasselt in einer Tour, und schon, als sie an der Kreuzung die erste Ampel überquert haben, hat sich ihre Kleidung unterhalb der Gürtellinie mit Wasser vollgesogen.

Doch so dicht aneinander gekuschelt, hegt zumindest Lollo

föhnwarme Gedanken und bemerken es kaum, wie sich das Wasser durch die Nähte der Schuhe drängt, durch die Socken zwischen den Zehen her in die Schuheinlage träufelt. Seine Füße quirlen Schritt für Schritt das Brackwasser aus den formgepressten Wolleinlagen, es matscht mit jedem Schritt unterm Fuß. Pbrffb. Pbrruib. Das Leben kann doch so schön sein, denkt er.

Unerschrocken schlagen sich lange Scheibenwischer wie geschwungene Macheten durch Lianen aus Regen, die Linienbusse folgen ihrem Fahrplan, die Deckenbeleuchtung in den Ziehharmonikabussen strahlt ostergelb in die betrübten Visagen der Insassen, die, die nicht ihre Smartphones durchstöbern, blicken durch die bis zur Undurchsichtigkeit wasserbesprenkelten Fenster auf menschenleere Straßen, auf denen sich nur freiwillig fortbewegt, wer sich die Tage bei der Arbeit krankschreiben zu lassen plant, es sich terminbedingt nicht anders aussuchen kann oder sich im umnachteten Befinden eines Frischverknalltseins befindet, Wind und Wetter somit mal einen geraden Mann sein lässt und sich waghalsig in die herabsinkenden Fluten schmeißt.

Das Duo, in ihren wassergetränkten Matschmauken, watschelt auf der anderen Straßenseite des Fairmont Hotel Vier Jahreszeiten vorbei, wo sich, unten vor den mit rotem Teppich bezogenen Stufen, ein Kofferpage den Kragen seines klammen Zirkusdirektorkostüms zuhält und bemitleidenswert im Wind schlottert, mit dessen Tosen gekoppelt auch die Lautstärke der auf den Boden platzenden Tropfen unter dem langen Vordach durchzieht. Zu beiden Seiten der nach außen aufgeschlagenen Flügeltüren oben auf den Treppen, stehen einige große Windlichter, ein paar der hohen Kerzen darin hat der Sturm bereits ausgeblasen.
Unbeeindruckt der viele Pfützen, marschieren die mit den wirklich langen Haaren und der Werber durch die Allee

beinahe kahler Platanen, auf dem Schotterweg entlang der Binnenalster, dessen dunkelgraue Oberfläche von Wind und Tropfenaufprall in Unruhe versetzt wird. Die Stadt spielt sich im Schatten finsterster Regenwolken ab. Am Ende der Straße Neuer Jungfernstieg biegen die beiden rechts vor der Lombardsbrücke auf die Nordseite der Binnenalster ab, von wo aus ihnen eine Ansichtskartenansicht auf den Jungfernstieg mitsamt des Alsterhaus und den weiß strahlenden Fenstern des *LeBuffet*-Restaurants im Vierten geboten wird. Auf dem Wall hinter ihnen rollen Autoreifen durch wassergefüllte Spurrinnen, auf den Gleisen hinter der Fahrbahn schliddert ein ICE in gedämpftem Tempo Richtung Hauptbahnhof. Die Brünette und Lollo bleiben vor einer der Parkbänke stehen, lehnen Schulter an Schulter, als würden sie sich eine Duschkabine teilen, eng aneinander unter dem runden Regenschutz, schauen übers lebhafte Wasser zur Fontäne – also zumindest Lollo betrachtet den Wasserwerfer, ob die neben ihm durch ihren undurchsichtigen Haarschopf überhaupt etwas sehen kann, weiß ja keiner –, Lollo atmet ruhig, fühlt sich gut und ihm wird warm unterm Arm, der auf ihrer Schulter liegt, das tut gut in der Kälte, auch gut, denkt er, dass ihr offenbar nicht kalt ist, so wie die Wärme von ihr abstrahlt, er fasst noch einmal nach, drückt ihre Schulter etwas doller an sich und bemerkt, wie ihre Hand daraufhin noch etwas tiefer in seine Manteltasche sinkt, die mittlerweile, statt zwei Taschentüchern, tausend samtweiche Papierfetzen beinhaltet, dabei zieht sie ihn an der Hüfte noch ein bisschen enger an sich ran, was er zum Anlass nimmt, sie ein wenig an der Schulter zu streicheln. Zaghaft legt Lollo, der etwas länger gewachsen ist als sie, den Kopf auf ihrem ab. Es kribbelt leicht in seinem Gesicht. Bewegt er seine Wange minimal, scheint es zwischen ihren Haaren und seiner Haut zu funken, wie, wenn man einen synthetischen Pullover anhat und man anhand dessen »aufgeladen« ist, als hätte ein Scherzbold die Fasern des Plastikpullovers mit einem darauf rumgeriebenen

Luftballon bearbeitet – wenn man den Synthetikstrickpulloverträger nun berührt, entlädt sich eine kleine Portion Energie und zwickt den, der von Strickpullloverträgern nicht die Finger lassen kann. In einem beleuchtungsschwachen Raum kann man dann manchmal sogar einen winzig kleinen Blitz zwischen den Berührungspunkten zucken sehen. Doch berührt Lollo seine Konkubine im Dämmerlicht, das das Erscheinungsbild des heutigen Mittags bekleidet, blitzt da nichts.

Irgendwo da hinten spielt leise Musik, von oben plästert es und scheint kein Ende zu finden, Tropfen trommeln auf die Schirmbespannung wie Graupel, von der Seite pfeift stark der Wind. Da vorne leuchtet ein übergroßer angebissener Apfel an der Hauswand und erinnert Lollo daran, dass er so langsam den Weg zurück an den Schreibtisch antreten sollte. Er führt seinen Mund zu dem Punkt an ihrem Schädel, an dem hinter der dicken Matte aus Haaren ihre Stirn liegen sollte, küsst ihr auf den Schopf, woraufhin er eine ins Kinn gewischt bekommt. Es kribbelt doll und juckt in der Nase, doch er lässt die Lippen noch etwas auf ihren Haaren ruhen, schnuppert an ihnen und weiß sogleich, dass, werden sich die beiden in den nächsten Minuten trennen, denn es ist Zeit, er ihren Geruch bis zum Wiedersehen vermissen wird. Auch wenn, muss er ehrlich zugeben, der Kopf der mysteriösen Brünetten eher nach Katzenwäsche von Tagen zuvor als nach allmorgendlicher Badekultur riecht. Den Dunst, den ihre Haare da verstreuen, erinnert ihn an den süßfettigen Geruch, der aus Kopfkissenfrisuren ins Grundschulklassenzimmer transpiriert.

Lollo löst die Umklammerung und lässt sie sich wieder bei ihm einhaken. Die beiden laufen den Weg zurück zum Jungfernstieg und als sie ankommen und bevor Lollo noch etwas zum Abschied sagen kann, dass er sie wiedersehen möchte, dass sie Nummern austauschen sollten etwa, verschwindet die mit den langen braunen Haaren im Sauseschritt in einer Herde von Menschen, die mit Regenschirmen ein Dach über sich gespannt, an der Ampel die Straße überqueren.

Buch II
ZWAR WAR IHM DER SCHNABEL HOLD GEWACHSEN, DIE AUGEN DOCH REIFTEN ERST

DAS ÖDLAND IM SPIEGEL VERSCHMIERTER MATTSCHEIBEN
(Mittwoch)

Eine blasse Figur thront debil schmunzelnd auf dem Bürostuhl. Zufrieden tippt Lollo ein paar Gedanken zu einem Job ins Word-Dokument. Die Gedanken an die Mittagspause des Tages zuvor allerdings sind es, die ihm das Gemüt erhellen. So lässt ihn die nach der Beregnung im Schlussakt des gestrigen Wiedersehens mit ihr nun deutlich lohende Erkältung, die wie ein bärbeißiger Tornado über sein biologisches Abwehrsystem wütet, völlig unbeeindruckt. Die Nase trieft, und weil er keine Taschentücher dabei und auch keine Lust hat, einen Kollegen nach kaninchenfellsoften Tempos zu fragen, rotzt er in die großen, rauen Abreiß-Quadrate der Küchenrolle, die er neben der Kaffeemaschine gefunden und mit in sein Büro genommen hat. Hielte man ein mikrobengroßes Mikrofon an Lollos Riechkolben, hörte man, wie die abgeschmirgelte, trockene Haut davon wabenförmig abplatzt. Die Schleimhaut im Innern seines Gesichtserkers tut ihr Selbstbeschreibendes und seine Mandeln haben den unter der Schreibtischplatte befindlichen Notrufknopf betätigt, jetzt schlagen sie signalrot leuchtend Alarm. Lollos an Gesundheit mangelndes Erscheinungsbild fällt auch Creative Director Gereon auf, der vor Lollos Glastür her schwirrt, das im Stuhl zusammengesackte Häufchen Elend entdeckt und meint, dass sein untergebener, offensichtlich erkrankter Ideenlieferant doch bitte nach Hause gehen solle, statt die Kollegen zu verpesten. Aber Lollo bleibt, er besteht darauf, bemitleidenswert dem Bild eines mit Wick Vaporub Erkältungssalbe Brustbestrichener aus der Fernsehwerbung entsprechend, doch glücklich wie ein frisch gebackener Delfin dreinschauend. Schnell versichert er – wie freilich ja auch sonst immer, eben so auch heute – mit keiner Menschenseele des Kollegiums in direkten Kontakt zu kommen und seine Tür zu seinem Büro stets geschlossen zu halten, Quarantäne, H1N1, häng' ich Schild auf, kein Zutritt, hahahajajanenene, keine Sorge, Gereon. Gut, er darf bleiben. Krankfeiern is' nich', denkt Lollo. Immerhin hat er ja noch vor, die Mittagspause in der Innenstadt und nicht daheim schwitzend, die Wärmflasche in Löffelchenstellung umklammernd, unter der Bettdecke zu verbringen, so wird das nichts, denkt er, so komm' ich nicht weiter. Bis es endlich so weit ist, dass er los kann, zum Alsterhaus, und heute vielleicht wieder mit ihr zusammenkommt, wer weiß, ob's klappt, arbeitet er, und lässt sich tatsächlich nichts anmerken und bemerkt auch nicht, dass Fieber anglimmt und seine beschwingt grienende Visage unter regelmäßigen Schwitzimpulsen bald schmilzt wie Butter auf frisch getoastetem Brot. Sein Lächeln ist passé. Hinter den Schläfen brennt es. Seine Konzentration schlägt Haken, mal ist sie da, dann hier, dann kurz daneben, im nächsten Moment ist sie weg. Er trinkt ein Glas Wasser, dann einen Becher Kaffee, dann noch ein Glas Wasser und noch einen Becher Kaffee. Er hält die Hände vor sich in die Luft und schaut den feuchten Pranken beim Zittern zu. Erneut ein Glas Wasser. Dann geht er eine rauchen. Koffein und Nikotin sind keine passablen Weggefährten, beim Wandern durch die regenpotente Jahreszeit, die draußen wie drinnen alles nass macht und man die nasse Luft atmet, in der Grippe-Viren planschenderweise ihren wohlverdienten Badeurlaub abhalten.

Lollo inhaliert den kalten Rauch, pustet ihn in den Himmel und er verschwindet mit den Wolken, die sich über ihm zu drehen scheinen wie Discokugeln. Ihm wird schwindelig. Er entscheidet, besser noch ein Glas Wasser zu trinken, bevor er in die Mittagspause abdampft. Die ersten klönenden Kollegengrüppchen verlassen das Gebäude, Lollo, der fast fertig mit der Zigarette und vor allem mit den Nerven ist, wie er erst jetzt merkt und es gar nicht wahr haben möchte, lehnt mit der Schulter an der Wand. Er nimmt den letzten Zug und schnipst den Kippenstummel auf die Straße. Ihm wird speiübel. Abbruch, Mission gescheitert. Als er wieder rein geht, kann er kaum mehr einen Schritt vor den anderen setzen, so schwindelig ist ihm. Er überlegt, wohin er am liebsten kotzen würde, müsse er sich die nächsten Meter auf dem Weg in sein Büro übergeben, auf dem Weg dorthin gibt es keine Toilette, sein Kreislauf ist gerade ganz schön im Keller und er bekommt leichte Panik und erinnert sich daran, dass, wenn man Auto fährt und urplötzlich kotzen muss, empfohlen wird, sich am besten, sofern möglich, in seinen Kragen zu entleeren, ist sicherer, während der Fahrt, sich in den über die Nase gezogenen Kragen zu kotzen statt sonst wo hin, wird behauptet, aber warum sollte das für göbelnden Fahrer und Verkehr sicherer sein, als einfach den Fußraum zu fluten, fragt er sich, vielleicht hab' ich da auch etwas falsch verstanden, doch in diesem Fall, denkt er, wäre es schon die beste Möglichkeit, mich in meinen Pulli, statt auf den Boden zu übergeben, dann könnte ich mit dem im T-Shirt aufgefangenen Brei heimlich zum nächsten Klo huschen und mich einschließen und erst wieder rauskommen, wenn auch der Letzte in die Mittagspause verschwunden ist und dann stinkt das nicht so doll auf dem Flur und mir schaut niemand dabei zu, wie ich auf dem Parkett kniend mein Erbrochenes wegwische und dann wird da nicht geredet und ich falle mal wieder so wenig auf, wie möglich.

Als er kurze Zeit später, nachdem die Übelkeit verflogen und er sich doch nicht mit Erbrochenem selbsteinbalsamiert hat, Lollo seine kreativen Ergüsse des Vormittags an Gereon geschickt und den Rechner runtergefahren hat, wieder draußen steht, fährt schon das bestellte Taxi vor und bringt den Erkrankten nach Hause. Während der Fahrt auf der Rückbank lehnt Lollo den Kopf ans kalte, beschlagene Fenster und schließt die Augen. Das Vibrieren im Schädel lässt es in der Nase und auf den Lippen kribbeln, es juckt, es ist kaum auszuhalten. Das Taxi fährt durch einige Pfützen, es spritzt und rauscht wie tausend Meere, das Wasser unterm Reifen. Der Wagen biegt um einige Ecken und schon nach wenigen Hundert Metern hat Lollo den Überblick verloren, wo sie sich gerade befinden und öffnet erst wieder die Augen, als das Auto steht und ihn der Taxifahrer anspricht: »War wieder 'ne lange Nacht bei euch, wa? 14 Euro 70 macht das dann.«

In der Küche. Lollo dehnt die Lasche der Konservenbüchse, zieht sie nach oben, ratscht den Dosenkranz auf, schüttet die Hühnersuppe in einen kleinen Topf und macht die Herdplatte an. Da man Hühnerbrühe eine krankheitslindernde Wirkung nachsagt, behält es Lollo, seit dem er, noch besonders grün hinter den Schlitzohren, das Elternhaus verlassen hat, bei, während des Krankheitsverlaufs tagelang ausschließlich salzige Hühnersuppe zu löffeln und nach abgeschlossener Unpässlichkeit immer eine Dose Hühnersuppe fürs nächste Mal, welches bei Lollos brüchiger Rüstigkeit zweifelsohne demnächst schon wieder anklopfen wird, zu verwahren, und zwischen den Krankheitsfällen niemals in Versuchung zu kommen, sich Hühnersuppe munden zu lassen, damit sie, die Hühnersuppe, exklusiv den außerordentlichen Wohlgeschmack der Linderung repräsentiert und nichts anderes. Sie schmeckt ihm auch, die Hühnersuppe, und so ein bisschen hat er sich bereits in der Firma auf die heiße Suppe gefreut, als ihm klar war, dass er den Agenturalltag und die anstehende Mittagspause mit all ihren Anforderungen, die ihm womöglich bevorgestanden wären, in seiner derzeitigen Beschaffenheit nicht überstehen kann und den Entschluss fasste, nach Hause abzudampfen.

Er schöpft die Suppe direkt aus dem kleinen Topf von der stark dampfenden Oberfläche ab, schlürft vom Löffel, wartet, bis der Wasserkocher fertig ist, um sich Tee und eine Wärmflasche zu aufzugießen. Auf der Fließummantelung der Wärmflasche, die ein Werbegeschenk war, das beim Kauf irgendwelcher Tabletten in der Apotheke mit über den Ladentisch ging, ist »Ihre Wohlfühlewärme« zu lesen, wobei »Ihre« kursiv geschrieben ist und Lollo fragt sich, warum das so ist und kommt nicht drauf. Mit der aufgefüllten Wärmflasche an den Bauch gedrückt verschwindet Lollo im Bett, das ihm wie eine große Tiefkühltruhe vorkommt. Decke drüber. Er schlottert. Leg los »‚Wohlfühlwärme«, denkt er, mach mich warm. Als er so daliegt und nur an der Stelle am Bauch, an der die Wärmflasche liegt, nicht friert, weiß er nichts recht mit sich anzufangen. Hier im Bett, wo nichts los ist, wo kein Fernseher läuft, wo kein Fenster in passender Perspektive zum Matratzenende, an dem sein von kaltem Schweiß benäßter Kopf ins Kissen taucht, ausgerichtet ist. Er langweilt sich schnell. Na eigentlich, denkt er, eigentlich kann ich ganz gut alleine sein und reimt sich gleich zusammen, dass allein die ausser Betrieb geratene Option, sich nach Wunsch frisch aus dem Bett zu schälen und munter auf Jück zu gehen, den Missstand hervorruft, sich auf einmal so einsam und alleine und sich in Daunengesellschaft schlecht unterhalten zu fühlen, ein Umstand, der Lollo eigentlich von Gewohnheit her äußerst geläufig ist, mit sich alleine Zeit zu verbringen, und ihm nicht schwer fällt, aber jetzt passt es ihm nicht und er sehnt sich nach Zerstreuung, guckt sich im Schlafzimmer um, alles ist nur langweilig weiß und Lesen kann er nicht, dafür tun ihm die Augen zu weh. Er drückt mit der Zungenspitze die Schnipsel vom faserigen Hühnerfleisch aus den Zahnzwischenräumen, die so weicher Konsistenz sind, dass sie an den Gaumen gepresst beinahe vollständig zergehen.

13:10 Uhr. Um diese Uhrzeit hätte er sie wiedergesehen. Vielleicht. Vergaßen sie doch in aller Außergewöhnlichkeit gestriger Mittagspause, sich für ein erneutes Wiedersehen für heute zu verabreden. Als ein Menschenrudel an der Ampel stand, verschwand sie in diesem. In dicken Mänteln verpackt würden genau jetzt aberhunderte Werkstätige unberührt der Mitmenschen ihren Weg säumen, sich in hastigen Bewegungen Nahrung vom Porzellan in den Mund bewegen, während die Außergewöhnliche mit den langen braunen Haaren und Lollo ihre gemeinsame Zeit damit verbrächten, ihre liebevolle Fütterung abzuhalten, sich dabei zu beschnuppern, sich wieder nahe zu kommen, bis Lollos Haut wieder prickelte, wie an den Elektrozaun gehalten. Es wäre so schön gewesen, träfen sich Lollo und sie in diesem Moment, so schön wie gestern wär's geworden, vielleicht, doch wird da heute nichts draus. Lollo versucht einzuschlafen. Doch als wäre er eine Bratwurst, die sich autonom von allen Seiten gut durchbraten wolle, dreht und wendet sich Lollo auf der Matratze, statt abzuschalten und einzunicken, und eben so kommt er sich auch vor, wie eine Bratwurst auf dem Grill, denn auf die Kälte und das Ganzkörperfrösteln folgt eine plötzliche Überhitzung, da arbeitet etwas im Körper, denkt Lollo, und sticht die Füße aus der Decke. Er legt sich auf die Seite und es schmerzt an der Schulter. Positioniert er sich auf die andere Schulter, so fängt diese ebenso furchtbar zu schmerzen an. Liegt er auf dem Rücken, nimmt ihm das voluminöse Kissen die Luft, welches sich an den Seiten um seinen Schädel übers Gesicht biegt und er schlecht Luft kriegt. Erst ist die Matratze zu hart, dann gibt sie kurze Zeit später schon zu weich nach und nach einer halben Stunde ist sie obendrein klamm und verspricht nur noch wenig Erholung. Lollo steht auf, wirft sich die Decke um, schlurft ins Wohnzimmer, drückt die schwer zu drückende An-Taste am alten Fernseher, nimmt die Fernbedienung und setzt sich im Schneidersitz aufs Sofa. So glotzt er auf die schwarze Mattscheibe der Flimmerkiste, die nie läuft, da Lollo wenig zu Hause ist, da er immer lange in der Agentur sitzt oder in seiner Freizeit stundenlang Spazieren geht und davon absieht, viel in der Bude zu hocken. Hinter einer Schicht aus Staub und Schmier ermattet, erkennt er seine Spiegelung und in ihr, seine Einsamkeit, die ihm eigentlich nur selten, heute aber besonders bedeutungsvoll in die Versenkung plätschert. Da dämmert es ihm, ob da nicht etwas schief läuft mit ihm. Er fühlt sich allein, tatsächlich, und wenn er seinen Erinnerungsapparat fragt, wen er anrufen könnte, dass der Einsamkeit Abhilfe geschaffen wird, weiß er nicht so recht, wen er mit seinem Telefonat belästigen wollen würde, denn da gibt's eigentlich niemanden, den er gerne anrufen würde ohne sich dabei völlig bescheuert vor zu kommen und vor allem hält ihn auch sein schlechtes Gewissen vom Aufnehmen des Telefonhörers ab, da er sich seit Jahren bereits nicht mehr bei seinen potentiellen Gesprächspartnern, die er damals Freund nannte, meldete und auch auf deren letzten Meldungen, denen mittlerweile ein extra langer Mirakulixbart gewachsen sein dürfte, lediglich mit Stillschweigen reagierte, und das hab ich jetzt davon, denkt Lollo, dass mir als einziger Telefonjoker meine Mutter in den Sinn kommt, na, tolle Wurst, denkt er, aber die ruf ich dann lieber auch nicht an.

Gar hat es den Anschein, er wäre asozial. Ja, aaach neee, mag nun manch einer fauchen. Vorm Fauchen wäre jedoch bitte zu Bedenken gegeben, dass, wenn einem das selbst gerade erst bewusst wird, dass man sich allmählich ins Asoziale entwickelt hat oder sich zumindest dementsprechend benimmt, wissen Außenstehende schon längst über einen zu urteilen, dass man ein Asi ist! Oh Schreck, außerhalb der Agentur gibt's da niemanden, und innerhalb der Agentur hat es auch nur den Anschein, als sei er nicht nur für sich, sondern unter Leuten, wobei er doch eigentlich von allen abgespalten ist. Sicher, die meisten Tage der Woche arbeitet Lollo sehr lange. Das liegt einerseits schon daran, dass es in der Werbeagentur unter ständig indoktrinierter Dringlichkeit täglich – und das nicht nur werktäglich – es zu viel für einen

Tag zu schaffen gilt, weiter doch, dass Lollo, hat er jegliche Aufgaben des Tages erfolgreich absolviert, in der Zeit ab dem standardverzögerten Feierabend nichts wirklich bedeutend Besseres zu tun hat, als in seinem Solo-Büro weiter sitzen zu bleiben und das gesamte Internet von innen nach außen zu krempeln. Fertig mit Krempeln und ist es draußen schon düster oder es dämmert immerhin, nutzt er die übrig bleibende Zeit bis zum Schlafengehen wahrscheinlich mit ausgedehnten Spaziergängen um die Alster, entlang des Isebekkanals oder durch Hoheluft und Eppendorf, vielleicht läuft er auch noch bis Winterhude, um seine Lunge mit einer gehörigen Portion Frischluft und dem Rauch einiger Leckerschmeckerglimmstängel durchzupusten. Sitzt er nicht im Büro fest und streunt er nicht rauchend dort herum, wo Geschäfte geschlossen und die Menschen hinter Wohnungstüren verbarrikadiert Allabendliches verzapfen, sitzt er vielleicht dort, wo man ihm frisch gezapfte Biere verkauft und manchmal auch ein Schnäpschen drin ist. In jenen Bars, in denen er, wohl unter Menschen, doch nach wie vor, wie in der Agentur, alleine rumhängt, dudelt dann irgendeine Musik, fremde Stimmen spielen betrunkene Gespräche ab, die Barkeeper verhalten sich ruhig und bis auf dass er mit einer kleinen Winkgeste die nächste Bierbestellung aufgibt, tritt Lollo mit niemandem außer den Kellnern in Kontakt, die ihm ein Bier nach dem anderen servieren. Im Vorhinein hofft Lollo stets, in den Lokalen und Pubs hübsche Mädchen beobachten zu dürfen. Also nur beobachten, denn sicher würde er sich in der Realität in kein Gespräch mit ihnen – vor allem mit den hübschen Exemplaren, die besonders am Grindel öfters anzutreffen sind, wie er findet – verwickeln, denn er weiß, dass er nur in seiner Fantasie genau so schlagfertig und wortgewandt ist, wie er es auf dem Blatt Papier ist, wenn man ihm die Zeit nachzudenken gibt, bevor er formuliert, aber im echten Leben wird einem diese Zeit nicht gegönnt und aus diesem Grund läuft die Spontanität in Gesprächen im Allgemeinen im Empfinden der Zuhörer oft der Klugheit den Rang ab, und Lollo ärgert es, wenn er ehrlich ist, ein wenig, dass er nicht zu den Typen gehört, die munter drauflos brabbeln und so spontan, so einfallsreich auf jedwede offensichtliche Angelegenheit eingehen können und vorsätzlich nie tiefer gehen, denn das lässt von der Zielgeraden ablenken, sie, diese Zackige-Kommunikation-Menschen, also von Hölzchen auf Stöckchen springen, wie man sagt, das illustre Gespräch mit auflockernden Zwischenstreichlern, Kniebetouchungen und Schulterknuffern unterfüttern, und über deren Paket aus Unverblümtheit, trivialem Witz, überbetonten Gesten und schallender Inbrunst in deren Stimme wird dann bei beteiligter weiblicher Hörerschaft so dermaßen in Lachen ausgebrochen, dass man als Soziokrüppel getrost neidisch werden kann, denn was die, die Interaktionsprofiarrangeure, von jetzt auf gleich den Frauen, mit denen sie völlig bedenkenlos Kontakt aufnehmen, vermitteln, ist Sympathie pur. Zauberwort »Sympathie«, der Zauberpuder, den sie überall herumwirbeln und der dann in deren Peripherie herumliegt, und die, die Sympathie, liegt nicht jedem und es liegt weniger daran, dass deren Witze so geistreich wären, dass sie, die Intuitivbespaßer, so beliebt sind, aber das kann man ihnen, den amüsanten Sabbelmäulern, nicht zum Vorwurf machen, dass Lollo bei den Mädels nicht so offen und sympathisch rüberkommt, das liegt an seiner Unsicherheit, die er beim ersten Eindruck ausstrahlt und oftmals, da er meist garstig daherkommt, als Arroganz missinterpretiert wird, da sein grantiger Blick nicht die Spur Offenheit ausstrahlt, sie, die lustigen Laberköppe, jedoch, strahlen einfach einen guten ersten Eindruck aus, Lollo tut das eben nicht. Ach dürfte er doch nur seine quirligen Wortspiele und sprachliche Raffinesse mit Gedichtecharakter vor Charmantes triefen lassen und in die lieblichen Gehörgänge seines Auditoriums träufeln, man müsse ihm doch nicht mehr als bloß etwas mehr Zeit zum Entwerfen formvollendeter Sätze geben. Zeit ist sogar gratis, doch Zeit hat keiner über. Das ist ein Problem, so bleibt es meist still um ihn, wenn er da mit überkreuzen Armen an der Bar hockt. Nur in den aller seltensten Fällen reizt ihn eine Frau dermaßen, dass es ihm gelingt, seinen Mut zusammenzunehmen und sich auf sie einzulassen – weil er fleischgeil ist, weil es mal wieder sein muss. Und wenn das mal vorkommt, und das kommt nicht häufig vor, dann war es sicherlich nicht er, der den ersten Schritt tat, sondern immer der zu einer spontanen Wechselbeziehung erforderliche Gegenpart die Gesprächsbeginnerin und diese befindet sich dann in der Regel in einem Umstand mentaler Schwäche, krisenbedingt in vorübergehender Depression, wandert, in ein tiefes Loch geschupst worden, streckenweise durch ein finsteres Tal oder besitzt von Haus aus irgendwie einen gewissen Selbstzerstörungdrang, wovon Lollo gar nichts wissen will, und da kommt ihnen Lollo gerade recht, denn mit ihm vollzieht es sich ganz unproblematisch, was sie mit ihm zumindest auf der körperlichen Ebene vorhaben. Meist sind es gefrustete Künstlerinnen, die nicht weiter und nichts mit sich und ihrer feinbesaiteten Fertigkeit anzufangen wissen, die den Griesgram von der Theke in ihr Bett abholen, doch auch sie, die von feinsensorischer Sensibilität und Sentimentalität Angeritzten, bleiben nicht lange, bzw. lassen Lollo nicht lange in ihrem Bett seinen Rausch ausschlafen, denn sie merken schnell, dass von ihm wohl Sex zu erhaschen, doch keine Liebe zu ergattern ist und für fruchtbare Gespräche, das merken sie sehr bald, stößt man bei diesem Exemplar von Abgeschlepptem vor eine Mauer aus granitsteinernem Desinteresse, die keine Ohren zu haben scheint. So schnell es angefangen hat, teilen sich die Wege dann auch wieder und Lollo, der einsame Cowboy mit Gefühlsleck, latscht, wie gehabt, alleine dem Sonnenaufgang dem Taxistand entgegen.

Die Rotzeproduktion läuft auf Hochtouren. Gelbgrüner Schleim blubbert beim Atmen in seinen Nebenhöhlen wie eine gut warmgelaufene Lavalampe auf der Fensterbank im Jugendzimmer. Das Sekret schleimt lavinenartig und in Schneckentempo aus den Nasenlöchern. Mit nur einer ausgeschnieften, glibberigen Nasenladung nimmt er jedem frischen Tempo-Taschentuch jegliche Möglichkeit zur weiteren Verwendung, es potenziert sich das Gewicht des Tuches ums zehnfache, hat Lollo einmal hinein getrötet. Ist man ganz leise, kann man die Bazillen in seinen Atemwegen sich hämisch schieflachend auf dem Schnodderberg feuchtfröhlich Walpurgisnacht feiern hören.

Lollo kann den Kopf nicht mehr gerade auf dem Hals tragen, vor Schwäche knickt der bleischwere Schädel in alle Kompassrichtungen ab. Lollo fällt aus dem Schneidersitz zur Seite aufs Sofa wie ein Todgeschossener, Augenlider halbieren die Iris. Er greift nach einem Kissen, klemmt es zwischen seine Beine, schiebt den angewinkelten Arm unter die Rübe. Schnell und flach durch den Mund atmend, ansonsten bewegungslos auf der Seite verharrend, beobachtet er die Staubmäuse unterm Regal, die im Windzug des Türspalts den Ringelpiez im Kreis tanzen. Eiskalt, zu heiß, ausgetrocknet, teils durchnässt. Sein Befinden ist bipolar gestört. Es kann ja nur besser werden, es regelt sich immer alles irgendwann, denkt Lollo, irgendwann läuft alles immer wieder auf die richtige Spur zurück, läuft dann wieder linear, so wie es sein soll, denkt er. Flatline, denkt er. Er zieht die Decke über die Ohren und denkt daraufhin, dass es ihn aufmuntern würde, gestern Mittag noch einmal Revue passieren zu lassen. Mittagspause gestern – der Strohhalm, den ihm die Gunst des Schicksals am langen Arm hinhält, an den er sich jetzt ganz doll festklammert – die Aussicht auf Besserung seiner seelischen Gesundheit.

Manchmal, das ist Lollo in seinem bisher dreidekadig verlebtem Auferdenseins klar geworden, sind Momente und

Situationen dermaßen schön, dass es schon wieder ziemlich traurig ist. (Und damit ist nicht eine ähnliche Interpretation gemeint, wie der pedantischen, dass etwas im Fernsehen Gesehenes oder in Radio-Charts Gehörtes als gespenstisch Befundenes schon wieder dermaßen scheiße ist, dass es schon wieder cool sei. Redensart: »Das ist so scheiße, dass es schon wieder cool ist.« Manchmal sei, laut spießbürgerlichem Kleingeist, etwas schauderhaftes Angestaubtes am Herzschrittmacher namens Retro noch am Leben Gehaltenes für jener Gusto aus Gründen, die der eine so hinnimmt, der andere nicht nachvollziehen kann, gar »einfach nur Kult«. Redensart: »Die sind einfach nur Kult.« Modern Talking zum Bleistift. Nie so wirklich im Freiwilligen gehört und von allen Seiten für scheiße befunden. Aber ihr neues Best-of-Album begleitend gibt's eine Deutschlandtour des »Kult-Duos«, wie man sie von Medienseite her nennt, dessen Besuch von Privatsendern wärmstens empfohlen wird, und dann beehrt der, der bisher eigentlich eher wenig Berührungspunkte mit dem »Kult-Duo« hatte trotzdem das ausverkaufte Stadion in dem Bohlen und Anders mit um die Schultern geworfenen Keyboards auftreten mit seinem Besuch, eben weil das bekanntlich angefeindete Duo so scheiße ist, dass es in der großteilig verwandt den Grips benutzenden Öffentlichkeit schon wieder »einfach nur Kult« und nach dem geläufigen, eben erwähnten Umkippprinzip deswegen »schon wieder so scheiße« sind, »dass sie schon wieder cool sind«. Im Lexikon für hinterwäldlerische Redensarten und der Bedeutung kleinkarierter Redewendungen ist unter N wie »Nora« übrigens niedergeschrieben, dass die güldne Schoßhündchenkette Thomas Anders' mit dem Schriftzug »Nora«, welche ihm uneingeschränkt zu tragen von seiner just angeheirateten Modellfrau Nora-Isabelle Balling aufgebrummt worden war, als erwähnenswertestes deutsches Kulturgut des ansonsten eher weniger faszinierenden Jahres 1985 einging. Kein Wunder also, dass die Allgemeinheit die

Nora-Kette als Merchandise-Artikel gerne auch in verlebter grauer Tristesse des zigrettenrauchvernebelten Zuhause auf dem Fliesencouchtisch liegend golden aufblitzen sehen mag. Wehe dem, der sich für reflektierter hält, dem solchermaßen bequeme Urteilungen und assimilierte Geschmäcklichkeit grapefruitsauer aufstoßen – Floskeln und triviale Gruppengleichgesinnungen sind die Flügel des kleinen Mannes, mit denen er sich, sauber in der Menge geschliffen, durchs Leben schlägt, durch die er sich gleichgefärbt mit dem Strom bewegt. Mittels emotional wie rational etwas feiner justiertem Ethos hingegen, ist für manchen, der sich höchstwahrscheinlich nicht zu den zurecht als Kunst- und Kulturbanausen Beschimpften zählt, schließlich zu spüren, dass schönen Momenten eben auch eine traurige Seite zur Untermiete wohnt. Und darauf wollten wir ja eigentlich hinaus.) Schönen Momenten wohnt eben auch immer eine traurige Seite zur Untermiete. Das liegt daran, dass sie, sobald in einer gelungenen Situation das nach Wärme dürstende Herz mit einem Kokon aus watteweicher Wonne umspinnt wurde, die wunderbare Weile sehr schnell schon wieder ihre Aktionszeit abgesessen hat und die Welt, die für einen Moment, eine erholsames kleines Zeitfenster lang, endlich einmal kurz inne hält, schnell wieder, den Kippschalter umgelegt, in den ausgekühlten Realitätsmodus zurück wechselt und nicht mehr länger auf der Bildfläche zu halten ist. Schon Walter Rothenburg sprach davon, dass ein Tag, so wunderschön wie heute, nie vergehen dürfe. Doch er vergeht... Und ist lediglich von demjenigen festzuhalten und immer wieder abzuspielen, der Glücksmomente stets mit ausgestreckter Kamera in flagranti erwischt, doch das ist dann auch nicht mehr das selbe. Für alle anderen bricht das, was schön ist, eben so schnell und unverhofft wieder ab, wie es gekommen ist und ist nicht mehr zurückzuholen oder in die Länge zu strecken. Sachen, die man nicht kaufen kann, geben eben keine Zugabe. Bloß kann man versuchen, ähnlich erfreuliche Gegebenheiten zu provozieren. Als da wäre, sich dort, an einem Ort, an dem es erfahrungsgemäß schon einmal leicht gelang, gemeinsam eine gute Zeit gehabt zu haben, noch einmal verabredet. Das Glück schreit ja gewöhnlich nach Wiederholung. Gerade möchte Lollo loslegen, den Eindrücken von gestern Mittag freien Lauf zu lassen, da dämmt eine nicht auszuhalten Stille im Raum den Spieltrieb freier Gedanken. Sie wollen trotz des aufgesperrten Geheges einfach nicht loslaufen. Irgendwie ist es zu ruhig im Wohnzimmer, um über gestern Mittag nachzudenken, denkt Lollo, das bringt einen nur auf schlechte Ideen, wenn da nichts anderes nebenher läuft, da geht sonst die Beiläufigkeit flöten, die nette Denkwürdigkeiten so leicht verdaulich erscheinen lassen. Die sonstigen Bewohner des Hauses sind alle bei der Arbeit, es spielt nichts Heranwachsendes im Innenhof, kein Vierbeiner macht seine typischen Geräusche, es ist nichts zu hören, es regnet nicht einmal, die Stille fühlt sich an, als wartet sie auf etwas, und man darf sie nicht dabei stören, deshalb verhält man sich der ruhigen Umgebung entsprechend.

Beim Fernseher steckt das Kabel nicht in der Steckdose. Lollo fällt erst jetzt auf, dass der Fernseher nach getanem Knopfdruck gar nicht anfing sein mieses, von deutscher Hand produziertes Programm abzuspielen, da sieht man mal, wie lädiert ich sein muss, wie wenig aufnahmefähig ich bin, denkt er, wirft die Decke ab, krabbelt zur Steckdose und stöpselt den Stecker ein. Der Fernseher blitzt sofort auf, grelle Farben explodieren im Zimmer, Lautstärke fliegt durch die Luft. Lollo wird unruhig. Er drückt den Knopf der den Ton ausschaltet und kriecht zurück unter die Decke an alte Stelle, die sich nach der kurzen Liegezeit auf dem Polster lauwarm und schon recht gefettet, schmandig anfühlt. Die Röhre surrt, brummt und fiept gleichzeitig wenn das Bild viel weiß zeigt, bei dunklen Farben sirrt es leiser. Das Flackern und Flirren beruhigt Lollo schlagartig. So passt das, damit kann ich arbeiten, denkt Lollo und versinkt in Gedanken an die langhaarige Mysteriöse, röchelnd im Schlaf und träumt, mit einer dicken Schnodderträne im Nasenloch, von gestriger Mittagspause:

Blitzte ihr Gesicht durch die einen Spalt in der Fassade aus braunen, fahrlässig gestriegelten Haare, flimmerte es. Öffnete sie den Mund, damit Lollo ihr Nudel einparken konnte, war er entzückt und beide verließen zusammen die Welt. Keine Klänge spielten, keine Tischnachbarn existierten im Restaurant, Gespräche wurden nicht geführt, es wurde durch Regungen und Gesten gesprochen. Lollo und sie existierten in Wellen. Er fütterte sie, wie zuvor schon einmal. Ihre buschigen Augenbrauen funkelten wie überdimensionale Kronenleuchter über der Wienerwalzerfläche eines menschenleeren Ballsaales, dessen Glaskristalle von außen beleuchtet Prismen durch die Gegend werfen. Ganz weit draußen und ganz nebenbei regnete es sehr stark. Man ging auf die Straße, versteckte sich unterm Schirm, der mehr als ausreichend Unterstellmöglichkeit bot, machte einen Spaziergang an die Nordseite der Binnenalster und ließ sich tröpfchenweise von einer neuen, gemütlichen Erregung beschießen. Sie standen, den Mahagonistiel des Schirms zwischen sich, eng beieinander, wie Tentakeln saugten sich die den Nebenstehenden umschlingernden Arme an den linden Körper darunter, ihrer beider Hände klammerten zwei Leibe zu einem siamesischen zusammen. Ihre Hand verschwand bei den Taschentüchern in seiner Manteltasche, Lollo legte seine Hand um ihren Oberarm und strich ihr von dort ab über die Schulterblätter, sie drehte sich ein Stückchen, gab ihm die Brust. Lollo knetete vorsichtig daran herum, sie zischte, zog Luft durch die Lippen ein, atmete aus, tief stöhnend. Es knisterte in der Luft, Funken tanzten um die Frau herum, Funken, wie sie man sie von der Lunte kennt, die abbrennt, bevor die Silvesterrakete in die Luft geht. Lollo fühlte eine warme Brust, auf deren Mitte sich der Nippel erhärtete und seiner Handfläche entgegen stach. Kurz vor dem Aufprall auf das Pärchen, erhitzten die herunterfallenden Regentropfen wie Meteoritenschauer in der Erdumlaufbahn, verdampften vollständig, noch bevor sie die Fläche der Schirmbespannung erreichten, die beiden wie die Zauberkugel der Mini-Playback-Show mittlerweile komplett umschloss. In der Kugel färbte sich ihr bares Fleisch, mit dem sie inzwischen nur noch bekleidet waren, rosa, wo sie sich berührten, schien gelbes Licht durch die Haut, an Stellen, an denen man Druck ausübte oder rieb, wurde die Umgebung textmarkergrün oder kaugummiblau. Wie von einer dicke Taschenlampe mit mindestens drei extradicken Varta-Batterien von innen beleuchtet, strahlte es kreisrund rotweinrot in seinem Schritt, gleiches passierte in gleicher Farbigkeit dort, wo ihr weibliches Geschlechtsteil ihren Sitz hat. Die traubensaftroten Stellen zogen sich an wie Magnete. Lollos Hand streicht sich über den Bauch zwischen seine Beine und fasst einen harten Knochen. Es war heiß, es fühlte sich gut an, sie fasste ihn an, er drückt und reibt, Textmarkergrün, Rotweinrot, Weiß, Weiß, zisch, weißer Dampf, zzzischhh! Er wacht auf, zieht ein Taschentuch aus der Packung, schnäuzt die Nase, die vor Schnodder bald zu zerbersten droht, zieht ein weiteres Taschentuch heraus, legt es entfaltet neben sich aufs Sofa, taucht wieder ein und nimmt ein Bad, zurück im träumerischen Ideenreichtum. Sorgfältig holt er sich einen runter. In seiner Fantasie schiebt er ihr den Vorhang aus Haaren beiseite, der andauernd die Aufführung – oder darüber hinaus, gar den Intimbereich des Theaters: die Katakomben; das, wo alles entsteht und zu sein beginnt – hinter sich verbirgt, auf dessen Vorstellung der auf heißen Kohlen kauernde Schaulustige inbrünstig die Nägel abkauend wartet. Er betrachtet ihr Gesicht, in dem scheue Augen Helligkeit verbreiten. Zaghaft legt er seine Lippen auf ihren Mund, sie schließt die Augen, legt ihren Kopf schräg, betastet mit der Zungenspitze die Schneidezähne in seinem Mund. Lollo kann ihren Speichel schmecken. Er schmeckt nach

Honig oder so, auf jeden Fall gut. Ihre Zungen betasten sich, bald schwofen sie umschlungen wie sich paarende Weinbergschnecken. Er horcht ihrer Stimme, die in sanften Schüben flüsternd stöhnt. Eins, zwei, Stöhn, eins, zwei, stöhn und so weiter. Er hält ihre Arme an den Schultern fest, allmählich fahren ihre zarten Hände über seinen Bauch. Im nächsten Moment sieht er ihren entblößten Körper separat in einem leeren, weißen Raum auf einem kissenartigen Untergrund liegen, sie ist nackt, doch diesmal nicht bunt gefärbt, sondern normal hautfarbend, er fährt mit den Fingern ihre Kurven ab, es brutzelt unter den Fingerspitzen, der Strom der von ihr ausgeht, überträgt sich auf Lollos, der jetzt auch Strom versprühen kann, violette Strahlen zucken im Raum zwischen ihnen, verbinden beide Körper wie auseinander gezogener, noch nicht komplett getrockneter Flüssigkleber. Sein Leib vibriert, ihrer vibriert auch und plötzlich erklärt sie, in einer bislang noch nicht gehörte Stimme – es klingt beinahe kindlich hoch und gleichzeitig tief, und wechselt von dramatischer Betonung in eine erzählerisch lyrische, ebenso es ein hochkonzentrierter Pubertierender im Streitgespräch mit der Mutter tun würde bevor Zimmertüren knallen: bedacht, heute einmal in Form eines ausnahmsweise guten Argumentes seinen Kopf beim Familienoberhaupt durchgesetzt zu haben –, dass es sich bei dem Strom, dem man bei Berührung ihrerseits ausgesetzt ist, um einen Defekt an ihrem Hörgerät handelt, das Energie freisetzt, reizt man ihr Glücksempfinden. Ach so. Lollo dringt in sie ein. Sie streichelt und küsst ihn, Sexpositionen wechseln, das ganze Kamasutra oder zumindest die ersten Seiten werden durchexerziert, sie sitzt auf ihm, er kniet sich hinter sie, sie treiben es von der Seite, missionarisch, seine Hand greift das Taschentuch, er hält die Luft an, die Ladung zerberstet aufs chlorgebleichte Papier, Lollo zieht die Schultern hoch, japst verkrampft, stößt einen erleichterten Seufzer aus und etwas der Anspannung, die da vorher in ihm drin war, fällt ab, er öffnet die Augen und findet sich im Wohnzimmer wieder. Dann ist die Anspannung wieder da.

Der Fernseher läuft noch. Was läuft da überhaupt? Es ist still. Draußen ist es dunkler geworden. Lollo schaut sich das beschmierte Taschentuch an, daneben liegt sein Penis, der sich, wieder etwas abgeklungen, mit dem Herzschlag pochend auf die Seite zur Ruhe legt. Lollo betrachtet die Decke und weil das nichts bringt steht er auf, zieht die Decke hinter sich her, wankt zur Toilette, nimmt einen Schluck direkt aus dem Wasserhahn und verkrümelt sich ins Bett, in dem er dann, wie erschlagen, mit vollem Gewicht daliegt, also mit vollem Gewicht in dem Sinne, dass er, so ganz ohne Muskelkraft, die ihm eine gewisse Körperspannung verleihen würde, sich sein Körper eben schwer wie ein gestrandeter Wal, dem das verdrängte Wasser keinen Auftrieb mehr gibt, in den Kaltschaum der Matratze presst. Er schafft es, sich ordentlich zuzudecken. Mit unter der Decke: Das Gefühl, die Chance nicht ergriffen zu haben. Gestern haben sie es in der Sonderheit der Sache vergessen, sich für einen kommenden Tag zu verabreden. Wobei, um sich zu verabreden, zuerst einmal vorausgesetzt wäre, dass man miteinander redet, das taten sie ja nicht. Und was auch immer sie sich einander auf esoterischer Ebene verklickerten, Telepathie war es nicht, dass der eine die Stimme des anderen in seinem Kopf hört oder so. Wie dem auch sei. Nachdem sie unterm Schirm kauernd über die durch den Schauer zuckende Oberfläche der Binnenalster, die die reflektierenden Lichter der Stadt auf sich hüpfen liess, hinweg, den angebissenen Apfel begutachteten, verlief der Abschied nämlich kläglicherweise wie folgt: Sodann man die Griffel voneinander nahm und es nicht mehr auf der Haut prickelte, gingen sie ein Stück gemeinsam, dann, an der Gabelung Neuer Jungfernstieg-Jungfernstieg, jeder wortlos seines Weges. Naja, also zuvörderst ging sie ihres Weges, und zwar eines überaus geschwinden. Erst als sie vollständig aus seinem Blickfeld in der Menschenmenge abtauchte, lenkte

Lollo den Weg in den U-Bahnschacht ein. Nun, diskreditierende Zungen mögen gar behaupten, die Frau liefe unserem Werber im Schweinsgalopp davon, dermaßen habe sie die Beine in die Hand genommen, um in der mit etlichen Regenschirmen abgeschirmten Menschenmasse, die Richtung Gänsemarkt unterwegs war, Unterschlupf zu finden. Schon war sie verschwunden, und mit ihr die Zuversicht auf ein weiteres Treffen. Lollo blieb nicht viel, bis auf darauf zu hoffen, sie am nächsten Tag, zur gleichen Zeit, an gleicher Stelle wiederzusehen. Doch die Gelegenheit blieb heute aus. Weiter drängt sich nach ihrem äußerst schleunigen Abgang bei Lollo die Frage auf: Mag sie mich überhaupt noch einmal treffen? Es könnte ja sein, dass sie, um weiterhin an ihr Mittagessen zu gelangen, von nun an ihr Sparschwein plündert oder sie jemand anderem auflauert, der sie dann fütternder- und bezahlenderweise unterhalten wird. Zudem: Wer, der jemanden später gerne wiedersehen möchte, rennt vorerst vor ihm weg? Wäre er nicht so schwach, würde er eine Faust bilden, einen Schrei ausstoßen und einmal kräftig ins Laken boxen.

Verunsichert und enttäuscht schläft er ein.

DER HAUPTTRÄGER DER JUGENDHERBERGE »ZUM FALSCH ANGESCHLAGENEN TON«
(Donnerstag)

Gewöhnlich nimmt der Krankheitsverlauf einer handelsüblichen Grippe drei Tage an Intensität zu, bleibt dann drei Tage lang unverändertem Martyriums und schwächt dann weitere drei Tage ab, bis man wieder einigermaßen auf den Füßen stehen kann, ohne unter seinem Eigengewicht die Judorolle zu machen. Nach Adam Riese sind es summa summarum neun Tage des Abwartens, Langeweilens, der gemäßigten Körperpflege, des Fauchen und Fluchens, bis das Immunsystem genügend Antikörper aufgebaut hat und sich der Genesende wieder als Zutat der Zivilisation betrachten kann. Muss man also Geduld haben.

Lollo schält sich aus dem klebrigen Bett, besucht die Küche, öffnet das kleine Metallschränkchen an der Wand in dem Medikamente verwahrt werden. Unter anderen findet er Ibuprofen 400 Pillen, Aspirin Plus-C Brausetabletten mit Orangengeschmack, ACE-Brausetabletten mit Ananasgeschmack, Zink + Histidin + Vitamin C-Tabletten, Dr. Theiss Grippetropfen und Grippostad C Hartkapseln. Er überprüft die Verfallsdaten, drückt die Tabletten aus dem Aluminium, löst Tropfen und Brausetabs im Wasserglas, schluckt den Medikamentencocktail gleichem Gesichtsausdruck ihn ein Freitödler schneiden würde und schlüpft zurück unter die Decke. (Der schmerztablettenkauende Bruce Willis aus »Die Hard« hätte Augen gemacht.)

Schlaf ist – da ist sich die ganze kugelrunde Welt brüderlichen Sichdiehändereichens sicherlich einig – eine ganz großartige Nummer. Natürlich nicht nur zwecks Wiedergeradebiegen der Gesundheit. Manchmal ist ein Bedürftiger alleinig eine Dosis Schlaf von erhoffter Begradigung entfernt. Zu ausreichend Schlaf solle die Medikamentenarmada ihr Übriges tun. Lollo schlummert etwas und ist noch gar nicht eingeschlafen, als sein Verdauungskanal die Sirenen ankurbelt. Lollo hetzt zur Toilette und entleert sich ins Porzellan.

GEGEN HILFSMITTEL HAND IST KEIN RUSSISCHER WOLF GEWACHSEN
(Freitag)

Die Vorhänge sind zugezogen. Die Bilder des Fernsehers färben die Wände des dunklen Raumes wie Discolichter. Lollo kauert unter seinem ewigen Begleiter, der Bettdecke, auf dem Sofa. Mit Kissen hat er sich eine Art Halterung gebaut, die ihm beim Geradesitzen stützt, ohne dass ihn das zu sehr anstrengt. Unaufhörlich bedient er die Programmwechseltaste auf der Fernbedienung. Während sich ein Kanal nach dem anderen anbietet geschaut zu werden, erschreckt Lollo plötzlich. Wie vom Affen in die vier allerwertesten Buchstaben gebissen springt er auf und macht Licht. Was ist denn hier los, denkt er und schlägt beiden Hände vor den Mund. Ihm wird kalt und schlecht. Gerade eben bemerkte er, langsam die Erinnerungen an die Mittagspausen, an der er sie traf, aus dem Gedächtnis zu verlieren. Das geht ganz schleichend, aber da fehlt schon was, merkt er ganz genau. Dort, wo er den Bildern, Eindrücken und Randnotizen einen Platz in erster Reihe zuwies, hockt nun Bill Cosby neben den Wölfen aus der Doku in der es um Wölfe in Russland ging, neben dem Rudel sind Seifenoperndarsteller platziert, da sitzen jetzt ein paar Szenen aus dem Werbeblock die ihm im Gedächtnis blieben, nebenan drücken ein paar Gedanken an vergangene Jobs aus der Agentur ihr Sitzfleisch ins Polster, Gereon rauft sich die Haare, Lollos schlechtes Gewissen kaut auf einer Bifi herum, all so komische Bilder in seinem Kopf, doch die Bilder der Geschehnisse aus den Mittagspause, die er mit ihr verbrachte, verblassen. All das, woran er sich erinnert, schwebt in sphärischen Traumsequenzen, wie ein Kindheitserlebnis weit weg, irgendwo schwere- und bedeutungslos in einem grenzenlosen Auslauf ewig weiter Gedanken und droht immer transparenter zu werden, bald in Luft aufzugehen. Lollo muss sich sehr konzentrieren, um die Bilder zu halten, sie zurück zu holen, muss sich immer wieder sagen, dass es real war, was passierte, dass es wirklich passiert ist, dass es so war, wie es war, dass es großartig war. Er hat ihren Geruch wieder in der Nase, diese leicht bittere Note, das Staubige und diese schmierige Süße, man kann es nicht besser beschreiben, sag ich doch, denkt er säuerlich, ihm wird unruhig zumute. Werde ich senil, denkt er, ist das hier gerade der Zeitpunkt gewesen, an dem ich zum ersten Mal bemerke, dass Alzheimer ansteht, oder bin ich jetzt irre, hab' ich mir das alles bloß eingebildet. Sein Magen krampft und Lollo muss sich vorne rüber krümmen, er geht in die Knie, macht sich klein, als verstecke er sich vor etwas. Sein Herz schlägt mal doll, mal gar nicht, wie ihm scheint. Er schließt die Augen, beißt die Zähne zusammen und probiert, sich die Gegebenheiten der Mittagspausen mit der langhaarigen Braunhaarigen in chronologischer Reihenfolge zusammenzureimen, die teuersten aller Andenken gründlich zu erneuern: Er ruft den Raum des LeBuffet-Restaurants auf, findet den Tisch an dem sie beim ersten Treffen und den, an dem sie vor zwei Tagen saßen, ihm fällt ein, was es zu essen gab, was er zu Trinken zu Tisch brachte, erinnert die Strohhalme, alles klar, denkt er, alles da. Nur die übrigen Mittagspäusler können nicht aufgerufen werden, die sind ja auch egal, denkt Lollo, die haben wir ja gar nicht beachtet, sowieso fehlte es uns an Interesse an der Außenwelt, waren wir zusammen, da zählten nur wir beide in unserer Seifenblase, in der wir uns bewegten. Lollo trennt dem Tortelloni ein Stück ab, führt die Gabel über den Tisch auf die andere Seite, an der, in seiner Vorstellung recht verwaschenem Kolorits, seine Herzensdame die Luke öffnet. Kaum erreicht die Gabel ihren Mund, wechselt die Kameraperspektive in seinem Kopf, das Tortellonistück fällt von der Gabel und Lollo pickt es mit der Gabel von der Tischplatte und isst es selber. Seine hungrige Begleitung ist verschwunden. Lollo steht vom Sofa auf, macht sich gerade, öffnet die Augen, geht wieder in seine Gedanken und da ist sie zum Glück wieder, die mit den langen braunen Haaren. Als nächstes beobachtet Lollo sie und sich unterm Schirm entlang der Binnenaltster durch den Regen spazieren. Close-up: Ihre Augenbrauenhaare stemmen sich wie einzelne, fluoreszierende Würmer aus der Stirn. Ein Wurm schlängelt sich, wie eine Rangpflanze um den Baum, um den quirligen Wurm daneben. Ihre lebendigen Brauen leuchten immer heller. Sie blenden so stark, dass Lollo vor lauter Weiß schon bald nichts mehr sieht. Es beißt in seinen Augen, was auch in der Realität seine Augäpfel schmerzen lässt, Lollo reibt und drückt mit den Daumen darauf herum. Im gleißenden Licht, das die Leuchtkraft einer Baulampe besitzt, ist ein schwarzes Oval, ein offen stehender Mund zu sehen. Schon stehen die beiden mit den Fußspitzen am Beckenrand vorm Wasser. Sie springt in die dunkle, dreckige Binnenalster. Er verfolgt ein paar Sekunden lang ein untergehendes Licht, bis es im diesigen Wasser erlischt. Schallend prasseln Regentropfen auf die Bespannung des Schirms, das Gießen wird immer lauter. Lollo schaut auf. Der angebissene Apfel. Dann schaut er nach links, dann nach rechts, dann wieder ins schwarzgefärbte Wasser, das da jetzt ganz still vor ihm liegt. Kein Licht mehr darin. Der Himmel hellt auf. Nun ist es ruhig.

    Lollo blinzelt, presst die Lippen aufeinander. Was kann ich tun, fragt er sich ernsthaft nachdenklich, wenn ich mich auf mein Hirn nicht mehr verlassen kann, oder geht einfach die Fantasie mit mir durch, oder ist es das Fieber. Schnell weg damit, denkt er, weiterkommen, weitermachen, das dunkle Gefühl nicht durch sich durchziehen lassen, schnell ablenken, einfach an was anderes denken, denkt er. Er befummelt kurz das, was ihm kraus im Schritt wächst, dann bringt er sich auf schönere Gedanken und holt sich wieder, unter Publikumslachen vom Band irgendeiner Familien-Sitcom, einen runter.

Vielleicht ist es ja »typisch Mann«, einen Spuk, der einem wie ein zäher Albtraum die Denkzentrale besetzt, mittels imaginärer Erotik per Hilfsmittel Hand zu vertreiben, denkt Lollo, aber vielleicht legen Frauen auch Hand an, wenn sie verzweifeln, vielleicht aber auch nicht, er hat von sowas ja keine Ahnung. Er beobachtet ein Spermarinnsal die Baudecke herunter fließen. Es kitzelt zwischen den Wampehaaren, er bekommt eine Gänsehaut. Lollo geht ins Bad, wischt sich ab, legt sich, jetzt ein bisschen zufriedener als vorher, wieder hin und dann geht's ihm wieder so schlecht wie zuvor. Er ist stark verunsichert.

O GOTTHOLD
(Montag)

Franzi trägt das nächste Meeting ein. Schon wieder ein Meeting. Meeting-Marathon. Käme selbst Joey Kelly bei ins Schwitzen. Caro kommt auch. Sie bringt die fertigen Drucke mit, geht klar, sagt sie. Anna schaut sich die Ergebnisse an und nickt. Franziska sagt auch etwas dazu, aber Anna scheint das zu überhören. Angela hat da noch eine wichtige Anmerkung vom Kunden, die gerade erst ins Haus flatterte und bitte noch, und unbedingt noch, zu beachten wäre, ist wichtig, danke. Caro ist nun angekotzt, denn die Bitte um Beachtung der Anmerkung des Kunden kostet ihr mindestens eine Stunde Extra-Arbeit heute, das muss sie noch irgendwo reinschieben, nur wo, ihr Terminplaner ist für heute schon randvoll vollgepackt, es steht ihr bis zur Halskrause, kommentiert sie, ihrem Verdruss Luft machend. Anna könnte das mit Caros erwähnter Nackenstütze nicht egaler sein, sie freue sich schon aufs Meeting, behauptet sie, aber dass sie sich freut, ist ihr nicht offensichtlich anzusehen, vielleicht freut sie sich ja auch nur subtil, das Meeting findet schon in einer Stunde statt, und dann erzählt Anna noch, dass sie Donnerstag in den Urlaub fliegt. Drei Wochen lang wird sie weg sein, d.h. drei Wochen Ruhe von allem und in den einundzwanzig Tagen Erholung hat sie vor, sich ab Aufwachen bis Sonnenuntergang Sonne auf den Wamst scheinen zu lassen, verschiedenfarbige Eisgetränke durch dicke Strohhalme zu ziehen, die durch Ananasdreiecke gesteckt worden sind, am Strand ihre aufgestellten Beine zu fotografieren, so dass diese aussehen wie in die Sonne gehaltene Bockwürstchen und, und das schmeichelt dem anfälligem Innenleben der ledrigen Geldbörse einer aus dem Schwabenländle zugezogener Neu-Hamburgerin besonders: Sie gibt ihren geknüppelten Leib einiger Ganzkörpermassagen tüchtiger Thailänderinnenhände hin und darf sich für umgerechnet zwei »Euronen«, wie schwäbische Sparfüchse europäischen Zaster nennen, fühlen »wie eine Deutsche in Thailand«, und das würde »herrlich hoch Zehn« werden und so, alle, außer Lollo, nicken und sagen »Ooooh« und »Boah, du Sau« und sowas, und auf einmal sieht man Anna auch an, wie es aussieht, wenn sie sich wirklich auf etwas freut. Ach so, sagt sie noch, als sich die Runde aus Franzi und Caro, Gereon, Lollo und einem Grafiker – dessen Namen Lollo noch nie gekannt hat, wie er in diesem Meeting bemerkte, oder hatte er ihn einfach nur vergessen – als sich auf jeden Fall die Gruppe am Konferenztisch so langsam auflöst, und Franzi und Caro tuschelnd durch die Tür verschwinden, sagt Anna noch extra laut, um die flüchtenden Caro und Franzi noch zu erreichen, dass das nächste Meeting »Text« nicht betrifft, der Kunde hätte in Sachen »Text« bereits sein »D'accord« gegeben, »Text«, damit ist Lollo gemeint, müsse zum nächsten Meeting gar nicht mehr eingeladen werden, danke, sein Job hat sich somit erledigt und Franzi notiert im Gehen »o. Text« auf einem Schmierzettel und wird das nächste Meeting um 14 Uhr ohne Lollo eintragen. Lollo und Gereon nicken sich zufrieden zu, die Meetingteilnehmer schwärmen aus.

Die Bürotür klappt hinter ihm zu, Lollo sinkt in den Stuhl, lehnt sich zurück, fährt mit beiden Händen von oben nach unten übers Gesicht, reibt sich die Augen. Schweißperlen stehen ihm auf der Stirn und es drückt an den Schläfen, als klemme sein Kopf in einem Schraubstock. Es ist ja eigentlich noch zu früh, um weiterzuarbeiten, denkt er. Da ist so ein Druck unter oder über seinen Augen, irgendwie irgendwo da um die Augen rum, so genau kann er den Druck nicht lokalisieren, er stört auf jeden Fall, der Druck, Lollo kann gar nicht richtig gucken, strengt zu sehr an. Doch wäre ich im Bett geblieben, denkt Lollo, würde mir der Schopf der Gelegenheit unter den Fingern weggerissen werden. Der braunhaarige Schopf, den er ergreifen, naja, berühren möchte. Keine Wahl, ich muss es probieren! Lollo rollt auf seinem Bürostuhl zum Schreibtisch vor, kramt beim Mantel, der über der Lehne des Stuhls hängt, auf der Suche nach Taschentüchern und Tabletten in der Manteltasche und zieht einen in der Mitte einmal geknickten Zettel heraus. Lollo stützt die Ellenbogen auf den Tisch, entfaltet den Zettel und betrachtet genau, was mit dünn gezogenem Strich darauf geschrieben steht. Sieht aus, als hätte es eine Hand eines gerade erst eingeschulten Kindes dahin gekritzelt, denkt er, so zackelige, krakelige und schwache Linien. Buchstaben, die gleichzeitig frei von jeglicher körperlichen Spannung sind und trotzdem aussehen, als würden sie unter Schmerzen krampfen. »FREJA« steht da zerbröselt, als habe man das Wort erst einmal gesprengt, bevor es zu lesen freigegeben wurde, und das, was man hier sieht, ist das, was von ausgewogener Architektur verbal geschriebener Buchstaben übrig geblieben ist.

Gestern Nacht, kurz bevor er die Zähne putzen und die Nachtruhe einleiten wollte, hatte er noch gedacht: Warum sich nicht von Festgefahrenem lösen und sich mit einer neuen Wackeligkeit anfreunden? Mal neu oder zumindest irgendwie anders weitermachen, so rundumschlagsmäßig mit was Neuem anfangen, anders beginnen, etwas Neues aufbauen, neu, alles neu machen. Kann ja nicht angehen, dass das immer so weiter läuft, zur Arbeit gehen, Spazieren gehen, zur Arbeit gehen, Spazieren gehen. Saufen. Ich weiß ja jetzt schon, wie mein morgiger Morgen aussehen wird, ich weiß sogar, mit welchem Bein ich an welcher Seite aus dem Bett steigen werde, dachte Lollo und spürte die meterhohen Wände der

Gewohnheit immer näher an sich heranrücken, es wird immer enger, dachte er, ich muss die Wände jetzt durchbrechen, das wird schwer, dachte er, wer weiß, wie dick ich sie in den Jahren bislang gemauert habe. Da ihn der anfängliche Gedanke, die Idee an einen Neubeginn – einen möglichst radikalen – schnell frustete, spürte er den Drang, erstmal eine zu rauchen, danach geht's bestimmt besser, eine Zigarette lenkt eigentlich immer vom Eigentlichen ab, dachte er. Er fühlte sich auch längst nicht mehr so im Eimer, er war zwar kreislauftechnisch kaputt, sein Körper extrem schwach, die Nase lief unaufhörlich, sein Hals war aber okay, da wird der Rauch schon runtergehen, dachte er, zog den Mantel von der Garderobe, knöpfte ihn zu, gingt auf den Balkon und zog die Tür hinter sich in den Rahmen. Es war Vollmond, das hatte für Lollo nichts weiter zu bedeuten, manch einer schläft schlecht, wenn der Mond komplett rund ist, Lollos Nachtruhe wurde vom Mond aber bisher noch nie besonders manipuliert. Er mag es, wenn Vollmond ist, und inspizierte, während er sämtliche Taschen am Mantel nach der Zigarettenschachtel abklopfte, auf der platt anmutenden Pfannkucheflä che die da oben leuchtete und den ansonsten vollkommen schwarzen Himmel im weiten Radius um sich herum zu einem Dunkelblau aufhellte, die großen Krater, die man von der Erde aus mit bloßem Auge erkennen kann. Der Mond hat ein Mondgesicht, dachte er, als ihm an der frischen Luft plötzlich lustig wurde, da ein Kraterauge, da das andere, der Schatten da könnte die Nase sein und die Reihe Kraterpunkte darunter der Mund, wie so ein Schneemanngesicht, dachte er, aus Steinen zusammengesetzt, und kurz darauf konnte er das Gesicht, dass er dem Mond gab, schon nicht mehr erkennen. Er klopfte immer noch die Taschen ab, doch konnte seine Zigarettenschachtel nicht aufspüren. Sie muss hier drin sein, ansonsten habe ich sie im Büro vergessen, dachte er auf einmal sehr verzweifelt, er hatte sich schon so auf die Fluppe gefreut, das Rauskommen an die Frischluft, die Kühle am

Kopf, die Ruhe im Innenhof, der Vollmond, der seichte Wind, wie er durch die kahlen Wipfel der Bäume fegt, alles wäre perfekt gewesen, er riss den Mantel auf und begann etwas wütend die Innentaschen zu befingern, keine Schachtel, er kontrollierte die rechte Tasche außen, nichts außer Kaugummis, dann die linke, da waren noch die Taschentuchschnipsel drin, die die mit den langen braunen Haaren fabrizierte, auch keine Schachtel, dafür aber: ein Zettel, ein steifes Stück Papier, das sich in Lollos heißen Fingern ganz kalt anfühlte. Er pflückte es zwischen den Taschentuchstreuseln heraus, zog es aus der Tasche, es war in der Mitte geknickt, er entfaltete es und sah, was darauf stand.

Es lag nicht am Vollmond, dass er die Nacht schlecht schlafen konnte.

Es ist Mittag. Im lauen Lüftchen schunkeln Äste von den Bäumen. Seit Tagen hat die Sonne nicht geschienen. Nach der sternklaren Nacht liegt jetzt zitronengelbes Licht auf der Stadt, was ganz ungewöhnlich und so frühlingsmäßig und passenderweise so nach Neuanfang aussieht, wie Lollo findet, als er zum Fenster hinaus schaut, nachdem die grauen Regenwolken zuvor tagelang die Sonne abschirmten und alles grau und schmutzig war, strecken sich jetzt wirklich dunkle, lange Schatten, mit scharfen Konturen im Zitronengelb aus. Amseln zwitschern hier und da. Amseln zwitschern wirklich am frühlingshaftesten von allen Vögeln, denkt Lollo, wobei sie ja auch im Winter hier bleiben, komisch eigentlich, dass einem deren Zwitscherkram im Winter nicht so frühlingsmäßig vorkommt, denkt Lollo, oder zwitschern sie sich allmählich dem Frühling nähernd anderes als im Winter? Wenn ja, dann sollte ich von ihnen lernen und mich Richtung Frühling auch in so einen anderen, so einen Positiv-Modus weiterentwickeln, denkt er. Auf den Blättern des Efeu glänzen noch die letzten Tropfen. Auf dem Spielplatz lümmelt eine Katze in der Wärme des Sonnenlicht auf der

Tischtennisplatte. Sicherlich, er spürt es in den Gelenken, da hockt noch mit ganzer Masse die Krankheit drin, er ist auch nicht wirklich viel gesünder geworden, er ist noch längst nicht genesen, so schnell mal übers Wochenende, aber heute zuhause mit Tee im Bett zu bleiben war nicht mehr drin, nachdem er letzte Nacht diesen Zettel fand. In Kinderbuchstaben steht da »FREJA« darauf, was wohl ein Name sein soll, denn unter dem Namen ist eine dazugehörige Mobilfunknummer dahin gekritzelt. Zwölf Ziffern, die zu wählen wären, um herauszufinden, ob es sich bei dieser Freja auch wirklich um seine stumme Bekanntschaft aus dem Alsterhaus handelt. Um wen denn auch sonst, so viele Gelegenheiten ergaben sich ja in letzter Zeit nicht wirklich, dass ihm da eine heimliche Verehrerin ihre Nummer zusteckte, wer sollte ihn auch schon heimlich verehren, wenn nicht die, die er im *LeBuffet* im Vierten des Alsterhaus fütterte. Sie muss es sein, denkt er, und für den Fall, dass er sie, wenn er die Nummer ausprobiert, gleich an der Strippe hat und sie sich gegebenenfalls direkt für jetzt gleich zum Essen verabreden, hat er sich heute Morgen ausführlicher Reinigung und Rasur unterzogen, trägt ein sauberes Hemd und sieht, sieht man mal von den Augenringen, der Kalkblässe und der fettig glänzenden Schwitzhaut ab, einigermaßen wie aus dem Ei gepellt aus, wie aus dem angebrüteten, sehr weich gekochten Ei allerdings, aber immerhin.

Tuuuuut... tuuuuut... tuuuuuuuuuuuut... Kricks – jemand hat angenommen. Lollo hält den Atem an, er hat sich vorgenommen, erst einmal zu lauschen, ob es sich wirklich um die, um die es sich am liebsten handeln sollte, die vermeintlich auf den Namen Freja hört, handelt, deshalb verhält er sich erst einmal ganz ruhig und wartet, bis da was kommt. Ein schnarrendes in die Sprechmuschel Prusten und ein leises, dumpf röhrendes Brummen ertönt am anderen Ende der Leitung, das klingt, wie der dunkle Lord. Vielleicht eine Störung in der Verbindung, Mobilfunknetz eben, kann sein, wahrscheinlicher handelt es sich aber tatsächlich um die langhaarige Braunhaarige, die, soweit sie Lollo bisher kennenlernen durfte, jedweder Redseligkeit einen eiskalt aufgeschulterten Korb gibt und die Laute, die sie von sich gibt, zum Verwechseln ähnlich klingen, wie jenes röchelnde Rauschen, das hier durch die Leitung knarzt. Bringt ja nichts, denkt Lollo: Beginne, mein persönlicher Frühlingsamselmodus! Starte!

»Hallo?« sagt Lollo.

Es wird mit beträchtlich tiefen Raunen und einem schnaubendem Rauschen reagiert, das im Hörer so klingt, als schnuppere einem ein Hund am Ohr.

»Hallo, hier spricht Lollo.« Seinen Namen am Satzende hat Lollo eher gerufen, als in landläufiger Telefonatlautstärke artikuliert anmoderiert. Lollo hin, Lollo her, denkt er, sie kennt meinen Namen ja noch gar nicht, da wird ihr das auch nichts bringen, wenn ich ihn ihr nenne, wenn ich ihn ihr auch noch so klar, laut und deutlich in den Apparat rufe – LO-LO –, kann ich gleich sein lassen, denkt er, ich muss mir schnell was ausdenken, irgendwas muss da jetzt von meiner Seite kommen, denkt er hektisch und ist kurz davor sich gerade – da sich nach Sekunden, die sich nach unglaublich dickflüssig verlaufenden Minuten anfühlen, immer noch keine akustische Erwiderung auf seinen Gesprächsstart ergibt, woraus sich eine Konversation entwickeln könnte – zu einem »äh« oder »tja« oder »joah« hinreißen zu lassen, um die Strecke des Anschweigen wenigstens durch ein einsilbiges Wort in zwei Teile zu teilen, da poltert es auf einmal wie verrückt am anderen Ende der Leitung. Es rummst, als ob man in einen mit Tupperware randgefüllten Umzugskarton tritt oder so. Lollo hört Schritte, die vermutlich in Socken gehen. Dann, gerade noch hörbar, öffnet und schließt eine Tür oder ein Schrank. Dann schnauft die Atmung wie zuvor.

»A- also«, sagt Lollo, der sich gerade wundert, wer da bei

ihr im Hintergrund rumläuft und was da so polterte, wo es doch sonst, außer den Keuchgeräuschen, die seine vermeintliche Wunschgesprächspartnerin kontinuierlich in die Muschel pustet, ansonsten so still ist, als wäre sie alleine im Raum, »ich habe am Wochenende, genau genommen erst gestern Abend so einen Zettel in meiner Manteltasche gefunden, und, naja, da stand diese Nummer und ein Name drauf und da dachte ich mir, ähm, die steht da nicht umsonst drauf, die Nummer, und dann dachte ich mir, da rufe ich mal an und frage, äh... was es so gibt.«

Lollo haut mit der flachen Hand zur Stirn, stoppt kurz davor, damit es nicht klatscht. »Was es so gibt«, denkt er, das nervt, bist du fünfzehn, ist es unendlich peinlich, sich vor einem Mädchen so einen abzubrechen, bist du doch mehr als doppelt so alt, ist das der Nachweis einiger versäumter Jahre Training, in denen das Brückenschlagen zu Beziehung durchexerziert worden sein sollte, da hab ich Kalk in den Leitungen, das flutscht irgendwie nicht so richtig, denkt er, doch weiter jetzt, bleib am Ball, du packst das, ermutigt er sich, doch bevor er sich wieder die Gelegenheit gibt, sich weiter in die Ultrapeinlichkeit hinein zu labern, pausiert er einen kleinen Moment um zu horchen, ob die Freja, die wahrscheinlich – viele Indizien sprechen immerhin dafür – die Person aus dem *LeBuffet* im Alsterhaus ist, ihm eine kirchenmauskleine Reaktion auf seinen Gesprächseinstieg schenkt, auf die er reagieren kann, doch: Nix da. Er fährt schnell fort: »Also, ähm«, er schaut auf den Zettel in seiner Hand als müsse er den Namen davon ablesen, »Also Freja... Ich würde dich gerne fragen, ob du vielleicht wieder mit mir essen, also Mittagessen gehen würdest. Heute eventuell schon, wenn du Zeit und Lust hast.«

Im Hörer rauscht und grunzt es, als hielte eine Wildschweinmutti das Telefon zwischen den Hufen und singe lauthals. Die erzeugten Geräusche rufen mit rülpsartigem Gejohle zur Brunft. Kurz darauf ist es wieder ganz still. Dann hört Lollo sie wieder windstark atmen.

»Also ja?« flüstert Lollo unsicher, worauf ein tief röhrendes Räuspern erklingt, das man als Bestätigung deuten könnte. Er verabredet sich diesmal mit ihr in einem Fischrestaurant in der Innenstadt, wo er es so lecker findet und denkt, dass sie das da bestimmt ebenso gut finden würde, und weil ihm das mit den Amseln und dem alles mal neu machen und so einfällt, pfeif aufs Alsterhaus, fort mit der Gewandtheit, und er hört keine Widerworte, oder, naja, Widergeräusche, sag ich ja, denkt er, alle Fischköppe mögen Fisch, und er freut sich, siehste woll, denkt er, geht doch, er beschreibt ihr eben den leicht zu beschreibenden Weg zum Laden und hofft, dass sie Ort und Zeit registriert hat und sie beiden sich gleich vorm Fischladen sehen werden, und legt auf.

Das Fischrestaurant namens »Delikatessen des Meeres«, ist in den Colonnaden ansässig, am Anfang der Straße, oben, fast an der Esplanade, wo das Casino ist. Die als schnuckelig zu bezeichnende Gastwirtschaft, über dessen Eingang »Fachgeschäft für Meeresspezialitäten« gepinselt ist, liegt im Parterre. Dort bekommen hungrige Mäuler in rustikalem Ambiente üppige, fangfrische Fischgerichte auf entweder Pasta, Kartoffeln oder Linsen serviert. Einerseits aufgrund des besucherlockenden, lukrativen Preis-Leistungsverhältnisses, denn man bekommt riesige Portionen zu einem unangemessen niedrigen Unkostenbeitrag, weiter hinsichtlich spärlich vorhandenem Platzes, stehen Tischgäste in dem aus gigantischen Kochtöpfen aus der Küche ganz hinten aufsteigendem Dunst im Raum Schulter an Schulter an Stehtischen zu einer platzkomprimierten Nahrungsreinschaufeleinheit zusammengepfercht. »Das klingt aber eng!« mag es manch einem fahrig aus der Klaustrophobenhaut fahren. Jene welche, deren Bewegungsfreiheit, um sich's erst schmecken lassen zu können, beim Spachteln an mehr Luft drumherum herum bedarf, sei nach der bis hier hin vielleicht etwas deplacierten und, zugegeben, gähnend langweiligen Beschreibung des Restaurants andererseits verklickert, dass beim delikaten Fischmann das gemütliche Schulter-an-Schulter-Ambiente dafür sorgt, dass der dammbruchartige Wasserfluss im Mund, für den das dampfende Essen gleich nach Inempfangnahme des Tellers sorgt, über die Unterlippe allein auf den vor sich platzierten Teller und nicht in die freie Weltgeschichte überquellt, denn das wäre ja eine Sauerei sondergleichen und man müsste, vorm Mittagessen mitgedacht, mindestens Gummistiefel anziehen, wenn man dort Fisch zu speisen vorhat. Wie dem auch sei, die sardinenbüchsenartige Eigenschaft des Ladens schafft, wenn Fremd und Fremd in anonymer Brüderei zusammenrücken, eine gemütliche Atmosphäre, in der kaum einer redet, weil Kartoffel, Heilbutt und Senf-Lauchsauce in Dauerschleife das Maulwerk besetzen, und gemütlich, denkt Lollo, kann es gar nicht genug werden und verspricht sich, in der Enge Freja zwangsläufig wiederholt so nahe zu kommen, wie sie sich kurz vorm letzten Abschied waren.

    In der Etage verlassen gut gelaunte Kollegen den Flur und flippen wie junges Rehwild in Grüppchen hinaus in die sonnengetränkte Aspahltweide.
    Hastig knibbelt Lollo einen Kaugummi aus der Verpackung, nimmt einen Schluck kalten Kaffe, trinkt das Wasserglas aus. Er steht auf und fällt wieder in den Stuhl zurück. Uff. Seine Hände schwitzen und seine Stirn wird plötzlich feucht, es brennt unter den Rippen und der Nacken versteift. Zu früh, ich bin noch nicht soweit, denkt Lollo, der die Krankheit noch nicht verdaut hat. Das schöne Hemd, denkt er, gerade noch frisch gewaschen und so schön steif und jetzt schon wieder schwitzig und alt. Logisch, hätte Lollo ein, zwei, wahrscheinlich eher drei, vier Tage noch zuhause bleiben und die Auskurierungsdauer, bis er wieder komplett

hergestellt ist, im Bett oder auf dem Sofa absitzen sollen, doch der Zettel bei den Taschentuchschnipseln verpflichtete ihn einer neuen Obliegenheit, da war direkt klar, dass er seine fiebernde Kränkelstellung sofort aufgeben und seiner noch warmen Mission, dem alles neu und anders und so, ohne Aufschub sofort nachkommen musste. Auf die Plätze, völlig fertig, los. Lollo schmeißt das Kaugummi ein, den Mantel über und betritt die extrem helle, heute irgendwie blondierte Straße, auf der, bis auf ein paar Pfützen die wacker auf ihr Versiegen warten, der heftige Niederschlag der letzten Tage getrocknet ist. Da erklingt der Frühlingsmodus einer Amsel. Lollo hält das Gesicht in die wärmende Sonne, bleibt stehen, atmet tief durch den Mund ein und aus. Seine Nase sitzt noch zu, so kann er den Gestank von Streunerfäkalien, die den Geruch in vollem Dunstkreis erst entfaltet, tritt man auf so eine Tretminen drauf oder erwärmt es die Sonne, nicht riechen, sieht einen Haufen aber genau vor sich auf der schrägen Gehwegplatte blühen und denkt, schade, wenn sich der Winter allmählich zum Frühling neigt, die Luft wärmer wird und die Sonnenstrahlen ihre Wärme die ganze Strecke bis zum Boden herunter halten, werden eben diese Kackhaufen, die hier überall die Wege garnieren, mit Wärme aufgeladen und fangen kolossal an zu stinken. Hyazinthen – der Duft des Frühlings, dem als Erkennungsmerkmal, dass es bald wieder losgeht mit den bunteren Jahreszeiten, korrelierend der Gestank erhitzter Hundescheiße zuvor geht. Stellt sich Lollo eben vor, wie das riecht, worüber er gerade einen großen Schritt macht, und er bemerkt, wie ihn ein Schwung Glückseligkeit erreicht, er fängt daraufhin sogar etwas beschwingt an zu taumeln, aber vielleicht liegt das auch an der Krankheit, wie dem auch sei, es löppt, das mit dem, mit dem er sich gestern Nacht auf dem Balkon anfreundete: Das mit dem Lösen von Festgefahrenem und der neuen Wackeligkeit oder wie das war, irgendwie ist der Lenz los, jetzt geht's nur noch geradeaus, denkt er, ab heute wird mal so richtig konstruktiv an der Verbesserung der einsamen Lebenslage herum geschraubt, und schon der Gedanke daran, Freja in wenigen Minuten wieder zu sehen, lässt ihn sich schon ein wenig weniger allein fühlen.

Er steigt in die U-Bahn, gondelt bis zum Gänsemarkt, kraxelt die Treppen herauf, galoppiert entlang der goldenen Säulen vor der Hamburgischen Staatsoper, biegt in die Große Theaterstraße und schafft es, pünktlich um 13 Uhr in der Fußgängerzone der Colonnaden aufzuschlagen. Gemäß der »obligatorischen fünf Minuten«, die man sich laut Bürojargon verspäten darf, ohne dass es einem vorgehalten wird, wird Lollo innerhalb des Reglements termingemäß am Austragungsort des Stelldichein auftauchen. Er weicht anrollenden Mittagspäuslern aus, schlägt Haken wie ein Hase, fühlt sich gesundheitlich auf einmal wieder total auf der Höhe, das könnte trügerisch sein, denkt er, hoffentlich hält der Zustand eine Weile, doch denkt er nicht weiter drüber nach, und bemüht sich, freie Sicht zu erlangen, um vorm Fischladen die hoffentlich bereits auf ihn wartende Freja zu entdecken. Das vollständig von innen beschlagenen Schaufenster, an dem daran herunter rollende Tropfen wie Regen am Busfenster Bahnen ziehen, ist oberhalb mit drei grimmig dreinblickenden Tiefsee-Fantasiefischen aus Eisen verziert, die haben alienartig auswuchernde Finnen und Spitzen und Hörner als Kopfschmuck, davor steht Freja, und Lollo wird auf einmal klar, was damit gemeint ist, wenn in Filmen schon mal gesagt wird, dass der ganze Raum mit Glanz und Zauber erfüllt wird, sobald die Person, die man liebt, den Schauplatz betritt und, bestenfalls im Promnight-Abendkleid aufkreuzend, mit ihrer bloßen Existenz hunderten anderen die Show stiehlt. Er freut sich, jetzt sicher sein zu dürfen, dass die Freja vom Zettel auch die Freja ist, mit der er rechnete, ja weiß man's denn, denkt er. Sie trägt einen dunkelbraunen Filzmantel und Jeans, an denen die Knie ziemlich ausgebeult sind. Ihre langen, braunen Haare verdecken, womit zu rechnen war, wieder ihr Gesicht, die Hände hat sie in den Manteltaschen, die Ärmel des Mantels sind etwas zu kurz, und so kommt je Arm zwischen Tasche und Ärmel ein kleines Stück Haut zum Vorschein – die einzigen Zentimeter Haut, die sie zeigt.

Lollo hebt die Hand zum Gruß, winkt, Freja bewegt sich nicht, aber scheint, wie es Lollo scheint, ihn anzugucken, der Winkel müsste stimmen, denkt er noch aus etwas Entfernung. Auf den letzten Metern entfährt ihm ein seine Freude über ihr, im wahrsten Sinne des Wortes, lang drauf hin gefiebertes Wiedersehen wenig verbergendes »Hallo!«, woraufhin Freja kurz ein tiefes Getöne brummt. Noch drei Schritte, noch zwei, eins, wow, das Sonnenlicht legt sich wie ein Schleier auf ihre braunen Haare, es scheint weiß von ihnen ab, im Licht sieht man Staub tanzen, nur Mut, denkt Lollo und wagt es, sie zu umarmen, streicht zuvor sanft an den pelzigen Ärmeln die Unterarme entlang zum Rücken herüber, umklammert die langhaarige Braunhaarige dann mit leichtem Druck, fasst etwas nach, drückt sie dann etwas fester, vielleicht um ihr durch die Intensität des Knuddeln die Bedeutsamkeit zu vermitteln, wie sehr er sich darüber freut, sie wieder ganz nah bei sich zu haben, da spürt er wieder dieses Kribbeln, das weniger wie bei sich frisch Liebenden aufgrund in der Magengegend angesiedelter, in Aufruhr gebrachter Schmetterlinge resultiert, sondern dieses Kribbeln, das auf seiner Haut prickelt und durch den ganzen Körper zieht, als markiere man das noch zu einem geschlossenen Stromkreis fehlende Bindeglied. Leichte Stromschläge. Energie. Bitzeln. Für einen Moment schmiegen sich ihre Köpfe aneinander. Ein Funke entlädt sich Frejas Schläfe, spitzt in Lollos direkt daneben, der kurz vor Schmerz zuckt, wie ein aufgeschrecktes Huhn, und Freja nimmt plötzlich die Hände aus den Taschen und umarmt Lollo zurück und Lollo kann sein Glück kaum fassen und klammert noch etwas mehr und mit dem Druck erhöht sich das Kribbeln und es kribbelt ihm in der Nase und löst das, was sich dort festgesetzt hat, so löst sich Lollo schnell, bevor es tropft, entschuldigt sich, nimmt, sich leicht abdrehend, etwas Abstand und putzt sich erst einmal gepflegt die Nase, alles raus, was keine Miete zahlt, denkt er, plötzlich ziemlich leicht und locker mit der Situation geworden, was ihn auf einmal sehr über sich selbst wundern lässt, und einen kurzen Moment später ist es ihm dann doch höchst peinlich, sich so selbstverständlich vor ihr den Schleim aus dem Kolben zu blasen, dass es sprotzt, aber es ging nicht anders, und auf einmal kann er wieder etwas riechen und es riecht nach staubiger Second Hand-Boutique und angepinkeltem Lavendel oder so und dann schaut er wieder Freja an, und um nach dem Nassputzen schnell die Aufmerksamkeit auf etwas anderes zu lenken, liest er das Gericht des Tages auf der Tafel vor, die neben Freja an einem Nagel am Fensterrahmen angebracht ist: »Haaaaaaaaah... Heilbutt mit Parmesankruste auf Sauerkraut mit Hummer-Lauchsauce, leeecker« sagt er in einem Tonfall, der ihm nicht steht, und einem Dialekt, der sich im Unterton irgendwie Bayrisch anhört, wobei er sich darüber hinaus als weitere anscheinend unvermeidliche Übersprungshandlung albern den Bauch reibt, welch Geste ihm ebenfalls nicht typischerweise entspricht, er muss wohl sehr nervös sein, oder ist es der Zutaten-Zirkus, im Speziellen das Sauerkraut, den er da gerade vorgelesen hat, der ihn so durcheinander kommen lässt, huch, weiter, bloß weiter, denkt er, und geleitet sein Mittagsdate die drei Stufen herunter durch die Tür in den feucht schwülen Kaninchenbau. Hoffentlich mag sie Sauerkraut, denkt er verunsichert, und bestellt an der Theke eine Portion für beide, bezahlt direkt und nimmt Besteck. Nun, bislang durfte er sein Herzblatt als von Hause aus Gevatter Anspruch den liebenswürdigen Blick unterschlagend kennenlernen – sie aß, was auf den Tisch kam, trank, was da war. Sauerkraut ist ja das eine, denkt er – als sie dem zwischen Kasse und Küche rotierende Kellner folgen, der den beiden ein freies Plätzchen am Stehtisch links neben der Küche zuweist, in der ein dickbäuchiger Italiener mit schwarzen Locken den Backofen und mehrere in hohen Töpfen lehnende Kellen bedient und, mit einem Auge aufs Dekor, Pastateller auffüllt –, aber Heilbutt im Parmesanmantel und Hummer-Lauchsause dabei? Also wenn sie sich damit ohne zu Murren füttern lässt, denkt er, ist ihr Gaumen diesen erhöhten Anspruch entweder von Haus aus gewöhnt oder sie hat gar keinen besonderen Anspruch in Sachen schmeckt ihr, schmeckt ihr nicht. Na, wie man doch alles richtig machen will, lernt die Beziehung gerade laufen, denkt Lollo, da kommt der Kellner um die Ecke und kredenzt den Tischnachbarn einen multikulinarischen Mix als wäre er nicht bei Trost: Heilbutt mit Parmesankruste auf Sauerkraut mit Hummer-Lauchsauce. Tatsächlich. Crazy. Zwei sich offensichtlich nicht Bekannte in Maßanzügen widmen sich genüsslich verträumt der Nahrungszufuhr. Lollo nimmt seiner Begleiterin den Mantel ab, hängt ihn an einen Haken an der Wand, seinen daneben. Die Braunhaarige trägt einen in die Jahre gekommenen, dunkelgrauen Strickpulli der in breitem Zopfmuster gestrickt ist, wonach Motten offensichtlich der Gaumen steht, der Pulli ist über und über mit kleinen Fraßlöchern übersät.

Ihr Essen kommt. Ein hartkäseummanteltes Filetstück appetitlich duftender Meeresbewohner thront dampfend mit bissfest gekochten Lauchkringeln und Petersilie garniert auf einem mit Hummersoße beträufelten Vulkan aus Kartoffel und Sauerkraut. Fisch, Parmesan, Hummersauce, Sauerkraut und staubiger Lavendel liegen in der Luft. Lollo rollt das Besteck aus der Serviettenrolle auf den Tisch aus, die Gabel landet vor Freja, diese nimmt sie in die Hand, sticht sie ins Essen und hebt eine Kartoffel aus dem Teller. Lollo versteinert. Er beobachtet, gespannt wie ein Tierforscher bisher noch unbekanntes Verhalten einer nahezu verhaltensunerforschter Spezies beobachtend, was als nächstes passiert. Alles neu, denkt er dabei, wirklich alles neu, alles anders. Sie hat den Griff der Gabel fest in ihrer Faust, das Besteck sticht seitlich aus ihrer geschlossenen Hand. Sie hält die Gabel eines Kleinkindes gleich. Der erstochene Erdapfel spaltet sich und fällt halbiert zurück in den hohen Teller. Erneut und wieder versucht sie eine Kartoffel zu packen zu bekommen. Vergebens. Entweder drückt sie die Forken zu tief ins Gemüse, so dass die Erdäpfel in immer mehr Kleinteile zerfallen oder sie probiert die grob portionierter Kartoffelspalten auf der Gabel balancierend aus dem Teller zu heben und auf dem Weg zu Lollo, den sie augenscheinlich zu füttern vor hat, er ihr bei dem Versuch behilflich sein möchte und ihr so mit dem aufgesperrten Mund immer näher kommt, purzeln ihr die Kartoffeln, sehr zur regen Belustigung der Tischnachbarn, immer wieder von den Zacken.

»Sag mal ehrlich, hat dir denn niemand beigebracht, mit Besteck zu essen?!« denkt Lollo, sagt aber: »Sieht lecker aus, oder?« Um den Teller herum sieht es aus wie ein Schlachtfeld. Kartoffelkrieg auf dem Kartoffelfeld. Freja gibt auf. Sie lässt die Gabel neben den Teller sinken. Traurig, findet Lollo, sieht traurig aus, alles versucht, nichts gelungen. Die Arme, denkt er, nimmt den Löffel, lehnt sich über den Tisch, trennt ein Stück Heilbutt ab und lässt es zu ihrem Mund, naja, zumindest dorthin wandern – das kennen wir – wo er ihren Mund vermutet. In der Nähe des anfliegenden Löffels spitzt ihre schneeweiße Nase durch den Vorhang dichter Haare. Aus dem Schatten, den die sich zu Seiten auftuende Haarmatte auf ihr Gesicht wirft, folgt ein Mund. Der Mund öffnet sich. Lollo schiebt den Löffel da rein, erkennt, dass sie, wenn nicht gleich mit dem Fuß gelenkt, dann mindestens während einer blitzartigen Gebäudeevakuierung aufgetragenen Lippenstift trägt. Knallrot übertritt die Farbe so weit die Lippenkonturen, dass es den Anschein macht, sie seien doppelt so dick wie sie es eigentlich sind. Ist »Sie gab sich stets Mühe« in einem Praktikumszeugnis vermerkt, bedeutet das nichts Lobenswertes. Lollo hingegen ist des anfeuernden in die

Hände Klatschens – etwa dem ermunternden Applaudieren eines stolzen Vaters, der dem Sprössling die ersten unfallfrei zurückgelegten Meter Fahrradfahren ohne Stützräder beigebracht hat – zumute, bemerkt er, wie viel Mühe sich Freja gibt, trotz dass sie offenkundig schon nach anfänglichen Anstrengungen über die Grenzen ihres Machbaren tritt. Welch ein Kussmund, das nenn ich mal Kussmund, denkt Lollo heiter. Weitere Löffel erreichen Frejas Luke, sie isst. Aus den Lautsprechern an der Decke schallt ein Orchester, dazu singt ein gemischter Chor Italienisches. Wenn es zwischen den Lieder der Wiedergabeliste einen Moment still ist und sich die Mitesser ruhig verhalten, ist in nächster Umgebung ein Raunen, ein Röhren und Röcheln zu hören. Hinterm Haarvorhang arbeitet das Kauwerk, und Mund und Nase ringen, während das Gebiss auf Hochtouren stampft, um Luft. Lollo füttert eine Löffelportion nach der anderen, Heilbutt mit Parmesankruste, Kartoffel mit Hummersauce, Kartoffel mit Lauch und Sauerkraut, einen Löffel Sauerkraut, zwischendurch gönnt auch er sich auch selbst vom äußerst deliziösem Essen, der wilde Komponentenmix schmeckt wirklich unverhofft gut, obendrein hat er Hunger, denn der prophylaktische Börek fehlt ja heute.

Der Teller leert sich schnell. Von der Decke zirpen Violinen. Auf der Tischplatte sammeln sich vereinzelte Sauerkrautschnüre, angegessene Kartoffelbrocken und Hummersoßenklekse. Zum Bewegen des Tellers zur Spülstation wird der Ober Geschick benötigen, um seine Finger nicht in den Schmier am Tellerrand zu dippen. Zum Ende der Fütterung hat Freja die Lippenstiftbalken um ihren Mund herum vollkommen abgegessen. Wo gerade noch an den Umrissen der Lippen Signalfarbe leuchtete, schimmert's jetzt ölig-gelb und am Mundwinkel macht ein Raspel Sauerkraut einen auf Loriots Spaghetti. Die Personen am Tisch neben den beiden haben bereits gewechselt. Auch die neuen Tischnachbarn, ein Paar, eine rundliche Frau in

Leopardenbluse und Perlmuttkette, ihr Adäquat in beigefarbener Leinenkombination, staunt nicht schlecht übers bunte Treiben der Nebenanstehenden. Um Unauffälligkeit bemüht greift die Alte heimlich in ihre Handtasche, an der Indianerschmuckledergebimsel am Schiebergriff baumelt, und popelt mit ihren golden beringten Fleischwurstfingern ein fotofunktionstüchtiges Mobiltelefon heraus. Heimlich legt sie den Lautstärkeknopf auf Vibrationsalarm um, mimt, als ob sie eine spannende Nachricht auf dem Display liest und knipst ein Foto von der haarbehangenen Freja, der die langen Haare halb in den Essenschnipseln auf dem Tisch, halb, mit Essenschnipseln verziert, zu Boden baumeln, und dem Teller in vollkommen beschmierter Peripherie – der Blitz der Kamera erhellt den Raum, solange die Linse scharf stellt, dann – immerhin lautlos – löst die Kamera aus. Die Leopardendame erschrickt, sogar hörbar, und Freja erschrickt auf andere Weise, knallt die Fäuste auf den Tisch, dass die Hummersauce nur so spritzt, und dreht ihren Kopf zur Wand ab. Sofort bemerkt Lollo ein merkwürdiges Kribbeln in der Hand, es fühlt sich an, als ob sich der Löffel, den er darin hält, elektrisch auflädt. Es kribbelt immer doller. Er legt ihn vorsichtshalber in den Teller. Mittlerweile stammelt die Fotografin irgendeine Entschuldigung, pikiert schüttelt ihre Begleitung, seiner Untröstlichkeit für den unangenehmen, von seiner Frau fabrizierten Vorfall, bitte vielmals entschuldigend, den nur noch spärlich behaarten Kopf. Lollo wackelt zu den Kleiderhaken, greift schnell die Mäntel, nichts wie raus, hier, denkt er, er spürt eine gewisse Eskalationsnähe, er hilft Freja in ihren Mottenkugel-Lavendelgemisch-Mantel und sie verlassen hurtig das Restaurant.

Vor die Tür getreten, verschwinden Frejas Hände sofort wieder in ihren Manteltaschen. Sie fummelt einen kleinen geknickten Zettel aus der Tasche, entfaltet ihn, hält ihn sich vor die Front aus Haaren, liest augenscheinlich was darauf steht – etwas ist in Rot darauf geschrieben, erkennt Lollo – schnell steckt sie ihn wieder zurück. Da, wo hinter ihren dichten Haaren ihr Mund sein dürfte, flattern einige Haarsträhnen, während sie schwer ausatmet.

Die Mittagssonne legt sich warm auf die Klamotten, schöner Tag, denkt Lollo, und fängt auf einmal stark an zu schwitzen. Ach ja, da war ja was, denkt er, jetzt nur sich bloß nicht von der Grippe runterziehen lassen, denkt er, nicht hier, nicht jetzt, die soll sich hinten anstellen, die Grippe, denkt er, jetzt ist erstmal Freja-Time, Freja, mit Haut und Haaren.

Freja grummelt irgendetwas. Nicht *es* grummelt in Freja, sondern Freja selbst grummelt etwas, und das ist etwas Besonderes. Sie grummelt etwas, das Lollo nur nicht auf Anhieb verstehen kann, sie hat es aber auch extrem leise gegrummelt und darüber hinaus klang es auch noch außerordentlich grummelig. Lollo traut sich nicht zu fragen, ob sie mit ihm gesprochen hat und er nun darauf reagieren solle, also tut er erst einmal so, als habe er überhaupt nichts vernommen, sie wird es schon nochmal versuchen, mit mir zu reden, wenn sie mir etwas sagen möchte, denkt er. Hinterm Vorhang aus Haaren schnaubt Freja unruhig wie ein Pferd bei nächtlichem Gewitter. Vor ihrer Nase flattern Strähnen in Wellen in der Luft. Ihr übriges, vorwiegend glattes, langes Haar liegt ihr über den Schultern, über der Brust, den Rücken herunter, auf dem braunen Mottenmantel, die Haarschicht glänzt in der Sonne, als wäre sie für ein Fotoshooting mit allen möglichen Lampen bestens ausgeleuchtet. Lollo schaut seine Begleitung bewundernd an. Sie ist wunderschön, wie sie so dasteht, einfach so dasteht und wartet, mit den Händen in den Taschen, denkt er, sich einer Schwärmerei hingebend, die ihm gewöhnlich nicht unterkommt, doch er wundert sich nicht über sich und stoppt sich nicht. Ich würde ihr gerne ins Gesicht schauen, denkt er weiter, so wie es ganz normale Menschen tun, die sich gerne haben, die sich nah kommen möchten, denkt er, sich einfach in die Augen schauen, ich habe heute noch gar nicht ihre Augen sehen dürfen, denkt er und wägt ab, ob er das Manöver wagen sollte, ihr den Pony beiseite zu streichen um ihr endlich in die Augen schauen zu können, wobei er sich natürlich bewusst ist, dass in Hinsicht ihres hiesigen spürbar nervösen Umstandes, für Gesichtsentkleidung gegebenenfalls die falsche Kombination aus Ort und Zeit vorliegt. Trotzdem, er macht einen kleinen Schritt auf sie zu, seine Hand fährt erst sanft ihren Arm, dann, über die langen, daliegenden Haare entlang, zum Hals hoch. Dort angekommen, sticht es ihm in den Fingerspitzen, aber dessen ungeachtet, machen sich seine Finger daran, ihr vorne einen Scheitel in den Haarkranz zu kämmen, doch Freja regt sich blitzartig, hakt sogleich einen Finger in Lollos Ärmelzipfel und zieht seine Hand von ihren Haaren weg, und das schmerzt, das tut ihm in diesem Moment richtig weh, dass sie seinen Annäherungsversuch zurückweist und er fühlt sich auf einmal so dermaßen auf den Schlips getreten, dass er sich selbst fragt, wie er es sich herausnehmen kann, sich davon derlei auf den Schlips getreten zu fühlen und der ganze Frust, der auf einmal da ist und die Reaktion auf seine plötzlich eingeschnappte Reaktion, lassen ihn sich ganz schwindelig vorkommen, was allerdings auch an der Krankheit liegen kann, auf jeden Fall ist er in diesem Moment irrsinnig durcheinander und weiß nicht was jetzt, wie weiter und überhaupt. Schlechtes Gewissen.

Es grummelt wieder und Lollo schaut sie an und sie zieht ihm, stets mit dem Finger in seinen Ärmel eingehakt, zu sich, fängt dann in eine Richtung zu laufen an und zieht ihn hinter sich her. Lollos negative Erregung springt explosionsartig von ihm ab, er folgt ihr erwartungsvoll. Schweiß, Erregung, Aufregung. Füße verlassen den Boden. Geschwinden Tempos eilt das Duo die Colonnaden Richtung Binnenalster herab. Lollos Schritte, fällt ihm auf, fühlen sich an, als berühren seine Sohlen nur ganz eben den Boden, er fühlt sich federleicht, elektrisiert, er ist ein Luftballon, den sie am Band hinter sich herzieht. Am Gustav-Mahler-Platz biegen sie in die schattige Büschstraße ein und laufen zum Gänsemarkt. Was hat sie vor, schleppt sie mich ab, geht's jetzt zu ihr nach Hause, so Schäferstündchen zur Mittagspause, denkt Lollo auf einmal euphorisch. Abheben.

Da vorne, auf dem Platz auf der anderen Straßenseite, sitzt, lässig breitbeinig auf einem durch einen übergeworfenen Mantel unkenntlich gemachten Sitzmöbel Platz nehmend, ein über zwei Meter hoher, in Bronze gegossener Gotthold Ephraim Lessing mit Patina-Teint auf einem glattgeschliffenen, roten Granitsockel und blickt auf die Backsteinhäuser mit den vielen weißen Fensterrahmen der Gabelung Dammtorstraße-Valentinskamp. Eine Möwe, die Essbares wittert, befindet sich im Anflug auf eine den Platz von Brotkrümeln befreiende Gruppe Tauben, die flux in dem Moment in alle Himmelsrichtungen Reißaus nimmt, als die kreischende Möwe zwischen ihnen landet. In Erwartungen ziehen weitere Möwen an, sie nehmen durchdringend heulend Kurs auf, um zu Lessings Füßen Krümel zu picken.

Freja und der am ihrem Abschlepparm hängende Lollo biegen rechts um die Ecke ab, Freja zeigt von weitem auf die *Stadtbäckerei* und Lollo vermutet, dass sie vielleicht noch Nachtisch haben möchte, Franzbrötchen oder einen Kaffee. Lollo sagt erstmal nichts, lässt sich vom gekrümmten Finger seiner Vorderfrau mitziehen, bis sie zu einem Verschlag gelangen, der zwischen dem Schaukasten der *Stadtbäckerei*, die das komplette Erdgeschoss des sechsstöckigen Hauses einnimmt, und dem Nachbarhaus eigepfercht ist. Der Verschlag: dazu einladend, nächtens verdeckt seiner Verrichtung nachzugehen. Und derartig riecht er auch. Links, eine Reihe Klingeln an der Haustür. Sie lässt seinen Ärmel los.

An einem Rundtisch, hinter der Scheibe, sitzt ein Käsekuchen essendes, weißhaariges Großelternpärchen in der Bäckerei. Mann und Frau träufeln den Inhalt der Kondensmilchbüchschen in den dampfenden Kaffee, der Alte mit der Knollnase bewegt die Lippen, woraufhin sich seine Begleiterin vor Lachen hinten rüber schmeißt und sich mit der Hand vor Freude auf den Oberschenkel klatscht. Der ganze Raum dreht sich zu den beiden um, die gute Stimmung steckt an, viele Menschen lachen mit. Vor den Fenstern im 1. Stock, wirbt eine auf LKW-Plane gedruckte Gans mit Schlips und Advokatenbrille, im Namen der Hausverwaltung, für mietbare Räumlichkeiten direkt am Gänsemark. »Gans schön günstig – Ihre Bürofläche direkt am Gänsemarkt!« steht neben ihrem Schnabel geschrieben.

Freja drückt die Haustür auf, sie treten ins Treppenhaus. Doch wohl kein Nachtisch, kein Kaffee, na dann, uh lala, denkt Lollo. Er zittert ein wenig. Wohnt sie hier, ist das ein Stundenhotel oder sowas in der Art oder führt sie mich nur zu ihrem Anführer, denkt Lollo nervös. Sie nehmen den Fahrstuhl in den Fünften. Die blecherne Gondel ist beleuchtet wie eine Umkleidekabine eines großen schwedischen Modehauses und Lollo kommt sich in diesem unnatürlichen Licht vor, wie auf dem OP-Tisch, sie führt mich in ihr Raumschiff, denkt er, und das hier ist der Laserstrahl, durch den ich in das Ufo gezogen werde, aber wahrscheinlicher ist es, erwägt er weitere Szenarios, was ihm die heutige Mittagspause womöglich noch Erlebnisreiches zuteil kommen lassen könnte, tut sich gerade die Eventualität des Vollziehens geschlechtlichen Verkehrs, kurz Sex eben, auf, jener in jedem gesunden Menschenverstand als allererstes als ölig-schillernde Gedankenseifenblase vorschweben sollte, vorausgesetzt, man ist in Punkto Sinnenlust mangelfrei gepolt. Ferner, wenn GV gleich doch nicht stattfinden sollte, was ja okay wäre, also muss ja nicht sofort sein, denkt Lollo, könnte sich immerhin die womöglich spannende Aussicht ergeben, kennenzulernen, wie Freja ihr vor der Außenwelt vermauertes Eigenuniversum dekoriert, denn wie man weiß, wenn man ab und an den küchenweisen, philosophiefanatischen Schwandroneuren gelauscht hat, sagt ein Bild, das man sich von der Wohnung eines Menschen macht, 1000 Worte mehr als Freja an einem ganzen Tag sprechen wird.

Auf der Fünf hält der Fahrstuhl, die Tür schiebt sich in die Wand, Lollo blickt in einen leeren Flur. Eine Yucca-Palme da rechts zwischen den beiden geschlossenen weißen Türen, wartet – mit dicker Staubkruste, die teils abgeknickten Blätter sind mit Spinnweben bandagiert – auf Wasser sowohl als auch Interesse. Es ist still und es sieht aus, als hätte seit einer halben Ewigkeit niemand mehr diese Etage betreten, man würde die Fußspuren in der Staubschicht sehen. Was hat sie hier vor, fragt er sich, doch beobachtet dann, wie Freja ein paar Sekunden lang die Sechs drückt und mit dem Daumen der anderen Hand – merkwürdig fingerfertig – zugleich die Taste gedrückt hält, die die Tür schließen lässt und es piept kurz zur Bestätigung, die Fahrstuhltür schiebt sich in die Sicht auf den anonymen Flur, OP-Flair, und man setzt die Fahrt in das oberste Stockwerk fort. Angekommen. Freja steigt aus.

Durch vier kleine Fenster, die sich links vom Fahrstuhl den düsteren Gang hinunter nebeneinander aufreihen, dringt etwas, von Schmutz gedämmtes Tageslicht, das sich faserig auf dem Boden ablegt. Um die perspektivisch verzogenen Lichtvierecken, ist es dazu fast schwarz im Kontrast. Am Ende des düsteren Ganges leuchten viele kleinen Lichter verschiedenfarbig, einige Dioden blinken in regelmäßigem Takt, andere strahlen durchweg, weitere blinken nur manchmal auf, die am häufigsten vorhandene Farbe der Leuchten ist, wie Lollo beim ersten Hingucken auffällt, Grün, wenn's grün leuchtet, ist alles in Butter, denkt er, doch ist er irgendwie beunruhigt. Davon, von dem Blinken, von dem Gang, von der Allgemeinsituation, der Situation gerade im Speziellen? Keine Ahnung, denkt Lollo, was das ist, was da blinkt, eine Klimaanlage, ein Heizsystem, ein Sicherheitssystem, Computerserver, eine Stereoanlage aus der Zukunft aus Filmen aus der Vergangenheit, irgendwie sowas, denkt er, doch fallen ihm sogleich Beispiele ein, bei denen es sich um etwas Ernsthaftes handelt, etwas, bei dem es um die Wurscht geht, wenn es blinkt, im Cockpit im Flugzeug etwa, da blinkt's viel und wahrscheinlich auch nicht zum Spaß, oder am Elektrokardiogramm im Krankenhaus, da blinkt es auch und wenn sich da mal beim Blinken was verändert, denkt Lollo, wird's ernst. Mechanik. Mysterium. Ihn durchdringt ein plötzliches Gefühl von Beklemmung, irgendetwas in ihm drin sagt ihm, dass er nicht hier sein sollte. Vielleicht liegt es auch nur an der niedrigen Deckenhöhe, denkt er, nur wenige Zentimeter über dem Türrahmen fängt schon die Decke an, also lichtdurchflutet ist was anderes.

Zielstrebig, wie standesgemäß immer etwas über Normalmaß gehetzte Chefassistentinnen in der Werbeagentur zwischen den Konferenzräumen in D-Zug-Tempo hin und her huschen, nimmt Freja beschleunigten Schrittes Kurs auf die – soweit Lollo es beim Blick ins Dunkle erkennen kann – erstmal einzig sichtbare Tür des Flures. Mit etwas Abstand folgt er ihr. Vor lauter Dunkelheit – denn da, wohin er ihr hinter her muss, fällt kein Licht hin – kann er gar nicht erkennen, wo er hintritt und nach jedem Schritt denkt er, dass es ja nochmal gut gegangen ist. Seine Arme tasten durch eine rabenschwarze Nacht. Er erreicht Freja, die vor einer stählernen Tür steht und in ihrer Tasche kramt, es raschelt, manchmal klingelt es, als klirre Kleingeld. Eine breite Tür, wie die eines Heizungsraumes oder eine Tür auf einem Schiff oder eine Brandschutztür, auf jeden Fall sieht sie ziemlich dick und robust aus, denkt Lollo. Und da will sie durch? In den Raum dahinter? Mit mir? Freja holt ein Schlüsselbund – so ein Lederetui an dem an einem großen Metallring nur ein einziger Schlüssel aufgefädelt ist – hervor, versucht ihn ins Schloss zu bugsieren. Das strengt sie sichtlich an, die hektischen Bewegungen und ihre fehlende Eleganz lassen sie dabei leicht aggressiv wirken, doch sie schafft es – nachdem sie mindestens zwanzig mal voll daneben gestochen hat, und das mit Wucht, als wolle sie die Tür abstechen; kurzes metallenes Klacken der Schlüsselnase auf der Tür – den Schlüssel ins Schloss zu stecken. Auch auf dieser Etage ist es ganz still. Im Ohr fühlen sich die Geräusche, die Freja beim Aufschließversuch erzeugt, etwa so an, als stehe man im Tonstudio vor einer Wand voller dieser Schaumstoffdreiecke, die Nebengeräusche absorbieren: das Material zieht mit einem strömungsartigen Sog alle das Ohr erreichenden Klänge wieder aus dem Ohr heraus, verkürzt die Klangwellen der Geräusche, es ist beinahe unangenehm, wie zugedeckt, wie wattig der eigentlich so scharfe Metallsound klingt, findet Lollo und überlegt schon, ob ihm gerade schwindelig wird oder er sich das nur einbildet, weil er aufgeregt ist und nicht weiß, was sich Mysteriöses hinter dieser Tür, die sich jeden Moment öffnen wird, verbirgt und er weiß auch gar nicht, ob er es überhaupt wissen will, aber Wegrennen ist nicht, und so weit, so panisch, dass er es jetzt lieber vorzieht, abzuhauen, ist er noch längst nicht. Plötzlich sind auch von hinter der Stahltür Geräusche zu vernehmen. Lollos Angst schürt sich mit einem Mal. Vielleicht ist es bald doch soweit und er muss die Beine in die Hand nehmen. Es bumst dumpf von innen an die Tür – noch so ein in Watte verpackter Klang, es hört sich an, als ob jemand immer wieder einen mittelweichen Ball dagegen schmeißt, denkt Lollo, einen mit Wasser gefüllten Tennisball, sowas. Bumm, bomm, bumm. Dann kommt ein Kratzgeräusch hinzu, und noch bevor Lollo sich fragen kann, in wie fern zugehörig, nach dem Geräusch, den ein an die Metalltür geworfener, mit Wasser gefüllter Tennisball erzeugt, jetzt so ein halbwegs klares, beißendes Kratzen passt, öffnet sich die Tür schon einen Spalt und der gesamte Klang ändert sich durch den dazu gewonnenen Raum und obendrein ist ein Grunzen und ein Hecheln zu vernehmen. Schnappatmung, Grunzen, Hecheln, Hecheln, Hecheln, Schnappatmung, Husten, Prusten. Im wachsenden Lichtkegel, der sich aus dem neuen Raum allmählich zu ihnen auf den Flur schiebt, steht ein schwarzer Mops. Einer von besonders mickriger Größe, der bellt und grunzt und hechelt und sich verschluckt und Freja bald freudig am Bein hochspringt, dabei röchelt, hechelt, sich verschluckt, prustet, schmatzt. Mit einem feuchten Glubschauge links und einem nass triefenden inmitten rechter Schädelhälfte, stiert der Mops sein vermeintliches Frauchen mitsammen Neuzugang erwartungsvoll an, die pinkfarbene Zunge aus der faltigen Rosine gestreckt. Mit den Hinterpfoten schabt die schwarzbefellte Leberwurst auf den glatten Plastikplatten, mit denen das Zimmer ausgelegt ist. Die Platten aus Plastik senken, sollte es sich hier tatsächlich um die Wohnung der langhaarigen Braunhaarigen handeln, die Wohnlichkeit spontan auf die eines U-Bahnhofs. Die Fußnägel des Mops kratzen übers betonfarbene Polymer, dabei rutschen dem Hund die Pfoten ständig auf der Spiegelglätte weg. Der Stummelschwanz der aufgebracht hechelnd schmatzenden und sich ständig verschluckenden Rosine sticht, wie der enthusiastisch ausgestreckte Daumen eines mit den Umständen zufriedenen Kindes, steil empor, wackelt beim Herumhetzen lose umher, wie es die Korkenzieherschwänzchen bei Schweinen in Kindercomics tun. Etliche Male verschluckt sich der erregte Mops, er freut sich anscheinend, mit Besuch beehrt zu werden, kommt vielleicht nicht häufig vor, er schnappatmet wieder, zeigt wiederkehrend seine Textmarkerrot eingefärbte Zunge. Vermutlich, denkt Lollo – nachdem sich die Rosine auf abgebrochenen Zahnstocherbeinchen als Quelle beängstigender Schlag- und Kratzgeräusche erwiesen hat und sich seine Angespanntheit langsam wieder abkühlt –, erklärt Hunger den impulsiven Habitus des Mops. Eventuell muss sie, die Rosine, aber auch dringlich austretenderweise einen Spaziergang um den Block machen, möglicherweise ist der Hund aber auch schlichtweg entzückt über den unverhofften Besuch des Frauchens plus Anhang – immerhin tropft es ihm heiter bis freudig aus der Penisspitze. Soso. Die Rosine ist ein Kerl.

Freja schiebt den Mops mit dem Fuß aus dem Eingangsbereich und schließt die Tür hinter Lollo. Die Rosine schmeißt wild die Beine um sich und schafft es so, sich irgendwie fortzubewegen. Die Fußnägel kratzen willkürlich auf dem Kunststoff, es klingt dämonisch, die Fußbodenplatten sind voll von unzähligen weißen Kratzern. Freja verschwindet direkt in einem Raum mit Hängeschrank, der Küche vermutlich. Derweil schaut sich Lollo in der Wohnung um. Es ist wirklich kurios, denkt Lollo, als er seine Beobachtungen macht. Ein abgetretener, bunt gemusterter Kelim Teppich liegt über der Rückenlehne eines beigefarbigen, sein Verfallsdatum längst überschrittenen Chaiselongue. Verschiedene Tücher – aus Seide oder so, sie glänzen immerhin wie Seide – sind über die Kanten der Sitzflächen sämtlicher Sessel und Stühle gelegt, was wahrlich nicht gerade zum Platznehmen, Zurücklehnen und Entspannen einlädt. Selbst wenn er wollte oder wenn es ihm von einer aufmerksamen Gastgeberin angeboten worden wäre, Lollo wüsste nicht, ob er sich da drauf setzen dürfte. Das sind ja keine robusten Deckchen, die den Sitzbezug schützen sollen, die da so deplatziert, ja, die Sitzfunktion auch deplazierend eben, vorne über die Kante der Sitzflächen lappen. Auf gebügelte oder zumindest glattgestrichene Seidentücher, setzt man sich ja nicht einfach drauf, denkt Lollo und streift deshalb weiter rastlos in dem Raum herum, bei dem er sich immer noch noch sicher ist, ob es sich hierbei wirklich um Frejas Behausung oder so eine Art Jugendheim mit – mal ausgenommen der Seidentücher –Zweckeinrichtung handelt. Gardinenschals sind aufs Fensterbrett hochgelegt, das Glas der Fenster scheint leicht gewellt zu sein, die Wolken am Himmel sehen dadurch besoffen und etwas kleiner aus, als sie es wirklich sind. Man schaut durch die Fenster wie durch Leselupen. Die Brille meines Opas. Aber das Auffälligste sind die alten Holzstühle, solche typischen Sperrmüllhaufenstühle mit textilen Sitzpolstern, die, zu einem Turm aufeinander gestapelt, auf dem vermakelten Tisch in der Mitte des Raumes stehen. Der oberste Stuhl berührt beinahe die Zimmerdecke. Vielleicht ist Sitzen in diesem Etablissement verboten, denkt Lollo, dann fällt sein Augenmerk auf das Cabrio-Katzenklo da hinten, so ein Katzenklo ohne Deckel und Luke. Auf den ersten Blick wirkt das weiße Streu in der blauen Plastikwanne unbenutzt. Einige Körner sind in der Umgebung des Beckens verteilt, in der Nähe, vor der Heizkörperverkleidung, liegt eine Windel. Freja kommt mit einem Pom pom-großen Büschel Küchenpapier aus dem Nebenraum und macht sich auf Knien daran, von einem, vermutlich dem saftenden Intimbereich des Hundes ergossenen Tropfen zum nächsten über den Boden zu kriechen, mit der Allzweckreiniger Sprühflasche besprengt sie die zum Teil bereits angetrockneten und stellenweise bereits ins vergilbte Weiß changierende Tröpfchen, reibt die Sprotzer anschließend mit Kraft mit dem Küchenkrepp von den Plastikfliesen. Da seine Hilfe anzubieten, denkt Lollo, wäre Initiative zu verfrühtem Zeitpunkt zu zeigen, man bewahrt ja nur zu oft nicht den kühlen Kopf und wittert in Anwesenheit seines Herzblattes überall seine dringlichste Notwendigkeit, wenn Lappalien um Einsatz bitten, mit Türaufhalten, Mantel abnehmen, Stuhl hinrücken und sowas mal angefangen, denkt Lollo, aber er denkt das nur, weil er unsicher ist, ob er ihr nicht doch beim Wegwischen der Körperflüssigkeiten des Mopses helfen sollte. Der Mops macht sich derweil daran, die vermutlich unbekömmlichen Kleckereien des noch nicht vollkommen verdampften, gekreiselt zu ovalen Flecken verwischten Allzweckreinigers, vom Boden aufzuschlecken. Während des Lecken niest er andauernd. Ein Fleck weggeschleckt, hastet er zum nächsten und schlabbert weiter. Das kann nicht gesund sein, denkt Lollo. Es tropft der Rosine erneut aus der Penisspitze und sofort braut sich ein erneuter Tropfen an seinem Skrotum zusammen, Lollo kann es von der

Seite genau erkennen, wie, wenn ein Wasserhahn leckt, denkt er, ein Tropfen tropft ab, schon fließt an selber Stelle sich der nächste zusammen und ist zum Absprung bereit. Da muss man dann den Klempner holen, da muss schnell reagiert werden, denkt Lollo, schnell reparieren oder abdichten, wird sonst immer schlimmer. Die Windel da gehört bestimmt dem Mops, Windeln, naja, denkt Lollo, repariert zwar nicht die Ursache, stoppt aber immerhin die Sauerei, vorausgesetzt, der Mops behält die Schutzhose an. Fertig mit Sprühen und Polieren, springt Freja aus ihrer Krabbelhaltung auf, krallt sich ungelenk den Mops, kriegt ihn zu packen und läuft mit ihm schnurstracks in den Raum, der vermutlich eine Küche ist. Ihre schnellen, stampfenden Schritte poltern auf den Plastikplatten, als haue ein Nachbar mit der Faust mahnend gegen die dicke Wand. Lollo schleicht ihnen nach. Arbeitsplatte, zwei Herdplatten, Ofen: eine Küche. Freja legt dem auf der Anrichte auf den Rücken gelegten Rosine, mit motorisch grob koordinierten Bewegungsabfolgen, eine neue Windel, die sie einhändig aus einem Jumbo-Pack Pampers gefummelt hat, an. Inkontinenz, rätselt Lollo, klar, gibt's sicher auch bei Hunden, vor allem wenn sie alt sind. Aber so alt sieht der Mops eigentlich gar nicht aus, aber so richtig Ahnung hat Lollo auch nicht, im Allgemeinen nicht von Hunden, von Möpsen erst recht nicht. Lollo findet Hunde nur so geht so. Er hat es bisher noch nicht gerallt, warum Menschen Tiere, insbesondere Hunde, insbesondere in der engen, lauten, dreckigen Stadt, überhaupt besitzen wollen. Überhaupt: Besitzen, das ist ja schon an sich schrecklich, denkt Lollo, Lebewesen darf man doch nicht besitzen, erst kaufen und dann besitzen, wie die Sklaven, das geht doch nicht. Doch die Reize müssen groß sein, vermutet er, sich einen Hund zuzulegen. Aber nur einer vermutlich vieler ist ihm wirklich einleuchtend: Für Lollo sind die meisten ihm bekannten Hundebesitzer, die wochentäglich samt Fiffi zur Agentur getakelt kommen, vor allem eines: Beziehungsfrei, allein. Nun, das ist er ebenso, doch lieber liebäugelt und kuschelt er abends mit dem Kopfkissen, als beim *Gute Zeiten, schlechte Zeiten*-Anschauen einem im Hirn löchrig und menschenähnlich gewordenen Tier den Nacken zu kraulen, dem man mir nichts, dir nichts zur Unfreiheit an der Leine gefesselt in der Stadt jeglichen Instinkt und Freiheitsdrang unterschlägt, aber das denkt Lollo vielleicht auch nur, weil er Angst vor Hunden und vor allem vor ihrem Gebiss und den vielen Bazillen, die sich bei einem Biss übertragen und wahnsinnige Schäden nach sich ziehen können, hat. Stadthunde – und damit sind nicht die streunenden Gejagten in Fußball WM-Austragungsländern gemeint – sind, findet er, wie in Vasen gehaltene Schnittblumen: erst strotzen sie vor Lieblichkeit, schnell verdorren sie in mit Heizungsluft gefüllter Gefangenschaft in Wohnungen, statt auf weiter Flur noch einige Zeit glücklich ein anständig wildes Restdasein zu verleben. Letztendlich verrecken doch alle in Städten gehaltenen Tiere geschwürgeplagt auf Tierarztbänken. Hinzu kommt, dass die Hunde, die sich innerstädtisch vergeblich befleißigen, in auf die Lebensjahre summierter Milchlastertankmenge urinspritzenderweise bei Gassigängen ihr Territorium abzustecken, sich beim Vollziehen des »kleinen« bzw. »großen« Geschäfts mit vereinzelten, von der Stadtverwaltung – Behörde für Stadtentwicklung und Umwelt, Fachamt Management des öffentlichen Raums – dahin zitierten Bäumelingen genügsam tun müssen, an die längst nicht alleinig Tier gleicher Art, sondern sich gleicherweise nächtens längst auch der Mensch aus den erdenklichen Öffnungen ergossen hat. Die armen Tiere. Sollen sie doch besser da bleiben, wo sie herkamen. Dschungel, Prärie. Laubmischwald.

Doch vielleicht, kommt Lollo plötzlich so eine Idee, ist das ja gar nicht ihr Mops, also Frejas eigener, kann ja sein, dass auch sie einsam ist und sich so einen besten Freund des Menschen zugelegt hat, aber das passt nicht zu ihr, irgendwie, so einen Hund überhaupt erst zu besitzen und sich ihn vorerst einmal selbstständig zugelegt zu haben, denkt er, trotz dass er sie ja noch nicht sonderlich gut kennt, vielleicht ist die kompakte Rosine ja eher eine Leihgabe von so einem Institut für empirische Sozialforschung oder sowas, so eine Maßnahme, um, in Frejas Fall, auf ein Leben mit anderen Lebewesen klarzukommen und für ein Geschöpf im Speziellen zuständig zu sein oder so, schwebt Lollo vor, das wäre dann sowas, wie, wenn Sonderschülerinnen ab dem Alter von 13 so einen interaktive Babypuppe mit nach Hause gegeben wird, und die dadurch lernen sollen, sich um die Quälgeister, die regelmäßig anfangen zu schreien oder zu pinkeln, zu kümmern, bevor sie kurze Zeit später selber, in der Bank im Bus bei der Sturzgeburt ein eigenes Exemplar gebären, nachdem sie Wehen für Regelschmerzen oder sowas hielten. Dennoch beschleicht Lollo zugleich der Gedanke, dass, wenn der Mops einem therapeutischen Ziel zu dienen an Freja nur ausgeliehen worden wäre, hier mit dem zerbrechlichen Tier womöglich nicht die ausgereifteste aller zu erwägenden und vor allem tierschutzangebrachtesten Mittel zum Zweck, in die Tat umgesetzt wurde, einen liebkosungsbedürftigen Mops in Hände zu geben, die an einem auffällig bedingt selbständigen Menschen montiert sind, der allenfalls selbst auf Hilfe angewiesen zu sein scheint. Man erinnere bloß ihre Tischmanieren! Diejenigen, die derlei unkoordiniert mit Extremitäten herumfuchteln und sich Finger bloß widerspenstig kontrollieren lassen, lassen sich gemeinhin vom deutschen Gesundheitssystem unter die Arme greifen und bekommen nicht selten Pflegestufe Zwei. Ein weiteres beträchtliches Indiz dagegen, dass es sich bei dem Mops um keine gut organisierte Institution aus dem psychotherapeutischen Bereich handelt, die den Hund in Frejas Privates einschleuste, ist das etwas verloren im Raum postierte Katzenklo, dessen körniger Inhalt allenfalls dem Spieltrieb des Hundes, weniger dem Ersatz des die Notdurft verrichtenden Gassigehens gilt. Den Hund an der Tür mit Katzenklo abzuliefern scheint wenig tierschutzvorschriftsmäßig für eine staatlich geprüfte Sozio-Psycho-Initiative. Oder, fragt sich Lollo, gibt es in großer weiter, ach so bezaubernder Wunderwelt, irgendwo einen Hund, der sich der Stubenreinheit erlernte? Nicht, dass er davon gehört hätte. Hunde fahren Skateboard, üben sich im Seiltanz rekordverdächtig, laufen kilometerweise auf Vorderpfoten und singen Lieder, doch die Stubenreinheit zu beherrschen, haben sie sich bislang noch nicht beigebracht. Ebenso erlernten sie bislang nicht, ihre Hundenerven auch ohne Auslauf noch beisammenzuhalten. Die Verwahrlosung dieses Mopses ist vorprogrammiert, nein, sie findet in diesem Moment längst statt. Und ist dabei nicht einmal allein – ihr gesellt sich solidarisierend die Verwahrlosung des den Hund zu hüten vorhabenden Menschen hinzu, der sich anscheinend selbst durch aalglatte Seidentücher auf Sitzmöglichkeiten und auf dem Tisch zu einem Turm gestapelten Stühlen jegliche Möglichkeit nimmt, in dieser Behausung den geschundenen Körper nach manch langem Tage ins Polster geworfen rasten und den Energiehaushalt restaurieren zu lassen, sein Lebensniveau kürzt. Nirgends gut sitzen. Wie ist da noch gut Wohnen? Selbstgeißelung. Kein Plan, wozu. Schlitternd rauscht, wie auf Eiskufen, die Rosine über die Plastikplatten, kommt an und schnüffelt Lollo am Schuh. Lollo sieht, wie sich der graue Talg, der sich unter dem Auge des Mops gebildet hat, an der Seite seines Schuhs mit der Bewegung in einer Spur abträgt. Angewidert zieht er den Fuß weg. Der Rosine ist ein Hund, vor dem Lollo weniger Angst als Ekel empfindet. Für Angst ist das Maul des Hundes zu klein, darüber hinaus kann er sich kaum vorstellen, wie ihm so einer wie die kleine Rosine hier ins Bein oder sonst wo hin beißen sollte, wo Böses angerichtet werden könnte, er kriegt das Maul dafür ja gar nicht ausreichend weit aufgesperrt, hingegen ist er groß genug im Körperflüssigkeiten absandten, dass Lollo vor Abscheu lieber konstanten Abstand bevorzugen würde, und als hätte der Mops verstanden, schliddert er von Lollos Fuß weg, rüber zu dem Sessel, geht, soweit seine kurzen Beine dafür gemacht sind, in die knubbeligen Knie, springt mit einem Satz auf das Seidentuch, findet darauf und auf der Rundung an der Vorderkante des Polsters keinen Halt und rutscht zurück zu Boden – der Sitz entgeht dem Beträufeln des undichten Intimbereichs! Das gibt's ja nicht, staunt Lollo, wusste gar nicht, dass Möpse so hoch, naja, dass die überhaupt springen können, mit den kurzen Beinen, doch noch mehr gerät er über den Erfindergeist der von ihm scheinbar stark unterschätzten Dame der Behausung ins Staunen. Da gehört schon was zu, denkt er, sich so einen Mechanik auszudenken, die zwar nicht die komplexeste der Welt ist – it's not rocket science, wie Gereon, der alte Creative Zirkusdirektor, es vorübergehend bedepperten Kollegen an den Kopf wirft, wenn die s.E. mal wieder nicht checken, was zu tun ist, obwohl's für ihn, Gereon, längst klar ist – aber immerhin, ein effektives Mittel, den Mops vorm Sauen dem Sofa fernzuhalten. Da muss man erstmal drauf kommen, Seidentuchgrenzscheide, denkt er, was wiederum dafür spricht, dass sich Freja doch genauestens mit den Sprungeigenschaften des Mopses auskennt, aber wozu sich überhaupt den Kopf zerbrechen, wie der Mops und die langhaarige Braunhaarige zusammenspielen, probiert sich Lollo von seinen nicht enden wollenden Reimereien abzulenken, lieber um andere Dinge scheren, nimmt er sich vor, schaut im Zimmer herum, doch findet keinen Anlass, an dem seine Aufmerksamkeit wie ein T-Shirt am Türgriff hängen bleibt, der nicht irgendwie auf den Mops und damit aufs ursprüngliche Thema, der Zusammengehörigkeit Freja plus Mops, zurückzuführen ist, da entdeckt er den Napf, so einen Fressnapf aus zwei gekoppelten Schalen aus Edelstahl, und trotz dass es sich bei dieser Dualschüssel offenbar ebenso um ein Utensil handelt, das dem Mops zuzuordnen ist, bleibt Lollos Beachtung an den glänzenden, leeren Schalen kleben.

Der Hund braucht etwas zu essen und zu trinken, denkt Lollo besorgt, da ist ja kein Tropfen Wasser und kein Bröckchen Hundefutter mehr drin, in den Schalen. Der arme Granufink.
»Soll ich da mal Wasser nachfüllen? In den Napf da, meine ich. Ist schon ausgetrunken.«
Lollo nimmt den Napf und geht zu Freja und dem frisch gewickelten Mops, den sie gerade wieder zu Boden lässt, in die Küche. Die frisch verpackte Rosine springt in Windeseile zwischen Lollos Beine hindurch aus dem Raum.
»Ist leer« sagt Lollo und präsentiert das leere Gefäß. Es müffelt. »Muss der nicht auch was essen? Was kriegt er denn so?«
Um an den Wasserhahn zu gelangen, gibt Lollo der Tür zur Küche, die den Weg versperrt, einen leichten Tritt und öffnet den Hahn. Die Tür ist bis auf einen Spalt geschlossen, da rummst es hinter ihr und hechelt und schmatzt und hustet, die höchstwahrscheinlich äußerst ausgetrocknete Rosine versucht, als ihr die aus der Leitung pfeffernden Plätscherklänge eines geöffneten Wasserhahns zu Ohren kommen, zurück in die Küche zu gelangen, der Mops öffnet die in den Rahmen lehnende Tür, indem er seinen Schädel der ebenerdigen Nase voran in den Türschlitz keilt und mit etwas Kraft und aufgestellten Vorderbeinen, es schafft, die Tür zur Seite und damit auf zu drücken. An der Tür und an der Zarge klebt ein gelblich angetrocknetes, dickflüssiges Sekret auf Höhe der Glubscher. Der Rosines wundwässerig glitzernden Augen, die ihr wie halbierte außen drauf geklebte Tischtennisbälle beidseitig vom fleischgepolsterten Schädel abstehen, überziehen alles mit ihnen in Berührung Kommende mit zähem, schmierigem Talg, der allem Anschein nach sehr gut auf allen Untergründen haftet. Der Produktentwicklungsbereich der Firma Tesa hätte ihre helle Freude an Rosine Augenprodukt. Lollo observiert jegliche auf Augenhöhe des Mopses erreichbaren Gegenstände der Wohnung auf Schleimspuren und entdeckt, das weder Tisch-

noch Hosenbein die Chance hat, von den saftenden Tischtennisbällen verschont zu bleiben. Die Hoffnung, den Berührungen mit dem Mops zu entgehen, verfliegt, als Lollo den Napf mit Wasser füllt und sich wie der Hahn Wasser in den Napf, der durstige Mops sich dankbar und liebevoll an Lollos Beine anschmiegend seinen Augenschmier an des Werbers Hose entledigt. Um irreparable Schäden am Jeansstoff zu verhindern, stampft Lollo infolge immer wieder mit den Sohlen auf den Boden oder zieht schnell ein Bein hoch, damit sich der Mops erschreckt, Rosine hält dann kurz torkelnd Abstand, doch ist schnell wieder zugegen und macht sich zärtlicher Absicht weiter an Lollos Jeans zu schaffen. Lollo kapituliert. Derweil klappert, quietscht und klongt es. Unter angestrengtem Stöhnen versucht es Freja eine Konservenbüchse aufzureißen. Pastete und Wild + Nudel. Hundefutter. Damit kommt sie auf ihn zu. Lollo hält ihr den Doppelnapf, darauf bedacht, das Wasser nicht zu verplempern, entgegen. Freja, die durch ihren dichten Haarvorhang vermutlich kaum erkennen kann, wohin mit dem Fraß, schüttelt die stänkernden Brocken, dicke rotbräunliche und schwarze Fleischklumpen in Aspik, in der freien Schüssel zu einem blutroten Berg auf, einiges fliegt, zur genüsslichen Freude der hungrigen Rosine, am Behälter vorbei auf den Boden. Mit der einen Hand greift Freja unter die Schale, mit der anderen rüttelt und schüttelt sie die Dose, bis auch das letzte Bruchstück Wild im Geleemantel aus der Büchse herauskatapultiert wird und irgendwo, nur nicht im korrekten Napfabteil landet. Der Napf entlädt sich elektrisch. Deutlich kribbelt es in Lollos Händen, die obendrein auch noch nass sind, das leitet natürlich gut, denkt er, als ihm ein stechender Schmerz die Arme hinauf zieht. Er ahnt, dass sich unterm Napf ihre Finger berühren, aber das kann täuschen. Gemeinsam balancieren sie den beidseitig aufgefüllten Trog, sich wie Krebse seitlich fortbewegend, vorsichtig ins Wohnzimmer, währenddessen sich Rosine ungeduldig durch ihre Beine schlängelt, was den Balanceakt des Duetts deutlich erschwert. Oberhalb ihrer beider Knöchel kleben schnell einige Schleimspuren an den Hosenbeinen wie Erkältungserzeugnis im Taschentuch. Als sie ungefähr an dem Punkt ankommen, an dem der leere Napf zuvorderst stand, gehen die beiden so gut es geht synchron in die Knie, was nicht so wirklich gut geht, Wasser plätschert über den Rand, einige Nudel und Wild gehen über Bord, der quirlige Mops ist vor Vorfreude auf die sichtlich lang hinaus gefieberte Magenbefüllung völlig außer Rand und Band, hüpft und tollt, hastet und hustet, schnappatmet, prustet, bellt, hechelt, schnappatmet und Lollo spürt, wie regelmäßig Stromschläge durch seine Handgelenke fahren, es zwickt im Vierviertaltakt wie ein Metronom, das den Rhythmus eines immer intensiver werdenden Schmerzes vorgibt, der Anschlag erhöht sich mit den zur Seite gemachten Schritten, es kneift ihm in den Fingergelenken, schnell stellt sich eine Taubheit in seinen Armen , die sich steif verkrampfen. Lollo merkt, wie er es, ohne dagegen ansteuern zu können, mit der Nervosität bekommt, es kribbelt ihm jetzt auch im Bauch, aber eigentlich ganz angenehm, denkt er, an den Armen taub und so ein süßes, irgendwie verheißungsvolles Flattern im Bauch, denkt er, und, war das gerade ein Blitz, der da aus dem Wasserabteil des Napfs schoss? Einen unscheinbar kurzen Moment lang entlud sich ein Blitz aus dem Wasser, welches mit ihrer gekoppelten, ungelenken Bewegung wie Wellengang auf offenem Meer im Trog hin und her schaukelt. Simultan gehen Freja und Lollo immer tiefer in die Kniebäuge. Ein weiterer Blitz schießt aus dem Wasser, zwackt Lollo ins Gesicht, das er vor Leid, und da er sich stark erschreckt hat, zu einer heulenden Grimasse verzieht. Die Zwei sinken weiter abwärts, und wie sie das tun, das Sinken, kommt es Lollo vor, als laufe das Leben in diesem Moment in Ultrazeitlupe ab, es ist, erinnert er sich, wie wenn man mit dem Auto über Land fährt, Wiesen, Acker, Wälder, und da so Wildwechsel-Warnschilder am Straßenrand aufgestellt sind und tatsächlich kommt da, braust man mit 100 über die mit verwucherten Gräben gesäumte Straßen durch die Walachei, eine Herde Rehe angehopst, die ersten springen schon unbeirrt oder so blöd lebensmüde auf den Asphalt direkt vor deine Motorhaube und plötzlich bist du umgeben von Rehen und ein Hirsch ist auch dabei, und in dieser brenzlichen Schwebe zwischen »jetzt passiert's« und »passiert wohl was?« schaffst du es, irgendwie die Zeit extrem zu drosseln und kannst dich gefühlt minutenlang, während du mit deinem 100 Kilometer die Stunde fahrenden Auto innerhalb der Herde wartest, erst einmal zu allen Seiten umschauen, du denkst bremsen und bremst, denkst nach rechts ziehen und sofort gegenlenken, steuerst das Lenkrad nach rechts, das Auto schwenkt aus, und lenkst gegen, alles ganz geordnet, eins nach dem anderen, ganz ruhig, du hast fast noch die Zeit, der Herde Tschüss zu sagen, als du, ohne dem Rotwild auch nur ein einziges borstiges Haar gekrümmt zu haben, davonfährst und sich die Normalzeit wieder einstellt als die schneeweißen Podexe der Rehgemeinschaft trappelnd auf der gegenüberliegenden Wiese verschwinden und erst dann das Adrenalin zu spüren bekommst, das dir die letzten Sekunden deiner Superheldenkräfte befähigte. Der Napf in ihren Händen wandert weiter zu Boden, da berührt das Knie der einen das des anderen und wenige Zentimeter weiter abwärts, als sich die beiden schon ziemlich krümmen müssen, um die gefüllten Schalen weiter hinunter zu bringen, stoßen in dem immer spitzer werdenden Winkel ihre Köpfe aneinander. Dabei springt ein Funke von ihrem Schädel zwischen einem Spalt in ihren Haaren auf Lollos Kopf über, trifft ihn knapp überm Haaransatz, was ihm unsäglich auf der Kopfhaut brennt. Aua, denkt Lollo und könnte fluchen, es riecht nach verbrannten Haaren. Beinahe auf der Plastikplatte, lässt er seine Seite des Edelstahlnapfs los, sie daraufhin die ihre, klockpoink, der Doppelnapf ist sicher gelandet und der Mops zwischen den beiden in die Hocke Gegangenen macht sich prompt über das Futter her, haut mit der geöffneten Fressluke wie mit einem Hammer in den einen wirklich fürchterlichen Geruch verbreitenden Pastetebatzen. Am Strand zum Sonnenuntergang, übers Tischtuch gebeugt bei schummrigem Kerzenflackern, vom Sommerplatzregen begossen, Händchen haltend unter der Markise des kleinen Pariser Café – derlei stellt sich der Phantast die Wunschkonstellationen vor, wenn man sich zum ersten mal küsst, denkt Lollo noch, doch dies ist der Moment, verflucht noch eins und zum Himmel mit Wild plus Nudel, denkt er dann, stellt den Kopf schräg, wühlt mit seiner Nasenspitze durch Frejas Haarvorhang, hat damit ganz schön viel zu tun, das dauert ein bisschen, bis er seinen Zinken da durchgeschlagen hat, ihre Nasen streichen aneinander, es bitzelt und funkt, er findet mit seinen Lippen bald ihren Mund und dann küsst er ihr darauf. Sein Gesicht unter ihren Haaren vergraben, schnuppert er so einen privaten Geruch, und weiß jetzt selbst nicht so genau, wie er das finden soll, es riecht süß und sauer und bitter, so ein bisschen nach Küche, in der viel mit Gewürzen gekocht, die aber nie gelüftet wird, irgendwie so. Alter Speichel, Essensreste. Er küsst weiter, das heißt, er lässt seine Lippen auf ihren liegen, bis sich ihrer beider Münder einer Temperatur angepasst haben. Als er, da von ihr nichts kommt, den Mund wieder von ihr abnehmen möchte, zucken ihre Lippen und plötzlich formt sie einen typischen Kussmund. Lollo nimmt an. Wahnsinn, denkt er mit geschlossenen Augen. Und genießt den ganz schön in die Länge gezogenen Busserl, wobei er durch die geschlossenen Lider sieht, wie es zwischen ihren Köpfen blitzt und funkt. Sein Gesicht wird langsam lahm gelegt, er spürt gar nichts mehr, knutscht er sie noch oder drückt er seinen schwer atmenden Kopf bereits ins Leere. Um das herauszufinden, bewegt sich Lollo etwas, woraufhin ihre Haare etwas zu schwingen beginnen und die Luft um sie herum aufwedeln. Das Aroma von Kaninchenstall, frittiertem Knorpel vom Rotwild, Salz und angekokeltem Fell tritt zu den gewürzten Ausdünstungen und der Sauerstoffarmut unter ihren Pelz. Lollo kann den Geruch förmlich schmecken, wie er sich auf seine Zunge legt, die zaghaft beginnt, sich in ihren Mund hinein zu tasten und als Freja auf sein züngelndes Anpirschen reagiert und den Mund etwas öffnet, vernimmt Lollo den Geruch von süßem Malz, der Holstenplatz im Hochsommer, denkt er, Freja fährt ihre Zunge aus, die sich in seinem Mund wie ein Armmuskel oder so anfühlt, hart und zäh. Ihre Zungen pressen sich in Hauruckbewegungen aneinander, manchmal winden sie sich umeinander wie kämpfende Schlangen, das geht eine ganze Weile so, es grunzt und keucht beim Küssen. Wildschweinfütterung. Es topft ihnen am Kinn herunter. Rosine frisst und schlabbert zwischen den beiden gebeugten Menschenkörpern, die so ineinander gesteckt miteinander kippen und taumeln, derweil unbeirrt weiter. Manchmal zieht Freja mit der Kraft eines Staubsaugers Luft durch die Nase, wenn der Zungenkuss die Münder komplett verschließt. Dann schnaubt sie wie der Hund zwischen ihren Beinen, der sich vor lauter Schlemmerei ab und an daran zu erinnern scheint, dass es zur eigenen Lebenserhaltung nicht nur zu essen und zu trinken, nämlich auch zu atmen gilt, und manchmal bekommt Lollo vorübergehend keine Luft mehr, weil der Sog, den ihre Nase fabriziert, so stark ist, dass es ihm die Luft aus den Nüstern zieht. Manchmal berühren sich ihre Zähne, wenn eine der anderen involvierten Person vor Aufregung, Erregtheit oder Tollpatschigkeit ein bisschen entgegen stößt. Klick und klack tönt es dann dumpf im Kopf. Lollo spürt die Papillen auf Frejas fester Zunge, raue kleine Hügel, wie Felsen in der Speichelbrandung und mit dem Speichelaustausch tauscht Energie die Münder. Es zieht ihm durch die Zunge, Stromschnellen hacken von innen durch die Wangen als wollten sie aus dem Mundraum türmen. Es ist schön, tut gut, da haben wir jetzt eine wichtige Etappe gemeistert, denkt

Lollo, doch schon bald wird der Schmerz nicht mehr auszuhalten sein, gleich würde er eine Pause einlegen müssen. Abbruch aufgrund von Aua. Er zieht seinen Kopf zurück, ihrer beider elektrisierten Lippen kleben aneinander fest wie magnetisch. Als er es endlich schafft, sie voneinander zu trennen, hängt ihm die Unterlippe taub herunter, als hätte er vom Zahnarzt eine örtliche Betäubung darein bekommen. An dem da runter hängenden Fleischlappen spürt er nur noch wenig, die Peripherie fühlt sich kühl oder warm, besonders heiß, eiskalt an. Er steht langsam auf, sie geht ebenfalls aus den Knien und mit dem Erheben und Gerademachen fallen ihr die Haare zurück vors Gesicht, dann stehen beide so da und Lollo wackelt mit der Hand an seinem Kiefer, in dem sich Zähne lose zu sein anfühlen. Ihnen zu Füßen hat der Mops derweil den Pasteteberg in einen Vulkanausbruch verwandelt, der Napf steht in einer Pfütze, der Mops wühlt auf dem Rücken darin herum, schmatzt, hechelt, röchelt, fühlt sich pudelwohl wie im Haferstroh badend, die weiten Mundwinkel lassen ihn aussehen, als ob er lächele.

Frejas irgendwie schräg im Raum stehender Körper bebt. Ihre lange Mähne schwingt mit ihrem zitternden Kopf mit. So wackeln Köpfe von gerade frisch paralysierten Augenzeugen irgendetwas Schrecklichem. Wenn Lollo es nicht besser wüsste, würde er denken, vor ihm schlottere ein aufgelöstes Persönchen. Oder weiß er es gar nicht besser? Besorgt entscheidet er, sie zu umarmen, geht einen Schritt auf sie zu – unter seinem Tritt ist deutlich der Klang zermatschendem Wild plus Nudel zu hören, pfriiirp – umschließt ihren Oberkörper mit den Armen und krault ihr den Hinterkopf. Wie seine Fingerkuppen ihrer Kopfhaut näher kommen, kribbelt es wieder. Doch, pfff, da ist er mittlerweile Schlimmeres gewöhnt. Zögerlich und mit schwachen, etwas brüchigen Bewegungen schiebt sie ihre Arme unter Lollos Armen her, umgreift ihn an den Rippen und legt ihren Kopf mit der Seite auf Lollos Brust. Freja drückt den Werber ein wenig fester an ihn, zieht an ihm, zieht ihn zu sich ran, wo ihr Kopf liegt wird es warm. Lollo spürt seinen Herzschlag unter der Wärmezufuhr an Kraft zunehmen, sein Herz klopft, wie das eines Gejagten, dabei ist ihm gerade eindeutig entspannt zumute, so entspannt zumindest, wie es die neuerfahrene Innigkeit der beiden zulässt. Lollo hört auf, sich Sorgen zu machen, gesundheitliche – die ganzen Schmerzen, das, wie sich ihre Nähe auf seine Pumpe auswirkt – wie sonst noch welche, bettet sein Gesicht in den Mief ihrer, dem Vernehmen nach, bereits vor einiger Zeit zum letzten Mal liederlich gewaschenen Haare, der sich mit dem alles umgebenen tierischen Gestank des Hundenassfutters paart: ein Gemisch, das Geruchsknospen auf einen Schlag ergrauen lässt – gewiss zugleich ein Duft, den Lollo bis ans Lebensende an diesen Kuss erinnern und ohne Zweifel nie vergessen wird.

Mit Küchentuch und Trockentüchern tragen Freja und ihr Gast das Wasser und den Matsch vom Boden auf. Lollo macht sich daran, mit einem Handfeger, den er unter der Spüle fand, die Essensreste aufs Kehrblech zu manövrieren. Seine Mittagspause ist seit einer knappen drei-viertel Stunde bereits zu Ende. Als Freja in der Küche verschwindet, kontrolliert Lollo schnell die Mails auf dem iPhone: Eine ungelesene Nachricht von Gereon, ein paar weitere von Sabrina. Projektmanagerin.

Gereon: »Wo?! Steckst?! Du?! ALTER!!! Bin früher weg als gedacht: Shooting morgen (Wüstenbilder), Post und RZ muss sich morgen ein andrer drum kümmern, falls jemand fragt, bin weg... Präse machst du!!! Hast du Anzeigen fertig, schick an die Blonde, die braucht das bis jetzt gleich!!! Hab dir alle Meetings überschrieben, machst du alle jetzt, musste nur abnicken, easy. In 3-4 Tagen komm ich wieder rein. Hau rein!!!«

Der immer mit seinen Ausrufezeichen. Und dieses in Versalien schreiben soll er auch mal lassen, aber ansonsten brennt da stimmungstechnisch nichts an, denkt Lollo. Nächste Mail.

Sabrina zum Ersten: »Lieber Lollo, du bist nicht zu erreichen!!! :-(((((;-) FYI: Gereon lässt dich seine zwei Meetings heute vertreten. Welch eine Ehre ;-o Er ist bereits auf dem Weg nach Las Vegas, Wüstenbilder shooten. Ich habe dir die Termine eingetragen. Danke und Servus, Sabrina«

Zum Zweiten: »Katalog ›Wüste‹ Korrektur 14:00 Uhr Termin annehmen Termin ablehnen«

Zum Dritten: »Katalog ›Wüste‹ Text final 15:30 Uhr Termin annehmen Termin ablehnen«

Zum ersten Termin kommt Lollo schon mal zu spät. Jetzt schon bereits eine halbe Stunde zu spät. Die Anzeigen für die Kiosk-Plakate für die BILD hat er auch noch nicht fertig. Ist ja eigentlich kein großes Ding, nur hat er noch nicht einmal angefangen. Plümp, schneit eine weitere Mail in den Posteingang: Die Blonde, Nina, lässt verlauten, sie säße auf heißen Kohlen und benötige bitte umgehend die Lines für die Kiosk-Plakate. Bitte nicht vergessen: Die Sublines für »Aktions-Ankündigung«, für den »›Bald-geht's-los‹-Countdown« und für »während des Aktionszeitraumes«.

»Oh«, macht Lollo auf sich aufmerksam, nimmt den Mantel, den er zuvor über die Sofalehne gelegt hat, »ich muss schnell zurück zur Arbeit, bin schon viel zu spät dran, muss mich beeilen. Leider.« Es ist komisch, denkt er, wenn man sich irgendwie auf einer umkonkreten Ebene miteinander verständigt, sich in einem Zwischenraum bewegt, in dem diese andere Wirklichkeit – die Kältere – Hausverbot hat und auf einmal winkt man mit dem Realitätsbrett, das ist nicht passend, irgendwie nicht richtig. Lollo möchte ihr nicht vor den Kopf stoßen und da sie auf sein »ich bin dann mal weg«

nicht anspricht, immer noch in der Küche verschwunden ist, von sich weder hören noch sehen lässt, redet Lollo irgendetwas, das mehr mit Emotionen – der wärmeren Existenz eben – zutun hat, bringt sicherlich mehr, schleift dem abrupten Abschied runde Ecken: »Weißt du... das alles, hm, ähm... das alles fühlt sich gut an, wenn wir uns sehen. Alles andere wird unwichtig, sobald ich dich sehe. Und...« Und Mist, bemerkt er zu seinem Leidwesen – als er die Situation um ihre bisherigen Aufeinandertreffen eigentlich in gesprochenes Aquarell zu malen versucht, das nicht nur die schönsten Farben in den Köpfen, sondern auch in Herzen zerfließen lässt – dass, trotz dass er sich beruflich alltäglich der Justierung in korrelativem Zusammenspiel geeigneter Wörter zu einer verbaliten Virtuosität widmet, das gesprochene Wort im echten Leben mitsamt in natura gefühlten Gefühlen gänzlich ohne Arrangement durch lyrisch geschulte Texterhand, frei von Schrauben nachziehen und Ausbesserungen, auskommen muss. Mit dem frisch gewonnenen Erkenntnis hinter die teilweise immer noch grünen Ohren gemeißelt, hält er den Abschied folglich kurz, entscheidet, Taten statt Worte sprechen zu lassen. Flink schlüpft er in den Mantel, schleicht zur Küche hinüber um Freja zu überraschen, dessen Aufmerksamkeit einstweilen an den aus dem Hahn fließenden Wasserstrahl gefesselt war, fasst sie an den Schultern, dreht sie zu sich um und drückt ihr einen Kuss auf die Stelle auf den Haaren, hinter der sich ihr Mund befinden dürfte. Gleich er durch die Matte nicht genau fühlt, ob er Mund, irgendwo daneben oder Kinn liebkost – Lollo fasst sanft ihren Kopf und küsst, so gut er kann, auf die Mähne.

Mit leiser Stimme sagt er: »Ich lass' später von mir hören, okay? War schön...« Dann macht er die Biege und denkt, okay, di Caprio hätte das Auseinandergehen nicht wesentlich überzeugender über die Bühne gebracht. Bisschen schleimig vielleicht aber passt schon.

Als Lollo auf den Flur tritt und noch hört, wie die Rosine versucht ihn einzuholen – die Fußnägel kratzen über den glatten Plastikboden auf dem sie vergeblich versuchen, Griff zu bekommen, die Beine schleudern dabei wie wild umher und letztendlich wummst der hetzende Mops mit der Bollerbirne gegen die geschlossene Tür, pomp – wartet der Fahrstuhl bereits oder immer noch auf ihn, die Kabinentür steht offen, das OP-Licht, das aus der Kabine dringt, wird von der extremen Dunkelheit des Ganges verschluckt. Da die schwachen Lichtquellen der Fenster. Es ist wie tot so still. Lollo blickt noch zu den Lämpchen am tiefschwarzen Ende des Flurs, da leuchten jetzt mehr Dioden rot oder gelb, nicht mehr so viele grün, er betritt das silberweiße Licht und betätigt die EG-Taste.

Die Tür schiebt sich zu. Während er hinunter fährt, muss Lollo lachen. Da er sich freut: Darüber, die unverhoffte, hirnrissige Bekanntschaft zu diesem merkwürdigen Mädchen einst überhaupt gemacht zu haben, mit ihr in ihrer oder in dieser idiotischen Bude mit dem grotesk ihrer Funktion genommenen Sitzmobiliar gewesen zu sein, was für eine bescheuerte Bude, denkt er, er freut sich, mit der windeltragenden Rosine, der es aus dem Penis tropft, Bekanntschaft gemacht zu haben, und freilich ist er entzückt, den Mund- und Rachenraum seiner Gespielin erforscht haben zu dürfen. Er kann sie noch schmecken. Er schüttelt die Arme aus. Sie sind noch ein bisschen taub. Er dreht den Kopf, als ob er ihn einrenken wolle. Alles noch dran an ihm, es tut auch nicht mehr weh, denkt er, lief gut, die Olympische Fackel brennt, der Lauf beginnt.

Draußen vor der *Stadtbäckerei* nimmt er ein Taxi, der Wagen braust los und wenige Minuten später an seinem Schreibtisch angekommen, telefoniert er noch im Mantel mit Sabrina, entschuldigt sich für das Fauxpas, dass die Head-

und Sublines für das Kiosk-Plakat immer noch nicht vorrätig sind – heut ist so ein Tag an dem alles, jajajaja, neenee, kennst ja, genau, sorry, immer noch krank, genau, geht schon, muss ja, cool, dir auch, tschö.

DIE FORMEL UNKORRUMPIERBARER SCHICKSALE
(Dienstag)

Vergangene Nacht lag Lollo noch lange wach. Am Abend kam das Fieber wieder, er hatte die Grippe schon fast vergessen, soviel hatte er freizeitlich und agentürlich um die Ohren, und nachts, als es nichts mehr zu tun gab, kam sie mit dem verschmitztem Grinsen einer Grinsekatze aus Arielle die Meerjungfrau oder sowas wieder aus ihrem Unterschlupf heraus- und unter die klamme Daunendecke gekrochen. Darunter wurd's Lollo dann schnell zu heiß, ständig hob er die Decke mit den Füßen zur Zimmerdecke zu einem Zirkuszelt für Zwerge: kurze Kühlung. Irgendwo hört man ja immer, dass einfallsreiche Individuen mit unablässiger Neigung zu empirischen Patentlösungen in Fällen leidiger Betthitze in Badewannen ihr Nachtlager aufschlagen, da sich Bäder bekanntlich, vor allem in der Nacht, als die kühlsten Räumlichkeiten der Wohnung erweisen und für people, die nachts vereinzelt oder öfters die Toilette aufsuchen müssen, ist der Lokus praktischerweise lediglich einen gut gezielten Pinkelstrahl entfernt. Doch: Badewannenübernachtungen vollzieht man am besten im Sommer. Zur Zeit ist es jedoch Winter und Porzellan als Matratzenersatz somit ein sicherer Garant für eine durchweg erfolgreiche Lungen- oder zumindest Blasenentzündung. Also im Bett geblieben, strampelte er, aus Resignation sowohl als auch gefühlt einzige Chance, sich umgehend Abkühlung zu verschaffen, des öfteren die Decke von sich herunter, dann lag sie auf dem Boden und Lollo im schwitzigen T-Shirt in Fötusstellung gekrümmt auf der Seite kauernd auf dem Laken, aber da ohne die gewohnte Decke nicht gut schlafen ist und ihm oben ohne dann doch zu kalt wurde, zog er sie wieder zurück. Manchmal fluchte er nicht jugendfrei.

Lollo ging zum Fenster, stellte es auf Kipp. Eiskalter Wind zog in die Wohnung. Die Luft roch nach Schnee, doch noch rieselte nichts. Lollo schaute durch die Streben des Balkongeländers in den Innenhof. Niemand da. In Filmen würde man umgehend einen Katze tönen hören, irgendwo in einer dunklen Gasse würde ein blechender Deckel von einer Mülltonne auf den Boden fallen, in der Ferne vernehme man das Gejodel eines Martinshorn, ein Hund würde bellen, sein Bellen würde durch die Straße hallen, aber: Grabesstille in Hamburgs Eppendorf. Lollo blickte in den Himmel, den Mond an. Eine sternklare Nacht. Eine bewegungslose Nacht. Nichts passierte, die Sterne funkelten noch nicht einmal, sollte sie nicht immer funkeln? Er wurde nervös, es juckte in den Armbeugen, wie, als hätte er über den Abend in die Nacht hinein sehr viel Kaffee getrunken, er kannte diesen Zappelzustand genau, aber da war kein Kaffee im Spiel. Klar war er zu müde um sich die Laufschuhe anzuziehen und um den Block zu joggen, das hätte geholfen, zu krank dazu war er obendrein, zu lustlos auch. Lieber lief er die Wohnung auf und ab, öffnete mal den Kühlschrank, lugte hinein, nahm nichts heraus, wanderte ins Wohnzimmer, schaute sich um, ging zurück zum Kühlschrank um nachzuschauen, ob er nicht doch hätte etwas herausnehmen sollen, bewegte sich erneut ins Wohnzimmer und las die Buchrücken durch, die im Regal stehen. Er legte sich wieder hin, fummelte erst Baumwollflusen aus dem Bauchnabel, dann am Sack herum. Es lag nicht fern, dass sich Lollo, als Reaktion auf die gähnende Langeweile und in Hoffnung, nach getaner Handanlegung jegliche Energiereserven verprasst zu haben und erschöpft in die Kissen zu fallen, einen runterholte. In Gedanken: Das gestrige Zungenküssen mit Freja. Das

Kribbeln. Der Rest war Fantasie, die anzüglich hätte starten und dreckig hätte werden sollen, doch als sich Freja in der Schäfchenwolkenwelt auszog, war Lollo auch schon fast fertig.

Im Badezimmer ging dann die Lüftung an, als Lollo sich vorm Spiegel mit Klopapier den Schmier aus den Bauchhaaren rieb. Er pinkelte und zog ab. Das Rauschen der Klospülung empfand er als extrem laut und störend, was ihn zufrieden damit rechnen lies, dass er sich bereits in der dämmernden Duselei befand und wohl bald einschlafen würde. Wenn einen gewöhnlich gewohnte Lautstärke schon auf die Palme bringt, ist es bald soweit, dachte er: das Schlummerland öffnet langsam seine Pforten.

Es ist 12:15 Uhr. Der Werbetexter hat heute ganz schön was zu tun, noch mehr als üblich, überall Blaulicht, es brennt mal wieder, wie eigentlich immer, er kommt gar nicht zu Ruhe, ein Briefing folgt dem nächsten, dazwischen und auch währenddessen – am Konferenztisch das iPhone verdeckt zwischen den Knien bedienend – muss er Mails beantworten, hier noch schnell eine Idee herzaubern, die Copy nochmals anders formulieren, da was umschreiben, noch eben ein paar Headlines formulieren, schon wieder ein Preisausschreiben, schon wieder ein Motto, Bild-Text-Mechanik, Call to Action, Verlängerung ins Web, Landingpage, Microsite, er kann es nicht mehr hören, es geht Knall auf Fall. Ferner muss Lollo Gereon vertreten, somit landet alles, das seinen Creative Director betrifft, die kommenden Tage, die dieser in Las Vegas in der blöden Wüste verbringt, wie durch Geisterhand auf dem Schreibtisch seiner grippal geschwächten Vertretung. Obendrein macht ihm sein Schlafdefizit einen achselschweißgetränkten Strich durch die Rechnung, denn als er endlich wie abgemurkst ins Bett fiel, wartete der Wecker nur noch wenige Stunden auf seinen Auftritt. Jetzt kann man Lollo alle halbe Stunde dabei zusehen, wie er aus seinem Glaskasten oder aus einem der Konferenzräume auf direktem

Wege zur Kaffeemaschine trollt und sich notgedrungen dem Zipfelproblem ausliefert. Kutong macht das vollgesogene, dampfende Kaffeepad an der Blechwand der Mülltonne, wenn Lollo es hineinwirft.

Nur die Ruhe, schön eins nach dem anderen, denkt er. Arbeitsstress ist er ja gewohnt, so morpht, was für den einen in der Masse der Aufgaben seelische Höchstambition erfordert bei Lollo, läuft er auf Betriebstemperatur, zu mit Links zu bewältigenden Standardanforderungen. Bereits als Begrüßungsgeschenk des frühen Morgen bevorzugt er usuell einen gefüllten Terminkalender, um sich am Abend, nach getanen Dingen, wieder einmal bestätigt zu wissen, dass er es wiederholt gepackt hat, die Buchstabensuppe, die man ihm großzügig auftat, mal wieder bis auf den letzten Tropfen und das letzte Z ausgelöffelt zu haben. Und wie der Triathlet auf das Basseng zum Bahnziehen, auf den Drahtesel zum Gas geben und auf Gummisohlen unter den Füßen zum Abtreten angewiesen ist, um sich in Punkto Technik und Effektivität zu verbessern, darf sich der Texter nicht der vielen Briefings entbehren, um in Sachen Kreativ-Output in seiner Werbe-Laufbahn immer wieder eine frische Schüppe drauf zu legen um die nächsten Karrieresprünge zu landen. Gibt ja sonst nichts zu bewältigen, im Hardcore-Werberleben, – in dem exklusiv Werbung betrieben wird – außer den täglichen Trainingseinheiten. Fürs heutige Training jedoch, überschreitet Lollos Betriebstemperatur die angemessenen Grad Celsius und mit überhitztem Motor ist schlecht vorankommen und in Form von Pausen zwischen dem Brüten von Ideen fehlt da Kühlwasser, da kann Lollo noch so viel Öl in Form von Kaffee nachschütten: sein überhitzter Organismus lechzt nach Kühlwasser.

Um Drei ist ein Meeting mit den Geschäftsführern, da geht's um die neue Kampagne für BILD. Da geht's um was. Und da Gereon abwesend ist, muss Lollo für die ersten Vorschläge, die er und Gereon in einem in längeren

Brainstorm (kann man Worte so sehr hassen, dass man auch das, was sich dahinter verbirgt, hasst?) bisher erarbeitet haben, alleine gerade stehen. Es wird viel geredet, gezweifelt, geschwallt und kein schnelles Ende gefunden werden. Kampagnen-Ansätze, die zur ersten Zusammenkunft mit den Geschäftsführern und kreativen Entscheidern die Büros in die Konferenzräume verlassen, werden aufgrund vermeidlich altüberliefertem Reklamemachergebaren, als erste Amtshandlung zunächst einmal rigoros abgeschossen. Das ist so gängig, wie das Anstoßen vorm Biertrinken, das ist Lollo schon im Vorhinein klar, das macht ihm nichts und das macht auch nichts. Denn das Abschießen hat nicht ausschlaggebend eine miese Qualität der Idee zu bedeuten – die Ideen, die man selbst als am besten beurteilt, nimmt man beim zweiten Briefing einfach nochmal mit und schon wird über Selbiges völlig unvoreingenommen neu diskutiert und das Nicht-so-Gute von letztem Mal oftmals plötzlich für gut befunden und weiterverfolgt. Das mag nach einem verfänglichen Urteil über den desolaten Zustand vorgeblicher Besserverdienender klingen, sei jedoch bitte als Trumpf des kleinen Angestellten zu begreifen, der in seinem gefristeten Dasein als eines der vielen kleinen Rädchen im vertrackten Agenturuhrwerk, an einer Stelle unverhofft über die Kraft einer unsichtbaren Überlegenheit verfügt, wo er sich doch im Wesentlichen einem Posten angehörig fühlt, an dem gewöhnlich Frust, Missverständnis und Anstrengungen an Stelle soeben vorgestellter Überlegenheit steht. Lollo quetscht noch einmal kräftig an seiner Denkmurmel herum und probiert, die Ideen für die Kampagne sauber verständlich auszuformulieren, damit er sie später ohne Bufferingprobleme präsentieren kann. Nicht, dass er da stockt und sich verhaspelt, weil er das, was er da aufgeschrieben hat, selbst nicht so ganz versteht. Das muss schlüssig sein, kurz und knapp, fließen muss das, da: Brrrrzzzzp-brrrrzzzzp! Der Vibrationsalarm Lollos' iPhone geht. Eine SMS kam rein. Auf dem Display steht »Freja«. Na, ist das denn die Möglichkeit, denkt Lollo, ihm wird ganz anders, er freut sich und fühlt sich gleichzeitig überfordert, zu viel, das ist alles zu viel, denkt er und es ist nicht bloß die Kanne Kaffee, die er bisher trank, die seinen Puls schlagartig in die Höhe treibt. Er streicht sich mit der flachen Hand über die ölige Stirn, dann öffnet er die Nachricht: »Ahnen. .GT. .« steht da.

Soso. Etwas ratlos liest er die Nachricht noch einmal und wieder und wieder, kann jedoch, so sehr er ableitet, welche Wörter die automatische Worterkennung Frejas Telefon bis ins Unkenntliche zerhackte, man kennt das ja, keinen zusammengehörigen Sinn hinter den Buchstaben erkennen. Dagegen wäre die Bedeutung hinter Hieroglyphen kinderleicht auszumachen, denkt Lollo, und was sollen denn die Leerzeichen und Punkte, ist das ein Code oder Morsezeichen? Wahrscheinlich hat sie das Telefon in der Hosentasche, hat zufällig die SMS getippt und ist aus Versehen auf den Absendeknopf gekommen. Sie hätte mir sicherlich etwas Schlüssigeres als das hier schicken wollen, hätte sie mich wirklich kontaktieren wollen, stellt Lollo Vermutungen an. Vielleicht aber geht es um die heutige Mittagspause! Was interessant wäre. Möglicherweise wollte sie anmelden, wo man sich diesmal zur Fütterung trifft. Vielleicht versuchte sie aber auch mitzuteilen, dass sie diesen Mittag verhindert ist. Wie auch immer, denkt Lollo, es ist ja schon einmal toll, dass *sie ihn* kontaktierte, noch bevor *er sie* kontaktiert, denn das hatte er, entgegen aller Terminen, heute noch vor, er hatte sich – aber klar doch – fest vorgenommen, sie auch heute wieder zur Mittagspause zu treffen. Komme, was wolle! Problematisch nur: Das Meeting später mit den Geschäftsführern. Neue Kampagne für die BILD. Und Lollo als Vertretung von Gereon, stellvertretend für Gereon und seine gemeinsamen Kreativergüsse. Hinzu noch die ganzen anderen Jobs, die er bislang aufgeschoben hatte und die, die sich im Laufe des bisherigen Tages noch dazu addierten und die, die noch kommen werden nochmal oben drauf. Wäre er jetzt nicht er, er würde denken, er wäre überfordert. Lollo aber ist guter Dinge, dass er den Quantum Arbeit schon bewältigen werde, gar noch dazu mit einem Quäntchen Bravur. Doch dafür muss er den heutigen Tagesverlauf mehr übel als wohl dem Schicksal überlassen und jenes unkorrumpierbare Schicksal sieht heute nun mal Leistung statt Leidenschaft für den Werber vor. Er antwortet auf Frejas SMS und reisst sich dazu hin, absichtlich einen flüchtigen Rechtschreibfehler und ein Leerzeichen zu viel einzufügen, damit sie nicht denkt, er habe eine perfekte Rechtschreibung drauf oder so: »Liebe Freja, heute Mittag klappt leider nicht. Ich rufe dich morgn an. Gruß, Lollo«

BESCHWINGTES WANKEN ZU ZUKUNFTSMUSIK
(Mittwoch)

Es klopft an Lollos Büro-Glastür, die mit jedem Klopfen mit neuer Spannung vibriert, so dass jedes Mal ein neuer Ton hervorgebracht wird: Klonk-kluong-kloangk! Constantin, in froschgrünem Wollpulli, der leuchtet wie Reflektoren an Fahrradhelmen von Kindern, drückt sich zögerlich durch den Türspalt. Er lächelt ein wenig befangen. Lollo mag ihn. Die beiden passen gut zusammen, gäben gute Freunde ab. Immerhin ist Constantin neben seinem ebenbürtigen Dasein als in selbiger Agentur gefangener Werbetexter zudem Leidensgenosse, geht es um verbrühte Fingerspitzen durch kochend heiße Zipfel an Kaffeepads.

»Was machst du heute zu Mittag?«

»Hey, na?!« Lollo klüngelt mit seiner Antwort. Zunächst hatte er geplant, Freja zu fragen, ob sich die beiden heute Mittag wiedersehen, nachdem das gestern nicht geklappt hat. Dem Treffen dürfte Constantin unmöglich beiwohnen! Doch hat sich dieser dieser Sekunde einen Ruck gegeben und ist auf Lollo zugegangen um nach einer gemeinsam abzuhaltenden Mittagspause zu fragen, was ihm in angebrachter Höhe anzurechnen sei – ohne Frage wird Lollo schließlich nicht alle Tage, nichtmal aller Monate oder Halbjahre um Dabeisein in der Mittagspause gebeten, von nix und niemandem. Überdies wäre ein Freund innerhalb der Agentur, nun ja, überhaupt in gleicher Stadt, also überhaupt ein Freund im Allgemeinen, schon recht förderlich fürs Seelenheil, das sich für Lollo zum Glück gar nicht so geschunden anfühlt, wie berechtigt wäre;

eigentlich sollte es wehtun.

»Ich bin leider verabredet heute« antwortet er nichtsdestotrotz. Freja geht einer potentiellen Freundschaft vor, hoes before bros, denkt Lollo noch, das ist ja eigentlich nicht so gut, denkt er, so fügt er schnell hinzu, dass sich die beiden gerne für eine der kommenden Mittagspausen verabreden sollten, noch diese Woche, ganz sicher, fügt er hinzu.

»Cool. Dann lass uns die Tage nochmal schnacken. Vielleicht gehen wir zu dem Italiener da vorne?« Constantin zeigt die Luftlinie zum Restaurant. Lollo weiß, wo das ist, und nickt ziemlich begeistert. »Die haben immer so kleine Suppen als Vorspeise und hausgemachtes Brot, Salz, Olivenöl, sowas. Ist ganz gut da. Und günstig.«

»Jau, ist gut. Machen wir! Also noch diese Woche!« Jetzt willst du es aber wissen, Kollege, sagt er zu sich selbst, mach' mal ganz Halblang, jede Verabredung mit jemand anderes als der langhaarigen Braunhaarigen zum Mittagessen ist ein Termin, der ein Treffen mit Freja ausixt, denkt Lollo, aber er freut sich doch so, dass Constantin ihn mit dem Versuch, gemeinsam den Samen der Freundschaft in den Torf zu drücken, bedrängt!

»Jo, vielleicht Freitag, wenn du Zeit hast?«, sagt Constantin.

Lollo zögert einen kurzen Augenblick des Abwägen: Frau oder Freundschaft. Nur noch drei Mittagspausen diese Woche, dann ist Wochenende. Nur noch drei Mal die Chance auf ein Treffen mit der mit den Regenbogenbrauen. Wann es wohl an der Zeit ist, sie um ein Rendezvous am Wochenende zu bitten, statt ihr immer nur im zeitengen Korsett werktäglicher Mittagspausen zu begegnen, fragt er sich, irgendwie hin und hergerissen zwischen Freja und Constantin, die in seinen Gedanken voreinander Fäuste schwingend einen Entschluss fordern, wie man's auch dreht und wendet, denkt er, ein Freund, ein guter Freund, das wäre das Beste was mit der Tür ins Haus eines Einsiedlers fallen könnte. Rumms, Freja geht auf die Matte.

»Freitag ist super! Lass' das so machen. Kommst du hier rum, dann gehen wir zusammen raus und da hin.«

Constantin zupft ein paar grüne Wollknötchen vom Pullikragen, als er sich mit einem ausladenden Kopfnicken aus dem Raum verabschiedet. Lollo, dessen Begeisterung über die wahrscheinlicher werdende Kumpanei sich anhand entzückt bis über beide Ohren ragender Mundwinkel nicht verbergen lässt, und er, als sich ihm ein ausgedehntes Lachen aus dem Gesicht schält, bemerkt, dass sich beim Lächeln da um seine Augen herum und an der Stirn Muskelpartien befinden, die scheinbar länger nicht mehr traktiert worden sind, winkt seinem Kollegen.

Kaum ist Constantin zur Treppe hinauf verschwunden, klingelt Lollo bei seinem Schwarm durch. Es tutet und tutet und tutet und Lollo legt sich schon einmal zurecht, was er ihr auf die Mailbox sprechen würde, kommt die Ansage, doch da kommt nichts, bloß tuuuuuuuuut, tuuuuuuuuuut, tuuuuuuuuut, dann aber, als er sich schon einmal zurecht legt, was er ihr gleich in die SMS schreiben würde – ein Rascheln, dann kurz gar nichts, dann hört Lollo ein Geräusch, das ihn daran erinnert, wie es klingt, wenn der Magen rumort, dann ein langgezogener, tiefer Ton, als wurde eine der oberen Saiten am E-Bass angeschlagen, dazu quiekt es mäuseartig und im Hintergrund sind Schritte zu hören, Füße in Socken, die auf Hallenboden stampfen, plötzlich knallt eine Tür und etwas scheppert metallisch, als ob man einen Hammer in einen unaufgeräumten Werkzeugkoffer fallen lässt, irgendwie so, und Lollo kann sich das zu den Geräuschen gehörige Bild, die Szene hinterm anderen Ende der Leitung, nicht zusammenreimen, doch dann kriecht ein ihm wohl bekanntes Indiz, dass Freja an der Strippe ist, durch en Hörer, denn auf einmal schnaubt es, der Luftzug ihrer Atmung pfeift und rauscht und es knackt bei Lollo in der Hörmuschel, ihre Puste rasselt und sie keucht, etwa so, als würde sie schnarchen. Sie verabreden sich. Man trifft sich am Gänsemarkt vor dem Eingang über dem in einem Bogen in dicken, goldenen Lettern »Essen & Trinken« geschrieben steht. Da gibt es, ähnlich wie im *LeBuffet* im Alsterhaus, so Multikultiküche. Lollo wiederentdeckte das Etablissement, als Freja ihn beim letzten Treffen mit zu sich in ihre Wohnung oder was das da für Räumlichkeiten darstellen sollten, auf jeden Fall mit zu dieser tropfenden Rosine nahm und sie sich küssten, das kann man wohl einen Schachzug nennen, denkt er, denn mit der »Essen & Trinken«-Nummer entscheiden wir nach Lust und Laune spontan vor Ort aus der großen Auswahl heraus, was gegessen und getrunken wird, die Gedanken muss ich mir jetzt noch nicht machen, das macht's gerade angenehm, und nach dem Essen und Trinken addieren wir bestenfalls noch einen Abstecher auf die andere Straßenseite in die Bude mit dem Mops hinzu und können, wenn alles glatt läuft, die Knutscherei wiederholen. Essen und Trinken und Knutschen und was will man mehr, denkt er, naja, GV vielleicht, Fressen und Ficken, das Essentielle, warum der Mensch ist und bleibt, denkt er, ganz normal, Essen, Trinken, Sex haben, Essen, Trinken, Nachkommen zeugen, so läuft das bis zum Tod, alles immer im Kreis, denkt er, und er wird nervös bei dem Gedanken, mal Sex mit ihr haben zu können, seine Hände fangen schon wieder zu transpirieren an, er wischt sie ab, trinkt das Glas Wasser aus, denkt, zum Glück geht's heute schon wieder viel besser als die letzten Tage, denn die Grippe packt so langsam die Kisten und er wirft sich in den Mantel und macht sich auf zur U-Bahn.

Am Gänsemarkt nimmt Lollo die Stufen zur *Stadtbäckerei* hinauf. Da hinten, auf dem Platz des Gänsemarktes auf der anderen Straßenseite, hinter Gotthold Ephraim Lessing, erkennt er sie am Treffpunkt bereits auf ihn warten. Sie ist äußerst pünktlich. Herr Lessing aus Messing und Freja mit güldenem »Essen & Trinken«-Heiligenschein überm Kopf, beide von identischer Regungslosigkeit, schauen wie wechselwärmende Schuppenkriechtiere in gleicher Richtung der Mittagssonne entgegen.

Lollo stellt sich an die Ampel, wartet auf Grün. In einem Kästchen über den Ampelmännchen laufen in rot leuchtenden Digitaluhr-Ziffern die Sekunden ab, die dem Zweck dienlich sein sollen, Passanten die Entscheidungsfreiheit zu nehmen, sich der Gefahr, eine Kreuzung ohne Verkehrsregulierung durch Lichtsignalanlage zu überqueren, nach eigenem Belieben auszusetzen. Noch geschlagene 18 Sekunden der Bevormundung. Auf beiden Straßenseiten haben sich bereits beachtliche Trauben Wartender gebildet. 17, 16... Lollo stellt sich auf Zehenspitzen, um über die Köpfe seiner Wartetraube schauen und nachschauen zu können, ob sie immer noch an gleicher Stelle steht, was sie auch immer noch tut, womit zu rechnen war, ihre Hände in den Taschen des braunen Mantels vom letzten Mal, die Handgelenke lugen zwischen Ärmel und Tasche heraus. Geht los, denkt er, 3, 2, 1. Als die Ampelanlage für Sehschwache bei Grün zu piepen beginnt, schieben sich die beiden Menschentrauben unter dem Piepton in der Straßenmitte ineinander, dröseln sich anschließend auf und das Piepen hört auf und da bildet sich ein Spalier und dadurch tritt Lollo geradewegs auf die mit der dichten Mähne zu, ihre langen, glatten Haare werfen das Licht der Sonne zurück und da fällt Lollo auf, als er ihr näher kommt, dass ihre Haare vom Ansatz an bis zu den Spitzen glänzen, aber das ist nicht so ein Haarschampoowerbungglanz wie ich schon mal dachte, denkt Lollo, nein, die glänzen, ihre Haare, also die machen Glanz, von denen geht Energie aus, die leuchten eben so ihre Augenbrauen leuchten, um ihre Frisur herum liegt so ein Glanz und der wirft so einen Weichzeichner, wie man ihn aus Liebeskomödien kennt, wenn die Angebetete in Slow-Motion über den Schauplatz schwebt und ihre Haare im Wind der

Windmaschine Wellen schlagen, ihre Brauen jedenfalls leuchten farbig, ihre braunen Haare leuchten zwar irgendwie braun, was wenig strahlt, doch strahlen sie weiß nach außen ab. Als er sie erreicht und genau in den Flimmer schaut, dampft ihr Schädel, um ihn herum flirrt es wie eine Fata Morgana überm Wüstenboden, die etwas vor Augen erscheinen lässt, was gar nicht da ist.

Lollo sagt Hallo. Freja regt sich nicht und sagt nichts. Lollo tritt noch einen Schritt näher, zaghaft berührt der Werber ihr Handgelenk, tippt es erst mit dem Zeigefinger an, streicht dann sanft darüber. In ihrer Nähe ist es ganz warm, denkt er, aber vielleicht liegt das auch an der Sonne. Unlängst beginnt Freja zu beben, ihre Mähne vibriert. Lollo, dem gefällt, was er da fühlt, ihre Haut an dem kleinen Stück Arm, das sie da präsentiert, ist ganz weich und von der Sonne oder von sich aus schon aufgewärmt, er nimmt den Daumen dazu und übt mit ihm leichten Druck auf den Knöchel am Handgelenk aus, eben nur so stark, dass das Drücken ihre Aufmerksamkeit fordert, sie aus der Versteinerung aufwacht und ihn endlich durch die dichte Matte an Haaren vor ihrem Gesicht anguckt. Blitzschnell funkt es zwischen der Berührung, ein Stromschlag zieht Lollo durch die Finger, aus Reflex zieht er seine Hand weg, jetzt schaut sie ihn an, also zumindest wendet sie ihm die Mähne an der Front zu, in der durch einen Spalt in den Haaren die Spitze ihrer Nasenspitze heraussticht, wie der Schnabel eines schlüpfenden Vogelbabys, wenn es sich hackend den Weg aus der Eierschale bahnt.

»Hallo« versucht es Lollo erneut und prompt erklingt ein ihm wohlbekanntes tiefes Organ, das an irgendeiner Stelle ihres Körpers aus ihrer laschen Gestalt nach außen dringt, es wabert wieder in ihrer Umgebung, worauf Lollo wieder schwindelig wird und ihm fällt dazu ein, dass es ebenso wabert und untergründig brummelt, wenn er am Elbstrand spazieren geht und eines der größeren Containerschiffe vollbepackt die Elbe gegen den Strom runter schippert, so wrooom, wrooom, wrooom, wrooom, wummer, wummer, wummer. Da flippt Freja eine Hand aus der Manteltasche als ziehe sie ein Klappmesser hervor und hält sie Lollo ausgestreckt zur Begrüßung entgegen. Sie ist immer für Überraschungen gut, denkt Lollo von dieser plötzlichen Begrüßungsgeste amüsiert, er nimmt ihre Hand und hingegen des knusprig warmen Armes ist sie so kalt wie gerade erst aufgetaut. Wie er sie berührt, spürt er erneut dieses erst weiche Kribbeln, das mit jeder Sekunde, die sich summiert, immer härter wird und in ein Stechen und bald zur Taubheit in den Gliedern führt. Vorsichtshalber lässt er die Hand los, die ihm schlaff aus dem Griff und ihr auf Hüfthöhe fällt, wo sie nun wie ein Erhängter am Glockenseil baumelt. Lollos ganze Handfläche juckt augenblicklich. Da kommt ein Handwerker mit einer mit Schutt beladenen Schubkarre vorbei. Er kommt aus dem *Essen & Trinken*.

»Is ja zu!« sagt Lollo und zeigt auf den Halbkreis aus goldenen Buchstaben über dem Eingang, hinter dem sich eine staubige und äußerst lärmende Baustelle auftut, wie er irgendwie erst jetzt bemerkt. Bunter Kabelsalat hängt von der Decke herab, Vorschlaghämmer pumpen wie Herzschlag, alte Rigipsplatten werden zertreten, neue angeliefert, die Bauarbeiter sind zugange, den gesamten Innenraum des Schnellrestaurantarrangements auszumisten, das zuvor als Rush-Hour-Mittags-Bistro fungierte, welches, wie das *LeBuffet* im Alsterhaus, aus diversen internationalen Küchen landestypische Gerichte anbot, die aber, im Gegensatz zum Alsterhaus, gleich welcher Nationalität zugeordnet, stets von durchweg verstimmten Asiaten auf die Tabletts gestellt wurden. Gyros vom bösen Chinesen, türkischer Eintopf vom Chinesen, der heute Morgen wieder mit dem falschen Bein zuerst aufgestanden ist, Currywurst vom chinesischen Currywurstverkäufer, den irgendetwas kurz vor Bestellung ziemlich verärgerte. Und das alles noch inklusive der Ausstrahlung eines autobahnansässigen Rasthofrestaurants –

der Körper fordert unverzüglich nach Proviant und ohne lang nach Bestmöglichem zu lauern, ergießt sich nach kleinem Abstecher ab von der A-Bahn eine recht bemerkenswerte Auswahl schnell zubereiteter, heißer Speisen und der Magen gibt das Murren bei. Da fragt keiner nach großartiger Qualität, da isst man bloß. Nun wurde diese Rasthof-Flair-Option aber geschlossen und Tagelöhner tragen mit Schubkarren ausrangiertes Toilettenequipment, glasfaserige Dämmverkleidung, behämmerte Ytong-Steine und jede Menge Bauschutt ab und laden es draußen in den Container, den eine große Staubwolke umgibt. Und wohin jetzt? Jeder, der schon einmal in ähnlicher Situation nach verpatztem Auftakt eines Dates mit einer oder einem ihm oder ihr momentan überwiegend Fremden durchzustehen genötigt war, lässt an dieser Stelle sicherlich Erlebtes Revue passieren, mit dem Ergebnis des intuitiven Unwohlseins und Schnell-an-etwas-anderes-Denken. Wer's kennt, weiß, wer's noch nicht erleben durfte, vermutet's: Hurtig muss eine Entscheidung her, sonst wird's unangenehm im initiativeleeren Umstand der sich schneller einstellt als man »jetzt bitte nicht einstellen, du Umstand, in dem lange Sekunden lang schon keine Initiative ergriffen worden ist« überhaupt erst sagen kann! Als erstes fällt Lollo der vierte Stock im Alsterhaus ein, klar. Allerdings ist ihrer beider Beziehung noch zu anfänglich, jetzt schon Traditionen zu hegen. Da fällt bei Lollo der Groschen und ihm fällt ein, was Kontinente übergreifend jedwedem Hungrigen einfällt, wenn einem gerade eben nicht einfällt, auf was man am liebsten Appetit hat: Pizza, na klaro! Dazu fällt ihm ein, dass der Journalist Harald Martenstein einst humorvoll an die politisch zu bewirtschaftenden Felder der EU adressiert hat, dass, frage man einen Pinguin, wer Europa aus der Krise hinausführen könnte und dieser nach kurzer Überlegung »Ein süßer Seehund.« antworte, er, Martenstein, schon unvernünftigere Vorschläge gehört habe. So ist das mit Krisen, denkt Lollo, pragmatisch soll man denken: Was ist machbar? Das ist machbar, und zwar so! So werden Krisen schneller überstanden. Selbstverständlich plant Lollo jetzt aber nicht, die mit den langen braunen Haaren in aller Öffentlichkeit zu einem Tête á Tête überm Pizzateller einer handelsüblichen, städtischen Pizzabäckerei, sondern auf ein Techtelmechtel mit den Köpfen über einer handelsüblichen Tiefkühlpizza einzuladen und sich mittels dieses Schachzuges von ihr hinter die dicken Mauern ihrer Privatgemächer einladen zu lassen, wo ihr Ofen in der Küche sehnsüchtig auf Nutzung wartet. Es bedarf lediglich dem Kauf einer Ristorante Salame zur Einladung in ihr Privates und die Möglichkeit auf erneutes körperliches Näherkommen potenziert sich, hingegen dem eingepfercht in Arbeitsmenschenmassen Mittagessen zu vertilgen, ums x-fache. Eventuell ist heute ja sogar noch mehr drin, als nur Knutschen, denkt Lollo, einen durch die nicht zur Verabredung mitgebrachte Blume gesagten Versuch ist es alle Mal wert.

»Na, komm, dann laufen wir eben zum Supermarkt in die Europapassagen, kaufen 'ne Tiefkühlpizza und schmeißen die bei dir in den Ofen! In Ordnung?«

Frejas reaktionsloses Schweigen wäre nur für besonders schüchterne Gestalten nicht als Bestätigung Lollos kleinen Plans zu deuten. Obwohl er weiß, dass das gleich ganz schön zwiebeln wird, nimmt er ihre Hand, vier schmale kalte Bockwürstchen liegen ihm in der Handfläche. »Salami oder vier Käse? Prosciutto?«

Als sich im sechsten Geschoss angekommen die Fahrstuhltür zur Seite faltet, ist bereits das Kratzen der Nägel der Mopspfoten an der Wohnungstür zu hören. Man wurde anscheinend erwartet. Ein Quengeln und Japsen tönt dumpf über den total düsteren Flur. Immer wieder stößt der mit Wasser gefüllte Tennisball von innen an die Metalltür. Rump! Dazwischen Kratzen, krrrrrp, krrrrrp, krrrrp! Rumpump! Freja dreht den Schlüssel im Schloss, hinter der Tür dreht der Verstand eines mickrigen Mopses, lang ersehnte Zerstreutheit erwartend, vollkommen durch. Seine spitzen Nägel bearbeiten den Plastikboden wie Nadeln die Kupferplatte bei einer Kaltnadelradierung, nur das im Falle der Rosine keine Dürerschen Hände in Bethaltung auf den Bodenplatten entstehen. Ein nass triefendes, mit schwarzen Borsten umrandetes Wurmloch schmachtet die beiden Besucher durch den Türspalt an. Bewegt sich das Auge, bringt es graugelbliches Sekret aus den hinteren Winkeln der Augenhöhle hervor, in einer schleimigen Träne gesammelt, kullert der Ausfluss dem Mops die faltige Rosine herunter. Das sieht schon traurig aus, als ob der Hund weint, hingegen hampelt der Mops freudig umher wie ein gezuckertes ADHS-Kind um fünf Uhr am Morgen seines Geburtstages.

Freja tritt ein, Lollo ihr nach. Er schließt die Tür. Rosine scharwenzelt um und zwischen Lollos Beinen herum, und Lollo ist verkrampft konzentriert, nicht über den Mops zu stolpern, er will nicht stolpern, erst recht nicht fallen, das wäre peinlich, auch möchte er die kleine Rosine aber auch nicht verletzten, indem er ihr auf den Fuß tritt, aber vor allem möchte er dem Augenschleim entgehen, der immer droht, sich an seinem Knöchel abzuschmieren – da schallt eine Vokalisation mit einem als metallisch zu beschreibenden Timbre mit unsagbarer Durchschlagskraft durch die Enge des Raumes, die die Wände zusammenrücken und den von ihnen gerahmten Bereich drückender und kleiner erscheinen lässt, als er eigentlich ist. Das langgezogene Tönen eines hochdramatischen Fluchen tiefer, düsterer Klangfärbung verlässt Frejas Hals, in dem Stimmbänder es vermögen, die Erde zum Beben zu bringen. Der Mops hat da vorne auf den Boden gekackt. In der Nähe liegt die abgeworfene Windel. Sie sieht aus, wie ein halbierter Volleyball mit zwei Löchern. Comichaft, komisch, wie sie wie drapiert daliegt. Erst der Verdruss über einen mitten ins Zimmer gelegten Haufen ermuntert Freja zur expressiven Gemütsbewegung, denkt Lollo, in sofern er überhaupt Zeit findet, zu denken, denn just übernimmt ein Schwindel sein Gleichgewicht und er bemerkt, wie ihm die Angst wie ein langsam mit der Sonne wandernder Schatten allmählich das dunkle Tuch überwirft. Der fluchende, aufwallende Bass steht schallend und hallend im Raum und fackelt wie blaue Flammen mit schwungvollem Ausdruck, von dem sich selbst sanguinischste Lebensgeister, die angeben, das Temperament mit der Muttermilch ihrer vor Ekstase nur so aus allen Nähten platzenden Mutter aufgesogen zu haben, eine Frisbeescheibe abschneiden können. Nie hatte Lollo einen Menschen so derart laut doch sauber und aufgeräumt fluchen hören, in dieser einen durchgezogenen Tonlage steckt alles drin: Verdruss, Resignation, Aggression, Anklage und letztendlich: Traurigkeit. Kurzum nistet sich ein Tinnitus in Lollos Ohren und er kann nichts mehr hören außer dem Piepen, das ihn an die Grünphase der Fußgängerampel unten an der Straße erinnert und wo ihm das einfällt, ist er schon kurz vorm Umfallen, so sehr gerät sein Gleichgewicht außer Kontrolle und zieht seine Hirnkapazität mit zu Boden. Er stützt sich am Tisch ab und sieht die Rosine, wie sie sich, alle Viere von sich gestreckt, am Boden ausbreitet wie ein fallengelassenes Ei. Dort, im einfallenden, diesen Mittag irgendwie besonders frühlingsgelben Sonnenlicht, dekorativ gelungen ausgestellt, richtet sich die Spitze eines malerischen Hundehaufen, wie gezwirbelte Zwiebelturmspitzendekospritzer aus der Sahnetube des Konditors auf der Torte, stolz vom Boden zur Zimmerdecke. Ein Prachtexemplar in die Höhe gekringelten Unrats, kennt man sonst nur aus 1-Euro-Shops als Witz-Kackhaufen aus Plastik. Lollo schaut zum immer noch unbenutzten Katzenklo herüber. Na sicherlich, denkt er, auf Youtube gibt's stubenreine Katzen zu begaffen, wie sie auf gewöhnlichen Menschenklos menschenähnlich, gar mit menschlicher Würde, in sofern das möglich ist, ihr großes wie kleines Geschäft verrichten. Grazil wie haarige kleine Ballerinas balancieren die Miezen auf dem Brillenrand und entledigen sich ihres Fäkals ins Porzellan. Die Rosine besitzt keinesfalls den leibhaftigen Anmut, derlei Knüllerleistung aufs Parkett zu bringen, sie schafft es ja nicht einmal, ein auf dem Boden stehendes Katzenklo als ein Klo zu erkennen und zur Entledigung ins Catsan zu steigen. Und offensichtlich trägt es auch noch nicht einmal ranziges Fallobst, dem Mops die Pampers umzuschlagen, denn die strampelt er sich beim nächsten Nichthinguckens seitens Frauchen kurzum wieder ab. Stubenreinheit ist bei diesem im Haus gehaltenen Mops noch zig Lehr-, andernfalls ein paar Tausend Evolutionsjahre weit entfernt und somit ungefähr ebenso zwecklos zu erwarten, wie das Gelingen, sich mit dem Daumen das Piepen aus der Ohrmuschel zu massieren, denn das versucht Lollo gerade und es hat keinen Zweck, er ist fast taub, ahnt aber, dass dieser Laut, den Freja ausgestoßen hat, nicht mehr läutet, denn sein Gleichgewicht fängt sich allmählich wieder. Staub schwebt in Flocken im Licht vor der Fensterscheibe, der Werber sieht die Wolken dahinter wie durch ein Mikroskop. Schmal, klein.

Es poltert in der Küche. Da ist etwas umgefallen. Mit der Küchenpapierrolle im Anschlag kommt Freja hinaus gestürmt, schmeißt sich die Knie voran vor den Kackhaufen und versucht ihn, so gut sie ihre Bewegungen, die in diesem Moment etwas geladen und ihre Fingerfertigkeit dabei tatsächlich noch unberechenbarer wirkt als sonst schon, unter Kontrolle hat, aufzunehmen. Das gelingt ihr nur zum Teil, hat sie die Wurst an einer Stelle zu packen bekommen, bricht ihr der anhängende Rest davon aus der Hand und plumpst direkt wieder zurück auf die Plastikfliese. Schnell weiten die Rückstände des Haufens ihren Radius. Freja schnaubt ganz laut und hastet Papiertuch für Papiertuch zwischen zwischen Mülleimer in der Küche und dickem, braunen Fleck im Wohnzimmer hin und her, ihre Schritte stampfen hart und für

Lollo, als tatenloser Betrachter, ist ihr Vorgang schwer mit anzusehen. Einerseits schwer, da sich Freja beim Saubermachen geschicklich wirklich mehr schlecht als recht anstellt und es ihr dabei ordentlich an Logik hapert, andererseits schwer anzuschauen, da Lollo innerlich mit sich ringt, Initiative zu zeigen und ihr zu helfen, es aber irgendwie nicht schafft, also so körperlich, er bleibt, wie mit der Hand am Tisch festgewachsen, da stehen und rührt sich nicht, als säße ein godzillagroßer Megaschweinehund auf ihm drauf. Das nächste Mal, als Freja aus der Küche hervor springt, hat sie eine Sprühflasche Frosch Glasreiniger dabei und sprüht wie eine Besessene ein Viertel der Flasche auf den stinkenden Restbelag, der wie eine dreidimensionale Landkarte aussieht, die ein mittelhohes Gebirge abbildet. Weiter Berge, Endmoränen. Der Geruch, der sich ergibt, ein Gemisch aus Kot, Zitrone und irgendetwas Ungesundem, der zum Schneiden dick in der Luft liegt, kratzt Lollo im Hals, er muss sich dadurch andauernd räuspern, wodurch er langsam wieder zu sich und in Bewegung kommt. Gezielt nimmt er Kurs auf die Küchenpapierrolle, kniet sich neben Freja, reißt ein Blatt von der Rolle, wischt den Dreck weg und poliert den Boden anschließend mit einem frischen Tuch, das er – so denkt er, würde es ihr gefallen – vorher noch ordentlich mit dem Glasreiniger besprühte. Er räumt die beschmutzten Tücher und den Glasreiniger in die Küche, wäscht sich die Hände, Freja tippelt im Kreis und geht Lollo nach in die Küche, der Mops macht sich sogleich über den sich langsam verflüchtigenden Feuchtigkeitsfleck her und niest und schnaubt und röchelt beim Ablecken. Wieder im Raum mit dem Gestank, probiert Lollo, ein Fenster zu öffnen, um zu Stoßlüften. Geht nicht. Er drückt und zieht, doch der Hebel bewegt sich kaum. Lollo probiert das nächste Fenster, da ist es das Gleiche. Da hinten ist noch eine Tür, die keine Ahnung wohin führt, interessante Tür, doch die bringt es nicht, wenn man zu Lüften vor hat. Er probiert das dritte und letzte

Fenster und siehe da, der Hebel lässt sich schwer, aber er lässt sich verstellen und das Fenster öffnen. Lollo stellt sich in die in den Raum platzende Brise, atmet die kalte, klare Frischluft und blickt in den Himmel. Scharf erkennt er die Konturen der großen, wattigen Wolken. Erst Pizza, dann Knutschen, denkt er zufrieden, es macht sich eine Art Feierabendgefühl in ihm breit. Er dreht sich in den Raum zurück, vielleicht wollte er gerade zu Freja sprechen, das Vorhaben einleiten – da springt die Rosine mit einem Riesensatz an ihm vorbei auf die Fensterbank des sperrangelweit geöffneten Fensters. Es ging ganz schnell. Wie versteinert steht Lollo da, die Fensterbank ist höchstens eine Hand breit, er verfolgt den glücklich hechelnden Mops, der mit geschlossenen Augen die kalte, frische Luft einatmet und zufrieden der Geräuschkulisse von draußen lauscht. Da hatte aber einer Frischluft nötig, der arme Indoormops mit seinem Katzenklo, denkt Lollo, aber, denkt er weiter, wenn der da jetzt auf der Fensterbank ausrutscht oder es gar wagt, den schweren Kopf vor lauter Relaxen noch weiter aus dem Fenster zu hängen, dann war's das mit dem, dann stürzt der hier aus dem Dachgeschoss und das ist dann meine Schuld! Woher hätte Lollo auch wissen sollen, wie hoch Möpse noch springen können, für ihn war die Erkenntnis, sie kämen nicht wesentlich höher als Sesselpolsterhöhe, bislang ja noch relativ frisch, doch vorbei der Glaube, mit Samttüchern auf Kanten textilen Sitzmobiliars einen Quantensprung in Punkto aus Flötenspitzen dröppelnde Urinfleckenfreiheit getan zu haben – Möpse scheinen beachtliche Hochspringer zu sein, ein guter Mops springt eben nur so hoch, wie er muss, schön und gut, muss er allerdings einmal sehr hoch abheben, z.B. um den süßen Duft der möglichen Autarkie durch die Nüstern gleiten zu lassen, springt er eben um sein Fünffaches so hoch.

Von gelbem Glanz umrandet und eingerahmt vom Fensterrahmen, sitzt die schwarze Kugel auf der Schwelle zwischen Leben und nicht mehr lang leben. Hinterm

Haarvorhang blickt die regungslose Freja, die in diesem Moment aus der Küche getreten ist, zu Lollo herüber, zumindest sieht es so aus, als ob sie ihn anschaut, und es fühlt sich sogar so an, als stehe ihr dabei der Mund auf. Der Werber schaut sie an, während er mit den Achseln zuckt. Wo seinem kreativen Geiste stets verlässlich geeignete Lösungen für beliebige Problematik entspringen, herrscht in diesem Moment vor allem Ratlosigkeit. Kommunikation scheint hier womöglich eine relevante Möglichkeit zu sein, um den Hund vom vermeintlichen Einfall eines Sprunges ins Freie abzulenken, denkt er, denn Reden hilft immer und schafft gewöhnlich, so hoffentlich auch in diesem Fall, Vertrauen. Blöd nur, dass, weil *sie* ja gar nie redet, *er* den Herrn Feuerwehrmann mimen muss, der mitschwingend auf der lang ausgefahrenen, schwankenden Leiter die Katze aus der Baumkrone retten soll. Sprechen, miteinander reden, denkt er, als er Freja anschaut, die immer noch einfach nur so dasteht und nichts sagt und auch nichts macht, eigentlich, denkt er dann, irgendwie enttäuscht, eigentlich kann ja nur Sprechenden geholfen werden, so die Regel, nur Sprechenden kann geholfen werden, lernt man ja schon in der Schule. Brauche ich ihr gar nicht zu helfen, nehme ich es mir heraus, ihr zu helfen? Braucht sie mich, möchte ich sie? Ist das Verhältnis zwischen ihrem und meinem Bedürfnis gerecht?

»Hund...«, brummelt er und von da hinten bei der Küche, wo Freja steht, beginnt es ebenfalls zu Brummen – ihr für Lollo schon typisch gewordenes Innereienbrummen. »Komm'... komm' runter da...« spricht Lollo im Flüsterton und geht leicht in die Knie und klopft sich mit flachen Händen auf die Oberschenkel. Macht man ja so, wenn man jemanden anlocken möchte und keine Leckerlis dabei hat. Die Rosine zeigt die pinkfarbene Zunge, wedelt euphorisch mit dem Stummelschwanz, bellt eben und macht Anstalten, vom Hosenboden aufzustehen – jetzt bloß nichts überhasten, denkt Lollo, keine abrupten Bewegungen, der Hund darf sich weder erschrecken noch darf er sich außerordentlich über Beachtung freuen, denn wenn dem Mops die Beine auf der spiegelglatten Fensterbank entgleiten, wie sie es schon beim Fortbewegen auf dem Boden tun, schleift der Totengräber schon einmal den Spaten. Die Beine des Mops zittern wie es kurze Beine meist bei kleinen, sehr dürren Hunden tun, wenn man sie mit in die Innenstadt nimmt. (»Der friert nur«, wird dann etwas zu Neugierigen auf die Frage, warum der Fiffi denn bloß so erbärmlich zittert, entgegnet. Dabei ist es die Rolltreppe, die dem Hund später noch saftige Albträume bescheren wird.) Der Mops auf der Fensterbank schmatzt, hechelt und niest. Lollo streckt langsam einen Arm nach dem Mops aus und macht eine beruhigende Handbewegung. Seine ruhige Geste, anstatt ihn ruhig zu stimmen, erfreut den Mops jedoch so dermaßen, dass er nicht nur vor Freude auf die Fensterbank zu pinkeln anfängt, sondern wie berauscht so begeistert mit den Hinterläufen herumwirbelt und so flink, wie er aufs Fensterbrett hochschoss, so schnell auch wieder davon herunter- und mit dumpfem Schlag auf die Seite auf den Plastikboden zurück in den Raum knallt. Er fällt wie ein Marmeladenbrot, denkt Lollo, Katzen hätten den Sturz, trotz ihrer sieben Leben Puffer, aus dem Effekt graziler erledigt. Lollo springt zum Fenster, schlägt es zu und verriegelt es. Die Chancen standen 50/50: Weiterleben – so weitermachen und Freja immer näher kommen, an sie heran, an sie dran wachsen, sie mit langen Armen umschlingen wie Lianen einen Baum – oder sich aufgrund von Ereignissen von Dannen machen – und nie vergessen können, dass die Rosine aus dem Fenster gestürzt ist, und dass das auf seine, Lollos, Kappe geht, schließlich hatte er das Fenster geöffnet; letztendlich würde man, im Falle, der Mops wäre auf die falsche Seite des Fensters gefallen, auseinander gehen, und zwar abrupt, also jetzt, genau jetzt würde man auseinandergehen und sich nie mehr wiedersehen. Lollo blickt zur Zimmerdecke, da sind einige ziemlich dicht gewobenen Spinnweben, flach und breit und durchsichtig vor weißer Raufasertapete, Spinnen sind tückisch, denkt er. Er atmet tief ein und voll durch den Mund wieder aus. Die Spinnweben schaukeln im Wind. Lollo bemerkt erst jetzt, wie doll sein Herz schlägt. Oder schlägt es erst recht erst jetzt, nachdem die gebannte Gefahr just die Aufnahmeprüfung ins Buch der unvergessenen Anekdötchen erfolgreich hinter sich gebracht hat, so stark? Lollo schaut zu Freja herüber, die immer noch an gleicher Stelle starr dasteht, wie eine Vogelscheuche, nur funktionsloser, denkt Lollo ein wenig gereizter als es für seinen Geschmack notwendig sein sollte, aber wenn man jetzt ganz genau hingehört hat, konnte man in diesem Moment zwei hinkelsteingroße Steine von zwei exzentrisch pochenden Herzen, dem ihrem und dem seinen, fallen lauschen, Erleichterung tritt tatsächlich ebenso schnell aus den Katakomben ins Licht der Bühne wie die Angst, denkt er dann. Vom mehr oder weniger geretteten Mops ist zufriedenes Schnappatmen, Schmatzen und Hecheln zu vernehmen und es wirkt nicht, als wurde er um eine Lehre reicher. Reden, knüpft Lollo ans Thema von gerade noch einmal an, ist ja eigentlich nicht notwendig, weil Kommunikation auch ohne Sprechen funktioniert und der Beweis dafür wäre das Verhältnis zwischen Mensch und Tier, fällt ihm dazu ein, als er bemerkt, wie erleichtert und positiv ihm jetzt zumute ist, und das Gefühl, die Mittagspause beginne ab hier erneut, stellt sich ein, und das ist ein nettes Gefühl, naja, denkt er, was man in einer Mittagspause ja für gewöhnlich tut, ist Spachteln, immer schön im Plan bleiben, denkt er und nimmt die Pizzaschachtel, die er vorher kurz vor seinem Schwindelanfall über den Tisch unter den Turm aus gestapelten Stühlen rutschen ließ, und sagt, um die Episode mit dem Nahtod des Hundes jetzt abzuschließen, abzurunden, damit es endlich weitergehen kann: »Man! Hätte nicht gedacht, dass Möpse so hoch springen können.« Da liegt Euphorie in seiner Stimme und sein Blick deutet dabei auf eines der mit Seidentüchern ausgelegten Möbel, und natürlich antwortet Freja nicht, dass auch sie ganz hingerissen von des Rosines Sprungkraft ist und Lollo, der die dramatische Situation nicht nachträglich noch dramatisieren will, wedelt, so als Überleitung und Ablenkung, überm Kopf mit dem Pizzakarton der mittlerweile erheblich angetauten Restaurante Salame herum und geht etwas übertrieben hüpfenden Schrittes an Freja vorbei in die Küche, wobei er ihr beim Dranvorbeigehen kurz beruhigend die Hand auf die Schulter legt. Wie einem Kumpanen.

220°, Umluft. Der Backofen surrt. In der kleinen Küche stinkt es abscheulich nach Hundekot, mit beißender Beinote noch nach Weiterem, Undefinierbarem. Lollo lehnt rücklings an der Spüle, blickt in den beleuchteten Ofen in dem die Pizza an der Oberfläche glänzt, nur auf den Salamiplättchen funkelt noch ein paar Sekunden lang Eiskristalle, die dann schmelzen. In diesem Moment tritt Freja lautlos in die Küche, vor der Tür hört man Fußnägel über die Plastikbodenplatten kratzen, der schmatzende und hechelnde Mops fährt wieder zu Hochtouren auf, er bellt und bellt und bellt und verschluckt sich und Freja springt zur Küchentür, knallt diese zu und der Hund fühlt sich dadurch irgendwie ermahnt oder so, auf jeden Fall beruhigt er sich und plötzlich ist Ruhe. Nur das Surren des Ofens und Frejas ruhiges, regelmäßiges Schnauben. Lollo dreht sich zur Spüle und wäscht sich mit viel Spülmittel noch einmal die Hände und hofft, dass Freja seine erneute Wäsche als Aufforderung, die ihren Hände ebenfalls zu reinigen, auffassen wird. Das tut sie. Sie stellt sich neben ihn an die Spülbatterie und hält ihre Hände unter den festen Wasserstrahl, der von ihrer Handfläche abspritzt, woraufhin einige Tropfen ausgerechnet dahin an Lollos Hose spritzen, an dessen Stelle man vermuten könnte, er habe nach dem Pinkeln sein Ding, ohne ausreichend abgeschüttelt zu haben, zu früh zurück in die Hose gesteckt. Da kam noch was nach. Die Nässe auf seiner Jeans kribbelt ihm im Schritt. Lollo dreht die Spülmittelflasche auf den Kopf und lässt eine Portion

Flüssigseife in einem wurmförmigen, labilen Strahl auf ihre Hände rinnen. Sie patscht die gewölbten Handflächen ineinander wie beim Klatschen. Dem Duft stark fettlösendem Limonenextraks und Exkrements mengt sich der rustikale Geruch von fettiger Salami und verdunstender Konservierungsstoffe bei. Nachdem Freja und Lollo die Hände abtrocknen, lehnen sie sich mit den Hinterteilen gegen die Arbeitsplatte und schauen aufs Beleuchtete im Ofen gegenüber. Ihre Blicke wirken fast, als würden die beide sinnieren. Der eine auf seine Art, sie auf die ihre. Die Käseraspeln verlaufen langsam, vielleicht wird der Käse gleich vom Rand durch das Gitterblech auf den Boden des heißen Ofen tropfen, dann zischt es und riecht dann so lecker verbrannt und übertüncht somit den Scheißegeruch hier, denkt Lollo.

Freja macht einen langen Hals, legt den Kopf zur Seite zu Lollo. Mit wenig Bewegung schüttelt sie das Haar und ihre Nase sticht aus der Haarmasse hervor, teilt den Vorhang zu den Seiten. Unter der Nase ist, im Schatten der gespaltenen Haarfläche, allmählich ihr Mund zu erkennen. Lollo beobachtet diesen, jener so selten zum Vorschein kommt, dass er für den Anblick üppiges Eintrittsgeld zahlen würde. In ihren Mundwinkeln kleben kleine käsige Bröckchen. Freja beißt sich auf die Unterlippe, aber nicht so, wie Schauspielerinnen perlweiße Schneidezähne auf der vor Verlangen eingezogenen Lippe ablegen, eher dauerkaut Freja die Unterlippe wie ein Panda den Bambusast. Lollo nimmt ihre Hand, die sich, so schlaff und willensschwach, wie sie so am Ende Frejas Armes herunterhängt, nicht gerade anbiedert, festgehalten zu werden, doch sich, da sie praktischerweise direkt neben Lollos Hand abhängt, welche auch nichts Besseres als da rumzuhängen zu tun hat, einfach zum Festhalten anbietet. Es zwickt sofort, sobald er ihre Haut berührt. Er weiß selbst nicht, was ihn mutig geworden dazu hinreißt, Freja an der Hand zu sich herüber und vor sich hin zu ziehen. Seine freier Arm sucht die Umarmung, Lollo drückt Freja sanft an sich. Er lässt ihre Hand los und streicht ihr eine Hälfte des Haarvorhangs zur Seite. Frejas Augen sind geschlossen, die Brauen darüber blinken und funkeln wie batteriebetriebenes Plastikspielzeug, fehlt nur noch der schrille Sound und man würde ihre Haut nach dem »Made in China«-Hinweis absuchen. Die einzelnen Glühwürmchen, aus denen ihre Brauen zusammengesetzt sind, wechseln Farben, rot zu lila, zu blau, zu türkis, zu grün, zu gelb, zu orange, wieder zu rot, die Spitzen der einzelnen Härchen scheinen grell weiß, wie klitzekleine Sterne, vorne helles, hinten buntes Licht, das ihre Augen in den Schatten, nämlich ganz tief in zwei schattige Gruben in den Schädel stellt, ihre Augenlider zittern im Dunkel, plötzlich springen sie auf, und schwarze Löcher spitzen Lollo an und dieser verliert sich darin. Frejas Kopf vibriert in Nuancen, doch merkbar, Lollo spürt es an den Fingern. Er streichelt ihr die Schläfe, die Stromstöße die ihm nach Verbindung Haut auf Haut verpasst werden, werden immer intensiver, sie peitschen, es tut weh, sehr weh sogar, doch giert ihm nach immer mehr. Mit der leise gespielten Fidel des Piepen stets im Ohr und umgeben vom gleichmäßigen Summen des Ofens, küsst er sie unter Tönen ihres hastigen Schnauben. Während ihr Mund durch seinen verschlossen ist und ihre Zunge und die von Lollo übereinander herfallen wie tollende Bärenbabies im flachen Fluss, baut sich bei ihr ein immer stärker werdendes Naseatmen zu einem kräftigen Prusten auf, auf dass sich Flüssigkeit aus ihren Nasenlöchern verliert, die salzig und irgendwie nach Kindheit schmeckt, wie Lollo findet, und trotz aller Ungeschicktheit, die Freja beim Küssen an den Tag legt – ihre Motorik ist, wie wir wissen, nicht sonderlich ausgefeilt, so fühlt sich ein Kuss mit ihr an, als schraube man anhand der Münder zwei Abflüsse ineinander und versuche mit peitschenden Kreisbewegungen mit den Zunge als Spirale gegenseitig die zugewachsenen Kanäle frei zu machen – fühlt es sich toll an, sie zu küssen, und als bei Lollo der Gedanke vornehm räuspernd um Aufmerksamkeit bittet, dass nach der sexuell angehauchten Startphase der Intimlichkeiten mit ihr, ihm ihre Küsse schon bald nicht mehr schmecken würden, wenn die erste Euphorie erst einmal abgeklungen ist, bricht er den spielverderbenden Gedanken schnell ab, bevor es ihm jetzt schon nicht mehr gefällt, sie noch weiter zu küssen, und so bewegt er weiter träumerisch den Kopf hin und her und tauscht becherweise Speichel und es tropft ihnen schon zwischen den aufeinander gequetschten Lippen heraus und sein Hemd ist jetzt auch nass, seine Hose ja so wie so, und er hat jetzt einen Ständer da hinter den Sprenkel, und die Frau, die er drückt und streichelt und ihr eifrig in langen Bahnen über Arme und Rücken und Hinterkopf streicht, bebt am ganzen Körper und schnaubt beim Küssen wie ein Ross im Galopp durch einen am hügeligen Boden flächendeckend moosig bewachsenen Wald in fein nieseliegen Sommerregen, um den Versuch anzustellen, ihr schnarchartiges Asthmabrausen wenigstens auf eine vom zum Abstoßenden hin Tendierenden ablenkende Klimbimkulisse zu hieven. Als braue sich in ihrem Bauch ein Rülps an, rumort es pausenlos, ein Gluckern und Glucksen, und Lollo befürchtet, schon ängstlich geworden, sie würde sich ihm in den Mund übergeben, doch tritt da nichts als Speichel über die Ufer und wenn es in ihrem Mund auch nicht direkt gut schmeckt, nach Kotze schmecken tut da auch nichts. Freja schüttelt es am ganzen Körper, sie krallt sich mit einer Hand am Metall der Spüle fest. Auf Lollos Lippen prickelt es, als knutsche er einen Bau roter, wasserlasswütiger Ameisen. Manchmal feuert ein Blitz aus ihrem Mundraum über die Länge seiner Zunge geradewegs in seinen Rachen, was fürchterlich schmerzt, doch ihn nicht im geringsten davon abzuhalten schafft, die Schmerzen auszuhalten und weiterzumachen. Mittlerweile ist er so taub im Mund, dass sich seine Feinmotorik beim Küssen ihrer angleicht und er schlabbert und sein Lappen kloppt unkontrolliert gegen ihre genoppte Gummischlange, ihre Zungen sind wie Rennautos, die in die Barrikaden krachen und immer wieder den Weg zurück auf die Strecke finden. Er fasst ihr mit beiden Armen um die Hüfte und zieht sie ganz dicht an sich. Ihrer beiden Knie stoßen aneinander und Lollo ist sich sicher, dass sie seine Latte zwischen den Beinen spürt, der Druck, den ihr Schritt auf sein hartes Ding ausübt, tut gut, doch dann stößt sich Freja abrupt von der Arbeitsplatte ab, zieht die Lippen von seinen, ihrer beider Lippen lösen sich wie frisch geleimt und noch nicht getrocknet voneinander ab, dann macht sie sich so grade, wie sie kann. Die Haare, die ihr vors Gesicht fallen, verdecken den Glanz des Sabbers, der sich in Bahnen am Kinn aufstaut und daran heruntertropft. Lollo wischt sich mit dem Ärmel den Mund ab.

Dort, wo sie steht, ist das Plätzchen Erde, an dem auch er existieren möchte. Setzt sie einen Fuß auf differentes Terrain, wird Lollo ihr – in Kriegsgebiete, in brutale Armut, ins All oder in die ewigen Jagdgründe – folgen, denn wo sie ist, ist es fein Leben, egal wohin es die beiden verschlagen würde, er hielte Stellung an ihrer Seite. In ihrer Nähe bekommt er weniger vom Zug durch von Spalt zu Schlitz über Gänge treibender Windstöße aufgerichtete Haare auf kleinen Hauterhebungen, mehr ist es ihr Reiz, der Lollo übers Knie legt, ihm Okkasionen sichtbar macht, über deren Befriedigungsbedarf er sich bis hierher noch nicht im Klaren war, überhaupt gegenwärtig zu sein, der ihm *funny feelings* und oft besagte wie eben genannte gebirgige, haarsträubende Hautoberfläche beschert, ihm gar entlockt, nach ewig andauernden Episoden des Nichtempfindens, endlich ebenfalls die Formel zu formulieren, die sich Menschen gerne und oft, einander Schmetterlingsküsse austeilend, vortragen, nämlich: dass man akut verliebt sei. Zwar ist bekannt, dass es Leute gibt, die ausschließlich zu sich selbst Liebe zu empfinden imstande sind, ergo lebenslänglich mutterseelenallein im nazistischen Eigensud suhlen respektive sich darin einlegen (je länger gezogen, desto intensiver der Geschmack), Lollo aber erkennt allmählich, dass er eigentlich nicht so gerne noch länger alleine, vielmehr bereit für einen neuen Versuch ganzheitlicher Hingabe zu einem Partner ist. Aber diese endliche Verpartnerung soll ausgerechnet mit ihr, mit gerade diesem Individuum stattfinden? Nun, was brauchte es, um endlich wieder dieserart empfinden zu können? Nichts weniger als eine junge Frau mit scheinbar tiefgründiger Beeinträchtigung gängigem Sozialverhaltens und einem immensen Leck an Fingerfertigkeit, eine, die ihr Gesicht ständig hinter Haaren verbirgt. Nichts mehr als ein Alien, dessen Existenz kein Menschengeist begreifen kann. Eine, dessen Augenbrauen aus dem Glücksbärchiland gesandt und jener Hülle elektrisch aufgeladen ist. Freja, Produkt eines Geschlechtsakts zwischen Mutter und Elektroschocker. Sie ist es also. Sie, nur noch und für immer für Lollo nur sie. Scheint er sich noch so fehl in diese Welt gespuckt, findet er umso mehr Wohlgefallen an einer Person, die normwidriger erscheint, als er sein eigenes Selbst klassifizieren mag. Er krumm, sie krumm und schief. Hatte er auf genau sie gewartet, überhaupt ein attraktiv koloriertes Bild im Kopf gehabt, wie sie sein soll, die er sucht, wenn er sich auf Suche begibt? Hatte er sie eingeplant, in sein Leben? Hatte er etwa vor gehabt, sich, das eiskalte Bierglas umklammernd, an typische Orte zu begeben, an denen people zu Paaren transformieren? Mitnichten! Er hatte es nicht geplant, Freja erschien ungeplant wie ein ungeplantes Kind in seinem Leben, ein Kind, das dann, in der Regel, doch ausgetragen und geliebt wird. Vielleicht um so mehr. Wer nicht sucht, der findet schicksalsgetreuer. Da der Menschenverstand in allem, was dem Menschen hinter seinem Verstand unvorhergesehen widerfährt, durch im Nachhinein frei konstruierte Zusammenhänge und Mythen zu erklären versucht, da er in allem einen Sinn erkennen will, vor allem, wenn dieser im Vorhinein noch nicht vorhanden war, ist die Beziehung zwischen Freja und Lollo eben kein aus den Faktoren Bildungsstand, Beruf und passendes Timing geborenes Liebesprodukt. Sondern auf reinem Zufall basierend. Eine aus dem verworrenen Dickicht des unbekannten Zufälligen aufkeimende Hingezogenheit zueinander, der Spross aus dem Samen, der aus Versehen gesät wurde. Und logo, möchte Lollo alles, doch diese Verbundenheit, die so einmalig ist, so sie ihm auch vorkommt, für nichts anderes in der Welt mehr hergeben.

Käsig, von der Ertüchtigung und den Stromschlägen doch etwas mitgenommen – ihm schmerzen derweil gar die Zahnhälse –, taumelt Lollo in duftendem Dampf, der wie sich verflüchtigender Morgentau unbeweglich im Raum steht, und kommt sich vor, als wäre er zu Besuch in seinem eigenen Traum, in dem er von einer immer währenden Beziehung mit Freja träumt. Man kann sich ganz schön hingeben, hat man aufgegeben, was sonst da war, denkt Lollo. Dann macht es pomp und bomb vor der Küchentür und der davor wütende Hund bittet erwartungsgemäß ohne großen Benimm um Beachtung wie auf Einlass, haut immer wieder laut bellend mit dem speckigen Schädel vor die Tür. Rumms! Freja öffnet die Tür. Der Mops springt in den Raum und begibt sich direkt auf die hastige Suche nach irgendetwas, von dem er selbst noch nicht weiß, was es ist, wonach er sucht, kläfft, wetzt die Pfoten an den Fronten der Schubladen, am Singlehaushaltskühlschrank und so weiter.

Freja macht ein keuchendes Geräusch und mit dem langgezogenen röchelnden Ausatmen verschwindet sie durch die Tür, ihre Fußsohlen platschen auf den Plastikplatten, als haue man mit flacher Hand auf die Wasseroberfläche. Lollo geht ihr nach. Es schwingt so ein Ton durch die Atmosphäre, der nichts mit dem Ton in seinem Ohr, dem durchgehenden Piepen, zutun hat, der neue Ton klingt, obwohl ähnlich, allerdings harmonischer, denkt Lollo, auch wenn ein einzelner Ton kaum unharmonisch oder harmonisch klingen kann, es hat mit dem neuen Ton wohl nur auf sich, denkt er, dass ich ihn für harmonisch empfinde, da ich mit diesem Ton, der hier gerade durch die Luft flötet, eine nette Erfahrung verbinde und während er sich seine Gedanken macht, nimmt die langhaarige Braunhaarige ihren Mantel und vergräbt umständlich die Arme in den Ärmeln, verschwindet daraufhin hinter der interessanten Tür, von der Lollo nicht weiß, was sich dahinter verbirgt und mit dem sich die Tür zu diesem unbekannten Zimmer schließt, stoppt der neue Ton und auch Frejas platschendes Trampeln ist nicht mehr zu hören, während sie Schritte voreinander setzt.

Lollo, der liebend gerne so tun möge, als wäre ihm Schnuppe, wie weit diese Mittagspause bereits fortgeschritten ist, fummelt das iPhone aus der Tasche, um nach der Uhrzeit zu gucken. Nun ist ihm, wenn auch nicht jedes Charakteristikum seines so Seins –wo liege auch die Notwendigkeit? –, indes doch sehr wohl bewusst, sich gewöhnlich zu der Arbeiterpartei der Pflichtbewussten zu zählen, in der private Rechnungen ebenso pünktlich beglichen wie agentürliche Briefings erledigt werden. Für Gewöhnlich. Im Normalfall. Nur wandelt der Werber z.Z. in einer sonderlichen Lage, dessen phänomenales Eigentümliches seines Gleichen sucht. Da ist schlecht Verantwortung schultern. Obgleich für die Agentur, im Speziellen für ihn und für Gereon und Gereons gesamtes Werbe-Team, einiges auf dem Spiel steht. Denn liefert die kreative Mannschaft schlechter als die Kundenseite von ihr erwartet, verschwindet evtl. ein zahlender Kunde und die Formation des Kreativ-Kollektivs pulverisiert sich, da sie sich nicht bewährte. Jedem einzelnen Werber sei kirschkernkissenwärmstens ans um sanfte Behandlung wimmernde Herz gelegt, sich einen Augenblick die Frage durch den Denkapparat zu jagen, ob es sich denn lohnt für etwas da zu sein, für dessen Verantwortung man auf lange Sicht – etwa, wenn in warmgelaufenen Rentenalter endlich die Zeit gegeben ist, retrospektiv sein Werk auf Kultur-, Gesellschafts- und Menschlichkeitstauglichkeit zu mustern – die Verantwortung für seine eigene Seele vorm Agentureingang abgibt, der es, kreativer Veranlagung und mit Krokodilsträne im Knopfloch, ursprünglich nach persönlicheren Ertragsfähigkeiten düngte, als reichen Firmen um noch mehr Ertrag zu bereichern. Erkenntnis einzufordern nervt tierisch, total zugegeben, doch ebenbürtig nervt die Erkenntnis. Lollo graut es, die Emails durchzugehen, die in den Posteingang schneiten, seit dem er diesen Mittag die Agentur zum Lunch verließ.

Zwei verpasste Anrufe, eine Nachricht auf der Mailbox, acht Mails. Zwei Meetings wurden verschoben. Sabrina, die Beraterin, kommentierte die erste außerplanmäßigen Verschiebungen mit ;-(, die zweite mit :-((((.
Zwei verpasste Anrufe von Gereon. Zwei Mails ebenfalls von ihm. Nummer Eins: »Wo steckste, Kollege?!« Und: »Check Mailbox, MAN!!!«.
Lollo wird nervös. Nachdem sein CD seinen gewünschten Gesprächspartner auch beim zweiten Durchklingeln nicht an die Strippe bekam, sprach er Lollo auf den Anrufbeantworter. Und zwar mit einer ruhigen Stimme, die ihrem Anwender die Zeit lässt, die richtigen Worte zusammenzukratzen, sich zu koordinieren und die Worte sorgfältig im Satz zu arrangieren. Trotzdem kam dieses dabei her: »Lollo, Gereon hier... äh, also. (Räuspern, kurze Pause) Was weiß ich, was bei dir so im Privaten läuft, geht mich ja auch nichts an, haste mir ja auch nicht erzählt. Selbst Schuld dann. Kann sein, dass du ürgndwelche Probleme bewältigen oder sonstwas Wichtiges zu erledigen hast, machstn komischen Eindruck, ich merke sowas. Aber Lollo – deinen scheiß Job hier, ja? Musst du auch erledigen! Wie alle anderen auch, so simpel ist das. Ich, zum Beispiel, steige gerade nach einem 16-Stunden-Flug aus dem Flieger, habe seit mehr als einem Tag, ach was, fast zwei

Tagen nicht gepennt, nehme ein Taxi, fahre ohne Umwege zur Agentur und sitze hier wieder auf meinem Platz, genau jetzt sitze ich hier wieder schön mit dem Arsch bei der Arbeit! So wie es alle deine Kollegen auch tun. Ist dir ja egal, was alle so tun, geht dich ja nichts an, Lollo, richtig? Aber alle sind hier, und die sitzen sich hier den Arsch platt, weil sich das so gehört, weil die MÜSSEN, Lollo! Und du MUSST jetzt auch hier sein und die Scheiße hier wuppen! In zwei Meetings stand ich schon rum wie doof, keiner hier weiß wo du steckst. Die Nummer für BILD musst du mir auch noch zeigen, was dabei rumgekommen ist. Alter... (Längere Pause) Ich bin fucking müde, hab' nicht geschlafen, SCHEIßE! KRACKRRP!!!« Der Telefonhörer haut in die Gabel, was bei Lollo tatsächlich mächtig Eindruck, zumindest wesentlich mehr Eindruck macht, als jedes Gereons Worte. Gut, zurecht ist Gereon die Hutschnur geplatzt. Sicher befasse sich dieser bloß ungern mit Lollos Neuordnung persönlicher Prioritäten, und wenn Lollo fehlt, dann kann nicht weitergearbeitet werden. Ohne Texter geht da nix, so einfach ist das.

Zwei weitere Mails berichten über überwiegend positives Kundenfeedback zu den letzten Kampagnenideen. Hier gefällt der Gedanke, dort muss noch an der grafischen Umsetzung geschraubt werden, bei der einen Idee stimme die Richtung, mit sowas wie dem und dem gehe man d'accord, doch geht das noch »leckerer«, die Headline-Kampagne ist wirklich toll getextet, doch aus bisheriger Erfahrung funktioniert das so für die Marke nicht und Bla und Blubb. Die nächste Mail betrifft das Mittagessen-Date mit Constantin am Freitag, das er für 12:30 bis 14 Uhr in den Kalender eingetragen hat. Die letzte Mail lädt zu einer Agentur-Party Ende nächster Woche ein: »Save the date: Das weltgrößte Oktoberfest im März! Helles, Brezn, Weischwurscht, Spanferkel und Gaudi, um Verkleidung wird gebeten« und so weiter. Eine Grafik zeigt versprochenes Spanferkel mit Sonnenbrille, das überm Feuer aufgespießt Party macht (es hat Partytröten in den

Nasenlöchern und lacht grenzdebil), drum herum tanzen zünftige Mädels in Dirndl. Lollo löscht die letzte Mail schneller als sein Schatten seinem Zeigefinger folgen kann. Trotz Freibier und gratis Laugengebäck zieht er es selbstredend vor, sich nach Feierabend mit Bier aus dem Rewe nach Hause zu verabschieden. Denn bevorzugt er es, wie ein alter Köter, den Abend isoliert in seinem Stammrevier zu verleben, das sich Grenzgebiet Eppendorf schimpft, in dem er sich in Sicherheit wiegt, dass ihm niemand Konversation ans Hosenbein entledigt. Sterbenswörtchen werden bei Lollo wenn, dann alleinig mit hauseigenem Sittenwerter Über-Ich und Thekenbruder Es gewechselt.

Als Lollo vom Display des Telefons aufschaut, hört er, wie sich die Tür zu dem Raum öffnet, den Freja betreten hatte, doch als er sich dahin umdreht, knallt die Tür schon zu und die Person, dessen Gestalt zur Hälfte von Haaren bedeckt ist, bleibt regungslos vor der geschlossenen Tür stehen, kurze Zeit zu einer Weile dehnend, als warte sie auf den Bus. Der Mops läuft gefährlich nah an Lollos Bein vorbei. Mit der pinkfarbenen Zunge fährt sich die Rosine über die feuchte Nase. Aus seinem Augenwinkeln tritt schon wieder grauer Talk hervor, das eiterige Tränengemisch aus Proteinen, Eiweiß und Staub bahnt sich den Weg durch die schwarzen Borsten den Kugelkopf nach unten. Rosine schaut über die knochige Schulter zu Lollo rauf und zieht eine Grimasse. Jedem seiner Augenklimperer unterliegt ein matschiger Ton, und Lollo denkt: O du Fröhliche, wessen Arglist hat es welchen versprochenen Zweckes bloß übers versteinerte Herz gebracht, aus naturüblichen Hunderassen mit höchstwahrscheinlicher Beihilfe einiger wirkungsvollen Chemikalien derlei Gattung zu kreieren. Die Rosine niest einmal sehr doll und ein Sprotzer grauen Augensuds löst sich vom Glubschauge und landet auf seiner Wange, perfekt dorthin drapiert, den Schleim auf Kuschelkurs an Lollos Jeans abzuschmieren. Um zu Freja rüber zu kommen, macht Lollo große Schritte, damit wenigstens ein Bein für längere Zeit in der Luft hängt und dem Vollgeschleime Rosines entgeht. Wobei, fragt Lollo sich dann, wenn das eine Bein länger in der Luft ist, bleibt das andere Bein um so länger auf dem Boden und somit länger im Gefahrengebiet stehen, und daraufhin legt Lollo den Rest der kurzen Strecke mit wirklich sehr kleinen Schritten zurück, er trippelt wie ein Zwerg, der es eilig hat, obwohl er sich jetzt denkt, dass die hohe Frequenz winziger Schritte am Boden dem Mops nur noch mehr Möglichkeit liefert, die Hosensäume der Jeansbeine zu erwischen, Lollo pflückt den Mantel von der Sessellehne und geht noch zwei Schritte so normal es eben ist, Schritte voreinander zu setzen, bis er vor der Säule aus Haaren steht und da kommt der Mops von hinten und geht ihm daran kratzend den Unterschenkel hoch und als der Hund seinen kurzen Oberkörper wieder fallen lässt, schmiert er die graue Paste der Länge nach an Lollos Jeans ab. Sieht eigentlich aus, als hätte ihm eine Möwe hinten ans Bein geschissen, kann ja passieren, denkt Lollo, und er spürt einen gewissen Druck, so ein Pflichtgefühl, das ihn, wie ein Magnet, zurück in die Agentur, zurück auf seinen Bürostuhl zieht, und Lollo bemerkt überrascht, wie flink sich das Abenteuerliche in den Hintergrund verzieht und Platz macht, für das längst gewöhnlich gewordene Leben mit all seinen normabgestimmten Gebaren, wenn die wirtschaftliche Pflicht ruft. Der Zauber von gerade ist schon fast vollständig verflogen, das einzige was nachhallt, ist die Erhobener-Zeigefinger-Stimme Gereons und das Geräusch das es machte, als er den Hörer seines Agenturtelefon in die Halterung krachen lies. Klar ist das nur so normal traurig und beileibe keine neue, das allgemeine Denken zum schlussendlichen Umpolen durchschlagende Erkenntnis, stellt man fest, dass es schade ist und einen erwachsenen Arbeitstüchtigen traurig stimmt, wenn das Leben in der Geschäftswelt dem Leben der

Gefühlswelt immer den Rang ablaufen wird, denn nur money makes the world go round. Doch trotz aller Blumenkind-Plattitüde und längst satt gehörter ideologischer Umschwungs-Mentalitäten sei seiner Selbst wenigstens in einigen sparsamen Prisen ab und an die Anteilnahme gewidmet, nur einen kleinen Funken Einsehen zu haben, dass das, worauf es eigentlich ankommt – Gesundheit, Genuss, Leben, Liebe, Familie, um nur die Stammvertreter der der Natur entsprechenden Bestrebungen der Urform Mensch aufzuführen, mit jener Lemma auch die Werbung gerne arbeitet und der Healthy-Lifestyle-Genuss-lange-gepflegte-Bärte-Sektor bei Konsum ihrer Güter eine dementsprechende, in ihren Grundsätzen bessere Welt verspricht – schnell von aus gigantischen, chromfarbigen Zauberhüten aus der Zukunft gezogenen Lifedesigns überholt wird und schon nach lang andauernder Nichtbeachtung schon bald, kaum mehr widerrufbar, komplett eingemottet worden sein wird. Ein Baumhaus kostet keine Miete. Aber eines postpubertierenden Tages wird es zu klein geworden sein, um als Ausgewachsener weiterhin darin zu hausen, mein kleiner Peter Pan. Dann muss man weiter, also die Hängeleiter runter und selbsterrichtete, nach Holz und Harz duftende Trautsamkeit, zügelfreie Natur- und Abenteuerlust wechseln zu Designersofa, Ledersitzen in flinken Taxis und geldbörsegebundenem Eifer. Steht man jetzt an dem Punkt, wohin man einst sein Ziel gesetzt hatte, wird daraufhin viel Alkohol getrunken um die Sicht auf seine neuerrichtete Lebensweise erfolgreich zu trüben und während des In-den-Schlund-Schüttens heimlich nägelkauend aufs Türklingeln gewartet, auf dass die Besserung in persona auf der Fußmatte steht und »Na, dann los!« appelliert, jedoch nie da Klinke putzt, wo man sich, in der Karriere angemessenem Luxus schwelgend, gerade befindet. Und dann wird einem bewusst, dass, solange sich die Erde dreht und die immer wieder selbst zugefügten Räusche ihr augenrollendes Drehen hinzufügen, dem sich amortisierenden Wechsel zu harmonisch portionierter Lebensweise, aus der neugelebten Selbstverständlichkeit eher automatisch entkommen, statt vorgenommen wird. Und dank dieser Erkenntnis, wenn sie sich denn mal erfahren lässt, wird einem dann schlecht, und es wird einem noch oft schlecht werden, und das liegt nicht alleine am Saufen. Zeitweilig jedoch, wenn statt auf Stand-by-Schalten durch Alkohol auch Urlaub zum Herunterfahren überhitzter Prozessoren gut schmecken würde, drängelt sich, mit ausgefahrenen Ellbogen und einer gehörigen Portion notwendiger Durchschlagskraft, der Willen hervor, ausnahmsweise einmal seine eigentliche Natürlichkeit zu zelebrieren, den Spielraum ums x-fache zu erweitern, sich keiner Arbeitsstätte, sondern nur noch der Begierde Untertan zu machen. Doch ist der Groschen erst gefallen, und du würdest es endlich über die Grenze geschafft haben, würdest in der neuen Zone angekommen sein, würdest schweben wollen, würdest tanzen wollen, passiert mal wieder nichts mit Ausbruch, Freischweben, Tanzen, Abenteuer und dergleichen, denn die Schienen, die dich lenken, bestehen aus Eisen und dein Eigenwille mal so gar nicht und schon lischt das starre Immergleich der Grundform die tollkühn aufflammende Mission zur Zwanglosigkeit und man sieht, was man vorhatte, vielleicht etwas transformiert, dann doch nur, mit den Füßen auf dem Wohnzimmertisch, im nächsten abgedroschenen Skript eines Werbespots im heimischen Fernseher, der freiheitsliebende Genüsslinge zwischen Dünengräsern friesisch-herben Gerstensaft kippen zeigt. Nun, der Alleingang, sich an wachsamen inneren Gefängniswärtern auf den Weg von einer längst keine Früchte mehr tragende, in die nächstbeste, psychischen und physischen Mehrwert versprechende Episode zu machen, fällt schwerer, als zumeist erwartet. Wer's nicht glaubt, soll's bitte ausprobieren, nur zu und nur Mut! Neue Wege, sind schwarze, unbefahrene Pisten, und mit Gefahren und Einsamkeit verbunden. Aber warum sich überhaupt alleine auf Achse ins Wagnis machen? Wo eine gute Mission zu stemmen ist, finden sich doch Weggefährten, die bestärken, vormachen und mitziehen! Eine Entourage, eine Gruppe oder ein Netzwerk kommt für Lollo aber nicht in Frage, zu wenig kann und möchte er sich mit Gemeinschaftsgeist infizieren und sich mit Gemeinschaftsglaube identifizieren. Das liegt ihm nicht, er kann sich ja nicht einmal ein Fußballspiel angucken – zu viele gleichgepolte Fanatisten, keine Fantasten. Ein besseres Rezept für ihn wäre da ein Kompagnon, jemand Anvertrautes, mit dem er neben privatesten Gedanken auch geheimste Wünsche teilt und sicher sein kann, dass das, was er preisgibt, volle, heiße, greifbare, nicht anzufassende Worte, in einer wie ein Grab schweigenden Hülle seine Existenz fristet und nie an Dritte weitergegeben wird. Logischerweise fällt einem da als erstes Freja als Anwärterin auf den Posten ein. Bei Freja kann Lollo sich sicher sein, dass da nicht getratscht wird, vertraut er ihr Dinge an, Dinge, wie beispielsweise, dass er mit dem Leben, wie er es kannte, bevor er sie getroffen hat, nur noch wenig anzufangen wissen will und seine persönliche Routine eigentlich zu canceln vorhat und mit ihr irgendetwas Neues anstellen möchte, denn so, wie es sich im Hier und Jetzt abspielt, seitdem er sie kennengelernt hat und sie, Freja, ständig und nur noch in seinen Gedanken herumschwirrt, ist für ihn, so wie er bislang ohne sie gelebt hat, nicht mehr lebenswert, da sieht er endlich ein, endlich so klar wie zuvor noch nichts, dass der Alleingang seine Beine in die Hand nehmen und die Biege machen soll. Freja aufladen, alles andere verlassen. Lollo möchte nicht länger alleine sein. Die langhaarige Braunhaarige lässt seinen Glauben an ein Erreichen eines verbesserten Lebens drastisch wachsen, lässt seinen Übermut sich aufplustern, lässt Lollo Fäuste ballen, wobei die Energie, die sie investiert, den durch sie schon etwas glücklicher Gewordenen zum in die Hände Spucken zu überzeugen, alles andere als deutlich erkennbar ist, sie macht da keine große Sache draus, dass sie die Kraft besitzt, Lebenseinschnitte zu provozieren, und diese mit Lollo teilt. Sie ist bescheiden, denkt Lollo, es blinkt und leuchtet und schillert, doch lässt sich ihre Show, dieses Aufgebot an Spektakulärem, nicht erahnen, außerhalb ihrer Schutzschicht aus Introvertiertheit und der Massen an Haaren. Im Inneren ihrer Verschachtelung: Diese vielversprechende Perspektive eines gemeinsamen Neuanfangs, die sie, edel und richtig wie sie ist, nicht verspricht, doch Lollo dieses gute Gefühl anhand eines Hauch von Nichts spüren lässt, dass auch sie guter Dinge ist, dass das klappt, mit ihm im Duett hüftschwingend und beschwingt durch die Zukunftsmusik zu wanken. Es scheint so zuverlässig, dass es klappt, wenn Freja Lollos Kompagnon würde. Vielleicht ist sich Freja ihrer Beihilfe auch gar nicht bewusst. Vielleicht tut sie Lollo auch nur zufällig gut, einfach, weil sie auf einmal da war und seitdem da ist, wenn er Zeit für sie findet, weil da überhaupt einfach ausnahmsweise einmal jemand für ihn da ist und nur diese Ausnahme macht eine eigentlich ganz gewöhnliche Sache (von Frejas optischer und verhaltensauffälliger Ungewöhnlichkeit mal abgesehen) so stark, dass er durch sie und für sie sein ganzes Leben umkrempeln möchte. Vielleicht ist das Liebe. Vielleicht ist es auch Zauber, was hier abgeht, denkt Lollo, egal was es ist, denkt er dann, ich lasse es passieren und dann denkt er, dass es hier ganz schön verbrannt riecht und dann hört er das Piepen eines Feuermelders und kriegt erst dann mit, dass er wohl in einer Art Trancezustand schwelgte und erst jetzt wieder zurück in der Welt mit den scharfen Kanten und den zischenden Tönen angekommen ist. Das Piepen des Feuermelders kommt aus dem Raum, aus dem Freja gerade wieder herausgekommen ist, der Geruch nach verbranntem Teig aus der Küche, in der der Mops schreit wie ein Babywolf. Lollo zuckt zwischen dem hochinteressanten, noch nicht ergründeten Raum und der Küche hin und her, entscheidet sich erst in der Küche den Ofen auszustellen, dann den

Feuermelder in dem hinteren Raum zu deaktivieren, vor dessen geschlossener Tür regungslos Freja steht. Hört sie den Alarm nicht? Riecht sie es nicht? An der Decke kriecht in feinen Schwaden Rauch entlang. Lollo hastet in die Küche, dreht den Knauf mit der Temperaturanzeige und den mit Ober- und Unterhitze, Umlaufhitze usw. auf 0, der Mops schaut ihn erleichtert an, dann hetzt Lollo am Tisch mit den darauf gestapelten Stühlen und an der an altem Fleck stets funktionslos verharrenden Freja vorbei in den Raum, von dem er bisher nicht wusste, was sich in ihm verbirgt, und als er die Tür nach innen aufschlägt, entdeckt er in dem Raum auch nichts, das auf seine Nutzbarkeit hinweist, etwa ein Bett, das für ein Schlafzimmer steht oder einen Schreibtisch, der aus dem Raum ein Büro macht, in dem Raum ist einfach nichts drin, von der Decke hängt nur so etwas wie ein ziemlich großes, ziemlich altmodisches Mikrofon herunter, das aussieht wie ein Bienennest aus metallischen Gittern, daneben klebt ein handelsüblicher Rauchmelder an der Decke, der in einem geschlossenen hohen Ton durchgängig röhrt, die Wände sind mit schwarzen Matten verkleidet, es gibt kein Fenster. Lollo steigt auf Zehenspitzen und sein Finger erreicht den Knopf in der Mitte des Feuermelders. Er drückt ihn. Das Geräusch stoppt. Bei Lollo rauscht es im Ohr und dasselbe Schwindelgefühl von vorhin überfällt ihn und auf einmal wird ihm ganz kalt und heiß zugleich und er macht, dass er da rauskommt, aus dieser dunklen Gruft und er schließt die Tür hinter sich, und es fühlt sich an, als sauge der Raum, die rabenschwarze Kabine, Luft, Lollo stellt sich neben Freja und überlegt, was er sagen kann, damit die Stille, die sich nach dem lauten Piepton und dem vergangenen Gejaule des Mopses auf einmal einstellt, nicht so unerträglich wird, da rührt sich Freja, krallt den Mops, der gerade vor den beiden im Kreis umherjagend sein Hinterteil zu schnappen versucht, packt ihn wie ein Karnickel im Nacken und bugsiert ihn – plumps – ins Streu ins Katzenklo, geht zur Tür die nach draußen führt und legt – die Geste es hat etwas Warnendes an sich – eine Hand auf die Klinke. Dann dreht sie sich auf einmal locker aus der Hüfte zu Lollo um, als wolle sie sagen »nun komm schon, du lahme Tüte«. Pizza auf dem Gewissen und nichts im Magen – ernüchternde Bilanz einer Mittagspause. Freja und Lollo verlassen die Wohnung, der Aufzug kommt. In den Zimmern, die durch den Rauch großzügiges Lüften bitter nötig hätte (verkokelte Salami, evaporierter Analogkäse), Lollo aber den Teufel tun wird, jemals wieder eines der Fenster aufzustellen, jault der Mops knatschend und Mitleid erregend, das ist ja eigentlich Tierquälerei, denkt Lollo, und bumm, bums, haut er den speckigen Kopf wieder von innen an die Tür. Mitternacht im Flur, dunkelgrau, nicht mitternachtsblau. Der Fahrstuhl öffnet sich, gleißendes Weiß, Neonweiß, wie ein extrem neuer Tag. Sie steigen ein.

Leise summend und alle paar Meter etwas rüttelnd bewegt sich die Kabine nach unten. Im beißenden Licht mustert Lollo seine Affäre von der Seite. Freja steht gewohnt erstarrt da, den Haarvorhang vor Augen, vor ihrer Nase flattern einige Strähnen im Windzug ihrer Atmung. Lollo ist wackelig auf den Beinen, er hat noch diesen Tinnitus im Ohr, seine Energie ist vollkommen verflossen, das merkt er jetzt ganz deutlich, er fühlt sich schwächer als vor Tagen, als er wirklich krank war, vielleicht hat er immer noch die Grippe, keine Ahnung, ein Schweisstropfen bewegt sich von der Kopfhaut die Stirn herunter, der Gang mit der Gravitation kitzelt ein bisschen. Gravität. Lollo wird schlecht, er spürt eine leichte Taubheit in den Armen, es zwickt im Brustbereich, die Augen jucken, Heuschnupfen, er reibt, er bekommt schlecht Luft.

Eben noch gab er sich hin, lieferte sich Gefälligkeit und Elektroschocks aus, ersoff in Speichel, ließ sich fallen und von ihr auffangen, fing im Wechselspiel die in seine Arme Gleitende, es bitzelte, funkte und leuchtete und es war schön und soll es auch bleiben. Da kam der ungebetene Moment, an der die schillernde Spaßblase, in der sie sich umschlossen befanden, an den scharfen Kanten der verschraubten Gelenke der pelikanrosaroten Brille, die Lollo aufhatte, zerplatzte, als Creative Director Gereon seinen Lieblingskreativkopf durch den Telefonhörer anspeite und sich dieser daraufhin schlagartig verdonnert fühlte, sich schnellstens ein Taxi herbeizuwinken, sich hinter den iMac zu klemmen und Kaffee für Kaffe in sich hinein zu schütten und zu ackern und zu malochen und das wahrscheinlich, bis die Kirchturmuhr zur Geisterstunde schellt, sich das übrige Volk nach dem Bachelor und Spiegel TV, die Zahnbürsten in Backen steckend, so langsam auf den Weg in die Pofe macht. Surren im Fahrstuhl. Lollo lehnt sich mit der Schulter an die Wand, legt den Kopf ans kühlende Metall, schließt die Augen, holt tief Atem ein, nutzt einen Trick, den er sich schon als Kind ausgedacht hat, der ihn in Situationen der inneren Unruhe eigentlich immer recht ergiebig beruhigte, er stellt sich nämlich Folgendes vor: Das Abendrot verteilt sich gleichmäßig über den graublauen Himmel oberhalb der Dünen, die ihn mit den Spitzen ihrer Gräser kitzeln. Dahinter, in dunklem Türkis, die weite, rauschende, undurchsichtige Nordsee, die aufs Land ruft und mit den Wellen den Strand beißt. Lange Wolken hängen wie zum Trocknen auf die Leine gespannt in der Luft, in weiter Entfernung, doch empfundener Nachbarschaft, gleitet Beschnäbeltes kreischend und lachend, dazu ein Gebläse, das mit Getöse vom Meer aufs Festland ausrollt und den scharfen Dünengräsern eine Carbriofrisur verpasst. Brechend klatschen die Wellen wie Fäuste in die Breitseite des daliegenden Sandes, als wolle sich der Ozean einst aus ihm erhobenes Land zurück holen. Saftig pink- und orangefarben leuchtet die Restsonne überm Horizont, in dessen Tasche sie sich zum Ausruhen nun zurückzieht. Der Prozess ihres Untergangs spiegelt sich im Wasser, das ganz hinten fast still, nur ganz leicht vibriert, auf der leicht gebogenen Kante, die das Meer dahinter vom Auge abschneidet, bewegen sich die schwarzen Schatten der Krabbenkutter fast unmerklich langsam. Wattläufer und Sanderlinge tippeln über den von der Brandung festgepressten Boden, picken Fressalien und hüpfend flüchten sie vor den nächsten anrollenden Wellenausläufern, als könnten diese ihnen auch nur eine Feder krümmen, vereinzelt sitzen die Wattvögel auch weiter draußen auf dem Wasser, wippend auf Wogen. In seiner Fantasie steht Lollo da oben auf der Aussichtsplattform einer jener Holztreppen, die von Stadtseite aus, sich über die Deiche durch die Dünen schlängelnd, auf den Strand führen, dabei hält er Ausschau aufs massive Nichtviel des offenen Wassers, auf dem nichts wirklich passiert, man die Oberfläche trotzdem gespannt überfliegt, als würde es regelmäßig etwas zu sehen geben, währenddessen die Entspannung eine überaus weiche Decke hervor kramt, um sie unlängst dem Gemüt umzulegen. Hie und dort ergeben vereinzelte, an den Rücken durchnummerierte Strandkörbe ein paar Pixelfehler im Urnaturbild des Schelfmeers, ansonsten ist nichts weiter Künstliches an der Küste zu sehen, alles macht den Anschein, so zu sein, wie es schon immer von Natur aus zu sein hatte und eben so authentisch schmeckt die Luft nach Meer, salzig, und nach was sie duftet, nach Seetank und Muscheln. Original-Odeur Nordsee. Die Böe zieht die Sandkörner mit, schleudert sie in die Gesichter Anwesender, es fühlt sich an, wie ein tiefreinigendes Gesichtspeeling, welches mit den untergründig feststeckenden Hautunreinheiten auch jedwede schlechte Laune aus den Poren herauszieht, die man, um sich hier von ihnen freizumachen, mit im Strandgepäck verstaut hat. Auf seiner Fantasiereise, naja, Trip vielmehr, ist Lollo barfüßig unterwegs. Auf einer durch raues Wetter und die schmirgelnde Funktion touristischer Sandalensohlen aufgeplatzten Holzstufe hat er sich einen Splitter ins Fußbett gezimmert. Das kommt davon, wenn man vor Entspannung Treppen nur faul hoch schlurft, statt sie zu erklimmen. Urlaub eben: der ganze Organismus hat Betriebsferien. Da klebt jetzt Sand im Blut, wo sich der Splitter ins Fleisch schiebt. Der Schmerz macht munter. Lollo zieht den Keil langsam aus der frischen Wunde. Das alte Holz der Stufen und der Geländer riecht noch genau so, wie, als Lollo sechs Jahre alt war. Dann sieben, dann acht und so weiter. Als er Kind war besuchte er die Insel jährlich mit seiner Familie. Manchmal waren sie sogar zwei Mal im Jahr auf Sylt, im Sommer und zu Ostern, manchmal im Herbst, selten im Winter. Es gab da so ein Haus mit Reetdach, am Rande von Westerland, kurz vorm Campingplatz, da logierte die Familie gewöhnlich, las auf Sofas lümmelnd Bücher, bis es den Kindermägen nach Fischbrötchen von Gosch und den Eltern nach gut gekühltem Weißwein aus Karaffen dürstete. Irgendwann zerbrach die Familie in tausend Stücke. Aber das Zerstückeln spielte sich nicht auf Sylt ab (wie etwa das Folge nach sich ziehende Zerwürfnis Assauer VS. Thomalla, wo die BILD Zeitung (oder war es der Spiegel?) berichtete, dass der bis zuletzt chauvinistische Zigarrenpaffer und u.a. Ex-Fußball-Manager die bis 1986 bei der DDR-Pop-Band *Jessica* im Background Trällernde und u.a. aufgrund diverser Rollendarstellungen aus dem Fernsehen Beliebte und Bekannte, im bemittelten Kampen über eine der für Sylt typischen, halbhohen Vorgartenmauern in ein Blumenbeet gestoßen habe, woraufhin die Schauspielerin der Schmäh, nachdem sie sich wieder aufgerappelt hatte, mit einem Tritt in des ihres Mannes Unterleib entgegnete, woraufhin erst recht der Atem aller männlichen Augenzeugen stockte, und somit das Ehe-Aus mit dem grünen Daumen in Schnörkelschrift in die Blumenerde unterschrieben worden war) und spielt hier auch gar keine Rolle, doch brachte das Auseinanderfallen der Familienkonstellation mit sich, dass Lollos wohltuende Wiederkehr des immer gleichen Urlaubes abbrach, und es ließ sich auch viele Jahre später erst wieder reaktivieren, dass es Lollo es übers Herz zu bringen gelungen war, seiner

Sehnsucht nach dieser nordfriesischen Insel doch noch einmal nachzugeben und ihr einen Besuch abzustatten. Jahre, nachdem er es endlich schaffte, die Stellen und Eigentümlichkeiten nicht mehr mit Erinnerungen an Bilder seiner weitgehend glücklich verlebten Kindheit innerhalb einer funktionstüchtigen Familie in Zwangsverbindung zu stellen, packte er es, sich der echten Schönheit der Insel als Bestandteil einer Sache, die ja wirklich rein gar nichts mit dem Strippenziehen zum persönlichen Familiendesaster zutun hat, zu besinnen, ihre ungekünstelten Facetten, Land und Weide, Strand und Meer, Schaf und Champagner, aus in sich verbuddeltsten Tiefen wirklich vermissen und sie sich wieder zufügen zu können. Natürlich wußte er bereits als Kind über den snobistischen Ruf bescheid, den man – zum Teil angesichts hochfrequentiertem Aufkommen Hodenumfang in die Höhe schraubender Sportwagen, die die Fortpflanzungsfähigkeit ihrer finanzkräftigen Besitzer zu beteuern vermögen selbstredend zurecht – dem Inselbesucher nachsagt. Jenseits der dortige Ferien kritisch in Frage stellenden Bürde wußte Lollo aber ebenso um das unvermischte Naturspektakel des kangarooförmigen Eilands bescheid, das sich erhaben gar nicht erst darum schert, national seines gleichen Erlesenheit zu suchen. Und erneut, nachdem er Klamotten, Hygieneartikel und Lesezeug in einem großen Sportbeutel würfelte und sich auf den Weg machte, bekam er die meditative Unterstützung der Insel (die, durch den Hindenburgdamm, auf dem der Sylt-Shuttle autoführende und die Nord-Ostesee-Bahn per pedes Lustwandelnde, Insulaner, Berufspendler, sowie sich endlich Rast gönnende Gastfreunde vom Schleswig-Holsteinischem Kontinent aufs Eiland und zurück transferieren, mit dem Festland bei Niebüll verbunden, ja eigentlich eine Halbinsel ist) wieder deutlich zu spüren.

Wie er so dasteht, auf der Holztreppe am Scheitelpunkt der Düne, das kleine blutige Loch pocht unter der Sohle, er aufs

Meer blickt, das musterbildlich tost, er ganz tief bis auf den Boden seiner Lunge einatmet, sich sein Brustkorb mit klarer, kalter Luft füllt, kribbelt das Blut in seinen Muskeln, es gleitet so barrierefrei wie es im Alltag nicht zu strömen vermag, sammelt sich in der Herzgegend, an den Schläfen, in den Ohren. Und Lollo fühlt sich wie ein junger, vitaler, in der ganzen Nachbarschaft gern gesehener Familienhund, ein braun-weiß gefleckter Terrier vielleicht, dessen struppiges Fell und seine zutrauliche Ausstrahlung streichelnde Hände anzieht wie Wühltische im Alles-muss-raus-Verkauf nachlässig manikürte Hände erwerbsloser Schnäppchenwütiger. Plötzlich scheinen im Hirn Türen und Tore aufzuspringen und sich spannende, neue Kanäle freizuschalten, noch nie dagewesene Einfälle ins Bewusstsein überzugehen, sich frische Gedanken, mit Salz- und Brot-Mitbringsel einen guten Sinneseindruck machend, auf der Fußmatte (auf der freilich »Welcome« steht und auf dem Wort der Begrüßung natürlich ein Schmetterling hockt, dessen Flügel comicherzförmig sind) als neu angesiedelte Erleuchtung vorzustellen. Lollo ist frei von Angst (schicksalsträchtige Einschläge wären das Einzige, das so zu sagen aus Zufall Angst hervorrufen könnten; z.B. von einem von Austern und Perlwaser betrunkenen Fahrer eines schwarzen Ferrari (Ziel der Fahrt: die Sansibar) angefahren zu werden und sein Bein zu verlieren, das wäre schlimm, davor hat man im Vorfeld aber keine Angst; es sei denn, man ist WahrsagerIn) und bereit zu allem Erdenklichen, die Mundwinkel erheben sich ausladend zu einem delfinschnutigem Dauergrinsen, als er die Treppenstufen den Berg hinunter zum Strand nimmt. So wie Schwangeren im Geburtsvorbereitungskurs nebst präventiven Atem-, Gymnastikübungen, Stand-, Lehn-, Hangel- und Vierfüßlerstellungen auch auf dem Lehrplan der Dienst habenden Hebamme vorzufinden ist, wie man gegen Geburtsschmerz an stöhnt um das Gewebe im Beckenboden zu lockern und den fröstelnden Säugling lockerer Hüfte ins kalte Draußen zu schwingen, entfährt ihm, wie ein überraschend herauströtender Rülps, ein Stöhnen – Hhhhhuuuuööööooohhhh! – welches ihm zweckdienlich enthemmend zur seelischen Entkrampfung verhilft. Unvorhergesehenes Stöhnglück – für Geld nicht zu kaufen, in Städten mit Luft voll alarmschlagendem Feinstaubaufkommen nicht wiederfahrbar. Muss man für erst nach Sylt flitzen. Etwas lauter wiederholt: Muss man für erst nach Sylt flitzen!

Nach jedem Schritt am Strand füllt der Sand die hinterlassene Fußspur wieder auf, der Pfad ebnet sich, die steife Brise wirbelt Körner durch die Gegend, Lollo kneift die Augen zu. Ach du simple, ausgedehnte Nordseekomposition aus Himmel, Wasser, Land. Lollo blinzelt in die Weite übers Meer hinaus, es ist ihm, als erkenne er, wie sich der Horizont links und rechts krümmend in den Augenwinkel absenkt. Je weiter er in Nähe des Meeres stapft, desto feuchter und damit härter wird der Boden, um so weniger muss er stapfen. Angeschwemmte Muscheln brechen unter den Fußballen. Jeden Moment dürfte die anspülende Gischt seine Zehen berühren, die Wellen brechen lautstark, schlagen sie auf, verteilt sich salziger Sprenkel wie kühler Nieselregen auf seinem rosig gewordenen Gesicht. Das Pink verflüchtigt sich da vorne vom Himmel, etwas Orange bleibt über, darüber wird's Grau zu Dunkelblau, die Böe pfeift Hans Albers' »Das ist die Liebe von Matrosen«, das Klima ist rau, die zarte Seele, ringend zwischen Land und Ozean, man bekommt's mit der Seemannsromantik. »Reinige mich!«, schreit Lollo stumm aufs Meer hinaus, »reinige mich!« Er spreizt die Arme, als wolle er das Meer auffordern, sich in Hälften zu teilen, er blickt dem Sonnenuntergang entgegen, die Regeneration ist im vollen Gange, eine Heilbehandlung, da ist er wieder, hallo Lollo, denkt Lollo, er pausiert. Er geht noch einen Schritt weiter mit der Ebbe mit, da fällt er in etwa zwei Sekunden zwei Meter in ein himmlisches Luftloch, wird dort, vom Loch, sanft aufgefangen. Er trägt Schuhe, an kreideweißen Fingern kleben Fingernägel, die so matt oder rau oder strukturiert sind, dass sie selbst in dieser extrem hellen Beleuchtung nicht glänzen wie sie sollten, kolonk macht die Fahrstuhltür und öffnet sich, im Flur riecht es nach Urin von draußen vorm Hauseingang. Das Piepen begleitet ihn immer noch im Ohr und Lollo fragt sich kurz, wie das wohl ist, mit dem Piepen als ständigen Begleiter, wenn man sich erst daran gewöhnt hat – wie mit einem imaginären Haustier an der Seite oder mit einer geheimgehaltenen Geschlechtskrankheit in der Hose. Freja steigt aus der Kabine, sie beeilt sich sichtlich, wegzukommen, stößt die Haustür auf, läuft auf die Straße vor, Autos, Menschengeschnatter, Klingeltöne, von irgendwo her kommt Musik, dazu andere Musik aus einem vorbeifahrenden Auto, ein Bettler mit einem zerknitterten Coffe-2-go-Becher bitte um ein paar Groschen, Lollo stößt mit einer großen Einkaufstüte zusammen, schiebt die dazugehörige Person beiseite, macht sich schnell hinter der Säule aus Haaren her, die schon wieder drauf und dran ist, in dem Menschengewusel zu verschwinden, das sich an der Bushaltestelle vorm Abgang zur U-Bahn Gänsemarkt staut. Bunte Kappen und Kopfhörer, joviales Lachen, das Pupsen der Falttür des Busses, die sich öffnet. Auf den Schaufensterplätzen der *Stadtbäckerei* haben Streuselkuchen mümmelnde, in die Jahre gekommene Herrschaften gewechselt und Lollo beneidet sie um ihre üppig zur Verfügung stehende Zeit und wie sie so gemächlich Kaffee trinken, würde er sich auch gerne einen genehmigen, werd' ich auch gleich in der Agentur, denkt er, doch bevor er sich auf den Weg dorthin macht, fasst er Frejas, die er jetzt eingeholt hat, am Arm, um ihrer Flucht endlich ein Ende zu setzen.

»Wir müssen dann wohl beide wieder, was?« In seiner Stimme liegt ein müde gewordener Unterton. »Ich nehm' da vorne jetzt ein Taxi. Muss auch schnell zurück in die Agentur.« Er sucht ihre Augen, die würden jetzt helfen, denkt er, ich könnte in ihren Augen lesen, wie es weitergeht. »Du, ich fand's schön. Ich finde es immer sehr aufregend mit dir.« Lollo spricht ganz leise, da seine Worte nichts in hörlustigen Ohren der Passanten zu suchen haben. »Ich würde dich gerne öfters, nee besser, regelmäßig sehen. Freja. Ich fänd's toll, wenn-«

Die Hand der langhaarigen Braunhaarigen schießt in die Luft als wolle sie jemanden, der da ganz hinten steht und den sie lange nicht mehr gesehen hat besonders enthusiastisch begrüßen, doch ihre Handbewegung ist als Abschiedsgeste gedacht, muss Lollo erkennen, denn sie macht direkt eine Kehrtwende und sich geschwind davon und um die Ecke. Keine fenstergetönte Fliegerbrille der Welt könnte die Augenringe verdecken, die Lollo infolgedessen spontan aus der Tränensackgegend heraustreten. Verdattert blickt er Frejas Verschwinden hinterher wie ein überraschter Horst Tappert. Lollo benötigt einen Kaffee, und zwar nicht erst in der Agentur, sondern genau jetzt. Er bestellt sich einen in der *Stadtbäckerei*, stellt sich an einen Stehtisch, befummelt den Zuckerstreuer und inspiziert die lebensbetagten Besucher an den Tischen. Wenn man selbst schon volles Kanonenrohr Scheiße erlebt hat, lässt Lollo sich, um objektiv fair zu bleiben und nicht der Süße des Selbstmitleid zu verfallen, zu einer Überlegung hinreißen, was werden die Alten hier in ihrem Leben schon alles erlebt haben müssen? Kriege wurden ausgetragen, sie waren Teil des Geschehens. Sie wurden dazu. Menschen wurden ihnen genommen, Herzen ihnen gebrochen, sie lernten autodidaktisch, jedwede Innerlichkeiten zu reparieren. Krankheiten kamen überfallartig. Vor allem fortgeschrittenen Alters. Sie überleben alles, während Gleichaltrige parallel, einer nach dem anderen, das Zeitliche segneten und nun gibt's Beerdigungskuchen und Franzbrötchen und die ein oder andere der unzähligen, vom vielen über-die-Zunge-gehen schon ganz matschig gewordenen Anekdoten wechselt die

Tischseite, und dieser Unbeugsamkeit der Menschenleben, in denen Hörner nicht nur abgestoßen, sondern volles Brett bis auf den Schädel abgeraspelt wurden, gilt es hochachtungsvoll doch angemessen zaghaft auf den knochigen Schulterknorpel zu klopfen, dabei gespitzten Löffeln möglichst ehrwürdig den Geschichten zu lauschen und zu verstehen: egal mit was du zu ringen hast – es geht noch Sumoringer.

Lollo stöhnt eine Geburtsvorbereitungs-Übung, nimmt, enttäuscht, dass Freja auf seinen Wunsch, sie regelmäßig zu treffen, nicht eingegangen ist, ein Taxi, das scharfe Aftershave des Fahrers erfüllt die gesamte Karosse ebenso, wie dessen satzzeichenlose Leidensklage, dass gutes Wetter »für die Leute«, schlechtes Wetter für den Verdienst des Taxifahrers bedeute, und die Penetranz, die der Chauffeur damit an den Tag legt, lenkt Lollo dann doch recht angenehm von seinem eigenen Leid ab und so überprüft er, was der Tag noch so für ihn parat hält, und ihm fällt die allseits schlechte Stimmung in der Agentur ein, von Gereon steht ihm noch die gerechtfertigte Abreibung bevor, und hoffentlich, denkt er, ist es bald Nacht. Un heute Nacht wird ein ganz besonders biergetränkter Feierabend gefeiert, denn aussergewöhnlicher Frust gehört über Normalmaß hinaus besoffen, ist doch klar. Doch noch scheint noch die Sonne. Der Taxifahrer hat recht, es ist wirklich ganz tolles Wetter, ein auffallend klarer, sehr kalter Herbsttag. Da krächzt eine Möwe. Lollo schaut aus dem Fenster: Justizvollzugsanstalt. Ein von links nach rechts breites Massiv.

DIE SAGENHAFTE KORYPHÄE AUSDRÜCKLICHER ENTHALTSAMKEIT
(Donnerstag)

Letzte Nacht kam Schnee. Als Lollo nach Mußestunde gegen 0:30 Uhr vor seiner Haustür das Taxi verließ, segelte der erste Eis gewordene Niederschlag der Saison in Wattebauschenform von oben und von unten nach oben, denn es war sehr windig. Bereits nach wenigen Minuten waren die Autos und Grünflächen vor den Häusern weiß lackiert. Da Lollo sich nach gestrigen Ereignissen und dem schweren Tag vom Gehirn her so wie so minderbemittelt fühlte, schmiss er den Kopf in den Nacken, rollte die Zunge aus und fing ein paar Flocken mit dem Mund. Der Schnee schmolz direkt nach Landung im Mund und schmeckte nach nichts, und das war ganz angenehm, und so lief er eine Weile vor seinem Haus herum und probierte den Himmel. Als er eine besonders große kristallene Flocke ins Auge bekam und diese zwischen seinen Wimpern schmolz, hätte er sich einbilden können, dass es eine Träne war und kein Schnee, was ihm aus dem Auge die Wange herunter kullerte. Lollo ging ins Haus. Am Küchenfenster beobachtete er noch, wie der Schnee auch Gehwege und die Straße in Weiß hüllte, währenddessen er zwei Flaschen eiskaltes Bier trank und am Küchenfenster Zigaretten Kette qualmte. Jedes Mal, wenn er inhalierte, sackten die Schultern ein bisschen mehr, raffte sich das Rückgrat ein paar Zentimeter weiter zusammen, ihm wurde bald übel, mit dem letzten Schluck Bier gurgelte er, um den Geschmack von kaltem, nassen Rauch wegzuspülen. Nicht erst zu diesem Zeitpunkt war da keine Energie mehr in ihm drin. Dafür jede Menge diffuser Fragen an seine allgemeine Situation und immer mehr, immer weitere kreative Lösungsvorschläge für die Jobs, die den Nachmittag bis in die Nacht noch auf seinem Schreibtisch landeten, die es galt, abzuarbeiten, die er bis jetzt nicht loslassen konnte und auf deren Aufgabenstellung er immer noch verbissen herumritt wie irre geworden. Energie auf Minuslevel und trotzdem war da immer noch Energie aus ihm rauszuziehen. Wie viel Energiedispo hat ein Mensch? Lollos Kopf sah keine Atempause vor. Die Armada an Gedanken eilte Struktur suchend im Slalom, sprintete, als stoppte jemand mit der Uhr, rannte vor, bog und windete sich um Flausen und Säulen möglicher Erleuchtung und Ecksteine an prinzipieller Richtigkeit – die Suche nach dem korrekten Einfall, dem Einfall, der es am Ende »werden« sollte. Irgendwo mussten Ergebnisse gefunden, Dinge geordnet werden, das Chaos im Kopf war auch für jemanden, der nicht strengend an bewährten Denkmustern festklammert und an und für sich gern mit dem experimentellen Touch geistigen Verstreutseins liebäugelt, nur schwer auszuhalten.

Bier Nummer drei. Und der merkwürdige Versuch, zu meditieren. Irgendwann konnte er einschlafen. Er hatte es nicht mehr für möglich gehalten, und dann doch. Schön.

Im Bett schaltete sich sein Bewusstsein aus und das Unterbewusstsein an, und er träumte von Freja und sich und dem Mops und machte sich schlafend so seine Gedanken.

Logischerweise recht ausgemergelt geht für Lollo der Vormittag in der Agentur von statten. Die Stimmung ist einigermaßen okay, Gereon, der ihm gestern noch die Leviten las, ist heute wieder ganz auf alter Spur, nickt die Ideen, die ihm sein Lieblingstexter, wie eine brave Katze fellknäuelmäßig vor die Füße, übergibt, besonnen ab. Gute Ideen, alles gut. Sein Vertrauen in Lollo ist ungebrochen. Gereon ist ein treuer

Typ, denkt Lollo. Doch Gereons einwandfreie Beurteilung Lollos derzeitigen Arbeitsverhalten hält Lollo nicht gerade für besonders zurechnungsfähig, u.a., da Lollo keine Abgabetermine mehr einhält, stundenlang in Mittagspausen verschwunden ist, oder nicht zur Arbeit erscheint, da er schon wieder kränkelt, oder weiß man's, was so einer wie er so treibt, wenn er nicht auf Maloche erscheint, und obschon Gereon anmerkt, dass er bemerke, dass da mit seinem Lieblingstexter etwas nicht stimmt, erwähnt er doch keine Konsequenzen, mit der einer, der sich zur Zeit so benimmt, wie Lollo es derzeit tut, eigentlich zu rechnen habe. Häufig schwenkt Lollo zudem eine reichstagsgroße Bierfahne, wenn er morgens das Gebäude betritt. Da sollte man als Team-Member auch mal drauf aufmerksam machen, dass man das Verhalten des Kollegen nicht mehr akzeptiert und mit persönlichen Bemühungen (privates Ohr für die Sache haben) und anderen Folgen drohen. Doch so lange er noch irgendwie funktioniert, der Texter, ist es seinem Creative Director am Ende wahrscheinlich völlig Wumpe, ob sein Ideenlieferant nun in besoffener, in kränkelnder oder gar in suizidaler Konstitution Ideen liefert. Hauptsache, es läuft, und Lollo erwartet erst etwas von wirklicher Strenge von Gereon zu hören zu bekommen, löppt er nicht nur weiterhin zeitverzögert, sondern gar nicht mehr. Ist ja angenehm, dass da im Kollegium bislang keiner konkret wird, also mal so richtig nachbohrt, was los ist, denkt Lollo. Nicht bloß zum Zwecke anschließenden Rüffels, auch zu eigenem Aufschluss, wäre das mal angebracht, dass da mal jemand nachhakte. Das wäre zwischenmenschlich eigentlich angesagt, findet Lollo, und ist damit sehr einverstanden, dass niemand fragt, was dahinter steckt, wenn dem Mitarbeiter lila-rote Würgemale vom Strick-Probetragen am Hals prangen, und es ist auch niemandem von genügendem Interesse, welchen Anlasses das Private des einzelnen Zuarbeiters Rollercoaster fährt und um mal nachzufragen, was so läuft oder eben schiefläuft, ergibt sich einerseits kaum der passende Umstand – in einer Agentur in der die Wände und Türen der Büros aus Glas bestehen, geschieht trotz angezielter Transparenz jegliches erst recht zwischen Tür und Angel –, zudem ist es von keinem außerdienstlichem Belang, wie's um jemandes anderen Gemützustand bestellt ist, wenn die dahintersteckende Geschichte nicht dem allgemeinen Amüsement gilt. Selbstverständlich wundert sich Lollo nicht über das fehlende Interesse an seiner Person. Das Desinteresse, das er an seinen Mitstreitern hegt, beruht auf prinzipieller Gegenseitigkeit, das weiß er natürlich, also geht ihm das nicht gegen den Strich. Sie wollen nichts von ihm, sie verlangen nur das Übliche, keiner will ihm etwas Schlechtes. Da gibt es nur Gereon, der seinem Lieblingstexter, anstatt eines handelsüblichen, zu 12 mm Durchmesser gedrehten Polypropylenseil, emotionale Unversehrtheit an den Hals wünscht. Er braucht seinen Texter ja noch, der ihm – immerhin – einiges an Arbeit abnimmt, und wahrscheinlich findet er Lollos soziale Verschrobenheit auch irgendwie so Brummbär-Bukowski-like (Bordsteinkantenromantik und durchgesessener Hosenboden, die Bräute stehen drauf), oder so. Und Potenziell-Freund Constantin? Den gäbe es da ja auch noch. Doch der kennt Lollo noch nicht ausreichend und Lollos bisherigen Erfahrungen nach, wird er schon nach anfänglicher miteinander verbrachten Zeit bei Constantin einen ungünstig bleibenden Eindruck hinterlassen und dann sind es doch wieder andere, die einen neuen Freund zum Freundeskreis hinzuaddieren und Constantin ist futsch und Lollo, der einsame Weiße, verbleibt auf der Oberfläche seiner undurchsichtigen Tiefen seiner Wesensart emsig, doch ohne ein Ziel zu kennen oder zu erkennen, durch die Nebelschwaden paddelnd; mit einem winzigen Arschloch im Boden des »boat of loneliness« langsam versinkend. Damit rechnet er fest: mit seinem sozialen Untergang. So kennt er sich, und genau *weil* er sich so wahrnimmt, nimmt er sich vor, möchte er am heutigen Tage keinesfalls beginnen, sentimental zu werden. Oder theatralisch. Das wäre mega albern, denkt er, und fragt sich, warum ihm ein Zustand auf einmal sauer aufstößt – denn das ist es, was er tut: er ist neu und er nervt –, der eigentlich schon immer so war, zumindest, solange er in Hamburg Werbung machte. Um seine auffällige Unauffälligkeit, als sperriger Solist abseits fröhlich miteinander pulsierenden Gemeinschaften, sind eigentlich keine neuen Erkenntnisse errungen worden. Nicht, dass er wüsste. Ist es der Kontakt zu dieser Frau mit den langen, braunen Haaren, die ihn in Sachen Zwischenmenschlichkeit plötzlich die mittlerweile eingerosteten Feinfühler wieder ausfahren lässt? Woher die anschwellende Sehnsucht? Wieso denkt er, nach all den Jahren, über seine Außenwirkung nach? Wie komisch wäre das denn, gerade in Freja den Anlasser zu finden, der seinen Motor zum Austausch mit dem großen Miteinander endlich anwirft, wenn er, Lollo, schon stumm und nichts sagend ist, welch sagenhafte Koryphäe ausdrücklicher Enthaltsamkeit von Zwischenmenschlichkeiten wäre Freja dann? Zumindest, soweit er sie kennt. So eine wie sie kann doch nicht wirklich imstande sein, das Verlangen, sich um Mitmenschen zu scheren, sich freiwillig resozialisieren zu wünschen, heraus zu kitzeln. Aus ihm. Oder unterschätzt er sie? Oder ist es gerade ihre Aufgabe, genau das zu tun, sein multisoziales Interesse wieder zu beleben? Lernte er sie während einer Mission kennen, einer Mission, die keinem Geringeren als ihm gilt?

Obwohl Lollo nicht sehr viel trank, hinterließen die Biere und die Zigaretten letzter Nacht eine stark beleibte Mieze in seinem Schädel, die offensichtlich wenig Bewegungsdrang verspürt. Der Kater rekelt sich noch bis in die Mittagspause hinein auf Lollos mollig warmen Zerebrum. Vielleicht ist es ja auch diese Form des Katers – der Kater aus Erschöpfung –, der Lollo zu schrägem Gedankenwandel maunzt.

Lollo klingelt bei Freja durch. Es tutet einige Male, sie nimmt nicht ab. Er legt auf und versucht es erneut. Nichts. Nochmal. Nichts. Es wird ihm leid, zudem mag er auf Gesprächspartnerschaft ausschlagender Seite nicht zum hoffnungslos anhänglichen Schwärmer mutieren, der in kaum vorhandenen Zeitabständen die Akkuleistung ihres Mobiltelefons beansprucht, das wäre peinlich, denkt er. Er lehnt sich in den Stuhl, legt einen Fuß auf die Tischkante, glotzt auf den Display des iPhones auf dem dreimal untereinander in Rot »Freja« in der Anrufliste steht. Es klopft an der Büroglastür, es ist Constantin, der seine freundliche Vorderseite durch den Türschlitz schiebt.

»Moin, bleibt's bei morgen?«

Ach, Constantin, du Sonnenstrahl, der du durch die erste Lücke der riesengroßen Regenwolke stichst, die ständig über meinem Kopf schwebt, denkt Lollo. »Ja, klar, beim Italiener da vorne, sicher! Holst du mich ab, ziehen wir sofort los.« Einmal mit Constantin um die Häuser ziehen, denkt Lollo, am Kiosk Schnaps trinken, auf Tanzflächen aufschlagen, irgendwo die Zeche prellen, sausen spontane Schwärmereien durch Lollos Kopf, für den das alles andere als gewöhnlich ist, plötzlich blümerant zu werden.

»Coo-cool«, Constantin macht ein Peace-Zeichen, »dann bis morgen!« und zieht den Kopf aus dem Raum. Fühlt sich tatsächlich so an, als ergäbe sich eine Freundschaft, murmelt es in Lollos Denkzelle. Na, hoffentlich passt der zu mir, ersehnt sich Lollo. Meistens passt es ja nicht. Nicht selten kam es vor, nimmt er bspw. die U-Bahn und trifft versehentlich auf jemand ihm Bekanntes, z.B. einen Arbeitskollegen, und dieser will, damit kein peinliches Schweigen entsteht – oder um so beschämenderes Getue, man hätte sich ja erst beim Ausstieg aus der Bahn erkannt, typisch, immerhin wäre man heute ja total verträumt, tschüs, mach's gut, ja, du auch und dann geht man doch ein und den selben Weg zur Agentur – dann reden. Und dann geht lautstarkes, leider sauber artikuliertes, demnach extrem gut verständliches In-der-Bahn-Gequake los. Der schlauchartige Resonanzkörper des Wagons scheint die Stimmen noch zu verstärken und da ein jeder die Bahn Nehmende bis zum Ende der Fahrt den Pausenknopf gedrückt hält, kommt ihm so wie so nichts Spannenderes in den Sinn, als sein Notizheft aus der Brusttasche des Kordsakkos zu ziehen, die Kulimiene auszufahren und Gehörtes zu transkribieren. Und wenn die Konversation nun total anspruchslos war und die Stimmen der aufgeregten Redner zitterten, steht sie nun in allerwelts Notizheftchen, oder auf Rückseiten von Pfandbons oder von Fenstersitzern mit dem Schlüssel ins Fenster der U-Bahn gekratzt, für immer für jedermann zu lesen und wiederholt nachzulesen parat. Das übrigens obendrein allerdings in erschwerter Lesbarkeit, da, um das Zittern in der unsicheren Stimmführung homogen aufs Blatt zu übertragen, absichtlich, wie mit von Gicht heimgesuchter Pfote, äußerst krakelig die marode Feder geschwungen wurde. Die situationsgezwungenen Unterhaltungen zum einen, weitaus noch weniger auszuhalten ist's, wohnt unser Werber einem direkt verabredetem Plausch, etwa in einem Café, bei, jener auch morgen Mittag mit Constantin aussteht. Gewöhnliche Dialoge, d.h. Referate über jeweils Erlebtes und für erzählenswert Gehaltenes oder bestehende Gemeinsamkeiten, wie etwa der der gemeinsamen Arbeitsstelle (Lieblingsthema, denn bei so viel Arbeit weiß der Milch in den Americano Rührende lediglich über seine Arbeit, nicht aber über Land und Leute und die Welt da draußen bescheid), können sich, haben sich die Zungen der zusammengekommenen Plaudertaschen einmal auf Betriebstemperatur gequasselt, gar zu Meinungsaustausch hochschaukeln, und wie man weiß, wird vorhandene Meinung nicht auf Zimmerlautstärke, eher auf Kinderzimmerlautstärke, nachdem sich fünf Flaschen Coca-Cola auf drei Kinder verteilen, mitgeteilt. Demnach steht die redselige, deutlich vernehmbare, doch sicherlich bemerkenswert belanglose Debatte in Versalien auf Bierdeckeln, Handrücken und Toilettenkabineninnenwänden schriftlich wiedergegeben und die wortgewordene Oberflächlichkeit forever and ever ever and ever ever ever auf diesen Untergründen nachzulesen. Ergo ergibt sich der Schlusspunkt, dass Lollo, wenn nur irgendwie möglich, mit gar niemandem in der Öffentlichkeit zum Konversationbetreiben verdammt sein möchte und daraus resultiert eben, dass er, setzt er einen Fuß über die Türschwelle auf die Straße, sich gar nicht erst zu Treffen mit daraus einhergehendem Klönen verabredet. So ist der Soziopath seiner gemeinschaftsfremden Rolle gewiss einsichtig, doch eben auch seiner schonungslos gemeinschaftsschädigenden Partie durchaus bewusst, und möchte durch Verzicht nichtiger Gespräche im freien Raum, die zarten Gemüter heimlich aus dem Augenwinkel Lauschender von spontanen, wie geschmolzener Käse heraussprudelnden, Wortfügungen verschonen, ebenso, wie er auch selbst von Quatsch und Quassel ansässiger Zuhörer verschont bleiben möchte. Das nennt man in seinem Verständnis dann »Rücksicht füreinander haben«. Einseitige Rücksicht zumindest, denn die allerallermeisten people tratschen unbehelligt bis zum allmorgendlichen Vögelerwachen und ihre fehlende Zurückhaltung unnachgiebiger Stupidität geht von wendigen Schreibwerkzeugen abhorchender Interessierter dokumentiert auf GEZ-Briefumschlägen, auf täglich mit den neuesten Looks, Trends und Styles aus den üblichen Modemetropolen gespeisten Lifestyle-Blogs und, gegebenenfalls, es sei kein Stift vorhanden, mit ungefeiltem Fingernagel in den Oberschenkel gekratzt, in die Annalen ein. So. Und Lollo hat null Böcke, dass sich das Mittagsdate mit Constantin als Laberkrampf erweist, ihm peinlich aufstößt und ihm Constantins Artikulationen nicht gefallen, er ihn infolge links liegen lässt. Oder rechts. Aber ehrlich gesagt, hat er eher nur

Angst davor, statt fehlende Gämsböcke, einem möglichen Gefährten der Freundschaft zu entziehen, der noch kaum die Zeit gegeben war, sich erst einmal zu entwickeln.

Ein paar Minuten später: Tuuut... tuuuuuuut... tuuuuuuut... Krchpz, es wurde abgenommen. Ein Röcheln am anderen Ende der Leitung.

»Hallo Freja, hier ist Lollo«, stellt Lollo sich vor und fest, dass er plötzlich ziemlich nervös wird. Wie gewohnt, keine Antwort, aber Freja schnobt wie ein Ross.

»Ähm, ich wollte fragen, was du heute zu Mittag so vor hast.« Kurz sammelt er seinen Mut. »Ich würd' dich gerne sehen. Vor allem nach dem gestern. Also«, beginnt er zu Erklärungszwecken eine kurze Ausführung von dem, was er mit dem »all dem gestern« meint, »am Ende war ja alles so schnell auseinander gegangen in all dem Stress. Du hattest es eilig, ich auch und so...« Obwohl kein Klos oder Frosch oder ein das Klößchen umarmender Frosch in seinem Hals Unwesen treibt, räuspert er sich ungeschickt, was dem rhetorischen Zweck dienlich kommen soll, aber doch im Überflüssigen Einsatz findet. »Ich denke, wir sollten uns mal unterhalten.« Der letzte Satz ist ebenso wahnwitzig wie dämlich.

Von anderer Seite kommt erstmal nichts. Außer das Schnauben in den Telefonhörer natürlich. Doch dann, wie, als übertragen sich Klänge durch ein entfaltetes, chlorfrei gebleichtes Papiertaschentuch, das auf der Sprechmuschel liegt, hört Lollo ganz dumpf, leise Schritte im Hintergrund. Klingt, als ob Füße in Socken auf Turnhallenboden laufen. Lollo lauscht, wie eine Tür geschlossen wird, ein metallisches Klackern, dann wieder Schritte, etwas knarzt, Holzdielen machen solche Geräusche, fällt ihm ein, dann wieder oder immer noch: Schnauben. Wo befindet sie sich gerade, fragt sich Lollo, in dieser Bude würde der Boden nicht wie Holz knarren, ist sie vielleicht tatsächlich in einer Turnhalle, vielleicht ist sie ja beim Sport, obwohl eher nicht, denkt Lollo, und wessen Schritte sind das eigentlich, es hört sich an, als läuft da im Hintergrund jemand her, und wenn da jemand herläuft, wer wäre das wohl, mit dem Freja da zusammen ist? Egal, denkt Lollo, das ist jetzt erstmal egal. Erstmal Wogen glätten, zuerst einmal zum Mittagessen treffen, dann kann man immer noch reden und rausfinden, in privaten Gemäuern ist gut quatschen und mauscheln, denkt Lollo, immer schön im Plan bleiben, ermahnt er sich selbst.

»Können wir uns vielleicht gleich um Eins beim Hund treffen? Dem Mops. Den würde ich gerne wiedersehen, der ist so… niedlich«. Lollo lacht leise wiehernd, wie er es nie tut.

Es wummert in der Hörmuschel, als braue sich Gewitter zusammen. Das ist wohl die Bestätigung.

Man legt auf. Lollo begibt sich direkt auf den Weg zum Gänsemarkt. Es hat nicht aufgehört zu schneien, das viele Weiß reflektiert das Licht und alles ist so erhellt, als würden am helligen Tag zusätzlich noch Flutlichter eingestöpselt worden sein. Das Strahlende schmerzt in Lollos müden Augen, wo er hinschaut, gleißendes Halogen für die aufs Minimum verkleinerte Pupillen. Auch Nächte sind viel heller, wenn Schnee liegt. Allein der Mond und Straßenlaternen machen im Schnee reflektierend aus Schwarz direkt ein Dunkelblau.

Angekommen, kraxelt Lollo aus dem U-Bahn-Bau. Da drüben auf dem Platz schmückt ein nagelneues Schnee-Toupet Gotthold-Ephraims Haupt, der Dichter und Dramatiker hält selbstbewusst und zufrieden die patinagrüne Nase in die Sonne. Eine Möwe landet auf Lessings eiskaltem Händchen, schießt mit einem Schiet ein Loch in den darauf liegenden Schnee und hebt wieder ab. Auf der plangefahrenen Schneefläche der Straße bremsen Autos viel früher als sonst, wenn sie auf die rote Ampel zufahren. Busreifen drehen auf dem eisgewordenen Untergrund erst durch, dann rollen sie behäbig voran. Dicke Flocken fallen aus den Wolken, manche groß wie eine halbe Hand. Auffällig: Bei Regen benutzt ein jeder einen Regenschirm (vom Budnikowski). Bei Schnee wird absichtlich auf Schirme verzichtet (da stellt Budnikowski in fassungsvermögenden Körben das Angebot für 10er-Packs Tempo-Taschentücher, so wie Vitamin C + Zink-Tabletten vor der Ladentür aus). Schnee ist positive, Regen negative Nässe.

Lollo, der nun wirklich sehr nervös ist, gleich Freja zu treffen, um mit ihr ein paar seriöse Worte zu wechseln, passiert die *Stadtbäckerei*, in der auch heute wieder ergrautes Publikum ihre nicht weniger werdende Freizeit zu Kuchen- und Tortenstücken zu verleben genießen, er gelangt zur Haustür und sucht das Klingelschild mit dem zu Freja gehörigem Namen, doch ihren Nachnamen kennt er nicht und Freja oder F. Irgendwas ist auch auf keinem der Klingelschilder zu lesen.

Rechtsanwälte haben in diesem Haus ihre Kanzlei, ein Internist hat hier seine Praxis, ein Personaldienstleister und eine Versicherung teilen sich eine Etage, weiter schneidet eine Filmproduktion im Ersten Reklamefilme, ein spanisches Institut hat ihre Niederlassung ebenfalls in dieser Immobilie und dann ist da noch eine Schneiderei, im Sechsten über allen sind Freja und der Mops anzutreffen.

Alles Firmen, denkt Lollo, wie eine Krone auf sie drauf gesetzt, eine einzige, einsame Behausung. Wobei diese jedoch mit keinem Klingelschild ausgestattet ist, Klingelknöpfe und Schilder sind zu fünf Pärchen übereinander gestapelt, die unteren beiden gehören der *Stadtbäckerei*, die beiden darüber der Kanzlei und so weiter, für den sechsten Stock scheint es keine Klingel zu geben. Lollo schellt beim Internisten, ruft »Tach, Post!« als ihn die Gegensprechanlage begrüßt, der Buzzer wird betätigt, er schlüpft ins Treppenhaus. Er lässt den Fahrstuhl kommen, steigt ein und fährt auf die Fünf. Die Fahrstuhltür schiebt sich in die Wand und Lollo denkt über Sterbehilfe nach, als er die vergessene

Yuccapalme auf dem leeren, staubigen Flur pantomimisch das Wort »Altersheim« darstellen sieht. Wie er es bei Freja gesehen hat, drückt er nun lange gleichzeitig den »Tür schließen«-Knopf und die 6. Die Tür schiebt sich zu. Freja wird sicherlich bereits auf ihn warten.

Mit jedem Höhenzentimeter, den der Fahrstuhl macht, erhöht sich irgendwie der Druck auf Lollos Kehlkopf. Es drückt, als schnüre sich da eine Würgeschlange um seinen Hals zur Schleife. Er spürt, dass irgendetwas im Busch ist, ihm wird jedes Mal so komisch, wenn etwas im Anmarsch ist, das mit Freja zutun hat, es existieren Vorboten, Schwindel, Mulmigkeit, ein gewisser Ton in der Luft, ein Gefühl, als würde von jetzt auf gleich radikal das Wetter wechseln, ein Spielchen mit dem Kreislauf. Ist das hiesige Mulmen gut oder schlecht, überraschend, verheerend, keine Ahnung – kommt Zeit, kommt folgerichtig Rat, früher oder später werde ich's schon richten, denkt Lollo mutig und zuversichtlich, egal, was da gleich los ist, für alles gibt es – solange Zwei plus Zwei immer und überall Vier ergibt – eine Lösung. Möglich ja auch, dass gleich alles glatt geht, ganz ohne Vorkommnisse, kein Hundehaufen, kein Tinnitus, keine plötzlichen Gebrechen, kein unsichtbarer Amboss, der von oben auf einen herunter knallt, keine abrupte Verabschiedung ohne angemessene Verabschiedung. Vielleicht spricht man bloß, wie besprochen, nur Mut, das Kind wird schon annehmbar geschaukelt werden!

In erster Linie hat Lollo ja Lust auf sie, aufs Dasein mit ihr, auf ihre Hände, aufs Kribbeln bei den Berührungen, auch möchte er sie heute wieder küssen, wenn's sich ergibt, klar doch, doch es gibt Redebedarf, sonst strampelt ihre Beziehung auf der Stelle. Heute müssen sie einmal miteinander sprechen, es sollten nächste Schritte geplant werden, man wird sich besser kennenlernen müssen, Erklärungen müssen her, einer ganzen Menge bedarf Erklärung, wer ist sie, was macht sie beruflich, warum hat sie kein Klingelschild und zu wem gehören eigentlich diese Schritte im Hintergrund, wenn er sie am Telefon hat. Er hat wirklich keine unnötigen Ambitionen, nur weil man sich nicht traute, miteinander ehrlich zu sein und zu reden, seine Fantasie ausrutschen zu lassen und Freja des Fremdgehens oder so zu bezichtigen. Lollo spürt die Gefahr, die mit Gesprächen einher geht, liegt eine gewisse Gereiztheit, das Aroma von beleidigter Leberwurst, auf der Zunge. Allzu aufgeladen ins Gespräch zu poltern vergiftet jede Aussprache. Lollo versucht sich zu beruhigen und einfach nur positiv, also irgendwie erstmal an nichts zu denken, sofern ihm das gelingt, doch Fragen tümmeln sich in seiner provozierten Versunkenheit ins Leere wie Seehunde auf schmalen Sandbänken: warum ist es so, wie es ist, warum ist sie so, wie sie ist, wer ist sie, was tue ich überhaupt hier? Die Fahrstuhltür öffnet sich. Aus der Kabine fallendes Neonweiß. Lichtschluckendes Schwarz im Flur. Da die Stahltür zu Freja.

Im Raum hinter dieser Tür kratzt Nagelhorn auf Plastikplatte. Bump, bomp, macht der mit Wasser gefüllte Tennisball. Der Ball prallt ab, rollt zurück, kratzt und kullert noch einmal gegen die Tür. Budomp! Besuch steht an, Grund genug für die Rosine, endlos auszuflippen. Der Mops, ganz aus dem Häuschen, verschluckt sich, keucht und krächzt, prustet hörbar Rotz aus den Nasenlöchern, schüttelt seinen Speck wie ein Hund das Fell zum Trocknen, nachdem er aus dem See gestiegen ist. Hechel, hechel, wau, schmatz, man kennt das bereits.

Lollo klopft. Drinnen Schritte, die vor der Tür stehen bleiben, dann hört man kurz nichts. Der Mops ächzt, wie ein besonders schmächtiges Exemplar eines Grundschülers, das man im Schwimmsportunterricht unter Wasser gedöppt hat. Ansonsten: Stille. Lollo atmet ganz flach.

»Freja, ich bin's, Lollo« sagt Lollo.

Der Mops jault eben, man hört ein paar entschlossene

Schritte durch den Raum poltern, anscheinend bugsiert Freja die Rosine wieder ins Katzenklo. Eine etwas leisere Ausgabe der Schritte kommt wieder zur Tür zurück, diese geht auf. Da steht Freja im Spalt, von hinten beleuchtet, und sie sieht aus wie eine schlanke, leicht taillierte Bierflasche aus braunem Glas, ihre braune Haarpracht geht farblich über in den Braunton ihres in grobem Zopfmuster gestrickten Wollpulli, dessen Länge ihr bis über die Knie reicht. Dazu trägt sie dunkelbraune Baumwollleggings und an den Füßen Tennissocken, an denen Lollo sofort auffällt, dass sie mit ihrem strahlenden Weiß den Eindruck machen, nagelneu zu sein, nur an den Rändern ihrer Sohlen wandern schwarze Konturen hoch, als hätte Freja einen Spaziergang durch ein frisch heruntergebranntes Wohnhaus respektive ein jüngst brandgerodetes Regenwaldabteil unternommen oder anders: nehme sich Lollo endlich einmal nach gesammelten Jubeljahre des fehlenden Putzlappenschwingens vor, etwa im Frühjahr, seine mit Fliegendreck und Feinstaub belagerten Fenster zu putzen, sähe es um den Lappen ebenso schwarz aus, wie unter Freja Füßen.

»Hallo« startet der Werber zaghaft und hebt die Hand zum Winkgruße. Wow, denkt er, und aus irgendeinem Grund heben sich seine Augenbrauen, er kriegt sie gar nicht mehr runter, und schaut jetzt so erwartungsvoll und freundlich und so offen, wie sonst nicht. Ihm ist, als sei ihm soeben ein unsichtbarer Bademantel aus Frotteestoff umgeworfen worden, beim Anblick Frejas fühlt er sich plötzlich so wohl und es schüttelt ihn und er denkt, dass es sehr gut ist, heute wieder bei ihr zu sein, und ihm ist nach Liebsein zumute, als hätte er bereits einige alkoholische Getränke im Bauch gemengt und verteile jetzt nur noch Komplimente an jeglichen Hinz oder Kunz, der seinen Weg kreuzt. Ihm ist müde und besonders emotional zugleich, es fühlt sich an, wie nach einer getrunkenen Flasche Sekt, es prickelt auch ähnlich, jetzt bloß nicht abdriften, bloß nicht von der Unternehmung ablenken lassen, denkt er als er merkt, wie der Auftakt, ihre Kurvigkeit im Gegenlicht zu sehen, ihn sein Vorhaben – mit ihr über gestern reden zu wollen und wie es mit den beiden weitergehen soll und überhaupt, ach, es liegt ihm ja so viel auf dem Herzen, um das es ganz warm ist, als sei es von Heizstrahlern oder diesen sogenannten »Heizpilzen« eingekesselt – mehr und mehr in die Vorratskammer des Unwichtigen verbarrikadiert. Sein klarer Wille ist einfrottiert, luftig-fluffig geworden, jedweder Ernst flugs zergangen wie Chemtrails am azurblauen Himmel, und mal wieder sei die Welt, all das gigantische Sonstige, das, was so belastet, für einen Moment vergessen, wie die Aufgabe, die er sich stellte, mit Freja über alles zu reden. Wünschenswert, dass der Moment, da im Hausflur auf Bitte um Einlass wartend, sich lang zieht wie sonnengeschmolzenes Hubba Bubba mit dem Flip Flop vom Gehsteig. Freja senkt den Kopf, brummt etwas und dreht in den Raum ab, Lollo folgt ihr. Der Raum ist heute, ebenso wie draußen, noch heller beschienen, als noch gestern. Lollo muss blinzeln, bald gewöhnen sich seine Augen an die Überbelichtung und Lollo erkennt den Mops en Detail, der ihm seit Eintritt in den Raum das Schienbein hochzuklettern versucht, die Zunge hängt der Rosine dabei seitlich, beachtlich lang und weit, aus dem Maul. Ob es wohl immer noch aus seinem-... Ja, tropft es. Da hinten liegt die abgeworfene Windel, schon wieder bei der Heizung, in nächster Nähe zum Katzenklo. Ob er das mit Absicht mache, fragt sich Lollo, gleich neben dem Katzenklo die Windel abzuwerfen, um auf den Missstand aufmerksam zu machen vielleicht, oder als Provokation. Indes hat Freja ein Fenster erreicht, sie schaut durch den Haarvorhang in den Hinterhof. Lollo betrachtet sie von der Seite. Eine Haarsträhne flattert ihr mit dem Ausatmen vor der Nase, zieht sich zurück aufs Gesicht, wenn Freja Luft einzieht. Bewegungslos steht sie da, die Arme fallen schlaff von den Schultern herab. Im Cineastischen wäre das mit dem Zaunpfahl winkende In-sich-gekehrt-Sein beim

Herumstehen am Fenster ein der Spielszene Kraft zusteuerndes, gern benutztes optisches Stilmittel, damit das, was die Frau sich dort beim Ausguck verharrend alsbald, im richtigen Moment, auszusprechen überlegt, mit mehr Wumms ausgestattet ist, wie, bevor *er sie* anspricht, infolge *sie* sich mit einem vor Energischem nur so strotzenden Schulterschlenker rasch *zu ihm* umdrehen kann, um ihre soeben zurecht komponierte Rede zur temporären Lage feilzubieten (siehe und feiere als mit Rosenblättern beregnetes Paradebeispiel: jede Folge der US-Jugendserie Dawsons Creek, in der es vorkommt, dass Katie Holmes, in der Rolle der Joey Potter, einem jeweiligen ihrer ihr nichtsahnend am Fenster in der Schulklasse oder vor dem ihres Kinder-Jugend-fast-Erwachsenenzimmers zugesellten Kumpanen, so unangekündigt und ohne Vorwarnung frisch ergatterte Erkenntnisse mit dem Erwachsenwerden liebäugelnder Erfahrungen unter die pubertätsfettige, grobporige Nase reibt; daraufhin, da Erwachsenwerden auf geräuschlos schleichenden Katzentatzen daherkommend irgendeinmal wahr wird und Wahres oft wehtut, gibt's dann zu genüge Tränen – dem Gänseblümchen wachsen Rosendornen; »I'm not a girl, not yet a woman«, Britney Spears, 2001). Es hat etwas Bedeutungsvolles, wie sie so dasteht. Nichts als Gucken und Atmen, denkt Lollo. Die Lage hat etwas Ernstes, und mit dem soeben in Empfang genommenen Gefühl, dass er heute wohl nicht zu ihr gekommen ist, um ihr seine Stimmung zu drücken, schaukelt das Klima im Raum, die Absicht, mit der er gekommen war, zieht sich bis auf weiteres, abgeduckt und kleinlaut zurück. Lollo wird vorsichtig. Er ist noch nicht dran. Ihr Territorium, das er betritt. Hier sollte er nach ihren Regeln spielen, erst mal abwarten was passiert, ob da etwas von ihr kommt, denkt er. Und wenn sie ihn warten lässt, lässt sie ihn eben so lange zappeln und er muss das akzeptieren, munter probieren, an ihrer Angelschnur hängen zu bleiben, den Schmerz zu ertragen, bis sie ihn irgendwie, mit Wort oder

Tat, vom Drangsalieren erlöst. Sie ist am Drücker, denkt er, ich sag' jetzt erstmal nichts. Eine gefallene Entscheidung. Er spürt, da kommt gleich was aus ihrer Richtung, es könnte bald soweit sein. Was nur mag sich seine höchstpersönliche Joey Potter mit den Regenbogenbrauen Aufregendes zurechtgelegt haben, dass sie ihn derlei auf sich warten lässt. Gnadenlos. Minuten vergehen. Die Lollo aufgezwungene Zurückhaltung ist ihm einerseits unangenehm – ungern möchte er die Mittagspause unvermittelter Dinge hinter sich gebracht haben –, auf der anderen Seite empfindet er es doch durchaus beruhigend, sich von unsichtbarem Kommando den Wind aus den Segeln nehmen zu lassen. Er fährt seinen Prozessor runter, wird ganz ruhig, macht's wie sie, steht einfach da, macht's, wie schon die ganze Zeit: er schaut sie von der Seite an, während sie weiterhin durch die Frisur in den Hinterhof oder über ihn hinaus blickt. (Sieht sie die Sichtgrenze? Kann sie die Kutter darauf erkennen?) Das, was eben nicht passiert, passiert in ungewöhnlicher Langsamkeit. Der einzige, der hier nicht kapiert, wie der momentane Verhaltenskodex es vorsieht, ist der Mops. Dieser tollt herum und tropft alles voll. Lollo wendet den Blick von ihr ab und schaut, ihr gleich, ins Freie. Da hinten ist die Rückseite der Staatsoper zu sehen, Lollo erkennt das an den Fenstern, ansonsten viel Schnee auf Dächern und viel Himmel, und an den engen Formationen der fliegenden Möwenschwärme sieht man förmlich, wie kalt es draußen ist. Noch kälter als die Witterungslage draußen, die alle Horizontalen mit Firn bedeckt, strahlt in diesem Moment allerdings Frejas kalte Schulter ab. Fast scheint es, als hatte sie vergessen, dass sie Besuch hat. Warum ist sie so zu mir, fragt sich Lollo, was habe ich ihr getan, plötzlich – schnips! – dreht sich ihr Oberkörper blitzartig dem zurecht vor Erstaunen zu einer Salzsäule erstarrten Lollo zu, der erschrickt, das unterhalb ihrer Gürtellinie kommt dem darüber jetzt nachgelaufen. Unsicher verstaut Lollo seine Hände in den Hosentaschen und probiert ihrem Blick, also dem Anblick ihres massiven Haarbrettes vor ihren Augen, Stand zu halten. Da passiert etwas, was bisher noch nie geschah: Mit einer gezielt flüssigen doch mit gedrosseltem Tempo zurückhaltenden Bewegung teilt Freja ihren Haarvorhang in der Mitte, schiebt mit zwei Fingern eine Hälfte zur Seite, eine Augenbraue blitzt und funkelt in spektralen Farben. In dem darunter liegenden Auge scheint der Betrachter in eine ferne Galaxie zu schielen, von ihr eingesogen, in ihr unterzugehen. Lollo steigt aus sich heraus und stellt sich neben sich. Er kommt sich vor, wie unter Hypnose, körpereigene Inhaltsstoffe und Gefühle zittern Händchen haltend wie ein vorm Licht-aus ängstelndes Tierheimtier, doch hat er keine Bedenken, alles ist noch wie früh am Morgen eines umbeschwerten Kindertages: Alles kann, nichts muss. Ihn überwältigt ein Gefühl von Freiheit.

Als er studierte, standen bei Lollo, tagein, tagaus, Nudeln mit meist grünem Pesto (Basilikum-Parmesan), seltener rotem Pesto (Basilikum-Tomate; gering teurer), als Hauptgericht auf dem Speiseplan. Der junge Lollo kaufte also das grüne Pesto ein, was das Bafög hielt. Das Günstigste des Supermarktangebotes, versteht sich. Dazu die preisgünstigste Nudel aus dem Regal. Supermarkteigenmarke. Da rechneten sich der Quotient zwischen den Kosten und der Produktleistung in den privatwirtschaftlichen Ausgaben und der Bauch war bis zum nächsten Aufmucken bis auf weiteres wieder aufgefüllt. Vielleicht studiert sie ja, denkt er.

Es sind sicherlich einige Minuten vergangen, Lollo befindet sich in der Küche, in der er gerade die Spaghettistange aus der Pappverpackung in den großen Kochtopf gleiten lässt, er fächert die Nudeln im kochenden Wasser gleichmäßig am Rand auf, üppig salzt oder zuckert er den starken Wellengang. Sie hatte nur ein Gewürz da, eine Metallschatulle mit Kristallen drin, und die sehen aus wie Salz, dachte er, könnte aber auch Zucker sein. Es schmeckte nach beidem, als er eine angefeuchtete Fingerspitze davon probierte. Das Cerankochfeld in Frejas Küche weist tröpfchenweise Kalkablagerungen auf, die ganze Glasplatte ist mit weißen Punkten übersät als hätte sie die Masern. So wie so liegt so eine Schicht alter Schmier auf allen Oberflächen in der Küche, hier hat wohl lang keiner mehr oder wenn, dann mit besonders von öliger Substanz nur so triefendem Lappen geputzt. Die Arbeitsfläche klebt tatsächlich wie mit Honig mariniert. Lollo kann sehen, wie sich der Mops im anderen Raum an der Windel zu schaffen macht, er schleckt am Inhalt, niest und leckt sich über die Quetschnase. Dann trippelt er zur Heizung, hebt ein Bein und lässt kurz Wasser, nicht viel, aber es plätschert. Der Urin rinnt in die Lücke zwischen zwei Bodenplatten. Kaum Rückstände. Konsterniert hebt Lollo den Löffel, mit dem er den Salzzucker ins Wasser rührte, eine Drohgeste des mit Wasserdampf Umwölkten, der Mops glotzt ihn unbehelligt an und watschelt zurück zur Windel, Lollo schaut zu Freja herüber, ob sie das mit dem Pinkeln gesehen habe und vielleicht etwas unternehmen will, Bestrafung walten lassen oder sowas. Doch Freja interessiert nicht, was der Mops anstellt. Lollo hatte zwei Stühle vom Stuhlstapel, der auf dem Tisch thront, genommen und sie, gegenüber voneinander, an den Tisch gestellt. Auf einem sitzt Freja, vor ihr ein leerer Teller und Besteck. Ihr Blick – linear, als schaue sie durch das Periskop eines U-Bootes – wandert über die Tischplatte, ungeachtet der restlichen darauf gestapelten Stühlen, bis hin zu einem Fleck an der Wand, bei dessen Betrachtung sie unter Umständen mehr entdeckt als das gewöhnliche, von Haaren eben nicht seheingeschränktes Auge, wer weiß, ihre Hände rasten flach neben dem tiefen Teller, die einen Hand liegt auf dem Besteck, Löffel und Gabel. Lollo war in Gedanken, irgendwie abwesend, und hat versehentlich für Zwei gedeckt. Doof, da somit zum einen ein wertvolles Ritual abknickt, das ein außerordentliches Alleinstellungsmerkmal, nämlich das des gegenseitigen

Füttern zweier mal mehr, mal minder voll entwickelter Subjekte, aufweist, obendrein verfällt der Barmherzigkeits-Faktor, der dem Fütterer zugute kommt, wenn ihm der Empfänger des Essens demütig verfällt, sich aufgrund seiner Abhängigkeit unterwirft und es ihm mit Dankbarkeit in Form von Zuwendung zurückzahlt.

Während die Nudeln kochen, öffnet Lollo das Glas grünes Pesto. Seitdem er mithilfe einer mittlerweile soliden Summe netto am Monatsende recht anständig in Lohn und Brot kommt, hat er kein grünes Pesto mehr unter Nudeln gerührt. Und es bisher auch nicht sonderlich vermisst. Der Deckel schnalzt, Lollo schüttet die Spaghetti ab, Qualm und Hitze, er entleert das Glas in den Topf mit den am Boden versammelten toten Bandwürmern, wirbelt alles ordentlich zu einem gleichmäßig gefärbten Grünmatsch durch, tischt auf. Ihr Teller, sin Teller. Er dreht auf dem Löffel ein paar Spaghettischnüre zu einem Knäuel um die Gabel, schiebt die Portion in den Mund und hmmm... Da ist er wieder, der Geschmack freigestrampelter Entstaubung, das Aroma noch unberührter Gebaren, die süße Würze der neuen marionettenstranglosen Lebensart. Billigpesto, heute der Nachgeschmack einer seinerzeit sozial wesentlich kompetenteren Epoche, die Erinnerung an Zeiten, an denen Lollo der Wowereitschen Redensart wie Berlin war: arm, aber sexy. Nicht zu dick und dauergeil. Er ist und war einer, der nicht bei jedem Tamtam an die Decke, doch mit dem Kopf durch die Wand ging. Seine Toleranz anderen gegenüber ließ zu wünschen übrig, doch war er »mitmenschlich« (wie man bezeichnend sagt) damals deutlich strapazierbarer als heute. Damals hatte er alles im Griff. Er hatte die ein oder andere Liaison und Freunde, die ihn täglich anriefen, mit denen er dann abends ausging, lachte, tanzte, soff, Zeche prellte. Was war nur passiert, dass ihn irgendwann niemand mehr besuchen kam, nachdem er nach Hamburg gezogen war? Es war sicherlich meine Schuld, denkt Lollo, der sich beigebracht hatte, bevor er verurteilt und austeilt, zuerst einmal sich selbst an die eigene Nase zu packen, um zu überprüfen, ob der grundlegende Fehler nicht von vornherein bei ihm lag, vielleicht er selbst in persona schon immer in sich barg. Wenn man bei sich selbst sucht, wird man oft fündig. Diese angefasste Nase auf jeden Fall, würde er jetzt am liebsten ganz tief in den Teller voll grüner Nudeln stecken, den Duft inhalieren, reminiszieren, grübeln. Vielleicht einmal ganz vorne ansetzen, sich Epoche für Epoche selbst zu verstehen, der Sache von Pike an auf den Grund zu gehen: ein paar Lagen benässtes Küchenpapier aus dem Kresse wächst, das Bukett des ersten Schuljahres, als der Werbetexter in Spe anfing, Schreibschrift zu lernen. A. a. B. b. C. c.

Freja traktiert den Spaghettiberg vor sich mit der Gabel am Tellerrand. Als wolle sie die Nudeln wie Schnee von der Einfahrt über den Rand des Tellers schieben, gleitet der Löffel übers Porzellan unter den Haufen in dem die Gabel steckt. Freja probiert es Lollo nachzumachen, die Nudeln aufzudrehen, die Drehung hakend und hastig, als bediene eine unzureichend programmierte Beta-Version eines zu entwickelnden Haushalt-Roboter das Essinstrument. Die Zargen des Gabelkopfes ziehen viele Spaghetti mit, drehen die Schnüre zu einer mundungerechten Teigwinde mit großem Durchmesser.

Freja prokelt die Gabel aus der intensiven Nudelumarmung, versucht es erneut, dreht. Wieder würgt die Spaghettiumschlängelung den schlanken Hals der Forke. Freja hievt die auf den Löffel gestützte drei-viertel Tellerportion zum Mund und beißt den Bausch an der Seite an. Die durchgebissenen Spaghetti plumpsen in gekürzter Form zurück auf den Teller, auf und unter den Tisch sowie in ihren Schoss.

Mit anteilnahmsloser Mine beobachtet Lollo das Treiben auf der gegenüberliegenden Tischseite und zwischen Kresse und Basilikum-Parmesan-Pesto fühlt er sich durch das

Trauerspiel nun an die Zeit der Wehrdienstverweigerung erinnert, als er als Zivildienstleistender, in einer Anlage der Diakonie für betreutes Wohnen, uralten Menschen mit krummen Wirbelsäulen beim Sich-ernähren zusah. Irgendwann geht eines jeden Grazie hops, aber Freja ist eindeutig seines ungefähren Alters, somit deutlich zu jung für motorische Einbuße verwelkter Greislichkeiten. Freilich ist es nicht neu für ihn, dass Freja regelrecht mit Besteck zu essen nicht imstande ist. Doch wiederholt ist er fasziniert vom dargebotenen Anblick, beobachtet sie wie ein geduldiger Tierfreund einen Bambus mampfenden Panda in freier Wildbahn. Ein Lunch mit Freja – eine Expedition ins Tierreich. Ein kerzenscheinbeschienenes Dinner mit ihr – Homo sapiens haben Feuer gemacht. Korrektes Essen mit Besteck – noch Millenniums entfernt. Die Nudeln, die Freja im Balanceakt zum Mund führt und an einer von der Gabel herunterhängenden Seite abbeißt, dezimieren wohl mehr oder minder regelmäßig ihre Länge pro Biss, doch werden sie nur gering weniger. Nach kurzer Zeit sieht es kreisrund um Freja aus, als wäre ein tollwütiges Waschbärenrudel zugegen gewesen, das Appetit, jedoch keinen großen Hunger mitgebracht, sich in munterer Naschlaune über Frejas Pasta hergemacht hat und Verwüstung hinterlassend wieder weiterzog. Lollo isst, wie es ihm seine Kinderstube lehrte, gesittet seinen Teller auf. Da klebt kein Pesto im Mundwinkel, das Porzellan ist gleichmäßig abgezogen wie ein Tennisplatz nach dem Match, nirgends findet das penible Ästhetenauge am Rand zusammengeknäuelte Spaghettireste, das parallel zusammengeschobene Besteck weist kaum öligen Rückstände auf, blank poliert glitzert die Oberfläche im Sonnenschein, der durch die Fenster »eindringt«, könnte man fast sagen, so hell es im Raum ist. Mit den Fingernägeln kneift Freja einen Nudelwurm auf, drückt ihn zwischen die Lippen vor die Schneidezähne. Will sie so weiter essen, da es mit Besteck nicht klappt: Sisyphos. Ob sie Hilfe annimmt, füttert er sie erneut?

Saumselig schwebt Lollos Gabel über die Tischplatte, sticht in den höchsten Nudelhaufen auf ihrem Teller, dreht die Gabel ein paar Male, hebt eine Winde sauber aufgerollter Spaghetti aus dem gewölbten Porzellan, dirigiert sie zu ihrem Mund. Freja legt das Besteck ab. Durch die Haarfront sticht ihre Nasenspitze. Diese kommt der anschwebenden Gabel entgegen. Mit der Vorwärtsbewegung ziehen sich die Haare wie Theatervorhänge zu den Seiten, Frejas Augen, unter diesen enormen Brauen, lugen hervor, die Gabelportion an. Lollo legt den Kopf schräg, atmet ruhig, versucht die Gabel ohne großes Zittern in ihre Luke zu manövrieren, diese sich soeben weit öffnet und hinter unzulänglich gepflegten Zähnen präsentieren sich gallertartige Speichelfäden, die sich träge vom Gaumen auf die Zunge ablassen, ihr Mundinnenraum schimmert, wie entzündet, in allen Rosétönen. Es strengt ihn an, doch probiert Lollo, seinem Gesichtsausdruck den Effekt von Vertrauenswürde zu verleihen, etwa so zu gucken, wie eine Disney-Figur mit Hinterflosse, die eine aus ihrem Naturell heraus bösartige Moräne zum Liebsein zu überreden vorhat und ein eben so feines Gesichtsmuskelspiel aufführt, über jenes keines der Gebrüder Klitschko trotz hohen Vorhandenseins speziell ausgeprägter Muskeln zum Beispiel keineswegs verfügen. Freja blinzelt, wie von morgendlichen Sonnenstrahlen geweckt, was ganz süß aussieht, offener Mund und Blinzeln, das hat was (irgendwas), wie Lollo findet, dann schließt sie die Augen und Lollo balanciert das Spindel grüner Spaghetti zwischen ihre Lippen hindurch und streift es an der Oberkante der unteren Zahnreihe in ihren Mund ab. (Das Ersatzwort für »Essen« namens »Spachteln«, erlangt hier endlich seiner Bedeutung.) Freja senkt den Kopf, auf dass das Antlitz wieder hinter Haaren versteckt ist, um dort im Unterschlupf (ihrem privaten Asyl) zu kauen und zu schlucken. Dann hebt sie erneut den Kopf, wieder teilt sich ihr Haarvorhang seitlich der Nase, erneut kommen die Augen zum Vorschein, Wahnsinnsbrauen darüber, eben fangen diese zu leuchten an. Lila-gelb. Grün-weiß. Lollo gabelt nun alle Nudeln auf, die in Frejas Radius verteilt sind, verfüttert sie. Ein paar Nudelwürmer haben sich in den groben Maschen ihres braunen Wollpullis eingewebt, die kriegt er da nicht raus. Bald sind alle Nudeln vom Teller und um den Teller herum abgemäht, oberhalb der Tischplatte dank Lollos Unterstützung, unterhalb dank des Mopses, der vor Dankbarkeit über die extraordinäre Speisung das Stummelschwänzlein peitscht. Seine Schnauze überzieht ein kräutergespickter Ölfilm, ähnlicher Schmierigkeit des Produktes seiner dauerentzündeten Glubscher. Vergleichsweise verschmiert ist auch Frejas Schnute. Ihr Essverhalten steht dem Fressverhalten eines Tieres in kaum etwas nach. Laut schluckt sie den letzten Bissen herunter, gnulug macht es hinter der Mähne.

Die Rosine legt in einem Lichtbalken vor dem Fenster ein Verdauungsschläfchen ein. Es ist so still im Raum, man könnte die Küchenuhr ticken hören, würde dergleichen da vorne an der Wand hängen. Von draußen dringt kein Ton herein. Nicht wie sonst. Freja atmet geräuschlos, was ebenfalls sonderlich ist. Dass sie atmet, erkennt man aber an den Haarsträhnen, die in Höhe ihrer Nasenlöcher bei Luftausstoß wie Fahnen im Wind flattern. Ein weiteres Mal stellt sich Lollo die Frage, ob sie ihn hinter ihrem blickdichten Haarvorhang dabei beobachten kann, wie er zu entdecken probiert, ob sie ihn durch den undurchsichtigen Vorhang aus Haaren beobachten kann. Er fühlt sich beobachtet, doch vielleicht schaut sie ihn ja gar nicht an. Vielleicht verhält es sich mit ihren Haaren ja wie mit diesem einerseits verspiegelten Glas, das man aus Verhörräumen in Polizeifilmen kennt, denkt Lollo, die von außen können einen drinnen sehen, der, der drinnen sitzt, die Vonaußenbetrachter aber nicht. Immerhin muss sie es ja irgendwie meistern, sich den Weg durchs Leben, durchs Stadtleben gar, mit den wie wild durch Straßen und Gassen preschende Busse, sträflich achtlos in die Pedalen tretenden Radkurieren, Treppenauf- und abgängen und und und zu bahnen, denkt Lollo. Einen Blindenstock führt sie augenscheinlich nicht. Und es gibt wohl kaum einen ungeeigneteren Blindenhund als Haushund Rosine. Sie muss zumindest genügend Maß an Sehvermögen haben, hat sie ja schon öfters bewiesen, denkt Lollo, irgendwie ist sie ja stets, wie es verabredet war, an Treffpunkten angekommen, findet den Weg zurück in ihre Wohnung, läuft auf und davon (gar im Schweinsgalopp), und macht dabei nicht etwa einen orientierungslosen Eindruck. Bisher weist sie auch noch keine Spuren einer Flankierung eines Busaussenspiegels oder das schürfwundenüberzogene Ergebnis eines Fehltrittes in etwa einen U-Bahngraben auf. Trotz dass ihrem Augenlicht eine massige Gardine aus Haaren vorhängt, die es, sagen wir mal, »normalen« Menschen unmöglich machen würde, durch sie hindurch auf die andere Seite, die Seite des Geschehens, zu gucken, ist sie des Sehens fähig, da ist sich Lollo sicher. Dennoch bleibt er unsicher. Schnell wendet er den Blick von ihrem möglichen Blick ab. Es ist irgendwie frustrierend, denkt er, als er die mickrigen Ölpfützen auf der Tischplatte sieht und die Gabel, die er immer noch in der Hand hält, auf einmal zittert. Er legt sie in den Teller, sein Kinn auf die Schulter und entlässt Luft aus dem Riechkolben. Sein Nasepusten klingt resignierend, enttäuscht, als habe er bis hier hin alles versucht, doch wisse ab diesem angelangten Punkt an nicht mehr weiter. Läuft ja irgendwie, irgendwie geradeaus, aber wie lang soll das noch so weitergehen. Ihrer beider Verbindung macht kaum mehr Fortschritte. Und warum – und diese Frage schockiert ihn genauso ihre urplötzliche Existenz ihn missmutig stimmt – kann sie nicht einfach so sein, wie all die anderen Girls, die man so an Ecken und Straßenenden kennenlernen kann. Das wäre viel einfacher. Zu einfach vielleicht, denkt Lollo sich kurzum an die Nase fassend, ich glaub, bei mir gibt Schweres und Verirrendes den Anreiz, bei einer Frau am Ball zu bleiben. Aber vielleicht stimmt das auch überhaupt nicht, denkt er, ich befürchte, ich habe nicht den geringsten Schimmer, was die Struktur meines Beuteschemas, überhaupt meiner ganzen Gefühlswelt, angeht. Es ist immer, wie es gerade ist, nie ist es, wie es sein soll. Lollo fährt sich mit den Fingern durch die Haare und kratzt sich etwas zu doll den Hinterkopf. Vielleicht besser, ich gäbe an dieser Stelle einfach auf, lasse Freja einfach sein und verflüchtige mich zurück in mein einsames Leben, das ich gewohnt bin, denkt Lollo, von seinem plötzlichen Launentief selbst etwas überrascht. Besser einsam bleiben, als zu zweit irre zu werden, oder? Er schafft es nicht, sie jetzt anzusehen.

Freja schiebt ihren Arm über die Tischplatte auf Lollos Seite. Ihre Hand bleibt vor ihm liegen, dann dreht Freja die Handfläche nach oben, als wolle sie Lollos empfangen. Lollo schaut auf. Er ist überrascht. Hat sie etwas bemerkt, seine Gedanken gespürt? Ist sie tatsächlich fähig, emphatisch zu sein? Er schaut sie an, dann auf ihre Hand, dann lässt er seine vibrierende Flosse in die ihre sinken, deckt ihre kleine, mädchenhafte Hand mit seiner hingegen markant männlichen, breiten vollkommen zu. Nur ihr Daumen sticht unter Lollos Handfläche seitlich heraus. Dieser ist gelb, weiß, bläulich, mit einem Halbmond aus schwarzen Bröseln unter dem Nagel: wie der Daumen einer frisch aus dem Morast gezogenen Wasserleiche, denkt Lollo. Oder jener einer Fließbandarbeiterin in einer Firma für Tiefkühlprodukte. Abgefroren; kaltes, blaues, unadliges Blut. Kann ja sein, dass Freja beruflich mit Tiefkühlkost hantiert, denkt Lollo, weiß ich ja nicht, mit welchen eingeübten Bewegungsabläufen sie ihr nötiges Kleingeld zusammenbringt. Immer noch nicht! Wäre jetzt vielleicht ein geeigneter Zeitpunkt, um zu fragen, denkt Lollo, in welcher Tiefkühlhalle wird sie nach der Mittagspause wohl wieder ihre Karte abstempeln. Bei Delta Fleisch in der Schanze vielleicht. Möglich wär's ja. Die Berührung bitzelt und zwickt.

»Du, sag' mal«, beginnt er zögerlich, mit auffällig flatterigem Vibrato in der Stimme. »Wenn die Mittagspause gleich um ist... wohin gehst du dann eigentlich?«

Ein Zischlaut ist vernehmbar woraufhin ein kurzes, hohles Röhren folgt. Zzzzzschfruuööööaah. Frejas Haarvorhang schlägt dicke Wellen. Ein starker Sog zieht kreiselnd durch den Raum. Würde Lollo nicht sitzen, er würde wanken. Irgendwo rummst es laut, Rosine springt erschreckt auf, verschluckt sich, hustet, prustet, jault. Lollo hört einen welligen Ton, einen in seiner Lautstärke auf und ab schwappenden Singsang, der so sowohl schön als auch schauerlich, vor allem nach Poltergeist, klingt. Er versucht Luft durch die Nase einzuziehen, was nicht klappt, und durch den Mund klappt es auch nicht. Es ist, als sei ihm der Atem geraubt, dann, nur wenige Sekunden darauf, kann er frei atmen wie zuvor. Luft strömt wie gewohnt durch den Hals und kommt in den Lungen an. Alles wie gehabt, kaum Zeit gegeben, Angst aufzubauen. Dann ist es wieder ruhig. Nur das Schmatzen des Mopses.

Lollo schiebt die freie Hand unter Frejas, versteckt ihre kalte Wachsige zwischen seinen im Vergleich zu ihrer grobschlächtig wie Metzgerhände wirkenden Patschern, wärmt sie, weil er denkt, dass man kalte Hände, wie eben diese, anstandshalber wärmen sollte. Von beiden Seiten umschlossen, sendet ihre Hand nun noch mehr Strom in die seinen. Der geschlossene Stromkreis wurde erweitert, Energie potenziert sich. Es prickelt anfänglich etwas ansteigend und bald kommt der Schmerz hinzu und Lollo bemerkt, wie ihre Hand, die bislang unbeweglich zwischen seinen warme Fleischlappen stationiert ist, sich regt. Sie zuckt, als wäre etwas Dahingesiechtem plötzlich neues Leben eingehaucht, der Wasserleichenmodus stellt auf untot. Vom winterlichen Draußen, vom mit Schneeflocken durchzogenen Himmel gesandt, segelt eine warme Sommerbrise über den Esstisch, an dem sich die beiden Händchenhaltenden gegenüber sitzen. Rosine duckt indes den Kopf, quietscht verhalten, schaltet in den Rückwärtsgang, trippelt, den Hintern voran, wie ferngesteuert, in die Küche, biegt um die Ecke. Warme Luft säuselt dem Werber um die Ohren, und Lollo denkt just darüber nach, während ihm gerade so mollig wird, dass ihn ein kaltes Bier jetzt gut erfrischen würde und wo ihm die Idee kommt, wird ihm kalt in der Magengegend, so kalt, als hätte er Eiswürfel verschluckt. Sein Kopf wird zum Boiler, er erhitzt merklich. Als er Freja vor die Haarfront schaut, zieht es ihm heiß in den Augen, ein geräuschloser Fön pfeift Wüstenhitze auf oberster Stufe. Lollos Augen fangen just an zu tränen, was Lollo sich vorkommen lässt, als ob er weinen würde, und auf einmal fühlt er sich auch so, als ob es einen Grund zum Flennen gäbe, obwohl er die Ursache für seine Tränen, die sengende, blasende Wüstenhitze, ja kennt, für diese ihm wiederum und allerdings nicht das Motiv geläufig ist. Ein Mystikum. Endlich lässt sich das Ungewöhnliche Zeit, ordentlich Angst entwickeln zu lassen, außer die Hitze, passiert erstmal gar nichts, ab und an krümmen sich ihre Finger zwischen seinen Händen, dann fahren sich die spinngliedrigen Finger in ganzer Länge aus, dann krampfen sie wieder. Es sticht Lollo noch etwas in den Handflächen, diese aber schon ziemlich taub sind, das mit den Schmerzen wird sich also bald ergeben haben. Pumm, macht es irgendwo in der Bude oder außerhalb davon, dann klack! Lollo spürt den warmen Windzug im Nacken und ein Schauer läuft ihm den Rücken herunter. Etwas Großes atmet ihm von hinten ins Nackenfell. Wieder: Pumm! Klack! In der Küche heult der Mops, die Tränen, die sich jetzt in Bächen aus Lollos Augen fließend der Gravitation ergeben, fühlen sich an, als hätten sie Minusgradtemperatur, komisch, denkt Lollo, aber so richtig wundern, tut ihn das eigentlich nicht. Um sich hinlänglich zu wundern, ist sein Geist zu perplex (und eine Mutation von Perplexität ist Entgeisterung.) Da ist der Sog wieder da, dann wieder nicht mehr, dann wieder da, und während der Sog da ist, nimmt er Lollo die Luft zum Atmen, und wenn er sich verzieht, wie er durch den Raum anscheinend so seine Runden dreht, kann Lollo wieder sommerlich warme Luft aus dem Lüftchen abzapfen und den Sauerstoff in den Lungen speichern, nach ein paar Runden hat er den Dreh raus, wie er es am geeignetsten Luft zu holen bewerkstelligen kann, und die panische Ahnung, ersticken zu müssen, die aufkocht, nimmt schon wieder ab.

Da ist eine neue Bewegung zwischen seinen Händen, bemerkt Lollo, Frejas Finger biegen sich zu Krallen, aber was da genau unterhalb seiner oberen Pranke passiert, die sich, durch das, was sie darunter anhebt, etwas abhebt, kann er nicht sagen, auf jeden Fall tut es trotz der ansteigenden Taubheit ziemlich weh, so doll sogar, dass er gerne etwas Schmerzlauttypisches von sich geben wollte, sich aber nicht traut, etwas »Aua!«-ähnliches zu schreien, da ihm das zum einen peinlich wäre, zum anderen ihm derlei energie- und mutlos zumute ist, dass er einen solchen Ton weder rausbringen könnte noch möchte. Hurtig löst er die Berührung, zieht beide Hände weg, nimmt die Arme vom Tisch, lässt sie leblos neben sich herunter fallen. Sie pendeln schlapp an seinen Schultern. Lollos Fassade hat einen neuen blassen Anstrich. Blutleer. Sieht aus wie eine Woche nicht geschlafen oder in der letzten Nacht vor der Kampagnen-Präsentation nach der heißen Endphase eines wichtigen Pitches um einen Neukunden in der Werbeagentur. Ein zur Jahreszeit passender Wind dringt auf einmal durch einen Spalt ein, der nicht auszumachen ist, wo er sich befindet, der Spalt. Der Wind auf jeden Fall, lässt den Raum in kürzester Zeit erkalten, was Lollos Konstitution wohl tut, die Kälte, sie wirkt, findet Lollo, als ob sich für ihn ein flüchtiges Zeitfenster auftut, sich eben zu ordnen und er beginnt direkt damit.

Lollo – der wirklich alles dafür zu tun gewillt ist, gut und lieb zu Freja, und auch geduldig mit ihr zu sein, der ihr beim

Essen behilflich ist, der für sie da sein möchte und und und und was er sich sonst noch so auf die Schnelle denkt, in diesem knappen Zeitfenster von Jetzt auf Gleich – wird zu dem Entschluss geleitet, seinem Gesicht einen Ausdruck von Verdrießlichkeit zu verleihen. »Da stimmt was nicht«, soweit seine Schnelldiagnose. Er hält die eine Hand, die vorhin über Frajas Hand platziert war, vor sich, kontrolliert sie: Ein dicker roter Strich zieht sich diagonal über die Handfläche. Wie mit Edding gezogen, satt an Farbe. Der Kratzer erhöht sich zu einem gradlinigem Wulst, sieht aus wie eine vernarbte Wunde. Der Mops in der Küche bellt, was Lollo nur so ganz eben vernehmen kann, sein Trommelfell ist belegt, wie bei der Heimkehr nach einer Tanzparty, wenn man bedudelt und samt seiner Innenwelt, die bis zum Schlafengehen noch mit liebevollen Gesinnungen vollgefüllt ist, in Schräglage zurück in die Wohnung schwankt und man sich fragt, ob die Musik den ganzen Abend tatsächlich so laut war, dass einem immer noch die Ohren klingeln, obwohl man sogleich beurteilt, dass die Musik eigentlich gar nicht laut genug sein kann, um vollends Spaß zu haben und auch gar nicht so laut dröhnte, um das Hörvermögen in derlei dumpfen Zustand zu wattieren. Das Bellen der Rosine kann er kaum mehr hören, jetzt flitzt der Mops noch aus der Küche, zielstrebig auf ihn zu, und geht ihm mit den Vorderpfoten an der Seite das Bein hoch und kratzt – kein Geräusch. Lollo ist, als greife etwas Unsichtbares seinen Hinterkopf, als drücke sich ihm von oben der Kopf in den Hals. Ein D-Zug poltert durch seinen Schädel, der sich wie eine leere Halle anfühlt, zum einen Ohr rein, zum anderen heraus, Luft und Nichts und alles hohl. Das Letzte, was Lollo dann doch noch hört, ist das wolfsartige Jaulen Rosines, dessen Schrei übergeht, in einen außerordentlich lauten Tinnitus. Der Mops flüchtet wieder zurück in die Küche. Vollkommen vergeht Lollo neben dem Hören jetzt auch halb das Sehen. Kopfschmerzen hämmern unter der Schädelplatte. Schemenhaft, als schaue er vom Grund eines

Swimmingpools durchs Wasser nach oben, erkennt er seine Gegenüber, wie sie sich die Haare zu den Seiten streicht, ihr komplettes Gesicht zeigt, sie rollt mit den Augen, meint Lollo zu erkennen, ihre Lippen bewegen sich, sie spricht anscheinend, ihre buschigen Augenbrauen scheinen von ihrer Stirn flüchten zu wollen, Lollo kann erkennen, wie sich die einzelnen Borsten, die Würmchen, nach vorne stemmen, als würden sie nach etwas greifen, etwas erreichen wollen, erst wechseln nur ein paar von ihnen die Farbe, dann flackert es in Frejas Brauen, weiß, rot, golden, grün, blau, lila, orange, silbern, pink, gelb, das ganze Spektrum Farbe spult sich staccatomäßig ab, klack, klack, klack, wie ein Strohboskop beim Autoscooter. Gesichtskirmes. Einige Sekunden vergehen. Frejas Lippen bewegen sich, ihre Zunge drückt sich mal unter den Gaumen, mal hinter die Schneidezähne, noch nie hat Lollo Freja so lange reden sehen. Hören, was sie sagt, kann er nicht, da fiiiiiiiiiiiiiiiiiiiiiiiiiiiiiiiiiiiiiiiiiiiiiiiiiiii-iiiiiiiiiiiiiiiiiiiiiiiiiiiiiiiiiiiiiiiiiiiiiiiiiiiiiiiiiiiiiiii iiiiiiiiiiiiiiiiiiiiiiiiiiiiiiiiiiiip! Freja hält die Haare links und rechts in Fäusten zum Scheitel.

Zeit vergeht. Vielleicht ein Moment. Könnte aber auch sein, dass bereits Minuten verstrichen sind. Zwischen seinen Ohren, direkt ums Hirn drumherum, piept es immerfort. In seinem Schädelzentrum ist eine schwarze Gewitterwolke ansässig, die starken Regen ablässt und unter Krachen Blitze abfeuert. Am liebsten würde Lollo die Kopfplatte aufklappen, sein Hirn packen und es ohne Umwege in den Papierkorb bewegen. Das Herz könnte er sich auch direkt zum Halse herausreißen, wo er schon einmal dabei wäre, dann wäre da wenigstens nichts mehr in ihm, dass emotionalen Verstrickungen und darauf resultierenden Reflexen, schadenwirksame Eingriffe ins Seelenleben möglich macht. Dann, bald, senkt sich der durchgängige Piepton, in seinem Kopf klafft die grummelige Wolke auf und ein dominant blau strahlender Himmel schiebt sie aus der Bildfläche. Wie kommt's? (Wer erwartet, Antwort wegzustecken, die weitläufiges Auffassungsvermögen sprengt?) Frejas Stimme schlängelt sich entlang restwabernder Klangsäulen, der Mops heult in einem steten Zeterton, als begleite er ein Orchester vorbei rauschender Martinshörner, da ist noch ein Restbestand des Piepen des Tinnitus, da, plötzlich, zwischen allen primären Geräuschen, in kurzen Schweigemomenten, wie Löcher in der Klangmatte des gellenden Ohr-Terrors: Frejas Stimme, die Satzstücke formt. Eine tiefe Stimme.

Lollo fasst sich an die Schläfe. Mit dem Daumenballen – als würde das etwas bringen – massiert er sein Ohr so gut es geht. Er linst zu seiner Gegenüber herüber. Freja gibt Antworten auf bislang noch nicht gestellte Fragen. Aus ihrem Mund plätschert ein reger Informationsschwall, das spürt Lollo, was würde er darum geben, sie jetzt verstehen zu können. Mit seinem akut beschränkten Hörvermögen befindet er sich doch leider im Funkloch, zumindest in einem Tunnel, einem, der durch einen dicken Schweizer Alpenberg leitet, es erreichen ihn nur einzelne Bruchstücke des Gesagten, und wenn er die Bruchstücke oder auch nur die Bruchstücke von durch den schlechten Empfang durchgebrochenen Wörtern empfängt, dann nur mit Störgeräuschen, mit so einem besonders rauschendem Rauschen, meist sind die Sprachstücke so zerfetzt und so rauschend, dass er sich die einzelne Silbe, die er vernommen hat, nicht einmal zu einem einzigen Wort zusammendichten kann, selten, aber manchmal, versteht er Erwähntes nahezu komplett, ganze Wörter oder zumindest Dreiviertel davon, manchmal gar zwei, drei kleine Wörter aneinandergereiht, und er probiert, sich die vielen kleinen Partikel der Rede zu merken, um die Bausteine dann später zu einem Konsensbrocken zusammenzukitten:

»Etwas, das«, »Efahr«, »La Cenere«, »semiseria

infernale«, »nicht«, »reden«, »speziali«, »muss das«, »nicht anders so«, »Ossini«, »zwei Stunden«, »Glas«, »Nsinn«, »och Humor«, »psychisch«, »Grenz«, »Probe«, »Würf«, »Asch«, »für alle sing«, »der Bettler«, »Liebe«, »es Königs«, »schlagen immer wieder«, »Stiefschwester«, »ich Angst«, »Lüge!«, »Lüge!«, »Tochter ist tot«, »fest die unbekannte Dame«, »Maske«, »Kleid und die Haar«, »Würfel«, »Affe«, »Zoo«, »non reggo alla passione«, »die Menschen!«, »rein, raus«, »Sperrung«, »Welle«, »einmal«, »Vorsichti«, »Kabel«, »'innocenza e la bontà«, »Facella! Ovunque!«, »irgendwann«, »gesucht und gefunden«, »weggerannt, aber«, »wird immer weitermachen«, »Programmheft gedruckt«, »Hilfe«, »Stalt«, »u n s i c h e r, a b e r d i e z w i n g«, »S c h w e s t e r n«, »che crudel fatalità!«, »kann nicht«, »das Feiern«, »warst da du«, »dir zeigen«, »du es verstehst«, »verletzen«, »verstehen«, »verlieren«.

Aha, ach so. Nein, andersherum: Wie bitte? Lollo möchte jetzt auch etwas sagen. Vielleicht »Stop mal bitte eben und wiederhole Gesagtes, wenn ich wieder hören kann.« Doch der Versuch zu sprechen scheitert, da die Töne im Hals hängen bleiben. Da ist so eine Schranke, die sie nicht nach vorne heraus lässt. Lollo presst, es japst. Ein Ton, noch kein Wort. Wenn ich auch noch ziemlich taub bin, stumm dürfte ich nicht geworden sein, denkt der Werber, durch die Möglichkeit, das dem doch so ist, mehr ängstlich als überzeugt, denn, wer weiß. Lollo, dessen müden Augen ungefähr so dick mit Schwarz umrandet sind wie die eines Waschbären, räuspert sich und presst erneut: Nichts, außer ein krepierendes Fiepsen. Er probiert es mit pfeifenden Pf-Lauten, schürzt die Lippen, pustet ppffffffff. Da hört man ihn flüstern: »... pppfffffffarum?« Er stellt die Frage, die Menschen weltweit immer als aller erstes herausquellt, wenn ihnen gänzlich Unverhofftes –beispielsweise par abstürzendem avion –, urplötzlich ins Leben poltert: »Warum?« Gute Frage eigentlich, probiert sie doch mit all der ihr innewohnenden

Faulheit in nur zwei Silben den Rundumschlag an Antwort zu den komplexesten Motiven abzufrühstücken. Tausend-Fliegen-mit-zwei-Silben-Klatsche. Aber mit einer differenzierenderen Frage kann er justament nicht dienen und das »Warum?« erfüllt den Zweck, denkt er – es repräsentiert seine gegenwärtige Konfusion, zeigt, wie überfordert er gerade, na, eigentlich ständig mit ihr, Freja, ist und vermittelt zudem praktischerweise, dass er nicht mehr kann, nichts weiteres mehr aushalten kann, genug jetzt, denkt er, was soll denn noch passieren, zu viel Zusammenbruch gepaart mit zu vielen Informationen, beziehungsweise ausbleibenden Informationen, überdies das miese Gefühl, etwas verpasst zu haben, versäumt zu haben, verstehen zu können, wer Freja ist, was sie da soeben gesagt hat, was sie ergo zu jener Person macht, die sie ist. Eine Aufklärungskampagne ihrerseits wäre mehr als angebracht. Ihn beschleicht die auf Samtpfoten dahermoonwalkende Ahnung, er wird in Folge ihres Monologes die einzelnen Bruchstücke nicht zu einer sie abbildenden Illustration zusammen kneten können, gehe er auch noch so fingerfertig mit dem geistigen Tesafilm um. Zu viel von dem verstandenen Zerstückelten hat er jetzt schon wieder vergessen, und das, was da noch im Kurzzeitgedächtnis herum schwirrt, macht collagiert nur einen gering fassbaren Sinn: Gefahr, prügelnde Stiefschwestern, der König, eine unbekannte Dame auf dem Fest, Lügen, einiges Italienisches, Passion oder so, ein Affe im Zoo, Menschen, ein gedrucktes Programmheft, und dann war da ich, Lollo. Mehr blieb nicht hängen.

Freja lässt die Haare los und sie fallen zurück. Der Vorhang fällt.

Lollo atmet mehrmals tief durch, das klappt jetzt, trägt mit einem Handflächenwisch auf beiden Seiten die Tränen von den Wangen ab, er lässt den Kopf in die Hände fallen, reibt die Augen mit den Fingerspitzen der Mittel- und Zeigefinger. Der Tinnitus verflüchtigt sich überraschend, als hätte man ihn mit elektrostatischer Mikrofaser einfach vom Trommelfell gefeudelt.

»Kann, kann ich... Moment, bitte«. Ich bin noch nicht ganz da, aber gleich, bemerkt er. Er atmet langsam und tief, dann noch einmal, allmählich wird er wieder Herr seines Hörsinns, samt eines Knistern kommen die Geräusche zurück, die man hört, wenn alles normal ist, die Umwelt knistert, wie von einer uralten Vinyl abgespielt, so langsam kommt er zu sich, er kräuselt die Stirn, tiefe, alte Furchen. Lollo beginnt, Schlüsse zu ziehen, so gut er kann, kombiniert das brandneue, rare Infomaterial mit alten Angelegenheiten Freja betreffend, er will die fauchende Wildnis in seinem Kopf zähmen, das zerbombt Hinterlassene glätten, abrunden und archivieren, Dinge ordnen, Puzzleteile zusammenstecken, er stöhnt: »Immer, wenn ich dich angerufen habe, waren da diese Schritte. Ich habe sie ganz leise im Hintergrund wahrgenommen. Kannst du nicht telefonieren, wenn deine Schwestern in der Nähe sind? Brauchst du Hilfe oder so? Ich, äh- also du kannst dich auf mich verlassen, wenn... Also keine Ahnung... Ein König? Ich habe dich gerade, glaub' ich, nicht richtig verstanden, weil... Also wir haben doch keinen König!«

Freja stößt sich vom Tisch ab zeitgleich sie energisch vom Stuhl aufspringt, diesen umstößt, laut knallt die Lehne auf die Plastikplatte am Boden. Katoink! In diesem Geräusch erklingt das Vibrieren des Holzes, daraufhin geht ein Wummern durch den Raum, ein Bass, der in einer derlei Tiefe dröhnt, dass man ihn kaum hört, dreht seine Runden entlang der Wände, wären Pfützen am Boden, würde man das Wasser wabern sehen. Hinten in der Küche macht Rosine erneut den Wolf. Lollo schlägt die Hände auf die Ohren – nicht schon wieder! Stop! Stop! Beim Blick aus dem Fenster entdeckt er da ganz weit oben, ganz weit hinten, die Sonne, die als klitzekleiner, viel zu kleiner, greller Lichtpunkt inmitten des Quadrats aus Glas direkt zu ihnen in diesen Raum scheint. Es wird heiß. Das Wummern klingt ab. Automatisch zieht Lollo viel Luft durch die Nase ein. Alles frei, er kann frei atmen, das tut gut und erleichtert ihn, und schon steht so eine emotionale Regung wie die Angst, die durchaus angebracht wäre, raubt einem ein Tönen, von dem man nicht mit Gewissheit sagen kann, woher es rührt, die Kraft zu atmen, wieder ganz hinten an. Lollo nimmt die Hände von den Ohren. Buckelig und verbogen auf dem Stuhl klebend wie eine Knetwurst Mürbeteig – schlaffe Körperspannung, nicht eine Prise mindestdurchschnittsmenschlicher Grazie mehr auf der hohen Kante – schaut er zu Freja auf und sie zu ihm herab, wobei sie schnaubt, was man zum einen akustisch deutlich vernehmen kann, da es röhrt und etwas schleimig in ihrem Hals gluckert und arbeitet, zudem weiter anhand der vor ihrer Nase-Mund-Partie im Wind des Ausatmen herumflatternder Haarsträhnen leicht zu erkennen ist. Lollo spürt seinen Bauch über den Hosenbund über die kalte Gürtelschnalle rollen, sein Rückgrat formt ein von Linkshändern mit Rechts in ungefähre Form gekrakeltes S. Sein Selbstbewusstsein ist futsch, seit wenigen Momenten hat es sich aus dem angesetzten Staub auf und von dannen gemacht. Wo ist sie jetzt, die Selbstsicherheit? Während des Mittagessens verhungert. Hat Freja es entwendet? Bei ihr ist es zu erwarten, sein Selbstverständnis zu seinem eigenen Sein, einfach Lollo zu sein, wiederzufinden. Gibt sie's zurück? Freiwillig? Da fällt Lollo ein, dass der volkstümliche Volksmusikermund ja ab und an gern mal über die grünen Wiesen der Fernsehgärten trällert, ein mit sich verkuppeltes Pendant hätte sein oder ihr Herz geraubt und gäbe es nicht mehr zurück, und dass das schon okay so sei, dass diese in das gemeinsame Liebesding verstrickte Person das Herz nicht mehr hergäbe, schließlich »gehöre« es sie oder ihm jetzt ja auch, also bitte, sei's geschenkt. Ist es wohl ungefähr bis genauestens dieses viel besungene Gefühl, das Lollo à ce moment-là widerfährt? Denn, klar, er ist verliebt, irgendwie, da geht man mit seinem Herz gewiss spendabel um. Aber die Übergabe seines

Herzmuskels an Freja, fühlt sich irgendwie zu unangenehm an, als dass man den Geschenke-Transfer jauchzend besingen wollen würde. Von Geburten singt ja auch keiner: die Geburt des liebsten Wesen. Wobei: »Love hurts«. So langsam, kommt es Lollo so vor, beginnt er, die Sache mit dem Neuland Liebe zu verstehen. Ganz sicher ist er aber nicht. Dennoch, dass da was mit Freja, also zwischen ihnen beiden, ist, was nicht gewöhnlich für die ihm an sich bekannte Gefühlswelt seines Innenraumes ist, ist klipp und klar. Er spürt, dass er jetzt reagieren muss, um nicht ganz die devote Partei in diesem bislang je von einer Seite, der ansonsten gewohnheitsgemäß redekargen, in dieser diesmal ungewöhnlichen Art von Gespräch einzunehmen. Klarheit muss her, Wahrheit muss raus! In einer Explosion blüht da ein Frühling in ihm auf, der nicht mehr den Anschein macht, sich noch weiter aufschieben lassen zu wollen. Für eine noch mutigere Darbietung absoluter Ehrlichkeit in temporärer körper- und geistlicher Beschaffenheit wahrhaftig unzulänglich ausgestattet, möchte Lollo, wenn es ihm auch nicht gelingen würde, die gesamte Spannweite seiner buntesten Gefühle für sie, die er jetzt, und eigentlich ja schon lange, wie ihm jetzt auffällt, ihrer Intensität würdig darzulegen, zumindest eine Sache wenigstens loswerden wollen, einen kleinen Anfang der Aufklärung wagen: »Da ist etwas, das... Freja. Ich will, dass du weißt, dass ich was, also wirklich was von dir will!« Laut ausgesprochenen Worte. Das kam sicherlich gut an, denkt er. In diesem Moment ist sich Lollo sicher, dass er das Richtige getan, und seine seit Tagen im Unterlaub des Ranzens umher wuselnden lieblichen Befinden, nicht die Vorsicht hat sprechen lassen. Wenn auch sein Fleisch schwach, ist doch sein Geist willig. Nichts zieht meinen Willen runter, mein Wille ist stärker, als mein Körper, sonst könnte man so wie so die ganze Welt nicht mehr aushalten, denkt Lollo von der Situation euphorisch gemacht, und noch mehr sammelt er von seinem verbalen Drauflos Energie für einen weiteren Schwung schöner, an Freja gerichteter, eine verbindliche Beziehung mit ihr bezweckender Worte zusammen, da greift sich seine Gegenüber nochmals in die langen, braunen Haare vor dem Gesicht, reißt den Vorhang erneut auf, eine Faust links, eine rechts, halten die Mähne zu den Seiten. Weiße Haut, grüne Pesto-Stippen, ihre weit aufgerissenen Augäpfel sehen aus wie halbierte Tischtennisbälle, sie treten fast aus dem Kopf, die Augenbrauenbüsche darüber nehmen, wie mit einem Dimmer in die Höhe regulierte Halogenlichter, an Glanz zu, Solaranlagenbesitzer würden Freja gerne als einen die Ökonomie antreibenden Gartenzwerg in ihrem Vorgarten platzieren. Weißeste, isländische Dauersonne. Die Spitzen der Borsten der aberhunderten Glühwürmer Frejas Brauen glitzern, als spalte gebogenes Lupenglas Licht in einem Prisma, ein wuchtiges Gewühl aus Haaren über ihren Augen, wie durch Kohlensäurebläschen auf maximales Volumen aufgeschwemmt, zwei dicke Stricksocken aus Alpaka-Wolle, Wolle, die farbenfroh durch Tag und Nacht leuchtet, buschig, wuschig, bling-bling. Weiß wird zu Wechselfarben. Dann: Schluss, Licht aus. Freja schmeißt ihr Haupthaar in Urposition, schiebt die weiten Ärmel des Wollpullis über die Ellbogen, hurtet in die Küche. Ihre Hacken poltern energisch auf dem Plastikplatten, pom, pom, pom, pom. Rosine flüchtet aus der Küche in den Raum mit dem Tisch, Freja ihr hinterher, schließt die Küchentür hinter sich, sie rumpelt dann noch ein paar Schritte in die Mitte des Raumes, spreizt die Arme, die gerafften Ärmel rutschen von den Ellbogen zurück und es dröhnt augenblicklich gellend aus ihr heraus.

 Man sitzt im Laufe des Lebens doch so einigem Irrglauben auf. Glaubte man doch lange genug, dass die Zunge verschiedene Sektionen für die Geschmacksrichtungen bitter, sauer, salzig, süß und so besitzt. Allzu lange hat man denen, die einem mit Hirnkompott zu Leibe rücken wollten, abgekauft, ein ottonormales Gehirn sei lediglich zu 10% ausgelastet, lediglich jene von Konsorten wie Einstein – über jenen man sich lange Zeit sicher war, zu behaupten, in einem Mathemuffel hätte sich ü-eiermäßig ein Mathematik- und Physik-Genie versteckt (sommerpausenlos) – haben sich autodidaktisch nach zermürbendem Aufwand sobald das Kunststück instruiert, bislang ungenutzte Partiellen des Zerebrum zusätzlich, und bis auf 100% hochgeschraubt, zu beanspruchen. Eben so handelt es sich um einen weiteren, einen vom Metier her schon wieder anderen, aber ebenso irren Irrglaube, zu meinen, Schweiß dufte immer gleich Schweiß: nach Schweiß eben. Es ist nicht so. Von Lollos Platz aus entsandt, kitzelt kein pheromongetränkter Lockgeruch die Nüstern, wie etwa bei der aus Schlitzen und Falten an die Oberfläche kraxelnde Sexschweiß, Lollos bei dem Gedröhne plötzlich wiederkehrende Angst aber, die seine verzogene Silhouette wie eine schwarze Kontur ummantelt, die gespürte Gefahr, diese kann man jetzt förmlich riechen. Ihm schwant eine dicke Fliege an der Achsel schlecken, mit ihrem Rüssel das Feuchte von seiner Stirn schlürfen, aber nirgends ist eine. Es duftet alt, nach Staub und Sprit, es hat die leichte Note von Essig, Verbunden mit Sauerstoff riecht Angst in der Luft besonders schlecht.

Von draußen strahlt es schneeweiß in den Raum, das Geflimmer lässt die Wesen, in einem Flur aus Licht, wie mit der Schere ausgeschnitten erscheinen, Farben versinken hinter greller Firnis. Übergewichtige Flocken senken sich festlich nieder, die belegte Welt zergeht in einer weißen Gemeinsamkeit.

Freja senkt den Kopf, schüttelt die Arme aus, lässt sie fallen, die Hände plumpsen aufs Becken, langgezogen atmet sie ein, sie steht bewegungslos da, wie eine steinerne Skulptur ihrer selbst – monumental. Es macht den Anschein, als sei sie um einige Meter gewachsen, stabil wie ein gusseisernes Ritterschild, schwer wie eine ganze Rüstung, gefeit von äußeren Umständen, die Gemütslagen wechselnden Witterungen, frei vom Pflichtpartizipieren am

Gesellschaftsspiel, befreit vom sich aneinander Messen, abgeschirmt von Unsicherheit, Unfähigkeit, der Ungewissheit, nicht zu wissen, was passieren wird und was, das bisher unwiderruflich geschehen ist, mit dem Jetzt angestellt hat. Wie weit hat sie es bereits getrieben? Es ist dunkel um sie herum geworden. Und Lollo ein Lichtpunkt darin. Ist sie noch zurechnungsfähig? Vor allem ist sie eines: ganz besonders stark. Denn sie hat einen gut durchtrainierten Willen. Sonst würde sie das ganze Leben, in dem sie steckt, nicht bewältigen können. Das hier muss jetzt sein, das ist klar. Hier muss die Situation durchgeschleust werden, sonst geht es gar nicht mehr weiter. Entweder so, denn wenn gar nicht, verliert sie ihn. In dieser Session ist es an der Zeit mal eben zu vergessen, lebensnotwendig für ein Weitermachen, eine versteckte Zeremonie kurzum in einem ungesicherten Moment auszupacken, aus dem Verborgenen hinauszusteigen, sich zu offenbaren. Es schlägt die Uhr zum perfekten Timing, der Auftritt beginnt. Wenn auch eine Antwort längst nicht immer mit einer Lösung einhergeht, verhilft sie doch der Aufklärung, und dann ist man immerhin einen Schritt weiter, das Resultat daraus – aushalten oder eher weniger – wird man irgendwann dann sehen. Genau jetzt, oder es ist zu spät: Mit Zeigefingern und Daumen formt Freja zwei Os, legt die Os dann aufeinander zu einem einzigen O zusammen auf Höhe ihres Bauchnabels. Die Brust prall herausgestreckt – enorme Weiblichkeit platzt in diese Sphäre. Es wabbelt in der Luft, es wabert, dieser unerhörte Bass, Moleküle schunkeln in der Atmosphäre, in diesem Bass, Geräusche, vielmehr Töne des Gesangs. Gespannt und ordentlich angespannt atmet Lollo flach durch die Nase ein und zum Mund aus. Sein Atem ist heiß. Die sauerstoffarme Luft aus seiner Lunge krault beim Ausströmen den Pelz auf seiner Zunge.

    Freja nimmt auf dem Boden ihres Innern zusammengeballte Energie auf, verteilt die gesammelte Portion kraft ihrer Stimme nach außen, lässt die auditive

Masse, grollend wie eine klangintensive Lawine, über ihre Unterlippe Klippe springen, leitet die Flugbahn des Tones um, als sie den Klang durchs Finger-O im Körperzentrum in ihre Statur zurück, der Wirbelsäule entlang, aufwärts zum Hinterkopf und darein gleiten lässt, wo der Laut in der Mitte des Mundes ankommt, aus dem er zuvor sprang. Der Ton rollt rund wie ein Rad, aus ihr heraus, zurück in sie hinein. Raus, runter, rein, rauf und wieder heraus und immerfort und ohne Unterbrechung, rollt der Ton, bricht wie eine Welle, kippt, schlägt Purzelbaum, braut sich erneut zusammen und bäumt sich zu einem potenten, auf gleicher Höhe stehenden, und in sich hinein und um sich herum rollender Kawenzmann, der mit den Sekunden, die verstreichen, an Volumen zunimmt, immer weiter prescht. Der senkrecht kreiselnde, gesanggewordene Ton drückt ihre Haare nach vorn, ein Haar-Tunnel bildet sich um die transparente Klangröhre, die Haare bleiben fast unbewegt vor ihrem Gesicht in der Luft stehen.

Das ganze Getöse vollzieht Freja ohne sichtbaren Kraftaufwand, sie steht einfach da, die beiden Os vorm Bauchnabel aufeinander gelegt, als wäre es ein Kinderspiel, gleich klatscht sie in die Hände und springt, etwas Reimendes aufsagend, den Hampelmann, Kinder flüchten lachend und fordern auf, sich fangen zu lassen. Doch was hier geräuschvoll schallt, ist nichts für Ohren Heranwachsender, selbst Taube spüren den bedrohlichen Druck auf der Haut, der vom durchgängigen Ton durch die Luft gewirbelt wird. Je höher Freja die Tonlage hebt, um so mehr Raum wird einbezogen. Wie der Strudel eines gigantisch großen Duschwannenabflusses zieht der Sog Frejas Tonfall die Umgebung in Mitleidenschaft. Bald singt sie Sopran. Das Höchste der Gefühle schießt in rotierenden Wellen in die Peripherie, ein tönender Tsunami, ein auf der Stelle radschlagender Brecher schlägt schallend klatschend auf alles ein, was vor Ort Stirn bietet und klingt dabei sogar ziemlich gut. Sehr schön sogar, würde man zugeben, wenn einem die

Bedrohlichkeit des Gehörten nicht den Weg zu dieser positiven Bewertung versperren würde. Frejas Mimik ist beim Ausstoß des alles umwälzenden Gesangs völlig ruhig, Lippen und Wangen sind locker, von muskulärer Anspannung ist in ihrem Gesicht nichts zu sehen. Sauber kreiselt der Gesang in Endlosschleife zwischen Frejas Körper und allem ihm Nahen. Der Sopran wird immer lauter. Eine Rakete verabschiedet sich leiser ins Weltall, als Frejas Stimme diese Behausung auf links krempelt.

Rosines in Eigenspeichel liegender Mopskopf lehnt leblos an der Bodenleiste, die Vorderläufe verstecken sich unter dem erstarrten Korpus, der nicht mehr atmet, die Hinterbeine strecken sich zu einem Spagat beidseitig vom Hinterteil ab, abgebrannten Streichhölzern ähnelnd. Nur, dass der Hund blinzelt, zeigt, dass er noch nicht den Gassigang über den Jordan angetreten hat. Dem Mops ist keinerlei Konfusion, keinen Funken an natürlich gesteuertem Fluchtreflex anzusehen, denn größtenteils bewusstlos ist er ebenfalls. In Sachen vitalen Bewusstsein, geht es Lollo nicht besser, auch er baut ab. Rasant. Wohl hält sich sein Allerwertester noch einigermaßen wacker auf den Stuhlbeinen, doch taumelt und kreist Lollos Oberkörper wie ein Schiffsmast auf rauer See, da ihm der loreleysche Gesang in einer Tour ins Ohr sticht, als tattoowiere man ihm eine kleinteilige Weltkarte aufs Trommelfell, und das reißt sein Mittelohr in Mitleidenschaft, die doch einen schönen Eindruck machende, doch physisch ungenießbare Stereo-Folter raubt dem Werber die Gleichgewichtsfunktion. Lange wird's nicht dauern, da rafft's ihn ebenso bewusstlos auf die Plastikmatte, wie den schwarzen Mops. Lollo ist schon ganz schlecht. Er hört auf zu denken, einzig darum, da Denken nicht mehr möglich ist. Es ist, als ziehe der allgegenwärtige Klang, wie ein starker Magnet, die Gedanken an sich, halte sie, wie an sich geschraubt, fest, macht sie unbeweglich, Zerstreuung hat keine Chance mehr, in seinem Kopf passiert nichts, auf irgendwas noch zu reagieren, ist Lollo nicht in der Lage, solange sie singt. Freiheitsberaubend. Ungesund. Aber da kann man nichts machen. Sie singt, o, wie sie sing, o weh. Um sein Hirn wird es ganz still, eventuell wird es bald um ihn geschehen sein. Wird dies sein Ende? Würde er denken, dass das hier ein gutes Ende sei, wäre er imstande zu denken? Warum nicht. Mord? Fast schon lustiges Ende. Treudoof schaut er seine Freja aus einem schwierigen Winkel an. Sein merkwürdiges Mädchen, eine große Überraschung. Tränen rinnen unkontrolliert aus seinen Augen, das süße Gefühl in den Lungen, so, als wäre da Dampf drin, kurz bevor man erstickt. Frejas Sopran ist Mord. Ihm freiwillig zuzuhören: Selbstmord. Vor Lollo wird's dunkel.

Als sich, unter schweren Wimpernschlägen immer schärfer werdend, die Realität vor seinen Augen zurück aufbaut, wie man es aus Filmen kennt, sieht Lollo Freja dabei zu, wie sie mit einer zusammengefalteten Windel in der Hand versucht, den sich aus ihrem Griff windenden Mops zu wickeln. Natürlich geht sie hier wieder äußerst grobmotorisch und nicht zielführend vor, der Hund jault erbärmlich, trotz dass sein Gehör extrem dumpf belegt und schwerhörig ist, hört Lollo sein Wispern und Keuchen. Rosine lebt, das freut ihn schon einmal, immerhin macht es Hoffnung, dass auch er selbst bald wieder auf die Beine kommt. Und wenn, dann: nix wie weg hier! Lollo spürt ein Kribbeln in den Händen und weiß im ersten Moment nicht, ob er die Gliedmaßen bewegen kann, fühlt sich nicht so an, als ob er könne, aber wenn er gar nichts mehr könnte, wäre da ja wiederum nicht dieses Kribbeln, er bleibt also erst einmal regungslos am Boden liegen, um das Erschrecken noch etwas hinauszuzögern, falls er bemerkt, dass er gelähmt ist. Erstmal wach werden, dann gegebenenfalls das neue Leben als Schwerbeschädigter beginnen, denkt er. Eins nach dem anderen, denkt er. Freja hat ihn mit einem der Seidentücher bedeckt, die hier überall auf den vorderen Sitzkanten der Polstermöbeln liegen. Solle das sein Grab darstellen? Begraben unter durchsichtiger Seide, wenn, dann was für ein larmoyantes Bild soll das denn bitte darstellen, denkt er säuerlich. Oder hat das Seidentuch vor, der Funktion einer Erste-Hilfe-Wärmedecke nachzukommen? Erst heute leuchtet ihm der Unterschied zwischen *Zu*decken und *Be*decken ein. Immerhin ist sein Kopf nicht vom Tuch bedeckt. Spricht für das Decken mit dem »Zu« am Anfang. In diesem Moment gelingt dem Mops die Flucht, er hastet davon, Freja ihm nach. Dämonisch schart das Horn seiner Nägel auf den Acrylamitplatten.

Schneeweißes dringt durch die Fenster. Lollo ist, als existiere seine Hülle als eine kleine Figur auf einer großen blanken Seite eines aufgeklappten Zeichenblocks – viel zu viel Platz um ihn herum, zu wenig Schutz, ein verwunderter Soldat auf offenem Feld auf feindlichen Grund. Am liebsten würde er sich (erneut) in ein Paket verpacken und, recht spendabel mit Paketklebeband versiegelt, um die Welt schippern, um daraufhin, für sich allein, in irgendeinem nach Zufallsprinzip gewürfeltem Land, auf irgendeinem Kontinent, abzuleben. Und zwar nach Manier, wie es Tiere tun, wenn sie wissen, es geht zu Ende: in aller Ruhe, zurückgezogen, allein an einem abgeschotteten Ort, beispielsweise: Gebüsch. Aber hier sterben? Ein Sterben, dem ein Umbringen zuvor ging? Nein, danke! Das ist nicht selbst-, das ist fremdbestimmt, nicht fair, das ist mir zu blöd, denkt Lollo.

Nach prall gefüllten Geschenken der Aufmerksamkeit, die sie ihm, mit fast unkenntlichen, aber seine erquicklich pochende Herzchengegend tätschelnden Gesten, zuschob, nach nahezu kniefälliger Hingabe – sie fraß ihm geduckter Haltung ja quasi aus der Hand, wenn sich die beiden mittagspäuslich zum Vertilgen trafen – nun wendet sich das Blatt, die mysteriöse Brünette schält ihre irre Seite heraus, und das Unbegreifliche, etwas, das eigentlich nicht von dieser Welt sein kann, kommt zum Vorschein. Das Verständnis aufzubringen, zu verstehen in Lage zu sein, dass es sein könnte, dass sich Freja, durch ihren spontanen Expressionismus in einer bisherig unerkannten Klarheit, darstellen mochte – sich Lollo, da er es ihr wert ist, mit Bitte um Verständnis für ihre Schrägheit veranschaulichen mochte, ihm zu erklären, womit er es mit ihr zu tun hat, warum sie so ist, wie sie ist, denn, der Sache, dass sie nicht eine Frau wie all die anderen ist, ist sie sich durchaus bewusst, dafür gibt's ja auch markante Gründe –, versteckt sich, also das Verständnis, in Lollos Erkenntnis hinter einem maßgeblichen Grundgefühl der Unlust, die ganzheitliche Person Freja, samt äußerer Erscheinung und allem innen drin, in dieser neuen, bedrohlichen Situation, überhaupt begreifen zu wollen. Er will grad nicht, er kann noch nicht. Vor allem regiert spontane Furchtsamkeit seinen Wachzustand. Und in dem Zeitpunkt, als er bemerkt, dass er wieder klarer denken kann, konzentriert er sich zuerst einmal darauf, seine Beine wieder zu spüren. Das klappt auch relativ schnell, da bewegt sich etwas unterm Seidentuch, was scheinbar seiner Körperkontrolle unterliegt. Gut so. Er saugt Luft ein, was dem Effekt einer frisch eingelegten Batterie entspricht, jetzt, unverhofft mit neuer Energie betankt, ist es ihm wieder möglich, die Flucht antreten zu können. Nichts anderes kommt ihm in den Sinn, außer die aus Angst und bitterer Vorahnung, was weiterhin noch Schlimmes oder sich wiederholend ihm zu Leibe Rückendes passieren kann, geborene Reflexbewegung zur Flucht. Synchron wundert ihn die spontane Lebens- und produktive Schaffenslust, die er aktiviert, um sich in Sicherheit zu bringen. Hängt er etwa doch mehr am Leben als er erwartet hatte? Wahrscheinlich, so denkt er, ist es wie mit der Selbsterstickung: Man kann sich nicht eigenhändig würgen, mit dem Ziel, des Selbstmordes. Hoch errötete Augen, in denen folge des beherzten beidhändigen Händedruckes Äderchen platzen. Kurz vor der selbstbeschafften Bewusstlosigkeit, wird man sich gegen sich selber wehren, mit dem Zweck der Lebenserhaltung. Automatisch. Das ist ein nicht zu deaktivierender Reflex. Da muss man schon Erfolg versprechendere Mittel wählen, um dem Leben durch die Hintertüre zu entkommen, dementsprechend von ausweglosen Methoden Gebrauch machen. Hier, heute, und auf diesem Wege, möchte Lollo nicht das Zeitliche segnen. Vollautomatischer Lebenserhaltungsreflex oder kritische Bewertung des möglichen Abganges, egal. Freja ist gerade in der Küche verschwunden. Lollo zieht die Knie an, schmeißt die angewinkelten Beine zur anderen Seite, zur Wohnungstür herüber, strampelt das mit den Beinen mitgezogene Seidentuch von sich wie ein Fangnetz, in das er sich verhedderte, springt auf, das gelingt ihm besser, und er steht sicherer, als erwartet, greift noch schnell seinen Mantel, der sich hinter ihm über die Sofalehne krümmt, wie über die Reling, reißt am Griff der Wohnungstür, findet im Flur die Tür zum Aufzug, holt ihn per Knopfdruck, der Kreis des Druckknopfes leuchtet schwach in einem gelblichen Weiß, während Lollo einige nervenkitzelnde Sekunden auf das Ankommen der Kanzel in dieses Stockwerk wartet, ohne von Freja entdeckt zu werden, dann fährt die Tür zum Aufzug auf, Lollo springt in die Kabine, presst die »EG«-Taste und schnell die »Türe schließen«-Taste dazu, und während er in dem Blechkasten von der Sechs bis auf die Erde herunter gondelt, überfällt ihn auf jeder Ebene die kalte Angst, der Fahrstuhl könnte sich öffnen und, wie ein lauerndes Monster, Freja zusteigen, um dem Ganzen mit ihren Methoden ein Ende zu setzen.

Als kreidebleich, den Mantel überm Arm, ein junger Mann vorm Schaufensterpanorama der *Stadtbäckerei* entlang spurtet und sich Köpfe drehen, als schauen sie einem kräftig geschlagenen Tennisball hinterher, erwarten die Insassen des Cafés, dem Wegrennenden folgende, Schlagknüppel wedelnde Wachmänner. Flucht vor unpässlichen Eventualitäten sieht eben je ziemlich identisch aus, nur die Panik in den Augen der Flüchtigen changiert – einmal verbleibt sie perplex unsichtbar in Augäpfeln wie aus Wachs, ein anderes mal funkelt Salzwasser auf der Hornhaut, die Lider zittert, da das Auge schon zu Vieles gesehen hat.

Als Lollo so weiter rennt, bald in den U-Bahnschacht springt, wobei er mindestens drei Stufen pro Schritt die lange Treppe hinunter auf einmal nimmt, versieht ein Gefühl der Befangenheit die wie mit saugstarkem Küchenpapier in ihn aufgesogene Aufregung, was Lollo sein Tempo wieder drosseln lässt. Ihn beschleicht die plötzliche Vermutung, anhand seiner Flucht vor dem mysteriösen, auf den Namen Freja reagierenden Wesen, einen falschen Riecher bewiesen zu haben, was ihn dazu verleitete, lebenserhaltende Maßnahmen per flinken pedis einzuleiten. Nun gut, Überforderung ist spätestens dann als eine solche zu bekennen, wenn eine Person unter jener zusammenbricht. Und mit Bewusstlosigkeit, einem totalen Zusammenbrechen, hatte er es beileibe zu tun. Verziehen sei es ihm, wenn er gar nicht hätte davonrennen brauchen. Da ist jetzt diese Erregung, eine wackelige Rührung, die unter der Haut juckt, eine Ahnung von selbstzugeführter Enttäuschung, so einer, als hätte sich Lollo von etwas Schwierigem befreit, dem er sich zu meistern vermeintlich imstande zu sein hätte sehen müssen. Er bereut seine Entscheidung, abgehauen zu sein, auf dem Fuße. Ab und an händigt einem das Leben eine, etwa auf einer der strukturellen Lebensorientierung dienlichen Moderationskarte notierte, Schwierigkeit aus, dessen sich zuzutrauende Bestehensmaßnahme bei erster Betrachtung nicht immer den Anschein nach gelegener Chance mitsamt lohnenswertem Ausgang hat, doch wenn man die Berührungsangst überwindet, die Aufgabe am Schopfe packt und mutig erledigt, winkt stets die Belohnung – die Errungenschaft innerer Befreiung, und man traut sich immer noch viel größere Klöpse zu. Man wird großen

Herausforderungen immer mächtiger.

Kalte Luft pustet aus der Röhre, dem Tunnel, durch den der Zug in den U-Bahnsteig einfährt. Wie die liebevollen Finger einer elterlichen Autorität, wuschelt der kalte Luftzug durch Lollos Haare, streicht ihm am Hals entlang, legt sich ihm kühlend, beruhigend in den Nacken. So beschwichtigend, wie eine Brise an der Nordsee, hat die Frische am Kopf Trost inne. Also es ist, wie, wenn das Schulkind auf dem Scheitel der Düne steht, am besten zum ersten Mal dieses Familienurlaubs aufs Meer hinausguckt, und spontan das System Schule und all die Probleme, die das Leben zur Zeit so hergibt, für eine kurze Weile einmal getrost auf Wiederaufnahme warten lässt, sich erst einmal, ohne Reue, seiner in die nordfriesische Natur gestellten Person widmet, der Wind pustet einigen Ballast von der Pelle, der sich, das Gefühlsleben immer mehr ermattend, wie altes Laub, langsam zu Matsch werdend, oder wie Feinstaub, die Fenster zur Straße hin allmählich verdunkelnd, auf einem niedergelassen hat, alles wird gerade leichter, da wuschelt, wie erwähnt, obendrein noch die Mutter durch die Haare ihres Zöglings, und da schwängert Freude den Jungen und Holliday morpht zur Rehab. Lollo schließt die Augen, lockert den Kiefer und atmet ruhig durch die Nase ein und aus. Es duftet nach Staub und Stadt, nach Gummi, nach Menschen von heute. Diese drängen sich an ihm vorbei. Die Sirene ertönt, gibt schräg dröhnend Warnung, dass die Türen der U-Bahn jetzt schließen werden. Dröööht, dröööht, dröööht! Lollo, halb blind, im Bildschirmschonermodus, springt durch den Schlitz in den metallenen Wurm. So langsam könnte er mal wieder eine Rauchen, denkt er. Da bin ich wieder. Da bin ich jetzt. Normale Realität. Und lässt sich zurück zur Agentur bringen.

Buch III
MARSCH, MARSCH, AMATEUR-DESERTEUR!

FEURIGER BOOGALLOO IM GRABE ROSSINI
(Sonntag)

Wenn draußen, auf der Reling des Balkon, die Amselfrau zum Fenster hinein lugt, man in ihre Knopfaugen schaut, sich insgeheim die Frage stellt, ob verschmelzende Blicke mehr als tausend Worte zu sagen, gar zur Kommunikation, zwischen Vogel und Mensch, fähig sein können, in wie fern man sich versteht, und sich in dem Moment der insgeheimen Fragestellung das Amselweibchen kommentarlos vom Acker macht, einfach abflattert, dann, ja dann ist es Frühling, Sommer, Herbst oder gar Winter. Amseln bleiben bekanntlich das ganze Jahr über. Nun ist es aber gerade Frühling. Genau genommen, befinden wir uns an dieser Stelle, liebe Lesenden, im Verlauf eines Abends im Frühling. Penibel genau genommen, ist es sogar ein ganz besonderer Abend im Frühling.

In der Wohnung, Lollos Wohnung, lief also klassische Musik. Chopin, Nocturne, Opus 9 bis Ende, 72 oder so und dann wieder von vorn, die Repeat-all-Taste war betätigt. Die Musik lief schon eine ganze Weile. Lollo wollte sich aufs Grabenorchester einstimmen, drehte dafür die Anlage ziemlich laut. Einschnitt: Es hat ziemlich viele Vorteile, das Alter Ü-30 erlangt zu haben. Eines der Einigen wäre z.B., dass, in so fern sich ein Frisör um den Haarschnitt, und ein mittlerweile recht warmgelaufenes Auge ums äußere Erscheinungsbild abwärts jener Frisur kümmert – eine anlässlich des, zugegebenermaßen, bereits recht erwachsenen Alters angemessene Kleiderwahl –, Ruhestörung nicht gleich

Ruhestörung ist. Steigt also der Nachbar, der unter einem wohnt, trampelnder Weise und gereizter Nerven, die Treppe im Hausflur hoch, wird es an der Tür des über Dreißigjährigen wohl schon klopfen, auch wird er wohl zurecht um Reduzierung der Lautstärke gebeten werden, nur der Kopf verbleibt nach Türöffnung unabgerissen auf dem Halse. Ein einigermaßen seriöser Look ist maßgeblicher Garant für körperliche Unversehrtheit, umgibt den vor äußeren Einflüssen handgreiflicher Art zu schützenden Corpus, wie ein elektromagnetischer, selbstverständlich transparenter, Schutzwall, und so geht's, als sanfte Bitte um Verbesserung der Unpässlichkeiten, ins Ohr des über dreißigjährigen Störenfriedes und nicht an dessen Gurgel.

Lollo zog einen besonders feinen Baumwoll-Polyamid-Mix von Anzughose an, eng anliegend, ungewohnt. Er schlüpfte in das Jackett und sprühte sich (eine Ausnahme) Parfüm ans Dekolleté. Ausnahmsweise Duft tragen. Atypische Umstände bedürfen ungewöhnlichen Affekten. Lollo geht ja gewöhnlich auch nie in die Oper, kein wirkliches, wirklich echtes Interesse, kann ja noch kommen, dachte er, außerdem trägt er ungern Anzug, wenngleich er auch ein recht schmuckes Bild darin abgibt, wie er fand, als er vor dem Spiegel stand, aber wenn schon, wenn er sich sauber rasiert hat, die Haare kraft Haarwachses stramm ihrer zugewiesenen Liegerichtung nachkommen, dann, ja dann ist es Frühlings-, Sommer-, Herbst- oder Winterzeit. Nein, dann ist es gegebenenfalls Zeit für Parfüm auf einem Träger, der auch ohne chemisch fabrizierte Hilfsstoffe, eine annehmbare Geschmacksrichtung versprüht. Schmecke, wem's wolle und solle!

Erst aß Lollo ein Butterbrot. Danach eine Packung pinkfarbenes Mamba, Himbeergeschmack. Von den Geschmackskristallen in zur Kaumasse farblich abgehobenem, satterem Fruchtsortecouleur, den sogenannten »Fruppis«, wird auf der Packung gar nicht mehr gesprochen, was Lollo gleich auffiel, als er die Packung in die Hand nahm und sofort alles durchlas, was darauf stand. Lollo liest immer alles durch, was ihm in die Hände kommt. Vielleicht ein typischer Werbetexter-Zwang. Alles lesen, Gelesenes bearbeiten, alles niederschreiben, und die Gedanken, die er sich machte, »von außen« lesen lassen. Und Lollo fragt sich, ob nur ein Werbetexter freiwilliges Interesse für »hinter die Kulissen der Marke«, in diesem Fall zuerst in die Marketing-, folgend in die Produktentwicklungsabteilung bei Mamba, oder auch der Endkonsument einen Mü tiefergehende Neugier für das veränderte Produkt aufbringen kann. Interessiert das wirklich jemanden? Also so in Echt, ob da jetzt Fruppis ja oder nein? Freilich ist da Verlass auf die Nostalgiker, oder auf Leute, die, von mächtiger Langeweile getrieben, Zeitschriften postalisch Leserbriefe zukommen lassen, und auf sonstige Meckerziegen. Menschen, die, ohne jeglichen Profit, zu irgendeinem redaktionellen Thema, ungezwungen im Radio anrufen, um ihren wenig erwähnungsbedürftigen Privatsenf vom Stapel zu lassen, anschließend, als Belohnung etwa, bitte schnell noch jemanden ganz Liebes grüßen wollen. Derlei schaurig traurige Schlaubi-Schlumpf-Exemplare der Mitwelt interessieren sich, mag man meinen, ebenfalls für plötzlich abhanden gekommene »Fruppis« in Mambas, nicht nur der Werbetexter. »Schon gesehen?! Mambas haben keine Fruppis mehr!« »Nee, näh?!« »Doch! Eine Ära geht zu Ende! Unsere Kindheit...« Etc. pp. Lollo interessiert sich am heutigen Abend aber eigentlich vordergründig für Zusätzliches, nämlich: am heutigen Abend genügend Themen, wie jenes Ermüdendes, des Fruppis-Verlustes, zu finden, die ihm hinreichend Ablenkung von dieser immensen Aufregung verschaffen, welche ihm heiß um die Hülle seines Herzmuskels brodelt, wie frisch vom Pizzastein gezogene Pasta al Forno am Rande der Aluminiumform der Lieferservice-Lasagne. Lang schon nicht mehr hat seine Pumpe so kräftig geschlagen, wie in diesen, von Chopin begleiteten, Stunden. Stunden der Aufregung, schon seit dem Nachmittag. Es muss eine Ewigkeit her sein, dass er sein Herz derlei pumpen gespürt hat, popomp! Tock-tock! Bomm, bomm! Mit Fäusten von hinten gegen den Brustkorb. Ist ja eigentlich eher normal, sein Herz nicht schlagen zu spüren. Und wenn man es in der Brust doch mal doll pochen spürt, dann ist eigentlich immer etwas im Busch.

Lollo putzte sich die Zähne. Er trippelte mit den Fingerspitzen der freien Hand dabei an der Holztür des Badezimmers, das machte einen lustigen Rhythmus, und er variierte das Trippeln einige Zeit lang, dann wurde ihm das zu langweilig, dann schob er sich in die Diele, hier schloss er den mittleren Knopf des Jacketts. Er musterte die kartoffelsackartig an der Garderobe hängenden Jacken und Mäntel, erkor einen Mantel, den Grauen, als den Chicsten, nahm ihn vom Haken, zog ihn an. Die Cellos zogen an, Lollos Füße, in Socken, wateten über den Fußboden, wie durch ein klanggewordenes Roggenfeld, nicht bunt, sondern beige, die Ähren kippen die Köpfe nicht in Windrichtung, sondern schaukeln im Takt Chopins Stück von links nach rechts und von hinten nach vorne. Tunnelgedanke: an nichts denken. Jetzt. Auf Gleich. Es ging los. Er knipste die Musikanlage aus, dudumm, dudumm, dudumm tönte es bald bereits hörbar hinter den Rippen.

Die gesamte Taxifahrt über fingerte Lollo an einer einzigen Zigarette, der Letzte aus der Packung, herum. Am Ende der Tour hatte die Kippe einige Knicke im Blättchen, die spitze Kante des Filterendes war abgerundet, eingedrückt, wie abgeschmirgelt, der Stängel handfeucht. Beim Bezahlen fragte Lollo den Chauffeur einmal nach Feuer, einmal nach der Quittung. Der Fahrer erfüllte beide Wünsche, Lollo erhielt eine angebrochene Packung Streichhölzer mit dem Schriftzug von *Hansa Taxi* drauf, weiter wünschte man sich noch einen schönen Restabend, und Lollo meinte in dem diffusen Blick des Taxifahrers, der sich kurz über seine Schulter zur

Rückbank zu Lollo hin umdrehte, erkennen zu können, dass dieser wusste, worauf sich Lollo heute Abend einlässt. Aber sicherlich, dachte Lollo, täusche ich mich, der Mann weiß gar nichts; dass Taxifahrer nur immer so tun, als ob sie, da sie schon das ganze Konglomerat an Menschen samt ihrem allumfassenden Portfolio an Hoch-bis-Tief-Lebensphasen, die sie immer mit zu ihnen, den Taxifahrern, ins Auto nehmen, chauffiert hätten, und sich jetzt, aufgrund ihrer Erfahrungen durch den ständigen Umgang mit Menschen, eine Menschenkenntnis auf die Fahne schreiben, die analog des intuitiven Urteilsvermögens eines etablierten Psychologen ist, ist natürlich Quatsch mit Sauce, dachte Lollo, aber vielleicht täusche ich mich auch, dachte er.

Ein gelber Schein, dem Mondlicht ähnlich, umgab die Hamburgische Staatsoper. Mit ihrer, der Straße zugerichteten, übermächtigen Glasfront, hatte die Architektur eine ebenso ein- wie ausladende Wirkung auf Lollo. Nun macht das Gebäude kein Geheimnis draus, wie es drinnen aussieht, was da drinnen passiert, es besteht keineswegs darauf, den dem Pöbel hinter Schloss und Riegel verborgenen Club besserverdienender Liebhaber von Grundkultur markieren zu wollen, da man aber von draußen aus eben sieht, was sich im Innenraum, von der Garderobe bis zu den Aufgängen in den Saal, abspielt, welche Personen sich des abends zwecks unterhaltsamer Berieselung in der Oper eingefunden haben, und man eventuell schnell offensichtliche Diskrepanzen zwischen ihnen da drinnen und einem selbst, noch draußen rumstehend, ggf. rauchend, bemerkt, stellte das, was man sieht, gepaart mit dem, was man erkennt, eine Barriere da, die jedem ungeübten Opernbesucher mal eben Beinchen stellt, ist man begriffen, die Türschwelle in die Staatsoper zu übertreten. Gutbetuchte Interessierte, die ihre Jahreszahlen auf bereits ellenlangen Strichlisten sammeln, versus ein noch junger Ambitionierter, so fühlte es sich für Lollo an, der, überdies, diesen Abend im Speziellen, noch den jungen

Missionierten abgab. Denn er war auf einer Mission. Eine Mission, ein Beweggrund, wertvoller als das allgemeine Gesuch nach Zerstreuung durch Oper, das die Herde der altgewordenen Obligatorischen hier in diese Räumlichkeiten zusammengetrieben hat, könnte man sagen. Ein Beweggrund hatte ihn, Lollo, hier hin gelockt, den er sich mit Sicherheit mit keinem der anderen Partizipanten hiesigen Opernabends teilen müsste.

Zitronengelbe, dreieckige Fahnen hingen an kupfernen Masten vom Dach herab, kündigten in weißen Lettern auf Hellgelb – was schwer zu lesen und für manch Dioptrienansammler nicht zu entziffern war, da die schräg auf das ungünstige Format des Dreiecks gesetzte, farblose Schrift auf dem grellen Gelb so flackerte, dass sie kaum mehr existierte – das Stück an, das sich bis in die frühe Nacht hinein auf der großen Bühne abspielen sollte: *La Cenerentola*, eine »Opera *infernale*« in zwei Akten von Gioacchino Rossini, wobei das Wort »*infernale*« größer, kursiv und in einer anderen Schrift, einer Serifenschrift, geschrieben war, als der übrige Text. Lollo zündete die Zigarette an, inhalierte tief, ließ den Rauch, kontrolliert in eine Wolke gebündelt, aus dem Mund weichen, teilte sie in zwei Wolken, als er durch die Abgase hindurch, den halb aufgerauchten Zigarettenstummel wegschnipsend, Richtung Eingang stieg. Hier sammelten sich beigefarbene Cardigans, dunkelblaue oder jägergrüne Wachsjacken mit Kortkragen und schwarze Dufflecoats aus schwerem Tweet vor dem Gebäude, hielten Pläuschchen. Berechtigterweise darf man sich sorgen, um die Existenz der Oper in Zukunft, dachte Lollo. Nicht, da etwa die Sängerinnen und Sänger bald durch Roboter ersetzt würden, doch der Zahn der Zeit nagt aggressiv offensichtlich an den Opernbesuchern mit Konzert-Abonnement, bald fehlt der Institution genau dies wackelige, gebrechliche Standbein, das sie gegenwärtig noch stützt. Noch hält die Zielgruppe ihr

Rückgrat ohne größere Abbröckelungen zusammen und hat vereinzelt ihre mehr oder minder freiwillig mitgeführten Kinder und Enkel im Schlepptau, doch, wer weiß, ob sie nachkommen, die Nachkommen, in die Oper. Weil, modern ist das ja nicht, dachte Lollo, und dass man älter wird heißt ja nicht gleich, dass man solche Musik, die gewöhnlich in Opern läuft – die gewöhnlich nie ungewöhnlich, somit bestenfalls interessant, avantgardistisch oder einfach nur wenigstens etwas moderner daher kommt, als sie es vergangene Jahrhunderte tat – dann unbedingt gut findet, aber was weiß ich schon von Oper, was wiederum auch schon wieder bezeichnend ist, dachte Lollo, naja, man kann nur hoffen. »Mambas mit Fruppis, die mampfen wir gern« dachte Lollo, dann ging er hinein.

Betagte Männer, mal breit mit Silberrücken, kräftig wie Klan-Anführer, mal schmaler Statur, mit spitzen Haken zwischen den Augen, mit kleinen Brillen darauf, oder in eine körperliche Unauffälligkeit hineingebaute, nicht kleine, nicht große, nicht zu dicke oder zu hagere Männer, diese dann aber wenigstens mit dem gesamten Repertoire aller mondänster Wasser gewaschen – Trick: Ausdruck durch Autoschlüssel –, tummelten sich im Entrée. Nebenstehend, die zugehörigen, weiblichen Verpartnerungen, zu denen man zumindest vermerken sollte, dass man ihnen die herausragende Betuchung hundert Kilometer gegen den Wind bereits ansehen konnte. Erhaben trug das Kollektiv-Madame kleiderweise die gesamte Wasserfarbkastenfarbpalette am Leib spazieren, gar vor Gold und Silber wurde kein Halt gemacht, und damit sind nicht jedwede edelstählernen Ringe gemeint, die anmutig, in am Fleisch baumelnder oder um jenes drumherum gestülpter Form, das dekorieren, was Frauen an Extremitäten vom Körper abgeht, sondern knielange Kleider (daraus zu Boden abgehend: hinter blickdichtem, glänzendem, flexiblem Polyester verhüllte K r a m p f a d e r n a u f a u f g e p u f f t e n B e i n e n m i t

Wassereinlagerungen). Die erwähnten Mitbringsel, die Nachkömmlinge, tragen das, was sie letztens noch auf Onkel Musteronkels Hochzeit oder Beerdigung bekleidete: Konfirmationstracht oder Abikleid (im Falle einer nicht allzu aufreizenden Ausgabe des für den Abiball gewählten Kleides zumindest). Naja, auf jeden Fall waren alle ganz fein angezogen, verhielten sich guter Kinderstube entsprechend, und weit und breit war im Dunstkreis der Staatsoper kein auf dem Zubringer McDonalds-Tüten aus dem Fenster werfendes Klientel in Sicht. Sich in die Oper verirren, tun höchstens tatsächlich Irre. Nur ein einsamer geduldeter Störenfried, als Fettfleck auf der straff gemangelten, sauberen Weste der hiesigen Gesellschaft fungierend, hockte draußen ein Sinti und Roma im Campingstuhl zwischen zweien der golden angepinselten Säulen an der überdachten Hauswand und klimperte »La Paloma« auf dem Schifffahrtsklavier. »Auf, Matrosen, ohé, einmal muss es vorbei seiiin / Nur Erinnerung an Stunden der Liebe bleibt noch an Land zurück / Seemanns Braut ist die See / und nur ihr kann er treu sein«, sang es in jedermanns Kopf, der an seiner Vorstellung vorbei lief. Manch einer, aber es waren nur wenige, hinterließ Kleingeld in der leeren Hülle des Instrumentes, die vor ihm auf dem Boden ruhte, wie ein schlafender Hund. Lollo beobachtete den Musiker, der diese augenscheinlich komplex handzuhabende Quetschkommode bediente, noch eine Zeit lang von drinnen hinter der Scheibe. Und bewunderte, dass ja viele offenkundig stark verarmte Straßenmusiker dieses Instrument mit den sehr vielen Tasten für Linke und Rechte zu spielen befähigt sind. Anständig darauf zu musizieren bedarf es an Geschick und Talent, musikalischem Verständnis und vor allem an sehr, sehr viel Übung, dachte Lollo. Von Ahnen in Wiegen gelegt, muss die Bedienung des Akkordions worden sein. Das Klimpergeld, das der Farbtupfer an der Hauswand der Oper für seinen Vortrag ergatterte, war natürlich keine angemessene Bezahlung, wiegt man Leistung in Geld aus.

Lollo hatte dem Mann kein Geld hinterlassen. Er dachte gar nicht erst daran, zog die gefaltete Eintrittskarte, die er bereits als PDF gedownloaded und ausgedruckt hatte, aus der Tasche und betrat als Teil einer Menschentraube die hell beleuchtete Eingangshalle, blieb dann wenige Meter hinter der Eingangstür stehen, um sich Orientierung zu verschaffen. Er war nie zuvor hier drin gewesen und obwohl man, wie gesagt, von draußen genau sehen konnte, wie es drinnen aussieht, wirkte es im Innenraum der Oper im Erdgeschoss dann doch noch komplett fremd und Lollo musste erneut gucken, was, wo und wohin. Bald suchten seine Augen wieder das Draußen und fanden die Rückseite des Musikers.

Da vorne, am Aufzug, verweigerte eine bei der Staatsoper Bedienstete einer rund achtzigjährigen Rollstuhlführerin den Eintritt in den Fahrstuhl. Die Sitzende bettelte und schwenkte eine transparente Din A4-Plastikhülle, in der Dokumenten verstaut waren, vor der Nase der Angestellten wie ein Scheibenwischer hin und her. Rote Pappkarten, grüne Ausweise, ein paar lose Blätter. Beinahe weinte die im Rollstuhl, sie regte sich fürchterlich auf, ihre erhobene Stimme krächzte. Nach wenigen Wiederworten und ungehörten Argumentationen – das Wort »Arzt« fiel öfters –, gab sie nur noch leise schnarrende Töne von sich, ihre Energie versiegte, und die Hülle mit den Papieren senkte sich auf ihren Schoß. Nun flossen Tränen. »Sie wissen es doch...«, bekam sie zu hören. Man winkte Hilfe zu sich, als die Rollstuhlfahrerin keine Anstalten machte, sich freiwillig von der Tür des Aufzugs wegzubewegen. Eine Kollegin, mit üppigem, um den Hals gewirbelten Seidenschal, blockierte mit der Fußspitze vorsichtshalber den Reifen des Rollstuhls, versperrte dem geräderten Trauerklos so die Zufahrt in den Fahrstuhl, griente der Sitzenden stur ins Gesicht. Nur in die Hüften gestemmte Arme der beiden bediensteten Frauen hatten zur totalen Verweigerungsgeste gefehlt. Man karrte die enttäuschte Dame vom Fahrstuhl weg, zum Fenster beim

Haupteingang hinüber. Abgestellt. Ganz, ganz dicke Krokodilstränen. Als Wiedergutmachung servierte man der Verstoßenden ein in ein Sektglas gefülltes Mineralwasser. »Sie wußte es doch«, meinte die eine dann zur anderen Angestellten. »Der Attest bringt's da auch nich. Am Ende ist's dann unsere Schuld.« Knarzend, seufzend, rastete die Rollstuhlfahrerin dort, wo man sie platziert hat, das Sprudelwasser kippte beinahe über den Rand, sie hielt das Glas wie ihren Gesichtsausdruck so schräg, an ihrem losen Kiefer zitterte die Unterlippe. Lollo nahm ihr das Gefäß aus der Hand, stellte es auf einen der Stehtische. Ihre Füße hatte die Frau mit Kletterschlüssen an den Fußplatten an den Rollstuhl geschnallt. »...nur Erinnerung an Stunden der Liebe bleibt noch an Land zurück.«

Das Lächeln einer adretten Kartenabreißerin fand Lollos Aufmerksamkeit und zog ihn zu sich zur Treppe. Lollo reichte der jungen Frau mit dem hochgesteckten Dutt sein ausgedrucktes Ticket und nahm die Marmorstufen in den ersten Stock. Sogleich stieß er durch eine Schwenktür in den frequentierten Barbereich des Hauses. Hier gab es Brezeln, Biere und Weine zu erstehen. Jung und vorwiegend Alt knabberte am Laugengebäck mit den dicken Salzkörnern oben drauf. Als Lollo endlich am Kopf der sich vor der Theke die Beine in den Bauch stehenden Menschenschlange angelangt war, waren die Brezeln bereits ausverkauft. Haspelnd bestellte er einen *Cabernet Sauvignon Calvisson – Fabrique de Gourmet*, so stand es an der Tafel abzulesen, ein schwerer, staubtrockener Rotwein für acht Euro das Glas. Er nippte gleich an der Bar daran. Sofort schoss ihm das Hochgefühl in den Kopf, das man auch den »Feierabendbier-Effekt« nennen könnte, und er hatte, noch bevor er den zweiten Schluck nahm, gleich Lust auf mehr und noch mehr Wein, es gierte ihm nach Betrunkensein, sein Herzschlag regulierte sich endlich, bald hatte sich die Nervosität in seiner Brust beinahe vollständig beruhigt, ihm war plötzlich, als stünde nichts

Erwähnenswertes mehr aus, an diesem Abend. Lollo gesellte sich zu einem Pärchen, das, laut seines Geschmacks, schön anzusehen war, an den Stehtisch. Sie brachten ihm Gegenüber gleich Sympathie auf, noch vor dem ersten Hallo. Die Frau, in grauer, knöchellanger Garderobe, krümelte die Salzwürfel vom Gebackenen, der Mann, der dem Mercedes-Benz-Vorstand Zetsche täuschend ähnlich sah, strict sich mit dem Daumen in Wuchsrichtung den weißen Oberlippenbart. Direkt kam man ins Gespräch: »Aufregend, der heutige Abend, nicht?«, startete die Dame, nachdem sie sorgfältig die Mundwinkel auf Essensreste überprüft und mit der Serviette ausgeputzt hatte. Lollo wunderte sich – das Programm hat ja noch nicht einmal angefangen, was also soll denn jetzt schon so aufregend sein? Er antwortete der Logik folgend: »Das kann man wohl sagen.« Dabei wiegte er den Kopf. Die Frau bestärkte seinen Zuspruch mit aufgeregt weit aufgerissenen Augen, ihr Kajal zog schwarze Ringe um das viele Weiß in dem zwei braune Knöpfe untergebracht worden waren, Zetsche atmete indes tief ein, starrte auf irgendeine Wand, und ließ die Luft entlang massiv vieler Nasenhaare deutlich vernehmbar wieder aus. Er war sichtlich angespannt. So ein Wein wie dieser hier würde ihm ganz gut tun, dachte Lollo. Dann stießen hicksende Stöße aus dem Schwanenhals des Oberlippenbartträgers, was so klang, als würde er versuchen, ein Lachen zu unterdrücken, dabei krault er immerfort seinen Oberlippenbart und sein Mund verschwand oben hinter dem Bart und der Rest davon hinter der vorgehaltenen Hand. Lollo legte die ganze Weile, die er so unter einem der unter Eigengewicht vorgeblich in die Länge gezogenen Kronleuchter, die den Raum in einem warmen Weiß-Gelb beschienen, gemeinsam mit dem Ehepaar am Stehtisch auf Anpfiff zum Stück wartend, mit Musterung der zusätzlichen, um ihn herum wuselnden Leute die Zeit totschlagend, die lächelnde Grimasse nicht ab, die keine Maske, vielmehr schmückendes Beiwerk seiner guten Laune war, denn er fühlte sich ausgelassen und fröhlich und in guter Begleitung, obwohl er ja letztlich allein hier aufkreuzte. Das alles hier unterhielt ihn sehr, er nahm einen weiteren Schluck vom Roten, die Aufregung war jetzt komplett verzogen und nur noch Vorfreude da. Die Freude auf gleich.

Die Zähne blau, das Gemüt allmählich ebenso, der Wein leer. Der erste Gong erklang. Zeit, allmählich den Weg zum Platz zu schlendern. Doch da es vor der Theke schön leer und Lollo nach einem zweiten Wein war, bestellte er schnell noch einen. Der Thekendienst polierte dabei bereits Gläser für die Halbzeitpause. Jedes auf Hochglanz geriebene Glas wurde daraufhin in Zuschnitte aus Noppenfolie gerollt und in blauen Styroporboxen verstaut, wie man sie vom Lieferservice kennt. Jemand anderes verscharrte die Kisten daraufhin gestapelt in einem Kabuff am Ende des Raumes, in dem Besen und Kobold-Staubsauger von Vorwerk an Wänden lehnten und bereits einige der blauen Boxen zu Türmen gestapelt lagerten. Dann warf man dicke Bundeswehrdecken über die Styroporstapel, warf die Türen zu und verriegelte sie. Ganz schön viel Aufwand, die Gläser erst praktikabel und fall- und stoßsicher für einen kontinentübergreifenden Umzug zu verpacken, daraufhin, wie zum Schutz vor feindlicher Artillerie, in einem verschlossenen Versteck einzubunkern, um sie dann, nicht viele Minuten später, zur Halbzeitpause wieder hervorzuzaubern, zu entblättern und das Verpackungsmaterial erneut zu verstauen, urteilte Lollo. Das Ganze war doch, nun mal ehrlich gesagt, recht übertrieben hoch Zehn, fand er. Handelte es sich hier um eine Maßnahme, durch Erweiterung unsinniger Arbeitsabläufe, den in Augen des Arbeitgebers doch unangemessen hohen Stundenlohn der Bewirtungsbienchen zu rechtfertigen? Oder sollte der Mehraufwand gar einen Sinn haben, der Lollo spontan nicht einleuchten wollte. Man händigte dem Werber keinen weiteren Wein aus, da alle Gläser bereits verpackt, und auf Tabletts angetragene benutzte Sammelsurien noch nicht gespült waren. »Ausschank heute nur bis zum ersten Gong«, lautete die Ansage des etwas gehetzten Gläserpolierenden und diese Verpackenden auf der anderen Seite der Theke. Auf Lollos fragestellende Mimik folgte rasch weitere Auskunft: »Es ist wegen Madame. Aus Gründen der Sicherheit, man kann nie genau wissen, Sie wissen ja«, meinte der schulterlang Blondgelockte, seine Augen blitzen Lollo an, und Lollo war dieser Augenkontakt unangenehm, er schaute sogleich weg.

Bald ertönte der zweite Gong, nun mit einer längeren Tonfolge. Lollo war nach dem einen Wein bereits ein wenig beschickert zumute. Vielleicht genau die richtige Dosis, dachte er, um ein Wiedersehen mit Freja besser wegzustecken, so durch die rosa-, naja, weinrote 3D-Brille geschaut. Ein paar Monate und einige Tage waren vergangen, seitdem sich die beiden das letzte Mal gesehen hatten. Dort in der Bude ganz oben im Haus, in der Lollo, bis aufs Mark erschüttert, aus der Besinnungslosigkeit erwacht, sich mit plötzlich geborener Angst vor seiner ungewöhnlichen doch geliebten Bekanntschaft rasch über alle sieben Berge machte, dort am Gänsemarkt, um den der Werber seit dem Geschehnis stets einen radiuspotenten Bogen machte. Nichts wie raus, und weg war er, und damit auch sie. Doch die Gedanken an sie, nein, sie, Freja, blieb seitdem immer bei ihm, in hübschen Bildern honiggüldner Erinnerungen, sogar eine Palette an Gerüchen wartet stets abrufbereit in seinem Gedächtnis. Sie roch doch immer so intensiv, was, zugegeben, nicht immer angenehm war und manchmal spontanes Naserümpfen provozierte. Trotzdem, es giert ihm nach ihrem Dunst, der ihr aus der Mähne aufstieg, ihr als feuchter Film auf der Haut lag, aus ihr heraus, durch sie hindurch ins Freie kroch, während Intimitäten komisch roch, doch währenddessen umso mehr das Animalische in ihm ankurbelte, ihn sich dazu hinreißen ließ, ohne jede Form von Scham seine Gebären zuzu- und rauszulassen. Wacht er morgens auf, wankt er nachts, ermattet vom Tagesgeschehen, zurück in die Koje, immer bleibt sie in attraktiven Rückblendungen an seiner Seite, fast kann er die Kälte ihrer Hände in seinen Händen fühlen, Szenen ihrer Zweisamkeit spulen sich, wie in einem Best-Of-Zusammenschnitt seit dem letzten Beisammensein, immer wieder vor seinem inneren Auge ab. Wobei, viele Szenen sind es nicht, so lange kennen sie sich ja noch nicht, doch immerhin wiederholen sie sich häufig, doch längst nicht häufig genug, wie er findet. Und einige Szenen, muss er zugeben, stellten auch ideal geeignetes Material für »Upps! Die Pannenshow« da, vergegenwärtigt man sich noch einmal ihr Handicap im Umgang mit Messer und Gabel. Er vermisst sie. Denn sie ist nicht mehr da. Überhaupt: Wer ist denn schon noch da? Wer ist überhaupt noch da? Seitdem Frejas Gesellschaft für den Werber aus Sicherheitsgründen keinen Bereitschaftsdienst mehr hat, wechselte der Modus aktiven Kümmerns um sie und des von ihr bekümmert Werdens zurück in die eigentlich allmählich als überwunden gehoffte Vergangenheit, und zwar auf Modus »Arbeit bei Sonne, Absturz zum Mondschein«. Wieder trank Lollo alleine in Bars, mit dem Vorhaben, Mädchen nach zu stieren, sich gegebenenfalls, nach einigen getauschten Augenblicken wimpernklimpernder Art und Bestätigungen bezüglich gegenseitigem Konvenieren, mit einem Exemplar – sicherlich wieder Typ selbstzerstörerische Künstleratze oder vom andauernden Linkssein durchgefrustete Anarchonudel – in die Daunen fallen zu lassen, aber waren da tatsächlich solche Frauen zugegen und eine schaute ihn etwas länger an und war kurz davor, wenn er es schon nicht tut, den ersten Schritt auf ihn zu zu tun und zu ihm rüber zu kommen, schaute er weg und ihre erneute Notiz seinerseits lies vergeblich auf sich warten. Lollo musste schnell bemerken, dass er eigentlich kein wirkliches Interesse hatte. Nicht einmal für eine schnelle Nummer, die, sobald sie geschah, auch schon wieder egal wurde und sofort wieder vergessen war, aber immerhin für den Moment irgendwie Erleichterung versprach, Haut, Körpersäfte, die Geräusche, wenn Sex gemacht wird. Zippi-zappi-zuppi wäre das gegangen, was ja gut gewesen wäre. Doch lieber trank er noch einen eiskalten Shot Wodka und nahm ein Taxi nach Hause, bevor er irgendetwas startete, zu dem die mangelnde Lust zuvor bereits versicherte, dass es mies werden würde. Zuhause erst einmal, wie es vorm Schlafengehen zu einem Standard wurde: Porno anmachen, Wichsen, mit dem Erstreben den Schlaf erleichternder Ermüdung und Frauen vor Augen, die so gar nicht wie Freja waren. Er hobelte und hobelte, dann irgendwann und endlich kam der Erguss, der aber gar nichts, nein, rein gar Nullkommagarnichts in ihm drin befreite. Mit der allnächtlichen Aspirin intus, schmerzte ihm bald der Magen, doch immerhin nicht das Hirn, in welchem ihn auf dem Wege ins Wegdösen noch die rhythmisch ruckelnden und ständig amüsiert giggelnden Frauen aus den speziellen Filmchen begleiteten. Gute Nacht, schwarzhaarige Zofe, gute Nacht, besonders blonde Blondine mit den Ballonbrüsten, gute Nacht, ihr beiden vorgeblichen Schwestern aus dem Film, in dem ihr euren Stiefbruder verführt, den ihr zuvor beim Masturbieren unter der Dusche erwischt habt. Die Nächte verliefen traumreich und wenig entspannend. Des Morgens ging's dann furchtbar weiter. Sobald Lollo erwachte, schmiss er sich umgehend in Arbeit, entwickelte bereits auf dem Weg in die Agentur, daraufhin in der Agentur noch und nöcher Ideen zusätzlich der Verlangen, wie sie das Briefing aufgab, schrieb hier noch etwas um, kramte dort noch etwas hervor, schob dieses und jenes Projekt zusätzlich noch an, hob die Intensität seines beruflichen Schaffens auf ein abnorm erhöhtes Plateau, in Pausen, wenn es wirklich keine einzige Aufgabe mehr abzuarbeiten gab, interessierte er sich auf einmal sehr stark für Wirtschaft, das heißt, er besorgte sich tatsächlich Bücher zu einem Thema, durch dessen Komplexität es durchzusteigen für ihn in Punkto »Wissen, wofür man's macht«, nämlich, damit auch weiterhin in der Wirtschaft der Rubel für eine jene starke rollt, fürs zukünftige Werbung-Fabrizieren zu lohnen schien, und arbeitete die dicken Wälzer dann Seite für Seite mit beinahe fieberkranker Hingabe durch. Hauptsache, er langweilte sich nicht, denn sobald sich nur ein kleinstes freies Zeitfenster auftat, kam sie ihm wieder hoch: Die unbedingt in Vergessenheit zu geraten gewollte Freja, die sich aber nicht und durch nichts deckeln lies. Dann tat's wieder weh, dort, wo es schmerzt, wenn das Führungszeugnis des Herzens einen frischen Eintrag gestochen bekommt, o, wie es sticht. Also schnell weiter, is' besser so, tipp, tipp, hack, hack, Enter, Enter, Blätter, Eselohr. Unglücklicherweise wurde unlängst der Feierabend erfunden und Lollo musste sich weitere Beschäftigungen ausdenken, die ihn von seinen Herzensangelegenheiten ablenkten und manchmal taten vor lauter Lesen schon die Augen weh und juckten stark. Dann löste er zum Bleistift am Kinoschalter eine Karte für irgendeinen Film oder schmiss sich zuhause mit geliehenen DVDs und zwei Flaschen Wein aufs Sofa und schaute am Stück ganze Staffeln einigermaßen interessanter oder völlig belangloser Serien komplett durch. Schließlich vergaß er aber immer nahezu komplett, was er in den Serien gesehen hatte. Für ihn war das, was sich im Flimmerkasten abspielte, bloß verschiedenfarbig funkelndes und leuchtendes Bildmaterial und weniger die Schauspielerei und die Story waren's, was ihn interessierte. Bald fiel sein Augenmerk ausschließlich nur noch auf Kleinigkeiten, die dem Durchschnittszuschauer vermutlich gar nicht auffallen. Details am Bildrand, Winziges im Hintergrund, Schatten, flüchtige Komparsen, Wetterumschwünge, die in der gleichen Szene mit der Einstellung zuvor nicht kongruent waren, völlig Egales, alles total langweilig, was ihm da Tolles auffiel. Mit dieser neugewonnenen Nerdigkeit brach seine Einsamkeit klar und trocken über ihn hinein. Das Serienschauen dauerte dann die ganze Nacht lang und ohne eine annehmbar reichlich konfektionierte Mütze Schlaf saß er am nächsten Morgen wieder überpünktlich, verheerend verkatert, im Büro und tippte wieder Wörter, den ganzen Bildschirm des iMacs voll. Gut, dachte Lollo ganz oft, dass es Bildschirme gibt, auf die man starren kann, die ihre Betrachter mit einer Variation an Gelegenheiten für Zerstreuung sowie Beschäftigung versorgen. Seit Erfindung der Screens in Häuserhöhe bis Taschenformat, sitzt man *schon* noch immer gelegentlicher Langeweile auf, da oft das präsentierte Angebot nicht das just Gewollte trifft, ein Bildschirm kann diejenigen, denen es nach Amüsement und Ablenkung düngt, nicht immer vollständig aus dem staubigen Bauchnabel der Tristesse herauskatapultieren, aber längst ist uns Leuten von Heute nicht mehr so arg stinkgelangweilt, wie vor der Zeit der Bildschirme, als man, so ganz dröge, mit seiner eigenen Fantasie Vorlieb nehmen musste. Das klingt jetzt ziemlich nach abgedroschener Kritik an unsrer technisch bereits recht ansehnlich möblierten Welt, kritisierte Lollo seinen kritischen Gedanken, aber da ist ja auch was dran: Fantasie ersetzt kein Facebook. Ebenso verhält es sich aber auch andersherum.

Eines ausnahmsweise ziemlich wachen und launetechnisch recht neutralen Momentes allerdings, es passierte mitten an einem Werktag, erst wenige Tage ist das her, holte Lollo plötzlich flinken Fußes die bittere Notwendigkeit ein, kurzum sein Verhalten und das Dahinplempern seines Lebens der letzten Monate reflektieren zu müssen. Zu diesem Zeitpunkt war die Einsicht, das da etwas verrückt war, in seinem Leben, ausnahmsweise einmal flotter unterwegs als die Absicht, vor allen Faktoren seelischer Belastung zu flüchten. Warum die Erleuchtung? Keine Ahnung, vielleicht war das Wetter Schuld: Es wurde Frühling. Und wo dem Lenz mit allseits weit gespreizten Armen so willkommener Einzug gewährt wurde, bleute es Lollo ein, das dieses Flüchten vor Gefühlen ein für alle Mal beendet werden müsse. Soweit erstmal die erste Einsicht, mit der er sich erst noch beschnüffeln musste. Und weiter? Gevatter Zufall folgte treu seiner Funktion als Kompass und so kam es, dass Lollo während einer Mittagspause in einem Café, das Suppen anbietet, beim Löffeln von Kokus-Orange-Tomatencremesuppe mit Ingwerraspeln (so lang, dick und hart wie in der Mitte durchgebrochene Zahnstocher, die Raspeln), an den letzten freien Platz am Fenster platziert, an die nebst *Express* und *Mopo* dort gestapelt ausliegenden Spielpläne der Hamburgischen Staatsoper geriet, die umgehend mit seinem Augenmerk Lasso spielten, denn: Auf dem Titelblatt des Spielplans war ein Foto einer jungen Frau abgedruckt, die wie Freja aussah. Soweit traf ihn diese Entdeckung sehr, beinahe hätte er »Potzblitz!« gerufen, immerhin dachte er das, »Potzblitz!«, aber er blieb still. Der Moment, wenn es doch wieder durch den Türspalt lugt: das ins Kabuff geschmissene Passbild des Liebeskummers. Zu Boden aber riss ihn dann das, was er dort auf dem Deckblatt erkannte, als er mit ziemlich großer Sicherheit herausfand, dass es sich bei der Frau – eine Opernsängerin offenbar, die Freja verblüffend ähnlich sah –, tatsächlich auch um Freja handelte! Schnell pflückte er ein Druckwerk vom Stapel, inspizierte das Deckblatt genau. Darauf zu sehen war eine Frau in schwarzem Blazer, dieser stand oben halb offen, drei der fünf, sechs Knöpfe standen auf, ihre Brüste leicht erhaben, darüber schmale Schlüsselbeine, die gerade noch, zart und hautfarbig, aus dem weiten, mit Rüschen versetzten Kragen des weißen Blousons spitzten, zu einer sanften Welle, die in den Schatten unter dem schwarzen Stoff des Blazers auslief, die Hände der Frau lagen entspannt gefaltet vor ihrem Venushügel. Recht elegant und sehr feminin sah diese feierlich gekleidete Frau auf dem Spielplan aus, alles ganz normal für ein Pressefoto auf dem Titel. Markant nur war, dass der Haarschopf der Abgebildeten bedachtsam gestriegelt das Gesicht der Frau hinter sich verbarg. Glattgezogene Haare wanderten vom Kopf das Gesicht hinunter, verdeckten es wie ein über den Schädel gezogener Damenstrumpf, und auf Kinnhöhe spalteten sich die Haare und flossen über die Schultern nach hinten und in einem Bündel mit den restlichen, langen, dunkelbraunen Haaren den Rücken entlang hinunter. Etwas über Augenhöhe blitzte ein funkelndes Licht durch eine millimeterschmale Lücke in der Haarmatte. Ein silberner Lichtstreifen. Unverkennbar – es war Freja! Die wahrhaftige Freja! In zitronengelben Buchstaben stand über ihrem Portrait geschrieben: »Madame infernale!« Darunter: »Rossinis *La Cenerentola* in einer Opera infernale in zwei Akten. Uraufführung, Sonntag, 15.03., 20 Uhr«. Wobei das »infernale«, das dem »Madame« nachgeführt wurde, kursiv und in einer anderen Schrift geschrieben war, als die restlichen Wörter. Lollo speicherte das Datum in der Notizen-App seines Telefons, schob Spielplan und Suppenschüssel beiseite und verschwand schnurstracks aus dem Café. Es sträubte ihn, den Spielplan einzustecken. Das Porträt Frejas wollte er sich einfach nicht selbst unter die Nase reiben, in gegenwärtiger Phase, in der es ihm doch vorgeblich so gut gelungen war, jedweden Gedanken an sie noch hinterer als ganz, ganz hinten an die Rückwand seines Gedankenservers plattgedrückt anzustellen. Frejas Antlitz in gedruckter Form bei sich zu tragen, wäre emotional schwerer zu ertragen gewesen, als einen mit Tau an die gebuckelte Seele gebundenen Hinkelstein hinter sich herzuziehen. Letztendlich gab er sich einen Ruck und dachte, korrektes Verhalten wäre, sich dem bittersüßen Problemfall namens Freja zu stellen, die Nase in den Sturm zu halten, auch wenn's ungemütlich wird. Manchmal, dachte Lollo, muss es eben erst richtig wehtun, gelegentlich muss man sich krümmen und winden wie ein mit Essig übergossener Regenwurm, bevor man dazulernt, man sich endlich dazu zwingt zu sagen: so geht das nicht weiter! Und das Problem an den Eiern, oder zumindest am Schopfe zu packen. Und so bewegte es ihn hierhin, diesen Abend, in die Staatsoper, um Freja, mit etwas räumlichem Abstand, von seinem Platz aus zur Bühne, nach längerer Zeit einmal wiederzusehen. Na hoffentlich gehört es nicht zur Show, dachte er, wie Madonna an einem Seil befestigt, über die Köpfe des Publikums zu schweben, auf dass sie, Freja, als Überraschungsaffekt des plötzlichen Wiedersehens, über ihm angelangt, ihm die Rübe vom Hals reißt.

Lollo bummelte zur Garderobe, in der Jackenständer entlang einer Wand aus Glasbausteinen aufgestellt waren. Ein Bedienstete tauschte, hinter einer Barriere aus zwei längsgestellten Tischen, Ein-Euromünzen und Pfandmarken gegen Jacken und Mäntel. Vor der Garderobe links waren die gutbesuchten Herren-Toiletten aufzufinden. Und da die Besucherschaft – eine allgemeine Aufbruchstimmung war noch nicht bemerkbar – noch nicht zeitgedrängt auf ihre Plätze hetzte, besuchte Lollo noch schnell das Klo, in dem Opis mit zig linken, obendrein steif-gichtigen Daumen umständlich die Hosenknöpfe zurück in die Schlitze zu frickeln versuchten, anschließend vergaßen Hände zu waschen. Ständiges Pupsen der Austretenden.

Dritter Gong. Man trudelte gen Rang oder Parkett. Es konnte losgehen. Lollo tangierte den kreisrunden Pulk sich vorm Durchgang Drängelnder, der sich vorm Eingang zum Aufgang 1B, 2. Rang rechts, staute, quetschte sich in den Menschenhaufen, drückte sich nach vorn, fand schnell seinen Platz auf einem Balkon in zweiter Reihe im großen Saal. Er ließ sich ins rote Samt des Sessels sinken. Echt gemütlich, so kann man's auch den kompletten *Faust* lang aushalten, ohne dass einem die Arschbacken absterben, dachte er, komfortabel wie ein Ohrensessel, in dem Grandpas Zeitungen lesen und Pfeife schmauchen. Bislang alles zu seiner Zufriedenheit.

Neben Lollo, an der Außenwand des Balkons, kauerte eine gedrungene Greisin. Ihr schweres Parfüm, ein Mix aus Mottenkugel und Apfelkuchen mit Zimt, wird Lollo das komplette Konzert lang nerven. Sichtlich erregt rieb sich die Alte die trockenen Handflächen, die bald, enorm feucht geworden, nicht mehr laut aneinander schabten wie grobes Schmirgelpapier, indes anfingen, aneinandergeschubbert matschig zu klingen wie ein nasser Schrubber der Fliesen und Fugen traktiert. Neben der merklich Nervösen hockte, beschämt von der mangelnden Lässigkeit seiner Lebensgefährtin, ihr Mann. Er knickte, seinem Ungemach mehr Ausdruck verleihend, die Mundwinkel zu eine halbierten McDonalds-M.

In der vordersten Reihe auf dem Balkon saß ein homosexuelles Männerpaar, dem Lollo, von seiner etwas erhöhten Sitzreihe aus, auf die sauber gezogenen Seitenscheitel schaute. Der Lockige links, der sein widerspenstig welliges Haar mit viel Pomade zur Frisur seines Partners gestriegelt hatte, klönte derweil mit seiner Sitznachbarin, Typ Religionslehrerin, groß, dürr, grau, und prahlte, dass er und sein Boy schon einmal in den Genuss kommen durften, einer Opera infernale beizuwohnen. Die Reli-Lehrerin tat passiv vornehm beeindruckt. Nach dem Gespräch mit der Sitznachbarin ergatterte der Schweigsamere der beiden Männer vom Schwatzhaftten einen Wangenkuss fürs geduldige Zuhören und nicht Reinreden. Auch die Männer rieben sich nun andauernd die Hände, jeweils, und als sich Hände nicht mehr gegenseitig zerrieben, hörte man am Boden Sohlen scharren. Eine Nervosität lag im Raum, die sich jetzt überdeutlich präsentierte.

Schaute Lollo über die ebenfalls mit dem rotem Samt der Sitze bezogene Kupferrehling circa fünf Meter durch den schummrigen Saal nach unten Richtung schwarzer Bühne, erkannte er die Musikanten, die, im Licht einiger Glühbirnen, zwischen den Wänden des engen Orchestergrabens eingepfercht waren. Man fummelte an Instrumenten herum, blies, strich, zupfte und nickte dem Sitznachbar zu, sogleich fing das Kollektiv zu spielen an, kunterbuntes Getöne säuselte polymorph übereinander. Bereits als er jugendlich war, hätte sich Lollo das gleichzeitige Stimmen und Einstimmen der vielen Instrumente vor dem Konzert auf Maxi-CD besorgt, hätte ein Plattenlabel es als Song verlegt. Die Repeat-Taste der Kompakt-Stereoanlage wäre inbrünstig betätigt worden. Begeistert von diesem Moment des dissonanten Geplänkels stellte Lollo sobald die Befürchtung an, dass es musikalisch an diesem Abend für ihn nicht mehr besser werden würde. Wie bereits erwähnt, was er seit dem Wein ziemlich guter Dinge und echt entspannt. Er lies seinen Körper etwas in den Fußraum sinken. Gemütlich. Eine der zwei Cellonistinnen, da unten im Graben, fummelte sich aufgeregt Schaumstoffpropfen in die Ohren. Aus den Oropax baumelten dünne Drähte zum Boden. Mit der hastigen Bewegungen reflektierten die Drähte ab und an das Licht. Bei genauem Betrachten stellte Lollo dann fest, als er, zwischen Balkonwand und Reling hindurch, hinunter zu den Musikern blickte, dass der gesamten Bagage dünne Drähte die Ohren mit dem Boden verbanden, die Köpfe, wie mit Blitzableitern geerdet. Keine Ahnung was das bringen soll, dachte Lollo, Oropax für die Musikanten, da hören die doch ganz schlecht, was die da spielen, dachte er, sowas hatte er noch nie gesehen, aber es ließ ihn sich nicht genügend wundern, was er da sah, um sich weiter den Kopf darüber zu zerbrechen. Er schloss die Augen und verschwand einen Moment lang in entspannter Gleichgültigkeit. Als er die Augen wieder öffnete, sah er, wie der Dirigent sich mit einem textilen Taschentuch über die Stirn wischte, das Tuch wieder einsteckte und sich dann einen Bauarbeiterlärmschutzkopfhörer aufsetzte, ockerfarben, und ebenfalls verkabelt. Die Kabel verschwanden in der Innenseite seines Fracks. Der Kapellmeister wechselte seine randlose, schmale Brille gegen eine Größere, ergonomisch geformte Rennradfahrerbrille, mit dickerem Rand und Gummizug, den er sich über den Kopf spannte. Dann schien er zu beten, zumindest betrachtete er andachtsvoll für einige Sekunden die Spitzen seiner Lederschuhe, dabei wurde ihm von seiner trötenden und fiedelnden Kapelle zugeschaut, und als er wieder hochguckte, verstummte das Orchester. Daraufhin nickte der Taktführer, links angefangen nach rechts, jedem einzelnen Bandmitglied auf eine Art zu, die man als Ermunterung, vielleicht sogar als Ermutigung, verstehen konnte. Es hatte etwas Beunruhigendes, wie sich das Aufgebot an Berufsmusikern, die allesamt einen irgendwie unsicheren Eindruck auf Lollo und sich aus unerfindlichem Grund vor dem bevorstehenden Auftritt anscheinend in die Hosen machten, wie Lollo schien, aber er kam auf die Schnelle nicht dahinter, was das offensichtliche Lampenfieber der Truppe veranlasste, schließlich sitzen da doch ausschließlich lebenslange Profis im Graben, alte Hasen an ihren gewohnten Gerätschaften, dessen Erfahrungsschatz kein doppelter Boden bislang versteckte Besonderheiten verbergen und am hier und heutigen Abend für sie – Überraschung! – bereithalten dürfte, mag man meinen. Fahle Gesichter nickten dem Mann am Stäbchen ernster Mine und hochkonzentriert zurück. Der Anführer klopfte mit seinem Dirigentenstab an den Notenständer. Klick, klick, klick, klick! Scharf und hell flog dieser Klang durch den großen Saal in dem sich das Publikum abrupt beruhigte. Statt Notenblättern waren iPads auf die Stative der Notenständer geschraubt. Das Publikum hüstelte sich noch eben aus und in die beginnende Musik hinein, die langsam an Volumen und damit an Pathos zunahm, in der das Husten und alle anderen Nebensächlichkeiten schnell verstummten. Musik füllte den Raum, sie bann die Aufmerksamkeit. Dann Ruhe. Ein Leerzeichen, nein, vielmehr ein Absatz. Sekunden.

Die nur eben zu vernehmenden Klänge einer Oboe streichelten sehr leise den allgemeinen Klangteppich, der in einem Raum liegt, in dem, wie heimlich, so leise, Menschen existieren. Daraufhin wurde die eine Oboe von einer weiteren, das Gleiche spielend, verstärkt. Die Oboen, schmal, schwarz, schienen sich emanzipieren zu wollen. Können Töne Hand in Hand klingen? Überraschend, beinahe taktlos, wurde die feine

Melodei von einer Horde hereinpolternder Streicher übergetrampelt, ein audiovisueller Affront, wüst stichelte das wilde Pack aus Streichern in das zurückhaltende Zirpen des zarten Oboen-Duetts. Lollo bemerkte, wie er aufmerksam wurde, er mitfühlte, seine Emotionen sich einmischten, während er lauschte, wie das Arrangement der Töne ein Erlebnis wiedererzählten, es ins Spiel brachte. Ein immer breiter auswuchernder Wasserfall aus heftig anrollenden, dennoch harmonischen Klängen, die sich nun, auf einer Ebene über allem bisher Dagewesenen, mit einmischte, klatschte und wütete und brach über das zuvor gehörte Bild herein. Bamm-bamm, padamm, do-do-domm, do-domm-domm, rrrrusssch! Blatt für Blatt wurde der Notenplan mit dem Finger über die Screens der iPads gewischt. Langsam mäßigte sich die Intensität des polterigen, stampfenden Spiels, Harmonie, exakt eine dergleichen, die dem Gemüt gut tut, wie die Gesundheit sie zu schätzen weiß, kehrte ein, die Instrumente verabredeten sich allmählich, vertrugen sich. Ein Schulhof im Dschungel. Die Equipe spielte jetzt zusammen, eine geschworene Einheit, alte Bekannte, ein eingespieltes Team, und man konnte förmlich hören, wie sich die Gänsehaut eines jeden Armes der Opernbesucher knisternd von den Hemdsärmeln löste, sich ebnete und die Ruhe ihren gewohnten Stammplatz wieder einnahm. Das ging ja schon mal gut ab, dachte Lollo und öffnete den obersten Knopf am Hemd. Danach rieb auch er sich die Hände.

Der tiefschwarze Vorhang öffnete sich als sich Pauken und Bläser aus dem Spiel nahmen und die nun trockenere Musik zu summen begann, Zigarettenpause, Fahrstuhlmusik. Halbiert schob sich das schwere Textil zu den Seiten, allmählich konnte man vom Zentrum aus zu den Bühnenenden die spärlich eingerichtete Kulisse erkennen. Von oben schien Licht, das unbestimmt zwischen den Attributen gemütlich und ungemütlich changierte. Links stand ungeschmückt zu einem hohen Turm gestapelte

Technik: Mehrere Verstärker, Endstufen, Equalizer und weitere Gerätefronten, Metallplatten mit Knöpfen, Reglern und Drehscheiben zierten den Turm wie Christbaumschmuck die Tanne. Überall leuchteten und blinkten kleine LED-Lämpchen in mehreren Farben. Am meisten leuchtete und blinkte es Grün. Lollo fragte sich, ob dieser Technikturm zur Requisites des Stückes gehörte. Hoch, eckig und humorlos stand er da, wie ein Wächter vor der Festung, ein Türsteher vor dem Tor, das zwei Galaxien miteinander verbindet. Trotz dass alle aufgetürmten Einzelteile mit mehreren Sicherheitsgurten festgezurrt zusammengehalten waren – auch die Spanngurte besaßen verschiedene Farben –, und es eher wie ein Provisorium aussah, wie seine einzelnen gestapelten Bestandteile fixiert wurden, kalt und klar. Gelte dieser Turm nicht der Komposition auf der Bühne, man hätte die Technik doch hinter der Kulisse versteckt, dachte Lollo.

Auf der rechten Seite auf der Bühne schwebte ein voluminöses, mit Aluminiumplatten beschlagenes Ei auf vier Stahlstreben in der Luft. Bestimmt fünf Meter hoch über den Brettern des Bühnenbodens lag das Ei auf der Seite auf den dünnen Beinen, zur offenen Bühnenseite, zu den Zuschauern hin, hatte es zwei Bullaugen und eine Tür in die Aluschale gezimmert bekommen, vor der konventionell großen Tür – diese war mit dem riesigen Drehrad eines Banktresors zu auf- und zuzusperren –, ein kleiner Balkon, von ihm ab leitete eine beängstigend lange, wirklich schmale Wendeltreppe, ebenfalls aus Stahl, die absichtlich schief angebracht zu sein schien, auf die Erde. Das baumhausähnliche Gebilde, das beim Ansehen Schwindel hervorrief, sah aus, wie ein Ufo-Haus aus einem Stummfilm mit Aliens aus den 50ern, dachte Lollo, das passt in keine architektonische Stil-Epoche, das ist Sci-Fi der abgeschmacktesten Art, dachte er.

Zwischen, links, Technikturm und, rechts, eierhaftem Ufo-Haus befand sich sonst nichts weiteres auf der Bühne. Zwischen den beiden hohen Apparaturen hätte auch schlecht ein weiteres Exponat die Kraft gehabt, neben dem gigantischen Turm und der Ei-Behausung auf Stelzen zu wirken, Wirkkraft auszustrahlen, allein von der dazu benötigten Größe her, hätte da auch kaum mehr etwas auf den Platz dazwischen gepasst. Trotzdem ließ ein Spalt in der Rückwand der Bühne erahnen, dass hinter ihr doch noch etwas für diese Opera infernale Maßgebliches verborgen war, das die Herausforderung annehmen wird, sich, umgeben von Giganten, zu beweisen. Der Untergrund der Wand, in dem in der Mitte dieser Spalt war, war silbern lackiert, was in dem faden Licht, und da sich der schwarze Boden darin spiegelte, überwiegend düster wirkte. Auf der Fläche, die so vor sich her glitzerte wie ein See unter Sternenhimmel, strahlten einige verschieden große, unregelmäßig, fast willkürlich angeordnete Monitore Störungsbilder aus, wie man sie aus dem Fernsehen der Frühzeit kennt. Mal Schnee, mal Ameisen, mal diese bunten Balken. Testbalken.

Hinter dem einen gerafften Vorhang schlüpfte der erste Sänger hervor und tänzelte in einen Lichtpunkt, der in diesem Moment auf die Bühne geworfen wurde. Kostümiert wie ein Weltall-Super Mario – gehüllt in einen mit einigen silbernen Aufnähern versehenen, aufgeplusterten Schneeanzug aus Ballonseide, mit Ärmeln wie mit Alufolie umwickelte Heizungsrohre – hastete er, scheinbar etwas suchend, umher, sang dabei einen italienischen Text. Die gekürzt zusammengefasste deutsche Übersetzung des Gesungenen wurde dem Publikum zum Mitlesen auf drei über der Bühne hängenden Flachbildschirmen projiziert. Der Super-Space-Mario zog den letzten Vokal eines jeden gesungenen Satzendes unfassbar in die Länge, reitet auf allen Umlauten mit äußerster Penetranz herum, spuckt sie aus, holt sie sich wieder, sang sie erneut in allen erdenklichen Tonlagen die er gebacken kriegte – es waren beinahe mehr Tonlagen, als einem lieb ist –, imposant, natürlich, doch eigentlich ziemlich albern, fand Lollo. Sssoloooooooooooooooooooooh,

oooooooooh, ohohohohooooooouuoooohooooooooooo, ooh, ooh, oooooooooooooooooooooooooooooh, oooooooooh!!! Gewohnheit macht gleichgültiger, dachte er, muss man dranbleiben und sich dran gewöhnen, muss man halt mögen., mögen lernen. Plötzlich raste der Sänger in der drolligen Astronautenverpackung schnurstracks dahin zurück, wo er herkam und verschwand. Plötzlich entstand eine merkwürdige Ruhe, die eine Substanz mitbrachte, man konnte diese Stille auf einmal irgendwie sensorisch fühlen, fiel Lollo auf, als er die Luft vor sich heimlich in die Hände zu nehmen versuchte.

Unten, in Mitten des Parketts, lenkte ein aufgebrachtes Raunen Lollos Aufmerksamkeit auf sich: Dort, in der Mitte einer langen, ziemlich zentralen Sitzreihe, sprang ein Herr auf, um auf schnellstem Wege den Saal zu verlassen. In der gedämpften Geräuschkulisse konnte man ihn keuchen hören, darunter, ganz subtil, lag ein fast stilles Gefiedele, eine wie eine Sommerbrise seicht dahin wehende Melodei. Was war los mit diesem Mann, einem eigentlich stattlichen Exemplar, was veranlasste einen wie ihn, breit gebaut, auf einen Blick erkennbar wohlhabend, zu einer Panikattacke? Ein Anfall von platzregenartiger Diarrhöe? Herdplatte angelassen? Auf seiner Flucht durch den schmalen Gang der Sitzreihe trat der Mann den dort Platzierten unbeachtet auf die Füße, rempelte mit dem Arm an die Hinterköpfe der Gäste in voriger Reihe, als er sich Meter für Meter an den Sitzlehnen der Vorderreihe stützend vorarbeitete, sich da durch schlug, auf seinem Weg, an dessen Ende endlich angelangt, er sich Linderung versprach. Gelernt, sprang man schon frühzeitig auf, bevor einen das von Paranoia ergriffene Trampeltier des Weges stampfte. Der Mann hatte den Laden verlassen – kurz das gelbe Licht von draußen, Knall, Tür zu und wieder Dunkelheit. Er hinterließ ein ansteckendes ängstliches Klima und einen unbesetzten Premiumplatz, perfekt zentriert, bester Klang, im ausverkauften Haus.

Die Rückwand rüttelte. Der Spalt, hinter dem sich kurz etwas tat, Schatten huschten umher, zog langsam auf. Ein dünner Lichtstrahl, der den Spalt jetzt auskleidete, warf sich im 90-Gradwinkel auf die Bühne, auf der er mit der Verbreiterung der aufgehenden Wand an Weite zunahm. Die Bildschirme, auf denen die Störungsbilder flimmerten, flackerten jetzt farblos und stroboskopartig, schnell weiß, schwarz, weiß, schwarz, während sich die geteilte Schiebewand hinter die gerafften Vorhänge in die Wände verzog. Zusätzlich blitzten Scheinwerfer in den abgedunkelten Saal, so grell und störend, wie, als ob sie die Netzhaut flambierten. Crème de la Crème brûlée, kosten Sie den Geschmack dieses Abends! Musik rief nun aus dem Orchestergraben wie Gewitter, grollend und beängstigend, platschend wie ein Faustschlag in die offene Hand, sie sorgte für außerordentliche Hektik im Publikum. Domm! Klatschklatsch! Domm, domm! Klatsch! Zornig klopften die Bratschen den Takt, jeder Bogenstrich brannte wie Zwiebelgase in den Augen der Zuhörerschaft. Es zirpte, es rief, es flatterte, es knallte, wie Vögel gegen gutgeputzte Fensterscheiben! Töne flehten wie in Gefahr! Das Gefährliche war allgegenwärtig. An dieser Stelle, beschloss Lollo in einem Augenblick höchster Euphorie – denn das, was er hörte, überzeugte ihn maßlos –, hatte die klassische Musik getrost die führende Position, allen anderen Musikgenres die Propellermütze aufsetzen zu dürfen, kein Musikstück war reifer, war klüger, war besser als das, was hier in der Staatsoper in diesem Moment geboten wurde. Es war bemerkenswert, wie ein jeder ergriffen wie angegriffen wurde vom Ernst, von der Erregung, dem Stress, den die klirrenden Stimmen des orchestralischen Rüstzeugs der Atmosphäre unterrührten. Die Musiker mit den verkabelten Ohren zuckten und schwitzten. Vom Gesichtsausdruck, der dem Dirigenten als Verkrampfung vorne auflag, hätte sich Grummel-Kollege Karajan zu Lebzeiten eine Scheibe abschneiden können.

Lollos einer Vordermann versenkte die Fingernägel in des verpartnerten Vordermannes Oberarm, als zwischen den sich immer weiter aufschiebenden Wänden ein Glasmonstrum zu erkennen gab: Ein gigantischer Kubus von mindestens Vier mal Vier Metern auf Gummirollen, an jeder Ecke eine. Zu allen Seiten war der Würfel geschlossen, fünf Personen in schwarzen Overalls, die ihre Identität hinter schwarzen, leer blickenden Masken, Masken, wie jene eines venezianischen Maskenballs, verbargen, schoben das sichtlich immens schwere Konstrukt, um die Schubkraft zu steigern in einem beinahe spitzen Winkel, mit den Handschuhen ans Glas gelehnt, mit vereinter Kraft, zwischen Technikturm und Stelzen-Ei, auf den Mittelpunkt des Spielplatzes. Die Helfer befestigten mit fließenden Bewegungsabläufen die Räder des Würfels mit Stahlseilen an die Vorrichtungen an den Boden, während sich die Rückwand schon wieder schloss, kurz vorm endgültigen Verschließen verschluckte sie die maskierten Umzugshelfer. Die Lichter der blinkenden Monitore des Hintergrundes reflektierten im dicken Glas des Würfels, die eckigen Lichtpunkte strahlten überhell ab, die Glasflächen, dick wie Panzerglas, wie dick genau, konnte man erstmal nur erahnen, multiplizierten das Licht, brachen es, tauschten es in wechselnden Formen untereinander, nahmen es auf und warfen es weiter, mit jedem Winkel, in dem ein Strahl aufs tiefe Sicherheitsglas traf, erstrahlte ein Lichtpunkt in einer neuen Farbe. Eine viereckige, rotierende Spiegelkugel. Die Farben wechselten mit der Bewegung des Kopfes, fiel Lollo auf, Prismen ihm ein, er konnte sich das physikalisch nicht erklären.

Die Bildschirme an der Rückwand hörten abrupt auf zu blinken als der Spalt verschwand und mit ihm die Musik. Schlagartige Stille hielt den Umstand in Atem. Nur die grün-weißen Lampen der Notausgänge erleuchteten den sonst restlos schwarzen Raum mit der Intensität von halb leeren Glühwürmchen. Ein einnehmender, dunkler Moment, der das

Auditorium soeben erblinden ließ.

Gänzlich unhörbar, aber das Gefühl erzeugend, gerade aufgeschreckt worden zu sein, da man meinte, einen lauten Knall wahrgenommen zu haben, platzte der gleißende Lichtstrahl eines Spotlights von der Decke hinunter direkt in den Glaswürfel hinein. In ihm drin waren nun drei Großmembran-Mikrofone zu erkennen, die, an Metallröhren installiert, vom Glasdeckel herab, ins Innere des Kubus stachen. Vorn, links und rechts jeweils ein Mikrofon. An der Hinterwand des Panzerglaswürfels war ein in einen Gummirahmen gefasster, wasserdicht gemachter Zugang, den man von innen mit drei massiven Stahlriegeln verschließen konnte. Weiter entdeckte das suchende Auge vermeintlich wahllos verteilte silberne, kreisrunde Sticker an den Innenwänden, die, ebenso wie die Ohrstöpsel der Grabenmusiker, mit dünnen Drähten vernetzt waren. Alle Drähte wanderten von den Stickern ab an den Glaswänden herunter, bündelten sich im Winkel von Wand und Boden, liefen an eine Stelle in der Ecke hinten links zusammen und verließen gesammelt, durch eine gerade so ausreichend große Bohrung im Glas, den Würfel nach draußen. In der Abstrahlung des durchgängigen Lichts konnte man's jetzt mit zusammengekniffenen Augen ganz gut erkennen: Der gebündelte Kabelzopf erstreckte sich über den Bühnenboden, die Enden der einzelnen Kabel verliefen in den großen Technik-Turm, klemmten dort in allen möglichen Steckmöglichkeiten. Dem Turm, der anscheinend für die Abnahme der im Glaswürfel erzeugten Töne zuständig war, erloschen die Lichter, und wie bei einem Neustart eines Computers – es hatte etwas Erwartungsvolles –, fuhren die einzelnen Bausteine, aus denen er gebaut war, nach einigen Sekunden wieder hoch und die LEDs blinkten weiter.

Dann erlosch das Deckenlicht zeitgleich bangen, vorwiegend weiblichen Luftausstößen oraler Art. Für eine Weile sahen die Besucher bloß Rabenschwarz und links die klitzekleinen LEDs, die wie ferne Sterne aufflackerten und vergingen, dann wieder aufflackerten. KNALLPENG! PENG! QUIETSCH-PENG! Zerrüttende, schlagende Töne! Als nun der Spot-Scheinwerfer von oben wieder angeschaltet wurde, stand eine hübsch hergemachte Frau mit dem Rücken zur mit den Stahlriegeln dreifach verschlossenen Tür im Glaskasten. Sie hatte den Kopf zwischen die Schultern gesteckt, gesenkt, als betrachte sie das, was sich unter ihren Füßen unter dem Glas des Bodens des Würfels befand, nichts ersichtlich anderes tat sie, außer dort rumzustehen und zu warten, vielleicht bereitete sie sich auch vor, auf irgendetwas, vielleicht meditierte die im Glaswürfel ja auch. Die sorgfältig gebürsteten dunkelbraunen Haare sanken ihr wie breite, schnurgerade, langgezogene Pinselstriche aus Acryl vom Schädel. Die geschlossene Fläche aus Haaren verbarg das Gesicht der Frau dahinter, das Spotlight von oben spiegelte sich auf dem kraftvoll glänzenden Haar wider. Die Frau trug ein dunkelgraues, knielanges Kleid, knapp über den Knien war es abgeschnitten, es besaß Puffärmel und unter dem Kleid trug die Frau im Würfel ein weißes Blouson mit kleinen Rüschen am rund ausgeschnittenen Kragen, der ihr eng am Hals anlag. Ihre zarten Beine waren umhüllt von schwarzen, blickdichten Strumpfhosen, ihre Füße umschlungen vom Klavierlack schmaler, hochhackiger Schuhe, die sie sich kurzum, in die Ferse tretend, von den Hacken abstrich wie ein Kind seine Sportschuhe mit Straßendreck an der Schaumstoffsohle. Sie beförderte die eleganten Schuhe mit einem saftigen Tritt zur Seite. Dann stand sie wieder ruhig da, regungslos am Ausgangspunkt. Einen Moment lang passierte nichts, dann: KALONK! KRAKALONK! KALONK! brach es aus den Lautsprechern in die Lauscher aller höchst Gespannten. KLACK, KALACK, KLACK, KLICK, KLACK, HÜÜÜSTEL! Das Publikum erschrak, Lollo verstand: Der Technikturm sendete den Ton aus dem Kubus zeitversetzt über die Lautsprecher in die Audienz, während die Frau längst wieder, ohne sich groß zu bewegen, dastand. Das ohrenbetäubende metallische Klacken wurden von den zugeschobenen Riegel erzeugt, die die Frau selbst verschlossen hatte, nachdem sie im Stockdunklen den Panzerglaswürfel betrat. KRUOP-KNATSCH, KRUIRP-KNORTSCH, DURUMP-DUMP! Die Schuhe. Dann: Eine Ruhe, der man mit unterwürfiger Hingabe Aufmerksamkeit schenkte.

Die Frau im Glaskasten hob ihren Kopf. Ihre Nasenspitze teilte die glatte Haarfront vor ihrem Gesicht in ein Teil links, eines rechts zur Nase, zwischen den braunen Schals wurde ihr Mund sichtbar. Dieser öffnete sich, je weiter sie den Hals reckte, der aus der Versenkung gekrochen, sich bald weit erhoben in stolze, gespannte Pose brachte. Die Frau, die da mit weit geöffnetem Mund im Glaswürfel im Lichtkegel stand, schenkte dem Publikum einen Blick auf ihren langen, schönen Hals, und sie sang, zumindest war dies stark anzunehmen, dass sie sang, immerhin befand man sich hier in einer Oper, sie sang also höchstwahrscheinlich und man hörte ihr gebannt zu, doch hörte man nichts. Um ihren Kopf herum glänzte eine Gloriole.

Ein Gegenwind erwischte die akkurat glattgezogenen Bahnen ihrer Haare, fächerte die gemachte Frisur zu einem willkürlich flatternden Wirrwarr auf, es sah aus, als stecke sie ihren Kopf während der Fahrt durch die 30-km/h-Zone aus dem Autofenster. Sie stand so da, im sich allmählich vorschiebenden Sturm eines Ventilators, den sie selbst darstellte, der feine Stoff des Kleides wurde vom Windzug an ihren Körper gedrückt, ihre Konturen stellten sich zur Schau: Ihre Brüste zeichneten sich ab, ihre schmalen Oberschenkel die ins spitze Becken leiten, das Dreieck im Schritt – Lollo erfüllte ein warmer Schauer als ihm einfiel, dass er sein Dingdong gerne einmal in das Innenfutter dieses Dreiecks, das sich da abzeichnete, tauchen lassen wolle, solche Bilder warf sein Hirn plötzlich aus, dagegen hatte er nichts einzuwenden –, der flache Bauch, auf dem sich ihre angespannten Bauchmuskeln abzeichneten, sich durch den dünnen Stoff gut erkennbar und in imposantem Vorkommen herausstellten. Die Puffärmel plusterten sich auf wie leere Plastiktüten, die ein kräftiges Lüftchen in kreisender Flugbahn von der Straße hochtreibt. Es machte den Anschein, als stünde die in ein für ihre übliche Garderobe, so wußte Lollo ja bereits, ungewöhnlich chices Kleid Gesteckte, am höchsten Punkt auf einer Düne an der Nordsee, und die steife, nach Salz und Alge schmeckende Brise gäbe eine kleine Stichprobe davon, die Frau am Leibe spüren zu lassen, was Naturgewalt in anfänglichem Maße bereits bedeute. Die raue, dunkelblaue Nordsee, die bei gelber Flagge auf die Sylter Westseite einprügelt. Strandkörbe schauen vorsichtshalber in die andere Richtung, zu Freja herüber, die ununterbrochen aufs Meer, den Schmerz des Sandes, den der Sturm in die Augen schleudert, unbeachtet, unbeirrt weiter über den Horizont hinaus in die Weite blickt.

»Zeitversetzt! Meine Güte, zeitversetzt!«, fiel bei Lollo der Groschen. Eine imaginäre Hand schlug ihm ein paar Male aufmunternd auf den Hinterkopf. Endlich hatte er es begriffen. Wie auch hätte er es schon vorher schnallen können? Er hatte einen schrecklichen Fehler gemacht! So vermutete er doch, dass Freja gar einen Anderen habe, weil da ja diese Schritte im Hintergrund im Hörer waren, wenn sie ans Telefon ging, wenn er anrief, er hat das ja sogar einmal zum Thema gemacht, am Tisch, als die beiden bei dem Mops in der Bude waren, woraufhin er, Lollo, sich kurz danach ausgeknockt auf den Plastikfliesen kauernd wiederfand. Herrje, auf einmal machte alles etwas mehr, immerhin ein wenig mehr Sinn. Frejas einstiger Gesang war von ihr als zumindest anfängliche Erklärung gedacht, als Darstellung ihrer selbst, um Lollo zu zeigen, was sie macht, wer sie ist, was das Außergewöhnlichste an ihr ist! An dieser Stelle, an dem damaligen Punkt ihrer beider Beziehung, hätte Lollo anhand ihres Gewaltgesanges wenigstens im Ansatz zumindest einen Teil davon verstehen sollen, was sie so schräg machte, auf die abgefahrene Art eigentümlich, warum sie nicht sprach, warum ihre Zunge nie Wörter formte: Nämlich weil ihre Stimme gefährlich ist, in ungefilterter Form ihre Zuhörer in eine gesundheitlich brenzliche Lage bringen kann. Dazu auch der Technikturm und der kuriose Glaskasten, diese durchsichtige Zelle, der transparente Zwinger aus Sicherheitsglas, die zentimeterdicken, gläsernen Schlossmauern um ihre Vier-Quadratmeter-Einkerkerung, in die Freja hinter Riegeln ihr Ressort hat, von draußen wie ein Tier im Zoo zu begaffen ist, doch wehe, man öffnet das Gehege! Der Glaswürfel mit den Mikrophonen, diese auf die Glasflächen gestickerten Sensoren, das Kabelgestrüpp, der Turm aus Technik – ein komplexes Filtersystem, das zwischen Sender und Empfänger zwischengeschaltet ist. Eine ausgeklügelte Schutzwand, die es möglich macht, Frejas Gesang, der Madames Gesang, zuzuhören, ihm zu lauschen, ihn zu genießen.

Freja wollte ihn spüren lassen, auf dass er nie vergessen möge, wozu sie in der Lage sei, wenn sie sich nicht tagaus tagein zurückhielte, sich in ihrer Introvertiertheit verkrieche, darin verbarrikadiert, an der Außenwelt kaum teilnähme. Ihr Gesang vor Wochen, jetzt war es ihm klar – ein als Erklärung gemeinter Versuch, sich darstellend zu beschreiben, ein Erklärungsversuch, der aber, das muss man zugeben, nicht ohne aus der einseitig halsbrecherischen Aktion erwachsenen neuen Fragezeichen zu kapieren war. Letztendlich erklärte sich durch ihren überfallartigen K.O.-Gesang an jenem Mittag ja auch rein gar nichts, dachte Lollo, zu einer echten Erklärung fehlte es dann doch der dafür notwendigen Worte, doch wer wird schon leicht verständliche Artikulation erwarten, von einem Individuum, das verbal überhaupt kaum Kommunikation hervorbringt, mal abgesehen von gelegentlichem Brummen und dem Stimmerzeugnis, das beim Husten mit einher geht oder so, dachte Lollo, Freja erklärt sich nie von selbst, dachte er, leider nicht einmal, wenn sie es aus Fairness ihm gegenüber versucht. Freja ist nicht erklärbar. Sie ist hinzunehmen. Hatte er es jetzt verstanden? Oder doch nicht? Noch nicht? Lollo wurde ganz schwindelig vom vielen denken warum, wie und wieso und fragte sich, ob er das Rätsel Freja zu lösen, denn auf dem rechten Weg war. Dann wurde ihm sehr heiß.

Wie Lollo ein Werber war, und Freja sich beruflich Operngesang hingab, dämmerte es ihm jetzt erst, dass Opernsingen ein Beruf mit identischen, zumindest ähnlichen Konditionen eines jeden anderen Berufes sein dürfte. So wie Lollo jeden Morgen in die Werbeagentur marschierte um infolge einige Stunden lang die Computertastatur zu malträtieren, spazierte Freja täglich aus dieser schalldicht präparierten Bude am Gänsemarkt nur schnell um die Ecke in die Große Theaterstraße in die Hamburgische Staatsoper, um, vermutlich in diesem Kasten aus dickem Panzerglas und verkabelt mit allerhand Technik, zu arbeiten. Arbeiten: Texte lernen, Stimmbänder-Aufwärmübungen machen, das Stück proben, Üben und Üben, bis die Premiere vor der Tür steht. *La Cenerentola*, eine Opera infernale in zwei Akten. Die gesanglichen Absonderungen fließen dann in den meterhohen Technikturm, dieser verarbeitet Frejas Stimme, filtert sie irgendwie auf ein nicht mehr derart lebensgefährliches Niveau, und sendet den Gesang folgend über die Lautsprecher, in Sachen Lautstärke mit üblichen Hörgewohnheiten nun korrespondierend, in den Raum in die empfindsamen Ohren der Audienz. So macht das Sinn, doch doch, das macht Sinn so, dachte Lollo. Nahm Freja das Telefonat an, wenn er bei ihr durch klingelte, und er begann zu sprechen, waren es also ihre eigenen Schritte, die während des Telefonats im Hintergrund durch den Raum schlichen, wie besockte Füße einer Affäre, huschend vom fremden Ehebett in den nächstgelegenen Kleiderschrank. Nun war einiges klar: Klingelte ihr Telefon, musste Freja erst –

vermutlich auf Socken, da sie den Glaswürfel zur Arbeit anscheinend vorzugsweise ohne Schuhwerk betrat (man denke an die just abgeworfenen hohen Hacken) – nach einigen Schritten über den Glasboden zu der Tür an der Rückwand des Würfels hin treten, um zum Mobiltelefon zu gelangen, das sie nicht mit hinein in das Glasmonstrum genommen hatte (wahrscheinlich kein Empfang). Einige Sekunden langes Tuten bis sie dann ran ging. Und da sie nicht sprach, redete Lollo dafür munter drauf los, in diesem Moment wurde dann der zeitversetzte Ton, erst die Schritte in Socken, daraufhin der Klang der aufgeschobenen Verriegelung, aus dem mit Gummirollen versehenen Glaswürfel übertragen, während Lollo gerade fragte, ob sich die beiden zu Mittag treffen wollen. Kombiniere, kombiniere. Fall gelöst, so so. Aha, oha, dachte Lollo. Heiß war ihm, wie gesagt.

Da, im untern Drittel des Technikturmes, war so eine große Lampe, etwa von der Größe einer Ampellampe, ansässig, die bisher noch nicht aktiv war. Diese hatte der Dirigent gespannt im Blick, er ließ gar nicht ab von ihr. Er wartete auf irgendetwas, gleich würde es soweit sein. Sogleich sie – wusch! – strahlend grün zu leuchten begann, als fauchte ein Startschuss, den nur der Maestro vernahm, erhob er, vom Licht vorne komplett grün überzogen, den Dirigentenstab und durchschnitt damit die Luft, auf eine Weise, die man als getrieben, doch kontrolliert bezeichnen könnte, sein Ensemble legte äußerst energisch zu spielen los, sie produzierten ein adrenalingetränktes Zusammenspiel, als sei der Löwe hinter ihnen her. Im dominanten Grün, das breit und weit von der Lampe abstrahlte, schwebten, ruhig tanzend, Staubpartikel. Das Grün lag auf dem Bretterboden, so beruhigend anzusehen, wie Mondschein über der ewigen Wiese und im Schilf am Teich quaken versteckt die Frösche. Irgendwie widersprüchlich zur behaglichen Lichtstimmung, ergänzte manch Opernbesucher nicht das Grundgefühl, das mit dem grünen Licht jetzt eingeweiht wurde. Genau genommen erzeugten viele Menschen eine Gegenbewegung, Reaktionen gegen das vom Licht provozierte Behagen. Man traute dem positiven grünen Licht nicht, seine Zartheit in Kombination mit den hetzenden Klängen, ihrem bombastischen, kollektiven Schreien, Trampeln und Schniefen, während die Herde der Töne davonrannte, brachte sie um den Verstand. Sie wurden hibbelig und zittrig, mancher kratzte sich darüber, worunter der Herzmuskel lag.

Auch die Musiker selbst, einigen von ihnen saß sichtlich die Panik im Nacken, mehr Schweißperlen als Stirn, aus der er dringt – so schüttelte ein Posaunist ungebärdig den Kopf, als er, nachdem er schnell mit einem Fingerwisch die Seite auf dem iPad umblätterte, seinen Einsatz verpasste. Nicht etwa durchs heftige Blasen in seine Posaune, vielleicht durch Scham, durch Reue etwa, lief sein Kopf weinrot an, als er verspätet die ersten Lufthiebe ins Messing tat. Nach einigen Sekunden und deplatziertem Tuten, nachdem er seinen Einsatz verpasst hatte und ihn seine Anspannung sich nicht mehr ins Spiel hineinfinden ließ, entschied er aufzugeben, stellte sein Instrument auf der Rundöffnung neben sich ab und hielt sich mit flach darauf gepressten Händen die Ohren zu, wie ein Kind, dessen Eltern sich im letzten Wortgefecht vor einer endgültigen Trennung befinden. Er schluchzte erbärmlich, dabei war ihm zuzusehen. Zum Glück konnte man nicht hören, wie sehr er weinte. Von den Augen des Publikums gefoltert, kauerte er, die Arme auf die Knie gestützt, nach vorne gebeugt, im Graben bei den Kolleginnen und Kollegen, die trotz Truppenverlust unbeirrt weiterspielten, die Verletzten zurücklassend.

Kaum mehr Haar hatte der buckelige Alte, der hinten, unten auf dem Parkett seiner Frau die Ledertasche vom Schoß riss um sich in diese zu übergeben. Unangenehm auch für die perplexen Sitznachbarn, klar, doch am unappetitlichen erwischte es die Besitzerin der Tasche, bestimmt auch wegen der Kotze, vielmehr schien sie aber nicht das unangemessene und irgendwie ja auch umprofessionelle Verhalten ihres Gatten zu entschuldigen. Pikiert, gar routiniert, als käme sowas öfters vor, sprang sie auf und flüchtete, ihren magenentleerten Mann und die getränkten Wertsachen auf dem leeren Platz hinterlassend. Der Mann wischte sich den Mund, nickte seiner Umgebung im Aufstehen zu und ging mitsamt der Tasche seiner Frau hinterher. Irgendwo da unten quietschte eine andere Dame, als hätte man auch ihr das von der Schulter hängende Handtäschchen entwendet, und zwar taschendiebisch. Man halte den Dieb! Doch alles blieb gebannt sitzen. Schreie und Angst gehörten anscheinend dazu, zu so eine Opera mit dem Zusatz »infernale«. Ein bemitleidenswertes Winseln flatterte übers Auditorium, das die starre Aufmerksamkeit eines jeden einzelnen da unten, auf den besten Plätzen Sitzenden, mit einer Extraportion Muffensausen injizierte. Der vor Lollo platzgenommene Lockige biss seinem Partner, vor Erregung aufstoßend, in die Schulter. Der Gebissene zischte vor Schmerz und wischte sich mit dem Handrücken über die Schläfe, dabei guckte er immer weiter ganz tief in den Würfel hinein, in dem die junge Frau mit dem weit geöffneten Mund stand. Die Reli-Paukerin, die sich die Reihe mit den Boys teilte, rutschte, mit zugekniffenen Augen und Fingern in den Ohren, soweit, bis ihre Knie an die Begrenzung des Balkons stießen, in den Fußraum. »Aaaah!«, schrie sie und genau das gleiche schrie einer da unten. Es war wie im Film.

    Lollo zog sich an der fluffig samtigen Reling aus dem Sitz hoch und blickte auf ein auf ein maximal Tattriges eingeschüchtertes Publikum. Frau wie Mann klebten wie entführt und mit hinter der Lehne aneinander gebundenen Handgelenken an den Sitz gefesselt in den Sesseln, das kollektive Augenmerk der kargen Visagen, die Lollo in den ersten Reihen im grünen Licht erkennen konnte, klebte am Glaskasten. Wieder schrie es »Aaaaaaah!«, dann ähnliches von da unten, »Aaargh!« und auch »Huäh!« und »Huck!«. Dann, von weit hinten, schon wieder ein »Aaaah!«, kurz daraufhin ein »Whuaaah!« und »Iiieh!«, »Ääääh!«, »Neiiin! Nein, nein!«, »Aaah! Aaah!« und ganz viel weiteres dergleichen. Das Phänomen, dachte Lollo, wenn sich die Audienz, kurz bevor die Show beginnt, noch einmal räuspert, sich den Schleim prophylaktisch aus dem Rachen abhustet, um nicht, während sich das Eigentliche, das Wertvolle, des Abends abspielt, unnötig dazwischen zu bellen – eine Person hustet noch leise, eine zweite gesellt sich sofort schon etwas lauter dazu, fünfzehn weitere nutzen die Gruppendynamik, dreißig folgen, unter das große Publikum mischen sich immer diejenigen, die es als Vergnügen verstehen, die Schönheit der Chance zu erkennen, den kurzen Timeslot, in dem sich die meisten würgend hustend sammeln, für ein einmalig enorm lautes Gebrüll zu nutzen – würden sie Zuhause in dergleichen Lautstärke husten, wie sie es vor Filmen im Kinosaal, vorm Spiel im Theater oder in der Oper tun, sie würden sich vor sich selbst erschrecken und in der Wohnung unter ihrer traktierte ein Besenstiel den Putz der Zimmerdecke.

Lollo lehnte sich über die Reling und scannte die gesamte Manege, analysierte Menschen, die klar verängstigt, wie unter Schock, wie Insassen einer wirklich spektakulären Geisterbahn schienen, doch mutig genug waren, den Nervenkitzel nicht zu verlassen. Auch er selbst spürte, wenn es auch Anlass dazu gegeben hätte, immerhin keinen Anreiz zu gehen, aus dem ganzen Thriller hier frühzeitig auszusteigen. Das ging irgendwie nicht, und so wie so, und erst recht nicht für ihn im Speziellen. Grün glänzten die Schweißperlen auf Glatzen welker Männer. Lollos strahlend weißes Hemd reflektierte das grüne Licht so ideal, dass er, wie er so mit offenem Sakko, als einziger von allen, wie ein Exponat oben auf dem Balkon ausgestellt emporrankend, die Funktion eines großen, grünen Leuchtstabs einnahm, eines neonfarbigen Knicklichts, wie sie Angler ab Dämmerung zum

Angeln benutzen oder Raver auf Indoor-Rave-Events darauf herum kauen. Von jetzt auf gleich wechselte Lollo seine Farbe. Fortan strahlte er gelb, so richtig schön Blütenstaubgelb. Es war nicht verwunderlich, dass die Frau im Kasten aus Panzerglas auf ihn aufmerksam wurde. Sie hatte ihn, ihre schon recht intime Bekanntschaft namens Lollo, erkannt und wahrscheinlich deswegen knipste die Ampelanlage daraufhin von Grün auf Gelb um. Sie schaute ihn an, meinte Lollo zu erkennen. Die Gemeinde schmiss, wie gleichgeschaltet, die Köpfe nach hinten, das einträchtige Erschrecken konzentrierte sich in einem geschlossenen Ausruf, der sämtliche Vokale beinhaltete: »UOAIEH!« – am Technikturm auf der Bühne erloschen einige der grünen LEDs und wurden von gelben Lämpchen abgelöst, die nun meistens durchgehend, nicht mehr so abwechselnd blinkend, wie die Grünen davor, durchleuchteten. Es fehlte dem hohen Saal abrupt an Sauerstoff.

Das Gelb lag seicht wie ein Sonnenaufgang auf der ansonsten noch immer nachtfarbenen Bühne, die Helligkeit, die das Gelb mitbrachte und über das Publikum warf – Lollo konnte jetzt, bis fast ganz nach hinten durch, sämtliche angeleuchteten Gesichter erkennen – stellte die allgemeine Nervosität der Insassen dieses Spektakels im Raum – trotz der Gemütlichkeit, die Gelb so mit sich bringt – noch deutlicher heraus. Durch die Lautsprecher stieß ein schrilles Feedback-Fiepen – des Tontechnikers Haarraufen-Garant! – das zweifellos nicht beabsichtigt sein konnte. Das Geräusch der Rückkopplung war dermaßen laut, man hätte damit rechnen können, dass in dem Moment des Quietschen abertausende Vögel aus den Baumkronen der Innenstadt in den Himmel fliehen, als würden Jäger zur urbanen Treibjagd Startschüsse in den Himmel feuern. Nach dem elektronischen Spannungsgeräusch sendeten die Lautsprecher eine Frauenstimme, die atemberaubend klang und es buchstäblich auch war. Menschen hielten sich mit beiden Händen die

Hälse, doch das half natürlich nichts. Lollo war, als säße er in einem Flugzeug, das unvermittelt in ein besonders tiefes Luftloch absackte. Frejas Organ produzierte einen durchdringenden Klang, der die Treibkraft besaß, die dicke Luft, die durch die enorme Anspannung aller Beteiligten wie mit einer gallertartigen Konsistenz verquirlt entstanden war, diese allgegenwärtige vibrierende Erregung, die zur Panik auswuchernden Angst vor den Erwartungen, was während des Stückes noch auf sie einprasseln würde, zu durchschneiden, wie eine heißes Samuraischwert zimmerwarme Butter.

»Una volta c'era un r e ...   S o r e l l a s t r e   ...
Ma il volean sposar in t r e ...   C o s a fa?
Sprezza il fasto e la b e l t à ...   e alla fin scelse per sé l'innocenza e la bontà. Amore, brucia! La la là li li lì la la là.«

Frejas ersten gesungenen Worte fielen aus den Lautsprechern wie Fliegerbomben in den ersten Akt und verformten Amboss und Hammer am Trommelfell wie ein Schmied das glühende Eisen. Es sah aus wie gemeinschaftliches Achterbahnfahren, als sich Finger in Armlehnen kniffen, sich Augen aufrissen und Schuhsohlen schwerelos vom Fußboden erhoben.

Lollo blinzelte und versuchte scharf zu stellen, was in dem Glaswürfel auf der Empore vor sich ging. Was tust du, Freja, fragte er sich, er konnte nebulos das spüren, was in Freja tobte, da war so etwas Chaotisches in ihr, die Chemie zwischen ihnen, Freja und ihm, teilte es ihm auf räumliche Instanz, quer durch den Riesenraum, mit, nur was genau Freja Lollo mitteilen wollte, verstand er, so sehr er sich darauf konzentrierte und versuchte herauszufinden, was es diesmal war, schon wieder nicht, zumindest nicht zu genüge, zumindest nicht, dass er angemessen hätte darauf reagieren, sie anhand von beruhigenden Gesten hätte regulieren können. Was verbindet die beiden? Lollo war die Ursache für das Unwetter im Glaswürfel, das war ihm ganz klar. Vielleicht aber auch nur klar, weil er ein Spinner ist, er es sich einbildet?

Vielleicht war das ja auch Standard, wenn Freja im Panzerglaskasten die Stimme ins Unfassbare erhob. Am liebsten hätte er das sich aneinander klammernde Männerpaar vor ihm gefragt, ob das hier heute so wie immer sei, was gerade abginge, doch zum Fragen war es viel zu laut und die Antwort, dass es heute wohl das übliche Maß übertrifft, das eine Opera infernale mit dem Gesang der Madame ansonsten bot, sah er klar und deutlich in Gestalt allgegenwärtiger Furcht und böser Vorahnung sowohl vor als auch überall um sich herum sitzen. Normal war das nicht. Kein Standard. Typisch Freja eben.

Ihre langen braunen Haare segelten in beinahe auf der Stelle wälzenden Wellen kreisrund aufgefächert vom Kopf ab. Im von oben beschienenen, transparenten Würfel, standen unbewegt zwei glühende Augenbrauen im Kubus, die durch ihr silbernes Funkeln ihren Träger, Frejas Gesicht, fast in Helligkeit auslöschten. Lollo vermochte zu registrieren, dass ihn Frejas Augen, die er bloß schemenhaft erkennen konnte, da sie in der Maske besonders dunkel touchiert und mit einer dicken, schwarzen Kontur umrandet worden waren, durch die schwere Glasfläche anschauten. Zwei schwarze Kreise schauten ihn an, zumindest war ihm so, wie die Augen eines Opfers den Täter bei der polizeilich eingerichteten Gegenüberstellung anschauen. Er spürte ihren Blick auf seinem Gesicht, die Haut kribbelte, das Kribbeln war bekannt. Es war das nächste Indiz: Sie hatte ihn im Fokus. Lollo wurde auf einmal sehr stolz. Vielleicht lag das daran, dass Freja auf einer Bühne stand, und nur er, als eines der im Publikum existierenden Legomännchen, das eine Männchen abgab, das für sie von näherem Interesse, von Bedeutung war. Auf jeden Fall wusste er jetzt, was zu tun war, ihm war auf einmal klar, wie er sich verhalten würde, nämlich war er gerade dabei, sich innerlich zu schwören, dass er den Trip, den Drogentrip Freja, von heute Abend an wieder aufnehmen und weiterführen würde. An diesem missionierten Gedanken blieb er einige

Sekunden lang dran. Gutes Gefühl, er war mit sich sehr zufrieden. Dann schlossen sich die Ringe um Frejas Augen wie in Zeitlupe, es verblieben zwei platte Inseln, versunken in glimmerndem Weiß. Und nachdem sie Lollo jetzt nicht mehr anschaute, beschlich ihn schlagartig wieder dieses eigentlich unbegründete Schuldbewusstsein, das ihm schon einmal überraschend sauer aufstieß, nämlich, als er, nachdem sie ihn mittels ihrer Stimme Knock-out geschlagen hatte, aus dieser Bude Reißaus nahm und er infolge bis auf weiteres – aus Angst, aus Verwirrung – den Kontakt zu ihr abbrach um erst einmal nachgrübeln zu können, was das da ist, zwischen ihnen. Und wer sie ist, die nicht so wie alle anderen ist, die ihn anhand ihres Daseins fern ab der Norm auf emotioneller Ebene um den Verstand bringt, ihn an jenem zweifeln lässt. Ihre Eigentümlichkeit ist zu ausgefallen, um Lollo nach den üblich strukturierten Handlungsweisen sich in sie verliebt zu haben: Ein Augenaufschlag von Weibchenseite, schon war es um ihn geschehen und abgefrühstückt war das Thema um die Frischverliebtheit? Keineswegs: Zu Beginn ihres Zusammenschlusses wurde Mittag gegessen, einseitig und qua fütternder Einverleibung. Infolge war es Lollo zu Anfang eher baff als blümerant zumute. Dennoch war da etwas vom Ursprung an. Erst allmählich ebneten sich von Vernunftseite her aufdrängende Einwände und Neugier war da. Dann erst ergab sich Hingabe. In einer Liebe wie dieser war es möglicherweise ratsam, eingangs wie fortlaufend vorläufig an ihr, der Liebe, zu zweifeln. Doch wann nur, sollten frühzeitige Berührungsängste endlich zu handfester Hinneigung mutieren, so dass bei den beiden kommen konnte, was wolle, fest wie ein Fels, ihre Beziehung, egal welcher Brandung ausgesetzt, standhaft bliebe? Den befremdeten Blicken der Außenwelt zum Trotz. Er füttert sie. Na und?! Lollo legte den Arm aufs Samt der Balkonreling, lehnte den Körper gegen die Außenwand des Balkon. Es schmerzte ihn gerade irgendwo in der Bauchgegend, vieles tat ihm in diesem Moment Leid.

Hatte er sich falsch verhalten, irgendetwas missverstanden, gar wohl hin-, doch nicht richtig zugehört, als sie sich ihm, mit den ihr gegebenen, bekanntlich beschränkten Mitteln, zu erklären versuchte? Da waren Worte, einige, nur wenige verstand er, nur das mit schlagenden Schwestern und einem König blieb ihm im Gedächtnis. Das Piepen hielt ihn vom Zuhören ab und die Aufmerksamkeit zurück. Er stellte sich zudem die Frage, ob er zu feige gewesen war, am Ende besagter, ihrer letzten gemeinsamen Mittagspause. Hätte er sich klapprigen Rückgrads vom kalten Boden aufraffen und sie fragen sollen, was das ganze Spiel solle, über was sie ihm durch die Zurschaustellung ihrer mächtigen Fähigkeit zu informieren versuchte, als er sich niedergesungen auf den Acrylbodenplatten dieser skurrilen Behausung lang machte, anstatt den Weg des geringsten Widerstandes gewählt und jenen besonders zügig gegangen zu sein, um sich bei ihr, bei der, in die er sich – jetzt erst fiel es ihm wie bröckelige Wimperntusche vom Vortag von den Augen! – vom ersten Aufeinandertreffen bis zum heutigen Abend bis über beide Segelohren verliebt hatte, nicht mehr zu melden? War seine Flucht also seine angesichts einer schwerbekömmlichen Vielzahl eigenartiger Faktoren getroffene Entscheidung gewesen, war spätestens zu diesem Zeitpunkt, hier in der Oper, klar: es war eine schlechte. Lollo hatte nicht erkannt, dass Freja nicht nur ein sehr individuelles Individuum, an dessen Ecken und Kanten gut Kopfstoßen ist, sondern eine in Hamburg, Germany, herumwandernde Einzigartigkeit unter den temporär auf Erden Verweilenden ist, an der es jede Ecke und jede Kante auf Höchstmaß liebenswürdig zu umsorgen, mit Spucke zu polieren und zu schützen gilt. Dass er sich dem Maße seiner Zuneigung ihr gegenüber erst jetzt bewusst wurde, als ihm anhand des hiesigen Abendprogramms, an jenem jegliche Aufmerksamkeit aus dem Zuschauerraum nur der Madame da vorne, ihr, seiner Freja, zuteil kommt, greifbar unterbreitet wurde, dass Freja im Opernsujet von einer beeindruckend vielköpfigen fanatischen Gefolgschaft als lebende Legende gefeiert wird, die nach dem Kauf besonders teurer Karten noch den letzten Platz der ausverkauften Hamburgischen Staatsoper besetzten, um sich aus freien Stücken schädlich zu Leibe rücken zu lassen, brachte ihm umgehend eine Knastkantinenkelle extra schlechten Gewissens ein, denn es sollte ja nicht so aussehen, als sei lediglich ihre Popularität der ausschlaggebende Beweggrund für seinen späten Sinneswandel, vielmehr seine endlich korrekte Sinneswahrnehmung, seine Liebe ihr gegenüber, das war am Ende das Stichwort: dass es ihm an diesem Punkt der Geschichte eben erst auffiel, dass er sie tatsächlich liebte. Nur ob das wirklich so war oder nicht doch mit ihrer Präsenz als Prominenz zutun hatte, ließ sich schlecht beweisen. Wie er dieses falsche Bild, das aufkommen könnte, gerade rücken könne, fragte er sich. Egal, dachte er dann und schüttelte energisch den Kopf, als wolle er durch das Schütteln schlechte Energie von sich abwerfen. Immerhin bereute er ja, damit sollte erst einmal das Notwendigste erledigt sein, basta. Auch wenn sein aufrichtiges Interesse für sie schon lange in ihm dümpelte, nur von ihm eigenhändig vorübergehend brach gelegt wurde, und sein endgültiger Aha-Effekt, zugegeben, schon bis vor wenigen Sekunden auf sich warten ließ – er fällte an diesem Zeitpunkt die Entscheidung, ab diesem Abend an wieder für sie da zu sein, da ihm bewusst wurde, zum einen, welcher Hilfe sie im Alltag bedürftig war, zum anderen, er seit Gordon Shumway gelernt hatte, dass sich vom üblich Irdischen aussergewöhnlich unterscheidende Lebensformen unter normalen Menschen in steter Gefahr befinden und vor ihnen abgeschirmt, wenn nötig vor diesen gar verteidigt werden müssen. Diese Aufgabe sollte zu seinem Schicksal werden. Es war ja wohl kaum ein Zufall, durch die sich auftuende Erde ins Bernsteinzimmer gefallen zu sein, ohne dass es internationale Forscher und Schatzsucher nicht vor ihm schon geschafft hätte, es zu entdecken. Oder einen aufwändigen Handshake mit einem Außerirdischen zu proben, ohne dass die NASA überhaupt Wind davon bekam, dass ein Ufo auf Samtpfoten in die Erdumlaufbahn schlich. Für Lollo war die Sache klar: Er war der Auserkorene, Frejas Mann, der von der guten Seite, der Lichtseite! Sie hatte jemanden gesucht und in Lollo den Passenden gefunden, dort, im Restaurant im Alsterhaus im Vierten, nur wenige hundert Meter von hier, der Hamburgischen Staatsoper entfernt, ist mit ihm eine Verbindung eingegangen, verursachte eine metaphysische Verknotung mit ihm, eine Schleife aus zwei um- und ineinander gefädelten Seelen, die für immer halten sollte. Doch wer nicht einmal mit Besteck zu essen in der Lage ist, dachte Lollo, ist unter Garantie nicht geschickt darin, Schleifen zu binden, die halten. Lollo rannte von ihr weg. Es tut mir so Leid, Freja, es tut mir so Leid, aber jetzt verstehe ich, dachte Lollo, ich sehe so klar, und was ich sehe, ist gut.

Freja hob bedächtig die Arme an und schüttelte die Hände aus. Sie spreizte die Finger, streckte spinnbeinig die Glieder aus. In diesem Moment changierte das silberne Weiß ihrer buschigen Augenbrauen zu einem hellen Violett, das immer kräftiger wurde, was die Brauen mit jeder Nuance immer etwas wuchtiger erscheinen ließ.

»Presso al fuoco in un c a n t o n e   v i a , lasciatemi cantar! Andare a fuoco! Tutto va in fiamme.«

Langgezogene Wörter, die der Länge nach das Trommelfell zersägten, es pikste wie mit heißer Nadel darein gestochen, der Verstand wurden dadurch gleichgültig gemacht, wurde zu Pudding.

Frejas Augenbrauen, an dessen dichtgewachsenem Haarvolumen sich manch ein maximalbefellter Masseur im Hamam ein Vorzeigebeispiel nehmen könnte, leuchteten nun in einem tiefen Dunkelviolett, und so war es komisch, dass die Brauen Licht abgaben, statt es zu verschlucken. Wenn man mit dem Fernglas näher herangine, hätte man erkennen können, wie jedes einzelne Haar der Brauen ein Eigenleben führte und sich, wie Wellenreiter mit der Welle gehend, in die Schwingungen der Tonfrequenz warfen, auf den Turbulenzen reitend, in die Melodie fließend wippten. Währenddessen schleuderte Freja in kristallglasklarem Ton, eine perfekt auf Tonlage des Orchesterspiels gestimmte Stimme in unfassbarer Lautstärke aus ihrem Mundraum über die Lautsprecher hinaus in die Welt außerhalb ihres Glaskastens. Dabei entwickelte die im Glaskerker Verschlossene die durchdringende, Mark und Bein erschütternde Stimme unsäglicher Größenordnung ohne eindeutig erkennbaren, körperlichen Aufwand. Man konnte meinen, sie läge sich noch gar nicht zum hundert Prozent ins Zeug.

»Una volta... Zitto, zitto! Facella! Ovunque!«

Dann formte Freja mit Zeigefingern und Daumen zwei Os, ließ die Os erst auf die Hüfte senken, fuhr dann mit den Os Richtung Bauchnabel, wo sie beide fingergeformten Kreise zu einem gemeinsamen O aufeinander legte. Sie blähte daraufhin den Brustkorb auf, als habe sie hundertliterweise Luft getankt. Daraufhin: Eine rote Lichtpfütze auf der hölzernen Empore. Wie Blut! Das gelbe Rundlicht am Technikturm erlosch – das rote knipste nun an. Der Dirigent presste die Backenzähne aufeinander und malmte und zerrieb den Zahnstein.

»Ah, non reggo alla passione. Che crudel fatalità! Vampa, vampa ovunque.«

Der Maestro, vis-a-vis mit der glasgerahmten Bedrohung für sich selbst, seine tollkühne Crew und die Gäste der wilden Fahrt, blickte, gemessen der Gefahr, wie ein Kapitän, dessen Schiff im nächsten Moment den unter Wasser verborgenen Teil des Eisbergs rammen und unumstößlich untergehen wird. Entreiße sich der Tragödie, wer kann: Zuerst Frauen und Kinder, dann alle anderen, zuletzt er, Ehrensache. Zu wilder Entschlossenheit erhärteten, gestrengten Ausdrucks, macht er sich gerade, kerzengrade und lang und so breit er konnte. Er würde das jetzt ausbaden. Oder untergehen. Vielleicht, um die beiden noch einmal im Vergleich zu sehen, hätte an dieser Stelle selbst ein für seinen unbändigen Ethos berüchtigter Ensemble-Anführer wie Karajan den Entschluss gefasst, voreilig den Hut zu ziehen, noch bevor das Drama überhaupt seinen Lauf nimmt. Abbruch wäre gegebenenfalls das klügste Manöver gewesen.

»Una volta c'era... Ah! È fatta. Cos'è? Che batticuore! Forse un mostro son *IO*!«

Da war Klage in ihrer Stimme. Freja litt in ihrer Rolle, sie litt in ihrem Leben, das große Leid konnte man deutlich spüren, es geisterte durch den gesamten Saal, elektrisierend, ansteckend. Immerhin fingen die Ersten schon an zu weinen, was bemerkenswert war, was für eine Leistung Frejas! Sie berührte Lollo insbesondere, andere allgemein. Auch Lollos Sitznachbarin fühlte, was Freja meinte, als sie sang, sie, die Sitznachbarin, hatte jetzt einen Knick bekommen und war nach vorn gefallen, sie betete mit düreresque aneinander gehaltenen Händen, während ihre Augen ins Innere ihres Kopfes guckten und ausgebeulte Säcke darunter Tränen nach Außen sandten. Ihr Mann war, so meinte Lollo zu erkennen, entweder eingeschlafen oder ohnmächtig geworden. Auf dem mittlerweile ausnahmslos in den Sesseln zusammengefalteten Publikum unten auf dem Parkett, lag lebenssaftrotes Licht, das jeden leblosen doch noch ausreichend anhaltend lebendigen Körper umschmeichelte, wie ein aus Ängstlichkeit gewebter Seidenschal. Der Werber lies sich von eben dieser Angst anstecken und prompt schlich sich ein nervöses Gluckern in der Magengegend ein und seine Kehle schnürte sich zu. Er wollte es nicht zulassen, doch dieses Befinden erinnerte ihn an Prüfungssituationen in der Schule, an die er nicht gerne zurückdachte. Nämlich, wenn er, trotz emsigen Pauken während des Schreibens der Klausur bemerkte, dass er die ihm gestellten Aufgaben zu bewältigen, mit Nichten imstande ist. »Black-out« nannte man das damals, Trendwort. Dann wurde er immer traurig, denn dann gab's keine Entschuldigungen, nur die an seinen Grips gestellte

Vermutungen, dass er zu dämlich für den ganzen Prüfungskram sei, und davon, dass er doch nicht blöder sei als seine Mitschüler, wurde ihm erst klar, weit nachdem er nicht mehr zur Schule ging. Solch ein fieser, ein Albtraumgedanke, kam in ihm hoch, so ein noch nicht komplett verarbeiteter Kinderkram. Er schmiss den Gedanken aus dem Kopf und entschloss fest, sich zu entspannen. Nicht die Kontrolle verlieren, dachte er. Derweil schossen Dezibel, wie aus der Nagelpistolen geschossen, in Ohren und das schmerzte wie Stromschläge, die durch die Öffnung des Ohrs genau ins Hirn schossen. Klassische Entspannung geht anders, dachte er, blieb aber weitestgehend cool. Unter den audiovisuellen Stromspitzen schmetterte ein dröhnender Unterton, ein Wummern, als schleiche das fette CSCL Globe Containerschiff vorm Balkon her, auf dem Lollo sich befand. Wummer, wummer. Ihm wurde übel von diesem Auf und Ab des Basses. Er schloss die Augen. Auf dem Schwarz hinter den zugeschlagenen Lidern schimmerte ein kompletter Farbkreis. Alle Farben. Lollo tastete blind zur Seite hinter sich nach der Rückenlehne seines Sitzes, fand sie und ließ sich ins Polster sinken. Wenn er ohnmächtig werden würde, dann sei ein Umfallen wenigstens nicht mit Platzwunden und Prellungen verbunden. Und sich übergeben täte er sich auch lieber im Sitzen an die Sitzbank der Vorderreihen oder neben sich an die Außenwand, anstelle eines unschönen Grußes an die Leute unter ihm von oben vom Balkon herunter. Er hielt sich den Bauch.

»Io vorrei sapere perché il mio cor mi palpita?«

Im Orchestergraben riss sich ein Geiger die Stöpsel aus den Ohren und verriegelte den Gehörhang, indem er, so tief wie möglich, Finger hinein steckte. Dann nahm er die Haltung ein, wie zu einer Flugzeugnotlandung, den Kopf zwischen die Knie. Die eine Dame am Cello schrie panisch und riss sich Haare aus und die Ohrstöpsel heraus und sprang auf und kletterte über die Wand des Grabens, als flüchtete sie aus dem heruntergekurbelten Fenster eines von der Brücke ins Wasser gestürzten Autos hinaus. Sie rannte vor der ersten Reihe her bis zum nächstgelegenen Ausgang, neben dem, im seichten Schein der Notausgangslampe, mit Lärmschutzkopfhörern ausgestattet, die an seinem schmalen Kopf aussahen wie die Ohren von Mickey Mouse, in weißem Polo-Hemd und orangefarbiger Hose mit Reflektoren dran und so, ein Sanitäter stand. Die starr in seine Konzentration verbissene Mimik des Dirigenten wechselte mit einem Male zu einer fies lachenden Grimasse, eines Bösewicht Gothams gleich, und diese aufgelegte Grimasse suchte Frejas Aufmerksamkeit, eher wahrscheinlich als vielleicht, um die Sängerin zu provozieren, sie aufzupeitschen wie wennschon, dennschon. Er johlte, dass er, zum Leid der vor ihm sitzenden und schwitzenden Musiker, lange abgerissene Speichelfäden in den Orchestergraben spuckte. Natürlich versank sein Bellen im Lärm Frejas gesungener Orkanoktaven, die den Boden beben ließen, auf dessen Vibrieren sich die schwere Lautsprecherboxentürme, die links und rechts vorne an den Seiten auf der Bühne standen, allmählich zentimeterweise versetzten.

    Trotz des sein Herz auf Trab haltenden Adrenalins, dass seine Angst auf Hochtouren quellen und durch die Bobbahnen seiner Venen schießen ließ, wurde Lollo schläfrig. Sanft und süß mochte er unter den über ihn hereinrasselnden, bombentönenden Harmonien einschlummern. Schweiß rann ihm in Bahnen an den Wangen herunter und sammelte sich am Kinn von dem es tropfte. Das Stresshormon bescherte ihm eine die Austrittskraft stark erhöhende Transpiration, wobei sein Sympathikus dem Werber eine majestätische Erektion schenkte, die er, als ein aus Hosenstoff geschneidertes Indianerzelt, vor sich, gründlich Aussicht haltenden Voyeuren zu Schau trüge, wären solche anwesend und aufmerksam gewesen. Doch die Frau neben ihm hatte sich ja so wie so bereits halb, naja, ziemlich bewusstlos im Betwahn vom

Irdischen verabschiedet und war anlässlicher Würdigung Lollos ausgefahrenem Gemächt keines Blickes mehr fähig. Lollo fand den Moment, eben darüber nachzudenken, ob dies genau jetzt wohl dieser viel zitierte Augenblick sei, an dem sich sein Leben vor seinen Augen im Schnelldurchlauf, von Geburt bis zum aktuellen Ist-Zustand, abspielt, und freute sich schon auf einige Wiedersehen mit in grauen Zellen ordnungsgemäß verbarrikadierten alten Bekannten, bis seine sterbliche Hülle den letzten Hauch Rotweinodeur aus der Gurgel stiebte. Er fühlte sich, als läge er im Sterben, so wie er langsam weg dämmerte. Alles um ihn herum war warm und friedlich. Wie ein Betrunkener würde er nun durch einen hellen Tunnel ohne Wände wanken, weißer Nebel stünde in der Luft, warme gelbe Sonnenstrahlen würden diesen spielend durchstoßen wie Laserstrahlen, und da hinten klopfe netterweise schon einer, ihn ankündigend, an die oben im Nichts endende, hölzerne Himmelspforte, so wie er sie sich gerade vorstellte, der von hinten beschienene, auf Anhieb sympathische Türsteherpetrus würde ebenso buddhistisch lächeln wie der en ce moment über den Jordan torkelnde Werber kurz vorm möglichen oder verwehrten Übertreten der Pfortenschwelle lächeln würde, die Entscheidung zwischen Himmel und Hölle zöge ihn an, wie appetitliche Geruchsschwaden frisch gebackenen Apfelkuchens auf Simsen offener Küchenfenstern flehmende Heißhungrige – Lollo segelte dem Himmelswächter schwerelos entgegen und bäte ihm um sein Urteil. Doch da erwachte Lollo wieder aus diesem stillen, wattehaften Trancezustand als ob aus einer Ohnmacht, die totenstill über dem lag, was bisher noch lebte. Um ihn herum ein kriegerischer Lärm. Er rieb er sich die Augen, als traute er nicht, was sie ihm darboten: Als stünde er direkt vor ihr, konnte er erkennen, wie das mit roten Äderchen durchzogene Weiß Frejas gerade weit aufgerissener Sehorgane hinter ihren Lidern verschwand. Lollo erinnerte sich an ihre forstgrüne Augenfarbe, den graublauen Ring darum und an die pechschwarzen, irgendwie glanzlosen Pupillen, die immer beiseite zuckten, sobald Lollo probierte, sie für einen Augenblick bei sich zu halten. Nie gelang es ihm. Während sie weitersang, holte Freja, die Sopranistin, das Weltwunder, die Madame infernale, tief Luft, das bald prall gefüllte Lungenvolumen brachte ihren Brustkorb beinahe zum zerbersten, bald würden die Rippen aufspringen und ihre abgebrochenen Spitzen durch die Haut spitzend sich blutrünstiger Art der Außenwelt präsentieren. Freja nahm mit ihrer Atmung eine schier unmenschliche Portion Energie – vielleicht war es Magie? Oder Atomkraft? – aus den verborgensten Tiefen ihres verstecktesten Untersten auf – vielleicht kam's vulkanmäßig aus einem unsichtbaren Speicher unter ihren Füßen her –, hob diese das Nervensystem der Wirbelsäule entlang nach oben, katapultierte die Aufwallung in Singstimme verwandelt über die Stimmbänder aus ihrem Mundwerk heraus, ließ sie, zu einem, wie mit der Autopresse dicht zusammengequetschen Bündel, tonnenschwer vor sich fallen, fing den stürzenden Energieklotz mit dem fingergeformten O auf Bauchnabelhöhe auf, lies ihn durch dieses O zurück in ihren Mittelpunkt gleiten, um die kometenstarke Energie erneut an der Wirbelsäule entlang hoch zum Kopf hin zu befördern, den sich immer stärker aufgeladenen Ton erneut zwischen Zunge und Gaumen ins Freie explodieren zu lassen, und wiederholte die Abfolge mehrere Male, lud in diesem Kreislauf zwischen Innerem und Draußen die Stimme wie eine Dynamospindel, bis zur bis in die Wolken leuchtenden Weißglut, auf. Ihre Augenbrauen strahlten stärker als Flutlicht in sich ständig wechselnden Regenbogenfarben. Alle Farben. Das beständige Vorpreschen und sich Zurückziehen Frejas mächtiger Stimme erzeugte gigantische Wellen, dessen Brandung aufs gesamte Publikum auf verheerende Weise einwirkte. Bald kam ein Sturm auf und sog den Ohrenzeugen den Ton aus den Löffeln, um sie, mit der nächsten anschwellenden Welle, mit dem durchdringenden Schall ihres Gesungenen ungeschützt wieder ins Kreuzfeuer zu nehmen. Ein beinahe unhörbarer tieffrequenter Schalldruck machte sich ausnahmslos immer wieder, wie eine verirrte Brummfliege am Küchenfenster, von innen gegen jedermanns Magenwände schlagend bemerkbar. Die Räder des Glaskastens drehten sich unter den festgestellten Bremsblöcken zentimeterweise gefährlich vor und zurück, die Schwingungen des Glasgiganten machten sich an der Festigkeit der installierten Kettenhalterung zu schaffen. Diese quietschte und rasselte. Der tonnenschwere Panzerglaskasten schwankte wie auf stürmischer See treibend – wird er bloß nicht ins Publikum hinunter stürzen! Freja baute einen aus Geräusch geformten, immer heftiger werdenden Strudel auf, der, mit der Kraft eines alles überflutenden Tsunamis, volle Breitseite in die zum Teil glotzäugigen, zum Teil sich bereits der Besinnungslosigkeit widmenden Vorderseiten der Audienz einprügelte. Frejas Stimme: Ein klangvoller Kaventsmann, der aus der Sopranistin heraus, in ihre Mitte zurück in sie hinein, oben mit den Durchläufen immer etwas stärker wieder heraus, aufs neue zur Mitte herein, oben noch kräftiger wieder heraus dringend, rein, raus, rein, raus, Loopings schlägt, dessen schwappende Welle alles mit sich reißt, was sich in ihrem Wirkungsbereich befindet, der hier einfach jegliches und jeden sich im großen Saal der Hamburgischen Staatsoper Befindlichen beinhaltete. Mit erhöhter Schwingbeschleunigung vertikutierte der tief wummernde Unterton dabei die gesundheitliche Verfassung der Konzertbesucher, ließ sie sich krampfend in ihren Sesseln winden, wie mit Essig beträufelte Regenwürmer. Lollo fuhr es eiskalt den Rücken herunter, dabei wurde ihm immer heißer und ihn verließen alle Kräfte, die sein Körper für Bewegungen gespeichert hatte. Er war leer. Alles raus. Das Unwohlsein in der Magenperipherie wechselte zu einem im ganzen Bauch spürbaren Schmerz, der Schalldruckpegel wirkte auf die inneren Organe ein, seine Lunge brannte wie von giftigen Gasen verätzt. Lollo spürte etwas stark auf seine Brust pressen, es zog unterm Rippenfell. Er bekam es sobald mit der Angst zu tun, jetzt aber so richtiger Angst, wie hieß sie noch gleich: Todesangst! Da war auch nichts mehr mit Himmelspforte und so, da war auch kein »Freja und ich« oder sowas, da war erstmal einfach nur noch Panik, die ihn leitete. Die Panik war das einzige, worauf sich Lollo jetzt noch verlassen konnte, vielleicht war sie seine letzte Chance zur Rettung, ein Lebenserhaltungsreflex, er gab sich dem vollkommen hin. Auf einmal verspürte er, wie eine starke Aggression in ihm bereits den Siedepunkt überschritten hatte, plötzlich war da eine enorme Reizbarkeit, die ihn vollkommen auffraß. Lollo war ein Geysir geworden. Er schaffte es, seine tauben Hände zu Fäusten zu ballen. Bleib hier, schrie er sich selbst Motivation zu, bleib stark!

»Parlar voglio, e taccio intanto.«

Die in ein Donnergewandt gekleideten Vokabeln schlugen Purzelbäume. Trotz des dröhnenden Gewitters Frejas lärmender Stimme, dessen Volumen sich abwechselnd auf und ab, also aus ihrem Kopf heraus und in ihren Bauch wieder herein, immerfort erst lauter, infolge kurz eine Nuance leiser werdend – dann wieder lauter, eben leise, wieder lauter – regulierte, konnte ihr Gesungenes als ein ununterbrochener Strahl verblüffend klaren Geschmetters vernommen werden, dessen Singsang im raumfüllenden Radius auf der Stelle rollte, wie ein durchdrehender Reifen, der den Boden unter seinem Material zerreibt. Würde Freja die imaginäre Handbremse lösen – die impulsive Durchschlagskraft ihrer sich ständig überschlagenden Monsterwelle würde noch hinter den Mauern der Staatsoper Sachdinge und Menschen überrollen. Das Volk würde fürchten, was im Gehege des Mikrokosmos Oper vor sich ging. Sie würden überrumpelt worden sein, würden fallen, bald aufstehen, sich fangen, regenerieren und sich postwendend gegen das wehren, was ihnen Angst macht. So läuft das ja immer mit Menschen, dachte Lollo, als ihm die Dimensionen ihrer Zerstörungskraft ganz eindeutig einleuchteten, Menschen greifen an, wovor sie Angst haben, schließen aus, was anders ist als innerhalb ihres manchmal sehr eng abgesteckten geistigen und gesellschaftlichen Horizonts üblich, das kann man ja mal so festhalten, dachte er. Das Waffenzucken, das durch ihre Unsicherheit, der überwältigenden Furcht vor dem ihnen Unbekannten und die damit einhergehende Übervorsicht ausgelöst wird, betiteln sie dann Verteidigung, ihr vorangehendes, niedriges Lustpotential, die sich anders auslebende Fremde verstehen und begreifen zu wollen, präventiver Schutz. Die Frage, die Lollo sich – da platt in den Sessel gedrückt als habe er vor, mit diesem zu verschmelzen – an sich selbst stellte, ob nicht auch *er* sich fürchten und sich vor etwas wehren würde, das ihn verletzt, löste in ihm ein zum Überlebenskampf, der bittere und ernstzunehmende Ausmaße annahm, zusätzliches starkes Unbehagen aus. Da Lollo sich fürchtete und es mit der Angst zutun bekam, flüchtete er ja schon zuvor einmal vor Freja, statt, nachdem sie ihn zu Boden gesungen hat, nachgefragt zu haben, was der Grund dafür war, dass sie ihn trotz und während ihrer sich gerade entwickelnden Liebe das Fürchten lehrte. Er fühlte sich widerlich, eigentlich schon seit längerer Zeit, in diesem Moment erst recht. Da er die Angst in jedem einzelnen Gesicht des ins Schlachtfeld vor Freja gesetzten Publikums verstehen konnte. Auch er fürchtete sich. Wenn er auch nicht gleich sterben müsste, bangte er immerhin und zurecht um sein Bewusstsein, denn er hatte nicht vorgehabt, heute Abend in Ohnmacht gefallen und später, gegebenenfalls des Mageninhalts aufs noch so schön schneeweiße Hemd entledigt, bis auf die Haut bekleckert, stinkend, mit Kopfschmerzen und andauerndem Schwindel bei einem über seine gesundheitlich vage Kotze-Konstitution nörgelnden Taxifahrer zuzusteigen und nach Hause bringen zu lassen und das war's dann: das erste Wiedersehen mit Freja nach so langer Zeit. Darüberhinaus bangte er auch um sie, seine außergewöhnliche Bekanntschaft aus den Mittagspausen. Die sich mit jeder Sekunde die sie weitersang, etwas mehr zum Täter machte. Was tust du, Freja? Hör bitte auf. Es tut mir so Leid.

»Una grazia, un certo incanto par che brilli su quel viso!«

Die Luft zirkulierte mit den Tonwellen genauso stark auch im Glaskerker. Das sah man, da die Textilien, die Freja am Körper trug und ihre Haare, sich dem ungestümen Luftzug hingebend mit der Windrichtung flatterten, von wo aus die Luft mit den Tönen mitgezogen wurde, klebte sich der Stoff auf ihren Körper, drückten sich die Haare auf ihren Kopf. Freja sang so stark, dass sich ihre Füße am Glasboden verrückten, manchmal hob sich ihr Körper, als begönne sie zu schweben, dann stand sie nur noch auf Zehenspitzen. Die Schuhe mit den hohen Hacken wirbelten in der senkrechten Drehachse eines Tornados jetzt gefährlich nahe an ihrem Kopf vorbei, immer wieder, Runde für Runde, wie in einer Waschmaschine, knappe Sache, dachte Lollo, doch noch verfehlten die eleganten hochhackigen Geschosse die Sopranistin immer um wenige Zentimeter. Die verkabelten Membranmikrofone, die an den Glaswänden angebracht waren, verloren den Halt, rutschten die Glasflächen herunter. Freja zerlegte den Laden, ihren Laden, na hoffentlich nicht sich selbst. Freja da einsam im Glaskasten singen zu sehen als ginge es um alles in der Welt, wie sie – wissend, dass sie im Nachhinein nicht ungeschoren davon kommen wird, weil sie entweder das Publikum horrend verletzte, was gesetzmäßig eine Menge Ärger nach sich ziehen wird, oder sich selbst, gegebenenfalls gar in einem Maße, das sie nicht überleben würde, wer weiß, wie weit sie es zu treiben vorhat, wer weiß, was sie vorhat, sorgte sich Lollo, und die Idee, Freja sänge sich selbst tot, machte ihn ziemlich hysterisch – aus irgend einem Grund den Menschen im Saal, sowie auch die Aussicht auf ihre eigene ungetrübte Zukunft und damit auch irgendwie auch ihre gemeinsame mit Lollo bedrohlich verletzte, ließ zu seiner übertriebenen Erregbarkeit noch eine tiefe Traurigkeit in Lollo aufsteigen. Er hätte an dieser Stelle weinen wollen, ganz tief in die nachtblaue Schwermut hinab wandern wollen, doch unter anderem der scharfe Gestank von Angstschweiß ließ ihn sich nicht an seinen schwarzseherischen Verzweiflungen festklammern und Menschen auf dem Parkett begannen vermehrt zu schreien und das weckte ihn wieder etwas aus seiner phlegmatischen, sich unwillkürlich in düsteren Pessimismus verirrenden Gedankenwelt auf. Bleib am Ball, eins nach dem anderen, dachte er.

»Io chi sono? Eh! non lo so.«

Die Lautsprecher warfen den die Atmosphäre umgrabenden Gesang in die schutzlose Meute, die unter den starkströmenden Gezeiten der sich ständig überschlagenden Schallwellen auf den Sitzen vor und zurück gerissen wurde. Kraft der Luftzirkulation konnte die erste Reihe somit die Hyperhidrose der letzten riechen und andersherum, die oberen Ränge bekamen das nervöse Odeur gesammelter Zuhörerschaft zu schnuppern. Es stank bestialisch: Nach muffigem Knoblauch, scharfer Zwiebeln, etwas Alkohol, ein wenig nach Rauch mit einer Essignote und ein bisschen nach feuchter, verstaubter Pappe und transpirierenden Europaletten, so wie es in Aldi Filialen immer riecht. Der stürmende Luftzug, der irgendwie zwischen heiß umgarnend und kalt brausend alternierte, zog als rund laufender Orkan einem Alten die Brille von der Nase. Reaktionsschwach griff er noch danach, verfehlte sie jedoch um etwa 15 bereits fliegend zurückgelegte Meter. Ein buntes Seidentuch löste sich vom Hals einer Dame erheblichen Alters, drehte seine Runden im Konzertsaal, segelte knapp über den Köpfen der Menschen bis hin zur Bühne, wo es ein Aufwind vor den pulsierenden Boxentürmen gen Decke schickte, an welcher entlang es zurück nach hinten wehte, und an den Balkonen am Ende des

Raumes wieder herunter sank und erneut über die Köpfe des Parketts hinweg nach vorne transportiert wurde. Ein Mann mit langem Gesicht, dem der Sturm das Wangenfleisch entweder bis zu den Ohren hoch knetete oder es, bei Rückenwind, als Fleischwulst vor seinem Mund gesammelt schürzen ließ, bangte mit verbissenem Gesichtsausdruck um seine obere Kauleiste, die nämlich mobil war und sich deshalb zu verabschieden drohte. Hart presste er die Kiefer aufeinander, zog die Lippen ein. Doch verlor das Kräftemessen mit dem Wind und die Zähne schossen in Flugrichtung des von hinten über ihn wegfegenden Stromes. Sakkos leerten wie von Geisterhand die Taschen, Lederbörsen zischten durch die Luft, verloren Kleingeld, das, wie Möwenscheiße, auf Köpfe niederschossen, und Euro-Scheine, die wie buntes Herbstlaub, Pirouetten drehend, durch den Raum turnten. Taschentücher bewiesen ungeahnte Flugkünste, Flugasse wie die Faröer Felsentaube hätten wahre Wonne am Flugstil der Tempos gehabt und aus vollen Schnäbeln krähend die Leistung gewürdigt.

Freja öffnete die zu Os gekniffenen Finger, ließ die Arme sinken und ihr Körper schlängelte sich zu einer S-Form, als sie plötzlich ihren Kopf nach vorne schmiss. Freja krümmte sich verkrampfend, aus dem kanonenkugelgroßen Loch, das ihr weit aufgesperrtes Mundwerk formte, in das man, saß man direkt vor dem Kasten, unten in den ersten Reihen, wie in den Lauf einer aufs Publikum gerichteten Waffe schaute, sang fortan eine warme, bezaubernde Stimme, immer noch so laut, dass Ohren schlackerten, zu laut, die Töne trieben und tosten, doch transportierte der Gesang nun eine gewisse Wärme, mit der sicherlich keiner der Anwesenden mehr rechnete. In diesem Gnadenmoment, ihrer Hörerschaft gegenüber, begann Freja zu schweben. Und während sie den Boden unter den Füßen verlor, sich die letzte Zehenspitzen vom Glas abhob, ballte sie Fäuste, riss sie nach oben. Der Schatten, den ihre Hände dann warfen, legte sich über ihr Gesicht, in dem nur noch die Augenbrauen perlmuttfarbend funkelten, in denen jedes einzelne Haar im Takt der Windstöße nickte, ihre Fäuste bildeten Schatten von Fäuste von Riesen und jedem, der sich zuvor noch einbildete, von bombastisch gellender Freundlichkeit in ihrer Stimme umworben zu werden, wurde kurz danach klar, dass jetzt doch Schluss war mit nett. Mit diesen riesigen Schatten, die ihre Fäuste über ihr Gesicht hinaus weit über den hölzernen Boden der Bühne, bis ins Publikum warfen, wäre Freja fähig gewesen, die ganzen Einzelteile, die sich zum heutigen Staatsoperabend zusammensetzen, zwischen den Fingern zu zermalmen, Besucher, Sessel, das gesamte Garbenorchester mit einem Hieb abzuräumen. Dann wäre es still geworden in der Staatsoper. Die Konvulsion in Frejas Körper entspannte sich so schnell sie auftrat. Die S-Form ebnete sich zur Form eines kleinen Is, und dann pendelte ihre Gestalt kerzengerade, immer noch mit abstehenden Fäusten, wie ein Kreuz, im Zentrum des Glaswürfels. Lollo traute seinen Augen nicht. Wirklich, sein Verstand flüsterte ihm, dass er seinen Augen nicht mehr trauen bräuchte, denn was er da sah, würde später so wie so nur im Leitz-Ordner mit der »Akte X«-Rückenetikettierung abgeheftet werden können. Da haben wir's: Magie, na toll, dachte Lollo, Magie ist entweder fake, getrickst, effekthascht und wenn es real ist, tatsächlich echt sein sollte, wenn etwas Unglaubliches passiert, dann ist es nicht zu fassen und dann steht man da und findet keine Lösung dafür, wie sowas sein kann, und das verschafft nicht gerade Befriedigung, vielmehr lässt es am eigenen Verstand zweifeln und dann verlieren sich die geordneten Bahnen, die Struktur wird bröselig. Was wird folgend denn *noch* alles möglich sein? Womit habe ich von jetzt an zu rechnen? Ein Wendepunkt. Ein offenes, neues Level wird bestiegen. Wenn man einer Sache aufgrund ihrer Unglaublichkeit also nicht mehr folgen kann, sie weder rational noch intuitiv erklären kann, dachte Lollo, ist einem der Weg wie durch einen gigantischen, unüberwindbaren Riss in der Erde, der bis zum Erdmittelpunkt tief ist, abgeschnitten. Dann stehst du da, vor dem endlos erscheinenden Riss, ein kleines Lebewesen, verloren auf einer Weltkugel, dessen Unglaublichkeit durch den Einblick in die unglaubliche Tiefe ihrer bodenlosen Macke erst recht existent wird, gar anzufassen ist. Doch auch wenn die Unglaublichkeit vor deinen Augen materialisiert wurde, jetzt eine Form hat, du fasst sie an, den Übergang Land zu Loch in diesem Fall, kapierst du sie – in sofern du nicht geologisch vom Fach bist oder deine Nüchternheit extremistische Auswüchse annimmt – trotzdem nicht, die lang wie breite Unglaublichkeit der realen Existenz, den unfassbaren Ist-Zustand, und der Versuch zu beantworten, wie Unglaubliches in Echt überhaupt existieren kann – ein um seine eigene Achse rotierender Erdball der sich um die Sonne dreht und dein Leben mitten darauf mit seinen Reisen nach hierhin und dorthin – fängt vergebens wieder von vorne an und das Gefühl, dass Unglaubliches einen Berg an unbeantworteten Fragen in dir auftürmen lässt, der mittlerweile höher gewachsen ist, als ihn deine äußere Schale überhaupt verstauen kann, bleibt und du bleibst so klug wie zuvor, hast beinahe gar nichts dazugelernt. So ist das eben auch mit Freja, dachte er, sie ist – wie man vor allem in diesem Moment unwidersprechlich erkennen kann – unglaublich. Währenddessen sie aber real ist: Ich kann sie anfassen, ihre Oberfläche befühlen, sie riechen, schmecken, kann sie spüren, ihre Existenz funktioniert demnach einwandfrei. Wenn einem Subjekt Übernatürlichkeit untergerührt wird, entsteht ein Wesen mit Geheimnis: Ein unglaublicher Freak. So wurde Lollo zu diesem Zeitpunkt klar, dass er immer mit Freja überfordert sein würde. Da er sie jemals nicht einmal zum Großteil verstehen wird. Dieser Umstand – die offizielle Erlaubnis auf Naivität! – wiederum, zündelte an seiner Lunte, Lollo war plötzlich stark überzeugt davon, dass er nie wieder höher kennen- und lieben lernen können würde, wenn er die magische Freja da vorne im Glaskasten jetzt nicht behielte. Doch hielt er sie überhaupt noch? Auch seinen Stand bei ihr Begriff er nicht. Alles so durcheinander, dachte er aufgeregt aber irgendwie froh, das war er gar nicht gewohnt, wo doch sonst alles im Groben wie sonst auch ablief – immer ein Abend wie aller Tage Abend und zwischendurch schneidet man sich die mit der Zeit wuchernden Fingernägel und Haare ab. In aller Unordentlichkeit wurde ihm eines klar: Fenster auf und den Sprung in die Sphäre wagen! Ob er wohl fliegen kann?

Lollo nahm sich vor, später, also wenn das hier den Eindruck macht, sein offizielles Ende gefunden zu haben, mit anderen Opernbesuchern zu sprechen, um sich zu vergewissern, dass sie das hier ebenso gesehen haben, am eigenen Leibe erlebt haben, was er meinte, erlebt zu haben: Eine schwebend Tonwellen schlagende Madame infernale. Unkenntnis und Erkenntnis ritten auf Besenstielen um die Bergkuppe.

Frejas Augenbrauen glühten nun plasmaweiß, sprühten Funken, als ob ein Schmied mit dem Hammer auf glühendes Eisen schlägt, und produzierten dabei so viel Licht, dass Frejas Kontur nur noch ganz eben im Gleiß zu erkennen war. Die Funken wirkten im ultrahellen Schein wie kleine, fallende Schatten. Auf dem Fußboden im Kasten schichtete sich über die gesamte Fläche dunkelblauer Zunder auf dem Glas auf, Sägespäne aus verglühendem Eisen, Meteoritensplitter. Die im Glanz schwebende Silhouette legte langsam den Kopf schräg und schaute da hoch, wo Lollo auf dem Balkon saß. Der Werber probierte sich aus dem Sessel zu erheben, um auf Distanz mit Blicken mit ihr zu kommunizieren, das wäre jetzt, glaub ich, das korrekteste Verhalten, dachte er, schien aber im Sitz festgeklebt, entweder war er zu schwach um aufzustehen oder etwas drückte ihn runter. Knapp über der Reling des Balkons flirrten zwei schwarze Kreise zuckend im Licht, dunkle Kreise in Frejas Kopf, die Lollo anblickten, dessen schwerer Schädel sich mit viel Druck auf der Stirn in die Rückenlehne zu verkriechen wollen schien. Vielleicht schauten ihn ihre Augen vorwurfsvoll an, vielleicht fordernd, in den Punkten, die an den Konturen wie Gelee mit dem Hintergrund verliefen, weiß ausfransten, war die Konnotation ihres Blickes nur zu schätzen, kaum zu erkennen. Klar war Lollo aber, dass sie ihn, und nur ihn, und nicht nur in seine Richtung, sondern genau ihn anguckten. Ihre Augen waren mehr als nur leere Linsen, trotz des subtilen Einsatzes zweier unbewegten, schattigen Löcher demonstrierte sich ein stummes Signal, das durch den allgegenwärtigen Lärm, der im Saal herrschte, verstanden werden wollte. Lollo kannte Frejas Seelenleben noch längst nicht in allen Facetten. Doch wie erhitzt, innerlich zerfetzt sie war, konnte er – er bemerkte, wie überzeugt er von seiner Beurteilung war – deutlich spüren. Noch einmal versuchte er seinen schwer gewordenen Körper aus dem Sitz zu befreien, doch war wie gelähmt. Ellbogen hoch, komm schon! Es kribbelte, bald schaffte Lollo es, den Arm zu heben. Es sah so aus, als wollte er grüßen. Seine Hand brachte zumindest eine Winkbewegung zustande. Daraufhin fiel ihm der Arm in den Schoß und er spürte ihn nicht mehr. Lollo probierte fortan seine Augen mit Freja sprechen zu lassen. Der Orkan hielt ihn doch stets davon ab, länger als drei Sekunden die Augen offen halten zu können, der Windzug kniff und Lollo kniff wieder die Augen zu. Und Sprechen, das brachte nichts, das war mal klar, und vielleicht konnte er ja auch gar nicht mehr sprechen, was wusste er denn schon. Der Kopf der Sitznachbarin nahm Kuschelkurs auf Lollos Schulter, ihr Oberkörper strich langsam über die Rückenlehne auf seine Seite. Ohnmächtig geworden, dachte er weniger schockiert als er vermutete, wie es auf etwas derart zu reagieren angebracht wäre, vielleicht sollte er erste Hilfe leisten, weiter fragte er sich, ob sich nicht allmählich seine Angst potenzieren sollte, oder hatte sich seine Selbstmüdigkeit mittlerweile schon solchermaßen konstituiert, dass ihm sein leibliches Wohl bereits so ziemlich egal war, dann dockte der Kopf der Sitznachbarein schließlich an und ihre Haare rochen gut nach Shampoo und Lollo dachte gleich an dicke, frauliche Oberarme, die vom Knochen herab schlabbernd dampfende Kartoffelsuppe rührten und dieses Bild lieferte Antwort: er war scheinbar ausreichend lebensmüde geworden. Er machte keine Anstalten, ihren Kopf von seiner Schulter zu entfernen. Zum einen lag der Kopf dort sicher, es störte ihn auch nicht, sie war nicht ekelig, und außerdem waren ihm mit unsichtbarem Isolierband die Hände gebunden, ihren Kopf von sich abzuheben und ihn neu zu positionieren. Er probierte kurz die Arme zu aktivieren, was nicht funktionierte, versuchte dann seine Bauchmuskeln anzuspannen, das gelang ihm erst recht nicht und die gänzlich fehlende Motorik ließ ihn sich klarwerden, dass er seine Muskeln nicht mehr in Gang kriegte, um noch auf irgendeine Weise abseits von Worten mit Freja zu kommunizieren. Er entschied, zu wissen, wann Schluss ist. Seine Gestalt nahm die letztendliche Endstatur eines durchgekauten und über die Sesselflächen gezogenen Kaugummi an, er besaß kein Gerippe mehr. Seine Lider wurden immer schwerer und ihm schön mollig warm. Er war dabei, einzuschlafen. Da holte das im Würfel baumelnde Kreuz erneut sehr tief Luft. Oh, oh, Opera infernale.

Hände noch wacher Operninsassen hielten einander oder krallten sich in die Sitzmatten oder Armlehnen fest, dass Fingernägel absprangen. Panisch kreischten die noch wachen Überbleibsel im Kollektiv, zwischendurch, männliches Winseln aus der Reihe vor Lollo, das dann auch bald verstummte. Nach und nach gingen bei den Besuchern die Lichter aus und das Schreiorchester verstummte vollkommen. Auch im Graben wurde in umkomfortablen Sitz- und Lehnpositionen bereits geschlummert. Später würde niemand mehr sagen können, ob es das Ensemble oder das Publikum war, dessen letzten Stimmen Frejas Gesang begleitet hatten.

Kurz bevor seine Lider zuklappten, entdeckte Lollo noch eine in einen altertümlichen Taucheranzug gekleidete, sehr runde Person im Sims der geöffneten Panzerschranktür des Aluovals stehen. Qualm drang an ihr vorbei aus dem Inneren der Stelzenbehausung. Der Oberkörper des Anzugsinsassen steckte in einer kugelrunden Tonne aus Chrom, Licht spiegelte sich windrosenförmig darauf, mit der Bewegung des Tauchers reflektierte das Scheinwerferlicht strahlenförmig, die runde Rüstung funktionierte wie eine Discokugel, als der dicke Disco-Taucher die lange, dünne Leiter von der Veranda zur Bühne hinab stieg.

Nur noch wenige Instrumente hielten Stange. Am verdünnten Klang war deutlich zu hören, dass die meisten Musikanten bereits ausgefallen waren. Freja wurde nur noch – wenn man den Dirigenten dazuzählt – von einem Quartett angestachelt, unnachgiebig weiter und immer energischer zu singen – der Dirigent durchschnitt peitschend die Luft mit seinem Stäbchen –, das stimmgewordene, glühende Brandmarkwerzeug zu zücken und mit Wucht, und mittels eines Wut gewordenen Energieausbruchs aus Oktaven, die die Atmosphäre umgruben, den heutigen Opernabend in vorwiegend welken Körpern und schrumpfenden Gedächtnissen in Unvergessenheit einzubetonieren. Was war es, das Freja so verbitterte, dass sie bei ihrem Auftritt außerplanmäßig – denn das war es: außerplanmäßig, das war Lollo glasklar – die Beherrschung verlor? Es gehörte doch nicht etwa zur Show, wenn sich ein Publikum derlei an den Kragen gehen lässt, nein, ganz bestimmt nicht, dachte Lollo, das wäre fahrlässig, vor allem in Kulturvorstellungen für eine Zielgruppe wie dieser hier. Bereitwillige Nahtoderfahrung? Das konnte er sich nicht vorstellen. Hatte also tatsächlich er, Lollo, durch sein Erscheinen Einfluss auf Frejas Befindlichkeit, betraf ihn eine Mitschuld an diesem, naja, Unglück diesen Abend? War da doch noch mehr in ihr, irgendetwas, das sie bisher nicht in Worten ausdrücken konnte – da sie und Lollo ja nie wirklich sprachen, da sie, Freja, ja Logo, ja nicht wirklich sprach – die sie an dieser Stelle endlich, am Abend des ersten Wiedersehens nach langer Zeit, in Form eines gesungenen Sturms verbalisierte? Obwohl sein Bewusstsein schon genug damit zu tun hatte, sich den Schlaf von der Pelle zu halten, brachte es doch noch ein ungutes Gefühl zustande, das sich nicht mehr abschütteln ließ: Hatte er wirklich etwas damit zu tun, dass Freja die Staatsoper nach allen Regeln der Kunst auseinandernahm? Oder war es nur wieder sein Talent, zu denken, dass er der Mittelpunkt aller Ereignisse sei, die in seiner unmittelbaren oder direkten Umgebung so passierten, ergo der Grund für Frejas ekstatisches Donnern, dem Überstrapazieren der für den Auftritt errichteten technischen und bühnenbildnerischen Sicherheitsvorkehrungen. In diesem Moment fiel der Technikturm, dessen viele Blinklichter nun gleichgepolt statisch rot leuchteten, zur Seite um und mit einem heftigen Ruhms auf die Bühne.

Lollos Lider wogen Tonnen, sie mussten irgendwann zufallen. Doch bevor sie das taten, erfasste Lollo noch den Taucheranzug, der wie ein Pinguin über die Bühne watschelte. Er lief auf japanischen Sandalen, die Sohlen hatten jeweils zwei Holzplateaus darunter befestigt. Die steifen Arme des chromglänzenden Tauchers kreisten wie Propeller durch die Luft. Lollo ließ den Kopf nach vorne fallen, schaute an sich herunter und bemerkte, dass er immer noch eine Erektion hatte, sein Ding lag ihm schräg auf dem Oberschenkel. Der Taucher, der eigentlich einen Astronaut darstellen sollte, kam es Lollo erst jetzt, löste auf einmal Frejas Gesang ab: Sie still, er jetzt da. Und er trällerte leicht und locker. Unter seiner sanften Stimme schien das immer noch ein Quäntchen bei Sinnen auf dem Sitzplatz existierende Publikum, wie durch ein Schlaflied beruhigt, sanft wegzuschlummern. Lollos Augen schlossen sich eigenmächtig, er konnte nichts mehr dagegen tun. So konnte er auch nicht mehr erkennen, wie die silber-

weiß glühende Freja sich allmählich aus dem Schweben auf den Boden zurück begab, das Strahlen aufhörte, und sie erst in einen Schneidersitz und danach liegend in der lila schimmernden Späne des knöchelhohen Zunders zusammensackte. Noch wehte ein Lüftchen innerhalb des Glaswürfels, die Späne erhob sich mit dem Zug, der im Kreis immer um Frejas da liegenden Körper herum wirbelte, und löste sich binnen weniger Sekunden in Luft auf, verpulverte, vaporisierte, wurde Luft. Zwei Grazien betraten dann in kleinen Stöckelschritten die Bühne. Die eine in einem knallroten, die andere in einem dunkelroten Kostüm. Die Gewänder waren an der Taille auf den Gürtelumfang von Wespen festgezurrt worden. Beide balancierten hochtoupierte, pechschwarze Haartürme auf dem Kopf, weiße Bänder und Schleifen waren darin eingeflochten. So hergemacht mit ihren schwindelnd wippenden XXL-Mittelalterfrisuren sahen sie aus wie betrunken tänzelnde Burlesque-Marge Simpsons. Ihre Lippen sind auf Hautfarbe abgetönt worden und in der Mitte wurden wohl umsonst mit rotem Lippenstift klitzekleine Münder auf den unsichtbar gewordenen Mund gemalt – es ging ganz schnell bis das Publikum lückenlos ohnmächtig wurden und dem Programm uneingeschränkt die Zuwendung abkam. Die Musik schien bereits seit einiger Zeit ausgefallen zu sein. Und ob der Dirigent wirklich aus dem vom Kopfhörer verdeckten Ohr blutete, konnten nur noch Astronautentaucher und die Grazien feststellen. Die Discokugel sang flüsternd, während sie abging.
    Das Licht ging an.

Es vergingen Weilen, kurze oder lange. In nicht nur mitteleuropäischer Echtzeit brauchten die Sanitäter nur wenige Minuten um anzurücken, um als Silhouetten rot-neonorangener Nebelgestalten im überhellen Gegenlicht der Deckenbeleuchtung, einen in die Ohnmacht gesungenen, mit im Mundwinkel ausrinnendem Speichel verzierten Besucher, nach dem anderen zurück ins Hier und Jetzt zu holen. Für die Reanimationen waren mannigfache Sauerstoffmasken erforderlich. Ein Klaps mit der Handfläche ins Gesicht der Menschen brachte keinen der Besinnungslosen auf ursprüngliche Touren. Auch wachte niemand von alleine auf. Über Lollo lehnte etwas, dass mit lauter Stimme mit ihm sprach. Er spürte eine Nähe, die ihm in den Knien kribbelte, sich denken, wer es sei, konnte er in diesem Moment nicht. Dann wurde ihm Sauerstoff eingeflößt und er meinte bemerkt zu haben, wie sich seine Augen von aus dem Kopf nach vorne in Sichtrichtung rollten. Er wurde wach. Die schwarze Kontur einer sehr breiten Gestalt färbte sich in Rettungsdienstfarben, der Reflektor auf der Schulter des Sanitäter blendete ihn mehr als das Deckenlicht, das in seine empfindlichen Augen niederprasselte, als öffnete jemand einen Hahn, aus dem ein Balken gebündelter Lichtstrahlen direkt auf die Netzhaut des geöffneten Auges rauschte. Ihm wurde eine Frage gestellt, die er aber nicht verstand, und er fragte sich, ob nicht eher *er* an Stelle sein sollte, Fragen stellen zu dürfen. Er winkte irgendwas ab, was ihm Platz verschaffte, der Sanitäter lies sofort von ihm ab und stieg über die Sitznachbarin, die im Fußraum kauerte. Als Lollo sich ausgiebig mit den Daumen massierend auf die Schläfen drückte, in Hoffnung, so die Kopfschmerzen zu reduzieren, sprang er plötzlich wie aufgeschreckt auf, schmiss sich auf die Reling des Balkons zu, bemerkte dabei etwas zu spät, dass ihm die Beine eingeschlafen waren und rutschte an der Mauer des Balkons herunter auf die Knie. In dieser Position konnte er durch die Lücke zwischen Reling und Balkon auf die Bühne sehen: Sie war geräumt worden. Der Glaswürfel mit der verschluckten Freja war verschwunden. Aus dem geöffneten Baumhausei trat kein grünes Licht mehr und auch kein Qualm. Auch am Technikturm, der, mit einem Knick in der Mitte, wie ein erschossener Roboter auf den Brettern liegend ins Publikum guckte, waren die Lichter erloschen. Man hatte der Aufführung die Sicherung gezogen. Ein paar Kabel lagen vereinzelt dort verteilt, wo der Glaswürfel stand. Das Grabenorchester hatte bereits zusammengepackt und war beinahe rückstandslos aus dem dunkelgrauen Loch in den verfrühten Feierabend verschwunden. Nur eine Pfütze Erbrochenes lag neben einem verrückten Stapelstuhl auf dem Boden, eine matschige eine Pizza Paprika. Lollo spürte seine Beine wieder, setzte sich wieder in den Sessel und lehnte den Kopf an.

»Was hast du getan? Was hab ich getan?«, fragte Lollo halblaut zur leeren Bühne hin, als würde Freja noch immer an selber Stelle dort stehen. Der eine Typ in der Reihe vor ihm drehte seinen Kopf lächelnd zur Lücke zwischen den Lehnen und wollte etwas antworten. Er schien sehr glücklich zu sein, wenn auch er etwas verheult aussah. Lollo schob der Möglichkeit zur Konversation in Form seiner vorgehaltenen flachen Hand den Riegel vor. Zudem ließ die Zornesfalte über seiner Nase sprudelfreudige Plappermäuler gleich erkennen, dass hier jemand nicht gerade in Plauderstimmung war. Die Sitznachbarin war wieder unter uns und kramte sofort wie wild in ihrer Handtasche. Der Saal stank. Auch nach Ammoniak.

Nun erwartet man, dass die frisch wieder zum Leben Erweckten nach typisch deutscher Manier schlagartig anfingen, entrückt zu protestieren, sobald sie wach waren und die Hamburgische Staatsoper mit erhobenen Zeigerunzelfingern des versuchten Totschlages anzeigte, oder für was man die Oper nach diesen Geschehnissen noch so alles rankriegt, den vielen Rechtsanwälte und Richter a.D. werden auf Anhieb genügend Ideen kommen. Doch herrschte aller Erwartungen zum Trotze Contenance, echte Gelassenheit. Man wartete anständig, bis sich ein jeder wieder beisammen hatte und trank derweil die von den Sanitätern gereichten Plastikbecher Cola leer, die das Rote Kreuz ausschenkte. Was ging hier vor? Was wussten die Bejahrten, ihr Gespann, die beiden Euphorie-Typis vor ihm, einfach alle hier, was er, Lollo, nicht wusste. Der Werber kam sich vor wie verirrt. Es fühlte sich so an, als sei er schwerelos, umherfliegend in einem gigantischen Raum ohne Wände. Er hatte den Boden verloren. Zu viel zu verarbeiten, zu viel Information, zu wenig Information! An Orten wie der Oper ist es doch ungewöhnlich ohnmächtig zu werden, dachte er, Ohnmacht an sich ist ja schon ungewöhnlich, dachte er in einem Anflug von Panik, sein Kreislauf könne erneut einstürzen. Er nippte an der Cola und fing sich bald und hatte so einige Fragen. Doch die langsam an die Oberfläche des Bewusstseins auftauchenden Ermittlungen, die dem Entknoten seiner Verwirrung zu behelfen gekonnt hätten, hätte man Lollo lediglich in schriftlicher Form darreichen brauchen – ein Tinnitus sprach in einem endlos langgezogenem Vokal in umgedrehter Ausrufezeichenform zu ihm und machte es dem Werber schwer, neben dem »iiiiiiiiiiiiiiiiiiiiiii« noch anderem zu lauschen.

Lollo wischte sich mit den Handballen die Augen. Tränenflüssigkeit klebte an seinen Händen. Er fuhr sich über die Mundwinkel. Er überprüfte seinen Schritt. Dort lag ihm ein Halbsteifer auf dem Bein. Gut, wie eine Erektion sah es nicht mehr aus, dafür recht anständig lang und dick. Sollte ihn also jemand in der Zeit, in der er in die Schlummerwelt weggedöst war, seine Physis mit Augenmerk aufs Männliche beurteilt haben, Lollo wäre gut weggekommen und es wunderte und beruhigte ihn zugleich, dass das einer seiner ersten klaren Gedanken war, die ihm gleich nach dem Schrecknis als erstes in den Sinn kamen.

Die Dame neben Lollo fand endlich, wonach sie suchte: Ein übergroßes Smartphone aus Alu. Ihr zittriger Zeigefinger suchte die SMS-Funktion, dann tippte sie mit dem mehrfach gold beringten Mittelfinger eine Nachricht ein, die Lollo mitlesen konnte: *Es*

Es gej
Es geh
Es geht
Es geht mir gut.
　Angesichts der krassen Vorkommnisse war die Stimmung im Saal an sich relativ gefasst. Lollo schaute sich um. Mal sah er irgendwo irgendwen weinen, Menschen hielten ihre Gesichter in Händen oder sich Taschentücher vor den Mund, hie und dort sprachen verschiedene Sanitäter in aller Deutlichkeit, die aufgrund ihrer Lautstärke und der Trockenheit im Ausdruck, auch wenn er bei aller Sachlichkeit als stets freundlich beabsichtigt, nicht mehr als ein zu Freundlichkeit passender Ton auszulegen war. Im Übrigen wirkten die orangeroten Engel überraschenderweise auch wenig überrascht über das, was hier vorgefallen war. Nicht so, als seien sie zu einem kritischen Rettungsgelage, zu einer spektakulären Sondereinlage abseits der ewig durchexerzierten Normeinsätze, gerufen worden, fand Lollo. Ihre professionelle Ruhe als Reaktion auf das, was hier passierte, stand nicht kongruent zu Lollos akuter Gemütsbewegung. Weder Opfer noch Retter brachten die nötige Nervosität mit sich, durch die man die Allgemeinsituation als ausrastend hätte einstufen können, was ja eigentlich angebracht gewesen wäre, würde hier als Reaktion ein barscherer Ton mit fickrigem Beiklang an den Tag gelegt. Schon: In den Räumlichkeiten vibrierte etwas Ungewisses, aber es war keine Angst mehr und auch keine Hektik, die sich durch den Äther auf den Weg machte, alle Ohrenzeugen mit frisch geschnittenem Schmiss in Trommelfellen an die Hand zu nehmen, um sie alle die gleichgepolte Rührung wahrnehmen zu lassen: Alles was war, war, wie es unausweichlich war. Zugfahren mit Verspätung, im Stau stehen, Flug gestrichen, höhere Gewalt eben, die appelliert, sich in Unschuld zu wägen, innerhalb ihrer eine Pause einzulegen. Die Ruhe nach dem Sturm.

Glückshormonwasserfall. Lollo ahnte, dass er in diesem Moment sehr ähnlich der mit ihm in Mitleidenschaft Gezogenen empfand, er erkannte es in den Gesichtern der Leute, die sich allmählich, wie programmiert, auf ein erleichtertes Lächeln gleichzuschalten schienen. Auch er lächelte etwas, von ganz automatisch kam das, er konnte nicht anders, tat es eben wie die anderen, käsig um die Nase herum. Trotz dass Lollo besorgt war – wenn nicht mehr allzu sehr um seine geschwächte Gesundheit, dann um Freja – er lächelte. Nur seine Sorge um Freja, vermutete er, unterschied ihn dann doch vom weiteren Publikum. Ein Typ mit gigantischem Rote Kreuz-Ranzen auf dem Rücken reichte Lollo eine Tablette gegen Kopf- und Gliederschmerzen und schenkte ihm noch einmal randvoll Cola in den zerknautschten Plastikbecher nach und setze den Rest aus der Flasche selber an. Der Mann schwitzte. Lollo nahm ohne zu zögern die Tablette, trank, schluckte, ließ sich vom Sessel rutschen, seine Knie stießen an die Vorderbank. Er fühlte sich hingerissen, sich zu entspannen zu versuchen. Freja. Wird schon. Freja wird schon, dachte er und vieles wurde ihm schlagartig gleichgültiger. Alles weitere später, dachte er, und schloss die Augen. Auf einmal machte sich in seinem Schädel, der allmählich zu pochen aufhörte und auch das Piepen lies nach, wie eine plüschige Katze auf dem Fernsehsessel, eine angenehme Feierabendfaulheit breit. Alles weitere später.

Man spürte noch immer Wind durch den Raum zirkulieren, nur so gering, als stünde eine Balkontür auf, nach wie vor wehte es durch den hohen Saal, über die Köpfe hinweg bis zur Bühne pustend, hoch zur Decke, an dieser entlang bis zu den Balkons hinten, an denen herunter und wieder über die Köpfe des Publikums des Parkett, wo der Wind die Frisuren auffächerte wie auf Urlaubsfotos bei Küstenbesuchen, nach vorne und so weiter. Leichte Tücher und Seidenschals, Papierschnipsel und Geldscheine kreiselten noch mit dem Wind, als haben sie eigenständig das Fliegen gelernt. Allmählich landete alles. Geld wie wertloses Sonstiges. Niemand nahm die Banknoten auf. Durch die blinzelnden Augen sah Lollo einen 20-Euro-Schein auf ihn zu und knapp an ihm entlang segeln. Er griff nach ihm. Es wäre ein Kinderspiel gewesen, den Schein zu fangen. Er griff daneben.

Freja, Freja, sollte das okay sein, Freja, fragte er sich im Stillen. War das Absicht? Sowas, so ein Sicherheitsausfall bei einem Konzert, bei dem viele interessierte Menschen offenen Ohres partizipieren, war doch sicher nicht beabsichtigt gewesen, vor allem nicht in der Oper, wo die vorwiegende Anzahl der Besucher ihre gesundheitlich fitteste Ära längst hinter sich hat! Man schleppt ja auch nicht seine Omi mit in den Freizeitpark und probiert mit ihr die neue Weltrekordachterbahn aus.

Oben, auf einem hinteren Balkon in der Mitte, hatte ein Sanitäter mit Walkie-Talkie alles im Blick und ließ sich von den Kollegen unten und denen auf den Rängen links und rechts von ihm, mit Handzeichen und Zurufen bestätigen, dass sie fertig waren – alle Besucher wurden geweckt, scheinbar ist niemand gestorben, zumindest machte es nicht den Anschein, als ob. Es knarzte kurz im Funkgerät des Oberbefehlshabers, chrrrp, dann rief er »Alle durch!« hinein und eine metallische Stimme antwortete röchelnd »Verstanden! Wir warten!«, chhhrp.

Das Publikum, das sich heute Abend hier versammelt hatte, um einer Opera infernale zu lauschen, wartete indes, bis die Sanitäter einen »weiterhin recht schönen Abend« wünschten, den Konzertsaal verlassen und die Türen hinter sich zugezogen haben. Komisch, dachte Lollo. Dann war es ganz still. Und wie das fürs Sich-verhalten bei Stille üblich ist, hustete manch einer und ein anderer reagierte mit Nachahmung, und es sammeln sich ein katarrsches

Räusperkonzert so wie es eigentlich immer erklingt, im letzten Moment *bevor* das *musikalische* Konzert losgeht.

Hinten, unten links im Parkett drückte sich ein ü-70jähriger Mann aus dem Sessel. Ein hauchdünner Bartstrich lag ihm auf der Kontur seiner Oberlippe. Er trug einen schwarzen Smoking in Übergröße, aus der Sakkotasche baumelte, halb herausgerissen, ein himmelblaues Seidentuch. Der Mann war ziemlich beleibt und lang, bestimmt über einsneunzig. Ein Koloss. Er hob seine breiten Pranken und schlug sie aneinander, dass es tief und hohl und feucht Applaus klatschte. Er klatschte erst langsam, dann zunehmend schnell. Bald klatschte es Unterstützung aus dem Zentrum des Parketts. Wer schon konnte, stand beim Klatschen auf. Der Radius des Applauses weitete sich schnell. Es benötigte nur wenige Sekunden, und die erst vereinzelt herumfliegenden Klatschgeräusche gewannen an Nachahmen. Das gemeinsame Klatschen knatterte durch den ganzen Saal. Jedes Handpaar klatschte zunächst noch im eigenen Takt, glich sich nach und nach mehr an, die einzelnen Bewegungen verflüssigten sich und versunken bald im Klatschrhythmus aller. Es ertönte ein geschlossenes Romp! Romp! Romp! Romp!, als ob Soldaten marschierten. Man pfiff sogar. Man schmiss Lobeswörter auf die Bühne. Stehende Ovation, etwa eine Viertel Stunde lang. Auch Lollo stand. Und versuchte mit zusammengekniffenen Augen noch einmal einen Ein-, bzw. Ausgang an der Wand hinter der Bühne oder in ihrem Boden zu finden, durch den der überdimensionierte Glaswürfel mit Fleischfüllung passte. Man wird sie da hinten rein geschoben haben, vermutete er, oder, sie haben den Würfel durch eine hydraulische Hebebühne in den Boden heruntergelassen. Aber auf dem Boden war kein Viereck zu erkennen, das sich als Tor in die Katakomben der Oper entpuppen sollte, auch an der Rückwand blieb seine Suche nach einer Öffnung vergebens. Man darf doch Menschen nicht derlei Gefahr aussetzen, dachte Lollo wieder, das war in derartiger

Dimension sicherlich ungeplant, da ging etwas schief, gehörig schief, dachte er, dass da auf der Bühne von so einem Sturm sowas Schweres wie dieser Technikturm dort umgeworfen wird, dachte er und wurde etwas wild, und dann waren alle ohnmächtig, das grenzt – wenn nicht schon an Totschlag, weil, wer weiß schon, wer von den Alten hier wie viel noch somatisch auszuhalten imstande ist – an satter Körperverletzung, dachte er, und sie, Freja, hat mich, dachte Lollo weiter, angeschaut, da bin ich mir sicher, das habe ich eindeutig gespürt, auch ich habe sie angesehen, dachte er, und als wir uns ansahen und ich nichts machen konnte außer zu glotzen, weil ich mich nicht bewegen konnte, dachte Lollo, hat sie zum Schlusskampf angesetzt und sie schwebte, und sie glühte, und dann war alles zu Ende. Wie, fragte sich Lollo, ist es möglich, dass Freja, deren Stummheit, die den Werber bei jedem Treffen auf eine unkomplizierte Art von der Außenwelt, die er, schon lang verdrossen seiner Mitmenschen, manchmal gar nicht mehr mitkriegen wollte, so angenehm abschottete, welche Eigenschaft er an ihr eigentlich am meisten schätzte, auf einmal im Gegensatz zu diesen geschenkten Atempausen, an derlei Ein- und Aufdringlichkeit verfügte, den ganzen Laden hier, mit ungeahnter Macht, kurz und klein zu singen, Sicherheitsvorkehrungen vermutlich hochmodernster Technik und Ingenieurskunst wie Spielzeug aussehen ließ, zu einem Turm aufeinander gesteckte Duplosteine etwa, die sie Kraft ihres Organs in seine einzelnen Bestandteile zerlegte. Und wieso hat sie entschieden, den Opernabend, zu dem sich so viele Menschen, die Taschen mit Vorfreude vollgemacht, Eintrittskarten besorgt haben, zur Abrissparty zu verwandeln. Es muss, ja, es muss an unserm Wiedersehen gelegen haben, dass das Maß des Üblichen übertroffen wurde, stellte Lollo die Vermutung an, von der er mehr als überzeugt war. Ein Glück, dass niemand ernsthaft verletzt scheint. Ich hätte ihr bescheid sagen sollen, dass ich komme, da ich sie wiedersehen wollte, einen Neuanfang wagen wollte, dachte Lollo. Hingegen habe ich sie außerplanmäßig überrascht, dachte er. Ich hätte mich ankündigen sollen, merkte er jetzt. Bei so einer wie Freja fällst du nicht mit der Tür ins Haus, unvermutete Wechsel vom Erwartungsgemäßen zu einem emotionell geladenen Ereignis rücken den ihre Anwesenheit vorzugsweise zurückhaltenden Typen vielleicht mehr auf den Leib als vergleichsweise dem gemeinen Schlitzohr. Lollo spürte eine deutliche Mitschuld am hiesigen Desaster, das zu diesem Zeitpunkt noch in allzu gemütlichem Schafspelz gekleidet war. Aber da kommt noch was, dachte er, nur Masochisten halten freiwillig der Reihe nach beide Wangen hin und Schwamm drüber, über die Vergeltung.

Währenddessen er sich seine Gedanken machte und bangte, dass Freja für all das hier geradestehen und aufkommen müsse, was hier materiell und körperhaft zu Schaden gekommen war, und sogar über Zusatzversicherungen nachdachte, die abzuschließen jemandem, der solche oder ähnlich übermenschlichen Fähigkeiten wie Freja sie besaß sein eigen gengegebenes Talent nennen durfte, geraten wäre, verlangte die erste Stimme irgendwo im Publikum ein Encore, rief »Encore! Encooore!«. Daraufhin wünschten mehrere Leute lauthals eine Zugabe. Einige Stimmen plärrten Bravos, die mit den Encores ohne ein Taktmaß ineinander plätscherten. Viele Menschen aber nahmen jetzt lieber die Beine in die Hand und im Schweinsgalopp Reißaus. Die Bühne blieb auch leer, der Technikturm, der niedergeschossene Terminator, erloschen.

Es war erst 21 Uhr durch. Lollo fand sich an einer goldenen Säule lehnend draußen vor der Staatsoper wieder. Er bat jemanden um eine Zigarette und rauchte und beobachtete Leute, die in der auf der anderen Straßenseite ansässigen Bar aus dicken Strohalmen Cocktails tranken und sich kleine Happen in die Luken schoben, binnen sie dem ungewöhnlichen Treiben vor der Staatsoper folgten, das von den Lichtern der sechs Krankenwagen, die sich auf dem Gehweg aufreihten, im Flackern der Rettungslichter nervösblau färbte. Gingen die Türen der Wagen auf, strahlte die Neonröhre des Innenraums. Das weißeste Weiß der Welt. Sauberweiß. Der Glanz, der in den bereits komplett abgedunkelten Tag blendete, schluckten einige Herrschaften wie die Zauberkugel in der Mini-Playback-Show, diese sich, meist gestützt, den Körper auf lockeren Gelenken balancierend, baumelnd zu den Krankenwagen begaben, und spuckte sie einige Momente später wieder auf den Vorplatz der Oper. Haut wie Seife, aber nicht so arg schlimm erwischt. Abgefertigt, Nächster, bitte. Einige wackelige Kandidaten, die zuvor Frejas monströsem Organ lauschten, hievte man in die Wagen und kutschierte sie dann doch direkt ins Krankenhaus. Siehste, dachte Lollo, wie es zu erwarten war. Viele Taxen kamen und transportierten zeitlückenlos die Abendgarderobeträger vom Vorplatz der Hamburgischen Staatsoper ab. Immer mehr Taxen kamen, hielten kurz und konnten frisch beladen gleich weiterfahren.

Lollo drehte sich um, um durch die Glasscheibe in den Eingangsbereich der Oper zu schauen. Ein paar Frauen, die zur Staatsoper gehörten, Lollo erkannte ein paar von ihnen vom Reingehen wieder, hasteten Treppen hoch und runter, riefen sich etwas zu. Es wurde nicht vertuscht, dass sie voll auf Alarm waren. An den Ausgängen links und rechts wartete jeweils eine Frau. Einmal nickten sie sich deutlich zu und verschlossen die Türen von innen. Lollo bewegte sich erst jetzt zu einer der verriegelten Türen, rüttelte an ihr, obwohl er wusste, dass sie verschlossen war. Er schnipste seine Kippe weg, klopfte an die Scheibe und suchte Blickkontakt mit den Angestellten da drin. Man beachtete ihn mit voller Absicht nicht. Die aufgeregten Frauen verschwanden auf ein Kommando einer bislang ungesehenen Frau, die aus dem Untergeschoss die Treppen zu ihnen hinauf rief nach unten zu den Garderoben, bogen aus dem Sichtfeld hinters Geländer um die Ecke ab und waren verschwunden. Fehlt nur noch, dass die jetzt noch das Licht ausknipsen und tüdelü, dachte Lollo.

Lollo wechselte die Straßenseite. Dort, vor der Bar mit den Schaulustigen, die es sich schmecken ließen, stand ein rauchender Mann. Er fragte Lollo, was da drüben los sei, er, Lollo käme ja von da drüben her, und Lollo antwortete, dass er es nicht wüsste und bat um eine Zigarette. Er rauchte, pustete den Rauch in den schwarzen Himmel, der direkt über den Gebäuden dunkelblau aussah und sah zum Schankbereich im Ersten des Opernhauses hoch, in dem er vor knapp einer Dreiviertel Stunde, wenn überhaupt, noch Rotwein trank. Menschenseelenleer im ganzen Barbereich. Das Gebäude tat, als sei das Personal im Urlaub. Licht via Zeitschaltuhr als Verbrecherabschreckung.

Lollo saß dann schnell auf der kalten, ledernen Rückbank eines Taxis, gab stotternd und etwas zu laut, da er die Lautstärke seiner Stimme schlecht einschätzen konnte, seine Adresse ab, ließ sich nach Hause nach Eppendorf bringen, in der eine schlaflose Nacht voller neuer Sorge und umso mehr Fragen bereits auf ihn wartete. Lösungen und Antworten schlossen sich auch zur Morgenstunde nicht an.

AUSTAUSCH VON WAHRHAFTIGKEIT ÜBER TISCHTÜCHERN AUS MAGGIE-WERBUNGEN
(Montag)

Nach Wochen entleerte der Werbetexter zum ersten Mal wieder seinen Postkasten. Den Stapel Briefumschläge, den zu halten er Daumen und Zeigefinger spreizen mussten (der Briefkasten im Hausflur ist nicht gerade mickrig), nahm er zwecks Durcharbeiten mit in die Agentur. Nachdem noch zu zahlende Rechnungen und die ersten Mahnungen an der Magnetpinnwand seines Büros Platz finden und Briefe der GEZ in den Papiermülleimer flattern, entdeckt Lollo ein Kuvert, Absender: Hamburgische Staatsoper. Darauf ist ein Aufkleber der das DHL Logo abbildet unter dem die Kästchen »Express Brief« und »Zustellung vor 9 Uhr« angekreuzt sind. Hastig interessiert reißt Lollo den Umschlag an der Seite auf, zieht den Brief raus und beginnt zu lesen.

In dem personalisierten Schreiben entschuldigt man sich für die unvorhergesehenen Vorkommnisse, die in derlei Ausmaß selbstverständlich so nicht geplant waren. Schon, als erfahrener Opernfreund wußte man, sich mit den Tickets nicht etwa die klassische Inszenierung Aschenputtels, sondern die äußerst terminrare und welteinmalige Gelegenheit der *infernalen* Version Rossinis *La Cenerentola* beizuwohnen, gesichert zu haben, hatte sich der Augen- und Ohrenzeuge doch selbstredend und wohlwissend auf erhöhte Anforderungen beim Genuss der Spezialversion dieses Stückes einzustellen und mit dem Kauf der Karte auch eingewilligt, sich des Spektakels ganzheitlich hinzugeben, das noch lange in Gehör und Gefühl nachhalle, doch die Technik war es letztendlich, die versagte, somit aber – das dürfe man wohl trotz aller Bescheidenheit behaupten – den Abend zu einem einzigartigen, zugleich unvergesslichen Ereignis für den Besucher und, ja, ja, sehr wohl auch für die Staatsoper selbst, verwandelte.

Des weiteren liest sich ein pompöser Blumenstrauß noch mehrerer herzerwärmenden Überredungskünste, leicht beschädigte Besucher davon abzuhalten, die Staatsoper für das, was sich begeben hat, zu verklagen. Daraufhin wird der Versuch verschriftlicht, den Dabeigewesenen komplexe technische Mechanismen zu erklären, die verantwortlich dafür waren, dass das, was passierte, passierte. Da war ein Defekt in der Übersetzung irgendwelcher Spannungen zwischen Amplifiern, Mikrofonen und den Bla- und Blubb-Membranen, die in Absprache mit Soundso kritische Dezibelwerte filtern sollten, wenn die Madame über Normalmaß ausschlägt, was sie eigentlich stets tut. Durch besagten Defekt konnte ihre Stimme aber nicht gefiltert werden und so weiter. Lollo überfliegt diese Zeilen. Madame, denkt Lollo. Die Madame wurde, nachdem die Technik zusammenbrach, also ungefiltert aufs Publikum losgelassen. Zum Glück war da noch Panzerglas zwischen ihrem Kanonenmund und dem Volk, denkt er. Hätte ihre Stimme unplugged, also ohne erst durch die Beschallungsanlage gejagt worden zu sein, auf die im Saal Anwesenden eingeprügelt, wäre die Hamburgische Staatsoper plus Besucherschaft nimmer glücklich geworden. Er weiß, wovon er spricht: ein Acapella auf Zimmerlautstärke reicht aus und tschüssikowski. Die Intensität der beinahe puren Stimme der weltwunderbaren Opernkoryphäe wirkte sich verheerend aus, doch was erzähle man – man habe es ja schließlich am eigenen Leibe erlebt. Zum Glück, das haben die Rettungskräfte am selben Abend noch mitgeteilt, sei ja nichts passiert. Man verblieb bedauerlich gebückter Haltung mit freundlichen Grüßen und zwei Freikarten gegen Vorlage des beiliegenden Gutscheincoupons bis zum nächsten Wiedertreffen. Es sei ja erfreulich, so der Abschlusskommentar – der in der Oper immer noch eine Zukunft sieht, die sonnig ist – dass die Oper noch immer ein Erlebnis ist und bleibt.

»Kommste?« Constantin steht auf dem Flur, stupst mit dem, das man am Fuß die Picke nennt, immer wieder gegen die Glastür zu Lollos Büro. Constantin ist seit letztens, neben Gereon, dem CD, der einzige Typ der mehrere hundert Menschen starken Werbeagentur, den Lollo kennenzulernen bereit war, mit dem er gerne Mittagspausen verbringt, dem er gar Persönliches von sich erzählen würde, käme es einmal zu intimeren Gesprächen, doch für die ist in Mittagspausen meist die Zeit zum knapp. »Aber Scheiße: Es nieselt.«
»Egal.«

Constantin und Lollo stechen nebeneinander schlitzäugig den Gehweg entlang durch eine Regenwolke hindurch. Das fallende Wasser scheint evaporiert und schwerelos geworden, hat aber dennoch eine Flugrichtung, wie die beiden feststellen, da sie vorne nass, hinten trocken sind. Die Arbeitskollegen erreichen einen Kiosk an der Ecke. Constantin wartet draußen unter der Markise, neben seinem Kopf flattert eine rote Fahne aus Gummi auf der »BILD« steht, während Lollo drinnen Gauloises bestellt. Er reicht einen Zehn-Euro-Schein über die Theke und überfliegt die Schlagzeilen der Hamburger Morgenpost neben dem Kleingeldbrettchen. Titelthema: »Stimmtsunami in der Staatsoper – Hunderte verletzt!« Unter der Überschrift, ein Foto des Panzerglaswürfel. Ohne Insassin.
Hunderte verletzt? Nicht, dass Lollo wüsste. Nicht, dass, laut Brief, die Staatsoper wüsste. Na gut, in seinen Ohren flötet noch ein chronischer Fiepton als Andenken ans gestrige

Wiedersehen mit Freja, des weiteren ist Lollo sehr verschlafen zumute, ansonsten aber fühlt er sich körperlich weitestgehend in Takt. Opernbesucher wurden befragt, die am gestrigen Ereignis teilhatten. Margit M. aus Haversterhude, zum Beispiel, berichtet von einer – im wahrsten Sinne des Wortes – »Tonwelle«, die wie ein »Kaventsmann« von der Madame im Würfel aus übers Publikum wälzte. Sie, Frau M., verlor ihre Brille, ein paar Wertsachen und habe geplant, diesen Morgen noch den Arzt aufzusuchen, weiter bange sie, die überübermorgen geplante Kreuzfahrt auf der Queen Mary II unter dieser gesundheitswidrigen Unliebsamkeit noch wahrnehmen zu können – ihr sei sehr schwindelig, ihrem Mann übrigens auch, der war auch dabei – und hofft, dass sie ihre Brille bald von der Staatsoper wiederbekäme, und zwar in ursprünglicher Unversehrtheit, wenn man bitten darf. Ein zweiter Befragter, Hinnerk F. aus Stade, schildert, scharfkantige Kleinteile wurden durch die Luft geschleudert, und die tosende Luft habe einem den Atem genommen, es sei ihm, und seiner Frau ebenso, vorgekommen, als befanden sie sich auf Tuchfühlung mit einem Tornado, nur noch die obligatorisch umher wirbelnden Kühe hätten dazu gefehlt, und als der Glaskasten sich zu bewegen begann und der fast schlossturmhohe Technikturm, der ja für die Sicherheit da gewesen war, der ja eigentlich ganz stabil aussah, mit einem ohrenbetäubenden Kawumm zu Boden ging, da dachte er, Herr F. aus S., kurz, jetzt sei es um ihn geschehen, seine Frau dachte das auch, aber Hut ab vor der Leistung der Madame, das müsse er ja nicht extra erwähnen, dass die es drauf hat, doch den Autoschlüssel, der seiner Hosentasche im Konzert entrissen wurde, hätte er gerne schnell wieder, der Ersatzschlüssel habe die Infrarotfunktion nämlich nicht.

Vorstellbar, dass sich manch überreife Dame, manch gegorener Herr, in gestriger Nacht zuhause angekommen, noch selbst ins Krankenhaus einwies, dachte Lollo. Schwindel, Kopfschmerzen, Atemnot, Herzrhythmusstörungen. Doch am

Ende, nachdem sie geweckt wurden, standen sie doch alle wieder auf und aufrecht vor ihren Sesseln, unterstrichen mit ihrem Applaus die einsame Spitze der umwerfend tragenden Darbietung. »Stimmtsunami«, dachte Lollo, der ist wirklich gut, das muss man dem Käseblattschreiberling anerkennen, hätte sie oder er ja auch den von Hinnerk F. erwähnten, bereits figurativ auf die Brisanz seines Beitrages erhöhend auszahlenden Tornado aufgreifen und in der Schlagzeile verwursten können. Tontornado, Turbinenstimme, Nahtotwindhose oder sowas. Die Aussage Margit M-Punkts, man wurde von einem Kawenzmann überrollt, einfließen und den Tsunami, der im allgemeinen Gedächtnis tragische Bilder von braunschlammiger Flut überrannter Urlaubsküstenregionen hervorruft, somit beim ersten Lesen von »Stimmtsunami« neben einem sowohl großen wie interessanten Fragezeichen noch Leid und Tod mitschwingen? Chapeaux! Der war schon echt gut gelungen, der Text. Satt in dem, was es mit einem macht, wenn man das Wort liest, folgenschwer für Freja, die in der breiten, revolverblattschmökernden Masse zweifellos die Position der Übel wollenden Charge sicherlich unerwünschterweise auf den Leib geschneiter bekommt. Obwohl dabei keiner weiß, wobei es sich dabei wirklich handelte! Das aber, meinte Lollo genau zu wissen. Was gestern Abend passierte, war der nur versehentlich handgreiflich gewordenen Ausdruck eines nach Aufschwung schmachtenden Innenlebens, das, in Panzerglas gerahmt, im Herzbereich verletzt, wie vorgesehen, einer anonymen Menge sang; versehentlich, weil, ohne dass Lollo aufgekreuzt wäre – man hätte bester Beschaffenheit den Abend durchlebt und ihn als ein besonders aufregendes und positives Erlebnis abgespeichert. Durch die heutige *Mopo* gelangt das Kuriosum, das ausschließlich einem zierlichen Kulturpublikum zuteil wurde, ins Augenmerk der breite Öffentlichkeit, und jene wird gleichlaufend laut und bleckt die genussmittelgefärbten Zähne: Drohet dem, das euch bedroht!

»Mach hinne, is nass!«, johlt Constantin, dem die Knie schlottern, der die Hände bis fast über die Unterarme in Hosentaschen gesteckt und den Hals tief in den Kragen gezogen hat. Die BILD-Fahne bewegt sich neben seinem Kopf seicht mit dem Wind, wobei sich dicke, von den vier weißen Lettern abperlende Tropfen von ihrer Unterkante abseilen.

»Und bitte einmal die *Mopo* hier«, bestellt Lollo und bezahlt. »Danke. Mach's gut«, sagt er zur immerfreundlichen Kioskdame als er, die eingerollte Zeitung untern Arm gesteckt, rausgeht.

»Mach's besseeeeer!«, ruft sie mit ihrer penetrant heiteren Glockenstimme an ihm vorbei ins graue Diesige draußen. Ihr Abschied klingt gejodelt.

Constantin schleudert eine Hand aus der Tasche um eine Geste des Entsetzens zu simulieren, indem er sich vor schreckhaftem Erstaunen den Mund zuhält: »Duuu kaufst *Mopo*?!« Nur dumme Leute kaufen *Mopo*, das ist allseits bekannt. Er klatscht sich noch auf den Oberschenkel und lässt die Hand dann schnell wieder in der Hosentasche verschwinden.

»Neenee, nur jetzt, wegen der Nummer auf der Titelseite, da war ich...«, Lollo möchte Constantin jetzt nicht erklären, dass er die *Mopo* gekauft hat, da er gestern bei einem Titelseiten-Ereignis dabei war, über dessen Ausgang oder Folge er einen Tag später unbedingt weiter bescheid wissen möchte, sonst unterstellt ihm Constantin noch Sensationsgeilheit oder schlimmer noch: die Tratschtantigkeit, die Subjekten innewohnt, die, setzt Birgit Schrowange im TV zur Abendbegrüßung schleichende Schritte durchs Studio, den Daumen von der abgetragenen Programmwechselgummitaste auf der Fernbedienung nehmen.

»Ich muss dir gleich mal was erzählen, wenn wir im Trockenen sind. Es ist... Es ist schon komisch.« Lollo schaut auch so betreten, das merkt Constantin und nimmt es erstmal ernst, bevor er sich zu Witzen hinreißen lässt.

Die beiden Werber haben beim Italiener platzgefunden. Auf einem Tischtuch, wie man es aus der Maggie-Werbung kennt – rot-weiß-gekachelt – wackelt eine langgezogene Flamme über einer dünnen, cremefarbenen Kerze, die in einem schweren Kerzenständer aus Messing steckt. Aus der Spitze der Flamme schlängelt sich ein hauchdünner Russstreifen. Die an den Rändern feucht beschlagenen Schaufenster verwandeln das Regenwetter vor der Tür in großflächig gerahmte Bilder. Manchmal huscht ein Regenschirmträger durchs Aquarell. Der gut besuchte Laden weist eine Wärme auf, die man als mollig bezeichnen kann, es ist sehr gemütlich. Herbst in frischem grünen Blattgewand. Constantin dreht behaglich Spaghetti mit Beifang – Pulpo und Oliven – auf die Gabel. Lollo quetscht mit der Gabelseite einer mit süßem Kürbis gefüllten Ravioli einen Teil ab, zieht das Stück durch die getrüffelte Parmesansauce. Ein paar Minuten lang wird, statt miteinander zu sprechen, sich allein ums Genießen gekümmert. So gehört sich das und außerdem, weil es wirklich gut schmeckt, ist die Sprechpause nicht einmal unangenehm. Constantin tupft sich mit der Serviette den Mundwinkel. »So«, sagt er dann, »was willst'n mir jetzt erzählen, schieß los...«

Lollo schaut die von regen besprenkelte Nachtausgabe der *Hamburger Morgenpost* an, die auf dem freien Stuhl neben ihm liegt, über dem seine nasse Jacke hängt. Die Abbildung des leeren Glaswürfels springt ihm direkt ins Gesicht, so, als hätte der abgedruckte Glaswürfel ihn die ganze Zeit, in der der Artikel Aufmerksamkeit heischend dalag, beim Essen von der Seite beobachtet. So, als hätte dieser ihn aufgefordert: »Los, berichte! Berichte!« Sofort kommt eine bunt gemischte Tüte an Gefühlen in Lollo hoch, auf dass es, als habe Constantin mit seiner Interessenbekundung auf einmal seinen

Mitteilungsdrang entkorkt – wie fantastische Spielplatzstorys aus nach Lightzigarettenrauch und Schaumwein (Geschmacksrichtung: Exotic) Schmeißfliegen anziehenden Teeniemündern – sprudelt es, wiedergegeben in illustrativ beschriebenen Episoden, aus ihm heraus.

Lollo fängt, des Verständnisses halber, ganz vorne an, ab Beginn der Kennenlerngeschichte, um dann, für genügend Vorwissen bei seinem Gesprächspartner gesorgt zu haben, sein emotionales Involviertsein in die Titelstory der *Mopo* zu erklären. Er schildert, wie die Frau, von der er erzählen möchte – Kurzbeschreibung Freja: etwa gleich alt, irgendwie schön, lange, braune Haare, irgendwie besonders talentiert, dazu später mehr – eines Mittags plötzlich da saß, dort, im Restaurant da oben im Alsterhaus, vor seinem Tablett mit Essen, als er von der Toilette zurück an seinen Platz kam. Wie er sie fütterte, jaja, ganz richtig, er fütterte sie, und er sich daraufhin jeden darauffolgenden Tag erneut auf zum Alsterhaus machte, er täglich vorm kaltwerdendem Essen auf sie wartete und sie kam nicht noch einmal. Wie er ein paar Tage später erschrak, als sie plötzlich dann doch da saß, so selbstverständlich, als wäre man verabredet gewesen, dabei hatte man nach erstem Treffen nicht einmal Nummern ausgetauscht. Und wie schön sie aussah, als er sie wieder traf – obwohl, so wie sie aussieht, Freja auf der Skala des üblichen Schönheitsideals wohl eher nicht zu finden sein wird – wie schön und so richtig sich das angefühlt habe. Zu welch einem Erlebnis ein kurzer, regnerischer Spaziergang am Rande der Binnenlaster werden kann, wenn sich zwei, während jedermann unter Dächer flüchtete, aneinander gehakt unterm Schirm krümeln. Lollo erzählt seinem Kollegenfreund auch von Frejas komischer Wohnung, oder dem, für das ihm auf die Schnelle keine andere Betitelung einfällt, als Wohnung, vom Gummiboden darin, und dem schwarzen Mops, der aussieht wie eine Rosine, der irgendwie schon zum lebendigen Inventar der Bude gezählt werden kann, da er, wie Lollo befürchtet, nie ausserhalb der vier Wände gelassen wird; der Mops eitere übrigens aus dem Pimmel und trägt deshalb Windeln, so Pampers, wie Babies. Vielleicht zugleich auch deshalb, da der Rosine das Katzenklo nicht benutzt, das da rumsteht, das er benutzen soll. Weiter versucht Lollo seinem Gegenüber – der kursierende Verwunderung offenbar nicht mit synchronem Verzehr seiner Meerestiernudeln auf die Kette kriegt, das Besteck also vorübergehend im Teller liegend pausiert – zu erläutern, wie es um das Kommunikationsprobleme zwischen Freja und ihm steht. Obwohl, ein *Problem* stelle es ja nicht da, dass die Wortwechsel der beiden so karg ausfallen, gar gar keine Wortwechsel stattfinden – es sei eben eine, sagen wir mal, spezielle Eigenart, mit der man sich verständige. Fühlen und reagieren, sein Gefühl beführen lassen, einfach sich gegenseitig fühlen und machen, als fehle ihnen eine gemeinsame Sprache, irgendwie, als spreche er Deutsch und sie Kisuaheli oder eine Sprache von einem anderen Stern, dann spricht man lieber gar nicht miteinander, bevor man sich unverständlich Schlagwörter an die Rübe knallt und indigniert und ständig verständnislos kopfschüttelnd beieinander hockt. Aber nein, stumm sei sie nicht, beileibe kein bisschen, hoho, aber dazu komme er gleich.

»Moment!«, unterbricht ihn Constantin weit oberhalb der Zimmerlautstärke, um Lollos ungezügelten Redeschwall anzuhalten. Einige Köpfe drehen sich ihrem Tisch zu. Constantin löscht alle schaulustigen Anblicke, indem er jeder Person, die Lollo und ihn anstarrt, mit weit heraushängender Zunge anpeilt, als wäre er ein Bekloppter. Es wirkt, er sammelt seine Zunge wieder ein. Lollo ist stark imponiert von seinem Freund.»Du hast die gefüttert?« Constantin lässt sein Gesicht in die offenen Hände gleiten und reibt einige Sekunden lang wie wild darauf herum.

»Mmm, ja. Weil sie... Weil sie das eben nicht kann.«
»Die kann nicht mit Besteck essen.«

»Kann sie nicht. Klappt nicht.«
»Klappt nicht.«
»Klappt nicht. Motorisch jetzt«, führt Lollo fort, »motorisch scheint das bei ihr nicht zu klappen.«

»Lollo!« flüstert Constantin harsch, geht etwas aus dem Sitz und beugt sich über den Tisch, seine mit Haarwachs bearbeiteten Haare brenzlich nah an der Flamme der Kerze vorbei schiebend, »bist du dir sicher, dass sie keine Behinderte ist?« Oder ein Kind, denkt Constantin, aber erwähnt das nicht.

Lollo prustet schallend, aber eindeutig befangen aus. Seine nach außen heruntergeklappten Brauen und die beim Lächeln zusammengezogenen Mundwinkel sollen Entspanntheit, no problem, ausdrücken, doch verraten ihn. Sein Prusten zieht die Blicke der umliegenden Gäste aus Reflex wiederholt auf ihren Tisch. Constantin rollt die Zunge zur Warnung nochmals die Kinnlade herunter und lässt sich so zurück in den Stuhl sinken. Wow, was für eine Geste, Wrestling, erwischt es Lollo erneut auf imponierende Weise, doch, puuh, auf den Gedanken, dass Freja gehandicapt sei, ein hinter Haaren kaschierter Mongo, eine Extremautistin oder sowas, kommt ihm jetzt, durch Constantins verbalisiertes Ihm-an-den-Schultern-rütteln, zum ersten Mal. Jäh scheint eine Stecknadel Lollos Herzmuskel zu traktieren. Kälte schwellt in seinem Zentrum an, bricht innerhalb des Innenlebens aus wie ein temperaturinvertierter Vulkan, fließt ihm durch die Gedärme, ummantelt Knochen, drückt sich durchs Fleisch nach draußen, die Haut erhebt sich zu Gänsepelle. Ein Anflug von Panik lässt klipp und klar Unsicherheit in Lollos Augen erkennen. Constantins ernsthafter Ausdruck in den Augen trifft bei Lollo mehr als nur seine just ins Konsternierende gewechselte Fassade. Lollo wird schwindelig, es fühlt sich an, als heben seine Füße vom Boden ab und sein sitzender Hintern wöge nicht mehr sein Ursprungsgewicht und entzöge sich auch bald der Schwerkraft. Da ist jetzt ein Gefühl in ihm, als hätte er etwas verbrochen, als wäre der Mord echt, den er nur geträumt hatte oder so. Das Gewissen feilt schon einmal seine Beisserchen. Aber nee! Nee, oder?, denkt Lollo, nee, komm... Ach! Komm, nee...Mit perlenden Ausdünstungen auf der Stirn, als fiebere er urplötzlich, flüstert er – tatsächlich ziemlich entschlossen und sicher seiner Aussage: »Nein, sie ist nicht behindert... Höchstens ein wenig zurückgeblieben... in so ein paar Dingen. Aber nicht direkt behindert!« Er schämt sich. Constantin zieht den Mund schräg und guckt durch die tänzelnde Flamme seinen Texterkollegen in einer Art an, die man gängiger Weise als »ungläubig« beschreibt. Solle das vielleicht ein Witz sein? In fast unbemerkbarer Intensität wiegelt er den Kopf.

»Aber was sie nicht drauf hat, also so an so normalem Zeug«, versucht es Lollo weiter, »macht sie mit unglaublichen Sachen wieder wett!«

Das gefällt mir, erwägt Lollo schwärmend; in wenigen Augenblicken wird meine etwas anormale Bekanntschaft brillieren, wenn ich Constantin erst einmal verklickert habe, was Freja so kann und dann endlich auch zur eigentlichen Geschichte, bezüglich *Mopo*-Titelstory und was das alles mit ihr und mir zu tun hat, angelangt bin. »Lass' es mich so sagen: Freja ist sondertalentiert.«

»Das sind viele Behinderte, Lollo. Autisten eben«, übersetzt Constantin und kommt in Fahrt, »die können ja auch nichts, was man als Normaler als normal betrachtet, dafür eine *strange* Sache immer besonders gut. Immer so Dinge, die kein Mensch braucht, sämtliche Nummern im Telefonbuch alphabetisch geordnet aus der Erinnerung heraus rückwärts aufsagen. Oder nach einem Segelflug über die Stadt Rom, Rom von oben aus dem fotografischen Gedächtnis in geringerem Maßstab detailgetreu nachzeichnen – obwohl das ja ziemlich cool ist, eigentlich, das mit dem fotografischen Gedächtnis, das hab ich mal in nem Video gesehen. Nichts desto trotz: behindert bleibt... leider!

Behindert. Und Behinderte bleiben immer unter sich, im Heim, Zuhause oder so, oder sie bleiben alleine. Die mixen sich ja nicht, auf einer, sag ich mal, Wellenlänge, mit, ich sag mal, uns *normalen* Menschen. Die gehen ja jetzt nicht aus, um sich mit jemanden oberhalb ihres Behinderten-Kalibers zu paaren, sich zu verlieben, oder was weiß ich... Zumindest sollten sie das nicht, das geht nicht gut.«

»Weiß jetzt gar nicht, ob Autisten immer gleich behindert sind.«

»Sind sie. Mein ich.»

»Ist ja auch egal, sie ist auf jeden Fall – also auf gar keinen Fall behindert! Das würde man doch sehen. Und sie sieht gut aus.«

Lollo erinnert sich an die Fotostrecke eines Fotografen, dessen Namen ihm nicht mehr einfällt, der eine junge Frau mit Trisomie 21 in einer High-End-Modestrecke abgelichtet hat. Monochrome Bilder, erlesene Haute Couture, dezentes Make-Up, verrucht zu Stroh angeraute Haare, anmutige Posen, in der blanken Hohlkehle festgehalten aus Blickwinkeln, die die Ausstattung einer Genvariante anhand einer reizenden Komposition verschleiern. Die Mongo-Dame sah auf allen Bildern auch sehr, sehr gut, sehr ausgefallen aus. Mit Daumen und Zeigefinger presst Lollo seine Nasenwurzel, dass es möglichst doll schmerzt.

»Auf jeden Fall ist sie ganz normal, mal abgesehen von dem abgängigen Feinmotorischen. Dass sie aus irgendeinem Grund nicht spricht, mag vielleicht etwas komisch sein, aber warum das so ist, dazu komm' ich noch.« Ich muss mir ein anderes Wort für »komisch« einfallen lassen, wenn ich über Freja spreche, denkt Lollo, das verstärkt in eine negative Richtung.

Um sich vom hier am Tisch kursierenden Gesprächsstoff abzulenken, vermutlich hoffend, dass es bald einen thematischen Wechsel geben wird, ist Constantin dazu übergegangen, mit dem Fingernagel das Tischtuch von einem eingetrockneten Wachstropfen zu befreien.

»Auf jeden Fall hat sie aber diese eine Sache, die sie besonders gut kann. Die macht sie auch beruflich.«

Constantin wird hellhörig, lässt vom Wachsknibbelnd ab, richtet sich auf und macht große Augen. Vielleicht ein Schockmoment. Eine Professionelle? Eine behinderte Kinderprostituierte? Das Anbandeln mit seinem neuen Kompagnon findet gegebenenfalls jeden Moment sein Ende.

»Nein, nicht was du jetzt denkst! Schau mal hier, lies mal, bitte.«

Lollo reicht seinem Freund die klamme *Mopo*. »Die Story vorne drauf.« Er tippt mit dem Finger auf die Schlagzeile, Constantin liest.

»Stimmt... sunami... Stimmtsunami. Ganz schön schwer zu lesendes Wort, für einen Aufmacher auf so'nem Blättchen.« Er liest weiter, nuschelt stichpunktartig ein paar Wörter, als wolle er Lollo beweisen, dass er interessiert ist und liest, statt bloß zu tun als ob. »Hunderte Verletzte in der Hamburgischen Staatsoper... Opera infernale... La Ce-neren-tola... Tonwelle... ihre Brille bald von der Staatsoper wiederbekäme... durch die Luft geschleudert... Tornado... Ohnmacht«. Dann liest er still den Beitrag zu Ende. Er betrachtet das Bild des Glaswürfels. »Und die besagte *Madame* ist deine Neue jetzt, oder was?« Neben einem Skepsis, die sich in seinem Tonfall bemerkbar macht, ist auch eine Erleichterung in Constantin Stimme zu hören.

Lollo führt fort: »Ich war gestern Abend in der Oper, in genau dieser Vorstellung.«

Kurzerhand schaut Constantin an Lollo rauf und, was er von seinem gegenüber Sitzenden oberhalb der Tischplatte erkennen kann, runter, als wenn er ersichtliche Verletzungsspuren vom gestrigen Abend an ihm sucht, doch er findet nichts Offensichtliches. »Und die, die mit ihrer Stimme den hier so genannten »Stimmtsunami« loslöste und aaangeblich« – das Wort »angeblich« zieht Constantin lang,

um dem Wort einen der folgenschweren Beschuldigung dementierenden Ausdruck zu verleihen, sogleich die Anspannung, die zwischen ihm und seinem Gesprächspartner zitternd wabert und die Flamme der Kerze noch mehr zucken lässt, zu beschwichtigen –, »hunderte Menschen verletzte – das war sie! Das war deine Dings hier, äh, wie heißt die?«
»Freja.«
»Deine Freja, oder wa?«
Es folgt eine kurze Pause, in der Lollo sich unweigerlich die Frage stellt, wie lange es noch dauern würde, bis sein neuer, naja, sein einziger, dementsprechend wertvoller Freund Constantin, ihn für einen total Bescheuerten hält. Es braucht einen kurzen Moment um der Antwort auf die Schliche zu kommen, die lautet: Ja. Pardon, ich meine, so etwas dauert nicht lang.

Constantin derweil nutzt die Pause um sich zu fragen, ab wann es losgehen dürfe, einem Typen, den man erst vor kurzer Zeit kennen und, ja, recht mögen gelernt hat, die Bekloppheit zu attestieren. Die Skurilität des Wortes »Stimmtsunami« aber lässt ihn für wahrscheinlich halten, dass an Lollos geistig eingeschränkter Lovestory doch etwas dran ist. Immerhin keine Nutte, kein Kind, kein behindertes Nuttenkind. Er schüttelt seinen Denkapparat von bösen Gedanken frei und nimmt sich vor, sich Lollos Geschichte jetzt vollständig hinzugeben. Er wird jetzt zuhören und erst ganz am Schluss darauf Reaktion, seine Meinung zeigen. Während Constantin schon einmal kopfschüttelnd dazu übergegangen ist, mit dem Messer Meerestier von Spaghetti zu separieren, setzt Lollo seine Erzählung fort.

»Ich durfte schon einmal erleben, also privat erleben, wie es ist, wenn sie singt. Das war in dem Apartment am Gänsemarkt, in ihrer Bude, in der obersten Etage in dem Haus, wo die *Stadtbäckerei* unten drin ist. Wir haben so geredet, naja, viel mehr ich habe sie einmal etwas gefragt, und dann ist sie, wie um zu antworten, aufgestanden und der

Rosine fing sofort an zu heulen wie so'n Schlosshund, und da stand sie einfach da im Raum, und die Luft veränderte sich, also irgendwie, und bei ihr kam da eine Stimme raus, du glaubst es nicht, die war ganz klar, so ganz fein, ganz sauber, so... schön, aber so laut, so unglaublich laut«, Lollo hält zur Verdeutlichung ein riesengroßes unsichtbares Paket über seinem Kopf in den Händen, »der Mops und ich sind wirklich ohnmächtig geworden. Also, sie singt und ich so« – Lollos auf den Ellenbogen auf dem Tisch aufgestellter Arm kippt zur Seite und seine Hand klatscht auf die Platte – »Rumms! Was weiß ich, wie sie das gemacht hat, sie hatte ganz einfach nur gesungen. Ich kenn' mich ja nicht mit Oper aus, geschweige denn mit Gesangstechniken. Interessiert mich ja auch nicht. Eigentlich. Aber dann lag ich bald am Boden, als sie gesungen hat. Und die Luft im ganzen Raum so« – Lollo wirbelt beide Armen in ovalen Schwenkbewegungen durch die Umgebung, seine Finger zupfen dabei imaginäre Blätter aus der Luft ab. »Ist doch nicht normal, für eine Opernsängerin, dass die einen mit der Stimme umhauen kann, also so wortwörtlich. Das hätte man doch schon mal gehört, dass Opernsänger zu sowas in der Lage sind. Oder? Ich meine, dass es da Frauen gibt, die dünne Sektgläser kraft ihrer hohen Stimme zersprengen können, das hab ich ja schon mehrfach gehört, aber einen Menschen flachlegen?«

»Und dann?« Constantin, fertig mit Sezieren, hat sein Besteck zur Seite gelegt. Der staunend offene Mund ließ den nun merklich teilnahmsvollen Constantin, der jetzt luchsartig die Ohren aufstellte, kurz etwas dümmlich aussehen.

»Dann, als ich erwacht bin, bin ich abgehauen... Und habe mich einige Wochen, ich weiß nicht genau wie lange, nicht mehr bei ihr gemeldet.«

»Ja klar, 'nen bissigen Nachbarshund streicheltste ja auch kein zweites Mal, is Logo.«

»Naja, doch gestern Abend, nachdem wir uns schon eine ganze Weile nicht mehr gesehen haben, war ich dann bei ihrem Auftritt. Als ich erfahren habe, dass sie in der Staatsoper diese Opera infernale, ähm, hier, Aschenputtel, singt, war ich dann doch zu interessiert, an der Oper und an ihrem Gesang natürlich sowie sie nach langer Zeit wiederzusehen und bin dann dahin. Hatte mir heimlich gewünscht, dass, wenn sie mich irgendwie sieht, so zufällig im Publikum erkennt oder ich sie nach dem Auftritt aufsuche, oder so, sie sich freut und dass das dann, herrje, meine Fresse, so ein bisschen süß wird eben, unser Wiedersehen. So unverhofft und dann doch. Und dass ich dann die Gelegenheit bekomme, irgendwas Nettes zu sagen, auf dass wir uns dann bald nochmal wiedersehen. Denn seit dem ich sie nicht mehr regelmäßig in den Mittagspausen treffe, fehlt mir die Zeit mit ihr schon.«

»Ja... Sicherlich«, zögerlich zieht Constantin die Augenbrauen so hoch er kann, wackelt dabei so minimal mit dem Kopf, dass man nicht erkennt, ob er ihn, wie verneinend, nach links und rechts dreht, oder nach oben und unten bewegt, »klaro.«

»Und ich fehle ihr wahrscheinlich auch, will ich mal so frei weg behaupten. Bei so einer wie Freja kannste dir wohl sicher sein, dass die vielleicht auch ganz gut alleine kann, aber ein bisschen Kontakt zu andern Menschen kann ja auch Eigenbrötlern nicht schaden. Ich hatte das Gefühl, ihr gut zu tun. Und sie tut mir ja auch gut.«

Jetzt guckt Constantin so wie eben, nur hält er mit einer Hand seine Faust fest, die vor ihm auf dem Tisch liegt, lässt die Finger manchmal auf die Fläche zwischen den Knöcheln fallen, dass es ein klatschendes Geräusch macht, pitsch, pitsch, pitsch. Könnte sein, denkt Lollo, dass Constantin jetzt still in sich hinein denkt, er, Lollo, begreife erst in diesem Moment, sich schon längst an die eigene Nasenspitze gepackt und gecheckt haben zu sollen, dass Beziehungen – zu Männlein und Weiblein, platonischer Art sowie mit körperlich erweitert verrichtender Tuchfühlung in gleichem Maße – die

Bewässerung und der Dünger sind, die denen, die stets sich selbst die Nächsten und darüber hinaus bedauerlicherweise die Einzigen sind, bei Wuchs halten und vor innerem Verwelken abhalten. Im Innenraum verwelkt schon angeschimmelt, stinkt's immerhin aus dem Maul, ergo ist es schwieriger, Beziehungen zu schaffen, wenn man erst bemerkt hat, das man's sollte. Und für angemessene Pflege jener fehlt infolge ohnehin die nötige Übung, und Menschen, die zur Stippvisite rangeholt wurden, verlassen nach kurzer Testphase schon bald wieder die verpflichtende Verbindung, wie Tramper den Beifahrersitz an der nächsten Autobahnraststätte, wenn's zwischen dem auf die Reise Mitnehmenden und Mitgenommenen »zwischenmenschlich« nicht passt. Da wurde wohl mal auf Stumm geschaltet, als die Musik zum Ringelpiez blies und jeder, außer man selbst, mit Menschensammeln zugange war. So hat man's vergeigt. Plötzlich, wenn ganze Geräteschuppen von den Augen fallen, kontrolliert man mit hohl vorgehaltener Hand das Miefmaß seines Mundgeruchs zwecks Feststellung des bisherigen, oben erwähnten, inneren Verwelkunggrades und stellt fest, dass sich, um eine Träne heimliche zu verdrücken, das jetzige Fälligkeitsdatum als der ideale Moment dazu erweist. Aber was weiß Constantin schon über das Ausmaß meiner eigenen Eigenbrötelei, denkt Lollo. So lange ist der doch noch gar nicht in der Agentur, um so weit über ihn bescheid zu wissen, mitbekommen zu haben, dass Lollo – die Lider auf Halbmast, stets mürbe im Schreibtischstuhl zusammengesackt, mit dem Zeigefinger die Maus traktierend – verächtlich die durchsichtige, drum augenkontaktfreudige Funktion der Glaswände seines Büros übergehend, jeglichen Umgang mit Mitmenschen umgeht. Gar der Gang zur Kaffeebeschaffung wird auf leisen Schleichsohlen im Galoppertempo absolviert und vor der laufenden Maschine ruhelos herum gehibbelt, Hals gekratzt und Nase gerieben, in ständiger ängstlicher Vorahnung, auf einen Kollegen zu stoßen, mit dem es sich zu smalltalken ziemt. Oder ist er es doch, um das über ihn zu wissen, schon lange genug in der Agentur angestellt? Lollo weiß es gar nicht, da er sich bis neuerdings nicht für andere, ach nicht für Constantin, interessierte. Kann schon sein, denkt Lollo, das Constantin, ob letztens oder seit langem, aufgefallen ist, dass Lollo einer der verwegeneren Sorte ist. Aber, fragt er sich, wie weit ist man wohl, ohne es zu bemerken, als Objekt irgendjemandes Schnüffelei im aus Augenwinkeln belauernden Fokus seiner Mitmenschen – wohl mehr, oder wohl weniger, als man befürchtet?

»Gestern Abend also, als Freja da im Kasten gesungen hatte«, Lollo pickt mit dem Finger mehrmals schnell hintereinander auf die Abbildung des Würfels, als wolle er ihn anhand seines Fingernagels in abertausend Glassplitter verwandeln, »da war ihr Gesang noch ums x-fache intensiver als damals in diesem Apartment. Denkste, härter geht's ja nicht, aber da stand sie nicht einfach entspannt da und trällerte irgendeinen Liedtext bis zum Umfallen meinerseits, nee – die schwebte da gestern! Und sang dabei! Die schwebte da in diesem Glaskasten wie bei David Copperfield! Und sie glühte nach einiger Zeit, also zumindest ging von ihr so ein extrem helles Licht aus, als sie da so mit ausgebreiteten Armen wie gekreuzigt in der Luft hing, so inmitten dieses Würfels. Das war so hell, man konnte von ihrem Körper nur noch die Umrisse erahnen.«

Am besten, zwecks schindernder Zumutung infantil fantasievoll anmutender, doch der Wahrheit entsprechender Bilder, ab jetzt besser schnörkellos weiter berichten, um glaubwürdig zu bleiben, macht Lollo eben Notiz an sich selbst.

»Also. Ja. Da war auf jeden Fall so ein riesengroßer Turm aus so Verstärkern und Equalizern oder was weiß ich auf der Bühne, mit dem waren die Mikrofone die im Würfel drin waren verbunden, die übertrugen ihren Gesang aus dem Würfel über die PA in den Saal. Der Turm sollte, zur Sicherheit der Zuhörer, den Gesang erst filtern, oder so, bevor er aufs Publikum gelassen wird. Aber irgendwann standen alle Lämpchen, die vorher mal auf Grün standen, auf Rot. Und dann ist diese Technik am Turm ausgefallen, weil's da so ein Defekt gab, woran Freja irgendwie Schuld haben sollte, weil sie zu intensiv gesungen hatte, irgendwie so stand es in dem Brief, den ich direkt heute Morgen, ein paar Stunden nach den Geschehnissen, von der Hamburgischen Staatsoper im Postkasten hatte. Der Brief liegt gerade im Büro, kann ich dir zeigen. Die von der Oper entschuldigen sich für die Vorkommnisse gestern Abend und wollen nicht, dass man die jetzt dafür anzeigt. Auf jeden Fall, als die Technik ausfiel, toste ein gigantischer Sturm durch die Oper – mit keine Ahnung wie viel Knoten! Und man hörte nur ihren Gesang in unvorstellbarer Lautstärke aus den Boxen dröhnen. Wie so eine Monsterwelle zog ihr Gesang alle Sachen mit sich und alle möglichen Kleinteile flogen durch die Luft, Taschentücher, Brillen, Schuhe, Scheine, keine Ahnung. Und dann wurde das ganze Publikum ohnmächtig. Ich eben auch.«

»Weil euch Schuhe auf den Kopp geknallt sind, oder wa?«

»Nee, einfach so. Man hört sie singen, ist gefesselt, erregt, dann pennt man langsam ein und schwups – alles schwarz. Ohnmächtig. Alle. Die ganzen typisch alten Herrschaften in der Oper inklusive mir. Und dann kamen Sanitäter und weckten einen nach dem anderen auf. Und dann haben die nicht geheult, die Leute, oder waren außer sich, empört, auf Hundertachtzig oder so was, nein – die haben applaudiert! Standing Ovations!«

Constantin hebt die leere Gabel zum Mund, lässt sie kurz bevor sie ihn erreicht wieder aufs Porzellan plumpsen. Kilink!

Lollo drückt sich seine Fingerspitzen in die Augenhöhlen. Er muss nachdenken.

»Du, bitte halte mich nicht für bescheuert, Constantin. Die Geschichte ist wahr, es war tatsächlich so. Und die Geschichte davor, das mit dem Kennenlernen, auch. Ich weiß ja auch, wie komisch das klingen muss«, schon wieder komisch, komisch ist nicht gut, ärgert sich Lollo, »ich bin nicht verrückt oder so. Immerhin...«

»Immerhin steht's sogar auf dem Titel der *Mopo*« vervollständigt Constantin den Satz, während er den Boden um seine Füßen herum auf Unregelmäßigkeiten zu überprüfen scheint.

Lollo sucht die Augen seines Freundes, die seinem Blick entgehen. Verständliches Verhalten, muss Lollo zugeben, er ist seinem Freund nicht böse. Er stückelt einen Bissen Ravioli ab, isst, nippt zurückgelehnt am Wasserglas und schaut dem blubbernden Inhalt dabei zu, wie ihn die getrüffelte Soße von seinen Lippen diesig färbt. Das Wasser hat einen Braunton.

»Klar, klingt alles wie eine Comicverfilmung, totale Fiktion, natürlich, sehe ich ein. Nur, ich weiß nicht warum, weiß ich, dass ich Teil dieser Geschichte bin. Irgendwie bin ich zu einer Hauptfigur dieser gestrigen, kuriosen Umstände geworden. Seit dem ich sie das erste Mal traf, da im Restaurant des Alsterhauses, als sie aus dem Nichts auf einmal vor meinem Mittagessen saß, seitdem bin ich irgendwie irgendwas in Frejas Leben. Ich spüre das genau. Und sie gibt mir den Beweis: Gestern, kurz bevor sie zur Hochform auflief und mit ihrem so betitelten »Stimmtsunami« die ganze Oper nach allen Regeln der Kunst überwälzte, hat sie mich oben auf dem Balkon, auf dem ich saß, entdeckt. Wir hatten Augenkontakt. Ich hab's genau gefühlt, dass wir uns angesehen haben. Daraufhin: Chaos.«

Schwarze Augen, schwarzer, imposanter Schnabel, schwarze Beine, eine lebendige Skulptur: auf der roten Backsteinmauer trippelt ein Rabe. Das vollgesogene Federkleid steht ihm nass ab, aufgeplustert wie ein begossener Pudel, verliert er trotzdem an selbstsicherer Gelassenheit nicht, verfolgt gereckten Hauptes die frischen Freunde, die auf dem Rückweg zur Agentur durch den feinen Regen schreiten. Auf den Blättern zu fetten Tropfen gesammelter Regen fällt schwer von den Bäumen, zerplatzt auf den Frisuren der darunter Hergehenden, sickern durch die Haare, bewässert kalt die Kopfhaut. Lollo und Constantin reden auf dem Weg zurück in die Agentur nicht miteinander. Ihre Gummisohlen knatschen auf glänzendem Kopfsteinpflaster, Schuhe platschen in Pfützen.

Vor Lollos Büroglastür bleiben sie stehen und halten inne. Constantins Blick ist wieder dem Boden gewidmet.
»Lass'ma morgen wieder Mittagessen gehen«, spricht er etwas nuschelnd, als brachte es ihn in Verlegenheit, den Wunsch auszusprechen, »vielleicht beim Türken. Mal sehen, was sich bis dahin ergeben hat.«
»Gerne«, freut sich Lollo, dass ihn Constantin offensichtlich weder für einen Bekloppten, noch für einen Hochstapler hält, der sich, gerade erst kennengelernt, mit zurecht gesponnenen Novellen interessanter machen will, als er ist, »beim Türken ist gut. Komm' einfach rum morgen. Freu mich!«
Die beiden geben sich zum Abschied High-Five auf Kopfhöhe. Es klatscht, wie es klatscht, würden sich Angeber abklatschen, ebenso schmerzt es im Handfleisch. Constantin grüßt bis morgen. Lollo dreht ab, schiebt die Tür in den Raum, verschwindet hinterm Glas in seinem Bürokasten, rüttelt an der Maus um den Bildschirmschoner zu deaktivieren. Ein Blatt liegt auf der Tastatur: ein Briefing, das anscheinend in der Mittagspause auf den Tisch flatterte und bis zum Nachmittag um Erledigung bittet. Nachdem ihm die neu eingegangenen Mails einen Überblick über die Tagestermine und anstehenden Abgaben seiner Ideen verschaffen, hat Lollo akut sehr viel zu tun. Fünf Jobs parallel. Sicher, machbar in den nächsten Tagen abzuliefern, in denen es aber dann wiederum üblicherweise Briefing-Nachschub für die folgenden in Nächte ausgedehnten Tage gibt. Ist eine Sache erledigt, liegen da zwei Neue auf dem Stapel. Das ist

nicht überraschend. Es wird immer so weiter gehen. Für den weiteren Tagesverlauf wird Lollo also noch so lange in seinem Raum auf dem Vitra-Sitz vorm iMac kauern, ins Microsoft Word-Dokument tippen, sich beim Grübeln die Stirn kraulen und kratzen, solange, bis es draußen mindestens längst dunkel geworden ist. Wenn er dann bei der Hansa Taxi-Hotline anruft und als registrierter Stammkunde auf den Nummerntasten des Telefonhörers für die Stammabholadresse die »1« drückt, ist es nicht nur ein einziger bestellter, blassgelber Mercedes-Benz, der an der Agenturpforte vorfährt, um einen Kreativen in seine angemietete Ruhestätte zu kutschieren. Es werden einige Taxen sein, die in der Nachtschicht immer wieder einen Abstecher in die gleiche Straße machen. So lange, bis ein jeder Werber wenigstens ein paar wenige nächtliche Stunden zuhause in der Koje verbringt und sich wenigstens ein bisschen davon regenerieren kann, was ihm zu meistern am Arbeitstage die Schulter bot.

BIS ES SOWEIT IST, WIRD NOCH VIEL GREINENDES SCHNAUBEN DEN ISEBEKKANAL HINUNTERFLIEßEN
(Dienstag)

Da zwitscherten Vögel. Immer wenn es soweit ist, dass man ihnen, in den Daunen ihrer voluminöserer Artgenossen eingemummelt, auch bei geschlossenen Fenstern zuhören kann, weiß man, dass die Portugiesen schon wach sind, ihre Cafémaschinen warm laufen lassen, ihre Tische und Bierbänke rausstellen, die Holzflächen mit dem feuchten Lappen wischen und jedem an ihrem Laden Vorbeilaufenden, den seine Schlaflosigkeit in den nächsten Morgen schubst, mit ihrem lustigen Akzent einen guten Morgen wünschen. Dann werden die ersten safrangelben Croissants verkauft, die oben drauf aussehen wie lasiert, und Natas. Des Portugiesen morgendliche Freundlichkeit verwandelt sich in Ohren matter, hungriger Nachtdurchmacher direkt in herzlichste Gastfreundlichkeit, so machen die Schlaflosen in den portugiesischen Cafés schon die Auslage leer, noch bevor die werktätige Bürgerschaft auf dem Hinweg zur Arbeit, sich den Vorgeschmack auf etliche heute bestimmt noch folgenden Enttäuschungen abholend (weil, wann läuft schon mal alles glatt, an einem Arbeitsalltag, an dem ein Tag, wie man vorzugeben pflegt, zum Glück ja nie wie der vorige sei), aus dem Lokal krümelt: Die schön gelben Croissants: alle alle. Die Natas: leer. Unendlich sind allein das Milchreservoir, die Cafébohnen, die Coffee-to-go-Deckel und -Pappbecher, auf jenen zuletzt erwähnten netterweise der Grund verwiesen ist, durch was man sich beim Festhalten des eingebecherten

Reisegetränks, auf dem Stehplatz im ausverkauften Bus mit dem Fahrstil des Buslenkers mitschwankend, die Hand verbrüht: »Espresso«, »Café au Lait«, »Cappucino«, »Coffee«, »Americano« oder »Latte Macchiato«. Der Bus fährt mit Dieselgeräusch und spät geschalteten Gängen enge Kurven auf den letzten Drücker, bevor die Ampel auf Rot umspringt. Der Kaffee heiß, das Leben hart.

Es war gegen Sechs Uhr. Der Himmel hatte leichten Grünstich, der Asphalt war noch etwas dunkler als er am Tag sein würde. Nach dem Regen letzter Nacht lag eine Idee Meeresduft in der Luft. Klingt etwas geziert und der kritischen Allgemeinheit liegt auch keine schriftlichte Ermittlung dieses Sachverhalts vor, um die Existenz des kleinen Phänomens »Meeresduftluft« zu beweisen, aber wem's schmeckt, wäre es in Worten des Laien etwa wie folgt begreiflich zu machen: Wenn sich die Wolken, die von der Nordsee, entgegen der Fließrichtung der Elbe, von dessen Verlauf nach Süd-Osten geführt, über Hamburg entleeren und noch nicht viel Lastkraftfahrendes brausend die Luft aufwirbelt, steigt nicht zufällig die sich immer mal wieder vergegenwärtigende Notiz, Hamburg sei dem großen Wasser nah gebaut, in Nasen auf, die ihre Nüstern schon in der taufrischen Früh draußen ausführen. Die Lufthülle, die sich vor allem auf die Stadtteile westlich der Alster legt, lässt dann dezent den Geruch von Alge und Salzwasser vernehmen. Die Aufmerksamen unter den Nachtschwärmern wissen um die Tatsächlichkeit dieser Behauptung.

Während alles schlief, waren an den Bäumen weitere Knospen aufgeplatzt und Blätter wuchsen noch ein Stückchen und ihr Blattgrün wurde noch ein bisschen grüner. Die Stadt hat endlich wieder Grünzeug zwischen den blanken Zähnen.

So langsam hob sich die Sonne über die Wipfel der Gebäude. Es stachen die ersten Sonnenstrahlen durch die Schwaden aus Nebel und erst dann gewöhnt sich das noch mit Schlafsand verkrustete Auge so langsam an die einfach überall herumliegenden Details, die man beachten *kann*, wenn es aber nicht sein muss, auch nicht muss.

Berufsfrühschoppern sei zu dieser Tageszeit übrigens geraten, eine Plastiktüte drunterzulegen, bevor man sich am Isekanal auf die glitschig bemooste Parkbank setzt, das erste *Holsten Edel* öffnet und auf die anderen wartet.

Lollo strampelte die Bettdecke zur Seite und leistete dem trällernden Geflügel vom Balkon aus Gesellschaft. Er konnte sie sehen: in dem Baum da tirilierten sie vor Paarungswilligkeit. Lollo konnte nicht mehr schlafen. Ab dann, als er nach äußerst nervösem Nickerchen und mehreren irren, irre kurzen Träumen aufwachte und erst einmal das vollgeschwitzte T-Shirt wechseln musste, machte er sich die überschüssige Nacht lang Sorgen bis es allmählich Morgen wurde. Doch sorgte er sich nicht etwa um seine eigenen Befindlichkeiten, er leidet längst nicht ständig an Schlafstörung, und auch der Job, der zwar schlaucht, belastet ihn seelisch längst nicht mehr wirklich, sodass er unzulänglich zu Schlaf kommt. Eher zerbrach er sich den Kopf um Frejas Ergehen nach dem Vorfall in der Staatsoper von vorgestern Abend. Er hatte nichts mehr davon gehört. Und noch nichts unternommen. Er bekam es mit dem Gewissen. Und so machte er sich auf die Suche nach einer Idee, die sein auf (mit Verlaub, im gröbsten Sinne auf einen Begriff geringer Bedeutung zusammengestaucht:) *Originelles* in Sachen Werbung trainiertes Zerebrum nicht, wie er es gewohnt, auf Anhieb auszuspucken bereit war, was die »Madame infernale« aus jenem Schlamassel zieht, welches vermutlich ansteht.

»Hunderte Verletzte«. Diese schauderhafte Behauptung lag Lollo schwer dort drin, wo, hinter kräuselnder Bauchbehaarung, gewöhnlich Speise und Getränk untergebracht werden. Der Mob würde Freja als mutmaßlich körperverletzend Oper singende Furie folgenschwer belasten, schützte die Staatsoper das vermutlich teuerste, für ausverkaufte Halle sorgende Paradestück, das ihr Ensemble hervorbringen kann, nicht mit allen juristischen Mitteln, die sie aufbringen könne, war Lollo sich sicher. Bestimmt, dachte er, machen die das im Regelfall ja auch, die hegen und pflegen und schützen das Wertvollste, das sie als untrennbaren Bestandteil ihrer Institution sehen. Doch wurde von eben dieser fähigen Person ein Querschläger angerichtet, der sich folgenschwer auf den Ruf, doch vor allem auf die Konten der Einrichtung auswirkt, heißt es bald: »boo!«, »böse, böse!« und »bye-bye!«. Wer weiß, kann sein, dachte Lollo, dass sie, die Staatsoper, ihr Wunderkind nicht gleich heiße-Kartoffel-mäßig fallen lässt. Vermutlich werden sie Freja Rückendeckung geben, damit sollte man bei solchen verstaatlichten Stätten doch rechnen dürfen, oder? Ein Chefarzt im Krankenhaus hält ja immerhin auch für jeden tödlich ausgehenden Ausrutscher seiner ihm zu Fuße tätigen Ärzteschaft in Form juristische Kritzeleien beinhaltender Briefen de jure den Kopf hin und lauthalsige Vorwürfe dem einzelnen Arzt fern. Freja wird doch wohl nicht die alleinige Schuld gegeben werden. Wenn etwas schief läuft muss die Oper, das große Ganze, die große Institution, bluten. Und nicht die einzelne Sängerin. Zu erwarten wäre, dass es irgendjemanden bei der Staatsoper gäbe, hoffte Lollo, der Freja eine Art Mentor ist, ihre Bezugsperson, ihre Vater- oder Mutterfigur, die sie behütet, ihr sagt, wie sich in dieser von sonst abweichenden Situation zu verhalten ist und wohin es mit einem Talent wie dem ihren in Folge weitergeht, wird sich eines Tages der Sturm langsam gelegt haben. Das ruhig geworden sein, was vom Stimmtsunami noch nachklingt. Dieser Intendant, die Intendantin, jemand Wichtiges halt, wird Freja gleich nach dem Totalausfall im Live-Konzert zu sich ins Büro bestellt und mit bedeutungsvollem Minenspiel versprochen haben, dass sich ab diesem Moment, jegliche Angelegenheit dieses Vorkommnisses bezüglich, für die

Madame von selbst regeln wird, sie, Freja, bräuchte sich nicht zu sorgen, solle nach Hause gehen, sich ausruhen, morgen sei ein neuer Tag. Das wünschte sich Lollo so sehr, dass es beinahe weh tat, wie sehr er sich um sie sorgte. Zu hoffen wäre, dass man Freja noch in selbiger Nacht ein ähnlich bildstarkes Versprechen gab, wie folgendes, dass man, als eine sich schützend um sie formierende, über sie wachende Familie, vom Hausmeister hin bis zum Direktor, Freja derart lückenlos umfasse, wie es Schmelz bei einem Zahn tut, auf dass jegliche Äußerungen und Anschuldigungen von außerhalb vom verletzlichen Kern in Form von Freja abprallen, wie in Kanonenkugelform stilisiert dargestellte, dem Zahn übeltuende Inhaltsstoffe von Genussmitteln in der Zahnpastawerbung im Fernsehen. Mit Hilfe der gewinnquotenstärksten Anwälte der Hansestadt werde man das Einprasseln des Unheilvollen abfangen, eindämmen, letztendlich, und auf hurtig hingelegtem Wege, beenden.

Tuuut. Tuuuut. Tuuuuut. Krick- »Brockmann, Hamburgische Staatsoper. Guten Tag.« Mit einer trockenen Kehle und einer ungeschmeidigen Stimme, die sich den bisherigen Tag vermutlich schon vielen Telefonaten stellen musste, geht ein Mann an den Apparat. Seine Müdigkeit ist hörbar.

»Guten Tag, hier spricht, ähm... Ich war vorgestern in der Oper«, verhaspelt Lollo, der sich nicht zureichend überlegt hat, was er sagen wollte, bevor er den Hörer aufnahm und die Nummer wählte, aber »Tu etwas, mach schon!« rief sein Enthusiasmus, der ihn zu sofortigem Tatendrang hinriss, damit sich das mit dem Gewissen so langsam beruhigte. Seine Stirn bekommt Runzeln.

»Hören Sie, bitte«, begann der Mann, »ich bin hier wohl auch für Infos rund um die Staatsoper, doch hauptsächlich für den Kartenservice zuständig. Bei Fragen bezüglich der Angelegenheit der Opera infernale von vor zwei Tagen, wenden Sie sich bitte, das bitte in schriftlicher Form, an unsere postalische Adresse. Ich kann Ihnen hier am Telefon, so Leid es mir tut, nicht-« Der Text klingt doch auswendig gelernt, denkt Lollo und fährt dazwischen:

»Aber nein«, unterbricht er und führt das Gespräch in einer lieblichen Klangfarbe fort, die äußerstes Verständnis transportieren soll, um nicht direkt vom entnervten, zweckentfremdeten Info-Posten, der als Job jetzt hat, eben keine Info mehr rauszugeben, abgewimmelt zu werden, »ich wollte mich nicht beschweren oder so was! Nein, nein! Ich mache mir Sorgen, nicht einmal um mich selbst. Sondern, warum ich anrufe-«

»Mein Herr, wie gesagt, schreiben Sie uns. Das können Sie auch über das Kontaktformular auf unserer Homepage tun. Besuchen Sie einfach unsere Website, ganz oben auf dem Bildschirm sehen Sie ein paar Reiter, Menüpunkte, einer davon lautet ›Kontakt‹. Wenn Sie den anklicken, gelangen Sie zum Kontaktformular. Dort tragen Sie Ihren Namen, Ihre postalische Adresse und E-Mail-Adresse ein und schreiben Ihr Anliegen ins Textfeld. Ihre Meldung wird ganz sicher an die für den Ihren Fall zuständige Person im Haus weitergeleitet. Da können Sie ganz sicher sein. Ihre Daten werden selbstverständlich streng vertraulich behandelt. Auf Antwort müssen Sie sich aber gedulden. Sie können sich ja vorstellen, was hier gerade los ist.«

»Ja, na klar. Aber entschuldigen Sie: Ich muss den Intendant sprechen oder irgendw...« Lollo nimmt sich einige Sekunden, schließt die Augen und atmen so ruhig wie möglich. »Entschuldigen Sie«, beginnt er noch einmal, »ich möchte mich weder beschweren, noch Schadensersatz, noch das Geld für die Karte zurück. Ich mache mir Sorgen um die Sängerin. Die Madame. Um Freja!« Lollo fleht. »Ich muss sicher gehen, dass sich jemand um sie kümmert!«

»Hören Sie, einen kleinen Moment, bitte.« Krapp. Klassische Warteschleifenmusik beginnt zu dudeln, die

Melodie entstammt nicht einmal dem Genre Klassik. Klingt schon mal vielversprechend, denkt Lollo und drückt den Hörer fest ans Ohr.

Constantin steht vor der Glastür auf dem Flur und winkt. Die beiden sind zum Mittagessen verabredet. Constantin signalisiert Lollo mit Fingerzeigen, dass er schon mal vorne am Eingang auf ihn warte, Lollo nickt.

Krapp! »Hören Sie?«

»Ja!«

»Entschuldigen Sie, ich kann Sie zu diesem Zeitpunkt leider nicht zur Intendantin durchstellen. Gewöhnlich tue ich das von vorne herein nicht, eigentlich. Sie ist auf jeden Fall nicht im Hause. Ich wünsche Ihnen alle Gute.« Im Abgang erinnert Lollo der Info-und-Kartenverkaufs-Typ an einen Arzt, der seinen Patienten schnell abhandelt: Krankheitsverlauf normal, wieder hinlegen, Frau Müller, alles Gute. Wie enttäuschend.

»Wann kann ich sie denn erreichen, die Intendantin?« Zufällig und an genau richtiger Stelle fällt Lollo der Name der Intendantin ein, den hat er einmal aufgeschnappt und ihn sich zufälligerweise gemerkt. »Hat Frau Young gesagt wann sie wieder zurück ist? Könnte ich denn sonst mit wem, ähm, wem Wichtiges verbunden werden, der mir sagen kann, dass es-«

»Machen Sie sich bitte keine Sorgen, es wird sicherlich alles seine richtigen Wege gehen. Bitte rufen Sie nicht noch einmal an. Wie gesagt, es handelt sich hier vorwiegend um einen Kartenservice.« Da war er wieder, der Arztton, der Lollo aufstoßen lässt.

»Karten- *und Info*service, verdammt noch eins!«

»Nutzen Sie das Kontaktformular. Machen Sie es gut, ich wünsche Ihnen einen schönen Tag.« Krapp. Der am anderen Ende hat aufgelegt. So eine Frechheit, denkt Lollo und zeitgleich ist er unzufrieden, dass er bei dem Telefonat nicht mehr hat rausholen können.

Zugegeben. Lollo hält Freja für eine Asoziale. Denn sie ist relativ gefühlsarm, nicht besonders einfühlsam, gänzlich uninteressiert, verdeckt ihr Gesicht hinter Haaren, und wenn sie schaut, blicken die Person ihr gegenüber, da sie den Kopf beim Sich-gegenüberstehen stets gesenkt hält, bloß Glitzerbrauen, statt Augen an, aus denen man gegebenenfalls ihren Gemütszustand, gar die Wahrheit über Freja, lesen, naja, allenfalls vermuten könnte. Und sie redet nicht, gibt nichts über sich von sich, lacht nie und hat nur Spaghetti und Pesto im Schrank, zudem kann sie nicht einmal selbstständig mit Besteck hantieren und Spaghetti verlangen auch manch geübtem Gabeldreher manchmal besonderes Geschick ab, warum also waren da nicht zumindest Penne statt Spaghetti im Regal, die man einfacher auf die Gabel bekommt oder leicht mit der Hand essen kann?

Und da gibt es noch so einiges an ihr auszusetzen, denkt Lollo, wonach man bei *konventionellen* Frauen gründlich zu suchen hat. Und natürlich fragt er sich, was es ist, dass ihn, Lollo, sich auf einmal in Kampfstellung bringen lässt, ihn einer nicht auszuschlagenden Mission aussetzt, für jene Asoziale echte, lichtjahreweit oberhalb der für ihn typischen Gefühle zu entwickeln, für sie, für ihr Gemeinsamsein, für sie beide als ein Liebespaar freiwillig und aus vollstem Willen und Verstand Fäuste zu wedeln. Lollo spürt, wie er soeben abgehoben ist, der Boden verabschiedet sich unter seinen Füßen, er schwebt jetzt. Zumindest fühlt es sich so an. Er fühlt sich stark. Kräfte aktivieren sich, die er sonst nie nutzt. Sie haben mit seiner Willensstärke zu tun. Er hatte sich verliebt in einen Freak, den man nicht ohne der unangenehmen Vorahnung, wie sie reagieren würden, mulmig im Ranzen geworden zu sein, seinen Eltern als Lebensgefährtin vorstellen würde.

Vermutlich ist es so, dass von mit vermeintlich eher bescheiden ausgeprägten Eigentümlichkeiten ausgestattete Figuren bei Normalos gezielt jene Reize gekitzelt werden, die dafür sorgen, dass sie, die somatisch oder situativ Minderbemittelten, als hilfsbedürftig eingestuft, an die Hand genommen, letztendlich an dieser kurzerhand aus dem gegenwärtigen Verhältnis herausgezogen – gewissermaßen *gerettet*, wenn man so will – werden. (Wie oft wünschte manch ein vom falsch benutzten Allermundsbegriff der Romantik Bespeichelter schon, eine Dame aus dem Schaufenster der Herbertstrasse zu befreien und sie, die jenem auf ewig zu Dankbarkeit Verpflichtete, dauerhaft ihren Erretter devot Angrinsende, staubsaugerrüsselschwenkend bei sich Zuhause auszustellen und mit ihr etwas Grundsolides aufzubauen. Ich in Lohn und Brot, du ohne Sorge, mein Herzblatt, mein Schicksal auf zwei achtsam rasierten Beinen, die ach schon zu viel erlebt haben. Aufnahmebereit bist du exklusiv für mich, du, meine Mätresse, freiwillig gefangen auf zwei Etagen im weiß verputzten Barmbeker Reihenendhaus mit schlauchartigem Gartenstück mit Koikarpfenteich plus Doppelgarage. Und auf den Lamellen des Garagentors ist der talentlose Nachbarjunge beauftragt worden, mit ungelenkem Sprühdosenstrich, das Wort »Freedom« als Graffiti anzufertigen. An steht endlich ein Leben ohne Zuhälter, bloß mit vielen zu schrubbenden Bodenfliesen und Badkacheln eines Haushalts, der sich sehen lassen kann, in jenem Respekt gezollt und von nun an wohltätig unter die Arme, statt wie bis dato an die Gurgel gegriffen wird.)

Die für den Eindruck der sich gelassen als *situiert* Bekennenden bezeichneten Unglaublichen setzen dem vom Establishment gesichert und von der bourgeoisen Breite gestützten Mittelständischen in Affekt, den Anstand zu besitzen, außerhalb des Alltages Held zu spielen, und das abnormale Korrelat, durch reißende, sich unentwegt wiedersetzende Strömung, letztendlich auf selbiges Ufer abzuschleppen, es anschließend zu sozialisieren. Und eingebürgert ist der Aussiedler von Vordermals!

Spielt Lollo hier eine derartige Rolle, die des »Erlösers«?

Oder ist er mehr so die Abteilung jemandes Typus, der auf Partys — stets schauderhaft in sich gekehrt, was ein mysteriöses wie irgendwie magisches Interesse an seiner zwielichtigen Person bei Andersgeschlechtlichen abzuzielen anstrebt – am handwarmen Flaschenhals nuckelnd, im Schattigen am Rande des engtanzenden Ereignisses verharrt und, sich wie die Moräne im Felsspalt auf vor ihrer Schnute flossschlackernd vorbei driftendes Futter geduldend, von einem Sweetheart entdeckt werden will, die »ja eigentlich nur zufällig, aber wo ich gerade mal hier bin« sein Wirkungsgebiet tangierte und prompt in ein erschöpfendes Gespräch über seine Meinung gegenüber dem allgegenwärtigen billigen Üblichen verwickelt ist, das im eigentlichen – in *seinem* Sinne — dazu gedacht ist, dem Girl aufzuführen, dass Champagner und extrovertiertes Sich-Geben zu den abneigungswürdigen Abfallprodukte zählen, nach denen kalte Schultern schreien, und er sie jetzt gerne von der Feier »erlösen« und auf den Beifahrersitz seines vor der Tür geparkten Autos zum *The Smiths* hören leiten möchte — er hätte die ein oder andere Träne in petto, die er ihr gerne »mehr im Privaten« unter vier Augen preisgeben wolle. Dieserlei Leute nennt man bekanntlich Loser. Und es gibt nichts Ekelhafteres, außer vielleicht ein Geruch verstreuendes Ekzem am offenen Gaumen, womit man Mädels ohne »Vorgeschichte«, die sich oft auf unerlaubte sexuelle Handgreiflichkeiten zurückweisen, jene sie seither nur noch »ironisch« und in doppelter Lautstärke Konversation betreiben lässt, abschrecken kann, einen kennenzulernen, denkt Lollo. Einer derer war ich nie, will und werde es auch nicht werden, denkt er, von der Idee, er könnte es doch sein, so ein Wannabe-Retter, angeekelt. Nee, nein: Er bildet es sich doch nicht ein! Er muss Freja helfen!

Aber welche Rolle hat Lollo nun eingenommen? Spielt nicht der, der sich um eine gefährdete Person rührend in Aktion bringt, automatisch den Wohltäter, der sie aus der

Gefahrenzone »erlöst«? Ja, schon. Aber nein: Inzwischen hat Lollo zunächst ein Vögelchen gezwitschert, dass es sich geistig rentiert, sich verliebt zu haben, ferner ist ihm niemand anderes als er selbst bekannt, der Freja, zur Stunde dieser delikaten Bedingungen Beistand leisten kann. Darüber hinaus, und das ist sein wesentlichstes Interesse, möchte er schleunigst für Ruhe sorgen, damit Freja und er ungetrübt ihre Mittagspausen fortsetzen, sich noch genauer kennen und verstehen lernen, das mit ihnen so langsam »offiziell« machen (obwohl es so oder so fast jedem schnurzpiepe ist, ob Lollo eine Beziehung jetzt »hat« oder nicht), die beiden bald auch außerhalb des engen Korsetts der Siesta ein Techtelmechtel veranstalten können. Der schlimmste, nicht auszudenkende Ausgang, der passieren könnte, wäre, dass man ihm Freja ungefragt abhanden kommen lässt, sie verschleppt, aus der Stadt, aus dem Land, ins Unauffindbare. Er würde dem Verlust nicht entgegenzusteuern vermögen, da er nichts mitbekommen, da nicht benachrichtigt werden würde, da man ihn in Zusammenhang mit der Madame nicht auf dem Schirm hat. Genügend ausgangslenkende Hebel, die in den Katakomben des Kulturapparates mit Fokus auf allgemeine Sicherheitsbestimmungen und das künftige, mit lupenreiner Fransenweste bekleidete Image der Staatsoper in dem Werber kaum genehme Richtungen getätigt werden können, gibt es ja. Gegebenenfalls ziehe man die aufs Äußerste ungewöhnlich befähigte Freja auch als Versuchskaninchen für allerlei Experimente aus dem Verkehr und die Wissenschaft probiere, schlau aus ihr zu werden. Anstalt, Labor oder vor das Tribunal, statt über die Tischplatte gereichte Gabelportionen mundportionierter Zuwendung? Das könnte dem unglücklichen Ende so schmecken! Lollo wird kämpfen.

Die Pfützen im verbeulten Asphalt haben bereits scharfe Konturen. Am Nachmittag werden sie verdunstet sein. Noch sieht das vollgesogene Moos, das am Randstein der Straße in den Lücken zwischen den Bordsteinriegeln nach oben kriecht, wie frisch geschlüpft aus, Nacktschnecken nehmen die Beine in die Hand, schmettern im Schneckentempo gen schützendem Dickicht. Denn heute zeigt der Lenz den dem Katzenwetter Überdrüssigen, wo der Frosch die Locken hat und so weiter der formulierten Freude über das schöne Wetter – die Sonne leuchtet, wie solle sie's auch anders tun: hell. Sehr, sehr hell. Und so ist die feuchte Luft warm und weiß, und fast jeder, der gerade auf der Straße ist, hebt das Kinn, schließt für eine Weile die Augen und aalt sich entfrostend im lang entbehrten Glanz.

Die Werber, Constantin und Lollo, sitzen auf einer Bank draußen bei *Mr. Kebab* in der Wohlwillstraße und trinken hausgemachten Ayran. Die Eiswürfel bimmeln beim Anheben im Glas. Constantin und Lollo haben Köfteburger mit Fritten bestellt und es geht ihnen, äußerliche Gesichtspunkte in Augenschein nehmend, sehr gut, das Portemonnaie ist gefüllt und selbst bei Ebbe im Geldbeutel wäre der nächste Bankautomat nicht weit, es sollte alles im Lot sein bei ihnen. Man raucht Zigaretten. Gegenüber, am Grünen Jäger, genehmigt sich ein angeschmuddeltes Hippiepärchen mit Dreadlocks an ihre groß wie langen Bundeswehr-Wanderrucksäcken lehnend ein Mittagsschläfchen auf dem Rasen. Dabei halten sie Händchen. Und Lollo denkt still in sich hinein, so etwas würde er nie öffentlich vermerken: so oder so, Hauptsache glücklich. Kein besonderer Gedanke, einen, den man schon als Heranwachsender hatte. Dann erinnert Lollo, dass er ja gar nicht so glücklich ist, wie er, nach unwesentlicher Betrachtung seines Äußeren, auf die Mitwelt bestimmt den Anschein macht. Man kann einem Menschen nicht wirklich ansehen, ob er glücklich oder unglücklich ist, denkt er, wobei er bemerkt, dass diese Erkenntnis *schon* irgendwie neu für ihn ist. Und dann ist er traurig. Als hat Constantin gespürt, was in etwa in Lollo geistert, fragt er, um dieses Gefühl zu therapieren, mit behäbiger, tief gestellter

Stimme: »Was hast du denn nun vor?« und meint sicherlich den Kasus Madame-Misere.

»Ich werd' mal zur Oper rüber schneien«, sagt Lollo, »mal vor Ort fragen, was Sache ist. Am Telefon kriegt man da nichts heraus. Werde mich dort direkt mal durchzusetzen probieren. Ansonsten schaue ich bei ihr in der Wohnung vorbei, vielleicht ist sie ja dort. Keine Ahnung, vielleicht ist sie ja auch sonst wo...«

»Ja, oder vielleicht isst sie gerade ebenfalls zu Mittag. Irgendwo. Hängt, so wie wir, in der Sonne ab, mampft sich ein Salätchen, Dressing und Croitants und Zipp und Zapp drauf, und sie gibt 'nen Dreck auf die *Mopo* — ja, oder vielleicht wartet sie in diesem Moment auch auf dich! Im Alsterhaus im Restaurant zum Beispiel. Vielleicht ist das alles wesentlich weniger dramatisch, als du's dir ausmalst. Du hast ja Phantasie. Zu viel vielleicht. Oder vielleicht ist sie spontan verreist, oder wa... Kann doch alles sein.«

»Hmhm...« entgegnet Lollo und blinzelt in den Glutball am Himmel bis es ihm nur noch grün und blau und weiß vor Augen flackert und er nichts mehr erkennen kann, als er sich dem Grellen abwendet. Constantin ist ein guter Freund, denkt er, so frisch und positiv und frech – als ob Freja einen Salat mit Croitants zu essen in der Lage wäre. Haha, denkt er, und sieht vor seinem inneren Auge Frejas Versuch, ein großes Salatblatt in den Mund zu bewegen und was ihm seine Vorstellungskraft da an Bildern bietet, gefällt ihm.

»Du...«, beginnt Lollo zögerlich, »ich komm gleich nicht mit zurück in die Agentur.« Komm, Constantin ist ein Freund, zu ihm kannst du ehrlich sein, denkt Lollo. »Es macht mich echt fertig, nicht zu wissen, was jetzt ist und so, weißt du... Ich fahre eben in die Stadt und klopf mal bei der Staatsoper an. Geh du dann schon mal ohne mich zurück, ja?«

»Klaro. Krieg du erstmal das alles auf die Kette, ist ja schon 'ne Nummer, die ganze Story hier.« Um Gesagtes zu unterstützen, pustet Constantin in die Luft und nickt dabei.

»Vielleicht triffst du sie da ja. Oder bekommst genügend Infos, die dich ein bisschen relaxen lassen. Und dann kommste etwas später ins Büro nach. Easy. Soll ich irgendwem was von dir ausrichten?«

»Auf keinen Fall! Danke, ich beeile mich einfach. Werde 'nen Arzttermin vergessen haben, zu dem ich schnell musste.« Die Köfteburger werden gebracht. »Guten Appetit.« » Guten.«

Starker Wind bläst auf einmal von Osten. Die Fontäne der Binnenalster besprenkelt das Vier Jahreszeiten. Lollo steigt im Tempo des Schwarms die Treppen aus dem U-Bahnschacht am Jungfernstieg hoch. Ein SUV Porsche überholt ein Mercedes-Benz Coupé, das noch steht, als die Ampel auf Grün umstellt. Die Motoren grölen, als würden sie zanken. Lollo spürt vermehrt die Unruhe in sich aufsteigen. Ständig befingert er seine Hände, reibt und dreht die Finger, während er läuft, andauernd räuspert er sich. An einer Absperrung aus frisch abgeschnittenen Holzbrettern kauert ein Bettler vor der Baustelle am Salamander-Schuhgeschäft. Er hat nur ein Bein und hält eine dunkle Hand auf, die nicht etwa von der Frühlingssonne stark gebräunt wurde. Staub und Dreck klebt in den Fugen der Handfläche. Sein Daumen ist verwachsen. Es sieht aus, als windet sich ein Ast aus dem Knochen überm ersten Gelenk. Lollo schüttelt es, das sieht wirklich unappetitlich aus, diese Verwucherung. Und darein soll er seine Almosen legen? Im Leben nicht. Falsche Herangehensweise, denkt er, denn so denken die meisten, und schnell geht er am Bettler mit dem Astdaumen vorbei und probiert, diesen Daumen schnell zu vergessen. Ihm wird immer unruhiger. Mit dem Handrücken rutscht er über seine Stirn. Er schwitzt deutlich, die Ärmel des T-Shirts unter der Jacke triefen, die Ärmel der Jacke haben auch schon Schweiß abbekommen. Aufgeregt, unter Zeitdruck – in der Agentur hat es sich immerhin noch eine potente Häufung zu Verrichtendes auf seinem Schreibtisch kuschelig gemacht, das auf baldige

Wiederkehr jenem besteht, der sich bitte binnen Kurzem ihrer annimmt – liegt ihm auch noch der Köfteburger, der zwar besonders lecker, doch massiv ist, schwer im Magen. Will ich Freja zu Mittag treffen, denkt er, sollte ich nicht vorab, sondern erst mit ihr essen. Für heute liegt da also schon einmal der erste Fehler vor. Am mittlerweile geschlossenen *Streit's* Kino nimmt Lollo die Fußgängerampel, hastet an der Gabelung rüber zum *Nivea-Store*, joggt die Colonnaden hoch, biegt in die Kleine Theaterstraße ab, findet den marmorumschlossenen Eingang zwischen den goldenen Säulen, über denen in Majuskeln geschriebene Buchstaben den Bau als *Hamburgische Staatsoper* auszeichnen, zieht die eine Hälfte der doppelten Glastür auf und betritt das Gebäude. Prompt steckt sich ihm eine auseinander gefaltete Hand entgegen, die nicht zur Begrüßung, mehr des Ausstoßes halber hingehalten wird. Sie gehört einem glatzköpfigen Pinguin. Lollo schnaubt greinend.

»Wir haben geschlossen, kein Eintritt! Bitte warten Sie auf die offizielle Pressemitteilung! Bitte verlassen Sie die Staatsoper! Bitte, jetzt!« Der Pinguin, der laufend »bitte« sagt, doch »verpfeif dich!« meint, macht ein paar kleine, doch bestimmte Trippelschritte auf den Eindringling zu. Der Pinguin ist außer sich. Auch er schwitzt und scheint sehr gereizt. Warum, denkt Lollo, verschließen die nicht die Tür, dann kommt man gar nicht erst rein. Der Pinguin ist am Ende seiner Kräfte, das Gesicht bis unter den Schnabel, auf dem Tropfen glänzen, mit den düstersten Augenringen geschmückt, getrockneter Speichel in den Mundwinkeln, er sollte dringend mal etwas Wasser trinken. Wie lange musste der bedauernswürdige ins Foyer Zitierte heute schon den Türsteher markieren. »Offizielle Pressemitteilung«, denkt Lollo, soweit ist es schon gekommen. Das macht ihn nicht weniger unruhig, zu wissen, dass Frejas Stimmstunami – jetzt nennt er es in Gedanken auch noch selbst so: »Stimmtsunami«! – dicke Welle macht, sodass sensationsschmächtig, wie sie verständlicherweise nun mal ist, in großen Scharen Presse anrückt. Die Situation spitzt sich zu, denkt Lollo, irgendwie muss er an mehr Informationen kommen!

»Entschuldigen Sie, ich bin nicht von der Presse.« beginnt er.

»Das sagen sie alle!« entgegnet der dehydrierte Pinguin.

»Ich aber ehrlich nicht. Ich wollte nur fragen, ob Freja hier im Haus ist. Ich, ähm - bin ihr Bruder. Lollo. In ihrer Wohnung ist sie nicht und ans Handy geht sie auch nicht. Da dachte ich, ich versuch's direkt am Arbeitsplatz, war so wie so gerade in der Nähe.«

Der Unterkiefer des Pinguins zittert, sein Kinn wackelt als müsse man Schrauben nachziehen. Seine Augenlider sinken schlagartig nach außen ab, er schaut durch Dackelaugen, die langsam wässrig werden. Kleine kugelrunde Schweißperlen klettern auf den Wülsten zwischen seinen Stirnrunzeln an die Oberfläche. Feine, lilafarbige Äderchen bilden Waben auf seinen Wangen, leuchten, wie in Schwarzlicht fluoreszierende Spinnweben. Der Pinguin versucht zu reden zu beginnen. Doch die Zunge, die mit der Spitze immer wieder an seine fahlgelben Schneidezähne stupst, formt keinen Ton. Der Pinguin fährt sich mit den Fingern vom fehlenden Schopf aus nach hinten über die Glatze bis in den kahlen Nacken. Ein sanftes Kopfschütteln verrät seine Entscheidung: er gewährt dem Bruder der vermeintlich mit tödlicher Stimme ausgestatteten Schwester keinen Zutritt in die weiteren Räume der Staatsoper. Als wöge sein Schädel eine Tonne, knickt der Kopf des Pinguins nach unten ab, liegt nun auf seiner Brust, während der rechte Flügel, Pardon, seine rechte Hand, die er mit Reserveenergie noch scheint bedienen zu können, schwach Lollos Ellenbogen greift und den Eindringling, der in seinem Kopf wahrscheinlich tatsächlich der Bruder der Sängerin ist, was in seinem Kopf vermutlich besonders tragisch ist, vor sich her zum Ausgang führt.

Als sich Lollo abgeschoben zurück im Freien befindet, dreht der Pinguin endlich den Schlüssel ins Schloss. Durch das Glas schaut er Lollo, der sich soeben eine Zigarette ansteckt und sich fragt, wie es denn weitergehen soll, nach, so wie ein Zoowärter einem mit der Flasche aufgezogenen Waisentier bei der Auswilderung in die Steppe hinterher schaut – finde dein Glück, ich kann dir nicht mehr behilflich sein, es tut mir Leid. Der Pinguin tut Lollo Leid.

Der 5er-Bus zieht vorbei und eine ebenso schleichende Autokolonne hinter sich her. Einige Insassen der Fuhrwerke werden Lollo bemerkt haben, der, mit der schräg zwischen den Lippen heraushängenden Fluppe und schälen Blickes, wie eingetopft aus dem Gehweg vor der Staatsoper ragt. Um ihn herum wühlen die letzten Mittagspäusler, die aus der großen Halbzeitpause des Arbeitstages zurück an die Schreibtische umsiedeln.
Lollo drückt den letzten Rauch aus seinen Lungen und schnipst die Kippe auf die Straße. Der Schweiß hört einfach nicht auf zu rinnen. Vor allem kommt er, der Schweiß, erst recht, wenn man still steht.

Der Oberkörper eines gesichtstattoowierten Pensionärs pendelt wie der Lampenschirm an der Spitze einer Pendelleuchte über einer Tasse Filterkaffee, die auf einem Tisch, gleich hinter der Schaufensterfassade der *Stadtbäckerei* steht. An den weit gespreizten Beinen, die, wenn die Hose nicht wäre, dem Schritt gehörig Bewegungsfreiheit lassen würden, stechen Knie aus der Jeans, die, wie — nimmermüde aus den Untiefen der Fastvergessenheit hervorgeholten und wieder aufgewärmt — vor der Disco in Badewasser über die Hüfte gezwängte Beinkleider mütterlicher Schwänke aus Backfischjahren, eng anliegen. Aus der Tasse dampft es speichelflussankurbelnd. Und Lollo denkt, dass auch er so einen Kaffee zwecks

Neubelebung gut nötig hätte. Dem Eigentümer der hervor spitzenden Knie ist – auf dem Kopf stehend, lässt er seinen Arm hängen – in die an Straffheit eingebüßte Haut des Unterarms, die witterungsgegerbt irgendwie knusprig gebräunt glänzt wie die Haut eines beharrlich am Spieß rotierenden Grillhähnchens, eine barbusige Meerjungfrau verewigt. Ein echtes Seefahrermotiv, denkt Lollo, original mit verblichenen, ausgefransten Konturen, die mit den dahin gestrichenen Jahrzehnten immer matschiger wurden. Über dem Kopf der Nixe ragt ein von einer Banderole umarmtes Herz, auf dem geschwungenem Band steht in einem mittlerweile mittelgraublauem Ton »Lever dood as aleen« gestochen. Dann doch lieber allein bleiben, denkt Lollo, oder wenn schon tot, dann in getrauter Zweisamkeit mittels Gesang der zur Monogamie benötigten Komponente töten lassen. So oder so, anders nicht. Der ausgepumpte Fahrensmann, der, Lollo kann es deutlich erkennen, da dieser in diesem Moment seine Visage in seine Richtung dreht, ein zweites Herz, ein winziges, auch auf dem Wangenknochen tattoowiert hat, interessiert sich derweil für den Typen da draußen, dieser, sich mehrmals wiederholend, verkrampft am Ohrläppchen ziepend, im Wechsel mal ihn, den tattoowierten Kaffeetrinker, mal die Klingelschilder unter die Lupe nimmt und entscheidet, um sich selbst Einlass ins Treppenhaus zu verschaffen, alle vorhandenen Klingelknöpfe gleichzeitig zu betätigen. Noch bevor der erste Summer geht, fällt Lollo mit der Tür in den Hausflur. Die Haustür ist gar nicht verschlossen.

Lollo holt den Aufzug. Das dauert ein bisschen, bis der kommt. Für seinen Geschmack zu gemächlich schiebt sich die Eisentür in den Türrahmen. Wenn man es eilig hat oder vorübergehend arm an Neven ist, können gerne mal Ausstöße, die Leistung des dösigen Ingenieurs, der für die Konstruktion der im Wandinneren ermüdend hinuntersinkenden Kabine auf seine Propellerkappe nimmt, entwertende Prädikate entgegen gesandt werden. Lollo springt in den umkleidekabinenbeleuchteten Kasten, drückt den Knopf mit der Fünf drauf und lässt sich unter fahrstuhltypischem Surren und vereinzeltem Klunken und Kloinken nach oben ziehen.

Das Herz scheint ihm in den Hals gewandert, da pulsiert etwas. Er ist aufgeregt als hätte er Lampenfieber (und riecht er etwa in diesem Moment seine Füße?). Immerhin kann es sein, dass in wenigen Augenblicken *sein* großer Auftritt bevorsteht: dann steht gewissermaßen *er*, missioniert und randgefüllt mit Enthusiasmus, als Akteur, ihrem Augenschein samt hernach folgender Reaktion unterliegend, vor ihrer Tür, und Freja mimt in diesem Fall die Rolle eines hochkarätigen Publikums. Hoffentlich ist sie da, vielleicht ist sie's ja! Verknallt in ein Weltwunder, ihm wird es jetzt wieder bewusst. Ob ihm das nicht eine Nummer zu hoch sein dürfte, fragt er sich, als der Fahrstuhl mit ihm aufwärts kriecht. Tatsächlich ist die Eigenschaft eines nach oben zitierten Fahrstuhls jedoch, dass er sich nicht sprunghaft verhält und in entgegengesetzte Richtung umkehrt, sondern mit der Unbeugsamkeit eines Eremiten im Schweigekloster seine Obliegenheit vollführt. So geht das Gondeln ohne Unterbrechungen oder Rückzüge bis in die fünfte Etage weiter. Es quietscht, als sich die Fahrstuhltür beiseite schiebt. Angekommen entdeckt Lollo die verstaubte Palme auf dem ausgestorbenen Flur und erinnert, dass Freja ab hier, um noch ein Stockwerk höher zu ihrer Bude zu gelangen, die *Tür schließen*-Taste und gleichzeitig die Taste mit der Sechs für einen Moment gemeinsam gedrückt hielt. Er drückt die beiden Tasten, die Kabine schließt erneut und bewegt sich noch die letzten Meter nach oben.

Gotonk. Polock. Guuumpatik. Der verknöcherte Adler ist gelandet und öffnet seinen Ausstieg zur Geheimmansarde, einem wenig einladenden, dunklen Flur einer Etage, die den

Anschein macht, sich selbst als im Haus ansässig vertuschen zu wollen.

Links in der düsteren Ecke blinkt und leuchtet es wieder grün und gelb. Nicht rot, wie Lollo mit etwas Erleichterung feststellt, der sich nun vorstellen kann, welche Funktion das da hat, was da hinten blinkt. Nämlich die, Frejas Expression zu regulieren, sollte sie innerhalb dieser Räumlichkeiten mal etwas zu sehr aufdrehen, bei Stimmübungen oder aus welchen Gründen auch immer, vielleicht einfach nur, weil sie aufgeregt ist.

Da liegt ein schmaler, irgendwie unwirklicher Lichtbalken auf der Erde, der auf Lollo zeigt, der Strahl endet direkt vor seinen Fußspitzen, als Lollo aus dem Fahrstuhl steigt. Die Lichtbahn entspringt einem Spalt in der Tür, die zu der Behausung gehört, in der Lollo Freja und den Mops wähnt. Die Tür ist offen, es scheint also jemand da zu sein! Einladend, wie eine Fußmatte im Mehrfamilienhaus auf der nebst grafisch stilisierten, zwergenfüßigen Schuhsohlenmatschabdrücken ein hereinwinkendes Grußwort steht, scheint das Licht Lollo abzuholen, ihn aufzufordern, ein paar Schritte mit Kurs auf Freja im erleuchteten Innern des ihm bereits bekannten Raumes zu wagen. Der Ankömmling schlurrt behutsam durch den Lichtstrahl gen Apartment. Ja, doch, er riecht seine Füße, stellt er mit Erschrecken fest! Ganz schlechter Moment, denkt Lollo, jetzt auch noch unsicher gegenüber einer hygienisch angekratzten Außenwirkung zu werden. Wer nicht hört, sieht dafür besser, so dachte Lollo bisher. Na, hoffentlich sorgt Sprachlosigkeit bei Menschen nicht zur Vervollkommnung der Eigenschaft des Riechen.

Es grunzt. Es folgt ein wie aus Lachen herausgebrochenes Husten. Es schmatzt hinter der Tür, es hechelt freudig. Die tischtennisballgroßen Kulleraugen zugekniffen, drückt der Mops seinen schwarzen Rosinenkopf durch den Türspalt. Auch diesmal bleibt der graue Talg, der seine entzündeten Glubscher umrandet, auf Mopsaugenhöhe am Türrahmen und an der Türseite kleben. Der Spalt weitet sich und mit ihm der Lichtkegel auf dem Fußboden. Der Mops erkennt Lollo, entkommt der Wohnung, hastet auf seinen niedrigen Stelzen, eiterige Freudentropfen verschießend, rüber zu dem jetzt zwischen Fahrstuhl und Tür angespannt Verharrenden. Rosine hat Lollo bestimmt bereits gerochen, da grübelte dieser noch im Fahrstuhl, sinnierte über die sonnendurchstrahlte Wetterlage, ob sie es sei, dass er sich, trotz reichlicher Niederschläge der aktuellen Ereignisse, kurioser Weise quicklebendig, so voller Tatendrang fühle und darüber, ob man auch am Fußgeruch diagnostizieren kann, welcher Form von Anstrengung er nun entspringe: Der Strapaze oder der gefühlsbeladenen Beschwerlichkeit. Egal, denkt Lollo, und freut sich, durch Rosine etwas Subjektivem zu begegnen, das immerhin in irgendeiner Art auf Frejas andauernde Existenz schließt, dass sie hier, zumindest irgendwo in der Nähe zu finden ist.

»Hey, mein Rosine, Kollege« flüstert Lollo, biegt sich zum Hund herab um das Fell auf dem Fleischpolster seines Schädels, zu tätscheln. Rosine freut sich riesig und bellt und bellt und schmatzt und grunzt und lacht bellender Weise.

»Was ist denn jetzt schon wieder!« Aus der Wohnung heraus klagt eine belegte Frauenstimme über offenkundige Unpässlichkeiten. Spricht da etwa Freja? Klingt so Frejas Stimme wenn sie spricht, denkt Lollo verdattert, spricht sie womöglich, wenn sie nicht weiß, dass Lollo diejenige Person ist, die auf dem Flur einen auf Störenfried macht? Die Stimme, so erwägt er, würde zu ihr passen, so hört sich einen an, die so wie Freja aussieht. Wenn sie es ist, die da spricht, wieso, denkt Lollo, sprach sie dann nie mit mir, wenn wir uns trafen. Die Frauenstimme aus der Bude könnte der ganzen Angelegenheit hier eine ganz neue Wendung geben, dachte Lollo. Und ihm fiel sofort ein, dass es die Nummer hier deutlich einfacher gestalten würde, könnte er auf Freja in irgendeiner Form sauer sein, da sie ihn anhand ihrer Stummheit, aus welchen Gründen auch immer das nötig gewesen sein sollte, mit eben dieser betrogen hat. Es würde ihm bestimmt einigermaßen leicht fallen, Winke Winke zu machen und das Kapitel kurzerhand zuzuschlagen, bestätigt es sich, dass Freja ganz normal spricht, wie alle anderen auch, und er würde keine Fragen stellen wollen, einfach nur abhauen, nicht mehr zurück blicken und versuchen, schnell zu vergessen und gegessen hätte sich das, und abends würde er dann in eine der Kneipen am Grindel gehen und Uni-Mädchen anschauen und versuchen, sich mit einer von denen von der Tatsache abzulenken, dass er von einem Wunderkind betrogen worden war, in das er verliebt war, die ihm vormachte, sie könnte nicht in ganz normalen Sätzen sprechen und konnte es sehr wohl.

Rosine begleitet Lollo in die Räumlichkeiten, von denen Lollo immer noch nicht weiß, ob man diese als Wohnung bezeichnen darf, ohne dass ein Schlafzimmer existiert. Vielleicht gibt es ja ein Schrankbett, fällt ihm dann ein, und dann fragt er sich, ob er überhaupt schon einmal ein Badezimmer entdeckt hatte, mit Dusche oder Badewanne, denn ohne Bad ist das auch keine Wohnung sondern etwas anderes. Lollo schiebt vorsichtig die Tür in den Raum. Ungläubig wird er angestarrt. Im, nennen wir es mal Wohnzimmer, das, durch deplatzierte wie mit gestapelten Sitzmöbeln vollgestelltes Mobiliar, immer noch sein Dasein im Unwohnlichem fristet, unverändert so aussieht, wie das Zimmer, das er kennt – unbehaglich und unbewohnt eben –, stehen, die kleinen, nagellackierten Füße in Highheels gestochen, zwei verkrampft steife Frauenbeine, an dessen Länge Lollo hochguckt und die dazugehörige Frau bemerkt, die die Augen Frejas besitzt; nur dass diese nicht von einem dichten Vorhang aus braunen Haaren verdeckt werden. Die Frau hat, ihrer Natur widrig, die Haare blond gefärbt, Lollo erkennt das an dem ringförmigen, dunklen Haaransatz über der Stirn. Sie hat die Haare streng zu einem Dutt gebunden, und wie das Licht so auf die scheinende Fläche ihrer glattgezogenen Haarstruktur fällt, sieht es fast aus, als sei ihre Frisur aus Plastik gegossen, die Haare einer weiblichen Actionfigur, vollkommen aus Kunststoff. Sie trägt einen leichten, schwarzen Faltenrock, der knapp über ihren Knien endet, ihre Knie sind schmal und spitz und feminin wie nur möglich, und in den Rock hat sie eine leicht transparente Bluse, ebenfalls schwarz, gesteckt, durch die man einen weißen BH blitzen sieht. Am Hals hat sie ein kleines Muttermal und Lollo fragt sich, ob Freja auch so eines an dieser Stelle hatte.

»Ich muss mich erstmal zurechtfinden, Scheisse. Scheiße« sagt sie, und es klingt weniger nach Rechtfertigung als nach äußerst schlechter Laune. Sie packt eine fassungsvermögende Sporttasche am Henkel und stopft wüst und scheinbar ohne zu überlegen, was benötigt ist und was nicht, in dem Nebenzimmer allerlei Klamotten aus einem Schrank, offensichtlich ein Kleiderschrank, in sie hinein. »Moment noch, ich muss noch Hygieneartikel und so Kram einpacken. Aber wo ist überhaupt die Unterwäsche, Scheisse! Mann!«

Lollo bemerkt wohl, dass, setzt er jeden Moment zu reden an, seine Stimme auf wackeligen Beinen steht und geknautscht quäkend wie die eines exzentrischen Sextaners klingen wird, aber irgendetwas muss er zum Einstieg ja sagen: »Hallooo!« knatscht es laut zwischen seinen zu einem grenzdebilen Lächeln hochgestellten Mundwinkeln heraus. Jetzt umdrehen und gehen, oder jetzt in ein sich im Boden auftuendes Loch verschwinden, denkt Lollo, das wäre angebracht. »Ich bin Lollo«, fährt er, nicht wissend, wohin die Reise weiter hin gehen soll, fort. Dass sie nicht Freja ist, bloß Freja verblüffend ähnlich sieht, sieht er jetzt eindeutig. Wie sie ihn anguckt. Die beiden sind sich eindeutig völlig fremd.

»Schön für dich!« wird entgegnet.

»Ja... öh...«, Lollo tut, als inspiziere er etwas im Raum,

etwa als suche er etwas Bestimmtes, »sind Sie Frejas Schwester, oder so?« Sie ist, trotz frappanter Ähnlichkeit, nicht die verkleidete Freja. Dieser Annahme wird er sich immer sicherer. Eine ihrer Sippe wird sie sein, die Blondierte da vor ihm.

»Den ganzen Tag schon, ja, mann, ja!« entgegnet die Schwester, an der, nach ausgedehnterer Musterung dem Werber vor allem auffällt, dass sie von ihrer Physis her wirklich identisch ausgestattet sind, die Schwester und die Frau, nach der er auf der Suche ist, entgeistert. Sind es Zwillingsschwestern?

»Hm, ach so, gut. Ich bin ein Freund von Freja. Wo- wo ist Freja denn gerade? Ich habe sie nirgends gefunden. Ans Telefon geht sie auch nicht.«

»Ach, sie geht nicht ans Telefon! Ach, nee! Mann, hau ab! Verzieh dich! Ehrlich jetzt!« Die Schwester lässt die Sporttasche auf den Boden fallen, es rumpelt, als läge etwas Schweres auf dem Boden der Tasche. Der Mops erschrickt und flüchtet in die Küche, aus der es jetzt winselt. »Komm, raus hier! Hau ab! Diesen Privatscheiß bade ich jetzt nicht auch noch für die aus, ist ja so langsam mal GUUUT jetzt!«

Lollo, der aus nicht ersichtlichem Grund dazu übergegangen ist, die Hartgummiplatten des Wohnzimmerbodens nach Merkmalen zu untersuchen, in denen er Frejas Indizien erkennt, sich versichernd, in diesem Moment wirklich an dem Ort zu sein, an dem sie zuhause ist, oder war oder was auch immer sie an diesem Ort gemacht oder bewerkstelligt hat, überhört das Geschrei der Schwester, die sich, für seine Auffassung für angemessen, maßlos übertrieben unfreundlich einem Eindringling, der's nur gut gemeint hat, gegenüber verhält, aber was weiß sie schon.

Lollo, der nicht von gestern, nämlich bereits von vorvorgestern ist, durfte in seinen bisherigen drei Dekaden bereits lernen, dass Stimmvolumen in diskrepanten Divergenzen effektiver punktet als die mit Vernunft geführte

Diskussion auf Zimmerlautstärke zu suchen, entscheidet, den temporären, von verschüchterten Stimmbändern geformte Schuljungenton von nun an zu einem autoritären Knurren zu erheben und der mürrischen Schwester tüchtig Meinung geigend, Worte um die Ohren zu zimmern, der, die ihm tatsächlich gerade den Laufpass aus Frejas Bleibe verpassen will. So geht das ja nicht, denkt er erbost.

»So, jetzt pass mal auf, ich muss wissen wo Freja ist! Hier ist sie nicht? Wo ist sie dann? Ist sie verreist, oder was? Hat man sie irgendwo hingebracht? Wenn du Familie bist, solltest du ja bescheid wissen…« So kommt man ja sonst nicht weiter, denkt er, und ist ein bisschen von sich selbst überrascht, so harsch zu sein, das kommt gut, das wird's gebracht haben, denkt er.

»Verpiss dich, mann! Oder ich hole einen von den Bullen hier rauf! Raus jetzt, aber hurtig, Scheisse noch eins! Verdammte Scheisse, verzieh dich!«

Die Schwester, mit der am heutigen Mittage offenbar keinesfalls zu spaßen ist, macht ein paar schnelle Schritte auf Lollo zu. Dieser hatte keine Ahnung, dass Pfennigabsätze so stampfen können. Die geladene Blondierte beißt sich die Unterlippe und schnaubt hörbar. Er zieht den Hals ein, verkneift die Augen und erwartet, jeden Moment von ihr aus der Wohnung geprügelt zu werden. Sich wehren würde er sich selbstverständlich nicht trauen, bloß Stöße abwehren, man schlägt ja keinen Frauen und er, Lollo, schlägt schon mal vor allem gar erst niemanden, hat er noch nie getan, deshalb die Defensive ohne Option. Sorge hat er jetzt zudem, dass sie mit der Spitze des Schuhs zutreten könnte, die Schuhe sind vorne sehr scharfkantig. Wenn auch nicht gleich in seinen Schritt, ein Tritt würde aber sicherlich das Schienbein zu spalten vermögen. Gäbe Frejas Einrichtung eine Vase, ein sperriges Souvenier aus dem Urlaub, eine Fernbedienung für ein Elektronikgerät oder sonst etwas her, ihre Schwester würde es nach Lollo schmeißen. Auf eine ganz eigentümliche, nicht unbedingt positive Tour bemerkenswert: Erst zu diesem Zeitpunkt, einem Schwellenmoment zwischen drinnen Sein und Rausfliegen, fällt dem Werber erst wirklich auf, wie seelenlos Frejas Wohnung eingerichtet ist, wäre sie überhaupt eine Wohnung. Eigentlich ist die Bude überhaupt gar nicht eingerichtet, im Sinne von »es sich behaglich machen«. Es existiert nicht der kleinste persönliche Anhaltspunkt, der auf die Mieterin weist. Ein Foto vertrauter Personen etwa, nicht ein Bilderrahmen hängt an einem Nagel an der Wand oder steht in Rücklage gekippt auf der Fensterbank. Weit und breit ist kein Schmökerkram zu sehen, weder auf dem Tisch noch auf dem Boden liegen Bücher, Magazine oder Zeitungen, ein Regal, in dem derlei Dinge hineinzustellen sind, fehlt gänzlich. Die Behausung besitzt auch keinen Fernseher, kein Radio. Was plärrt der Volksmund, wenn RTL Explosiv Messiwohnungen von innen zeigt: Das ist nicht »Wohnen«, das ist schon »Hausen«. Nur andersherum: ein Hausen in seelenfreier Leere.

»Einen Moment noch, bitte!« bittet Lollo Frejas Schwester um ein paar Sekunden, die er momentan zur Inspektion der Behausung benötigt, die er zu diesem Zeitpunkt vielleicht zum allerletzten Mal vor die Linse bekommt, die Schläge zurückzustecken, mittels derer er zur Flucht getrieben worden sein wird. Kein Festnetztelefon, kein Internetmodem, kein Computer, am Kabel, das von der Decke herunter hängt, ist eine Energiesparlampe in die Fassung gedreht, und dieser ist das Glas gesprungen. Als erstes fällt Lollo der Umstand »nackt« ein, mit dem man den von Drapieren und Arrangieren ausgesuchter Herzensstücke freiem Zustand der Bude treffend bezeichnen könnte. Dann ploppt das Wort »Depression« auf, »depressiv«. Dem Hausrat fehlt es komplett an Liebevollem. Ein Viermannzimmer in der Kaserne, in einem Dorf, von dessen Name noch nie jemand etwas gehört hat, ist geschmackvoller und individueller eingerichtet und verweist auf den vereinigten Charm der

Lebensgemeinschaft. Ein Campingzelt als Ausstellungsstück im Gang der Outdoor-Abteilung des Sporthauses hat mehr Charakter im hohlen Kern, als das Innere diese Wohnung in Gänze aller Möglichkeiten. Frejas Wohnung schmeckt fader als ein zuckerfreies Kuchenrezept aus dem Reformhaus. Lollo steht neben sich. War er es nicht, der sich stets selbst mit Edding 500 auf die Fahne schrieb, ein guter Beobachter zu sein. Seinem Argusauge entgeht nicht das kleinste Detail, hat es das Potenzial, Auswirkung auf Lollos wertes Beurteilungsvermögen haben zu können. Er sieht immer sofort alles inhärent Essenzielle. Seine Blicke zielen auf noch so mickrige Details sowie Gravierenderes wie von Scharfschützen aufs Korn genommen. Wie nur konnte er so blind sein, in Frejas leerer, für ihn irgendwie immer ihre Wohnung darstellenden Bude, nicht ihren möglicherweise inneren Leerstand zu erkennen. Depression. Freja lag vielleicht längst in ihrer eigenen depressiven Staublache, die das Bunte des Lebens unter sich verbarg. Wäre das die Möglichkeit, es stünde nicht gut um sie und um sie beide, Lollo und Freja. Aua!

Endlich greifen Fingernägel in Lollos platzverregneten Gedanken, die neuen Verwirrungen und Fragen, und beenden kurzweilig seinen Unglauben, trotz der, wenn auch an einer nicht vollständigen Hand abzuzählenden Besuche dieser Wohnung, nicht geblickt zu haben, dass sein Schwarm ein Zuhause hat, das der Gemütlichkeit nahe kommt, die gar die Ausstrahlung schwedischer Gitter unterbietet. Ohne Frejas prickelndem Dasein darin, herrscht in diesen vier Wänden triviale Öde. Vielleicht, denkt Lollo noch schnell, ist das Unbewohnte auch Mittel zum Zweck, muss aus irgendeinem Grund eben so sein, aber den Gedankengang kann er nicht mehr zu Ende bringen, denn der kneifende Schmerz, den die vier dunkelgrau lackierten Fingernägel, die sich ins Fleisch seines Oberarmes graben, produzieren, strahlt soeben aus. Frejas Schwester zerrt den ungebetenen Besucher zum

Ausgang, während den getanen Metern sich Rosine durch Lollos Beine schlängelt, dass dieser aufpassen muss, nicht über ihn zu stolpern.

»Raus jetzt, mir reicht's!« brüllt die Schwester, der Mops hustet bellend.

Als Lollo, der Wohnung verwiesen, im langen Gang so da steht und die Schmerzen aus dem Arm massiert, fixiert er noch einmal die schattierten Augen der Schwester, die so aussieht wie Freja, wirkte Freja, plötzlich in modische Details vernarrt, mit den Werten einer modernen, urbanen Gesellschaft. Vielleicht sind die beiden ja Zwillinge, denkt Lollo, noch einmal, aber nein, denkt er dann, die Schwester scheint etwas älter als Freja zu sein, aber das kann ja täuschen, vielleicht raucht sie ja stark und deshalb die Haut. Ein ungleiches Zwillingspaar würden die beiden abgeben, aber so ist es ja fast immer bei Zwillingen, denkt er, der eine wird eben so, der andere Zwilling genau andersherum, zumindest nicht identisch, die müssen sich voneinander abgrenzen, sonst verkorksen sie schon in frischesten Jugendtagen das mit der Persönlichkeitsfindung, um flügge und ein eigenständiger, quasi autonomer Bestandteil eines Zwillingsbundes zu werden, denkt Lollo. Dann erinnert er sich noch daran, dass er vor Jahren einmal einen Bekannten, von dem er wußte, dass er irgendwo im Land einen Zwillingsbruder sitzen hat, der ihm völlig verschieden war, fragte, wie stark so ein Band zwischen Zwillingen eigentlich genau sei, so wie bei ganz gewöhnlichen Geschwistern oder ist da mehr. Lollo erwartete nichts Bewegendes, doch ohne lang zu zögern war die Antwort die gegeben wurde: da ist in der Tat mehr. Und zusätzlich wurde, keineswegs in Geschenkpapier mit Schleifchen verpackt, ergänzt, dass ein Zwilling spüre, wenn es seinem damaligen Uterus-Mitbewohner an etwas fehlte oder eine Irregularität, eine außerplanmäßige Besonderheit in dessen Leben anstünde. Interessant, dachte Lollo damals und denkt es immer noch.

Sollten die Blondgefärbte und Freja nun wirklich gleichzeitig geboren worden sein, würde eben diese Magie in Aktion treten, die Schwester wäre aufgrund eines unergründlichen Mulmigseins beim Gedanken an ihr Äquivalent ins Auto, in die Bahn, aufs Fahrrad oder sonst etwas gesprungen, um das Unwohlsein ihrer Schwester zu klären zu ersuchen, kurzum bei Freja nach dem Rechten zu sehen. In dem Fall würde Lollo, gelänge ihm der Eintritt in ihr durch momentane Aggressionen unüberwindbar eingemauertes Vertrauen, nun alles erfahren, wie es um Freja steht, wo sie ist, was man jetzt tun könne. Obendrein verspricht sich Lollo, würde sie ihm nur kurz eines ihrer Frejas Lauschern wie plagiiert ähnelnden Ohren schenken, damit er kurz in diese darein erklären kann, warum ihm so viel daran liegt, jetzt nicht vor die Tür gesetzt zu werden, in ihr eine Komplizin zu finden, die, mit ihm zu einem Team formiert, Freja zum Beistand eilt. Bestätigt sich aber, dass sie es nicht ist, die Zwillingsschwester von Freja, sondern bloß eine Schwester, weiß Lollo bereits anhand des genetischen Konsens mit seinem Bruder, das da bloß ein ständiges Besetztzeichen statt einer im Unsichtbaren gespannten Standleitung zweier Seelenverwandten ist, die über das Ergehen des anderen automatisch in Endlosschleife Auskunft gibt. Nun, gegebenenfalls stehen sich die beiden selbst als Zwillinge auch gar nicht nahe. Soll's ja auch geben. In jedem Falle aber steckt die Furie, der vor Lollos Nase jeden Moment die nicht vorhandene Hutschnur in tausend Stücke platzt, recht tief in der Situation mit drin, und verfügt über Informationen, an die Lollo herankommen will. Als letzten Versuch probiert er einen Trick, der Frauen exakt das herausrücken lässt, was die wortlosen, doch unmissverständlichen Blicke eines die Frauenwelt umreisten, mit Kusshand in die Weisheiten der Charmantes eingeweihten Glücksjägers ihr abverlangen. Solche Blicke kennt Lollo aus Filmen oder schlechten Dailysoaps, hat er nie selbst ausprobiert, aber in Fernseh-Format klappt das eigentlich immer. Lange genug nur muss er sie anschauen, ihr mit bedeutungsvoller Mimik und lichterlohen Flammen statt stinknormalen Pupillen auf den letzten Drücker die Prägnanz seiner hochemotionalen Verstrickung in die just anstehende Problematik mit ihrer Schwester zu ihrem Bewusstsein durchdringen lassen und sie würde verstehen und dann wäre er einen gehörigen Schritt weiter. Er lässt die Augen flackern, in seinen Augen sammeln sich Tränen, sie glänzen, eben fängt seine Nasenspitze zu beben an. Romp!, kracht die schwere Sicherheitstür ins Schloss, dahinter ist, in kurzen Pausen eines heißblütigen Gezeters, welches beim Herumexplodieren außer Acht zu lassen scheint, auf den Gebrauch von nicht jugendfreien Wörter zu verzichten, das wolfsähnliche Aufheulen des Mopses zu vernehmen.

Alles ist dunkel. Grün blinkt es, gelb blinkt es, nach wie vor, aber mehr grün. So geht das ja jetzt auch nicht, denkt Lollo leicht den Kopf schüttelnd, das ist ungerecht, so lasse ich mich nicht behandeln. Er wird sauer, kurz kocht da etwas hoch. Dann der Gefrierschock. Und im nächsten Moment fühlt er sich so alleine, obwohl er den Umstand des Alleinseins ja vom Alltäglichen gewohnt ist, vielmehr ist es, dass ihm niemand eine Hilfe anbietende Hand reicht, ihn als unbehelligten Solisten operieren lässt, dass ihn sich so allein fühlen lässt. Einsamkeit. Ein Gefühl, wie von innen vertrocknet, denkt er, und Tränen gießen nur von außen und das hat keinen Zweck. Die Staatsoper bringt ihm keinerlei ertragreiches Informatives, ärgert er sich. Die Schwester möchte von einem, dem viel an ihrer Schwester liegt, nichts wissen. Na, toll, denkt Lollo, das Sauere in ihm kocht wieder hoch und mehr und mehr bitteres Trübsal verdichtet sich und quillt aus allen erwägungswerten Öffnungen seines Schädels heraus, modelliert über diesem zu einer dunkellilafarbigen Gewitterwolke, die zu diesem Zeitpunkt grimmig in den Startlöchern schwebt, sich der noch restaufgesparten Energie blitzartig zu entladen, auf dass gleich Himmelsharfen mit mit

Frust behauenden Saiten unüberhörbar Meinung geigen! So klopft er einige Male entschieden beherzt mit der Faust gegen die Tür. Bomm! Bomm! Bomm! Bomm! Bomm! Bomm! Auf einmal wird es still dahinter. Nichts passiert. Lollo beißt die Zähne aufeinander, es knirscht. Dann legt er das Ohr auf die Tür um zu lauschen was drinnen vor sich geht. Er hört nichts. Er ballt die Hand zur Faust und schlägt noch einmal mehrmals gegen das Metall, dessen Oberfläche mit jedem Schlag leicht nach innen nachgibt, und es fühlt sich weich unter den Fausthieben an, so, als hätte die Tür ein Innenfutter. Das bumsende, vor Männlichkeit und Zielstrebigkeit nur so strotzende Klopfen wird zu Beginn des jeden Moment folgenden Gesprächs Eindruck gemacht haben, denkt er, nun wird sie mich ernst nehmen und mir zuhören müssen! Da ist die Tür blitzartig, wie die zornigen Augenlider Frejas Schwester, die das komplette Weiß ihrer Augäpfel freilegen, aufgerissen, und Lollo bekommt es spontan eher mit der Angst zu tun, als ein wirkungsvolles Wort heraus.

»Was willst du noch, du Idiot, hau endlich ab! Scheisse!«

Weint sie? Da war ein leichtes Vibrato in ihrer Stimme.

»Es ist, ich liebe, also ich liebe Freja doch!«

Au weia, denkt er, und er kommt sich vor, wie ein Betrunkener, dem an der Bar soeben klargeworden ist, wofür es sich zu kämpfen lohnt, für die Liebe des Lebens nämlich und so, Dinge, für die es sich zu kämpfen lohnt, die ihm schon morgen Früh nichts mehr bedeuten werden. Ich liebe Freja, oje. Schon recht, ich bin ein vollkommener Idiot, denkt Lollo, und es ist ihm peinlich, dass er es so formuliert hatte. Aber etwas Besseres fiel ihm auf die Schnelle nicht ein (und wo ist außerdem die grimmige Gewitterwolke, wenn man sie ausnahmsweise einmal braucht?). Aber es stimmt ja auch, er hatte sich freilich in sie verliebt, das hatte er ja vor kurzem festgestellt, da war er sich sicher, da hatte er bereits einen Haken hinter gemacht. Also warum damit nicht die Schwester behelligen, hilft ja vielleicht weiter, sowas dem Herzen

Entspringendes. Kann man doch nicht einfach drüber hinwegsehen, denkt Lollo. Oder kann man doch?

»Bist du pervers, mann?! Die ist doch voll behindert, du scheiß Perverser! Die ist doch vollkommen autistisch, du vollverblödeter Spasti! Du kannst doch nicht– igitt, du Drecksskerl! Verpiss dich, bevor ich einen Bullen her pfeife! Scheiße, bist du pervers oder was?! Mach, dass du verschwindest, du perverser Freak! Igitt!«

Sie tut sichtlich angeekelt, hält sich die Hand vor den Mund, als müsste sie in Lollos ekelerregenden Gegenwart speien.

»Aaaaaaaah! Scheisse nochmal!« schreit Frejas Schwester, und als die Tür noch einmal voll Karacho zuschlägt und Lollo um ein Nasenhaar blutige Nasenhaare beschert, jault der Mops dazu erneut in Mondrichtung.

»Moin!«

»Hallo. Einen kleinen Filterkaffe zum mitnehmen, bitte. Schwarz, ohne alles.«

Schwach hängt Lollo an der Platte eines Stehtisches der *Stadtbäckerei* im Erdgeschoss und schlürft von der Oberfläche der heiße Koffeinbrühe ab. An Energie abgebrannt zieht er mit der wie ein Chihuahua bei Kälte zitternden Hand das iPhone aus der Hosentasche. Er drückt rechts oben, der Bildschirm geht an und der Display zeigt die Uhrzeit. Die Mittagspause ist nach agentürlichem Standard längst vorbei. Vier neue Mails werden angezeigt, aber die zu lesen fühlt er sich weder bereit, gewillt, noch imstande, er packt das Telefon zurück.

Die Staatsoper also verkündet die Pressemitteilung zu späterem Zeitpunkt, meinte der Rausschmeißerpinguin von vorhin. Bis es so weit ist, verpackt die Schwester Frejas sieben Sachen in einer Sporttasche, und es fällt Lollo leicht sich vorzustellen, dass, wenn er Freja nicht in kürzester Zeit findet, er sie in ihrer Bude, im Umkreis der Oper, oder im Restaurant im Alsterhaus, na, vermutlich in ganz Hamburg nicht mehr wiedersehen wird. Man wird Freja, allenfalls zu ihrem notwendigen Schutze, Abstand zur Stadt beschaffen, bis etwas Gras über die Sache mit dem, sagen wir mal »Unfall« gewachsen ist und der Presse die Lust vergangen ist, das Monster aus dem Glaswürfel auf Cellophan zu bannen um sie anschließend auf die Titelseiten der Gazetten an den Pranger zu stellen. Ein von A bis Z systematisch durchgeplantes Verschwindenlassen Frejas würde die Suche besonders schwierig machen.

Vor den Schaufenstern, beobachtet Lollo, stolziert ein Polizist zum Eingang des Hauses aus dem Lollo gerade kam, schiebt die Tür auf und tritt ein. Au Backe, denkt Lollo die Chance witternd, vielleicht kriege ich aus dem was raus, der will doch bestimmt zu Frejas Schwester – aber dieser noch einmal über den Weg zu laufen, das bringe ich nicht, die schlägt mich windelweich, so wie die drauf ist, denkt er. Lollo pustet in den aus dem Becher aufsteigenden Qualm. Vielleicht doch noch eben schnell dem Polizisten hinterher und ihn vorm oder im Fahrstuhl abfangen und befragen, oder sich jetzt beeilen und die Treppen hoch nehmen, ist der Fahrstuhl schon abgefahren, scheiß auf die blöde Kuh da oben, denkt Lollo und nimmt erst mal einen anständigen Schluck Kaffee. Der schmeckt gut, der tut gut, denkt er, das hilft auch. Manchmal, denkt er, muss man nur ein bisschen Contenance bewahren, sich aus der Situation kurz herausziehen, und Dinge regeln sich fast wie von selbst. Die Klugheit der Faulen. Manchmal ist das so, denkt er, manchmal kann das durchaus so sein, dass da dann, während man gerade gar nichts tut, ganz unverhofft etwas passiert, das einem dann mächtig weiterhilft oder Probleme zur Seite schiebt. Erstmal sich schööön dem Kaffee widmen, denkt Lollo, das soll jetzt Devise sein und schlürft vom Rand des Kaffeebechers ab und eine entspannende Wirkung stellt sich ein.

Wenige Minuten später tritt der Polizist wieder aus dem

Haus. Er transportiert einhändig die große Sporttasche und hält mit der freien Hand Frejas Schwester die Tür auf. Diese trägt den Rosine, der sein Glück kaum fassen kann, endlich mal wieder Eindrücke aus der Frischluft zu filtern, die vornherein schon großen, runden Augen, die vor Entzücken doll aufgerissen jetzt aussehen, als seien sie noch runder und größer, flitzen von einem Gegenstand zum nächst Aussergewöhnlichen. Polizist und Schwester mit Hund gehen eng vor dem Schaufenster der *Stadtbäckerei* her. Lollo geht hinterm Stehtisch vorsichtshalber in die Knie und befummelt seine Schuhsenkel. Als er wieder hochkommt sind sie nicht mehr zu sehen. Messinglessings Nase weißt Lollo die Richtung: sie machen sich, die Straße herauf zur Gabelung Gänsemarkt, Valentinskamp, Dammtorstraße, auf den Weg zur Staatsoper. Lollo trinkt hastig aus und folgt dem Trio unauffällig. Er geht recht dicht an Hauswänden entlang, vermutet, in der Größe und Schwere der Wände unterzugehen und weniger aufzufallen, mal schließt er sich in gleiche Richtung laufenden Gruppen an, das läuft bisher ganz gut, denkt er und da sieht er sie auch schon wieder, nur ein paar Meter vor ihm auf dem Gehweg, auf Höhe *Jim Block*. Die auf Stöckelschuhen trippelt dem Gesetzeshüter hinterher, biegt mit ihm vorm Gebäude der Oper in die Kleine Theaterstraße ab. Hinter einem Polizeiwagen parkt ein schwarzer, muskelbepackter Geländewagen, ein BMW. Bei ihm blinkt bei strahlendem Sonnenwetter das Warnblinklicht, es ist kaum zu erkennen. Lollo bleibt stehen, dreht sich zur Seite um mit der hohlen Hand einen Windschutz für die Flamme zu machen, und zündet eine Zigarette an. Hinter den vorgehaltenen Fingern versteckt, beobachtet er, was passiert. Frejas Schwester drückt eine Taste der Fernbedienung an ihrem Schlüsselbund und die Kofferraumklappe des BMW öffnet sich von selbst. Die Blondierte bespricht etwas mit dem Polizisten, doch um zu verstehen, was, ist Lollo noch zu weit entfernt. Der Polizist lässt die Sporttasche in den Kofferraum sinken, die Schwester platziert den Mops daneben, drückt erneut den Knopf und die Klappe schließt wieder vollautomatisch. Der im Kofferraum verschwundene Mops lugt zum Fenster raus. Anscheinend hat er die prall gefüllte Sporttasche zur Aussichtsplattform umfunktioniert. Mit Tempo macht sich Lollo zu einer goldene Säule des Unterstandes vor der Staatsoper auf, versteckt sich dahinter, presst seinen Hintern fest daran. Er atmet unruhig. Ab jetzt, denkt er, kann es gut sein, dass es auffällt, dass ich sie verfolge. Immer cool bleiben, denkt er, nichts anmerken lassen, einfach James Dean-like an der Säule lehnen und locker Zigarettchen paffen, denkt er, und das tut er auch, und stellt mit angewinkeltem Bein die Schuhsohle an der Säule hoch, und mehrfach rollt sich sein Kopf über den Hinterkopf an der Säule entlang schräg nach links, um aus dem Augenwinkel zu beobachten, was hinter ihm vor sich geht. Frejas Schwester bespricht sich immer noch mit dem Polizisten, fummelt dabei unentwegt an ihrem riesigen Schlüsselbund herum, als baue sie in Rekordzeit Ü-Ei-Autos zusammen, die Schlüssel und Karabinerhaken und was sonst noch alles daran baumelt, klingeln und klirren. Der Polizist macht beruhigende Gesten, lässt seine geöffneten Hände vor sich langsam auf und ab schweben. Daraufhin klapst er ihre Schulter und Frejas von dieser zutraulichen Geste sichtlich pikierte Schwester zieht die Schulter nachträglich weg und schneidet eine angewiderte Grimasse, der Polizist weicht einen Schritt zurück, dreht ab und geht zu dem Polizeiauto. Erst jetzt erkennt Lollo, dass eine Polizistin auf dem Beifahrersitz in ein Funkgerät spricht und parallel mit einem Finger auf etwas unterhalb der Armatur eintippt. Der Amtsbruder nimmt neben ihr hinterm Lenkrad Platz und dreht den Schlüssel im Zündschloss um. Auch die Blondierte klettert ins Führerhaus ihres BMW und lässt den Motor an, der mindestens doppelt so laut röhrt, wie der des Polizeiwagens (So ein richtiges Klischee-Brumm.)

Weiter hinten in der Kleinen Theaterstraße piept etwas, das sich anhört, wie die Mikrowellen bei McDonalds. Auf der breiten Dammtorstraße rumort der nächste 5er-Bus und pfeift als er in die Haltestelle einfährt. Er ist wieder voll belegt, viele Menschen schauen durch die vibrierenden Fenster hinaus auf die Straße, und Lollo stellt fest, dass ihn niemand von ihnen wahrnimmt, und das gibt ihm ein gutes Gefühl, mit der Umgebung verschmolzen zu sein, nicht sonderlich aufzufallen.

Die Polizeibeamtin weist durch Fingerfuchteln in Richtung der Windschutzscheibe ihren Sitznachbar darauf hin, dass er nun losfahren könne. Der Wagen blinkt seitlich und nimmt schleichend Fahrt auf. Frejas Schwester, im Wagen dahinter, folgt dem blau-silbernen Gefährt, bei dem die Blaulichter ausgeschaltet bleiben. Nach wenigen gefahrenen Metern bleibt der Polizeiwagen stehen, der Polizist fährt die Scheibe herunter, lehnt sich aus dem Fenster und schaut backbord, am BMW vorbei, in die Straßenflucht, aus der das Piepen immer lauter wird. Das Piepgeräusch eines rückwärts manövrierten LKW, ist sich Lollo jetzt sicher. Piep. Piep! Piep!! Piep!!! Piep!!!! Puckfffffffffffft!!!! Roarm!!!! Piep!!!! Piep!!!! Piep!!!! Die Piepgeräusche stoppen, dann grollt der Motor eines Lastkraftwagens hinter der Rückwand der Hamburgischen Staatsoper. Dann piept es wieder, dann pupst es, die Hydraulik des LKW lässt Luft ab, dann grollt der Motor erneut, dann piept es wieder, und so geht das im Wechselspiel, solange, bis der LKW seine Schnauze in Fahrtrichtung zur Kleine Theaterstraße hin gerichtet hat. Bald sticht das Vehikelvordere auf die Fahrbahn, ein silberfarbener MAN-Truck blitzt hinter der Häuserecke hervor, der blank polierte Lack des Fahrzeugs reflektiert die Lichter der Umgebung und wirft psychedelische Muster an die Wand der Oper und an das gläserne Bürohaus nebenan. Der Brummi bremst und schaukelt in abgerundeten Bewegungen nach vorne und wieder zurück. Dann grollt der Motor wieder für einen Moment. Vorsichtig steckt das Zugfahrzeug den Kopf in den rechten Winkel, richtet sich langsam bedächtig längs der Straße aus. Der Polizeiwagen bewegt sich wieder, die Blondierte folgt auf dem Fuße, gefolgt vom Truck, dem, so erkennt Lollo jetzt, ein von Verpackungskünstler Christo in ein gewaltiges, schwarzes Moltontuch eingewickelter Container mit mehreren breiten bronzefarbigen Ratschen aneinander gebundener, grüner, blauer, gelber, orangefarbener Transportgurte angekoppelt ist. Am Anhänger, der in drei Dimensionen quadratisch ist, sind Rollen befestigt. Das an den Wänden herabfallende Textil wird am Unterbau von den verschiedenfarbigen Transportgurten rundum zusammengehalten, unterm Boden wurden die Enden des Stoffes verknotet, damit das überstehende Molton nicht unter die Rollen gerät. Erreicht eine Brise den textilummantelten Würfel, glättet sie die langen Falten, mischt oder wirft sie neu, bringt den schwarzen, in Schritttempo rollenden Würfel in Wallung. Der Hänger gleitet, wie ein übergewichtiger Schatten, behäbig hinter dem Truck her. Die verhältnismäßig mickrigen Räder aus Gummi quietschen beim Abrieb auf dem Asphalt. Für die Straße kann diese Bereifung nicht konzipiert worden sein. Der Polizeiwagen setzt auf die Dammtorstraße. Autos bremsen ehrerbietig bereits mehrere Meter davor ab. Es wird Stau geben. Der Wagen rollt noch ein bisschen weiter, bis er mitten auf der doppelspurigen Fahrbahn steht und quer drüber gestellt, beide blockiert. Lollo an der Säule, hat nun klare Sicht in das Vehikel der Gendarmerie, die sich routiniert anstellt. Die Beamtin auf dem Beifahrersitz telefoniert noch immer mit dem Funkgerät, gibt dem LKW-Fahrer aus dem heruntergefahrenen Fenster winkend mit Lotsen-Handzeichen Anweisungen. Der BMW schließt zum Polizeiauto auf. Lollo erstarrt eben und weil er weiß, dass sich tot stellen um nicht von der Schwesternfurie erkannt zu werden an dieser Stelle mehr als dämlich ist, bewegt er sich ein paar Zentimeter mit dem Uhrzeigersinn mit der Rundung der Säule, bis die Säule dem BMW wieder komplett dich Sicht auf ihn verdeckt. Lollo spürt, wie eng es für ihn werden kann. Ein Aufschrei der blondierten Schwester, und die Polente hat ihn am Schlawittchen. Bei einer polizeilichen Ermahnung würde es nicht bleiben. Auf die Wache würden sie ihn abführen, denn: Lollo gefährdet die Mission! Die Mission nämlich, die in den mit schwarzem Stoff verpackten, gläsernen Sicherheitssarg gesteckte *Madame infernale* abzuschleppen. Route: Raus aus dem Grenzgebiet Staatsoper. Ziel: Wer weiß, wohin. Lollo ist sich ganz sicher und die Härchen, die sich ohne Ankündigung auf seinen Armen aufstellen als der Würfel näher kommt, bestätigen seine Vermutung, dass da Freja drin ist, man sie in dem schwarzen Würfel versteckt, während man sie über die öffentlichen Verkehrswege entführt. Seine angespannten Kiefer lassen die Zähne mahlen, sein Blick verdunkelt sich. Lollo bemerkt, wie er sauer wird. Es kocht richtig in ihm. Ruhig bleiben, Kollege, Überblick bewahren, denkt er, ausrasten bringt jetzt gar nichts, was steht an, was soll ich machen, rätselt er, ganz locker, eins nach dem anderen, sagt er sich, und, um sich abzulenken, kontrolliert er die Gehwegplatten zu seinen Füßen, ob die auch sauber verlegt sind oder sich in den in sie einmassierten Kaugummis besondere Formen erkennen lassen, wie in am Firmament dauerschwebenden Wattewolken. Mit gesenktem Kopf dreht er sich währenddessen behutsam um die goldene Säule bis er den BMW erkennen kann. Die Schwester telefoniert mit einer Hand und gestikuliert mit der anderen und lässt diese nach zackigen, abgebrochenen Gesten zurück aufs Lenkrad fallen. Hinter Verschluss bellt dumpf der Mops im Geländewagen. Er hat mich entdeckt, erschrickt Lollo, dem so langsam das Paranoia am Ohrläppchen knabbert. Lollo lugt hinterm Mast hervor und erkennt den Rosine, der immer wieder an der Seitenscheibe des Kofferraums hoch springt. Hoch, plumps, hoch, plumps, wuff, agh!, agh!, hust, röchel. Der Scheibe verhindert schon nach kurzer Weile ein Guss aus Speichel und Augentalg die Funktion, durch sie durch sehen zu können, und schon bald erkennt man den Mops nicht mehr durch die matt-schmierigen Paste hindurch, man hört nur noch das hustende Bellgeräusch. Was Frejas neublonde Schwester am Mobiltelefon spricht, versteht man außerhalb der Karosserie nicht, hat wohl etwas mit der Frequenz zu tun, denkt Lollo, Hundebellen, Freizeichen und Durchklingelton der Autotelefonanlage hört man, Gesprochenes nicht. Dass der Mops nur gleich mal seine verräterische Schnute hält! Der Schutzmann vorne macht die Bewegung von Fensterkurbeln aus dem Fenster zu Frejas Schwester, diese fährt ihre Scheibe herunter, nun sprechen sie, rufen sich etwas zu, nur was, kann Lollo nicht verstehen. Der Polizist zieht den Kopf zurück in den Wagen, in diesem Moment wird das Blaulicht angeschaltet. Der BMW überholt den Polizeiwagen durch eine kleine Lücke, ordnet sich auf der linken Straßenseite vor den Polizeiwagen ein und bleibt dort laufenden Motors stehen. Da kommt von rechts, aus der Großen Theaterstraße, ein Polizist angelaufen, den Lollo bisher noch nicht bemerkt hat – ihm wird soeben klar, dass er sich ins Zentrum eines systematisch geplanten Ausnahmezustandes geschlichen hat, zu dem er nicht mit offizieller Einladung dazugehörig gewünscht worden war. Jetzt auf gar keinen Fall auf sich aufmerksam machen, zumindest nicht sonderlich, denkt er, einfach 'nen Schaulustigen spielen, 'nen interessierten Dummen, setz dein blödstes Gesicht auf, Nase kräuseln, Vorderzähne zeigen und starren, denkt er, und zündet sich schnell eine neue Zigarette an, lockert die Schultern und bewegt sich schlurfend eine Säule weiter, tut, dort angekommen, als ob er das an der Oper ausgehängte Programm studiert und hofft, dass Frejas Schwester nicht seine Schokoladenseite als dem in ihre Schwester verliebten Eindringling zugehörig identifizieren kann – der just am BMW ankommende Polizist gibt der

Schwester eine Direktive, er deutet mit der Hand den Weg Richtung *Esplanade Casino* und erklärt etwas in einer für in Entfernung des Gehwegs noch so gespitzte Ohren unverständlichen Lautstärke, läuft dann wieder zu seinem Peterwagen zurück, der, Lollo sieht erst jetzt das Kühlerblech in der Sonne funkeln, da vorne, von der Ecke des linken Eingangs der Staatsoper verdeckt, am Anfang der Großen Theaterstraße parkt, und stellt ebenfalls das Blaulicht an, das kreist mit Aufsehen erregendem Ausstrahlungsbereich und färbt die Situation mit der Farbe des Vorfalls an: Blau. Und Lollo fällt dazu ein, blaues Licht, denkt er, das sieht man entweder auf Polizeiautos rotieren, oder geeignete Venen vergeblich suchende Junkies verscheuchend als Beleuchtung von Tiefgarageneingängen, innerstädtischen Fußgängertunneln oder Entrees diverser Ladenzeilen, in denen, satt berauscht, gut Beine ausstrecken ist. Blaues Licht = Ungemach. Der Polizeiwagen vorne setzt sich schleichend in Gang. Der LKW nimmt gemächlich Fahrt auf, und als er hinter den anderen her um die Ecke auf die Dammtorstrasse biegt, kommt der Gorillaarm des Fahrers aus dem Fenster und setzt ebenfalls ein Blaulicht aufs Dach, eines, das einen magnetischen Fuß hat. Das Licht leuchtet aber nicht blau, sondern, wie ein Pfandautomat wenn er »voll« ist, baustellenlichtorange. Der LKW schließt zum vorderen Polizeiwagen auf, die Gummiräder seiner Fracht fiepen wie mit heißer Nadel gefoltertes Versuchsnagetier. Auf dem Boden, an den Häuserwänden ringsum, im Glas der Bushaltestellen, ein in ungleichem Takt wiederholtes, sich gegenseitig störendes Orange in Blau. Der LKW schnüffelt mittlerweile wie ein Hund am Hintern eines Artgenossen, am Heck des Polizeiautos. Die Walkie Talkie-bedienende uniformierte Beifahrende im hinteren Streifenwagen gibt dem BMW ein Winkzeichen, auf der zweiten Fahrbahn zu warten, bis der LKW samt Fracht an ihm vorbei gefahren ist. Der Wagen der Blondierten macht einen Satz nach vorne und lenkt noch etwas weiter an den Rand der Fahrbahn. Die mobilgewordene Christo-Installation kann jetzt passieren. Vorne Roarh-roarh! Hinten Quiek-quiek auf kleinen Reifen. Dem vorderen Peterwagen gesellt sich jetzt der zweite Streifenwagen dazu, hinterm schwarzen Würfel hängt sich der BMW an und unter Führung der Polizeiautos geht in fahrschullehrergemäßem Schritttempo die Schaufahrt des Autokorso voran. Der in Stoff gewickelte Würfel wirft einen breiten Schatten, der bis auf den Gehsteig ragt, die äußerste Spitze des Schatten wandert sogar die Hauswände hoch. Lollo kratzt sich beiläufig an Kopf und Nase, lässt von der goldenen Säule ab und bewegt sich innerhalb des wandernden Kastenschatten an den Hausfassaden entlang, tut, als interessiere er sich brennend für die Exponate hinter den vereinzelten Schaufenstern, Apotheke, orthopädische Utensilien, dabei beobachtet er in der Spiegelung in den Glasfronten den auf der Straße daher schleichenden Konvoi. An der Kreuzung am Stephansplatz drosseln Autos und Busse beim allmählichen Herannahen des verwirrenden, blauorangenen Wechselleuchten das Tempo. An der roten Ampel bleiben die Polizeiwagen stehen und der Verkehr auf dem Gorch-Fock-Wall fließt vorerst weiter. Passanten bleiben ringsum der Dammtorstrasse stehen, lassen sogar die ungeduldig erwartete Grünphase der Fußgängerampeln flöten, um aus allen erdenklichen Ritzen und Winkeln ihrer Kleidung verschieden dimensionierte Fotokameras hervorzuzaubern, die hiesige das Augenmerk auf interessante Weise kitzelnde Parade festhalten sollen. Es blitzt vor jeder hinter einem Gerät verborgenen Schaulustigengrimasse und macht die digitalisierten Geräusche eines analogen Fotoapparates. Vielleicht denken jene, die reflexartig eine erquickende Form von Lust bei Anschauung kauziger Ereignisse ausserhalb der Reihe verspüren, es handele sich hier um mit schwarzem Stoff verhüllte Kunst. Um einen Erlkönig der Plastik etwa. Damien Hirst lässt einen vergoldeten Fisch in einem Aquarium voll Formaldehyd schweben. Oder eben handelt es sich um »Verpackungskunst«, also zu Kunst Verpacktes, also Christo, der ja seit einer *Wetten, dass...?*-Sendung in den 90ern jedem Himbeertony ein Begriff ist. Sieht ja auch bemerkenswert aus, dieser schwarze Klotz, so einen großen, in Schwarz gehüllten Klotz fotografiert man immerhin nicht alle Tage. Oder, so könnte es von außen scheinen, wird der Flaneur hier zum Augenzeugen einer Promo-Aktion für ein kommendes Stück in der Staatsoper. Den einstudierten Zirkus möchte man selbstverständlich unter keinen Umständen verpassen, also Kamera marsch, solang die in der Kamera Dasein fristende Speicherkarte noch reich an Speicher ist! Oder, weniger aufregend, vermutet der dahergelaufene Passant, dass ausgedientes Bühnenmaterial als Großraumtransport verpackt, von Blaulicht gesäumt, ganz einfach nur zum Sperrmüll verfrachtet wird, die Hamburgische Staatsoper den alten Kram aus dem Lager räumt und endlich Platz für Neues schaffen kann. Dinge, die waren, einfach hinter sich lassen. Für nette Erinnerungen gibt's ja das Gedächtnis oder gerade erwähnte Speicherkarten. Ja, das tut manchmal gut, sich davon zu verabschieden, was durch häufige Verwendung ausgeleiert und nicht mehr »neu« ist um daraufhin einen »Neustart« hinzulegen. Weg damit! Dann ist da wieder Raum, um endlich mal wieder ordentlich die Nasenflügel aufzustellen und die Luft des neugewonnenen Freiraumes zu inhalieren. Blöd trifft's nur die, die durch emotionelle Befangenheit dermaßen an Dingen hängen, sodass jene Objekte Wesen bekommen. Schlimmer noch werden die Empfindsamen, denen man gerne anhängt, ein verhärtetes Verhältnis zur Nostalgie zu haben, erwischt, werden ihnen Subjekte in Form von Lebewesen aus dem Leben genommen. Tot oder lebendig entwendet, ist bei deren hypersensiblem Typus, zumindest anfangs, ein homogenes Gefühl. Geht die Liebe über Bord, fehlt ein von etlichen Sängerinnen und Sängern gezwitschertes »Stück eines selbst«. I lost a piece of mine? Na dann fühl ich mich nicht mehr vollkommen. Und weil die »Da-fehlt-jetzt-ein-Stück«-Phrase Pop ist, verstehen dieses Bildnis der emotionalen Partei Zugehörige sowie die von Frigidität absolut Beherrschten, die sich emotionsausdrücklich beherrschen können, gleichermaßen. Was hier gerade in Form eines wild leuchtenden Autokorsos vor sich geht, denkt Lollo, ist ein Mix aus lagerungspraktischer Rückgewinnung von Geräumigem nach Ablauf eines auf bestimmte Anzahl von Aufführungen limitierten Stückes und dem Abschütteln einer der Staatsoper ein »grand Malheur« unterschiebenden Ursache: Freja.

Über der Oberkante des schwarzen Würfels, dessen Schatten Lollo, seit nunmehr zehn schlendernd parallel zur Kolonne zurückgelegten Metern den unbefangenen Spaziergänger schauspielernd, doch inwendig Siedeblasen aufblubbernd, den Gehweg hinab begleitet, blitzt die Sonne hervor. Die Luft ist warm, und es fühlt sich für Lollo nicht nur so mollig an, da er allein angesichts der sich abspielenden Szenen erhitzt wäre, tatsächlich ist die Atmosphäre an diesem Frühlingsmittag ungewohnt aufgewärmt, es geht schon fast ins Heiße, kleine heiße Inseln schweben sich in der Luft, die Lollo durchschreitet. Offensichtlich ist der heutige Mittag ein sonniger. Doch so dermaßen warm? Ist nicht nur unüblich, sondern ganz und gar ungewöhnlich für die Zeit des Jahres, wenn der Frühling soeben erst die Kinderschuhe übergestreift hat, denkt Lollo und wird sich immer mehr sicher, dass auch dickes Panzerglas nicht verbergen kann, wenn als Hitze verkleidete Zuneigung durch den Äther wabert. Lollo bemerkt, dass vom schwarzen Würfel diese Art ihm wohl bekannte Wärme ausstrahlt, die es ihm mehr als einmal in den Kaldaunen rumpeln lies. Freja sendet ihm Wärme. Sie ist da drin, denkt er, Freja ist ganz sicher da drinnen im eingepackten Würfel gefangen, ich bin mir mehr als sicher, spüre es genau, ich habe sie förmlich an der Hand, während sie da im vollkommen verdunkelten Würfel steckt und leidet, fleht, Hilfe ersehnt!

Eine Lachmöwe fliegt vorbei und lacht besserwisserisch. Vielleicht weiß sie bereits mehr. Sie dreht ab, macht einen kurzen Stopp auf dem Plateau vor dem Eisdielenbungalow beim Eingang zum Planten un Blomen, pickt eine Eiswaffel vom Boden, der am Rand noch ein Klecks schneeweißes Zitroneneis klebt. Die Möwe hebt ab und fliegt in den Park.

Mag die Stadt den Trott weiter steppen, wie sie es von Kindesbeinen an gewohnt ist – Lollo nimmt jetzt die Füße von der Tretmühle, die mit pausenlosen Rundläufe die ökonomisch wie ausserdienstliche Haushaltsführung ankurbelt. Der Bildschirm des iMacs auf dem Schreibtisch in seinem Büro in der Werbeagentur zeigt schon seit längerer Zeit den schwarzen Bildschirmschoner. Stand-by-Modus. Die LED-Leuchte hinter dem am Rand mit Staubkruste gerahmten Display des Telefons, das neben dem schlafenden Monitor steht, blinkt und zeigt neun bislang verpasste Anrufe. Eine Anzahl, die offensichtlich eine gewisse Dringlichkeit durchblicken lässt. Da klingelt das Telefon zum zehnten Mal, lang, länger und laut. Verschiedene Kollegenkragen platzen. Zum dritten Mal schaut Antje, eine Projekt-Managerin, an Lollos Büroparzelle vorbei, entdeckt den Werbetexter bei diesem Versuch schon wieder nicht und ihre in Apricot (Farb-Bezeichnung des Herstellers: »Pimp my Shrimp«) eingefärbten Lippen formen ein keinesfalls entzücktes und noch über den Flur hinweg zu vernehmendes »Poah, ey!«. Creative Director Gereon ist auch bereits über das Fehlen seines originären Lieblingskreativen unterrichtet und legt sich schon einmal die Worte zurecht, mit denen er Lollo, wenn dieser später endlich am Arbeitsplatz aufzutauchen gesucht, wie einen Kumpel an der Schulter beiseite nehmen und wie ein längst ernüchterter aber keineswegs nüchterner Vater anhand farbenprächtiger Formulierungen ins Gewissen reden kann. Das in aller Munde renommierte »Maß«, so viel Geduld Gereon seinem Zögling gegenüber auch aufzubringen bereit ist, überläuft mittlerweile den zulässigen Bereich. Die Möglichkeit, die Zeit, die Lollo bisher fehlte, aufzuholen respektive wieder gut zu machen, schwebt Gereon in angehängter Nachtarbeit, samt einem jeglichen von versagter Zusammenarbeit mit Lollo Betroffenen gereichter Blumenstrauss anschaulicher Vergebungsbitten vor. Zeit, sich am eigenen Ohr hochreißend dafür geradezustehen, dass alle ihrer gewohnten Arbeit nachgehen indes Lollo sich »eierschaukelnd«, so Gereons für Lollos Abwesenheit gefundene Beschreibung jener müßigen Tätigkeit, eine selbsterlegte Stagnation seines Beitrages am großen Ganzen genehmigt, denkt Gereon, komplizierte Lebensphase, ein schwerer Krankheitsfall in der Familie, oder, oder, hin oder her, ich bin Schuld, dass der Typ denkt, er könne machen, was er wolle. Daraus soll ich lernen und er 'was erleben!

Lollos Hörvermögen ertaubt und sämtliche Fühler, dessen fein justierte Sensoren zur Erkennung von Gefahr, gesellschaftliches Ansehen Gefährdendes oder sonstige Stolperfallen und Fettnäpfchen aufzuspüren, immerzu potent gen Himmelsdach ausgestreckt sind, ziehen sich, wie sich urplötzlich in die Funktionslosigkeit selbstverkrüppelnd, ein. Lollos Füße verlassen wie fernbedient den Gehweg zu dem in ein riesengroßes, tiefschwarzes Tuch eingepackten Würfel. Wie Leuchttürme im Zeitraffer umkringeln die orangene und die blauen Signalleuchten den Umkreis, dessen Radius Lollo, fahl wachsigem, angefeuchtetem Gesichts, auf dem sich die intensive Zweifarbigkeit schön spiegelt, soeben durchschreitet. Im Kofferraum des BMW-Geländewagens springt der Rosine, dem durchs milchmatt speichelbestempelte Fenster durchaus nicht entgeht, dass sich sein ihm letztens näher ans Herzchen gerückter

Menschenfreund vermeintlich der Nähe ersuchend in seinen Dunstkreis bewegt, zur Seitenscheibe hoch. Das strengt den Mops an, das hört man, er bellt in höchsten Tönen und stößt röchelnd ein derart explosionsartiges Husten hervor, so rau und plötzlich tief, dass man vor ihm erschrecken könnte, und dieses Verhalten verwirrt sein Frauchen, die blitzartig um die Rückenlehne schnellt, um ihren Hund gellend und in der geheimen Schimpfwörterkiste kramend zu ermahnen, im Kofferraum nicht einen solchen Terror zu veranstalten. Doch, da der Mops weder eine gute Kinderstube genossen hat, noch in dieser packenden Situation eine fruchtbarere Belehrbarkeit wie die eines in einer mümmelmannsbergschen Hochbausiedlungen ansässigen Wiederholungsgewalttäters aufweist, grunzt und bellt er fortan und ist völlig außer sich, was natürlich an jedermanns Nerven unumgänglich zerren würde, weshalb man Frejas aufgebrachter Schwester nun keinen Strick daraus drehen darf, dass sie just die Fahrertür aufstößt und sich wutentbrannt zum Kofferraum aufmacht.

Lollo wittert die Chance! Er spurtet und schnell positioniert er sich zwischen BMW-Schnauze und Würfel, geht in die Knie und klopft mit den Fingerknöcheln gegen das schwarze, weiche Tuch. Dahinter befindet sich, unverkennbar, eine schwere, gläserne Fläche. Er hält kurz inne, drückt sein Ohr aufs filzige Molton und lauscht, ob er ein Lebenszeichen aus dem eckigen Gebilde, das, befindet er sich jetzt direkt davor, noch viel höher und breiter scheint, als von einigen Metern aus angesehen, zu vernehmen ist. Aber nix.

»Freja...« flüstert er, unbedacht, dass man durch zentimeterdickes Panzerglas Geflüstertes nun wirklich schlecht verstehen kann. Dann etwas lauter: »Freja!« Er klopft noch einmal, diesmal kräftiger.

Ihm ist nicht viel Zeit gegeben, Frejas Rettung aus dem Panzerglasknast am Schlafittchen zu ziehen. Doch was besitzt ein Knast nun mal gewöhnlich für eine bezeichnende Eigenschaft, denkt Lollo und massiert sich mit Daumen und

Zeigefinger das Nasenbein, hinter dem sich ein Hirn selbst infrage stellt, das nicht einkalkuliert hat, dass ein Schließmechanismus dem eingebauten Ein- und Austritt des Kastens einen Riegel vorgeschoben haben könnte – eben: er ist verriegelt! Lollo rupft einen Zipfel des Licht absorbierenden Stoffes heraus, der unglaublich fest hinter einem blaufarbigen Teil der Spanngurtschlange eigeklemmt ist. Lollo muss richtig daran reißen. Der Gurt ist so straff um den Würfel gezurrt, dass sein Gewebe beim Befühlen der Ränder hart wie gegossenes Plastik ist, doch mit jedem Zentimeter, den Lollo den Stoff aus der Zange zieht, fällt das Ziehen leichter, und schon nach wenigen Sekunden entdeckt Lollo den unten anfänglichen Umriss der Tür des Glaswürfels und schafft es, die Öffnung soweit freizulegen, dass er jetzt unter dem Textil hindurch, in den Würfel krabbeln könnte – vorausgesetzt, die Tür ist nicht abgeschlossen. Lollo steckt den Kopf unter dem locker herabbaumelnden Stoff, der an der offenen Stelle nun erheblich mehr Falten wirft, als der noch stramm hinterm Spanngurt klemmende Teil des Tuches, und schaut durchs Glas in den Körper des dunklen Kastens. Da liegt ein schwarz-weißer Fleck am Glasboden, der von unten, von einer Stelle am Boden, wo kein zusammengeraffter schwarzer Filz das Tageslicht verwehrt, an seinen Konturen von Licht umrandet ist, das als seichter Lichtquell vom Asphalt in den Würfel hoch steigt. Als würde sie schlafen, liegt Freja in Fötusstellung am Boden. Oder sie erwartet einen Bärenangriff. Da wird auch immer geraten, denkt Lollo, die Fötusstellung einzunehmen und gekrümmt und klein gemacht abzuwarten, ob man Glück hat und unversehrt bleibt, oder nicht. Sie da auf dem gläsernen Boden zusammengesackt vorzufinden, sie irgendwie auch durch die Glasscheibe zu beobachten, Lollo kommt es voyeuristisch vor, erweckt in ihm irgendwie keine richtige Sorge. Irgendwie, denkt er, ist das ein gelerntes Bild, hängt die zu befreiende Person, dem erzählerischen Gipfel der Rettung nahend, total in den Seilen.

Vielmehr freut er sich, dass er sie an dieser Stelle unter all den Umständen *überhaupt* wieder sieht und die Freude, die in ihm aufquellt, lässt ihm die bisherige Aufregung krümelig werden. Ab diesem Augenblick, zur Hälfte mit Stoff verdeckt, nur ein Stück seiner Beine lugt noch darunter heraus und seine Schuhe trippeln auf der Straße, denkt Lollo gewissermaßen gefasst, sieht er es nicht mehr kommen, ob er nun erwischt werden wird oder tatsächlich eine Chance bestünde, unentdeckt, ohne zum Niederlegen seiner Mission gezwungen von hinten in den Nacken gefasst, zu Freja zu gelangen, bestenfalls, sie aus dem abgedunkelten Glaskerker zu befreien, was der optimale Ausgang dieses Vorhabens sein sollte. Eigentlich, wägt er ab – und er weiß, dass es sich hierbei mit seinen rudimentären Mittel (zwei gesunde Hände, kein gesunder Menschenverstand) höchstwahrscheinlich um eine *Mission impossible* handelt –, müsste ich erwischt werden, jetzt oder gleich, spätestens, wenn ich versuche, mit der Operndiva im Gepäck zu entkommen, denn das ist das Ziel. Ist ja eigentlich unmöglich, denkt er, dass mich die Überzahl – Lollo kalkuliert: eine knappe Handvoll Schutzfrauen und -männer + die blondierte Schwester + ggf. das zivilcouragierte Volk, das sich für eine Auszeichnung für besondere Zivilcourage und anschließender Radio-Interviews der Polizei liebend gern behilflich zeigt – dabei nicht aufhält, entwende ich ihnen den Drehpunkt, um den sich ihre kollektive Absicht wendet. Der Polizei hängen sogar Waffen im Halfter, fällt ihm mit leichtem Schrecken ein, aber würden sie wirklich schießen, rennen wir davon? Der superintelligente Erich Kästner, denkt Lollo daraufhin, ließ einmal folgendes Fabuliertes von sich lesen: »Es gibt nichts Gutes, außer: man tut es!«. Und das, findet Lollo, ist ja mal klar wie bei Fielmann im Ultraschallbecken geputzte Brillengläser, dass er es wenigstens versucht, Freja der bevorstehenden Verwahrung zu entledigen! Lollo betastet die Tür vor sich, und er fühlt keinen Widerstand als er ihre Ränder mit beiden Händen abfährt. Kein Schloss, kein Riegel. Da da nichts ist, woran er ziehen kann, probiert er, die Tür an der Seite in den Raum zu drücken. Und das gelingt! Trotz dass Freja es eindeutig narkotisiert dem Fußboden gleich macht, scheint es Lollo doch leicht leichtsinnig, sie, wenn sie schon für eine potentielle Massentotsängerin gehalten wird, den Ausstieg des fahrenden Käfigs nicht mit einem zusätzlichen Verschluss zu versehen. Nicht einmal die unzerreissbaren Spanngurte hätten die Oper singende, laut Schwester »Autistische«, daran gehindert, wieder einigermaßen bei Sinnen, den Vorhang beiseite zu werfen und der Außenwelt ein wutdurchzogenes Ständchen zu schenken – ein vermutlich bei der Staatsoper beschäftigter Schlaftrunkener hat die Gurte fahrlässiger Weise unterhalb der Tür angebracht. Das nennt man wohl eine Verkettung glücklicher Umstände, denkt Lollo und fühlt sich schon einen mit zum Spagat gespreizten Beinen getanen Schritt weiter, als er seinen Körper schon halb in den Würfel gewuchtet hat. Weiterhin begünstigend kommt noch hinzu, dass Lollo, als er, nachdem er die Tür aufgeschoben hat, die mit dem Kopf in Fahrtrichtung Liegende begutachtet, dessen nackten Füße ihm entgegen zeigen, keine Fußfesseln oder sonstiges ihre Bewegung und Freiheit einschränkendes an ihr Angebrachtes entdecken kann. Die High Heels die sie vorm Konzert beim Eintritt in den Glaswürfel trug und noch bevor der erste Klang hallte ausgezogen und in die Ecke gepfeffert hatte, sind entwendet worden. Lollo zieht das zweite Bein nach und krabbelt auf allen Vieren über das dicke, kalte Glas hin zu Freja. Er fasst ihr am Fuß, das kribbelt in den Fingern, er rüttelt daran. Keine Reaktion. Er legt sich auf die Seite neben sie und streicht ihr mit dem Finger die Haare aus dem schlafenden Gesicht, befühlt dann ihre Wange, die warm ist. Frejas buschigen Augenbrauen zeigen, wie mit dem Läusekamm in Richtung der Gravitation gekämmt, zum Asphalt, der durchs Glas auf dem sie, wie an einem phlegmatischen Sonntagmorgen in den Daunen nebeneinander liegen, durch eine Lücke im Stoff unter ihnen sichtbar ist. Der Korso wartet, das Gebilde steht noch, die Straße bewegt sich nicht. Draußen hört man den Mops Laut geben und eine Autotür knallen.

»Freja! Du musst aufwachen! Freja!« sagt Lollo. »Ich bin es, Lollo! Du bist betäubt, sie wollen dich wegbringen!« spricht er wie gegen eine Wand, die ausnahmsweise mal keine Ohren besitzt. »Und ich finde, also, ich glaube, dass die nichts Gutes im Schilde führen, also-« Sprechen bringt hier nichts, denkt Lollo, sie hört wahrscheinlich so wie so nicht zu und versteht, vollgepumpt mit Präparat wie sie ist, nicht einmal Bahnhof.

Erst vorsichtig, dann mit zunehmender Wucht, tätschelt Lollo Frejas Wange. Es klatscht und es tut ihm Leid, sie so anzugehen. Die Haut unterhalb ihres Wangenknochen bekommt schon einen sich immer stärker rosa einfärbenden Abdruck, der das Profil seiner Finger hat. Doch, denkt er, bei einer Wiederbelebung, so bekommt man immerhin schon während des Erlangens des KFZ-Führerscheins eingetrichtert, gehen ja auch Rippen zu Bruch, wenn man da mit beherztem Ernst ran geht, ist ganz normal, das muss so. Bereits außerhalb seiner Erwartungen, zittern Frejas Lider plötzlich. Ihre Pupillen rollen sich unter der dünnen Haut von links nach rechts, wie Besorgte sich im Dämmerzustand die Nacht hindurch auf der Matratze wälzen.

»Freja! Freja! Wach auf!« ruft Lollo, der sich auf der Seite so nah an Freja heran gerobbt hat, dass er mit der Nasenspitze schon die ihre stupst und vor lauter Aufregung schon gar nicht mehr das Stechen bemerkt, den mittelstarken bis starken Stromangriff, der bei Haut an Haut mit ihr ausgesandt wird. Ihre wie aneinander festgewachsenen oberen und unteren Augenlider zucken, da springt an einem Auge soeben ein Spalt auf, in dem bloß Weiß zu erkennen ist, dann verschließen die Lider wieder. Ihre trockenen, verklebten Lippen trennen sich in ganzer Länge voneinander, als würden die Lippenbögen wie Eis schmelzen, aus Frejas Mundwinkel fließt ein Rinnsal Speichel, das sich als kleine Pfütze um ihr Kinn herum auf dem Glas sammelt. Es kommt allmählich Leben in die Bude, bewertet Lollo auf einmal fröhlich geworden, doch dann ist ihm sofort klar, dass er nicht darauf warten kann, bis sie zumindest einigermaßen wieder auf die Beine gekommen ist, die ihr medikamentös – vielleicht aber auch durch einen Schlag etwas Stumpfem auf die Schädeldecke, aber zum Glück ist nirgends Blut zu sehen – genommen wurden, also müssen seine eigenen, die ihren Beine vertreten. Lollo richtet sich auf die Knie, hockt sich seitlich vor sie und schiebt den einen Arm unter ihren Brustkorb, den anderen unter den Kniekehlen her, hebt sie vom Boden auf, der, wie ihm dabei auffällt, an der Stelle, auf der sie lag, auffallend aufgeheizt ist. Ihr Körper ist erhitzt als fiebert sie im alarmierend hochgradigen Bereich, bemerkt er, als er ihren vorgehaltenen leblosen Körper an seine Brust drückt und von ihr eine feuchte Wärme abstrahlt. Nach kurzer Zeit wird sie den Glaswürfel in eine Saunakabine verwandelt haben. Es britzelt und sticht ihm unter der Haut, nun auch an Stellen, wo sich ihr schlaffer, schwerer, klammer Körper durch die Kleidung an seinen Körper drückt, und das tut gut, findet Lollo jetzt, ist etwa wie, wenn man zu viel Kaffee getrunken hat und es einem nach einer Laufrunde um den Block düngt, und er nutzt den erquickenden Aufwind, einen der seltenen »Jetzt oder nie«-Momente zu haben, dreht sich mit ihr um 180 Grad und stochert, wie ein Krebs, Frejas Kopf voran, seitlich zur geöffneten Tür. Von draußen sind noch keine besorgniserregenden Aufwallungen zu vernehmen, alles macht den Anschein, als seien sie noch nicht erwischt worden. Obwohl der Stoff, den Lollo herauszog um den Zugang zur Tür freizulegen, verräterisch mit dem Luftzug auf der Straße an der Würfelrückseite hoch flattert. Mit dem Flattern spritzt gelegentlich Licht von draußen herein und erleuchtet den Würfel für Momente taghell. Lollo schaut kurz ins dunkle

Nichts der Raumdecke, schließt die Augen, atmet ruhig durch die Nase ein und zum Mund wieder aus, dann setzt er einen Schritt vor und steckt Frejas Kopf durch die Tür, bemerkt dabei schnell, dass er mindestens eine Hand frei haben muss, um den Stoff anzuheben, bevor er mit seiner Beute auf dem Arm dem Würfel entkommen kann. Er setzt Freja mit den Füßen voraus auf dem Glas im Ausgang ab, und es sieht glatt so aus, als halten ihre Beine einen Gegendruck zum Boden, Freja sackt etwas ein, steht aber, als sich Lollo um ihren Bauch schlängelnd an ihr herunterbeugt, um sie, wie ein Packesel ganze Umzugswagenladungen auf dem Rücken, auf Nacken und Schultern zu schultern. Frejas langen braunen Haare pendeln Lollo nun bis über die Knie herunter, ihre mageren, regungslosen Arme schwingen unter Vorgabe seiner Bewegung vor seiner Bauchwölbung mit. Sichert er sie nun mit einem ihr um die Hüfte geschwungenem Arm, hat er den anderen frei, um sich gegebenenfalls festzuhalten oder Dinge aus dem Weg zu räumen oder gar, unterm faustschwingendem Prinzip der Vereitelung, Angreifer von sich fernzuhalten. Das piksende Kribbeln, das die auf Huckepack genommene, immer noch dösende Freja seinem Halsbereich aussetzt, nimmt erbarmungslose Züge an. Am Hals scheint es besonders schlimm zu sein, denkt Lollo mit schmerzverzogener Miene, es tut weh, wie hinterrücks von Blitzspitzen gekitzelt. Auch aus diesem Grund muss sich Lollo jetzt erst recht beeilen, sehr lange wird er sie nicht tragen können.

Die Ampel schaltet auf Grün und der LKW bekundet seine Bereitschaft, der Motor röhrt einmal laut auf und pfeift und furzt diese typischen LKW-Geräusche und schon fangen die Reifen an die ersten Zentimeter vorwärts zu rollen. Entschieden drückt Lollo mit gespreizten Fingern den Vorhang nach außen, steckt ein Bein unterm Stoff heraus aus dem Glasbau, lässt seinen durch Menschenballast erschwerten Körper in die Knie sinken, stellt den Fuß draußen auf der Straße ab und holt das andere Bein fix nach. In diesem Moment beginnt es in unmittelbarer Nähe ohrenbetäubend zu hupen. In mehreren kurzen Intervallen schallt die Hupe des Autos Frejas Schwester, das unmittelbar vor Lollos Stelzen hinter dem den Glaskoloss schleppenden LKW rastet. Freja rührt sich, wie sich langsam unter Tönen des Weckers rekelnd den Schlafsand aus Augenwinkeln kratzend, auf Lollos Schultern. Lollo setzt ein paar kleine Tapsen voran, der nun schrittfahrende LKW zieht derweil das schwarze Tuch von dem Duo ab, wie, als würde ein neues Formal-Eins-Fahrzeugmodell präsentiert werden, daraufhin stößt Lollo gegen die Stoßstange des BMW, verliert kurz das Gleichgewicht und biegt sich gefährlich weit mit der Frau im Nacken, die in diesem Moment das letzte Bisschen vom Tuch abgestreift bekommt und nun in ihrer Pracht voll erkennbar ist, über die Motorhaube, als wolle er Frejas Schwester auf die provokante Art zur Windschutzscheibe rein grienen. Die Blondierte fängt abrupt an zu schreien und fuchtelt mit den Händen panisch in der Luft herum, als sie Augenzeugin der Entführung ihrer wegzusperrenden Schwester wird. Hastig drückt sie den Verriegelungsknopf auf dem Bedienfeld in der Fahrertür und reißt den Kopf hilfesuchend zur Heckscheibe herum, eventuell um bei den Autos hinter dem ihrem Alarm zu schlagen. Doch niemand reagiert bisher. Der Mops, der derweil auf dem Beifahrersitz Platz nehmen durfte, ist außer sich vor Wiedersehensfreude und schlägt beim Anblick Frejas Purzelbäume auf dem Polster, bis er im Fußraum landet, aus dem er sich sofort wieder auf den Sitz hoch befördert, sich mit den Vorderläufen auf die Armaturen stützt, um, drüber als auf b l o ß   h ö c h s t e r   G e m ü t s l a g e,   a u f Kolibriflügelschlaggeschwindigkeit das Ringelschwänzchen zu wedeln. Der Eiter aus der Entzündung tropft von seinem Genitalbereich auf den teuren Sitzbezug.

Die Polizistin in einem der vorne fahrenden Polizeiwagen tippt nach wie vor mit den Zeigefingern Buchstaben in einen

Mini-Laptop und ihr Kollege spielt mit dem Handy im sichtgeschützten Bereich unterhalb der Konsole. Da guckt er hoch. Und entdeckt durch die Seitenscheiben zum Gehweg hin, dass er und seine Kollegin sowie die Kollegen des zweiten Polizeiwagens von Passanten eindeutig eindringlich angestarrt werden. Die Köpfe der Passanten wechseln ständig die Starrrichtung zwischen Polizei und Frejas Schwester im BMW-Geländewagen samt dem sich auf ihrer Höhe bildenden Stau. Nun vernimmt der allmählich wachsamer werdende Wachmann auch das Hupen. Er schaut herüber zu seiner Sitznachbarin, die, den Blick nicht vom Bildschirm ablassend, nur genervt von dem Huplärm die Mundwinkel schräg nach hinten runter zieht. Dass Zivilisten im Straßenverkehr bloß so ungeduldig sein müssen. Wäre es doch besser gewesen: ein anführender Peterwagen, einer als Schlusslicht. Die Polizeiwagen kriechen, auf der Mitte der Kreuzung mit dem gegebenen Platz sich leicht auseinander ziehend, vorweg den Fahrtweg sichernd voran, der riesengroße schwarze Kasten setzt langsam nach, wobei seine kleinen Reifen quietschen und quengeln.

Hinterm Würfel, und somit ausserhalb des Sichtbereich für die Polente, dreht sich Lollo wie ein Diskuswerfer um die eigene Achse, sucht hastig nach einem Fluchtweg, den er sich, bevor er sich heimlich in den Würfel machte, leichtsinniger, doch vielleicht verständlicherweise Weise noch gar nicht ausgedacht hatte. Eine Intuition lässt das fliehende Gespann (Lollo transportiert Freja auf seinen Schultern wie der »Hummel, Hummel, Mors, Mors-Wasserträger seine vollen Eimer) erst noch hinterm rollenden Würfel her und dann auf die Fußgängerampel links zu stolpern, das stete, cholerische Hupen stets als Rückenwind, mithilfe dessen Freja, die bei jedem Lollos schwerer Schritte besorgniserregend auf seinen Schultern wankt und schwankt, als rassle ihr träger Körper gleich rücklings auf die Straße, mit jedem laut schallendem Trötedrücken ein Stückchen wacher wird.

Mittlerweile haben auch die Autos hinterm Wagen Frejas sich an der Hupfläche des Lenkrads die Fingernägel abbrechenden Schwester begonnen, ins Hupkonzert einzusteigen, da sie sich empören, dass sich die Ampel schon seit längerem in der Grünphase befindet, es der LKW samt dem unübersehbaren Würfelanhänger im Schneckentempo bald über die Kreuzung geschafft haben wird, doch die Person im anstehenden, beide Fahrbahnen blockierenden, komischerweise sturmhupenden Auto, Frejas blondierte Schwester, anscheinend pennt, wobei die Ampel jeden Moment wieder auf Rot springt und dann geht das Warten auf Abfahrt wieder von vorne los. Die ersten überholen den schwarzen Geländewagen von rechts den Gehweg streifend. Manche Autofahrer, vor allem auf linker Spur, lehnen sich aus dem Fenster, um tadelnde Gesichtszüge und harsche Marginalien nach vorne zum angewurzelten BMW-Geländewagen zu senden.

In den Polizeiautos wird derweil per Funk und Zunicken entschieden, zum einen nach dem Rechten zu schauen, wieso es da hinten überhaupt hupt, des weiteren, kraft besänftigendem Anwesendseins eines in den geballten Straßenverkehr drapierten Polizisten, bei den rückstauenden Autos, die vermehrt von ihren Hupen Gebrauch machen, dezent den Kopf schüttelnd, für Ruhe zu sorgen.

Der 5er-Bus fährt derweil auf der Busspur am Lollo-Freja-Gebilde vorbei und stoppt an der Haltestelle. Insassen wie Aussteigende sowie auf den Bus Wartende staunen nicht schlecht, als sich ein keuchender junger Mann mit bebenden Lippen im rosig schwitzenden, angestrengten Gesicht, dem eine ohnmächtige, barfüßige Frau in schwarzem Ausgehdress als Buckelladung aufliegt, mit bittendem Unterton Unverständliches haspelnd, unter Einsatz einer voran tastenden Hand und eines seitlich ausgestreckten Ellbogens, eine Schneise durch die Ansammlung an der Haltestelle schlägt, und so, in stark gebückter Haltung, die Körperlängen der sie Umgebenen kaum übertreffend, in der Menge für einen Moment untergeht.

An der Fahrertür des BMW angelangt, klopft der junge Polizist an die Scheibe und springt sofort erschrocken einen Schritt zurück, als er, hinter einer ihn mit panischen Augen anblickenden und mit den Armen willkürlich herumfuchtelnden Fahrzeugführerin, den exaltierten Mops unter beängstigendem Kläffen immer wiederholend vom Beifahrersitz zur Konsole hoch und zurück springen sieht, dem graue Talgfäden in Sternform nass von den überweit aufgerissenen Glubschaugen rinnen zugleich ihm der unter Toben übergelaufene Sabber ums Maul herum zu weißem Schaum geschlagen ist – ganz klar die Tollwut! Das hat man in der Ausbildung gar nicht gelernt, wie man sich dabei verhält, denkt der noch frisch zum Schutzmann Geschlagene entsetzt, die Bürgerin muss unter allen Umständen beschützt werden, denkt er ziemlich entschlossen, jetzt bloß nicht zimperlich sein, denkt er fahrig, du bist am Drücker, Junge, du bist der mit der Waffe. Der Polizist öffnet den Knopf am Halfter, zückt kurzum die *Walther* und richtet sie, neben den Kopf der Blondierten, auf den ihn jetzt anstarrenden Mops, dem eine ungeheuer pinkfarbene Zunge seitlich lang aus der Schnauze heraus baumelt. Frejas Schwester beginnt hysterisch zu schreien.

»Machen Sie, dass Sie da rauskommen!« schreit er die Blondierte an. »Bleiben Sie dabei aber ruhig!«. Mit weiterhin in der Rechten vorgehaltener Pistole, befummelt er mit der Linken den Türgriff, doch die Tür lässt sich von außen nicht öffnen. Die Blondierte lässt raus, was in ihren Stimmbänder steckt, bis diese, während des kratzigen Kreischens, ab und an zwischendrin aussetzen, für einen Moment schreit sie dann tonlos, und der Mops leistet ihr wie ein Wolf den Mond entgegen jaulend Gesellschaft.

»Ruhig! Ruhig! Sie müssen die Tür öffnen! Sie müssen«, er zeigt mit dem Lauf der Waffe auf den Türgriff, dann wieder aufs Fenster, »die TÜRE öffnen!« Er spricht laut, wie für Gehörlose.

Das nervöse Hantieren mit der Knarre eines überforderten Polizisten beunruhigt die dahinter aufgestauten Wagenlenker. Die Meckerköppe bewegen jegliche zu Drohgebärden aus dem Fenster gehaltenen Gliedmaßen zurück in ihre Karosserien. Auch die gerade erst aus dem Polizeiauto gestiegene Polizistin greift jetzt vorsichtshalber zur Waffe, als sie ihren Kollegen im Einsatz des Revolvers sieht, manch ein Auto im Stau legt schon mal den Rückwärtsgang ein, sicherer ist sicherer, das Hupkonzert verstummt soeben, dafür hört man jetzt jede Menge Passanten Geräusche des Erstaunen und Erschaudern ausstoßen, an ihren Kameras funkeln die Blitze wie das Reflektieren der Sonne auf der klaren Oberfläche einer aus dem Berg quellenden Wasserader und mit manchen der Kameras werden wackeliger Hand Videos aufgezeichnet und mit einem bestimmten »Uff...« in der Stimme kommentiert.

»Scheiße!« schreit die Blondine. »Scheiße! Seid ihr denn alle verrückt geworden?!«

»Bewegen Sie sich ruhig und öffnen Sie die Tür!« entgegnet der Polizist. »Schnell raus und Tür zu!«

Haareraufen, das man nicht nur sieht, sondern auch hört, im Inneren des Geländewagens der Firma BMW.

Währenddessen das allgemeine Augenmerk primär am polizeilichen Einsatz festklebt und Zaungästen inner- und außerhalb fahrender Untersätze beim Anblick gezückter Ballermänner schlagartig unwohl wird, schleppt Lollo seine auf den Schultern immer bleierner werdende Abgeschaltete an der Häuserfassade der anderen Seite der Dammtorstraße auf dem Gehweg entlang Richtung U-Bahnstation Gänsemarkt. Er schaut sich nicht mehr um, ob sie verfolgt werden, bringt ja auch nichts, zu wissen, dass sie hinter einem her sind, wenn man so wie so nicht schnell genug zu Fuß ist, entkommen zu können, denkt er. Das ist jetzt so eine Achterbahnfahrt, fällt ihm just die Metapher ein, die auf der

Hand liegt: Da geht's hoch und runter, nervenaufreibend, ohne Pause, da machst du Loopings, drehst Schrauben, schlägst Haken, und trotzdem bleibt's ne Einbahnstraße ohne Abbiegemöglichkeiten, denkt Lollo, und am Ende der aufregenden Einbahnstraße ist da 'ne Sackgasse und spätestens da wirst du dann gepackt, wenn du keine dort auf dich wartende Falltür in Form von Personalausweisen für die zwei der Flucht anhängenden nigelnagelneuen Identitäten mit einkalkuliert hast. Aber auch die brutal realistische Einsicht reicht nicht aus, um Lollo von seinem Vorhaben abzubringen: Mit Freja zu flüchten, sie zu retten, sie zu lieben.

Vereinzelte mit Kameras ausgestattete Passanten lassen, das mittlerweile zweigeteilt um Aufmerksamkeit buhlende Szenario zwischen Kombipaket Freja & Lollo auf der einen und der bewaffneten Polizeiaktion bei den Autos auf der anderen Straßenseite sich nicht recht zusammenreimen könnend, ihre Linsen von der Waffenszene ab und halten auf das mit großem Hecheln vorbei rauschende Duo. Manchmal erwischt sich Lollo, wie er direkt in die Objektive der Apparate schaut, die ihren Fluchtweg säumen, und kann sich direkt vorstellen, das selten ein derlei bemitleidenswertes Exemplar von Porträt die Ehre hatte, als das aussagekräftigste Foto des bisherigen fotografischen Schaffens der den Auslöser aktivierenden Person erkoren zu werden. Das war's jetzt, denkt Lollo, aber er denkt das im hoffnungsvollen Sinne, denn die Hoffnung, wie man weiß, hat ja den als einen der am bemerkenswertesten hervorzuhebenden Vorteile, erst ganz am Ende die Radieschen von unten zu betrachten, also erst dann, wenn aller Hoffnungsschimmer verglüht ist und sich tatsächlich keine Option mehr im Bereich des noch Möglichen befindet, denkt er, erst dann geben wir auf, Freja und ich, die völlig anderen Bonnie und Clyde. Zudem gilt – da krabbelt Lollos eiligen Gedanken die nächste Pauschalität faserig geredeter Volksmündern aus ihrem verstaubten Loch – wer nicht versucht, der nicht gewinnt, und so gelingt Lollo es, zumal die beiden bis hier hin, ohne in Speichen gesteckte Stöcker, bereits beachtlich weit gekommen sind, heile die Treppen zur U-Bahn hinunter und im Schlund des Gehweges wie in einen Hasenbau hineinzuschlüpfen und zu entkommen.

In der U2 Richtung Mümmelmannsberg hat Lollo Freja, ihre Füße zum Fenster, auf einer Bank abgelegt und tätschelt im Gang neben ihrem Kopf – von dem die zahllosen langen, fettigen Haare auf den Boden herunterhängen und sich als eine fette Anacondaschlangenlinie darauf sammeln – kniend, unter den angeekelten Blicken sich abwendender Fahrgäste, die befürchten, die dort liegende, vermutlich betrunkene Frau könne jeden Moment Mageninhalt speien, unentwegt ihre Hand. Ob man einen Arzt benötige, fragt einer, der mitdenkt. Lollo verneint freundlich dankend, es sei nur der Kreislauf und gleich wieder gut – dicke Schweißperlen rollen ihm von den Schläfen, die Luft, die er durch seine Nase einzieht, fühlt sich heiß an –, und er tut seinen Blick sofort vom couragierten Mitfahrer ab, damit sich der aufmerksame Fremde sein Gesicht nicht merken kann, und dann kommt sich Lollo zum ersten Mal vor, als sei er ein ernsthafter Krimineller, und zwar ein verliebter Krimineller, der mit seiner von der Bullerei angeschossenen Komplizin die Biege durch den Untergrund begeht. Und der Gedanke, sich gerade kriminell zu verhalten, schockt ihn kurz und warm, da Lollo bislang noch nicht einmal in die kleinkriminellsten Delikte Unternehmungsversuche angestellt hatte, und dafür gibt es auch Beweise: eine Kriminalkartei, die von der Polente für seinen Vor- und Zunamen noch nicht einmal angelegt worden ist. Und das Gefühl, kurz mal eben einen Abstecher auf die so genannte »schiefe Bahn« zu unternehmen – er tut's ja immerhin für L.O.V.E., und Liebe ist, da sind wir uns alle einig: ja immer gut und richtig – gefällt ihm irgendwie, ist mal was anderes, denkt er, als tagtäglich im gläsernen Kämmerlein in der Agentur zu kauern und die in Bild und

Wort gemodelten Ideen eines anonymen Schöpfers, dessen unbedeutende Rolle man selber spielt, an die Werbewelt zu verschenken. Naja, immerhin fast zu verschenken. Man bekommt ja Gehalt. »Schmerzensgeld«, wie die wirklich Lustigen anstelle sagen. Und diese neue, akute Rolle als Zuwidersetzer – weil alles, was immer sein soll und soll und soll ihm zuwider ist und nicht mehr sein soll! – erfüllt ihn mit einer nicht geringen Portion Stolz auf sich selbst, und dann denkt er über den besten Tag seines Lebens nach und siebt keinen Tag aus der Erinnerung an seine Vergangenheit heraus, von dem er denkt, das das der Beste bisher gewesen ist und befürchtet, naja, denkt er, der hier, der heutige, der hat zumindest das Potential, den Titel des besten Tages meines Lebens zu ergattern, denn so ein krauses Durcheinander, so ein entflochtener Tagesablauf, so eine doch schon närrische Aktion, diese Dummheit, diese Naivität, die mich jetzt über mich selbst schmunzeln lässt, dieses explodierende Liebevolle, das ich auf einmal empfinde, das ganze Paket aus allem, was allein am heutigen Tage bereits passierte und dem, was sicherlich nicht minder spannend heute noch folgen wird, denkt Lollo, sollte schließlich mit einem mir selbst angesteckten Verdienstkreuz für besonders eigennützige Dienste fürs eigene Seelenheil belohnt werden. Lollos zufriedenes Grinsen ist an dieser Stelle sechs Meter breit und wiegt mindestens drei Kilogramm. In einem Moment, in dem er sich selbst in sorgloser Glücklichkeit ertappt, schnuppert Lollo an Frejas Haar, steckt die Nase richtig rein und bekommt umgehend und mit Elektrovolt, das es nicht zimperlich meint, einen gewischt, und das schmerzt mitten im Gesicht, wobei der Strom, der wie Schrotkugeln durch seinen Kopf schoss, ihm die Dringlichkeit zurück ins Bewusstsein katapultiert, dass es höchste Eisenbahn ist, Freja jetzt schnell die Schlafbrille vom Kopf zu rupfen und ihr irgendwie den Prozessor hoch zu fahren.

Lollo ertastet mit den Fingerspitzen den Weg durch die

Schicht aus Haaren, die der im Dornröschenschlaf auf der Front liegen und das Gesicht vollkommen verdecken, und gelangt zu ihrer Nase. Mit ihr als Ausgangspunkt versucht er, ihre ganz in der Nähe gelegenen Augen zu finden. Ein Auge legt er frei, indem er einen Finger in den dichten Haarvorhang keilt und einen Spalt aufschiebt. Die langen Borsten ihrer buschigen Brauen lenken immer noch, wie abgemurkst, der Schwerkraft entgegen und was an den Haarenden der einzelnen Brauenwürmer einst funkelte, brillierte und magisch leuchtete, liegt wie den Aasfressern Überlassenes brach auf erhitzter, regungsloser Haut. Vorsichtig schiebt Lollo, mit leichtem Druck auf dem Daumen, ihr Augenlid nach oben und sieht die Pupille dahinter und es kommt ihm vor, als schaue die Pupille ihn wirklich an und nicht nur tot durch ihn hindurch. Das macht schon einmal einen guten Eindruck.

»Freja, ich bin's« versucht er es flüsternd, ihr Augenlid dabei stets hochziehend, was die leblos daliegende Freja für die magnetischen Blicke der Schaulustigen jetzt erst recht besoffen aussehen lässt. »Wir sind auf der Flucht«, wispert er dorthin, wo er ihr Ohr vermutet, »wir fahren jetzt irgendwo hin!«

Wohin, hatte er sich noch gar nicht überlegt. Hauptsache, die Beine in die Hand (oder, jaja, gleich die ganze Frau auf die Schultern) und eilends Reißaus nehmen, wegrennen, an einen ruhigen Ort, einfach *irgendwohin* halt, in Sicherheit, Hauptsache, weg von hier, raus aus der Stadt, auf eine einsame Insel, klaro, das wäre sowohl das wahrscheinlich Idealste als auch das Utopischste, denn wenn es, vom Flughafen Fuhlsbüttel auf eine einsame Insel fliegen zu können, möglich wäre, wäre das mit nichts als Wasser umgebene Traumeiland, trotz geografischer Einsamkeit, wohl kaum mehr ein von National Geografic erwähntes Reiseziel an eines der letzten vom Tourismus verschonten Fleckchen Erde. Da gibt's ja jetzt nur noch eine Lösung, denkt Lollo entschlossen, hebt Freja an den Schultern, rückt sie in eine aufrecht sitzende Position, hockt sich eng daneben, legt ihren schlaffen Arm um seinen Hals und hebt die narkotisierte Opernsängerin aus dem Sitz. Fein, sie kann schon fast wieder alleine stehen, stellt er fest, als er den Widerstand ihrer Beine zur Erde spürt.

»Das ist jetzt ganz wichtig, Freja«, murmelt er, lieb in der Stimme, »du musst mit mir mit laufen. Wir dürfen nicht allzu sehr auffallen. Komm! Hier müssen wir raus.«

Es scheint, als ob Freja verstanden hat. Zumindest macht sie nicht gleich das angepustete Kartenhaus, setzt hingegen, zur Begeisterung, die den flüchtig gewordenen Werber gehörig euphorisiert und zuversichtlich stimmt – der sie beide, Freja und sich, in diesem Moment glücklich und entspannt, die Köpfe aneinander lehnend, an einem schöneren Ort, einem sandigen Ort, Seeluft schnuppern sieht –, auf den nackten Füßen mit ihm ein paar eigenständige Schritte zum Ausgang hin.

»Hamburg Main Station. Exit left.«

In der Schlange vor der Rolltreppe hält Freja ihr Gleichgewicht schon fast von alleine, als sie mit ihrem kumpelhaft umarmten Saufkumpanen eine der längs gestreiften Metallstufe betritt, die sie hoch ins Erdgeschoss bringt.

Zum Glück werden die Einkaufsmeilen, die Spitalerstraße und die Mönckebergstraße, die sich in ihrer relativen Grässlichkeit vom Steintorwall am Hauptbahnhof bis runter zum Rathaus erstrecken, mit Ausnahme von ein paar Traditions- und ein paar wenigen Geschäften, bei denen auch manch kultivierter Pfennigwender ein sparsames Auge zudrückt, maßgeblich von Läden und Kaufhallen zusammengesetzt, in der, in Billigung dürftiger Produktionshergänge zu konsumierende Produkte »von der Stange« »made in Süd- oder Ostasien und Geschwister«, an die »breite Masse« verhökert werden. Und, wie die Beschreibung der Flaniermeilen die gemeinsoziale Zugehörigkeit der herumbummelnden Käuferschaft bereits in Fülle verrät, mengt sich besagter Konsumenten-Typus, einen Wochentag einen Samstag Nachmittag suggerierend, zu einer vielköpfigen Ansammlung bedürftig frisierter Flaneure, in der ein einzelnes Individuum nicht heraussticht und in der Masse an bunt gekleideten Menschen sanglos untergeht. Ein Hoch auf die Arbeitslosen und Schulschwänzer, denkt Lollo, denn dank ihrer zahlreichen Anwesenheit, füllen sie an diesem frühen Nachmittag den Zwischenraum zwischen der Polizei auf Höhe der Staatsoper und dem Vorplatz, hier am Hauptbahnhof. Somit können die schleppend Hinkende und ihr mit gefispelten Anweisungen behilflicher Untergehakter, von einer die Straßenseite wechselnden großen Menschentraube dicht umschlossen, die Ampel nehmen und sich im Strom aller versteckend in den vorderen Ansatz der Spitalerstraße gießen lassen. An der Ecke, und im Schutze der bunten Schaufenstergestaltung vom *Nike Town*-Store, winkt Lollo – routinierte Gelassenheit simulierend – ein Taxi heran, das vom Glockengießerwall kommt, und ein seiner unfreiwilligen, der Flucht dienlichen Hilfestellung nicht bewusster Fahrer, bringt das Paar auf schnellstem Wege aus der Innenstadt, nachdem er nur eine einzige Frage stellt: »Wohin darf's gehen?«

»Bahnhof Altona, bitte.«

Auf dem Metallhenkel zwischen den Sitzen ist ein unterarmlanger Handlauf aus Buchenholz montiert. Das helle Holz ist dick klar lackiert und glänzt und macht einen sauberen Eindruck. Dieser Metallhenkel mit Holzhandlauf soll das einzige sein, das auf der idyllischen Zugfahrt Richtung Ruhe noch zwischen ihnen steht. So Lollos Wunsch. Während Freja, den Kopf ans Fenster gelehnt – mit der Druckstelle einen beachtlichen Fettfleck darauf verteilend –, damit weiter fortführt, ihren Rausch auszuschlafen, betrachtet Lollo die vielen winzigen, hellblauen Vierecke, die das Polster aus dunkelblauer Kunstfaser der Sitze der Bank gegenüber, auf der anderen Seite des an den Ecken abgerundeten Tisches, zieren, und wird beim Betrachten der kleinen Kästchen auf einmal ebenso müde wie seine eingeknickte neben ihm sitzende Dame und ihm fallen fast die Augen zu. Jetzt auf keinen Fall die Augen zu machen, denkt er, wachsam sein, Wache halten, ermahnt ihn eine in ihm drin versteckte Offiziersstimme, die er hervorholt, seine Aufmerksamkeit bei Sinnen zu halten. Doch das einzige, das er mit aufmerksamem Interesse sorgfältig im Auge behält, verliert sich mehr in Details als die wechselnden Gegebenheiten in der Umgebung genau zu inspizieren, und, im Falle etwaige aufkommender Gefahr, auf den Sprung flink und bedacht reagieren zu können. Zum Beispiel fällt ihm auf, dass die Kontur des Fleckes dieses fettigen Films, den Frejas Haare um ihren Schädel herum auf dem Glas hinterlassen, mit ein wenig Fantasie aussieht, wie das ausgefranste Küstengebiet Nordwest-Deutschlands bis Holland runter: Da ein paar Fettsprotzer Nordfriesische Inseln im Norden, dann macht die Fettlache einen Knick Richtung Osten und mit ein paar Fettpunkten reihen sich an die Ostfriesischen Schmierinseln in einem leichten Bogen nach unten die Westfriesischen Inseln an. Im Gegenlicht ist gut zu erkennen, wie vereinzelte Haare, gar ganze Strähnen, serpentinenkurvig im schmalzig diesigen Film an der vibrierenden Scheibe kleben.

Gerne erinnert sich Lollo an das Kitzeln auf den Lippen, lehnte man während schulorganisierter Busreisen auf dem Weg in irgendein Konzentrationslager oder auf Klassenfahrten gen Jugendherrberge, einen Punkt des ringsherum und mittendrin jugendlichen Kopfes an das gigantisch große Fenster. Bei dem Gerüttle einzuschlafen funktionierte nur, wenn man einen Schal oder einen Pulli zwischen Kopf und Glas klemmte, das reduzierte das heftige

Schwingen erheblich. Die stark zitternde Scheibe der Bahn allerdings, scheint Frejas Schlaf nicht sonderlich zu stören. Man hört sogar ein leise knarrendes Schnarchen und Pfeifen, und bei jedem Atemausstoß segeln zweifingerbreit Haarsträhnen wie Fahnen vor ihrer Nase, und Lollo ist beruhigt, denn das sieht ihm sehr nach einem ziemlich tiefen Rauschschlaf aus, und das darf es auch, denn sie haben noch über 40 Minuten zu fahren, bis sie am Bahnhof Westerland auf Sylt angekommen sein werden.

Fast eine Dreiviertel Stunde noch, denkt Lollo, mehr als genug Zeit in einer Zeit, in der einem nicht viel Zeit gegeben ist, sinniert er, aufgrund der erheblich stärker werdenden Müdigkeit leicht ins Schwachsinnige abbauend, und bis zu diesem Gedanken, hätte er es schon fast ausgeblendet, dass sich die beiden immer noch auf dem großen Sprung, Absprung, befinden, und als er sich den Ernst der Lage zurück holt, durchfährt ihn ein Ruck, er richtet sich stockgerade auf, und schlägt, soweit es die engen Sitzreihen zulassen, die Beine übereinander um ein möglichst auffällig unauffälliges Verhalten an den Tag zu legen. Ganz beiläufig tuend geht er mit zu einem Kamm angewinkelten Fingern durch Frejas Mähne um es, mit dem unbestimmten Blick nach draußen aus dem Fenster, der Länge nach von oben nach unten in Form zu striegeln, damit auch sie sich optisch der Unauffälligkeit angleicht und nicht mehr so aussieht, wie gerade: wie nach einem Fallschirmsprung. Frejas nackten Füße im Fußraum erkennt man sowieso nicht, das Abendkleid sitzt mehr oder weniger, denkt er, mehr kann er für ihr akkurates »Rüberkommen« an dieser Stelle nicht tun, ist schon gut so, denkt er und nimmt sich vor, sich von nun an schnell wieder zu beruhigen. Der Schweiß vom Tragen und Rennen ist auch schon fast vollkommen verdampft und das in seinem Gesicht gestaute Blut hat sich wieder gleichmäßig im Körper verteilt, wie es üblich ist. Ansonsten noch zwangsläufig Auffallendes an den beiden? Lollo denkt nicht. Wir sehen ziemlich aus, denkt er, wie ein die in den Wagon dringenden Sonnenstrahlen genüsslich aufsaugendes Pärchen, das bei schönstem Frühlingswetter eine kleine aber feine Weile auf der größten der nordfriesischen Inseln spontan zu verbringen plante. Geradezu derart spontan, dass sie nicht einmal Gepäck dabei haben. So oder so ähnlich, denkt er, und, ermattet wie er ist, verliert er den Faden, mit dem er gerade dabei war, das Gutreden der Situation zu spinnen, und im warmen Sonnenlicht, dass sich über sein Gesicht und die Frisur legt, kommt ihm das Fadenverlieren auch ganz recht, und als er sich die flache Hand auf den Kopf legt, fühlen sich seine Haare richtig doll erhitzt an, und es fühlt sich wie Sommer an, was ihm gefällt, und er tut es seiner daneben gleich und dämmert für eine kurze oder lange Weile – wie lang genau, kann er nicht sagen – angenehm beruhigt weg. Schwarzer Bildschirmschoner.

In Husum macht der Zug Halt. Wie wachgerüttelt schreckt Lollo auf, schaut raus und erschrickt: da läuft ein Polizist über den Bahnsteig! Der Mann hat die Jacke der Uniform über den Arm gelegt, seine Mütze baumelt ihm lose auf der Faust. Er schnipst die aufgerauchte Zigarette in den am Boden mit Gelb markierten Raucherbereich und betritt die Nord-Ostsee-Bahn in eines der hinteren Abteile. Der macht doch Feierabend, denkt Lollo, der Typ wird uns ja wohl nicht im Alleingang auf der Schliche sein, denkt er, vor allem wird er nicht, denkt Lollo weiter, noch vor uns an einem Ort sein, um dem Zug zuzusteigen, den wir als Fluchtmobil nutzen. Polizisten können nicht hellsehen, denkt Lollo, dem ja auch erst seit einigen wenigen Minuten einfiel, dass er mit Freja in sein Feriendomizil aus Kindertagen auszureißen vor hatte. Der Einfall, der unmittelbar in die Tat umgesetzt wurde, ist noch taufrisch, denkt er, den Plan kann, zumindest noch nicht, keiner wissen, versucht er sich zu beruhigen und probiert der Notwendigkeit halber die Nerven in Zaum zu halten, wobei sein Herz jetzt wieder deutlich schneller schlägt und ihm taufrisches Adrenalin auf Hochtouren durch die Adern fegt. Der Zug gondelt weiter.

Lollo beruhigt sich allmählich, und erst als die Bahn in den Bahnhof Niebüll einfährt und dort der Polizist von eben aussteigt und direkt an ihnen am Fenster entlang läuft und Lollo in einem Moment die Handschellen im Sonnenlicht blitzen sieht, die der Polizist an einer der hinteren Gürtellaschen festgemacht hat, bekommt er Schnappatmung. Zwischen erkannt werden und Entkommen, nur eine Glasscheibe, denkt Lollo jetzt ins Grundparanoide abgerutscht. Logisch, leide ich an Verfolgungswahn, denkt er, das lässt mich jetzt nicht irre sein oder so, denkt er, das ist ganz normal, das ist immerhin eine Ausnahmesituation! Und schon schwächt die überwältigende Logik dieser Erklärung die Nervosität ab. So einfach geht das, denkt Lollo, es gibt immer für alles eine Erklärung, nie gibt es für etwas keine Erklärung, das würden die klügsten und innerlich aufgeräumtesten Menschen auch so sehen, denkt er, also nur ruhig Blut. Überrascht, wie gut er sich selbst in Anflügen von Gereiztsein zur Balsamierung zappelig gewordener Nerven zu besänftigen drauf hat, ist ihm wieder nach nachlässiger Zufriedenheit zumute und schon spreizt sich sein Mund wieder von einem Ohr zum anderen und sein Gesicht empfängt genüsslich die Sonne von draußen. Der Bulle in halb abgeschälter Montur ist endgültig verschwunden, alles klar auf der Andrea Doria, denk Lollo, lehnt sich zurück, lässt den Kopf oben auf die Kante der Lehne kippen und zieht so lange Luft in die Lungen, wie er kann, bis nichts mehr reingeht, und dann atmet er aus und bemerkt, dass, auch wenn sich der Geschmack von Desinfektionsmittel gepaart mit einer Nuance Urin, dessen gemeinsames Odeur aus der Bordtoilette dringt, immer wenn die Schiebetür aufgeht – und die Toilette erfährt eine häufige Nutzung –, auf seiner Zunge verteilt, er doch nicht vordergründig die Stinkkluft schnuppert, dessen Schärfe des Ammoniak-Odeurs auf alle Nasen gleichberechtigt verteilt wird, sondern darüberhinaus und fast alleinig dieses eigentümliche, eindringliche Kaliber äußerster Güteklasse sensuell wahrnimmt: Den Duft der Freiheit, der sich um Freja und ihn auszubreiten beginnt. Nur ganz manchmal, denkt er, kann man eben dieses Sonderformat an Duft zwischen den einem um die Nüstern flirrenden Molekülen heraus destilliert wahrnehmen, nur dann, wenn es einmal ausnahmsweise soweit ist, dass man, als dominierendes Grundgefühl in einem drin, sich wirklich beginnt, frei zu fühlen. Etwa so frei, erinnert Lollo, wie am ersten Urlaubstag der Sommerferien, wenn er, die Schule kurzum aus dem Kopf radiert und auch die peinlichen Umstände, die so eine umproportional aus der Form wuchernde körperliche Erscheinung samt mit grünen Löffeln gespicktem Geiste in den Flegeljahren unumgänglich wie automatisch hervorbringt schnell vergessend, sich vollends aufs pure Reinschmeißen in den lang ersehnten Strandurlaub konzentriert und sich mit nicht viel mehr beschäftigen muss, als mit seinem uneingeschränkten Sein und Dasein, in diesem Moment, in diesem Urlaub, an diesem Strand, vor diesem Meer. Das ist dann nicht mehr lange »das Leben«, denkt Lollo, das ist dann »Leben«.

Wenig später hat der Zug die nächste Station, Klanxbüll, verlassen und bewegt sich, vorbei an Bauernhöfen und wie zufällig auf die Wiesen geschnipsten, einsamen Bäumen, über den Deich. Wo man hinsieht, mit Holzpflöcken und unsichtbaren Drähten abgesteckte Weideflächen, darauf Pferde, direkt neben und parallel der Bahnstrecke Fahrradwege, einige schmale Bahnübergänge und hinter roten geschlossenen Schranken, die den vorbei rauschenden Wagons der Nord-Ostsee-Bahn zuwinkende Fahrradfahrer. Denen winkt Lollo zurück. Sie lachen dann, wenn man auf sie reagiert, wie Kinder freuen sie sich, die von Brücken den Autos zur Fahrbahn herunter grüßen oder aus dem Bus heraus die sie überholenden Autoinsassen und Feedback bekommen. In Gruppen grasen Schafe und die Kühe sehen gesund und sauber und wohl genährt, potent und prächtig aus, vielleicht noch prächtiger als die Pferde. Lollo versucht sich vorzustellen, wie eine dieser Wiesen mit Schafen und Kühen und Pferden wohl gemalt aussähe, in Öl oder so gehalten, und stellt fest, dass auch das Abbild nicht schöner, nicht wunderbarer aussähe, als das Original, das es hier anzuaugenschmausen gibt. Er ist selig. Mit Pfützen betupfte Rasenfelder wechseln bald zu braungrauen Schlammflächen und kurz darauf führt der Schlamm schon Niedrigwasser. Zu Seiten des Hindenburgdamm beginnt die Nordsee und es ist gerade Ebbe. Einige Seevögel picken mit ihren typisch überlangen Schnäbeln im Watt, über die gesamte glatte Ausdehnung zu beiden Seiten des Dammes sind winzige, in engen Kringeln aufgetürmte Sandhäufchen zu erkennen, hie und da blubbert es in den Pfuhlen und winzige Luftbläschen steigen aus dem Erdreich auf, und die Sonne lässt die Pfützen erstrahlen und weiß glänzt die Spiegelung des Lichts darin und dieser Glanz erinnert Lollo an das Glänzen, das aus Frejas Augenbrauen gesprüht kommt, wenn sie, die Brauen, zur Hochform auffahren und das, was in Frejas Gesicht weiterhin vorgeht, aus nächster Nähe nur anschauen kann, der eine von diesen aus Pappe und Alufolio zusammengebastelten Brillen, mit denen man in eine Sonnenfinsternis reinschauen darf, ohne dass man direkt erblindet, auf hat. Da segelt eine dichte, runde Wolke vor den Sonnenball und für einen kleinen Moment liegt eine große Fläche des Wattes unter einem gigantischen, ovalen Schatten. Der starke Kontrast zwischen schattigem Rau und lieblichem Hellen auf der Fläche, die das das Watt durchkreuzende Dämmergrau nicht erreicht, nivelliert sich schlagartig, als die dichte Wolke am Sonnenball vorbei geflogen ist, und als diese wieder zum Vorschein kommt, funkelt, wo es nass ist, der Boden aufs Neue nach bester Manier, und der Himmel blendet bis runter zum Horizont, als habe man ihn durch Kippen eines Lichtschalters gerade wieder angeknipst.

Die weißen, gebogenen Ms der Möwen schweben hoch oben vor einem Himmelblau wie aus dem Bilderbuch, und dann erkennt Lollo an der Sichtgrenze eine breit aufgestellte Kolonie aus Windrädern im Meer und schaut den Zahnstocherflügeln beim Kreisen zu. Immer rechts herum, immer rechts herum. Oder drehen sie sich links herum?

Als er auf jeden Fall bei dem beruhigenden Anblick sich monoton im Kreis drehender Flügel so eindöst und sich die frühe Nachmittagssonne auf Frejas Haare legt und die Hitze darin einsickert, dringt Lollo noch der mit dem Erhitzen verfliegende Dunst ihrer fettigen Haare in die Nase und er holt tief Luft und sucht, seinen Arm hinter der Armauflagebarriere entlang auf ihre Seite gesteckt, mit seiner Hand blind die ihre und findet sie so ruhig neben ihrem Hintern auf dem Sitz liegend und hält sie fest und es kribbelt mit seinem Pulsschlag, als halte er den elektrischen Zaun einer Viehwiese fest, und es tut weh, und es ist vielleicht auch ihr Pulsschlag, den er schmerzlich im Takt stromschlagend in seine Hand picken spürt, und dieser fremde Pulsschlag schmerzt und kriecht ihm zum Handgelenk hoch und nimmt seinen Unterarm ein auf dass dieser bald taub werden wird, aber, denkt Lollo, näher als jetzt kann ich ihr kaum sein, und das was da mit einer pulsschlagenden Regelmäßigkeit weh tut, tut gut, kommt von ihr, von ihrem Körper und ist wie ein Gespräch mit ihr, da regt sich etwas zwischen ihr und mir, denkt er, das macht es irgendwie sehr intim. Vielleicht hat sich unser Pulsschlag auch synchronisiert, das wäre romantisch. Und er möchte, wo er seine Freja so sehr fühlt, noch zu ihr rüber schauen und sie anschauen, doch sind ihm die Lider zu schwer, er kriegt sie gar nicht mehr auf, er kann nicht einmal mehr seinen Kopf zu ihr herüber drehen, so schwach ist er geworden, und so schläft er, die letzten gesehenen Bilder von draußen noch vor Augen – Erde, Wasser, Leuchten, Luft –, ein.

Auf der Nachbarschiene poltert ein entgegenkommender Autozug dicht an ihrer Bahn entlang. Mit dem Fahrtwind der vorangestellten Zugmaschine ruckelt das Abteil und es wird laut und davon wacht Lollo auf. Das doppelstöckige Sylt-Shuttle bringt einige edlen Karossen, die kleinen Wagen unten, die hohen oben, zurück aufs Festland. Die Menschen, die hinter den Scheiben mit den Rückenlehnen ihrer Autositze verschmelzen, schauen entweder grimmig drein oder sie schlafen. Und Lollo erinnert sich, dass seine Mutter auf ihrer mittelblauen *140er A-Klasse* hintendrauf, neben dem Nummernschild, einen Sticker aufgeklebt hatte, der eine Kuh abbildete, auf dessen Körper das kuhtypische Fleckenmuster ein S, ein Y, ein L und ein T ergab. Den Aufkleber fand sie witzig und kaufte ihn kurz vor Abfahrt gen Heimat in dem Kiosk neben der Kneipe *Gosch* auf der Friedrichstraße in Westerland, und dass, obwohl sie längst einen Sylt-Aufkleber auf ihrem Autoheck prangen hatte, die circa drei Zentimeter kleine, doch höchst auffällige Silhouette der Insel nämlich, und zwar silberfarben mit so einem Lackeffekt, dass, ändert man den Blickwinkel auf die Inselform, die für Lollo seit jeher die Umrisse eines auf dem Schwanz balancierenden Kängurus ergibt, die Oberfläche unterschiedlich das Licht reflektierte und der silberne Aufkleber mal grün blitzte oder es blau glänzte oder rot oder lila. Und noch einmal fühlt sich Lollo an Frejas Augenbrauen erinnert, die, wie der silberne Sylt-Souvenir-Sticker der Mutter, ja ebenfalls die Farbe wechseln und vielleicht, denkt er, hat das ja auch etwas mit dem Blickwinkel zu tun, welche Farbe man bei Freja in den Augenbrauen sieht, ist vielleicht eine optische Täuschung, doch dann wird der Gedanke, den Lollo, sogleich er ihm kam, spannend fand, unterbrochen, denn Freja, jetzt auch vom Lärm von draußen gestört, windet sich ein wenig und ihr Kopf sinkt zur Seite auf Lollos Schulter und Lollo nutzt die Gunst des Augenblickes und küsst sie oben auf den Scheitel, dorthin, wo man zwischen massiv vielen, dunkelbraunen Haaren einen dünnen Streifen Kopfhaut erkennt. Die *Madame ach so infernale* atmet ruhig, das kann Lollo hören, ihre Hand ruht immer noch unter Lollos und Lollo freut sich auf die bevorstehende Zweisamkeit, die mit Beginn der Zugfahrt ja erst richtig begann, und schön ist das, denkt Lollo, wenn die Episode, sich gut zu fühlen, gerade erst begonnen hat. Episode, denkt er, ja, das ist gut. Episode 1: erstmal Urlaub, dann bald, in die Episode 2 eintauchen: ein danach, nach der notwendigen Ausspannung anstehendes Leben für uns beide finden, vielmehr *erfinden*, wie und wo auch immer das am besten entstehen und voranschreiten sollte, und dann ist Episode 3 an der Reihe, in der wir beiden uns schon gut in unser neues Leben eingelebt haben werden, denkt Lollo, und dann die Ruhe. In Ruhe denken können, die Ruhe suchen, um Ruhe zu haben, um in Ruhe nachdenken zu können, denkt Lollo, die Zeit nimmt man sich ja gar nicht mehr, und wer keine Ruhe zum Denken hat, denkt nicht richtig, und denkt vor allem nicht über sich nach, denn dafür hat man ohne Ruhe ja gar keine Zeit und so weiter, denkt Lollo, und dann geht das auf jeden Fall immer so weiter: immer noch in der gleichen Stadt, im gleichen Job, mit den üblichen Verdächtigen unter der gemeinsamen, ungemütlichen Decke, mit den beruflichen Notwendigkeiten und mit den ständigen Ideen, die die Einzigen sind, an die, von mir beispielsweise im Speziellen als Werbetexter, angemessen Gehirnschmalz vergeben wird, denkt er, und dann erst, wenn man das simple Verkaufsgelüst eines Anbieters befriedigend, einem seiner Produkte mit Hilfe einem Kreativen mitgegebenen Talentes buntes Geschenkpapier umgeworfen und es mit smartem wie humorvollem Ausdruck aufgeladen, ihm demgemäß charakteristische Alleinstellung gegenüber vergleichbarer Palette verliehen hat, übergibt man es, unter händereibendem Applaus des zufrieden nickenden Verkäufers, dem mit Geldbörsen winkenden, nach dem ihnen ihre eigene Möglichkeiten zur Fantasie sprengendem angebotenen

Produkt lechzenden, bereits eingespeicheltem Publikum, als mit Pfiff und Trara an den kleinen Mann gebrachtes Konsumgut. Werbung. Endlich soll's vorbei sein mit der Reklame, denkt Lollo. Ich kündige. Wortlos. Ich lass das auslaufen, denkt er, ich lasse den Regler, wie den einer Stereoanlage, langsam gen Mucksmäuschenstill wandern, auf dass ich nichts mehr davon höre, von Werbung, von dem Job, von der Werbestadt Hamburg, von den Briefings mit Abgabetermin »asap«. Startschuss für's Ende der Werbung! Jetzt geht's weiter, das darauf folgende Programm wird Ihnen präsentiert von: Stille Beschaulichkeit. Claim: Endlich Denken.

Vor Morsum streichelt Lollo der Komatösen über das abgeschnittene Oval des obersten Punktes des Ohrs, das aus der Masse an Haarteppich an einer Stelle heraus spitzt, wie ein Berg auf weiter Flur. Dort mit dem Finger angesetzt, zeichnet Lollo ihr kontinuierlich die eierige Form des Ohrs nach, immer wieder rundherum ums Ohr, so dass sich bald eine dicke Haarsträhne um seinen Zeigefinger gewickelt hat, und, als die ganze Haarlänge aufgedreht ist, es Freja sicherlich am Ende an den Haarwurzeln zieptt. Sie rührt sich, er lässt die aufgedrehte Strähne fallen, die sich jetzt in großen Locken kräuselt.

»He« flüstert Lollo dahin, wo eben noch das Ohr zu sehen war, »kannst du wach bleiben? Wir sind gleich da.«

Links und rechts des Wagons türmen sich Wälle, bewachsen mit grünen Büschen, Rasen, Gestrüpp, Brennnesseln und anderem Umkraut, auf, und das Rattern des Zuges prallt von den Aufschüttungen ab und drängt nun gewaltig in den Innenraum des Wagons. Es klackert in regelmäßigen Abständen unter den Rädern der Bahn.

Kurz vor Endstation spürt Lollo weder Druck, noch Angst, noch Überschwänglichkeit, noch Triumph. Das ist erstmal gut, denkt er, sich auf emotional neutralem Boden zu bewegen ist vernünftig und grundlegend sei gesagt, denkt er, dass es das mehr bringt, als im Anflug von Höhenflug den Boden unter Füßen verloren, den weiteren Verlauf von zu weit oben zu dirigieren, da verkalkuliert man sich, denkt er, da misst man in anderen Maßen, denkt Lollo noch streng und zwingt sich dann umgehend, mit den Überlegungen zu akuten Risiken wie Sieg, Höhenflug, Euphorie an falscher Stelle und so, schnellstens abzubrechen, sonst kippt die Stimmung noch vom neutralen Grünbereich auf die düstere Seite und er wäre gezwungen, sich die ungeschmückte Realität vor Augen zu führen und die, wie alle oberhalb des Säuglingsalters sicherlich schon einmal harsch zu spüren bekam, hat die Kraft, jeglichen Schlägertrupp in Sachen Wehtun in den Schatten zu stellen. Zum Glück tut die Nachmittagssonne einer langsam wirklicher werdenden Vorahnung just Abhilfe, denn, als links und rechts draußen die Erdhügel abklingen und sich der Schienen seitlich der Bahnhof Morsum auftut, wird der Wagon mit weißem Licht geflutet und die Lichtfülle strahlt von Frejas speckigem Haar ab, als läge heller Dampf, wie ein Heiligenschein, um ihr Profil herum. Staubpartikel schweben kreuz und quer umher, durchziehen die Atmosphäre mit farblos bis mausgrauen Pigmenten, Unsichtbares wird sichtbar, nirgendwo ist nichts, überall ist etwas, mindestens Moleküle, denkt Lollo albern erleuchtet, als er sich im Abteil umschaut, und sich fragt, wie ihm denn jetzt genau ist: Ist ihm immer noch gut zumute? Um das zu klären, blickt er wieder zu Freja, die auf einmal aufrecht auf dem Sitz Platz genommen hat, ohne dass Lollo es bemerkte, dass sich da etwas tat, und es sieht so aus, als schaut sie ihn durch ihren Haarvorhang an. Ihm wird warm, als betrat er einen durch einen hitzigen Luftschwall beheizten Eingangsbereich eines Kaufhauses im Winter. Lollo überprüft, ob er immer noch Frejas Hand hält, denn er spürt das schmerzhafte Kribbeln in seiner Flosse inzwischen nicht mehr, schaut an seinem Arm herunter, der ihm, mittlerweile komplett ertaubt, wie eine mit

Sand gefüllte Socke von der Schulter herab hängt und sieht, dass Frejas Hand nach wie vor dort liegt, woran es sich für sie, Freja, will man vorm Abtransport ins Versuchslabor oder ähnlichem gerettet werden, dran festzuhalten lohnt, denkt Lollo auf einmal stolz, und die Wärme, die ihm jetzt immer intensiver auf die Pelle rückt, fühlt sich auf einmal wie Sommer an, aber Vorsicht, denkt Lollo schnell, da haben wir den Hochmut und somit den Salat. Schnell abkühlen, denkt er, als er schon fühlt, wie er allmählich abhebt. Und wie es eben so ist, wenn's Spaß macht: man verkürzt ihn nicht, den Spaß. Ein Zusatzbier rundet ab, bevor man dem Spaßhaben Tschüss sagt. Also schiebt Lollo die Hand, die er noch frei hat, vorsichtig durch die Luft und erreicht Frejas Mähne. Mit den Fingern tastet er, ihre Nase suchend, die Stirnseite ab, findet die Nasenspitze und schiebt knapp daneben einen Finger wie einen Keil in die massige Haarfront und zieht ihn durch die Haare ein Stückchen zur Stirn hoch und legt so, durch die Haare, die sich nach links und rechts des Fingers aufteilen, ein Dreieck frei. Darin: eine lebhafte, farbenprächtige Braue und ein aufmerksames Auge, in dem sich unzählige aufgeplatzte, rote Äderchen durch das Weiße ziehen. Ein von Weitem betrachtet pinkfarbenes Auge mit farblich nicht zu definierender, höchstens als höhlengrau und unbestimmt tief zu beschreibender Iris schaut ihn hellwach an. Ein aufregendes Gefühl von Höchstpersönlichkeit überkommt Lollo. Er muss vor Freude lachen und verkneift es sich nur im letzten Moment, vor Begeisterung laut loszuprusten. Jetzt werden wir's schaffen, freut er still in sich hinein, der Zahnschmelz seiner Zahnreihe blitzt im Sonnenlicht. Lollo lenkt seinen Kopf zum Spalt in Frejas Haaren, als wolle er dort hineinschlüpfen, in die Lücke, den Vorhang hinter sich zufallen lassen und sich mit Freja gemeinsam hinter ihrer dichten Haarpracht vor der Außenwelt verstecken. Die Haut an seiner Stirn berührt die Haut ihrer Stirn und Lollo erwartet kühn einen Stromschlag, der ihn mit dem nächsten Pulsschlag durchfährt. Hingegen eines schmerzenden Stiches aber, kitzelt es ihm an seiner Augenbraue. Er schaut ins flächige Dunkel ihres Auges wie in die Lichter einer Kirmes bei Nacht. Alles dreht sich, funkelt und blinkt farbenprächtig. Und es kitzelt ihm überm Auge, und es ist fast nicht mehr auszuhalten, wie das kitzelt, wäre es nicht doch so schön. Er spürt das Leben in ihrer Augenbraue, und wie diese seine Augenbraue, die direkt auf ihrem quicklebendigen Borstenbüschel ruht, zu necken versucht. Frejas aktiven Brauenwürmer versuchen Lollos Brauenhaare zu animieren, es ihnen gleich zu tun und zu beseelen und zu strahlen. Hunderte schmale Würmer, Farbe wechselnd, bei vergeblichen Reanimationsversuchen Lollos handelsüblicher Augenbraue.

Es veränderte sich nicht viel, seit dem er das letzte Mal hier war. Wohl, unten an der Friedrichstraße ist das Kaufhaus *H.B. Jensen* komplett abgerissen und in differenter, anscheinend modernerer Architektur neugebaut worden, daneben wurde der Boden neu gepflastert und da steht jetzt so eine Säule an der Seite der Fußgängerzone, aus der Wasser oben raus und an der Eisenrinne herunter läuft, Schmuckkunst, an der man sich nicht unbedingt stoßen muss, geht in Ordnung, denkt Lollo, aber im Großen und Ganzen unterzog sich die Friedrichstraße, die Flaniermeile Westerlands, die vom Bahnhof lang hoch bis ans Meer hin führt, auf den ersten Blick nicht radikalen Veränderungen. Hach, *H.B. Jensen*, sinniert Lollo, damals wenig interessant in Peripherie des Erdgeschosses, relativ brauchbar im UG. Denn dort, im Keller, erstreckte sich ein Supermarkt, und da gab's Produkte, die es in Lollos Heimat nicht zu erstehen gab: Dänische Süßigkeiten zum Beispiel. In Weck-Einmachgläsern angebotene Bonbons, die aussahen, wie vom Meer geschliffene Steine. »Strandsand« in Tüten wurde angeboten, wobei es sich da, erinnert sich Lollo, um einfachen, umgetauften Kandisbröselzucker handelte. Und Schnäpse die »Möwenschiet« hießen gab's da auch, da saß so eine aus Fimo getöpferte Möwe auf dem Deckel, das war ein weißer Anis-Schnaps der eben aussah wie der Schiet von Möwen, und neben »Möwenschiet« wurde »Küstennebel« angeboten, was glaub ich, so ziemlich der gleiche, mattweiße Anis-Schnaps ist, denkt Lollo, beim »Küstennebel« aber war ein Leuchtturm umgeben von Nebelschwaden auf dem Etikett abgebildet und wenn Lollo sich das Bild anschaute, wurde ihm immer ganz lauschig im Bauch vor lauter »Genau mein Wetter, genau meine Art loszulassen, genau mein Tag, genau mein Bier«-Romantik. Seine Mutter liebte diese mit Schokolade überzogenen Salmiak-Lutscher, an denen Lollo so gerne roch, aber, hatte er die Schokolade außen herum abgelutscht und drang zum Salmiakkern durch, stellten sich ihm bei dem

Geschmack, den er, ähnlich wie Bier, Kaffee oder Oliven, immer als »Erwachsenengeschmack« (Geschmack für Profis eben) empfand, Fußnägel und Nackenhaare auf.

Irgendwie berührt ihn das hier alles. Und dass ihm das hier alles so bekannt vorkommt, so immer gleich, trotz dass die vergangenen Jahre an einigen Stellen der Neuerungen und Notwendigkeiten dienlich frenetisch der Presslufthammer geschwungen wurde, gibt ihm Sicherheit und irgendwie auch – plötzlich ist es komischerweise da, bemerkt er just – ein besseres Selbstbewusstsein, und er stellt während seines Blickes zurück fest, dass während einer Retrospektive ein gewisser Schwermut über das, was ist, sehr wohl an der Kinderhand von dem, was war, nach Vorn flanieren kann. Mithilfe, nennen wir sie mal, einiger wenigen »Boxenstops des Lebens« (solche sind, mal ins Blaue hineingetippt, Zett Be der elterliche Garten im August, die großelterliche Behausung mitsamt den nach Fürsorge duftenden Gerüchen, die Raucherecke des Schulhofs vielleicht – hoffen wir mal, für den, der sich von diesen Beispielen berührt fühlen soll, er fühlt sich von diesen Ideen gut abgeholt), dessen mit Seltenheitswert ausgestatteten Spielfelder wir als Adoleszenten zwecks Unterstützung zur Revitalisierung der durch Nachdenklichkeit geprägten Grundstimmung bestenfalls (also unter gegebenen Voraussetzungen von Ort, Zeit und Geld) aufzusuchen heranziehen können, ist es durchaus möglich, dass sich Melancholie mit vergangenem Glück vermischt und somit, mit dem befangenen Blick auf die bevorstehende Epoche, nur noch eine mit viel altem Glück gestreckte, nicht mehr ganz so bittere Melancholieschorle herunterzuwürgen ist. Ist gut, hier zu sein, denkt Lollo und zieht Freja am eingehakten Arm mit etwas Druck an sich und sie, als er die nächsten Schritte anlässlich des augenblicklich erweckten Gefühlsüberschwang etwas schleuniger voreinander setzt, in der Hoffnung, sein plötzlicher Energieschub würde sich auf sie übertragen, mit sich. Doch da sich da, außer der gewohnten elektrischen Spannung von ihrem in seinen verspannten Organismus, rein gar nichts überträgt, drosselt er das Tempo, auch, damit sie nicht ins Straucheln geraten. Immerhin will man ja keine Aufmerksamkeit erregen.

Dem Geruch von Zimt und frisch gebackenen Waffeln gelingt es, die beiden weiterhin auf einen wenig betrüblichen Kurs zu lenken. Lollo nimmt Witterung auf.

»Komm«, wendet er sich an Freja, die mit seinem gemäßigten Schritttempo mitzuhalten versucht, wobei ihr die Fesseln schlackern, als seien ihre Füße nicht richtig mit dem Bein verbunden, das muss sich bald bessern, sonst kommen sie nicht voran, »jetzt gibt's erstmal ein Eis! Da vorne« sagt er und zeigt in die Richtung, von wo aus der speichelproduzierende Wohlgeruch herüber fliegt. Eis mag jeder, denkt Lollo, zeig mir einen, der kein Eis mag und ich richte meinen nackten Finger auf ihn und beschuldige ihn des vorsätzlichen Vorenthalten der Wahrheit, denkt Lollo, und zieht die schlurfende Freja mit sich, am McDonalds-Restaurant vorbei, zum *Leysieffer Café*. Auf einem Türmchen oberhalb der Eis-Ausgabetheke ist in geschwungenen Lettern der Name des Cafés geschrieben. Wie das Duo so zielstrebig dem Eisverkaufstresen entgegen humpelt, sind derweil längst etliche Touristen auf das Pärchen aufmerksam geworden, von dem sich der weibliche Bestandteil offensichtlich hat einen »Pharisäer« – einen Kaffee mit Rum und aufgesetztem Sahnehäubchen mit Schokopulver oben drauf, welchen es in der Gastro in Urlaubsgebieten mit Küstenanbindung zu bestellen gibt, wo man auch hinschaut – zu viel gegönnt hat. Hinterrücks macht man Witze und schon wieder werden heimlich Fotos von ihnen geknipst. Lollo bemerkt das, aber kann ja wohl schlecht etwas sagen, ohne dem Humor dienliche Aufmerksamkeit eigenhändig in eine bedrohlich Wirkungsrichtung zu kippen, indem er lauthals mit aggressiv gereiztem Unterton die Frage ins schaulustige Volk schmettert, was diese Impertinenz meuchlings für einen ekelhaften Zweck nachzukommen denn in Allerweltsnamen vor hat. Was hat man denn schon von Fotos, auf denen man ja gar nicht erkennt, dass die Frau, dessen anonymes Hinteres, im besten Fall wenig spannendes Profil man nur sieht, an diesem sonnigen Nachmittag tatsächlich torkelte, da sie aus vermeintlich privaten Gründen, von denen man als Fremdling mit Sicherheit niemals in den Club der darüber Behelligten eingeladen sein wird, zu viel getankt hat, denn dann, nach der Aufmerksamkeit derer die Reichweite Lollos Geschrienen entkommenden Passanten, würde folgend eine ganz andere Aufmerksamkeit, nämlich die, der örtlichen, Ruhe stiftenden Polizei, auf ihrer beiden Rücken lasten, und das können sie, Freja und Lollo, sich gerade am wenigsten leisten, und Lollo verflucht es, dass mittlerweile jeder Idiot eine Fotokamera im Mobiltelefon bei sich trägt und mit vollen Händen seinen Gratisspeicherplatz statt kostspieligen Fotofilm guter alter Zeit aus allzeit sperrangelweit geöffneten Fenstern katapultiert und, parenthetisch, Persönlichkeitsrechte verletzt. Cool down, Lollo, denkt Lollo, Zeit, leckeres Eis zu bestellen.

Zur Straße hin werden die Touris bedient. Fette Eiskugeln in verführerischen Farben, gebettet in handgebackenen Waffeln, werden dem Volk gereicht. Lollo ist an der Reihe, er ordert Zitrone und Himbeere. Das passt schon, welche Sorten Freja am liebsten hätte, kann er sie schließlich schlecht fragen, er kennt die Antwort ja bereits: . Lollo legt Kleingeld auf das Bezahlbrettchen, zieht die Waffel aus dem Waffelhalter und hält Freja das Eis vors Gesicht. Ihr Kopf zuckt kurz, wie man es von Katzen kennt, denen man ruckartig einen Gegenstand zur Schnauze hin bewegt. Vorsichtiges Misstrauen, wahlweise schreckhaftes Nervenkleid. Durch ihren Haarvorhang hat Freja das vorgehaltenes Eis erkannt, daraufhin wandert ihr Kopf ein wenig nach vorne auf das Eis zu, wobei sich Frejas

Nasenspitze den Weg durch den Haarvorhang bahnt und unter dem Nasenkeil ergibt sich ein Spalt, der die Haare vor dem Mund nach links und rechts teilt und da spitzt ihre Zungenspitze zwischen zwei feuchtigkeitspflegebedürftigen Lippen hervor, zwischen denen sich, als sie sich voneinander trennen, ein dickflüssiger Speichelfaden zwischen Gaumen und Zunge zieht, soeben reißt, und in den dunklen Raum im Unterkiefer schnellt. Freja, unterhalb des Halses immer noch im Stillstand, streckt den Kopf noch etwas weiter nach vorne hin, schiebt die Mundpartie zum Eis, die Zunge sticht ein Loch in die eiskalte Himbeerkugel, dann zuckt ihr Kopf wiederholt zurück, als habe Freja sich nun vor der Eiseskälte erschreckt, und so geht das ein paar Male, bis die Himbeerkugel völlig durchlöchert ist und Stimmen der hinter ihnen Anstehenden lauter werden und verlauten lassen, man solle sich davon machen, schließlich wollten andere auch mal an ihr Schmackofatzeis gelangen. Freja und Lollo tun wie geheißen und machen sich schleichend, sich alle paar Meter das Eis mit jeweils einem Schleck von der Kugel teilend, auf in Richtung Strand. Freja schlurft nicht mehr ganz so arg. Ob sich das Eis wiederbelebend wie ein Klatsch eiskaltes Wasser ins Kopfkissenabdruck aufweisende Gesicht auf Freja Vitalität auswirkt? Bestimmt, ihre Schrittfolge läuft schon flüssiger, bald wird sie nicht mehr von Lollos zu unterscheiden sein. Lollo wird immer fröhlicher. Ab dann, denkt er, wenn sie wieder komplett hergestellt ist, haben wir's geschafft, dann steht uns kein Handicap mehr im Weg, wir starten dann durch, starten neu, Neustart, barfüßig durch den Morgendunst der Freiheit, denkt Lollo im Überschwank, ich werde ihr meine Lieblingsplätze auf der Insel zeigen, Keitum vor allem, dann nehmen wir die Fähre nach Dänemark rüber, Rømø, oder fahren ab Hörnum auf die Insel Föhr, oder nach Amrum, oder wir besuchen eine Sandbank mit Seehunden, oder gondeln auf die Hallig Hooge, da könnte man dann 'ne Kutschfahrt machen, das würde sicherlich romanisch. Land,

Natur und leckeres Essen zwischendurch, danach ist ihm jetzt, und nach Meer, ja, unendlich scheinendes, unergründlich scheinendes, ursprüngliches, mysteriöses Meer, denkt Lollo, die Nordsee, wild und glitzernd. Und jeden Moment wird es soweit sein, dann sehen sie es!

Die Böe windet immer stärker, wirbelt Sand auf, der vom Strand zur Promenade hochgeweht wurde und anhand des Dekors vom Wind sich ständig verändernden Batikmustern aus flächigen Sandaufschüttungen wird der obere Anfang der Fußgängerzone ständig neu gestaltet. Die Brise nimmt mehr zu, je näher die beiden dem Kurtaxehäuschen kommen, die Treppen dahinter führen zum Meeresufer. Der Luftzug angelt Müll aus den Müllbehältern, braune McDonalds Tüten lenken in dynamisch gesegelten Kurven über den Boden, entledigen sich auf zurückgelegter Strecke der Servietten, Getränkebecher, Becherdeckel aus matttransparentem Plastik, rot-gelb längs gestreiften Strohhalme und den am Ende aufgerissenen Pergamentpapierhüllen der Strohhalme, Pommestütchen und so. Seine Runden im Wirbelwind drehender Verpackungsmüll von McDonalds: Für Lollo im Grunde die Assoziation zu aufwändig frisierten sowie aufs Eitelste körpergeschmückter, in imposanter Bierschwade auf Bahnhofstreppen angehäufter Schäferhundebesitzer – Rebellion, soziale Anmaßung, sozialer Ausstieg, Störenfriedefreudeeierkuchen forever, das »Nicht-mehr-zum-fucking-Establishment-gehören-Wollen« in (ungewaschener) Person, kurz: Freiheit. Geschmackvoller, denkt Lollo, ist es aber, verpasst man seiner Freiheit nicht überschwänglich papageienhaften Look, geschickter ist der Libertin, denkt er, geht er mit seiner Unabhängigkeit dort nicht hausieren, wo man ihm seiner Bewegungsfreiheit scheele Augen macht und zu allererst, denkt Lollo, macht man mit seinem selbstbestimmten gesellschaftlichen Austritt gar nicht erst die Welle, das ist nicht kultiviert, wobei ja genau darin auch wieder ein Widerspruch liegt, denkt er dann, aber, zum Glück, lenkt er ab, hört man das Meer schon brausen, und das Meeresbrausen ist Anlass genug, den Gedanken, was unser Leben als gesellschaftliche Abweichler für äußere Formen annehmen wird (was wird auf ihn und Freja zukommen?), auf später hinauszuschieben, auf dann in etwa, nachdem wir die Nordsee in- und auswendig geschaut, das Salz geschmeckt und dem Tosen zugehört haben, denkt er, sie hat jetzt Priorität, sie, die blaue Nordsee, und sie lässt uns für einen Moment alles vergessen. Ich weiß, es wird wie immer sein, sie hat sich nicht verändert, denkt Lollo zufrieden, als die beiden dem Meer näher kommen und die sich entlang des Horizonts erstreckende, brandende Nordsee erkennen können und im Kosmos des Hier und Jetzt ist alles gut, alles andere kommt später.

Am Kurtaxehäuschen bezahlt Lollo Eintritt für zwei und sie nehmen die Stufen hinab zur Uferpromenade. Ihren wenigen Metern bis ans Meer prustet raue Küstenluft entgegen, die, scharf an den Ohren entlang zischend, umgebende Geräusche ins Unhörbare wandelt. Lollo bekommt direkt eine Sturmfrisur und auch bei Freja tut sich etwas an den Haaren. Der dicke Haarvorhang, der tagein tagaus das Gesicht mit den blühenden Brauenbüscheln hinter sich verbirgt, rührt sich, die Haarmasse wird in unzählige, fingerdicke Haarsträhnen geteilt und medusaähnlich fächern die vom Fett zu Stangen zusammengehaltenen Haarstränge in alle Himmelsrichtungen vom Schädel ab. Zwischen den auf und ab segelnden, mit wechselnder Windrichtung mitflatternden Zotteln, die in der Sonne rotbraun, oder wie Verrostetes so braun glänzen, strahlt ab und an Frejas Gesicht durch, und Lollo kann in den wenigen Augenblicken, da ihre Augen zu erkennen sind, erkennen, dass diese gebannt den Seegang da vorne beobachten, als wäre Freja nie zuvor an der See gewesen und dementsprechend sprachlos überwältigt davon, dass dessen fauchender Wellenschlag Gischt spritzt und die wallende Trift auf festem, nassen Sand auslaufend, mit weißem Schaum und

Algen den dazugehörigen Geruch an Land schiebt, der für den Effekt von gewichtigster Bedeutsamkeit ist, sich leibhaftig an der Nordsee »angekommen« zu fühlen, um seinen Geiste an ihrem Rauschen zu berauschen, sich endlich einmal wieder von ihr den Kalk aus dem jeweiligen das Gemüt betreffende Getriebe pusten zu lassen. Am Weiß in Frejas Augen läuft Wasser herunter zu Tränen zusammen und ihre Augenbrauen, in die der Wind greift als wolle er sie der Besitzerin ausreißen, nehmen die Farbe des Meeres an, weiß wie Schaum auf den Spitzen, graublau dahinter. Der umher wirbelnde Sand, der in unvorhersehbaren, fast unsichtbaren Wogen durch die Luft getrieben wird, peitscht den beiden auf der Haut. Das Duo muss die Augen zusammenkneifen, um noch sehen zu können, wohin sie laufen, als sie die Strecke über den Asphalt der parallel zum Strand verlaufenden Promenade, gen Meeresufer durch den Mistral waten. »Wow« denkt Lollo in einem Moment völliger Zufriedenheit, als er der See den Brustkorb entgegenstreckt, tief Luft holt und sich vergangenheitssüchtig einigen lieblichen Reminiszenzen, die wie ein sommerlich lauwarmer Platzregen auf ihn niederprasseln, mit hinreichender Wonne hergibt. »Da bin ich wieder« flüstert er, wohlwissend, dass Freja bei dem Wind nicht hören kann, dass er dem Meer zuflüsterte.

Wie man ihm ansehen kann, denkt der Psychologe, den sie dabei haben, in diesem Moment dasselbe: »Wow.« So von außen betrachtet macht es den Anschein, er vermutete – Ausbildung, Einflößen von Wissen, Lebenserfahrung, der formidable Ruf hin oder her, der geprobte Ausnahmezustand war bislang bloß kalte Theorie! – der Aufgabe dieses Mal nicht gewachsen zu sein. Man erkennt seine verwundete Selbstsicherheit an seiner leicht zusammengefallenen Körperhaltung, so verkrochen er hinten am Fenster in der Sitzreihe kauert, und in seinen feuchten Augen mag man erkennen, wie sich der Mut der anderen auf seinen Tränen spiegelt. Ja, es schüttelt ihn vor Schaudern. Eine nebulöse Vorahnung von dem, was später passieren könnte, macht sich ihm auf der Haut unterm Hemd unterm Kittel breit. Jawohl, für die medizinisch-psychologische Erstbetreuung bei posttraumatischen Belastungsstörungen ist dem Team aus Polizeibeamtinnen und Polizeibeamten ein Psychologe zur Seite gestellt, und dieser trägt wahrhaftig einen Kittel, einen weißen, wirklich so einen, wie er in Comics Erfindern, Laboranten, Ärzten oder eben Psychologen angedichtet wird, einen mit in die Brusttasche geklemmten Kugelschreibern, die oben ein Stückchen aus der Tasche heraus lugen. Warum er anstatt der ganz normaler Kleidung einen für seinen Berufstand kaum zweckdienlichen weißen Kittel umgeworfen hat, wird erst dann klar, wenn sich im Einsatz befindliche, dem Stab Angehörige während des und aufgrund jenes Einsatzes zu Hilfsbedürftigen werden: der Kittel dient als Erkennungsmerkmal, und so ist er, der Psychologe, den sie bei fürs Mentale heiklen Diensten zu Diensten der Sicherheit momentan gegenwärtiger Bürger bei sich haben, leicht im bunten Trubel irrsinnigen Geschehens ausfindig zu machen, denn vor allem fürs erschütterte Auge leuchtet er so weiß, wie ein heilspendender Himmelsbote und dieses reingewaschene Persilweiß strahlt vielleicht mehr Hoffnung und ein Grundgefühl guter Dinge aus, als die neonrot-neonorangeneongelbe Reflektorenweste der Rettungskräfte.

Er, der Psychologe, soll die Mannschaft mit Supervisionen betreuen, den Streitkräften vor dem Einsatz anhand psychologisch versierter Tipps und Kniffe mit auf den Weg geben, wie sie ihr Denken und Handeln während des Eingriffs überprüfen und gegebenenfalls, auf die Umstände entsprechend reagierend, neu justieren. Zum Ziel hat seine betreuende Funktion, gerade bei abenteuerlichen Einsätzen mit unberechenbarem Ausgang wie dem diesen hier, einen möglichst reibungslosen Ablauf zu gewähren und nervliche Schäden aufgrund der hohen physischen wie eben auch psychischen Strapazen am Ende der Belastungsprobe gering wie möglich zu halten. Jetzt aber kaut er, der Psychologe, Nägel, während die in vollständiger Kampfmontur Uniformierten lässig durch getönte Gläser der Sonnenbrillen aus dem Fenster ihrer Wanne aufs Watt längs des Hindenburgdamms schauen und, zum Leidwesen des Psychologen, der langsam befürchtet, der einzige der Missionierten hier zu sein, der dem Ernst der Lage auf realistischer Augenhöhe entgegen sieht, derartig entspannt wirken, als seien sie wirklich locker drauf. Der mahnende und irgendwie manische Blick, den der Psychologe jetzt aufsetzt, warnt: Aufpassen! Aber niemand sieht den Psychologen an, dem vorhin ein Walkie-Talkie gereicht wurde, durch das er gleich, Kraft seines Amtes, den mit Helmen und Visieren, schusssicheren Westen, Knieschonern, verschiedenartigsten Waffen und vielem mehr versorgten Wachfrauen und -männern sorgfältig zurechtgelegte Worte überbringen muss. Und das bitte, ohne in der Stimme zu zittern.

Das Sylt-Shuttle bugsiert zwei Gruppenkraftwagen, drei Polizei-PKWs und vier RTWs vom Festland auf die Insel. Die einheimische Westerländer Polizeistation bekundete Bammel vor der Aufgabe und bekommt Unterstützung, die zwei Wannen á sechs in Kampfmontur geschlüpfte Beamte und ein Polizeiauto von der Polizeidirektion Nord aus Flensburg, ein weiteres Polizeiauto mit drei Ordnungshütern intus kommt, ebenso wie die vier Rettungswagen, aus Husum, einen Polizeiwagen etwas älterer Generation, als die Polizei noch Grün-Weiß statt Marineblau-Silber auffuhr, schickt die Husumer Kriminalpolizeiaussenstelle in Niebüll, dem Ort, von dem aus der Autozug nach Sylt startet. Der grün-weiße Wagen führt den polizeilichen Autokorso auf dem doppelstöckigen Autozug oben stehend voran. Schöne Aussichten.

Verstohlen wie ein Kaufhausdetektiv und ebenso um Diskretion bemüht genügend Abstand zum potentiellen Ladendieb zu halten, treibt ein Boot der Sylter Wasserschutzpolizei vor der Westküste Westerlands als Schattenriss ganz hinten am Horizont auf Krabbenkutterhöhe, also weit genug entfernt, um nicht als ein Polizeiboot erkannt zu werden. Der Ausguck ihrer vergrößerungsstarken Ferngläser umzingelt Freja und Lollo, die gerade das Eis aufgegessen haben und die Eiswaffel knabbern bezettwe diese sich bröckchenweise auf Frejas Oberteil verteilt. An Land haben sich die Kollegen der Inselpolizei auf hochgelegenen Balkonen im Hotel *Monbijou* verschanzt, von denen aus sie einen guten Überblick über das gesamte Strandareal haben. Stock Sechs, rechts nach hinten heraus, und Sieben, in der Mitte zur Meerseite, halten in sicherer Entfernung Ausschau. Sie beobachten die Zielpersonen aus ihrem Versteck heraus und funken den Verlauf an die Polizeieskorte auf dem Autozug weiter: »Zielpersonen haben Eis.« CHZP. »In der Waffel.« KRCHT. »Zielpersonen genießen das Eis. Sie essen, also, sie teilen sich das Eis.« KCHUUT. »Zielpersonen bewegen sich auf die Promenade zu. Schlendernd« CHT. »Zielpersonen zahlen Kurtaxe.« Währenddessen halten vier Westerländer Beamte in Zivil, sich möglichst heimlich anhand des vorgehaltenen Polizeipasses vorstellend, oben an der Friedrichstraße Touristen auf, die dabei sind, den Strand zu besuchen, und geben ihnen Anweisung, entweder umzudrehen und weiß der Himmel was anderes mit ihrem Tag als einen Strandbesuch anzustellen oder aber bitte mit ihrem Besuch den Strand eine Ortschaft weiter, in Wenningstedt, zu beehren. KRCCCCHP. »Zielpersonen haben sich in einem Strandkorb niedergelassen. Der Strandkorb mit der Nummer Eins Drei Sieben Zwo-« CHP. »Zwölf!« KRCHP. »Wie... wo?« KURCHP. »Das ist eine Eins, Dreizehn, Zwölf.« CHRRRP. »Gut, mit der Nummer Eins Drei Eins Zwei, der Strandkorb jedenfalls steht vorne zum Wasser hin in erster Reihe und ist mit der offenen Seite auch zum Wasser hin ausgerichtet. Wir können ab jetzt nicht mehr erkennen, was darin vorgeht. Kollegen vom Wasserschutz? Könnt ihr 'was sehen?« KRCCCHP. »Jou, sehr wohl. Also da, öh, da bewegt sich nichts.« KCHP. »Wie, nichts?!« KCHCHRP. »Also könnt' sein, dass die da schlafen oder so, da passiert jetzt erstmal nichts bei denen. Soweit wir das erkennen können. Die sitzen da nur. Oder schlafen.« CHHHRRP. »Verstanden. Kollegen, weiterhin aufmerksam und ruhig bleiben. Wir rücken bald nach« knarzt es von Autozug-Seite durch die Lautsprecherausgänge der Walkie Talkies, »noch... Moment.« KCCCHP. »Noch zwanzig Minuten, so ungefähr, dann kommen wir hoch zu euch. Bis dahin: Ruhe bewahren, Zielobjekte nicht aus den Augen lassen.«

Als er sich in Sommerurlauben auf der Insel in Begleitung der Eltern beschirmt befand, sprach er der hiesigen Frischluft, die seiner Vorstellung nach die Wellen ihm zuwinkend zu ihm aufs Eiland transportieren, die Fähigkeit zu, ihn, den allergiefreien Schuljungen Lollo, noch stärker, noch vitaler, noch gesünder zu machen. Wenn er als Jungspund auch vor Urlaubsbeginn nicht hätte fitter sein können, redete er sich ein, zwecks Rekonstruktion des Wohlbefindens, regelmäßig in küstennahen oder Küsten besitzenden Luftkurorten absteigen zu müssen. Er war nahezu besessen davon, mit möglichst tiefen Atemzügen an der heißgeliebten Waterkant möglichst viel Frischluft zu inhalieren, quasi zu konsumieren, um sich zu Abschluss des Urlaubs ein ganz und gar restauriertes Allgemeinbefinden zu unterzeichnen. Erst jetzt, wo ihm Frejas Kopf an seiner Schulter lehnt, die Seiten des Strandkorbes den Wind abschirmen, er aufs offene Meer zu den Kuttern und drei, vier anderen Schiffen hinaus schaut, Wellen brausen zwischen dem Möwenschreien, und ihm die in diesem Moment eingetretene Entspannung die Gelenke liquidiert, auf dass er, sein sterbliches Außenrum angenehm gelähmt, regungslos ins in abwechselnd blauen und weißen Balken gehaltene Synthetik des Sitzbezuges lehnt, fällt ihm unter gering umständlichem Benutzen seines bettreifen Hirns ein, dass es nicht allein die Natur war, nach der seine damalige Person gierte, es hätte – und die neue Erkenntnis ist, o weh, zutreffend und schmeckt bitter – jeglicher Platz auf der Welt, gar im kleinen Deutschland, sein können, dem vom kleinen Lollo heilende Magie nachgesagt gekonnt worden wäre, ganz unspektakuläre Plätze, Orte, die eigentlich niemand kennt, unpopuläre Ortschaften, die nicht so polarisieren wie Sylt, die so unspektakulär daher kämen, dass sie keinerlei Ruf angehängt hätten und nicht einmal die Hälfte seiner Schulkollegen den Namen des von seiner Familie auserkorene Standard-Urlaubsziels je gehört hätte, Hauptsache, mit einem Urlaub dort, dem Zuhause, der Manege der Heimat, für einige Zeit von der Schippe zu springen, das wäre das Ziel gewesen, und das wäre auch ein verlottertes Kaff im Harz oder so auf vollkommen unaufgeregte Weise zu erfüllen in der Lage gewesen. Es tut nicht gut, denkt Lollo, entdeckt man erst so spät, dass einem das Vorleben der Eltern den Geschmack einmeisselt, wonach einem das bevorstehende, das fortlaufende Leben schmecken solle. Wie gesagt, bitter schmeckt diese Erkenntnis. Und doch lässt ihn sich die wie eingepaukte Schrulligkeit nicht abwenden, mit jedem Firlefanz der Insel eine starke, erlernte, tief und fest verankerte Hinneigung zu verbinden. Heute noch! Die Hagebuttenbüsche, die, wie vor Urzeiten abgesprochen, als Normgestrüpp auf jeder handgestapelte Steinmauer vor den mit Schilfgras gedeckten Häusern wuchern, die rundgeschliffenen Steine der Mauer darunter: heilig. Der Duft der Hagebuttenbüsche erst! Der aus Moos wuchernde Rasen der Vorgärten hinter den Mauern: sanfter lässt sich barfuß auf Sattgrün nicht durch Morgentau stapfen. Die Lachmöwe, die ihrer Artgenossen homogen ausschaut, als entspringe sie dem Fließband einer Möwenfabrik: einzigartig außergewöhnlich, groß und stolz und ausgestattet mit der norddeutschen Gemütsart ganz oben im Norden, mit Entschlossenheit im Blick, einem zähen Naturell, das Stürme durchkämmt, den Regen schluckt, und dem Betragen, sich immer so zu verhalten, wie einem der Schnabel gewachsen ist, ziemlich laut und dreist. Steine, Stöcker, alle Sachen. Der Geruch von Sand und Wald und Gras und Teer. Alles verwandelte Lollo, seinen emotionalen Hang, jedwedes original, das heißt nicht zugereiste oder hingebrachte auf der Insel Existierende als Zauberstab verwendend, zu Sylter Souvenirs. In diesem Moment, diesen Nachmittag, zu riechen, wie es duftet, wenn die Sonne das gesalzene Plastik der Strandkörbe erhitzt, und als er sich, trotz dass ihm der Strandkorb die Scheuklappen aufsetzt, detailgenau aufrufen kann, wie es um sie herum aussieht – die Hotels hinter ihnen, das *Monbijou* und das *Miramar*, die den Eingang zur Strandpromenade säumen, auf der die *Musikmuschel* steht, die die weißlackierten Bänke der Tribüne davor mit saisonal wechselndem, doch beinahe identischem Programm beschallt (Stichwort: Kabarett), die Crêpes-Bude daneben, der Mülleimer, der da schon immer stand, von den Möwen stets geplündert, das Schild mit dem durchgestrichenen Comic-Hund, das Hunde am Strand untersagt, die Duschbrausen, dessen ewig eiskaltes Wasser sich bei Seitenwind meterweit über sich Sonnende versprüht, der mit scharfkantigen Dünengräsern bewachsene Wall, der sich fast ununterbrochen von Nord bis Süd entlang der Westseite der Insel erstreckt, auf dessen Gipfel, wie nur ein paar Meter von ihnen entfernt das Strandrestaurant *Badezeit*, etliche Meeresblicklokale mit weiten Terrassen darauf verankert sind, der aus Holzbohlen zusammengenagelte Gehweg entlang der Dünen, der Lollo bereits den einen oder anderen Splitter im Fußbett bescherte, die vom Weg abgehenden Holztreppen mit den mit Bänken bestückten Aussichtsebenen, die Treppe weiter rechts, die zum Campingplatz die Düne herauf klettert – bekommt Lollo so eine larmoyante Lust, sein iPhone wie einen flachen Stein über die ebene Oberfläche zwischen herannahenden Wellen flitschen zu lassen. Flitsch, flitsch, flitsch, pluöpp und: erschwerte Erreichbarkeit forever. LTE, 3G, E, GPRS, ade. Lollo zieht das iPhone aus der Hosentasche und beschaut es einmal von allen Seiten. Ein spitzbübisches Grinsen spiegelt sich im Glas des Displays. Nein, er schaut nicht nach, wie viele Anrufe in Abwesenheit, wie viele Voicemails, SMS oder Mails ihn mittlerweile erreichten, vielmehr nicht erreichten. Er drückt lange den Stand-by-Knopf und bestätigt, das Gerät ausschalten zu wollen. Er klemmt es zurück in die Hosentasche, lässt sanft seine Schläfe auf Frejas Kopf ab, es kribbelt am Punkt, an dem er aufliegt, er schließt die Augen, auf denen hinten so ein Druck lastet. Sie jucken. Wahrscheinlich sind sie stark gerötet. Ist wohl besser, jetzt mal eben abzuschalten, denkt Lollo, wird allerhöchste Zeit. Es duftet gut und lecker nach Sonnencreme und knuspriger Haut, dass einem um so mehr vergangene Urlaube rückblenden, sowohl herb nach Handtüchern, die zu spät aus der Waschmaschine geholt worden sind und jetzt Stockflecken haben, und es duften Frejas Haare, das Hautfett darunter, wobei es nicht eindeutig zu beschreiben ist, wonach es riecht: Einerseits ist eine Nuance Shampoo herauszuschnuppern, oder es ist das Waschmittel, das eine Wasserlilien-Note oder ähnliches aufweist, die vom Kleid hochsteigt, weiter schwängert ein leichter, doch an Nasenwänden kratzender, käsiger Geruch die Luft, ja, denkt Lollo, so riecht es unterm Fußnagel, wenn man den dicken Onkel lange nicht mehr gestutzt hat, oder in den geschlossenen Aufenthaltsbereichen am Bahnsteig, wenn es sich ein verfilzter Tippelbruder auf einer der gerillten Bänke gemütlich gemacht hat.

Schhhhhhh, schhhhhwwwwwooooaaaahhhhhhh, kriiissschhhhh, schhhhhhh, kropooooooaaaaahhhhschhh, (kurze Pause), schrrrrriiischhhh, schhhhhhh, schhhhwoooooooooooschhhhhhh. Das Meer grollt meditierend, der eintönige Rhythmusgesang. Die Wellen laufen nach vorne aus, krempeln sich um, breite Wasserfelder ziehen sich wieder vom Strand zurück und einen neue Wellenfront haut ihre Schneidezähne in die Brandung. Oder: Glitzernde Wellen werfen sich an eine geliebte Brust. Am Meer, alles schimmert in scharf abgegrenzten Konturen, eine leuchtende Übersichtlichkeit, eingesenkt in den tiefblauen Azur des Äthers. Sonnenumglänzte Ferne.

Behutsam krabbeln Lollos Finger über Frejas Schulterblätter und erreichen ihren höchsten Punkt. Er legt die Hand darauf ab und bemerkt erst jetzt, wie heiß seine Hand ist, als ihm der Stoff des Kleides darunter und Frejas Haut wiederum *darunter* kühl vorkommt. Unter seinem Arm plustert sich seine hier hin Abgeschleppte langsam auf und nimmt wieder ab. Sie schläft so tief sie einatmet und pustet sekundenlang die Luft aus und das beruhigt ihn, dass sie so tief schläft, weil jetzt ist der beste Zeitpunkt dafür und ab jetzt haben wir es geschafft, da ist jetzt erstmal ein Punkt dahinter, hinter diesem Tag, auch wenn er längst noch nicht um ist, denkt Lollo, aber wenn man ihn, den Tag, in Episoden teilt, sind einige nervzerreibende Episoden bereits im Sauseschritt bewerkstelligt worden und was jetzt noch ansteht, ist nett und obendrein wohlverdient. Erst das Kuddelmuddel, dann das Dessert. Lollo spürt ein liebliches Kribbeln in der Zwerchfellgegend, fast ist ihm zu Kichern zumute und er verspürt die unbedingte Lust, jetzt ein Bier zu trinken, das wär's, das wäre eine angemessene Belohnung, ja, Belohnung, denkt Lollo jetzt, schließlich wäre die ach so gefährliche Madame doch ohne mein Dazwischenfunken weiterhin eingekerkert, und es ist doch nicht selbstgefällig, denkt er, einmal kurz vom erfrischend perlenden Pils einen die Courage würdigenden Knuff in die Seite verpasst zu bekommen. Aufstehen und Bier holen gehen und Freja unbewacht hier im Strandkorb weiterschlafen zu lassen kommt aber nicht in die Tüte, viel zu gefährlich, denkt er. Er wird richtig müde. Trotzdem kreisen die Gedanken. Kleine, halbe. Unkonzentriert geht er sie an. Lollo kratzt sich hinterm Ohr und versucht, für einen Moment an gar nichts zu denken. Dann denkt er an die Szene in dem Ghostbusters Kino-Film, als der eine auf dem Hochhausdach seinen Geisterjägerkollegen befielt, an nichts zu denken, da sonst alles, woran sie denken, plötzlich wirklich werden würde, was verheerende Folgen haben könnte, denkt einer von ihnen an etwas Bedrohliches oder so und dann denken drei von vieren an nichts, der eine aber hält seine Gedanken nicht in Zaum und denkt an den Marshmallow-Mann, *Mr. Stay Puft*, weiß Lollo noch, dieser niedliche dicke Segler aus Marschmallowbällen von der Marshmallow-Verpackung, der *Bibendum*, der Werbefigur des Reifenherstellers *Michelin* ähnlich sieht, und der steht dann plötzlich als gigantisches Monster reell geworden zwischen den ebenso hohen Skyscrapers und zerstört wütend, wie Godzilla schreiend, die Stadt. An nichts denken funktioniert nicht, denkt Lollo. Also versucht er sich mit analogem Gequatsche abzulenken, das man Händchen streichelnd komatösen Bettlägerigen am Krankenhausbett zumutet. Vielleicht kriegt die Person im Dornröschenschlaf ja etwas von dem Smalltalk mit, Bruchstücke nicht wirklich Belangvollem, aber immerhin Unterhaltung, und fühlt sich auf eine gewisse Art nett unterhalten. »Weißt du«, beginnt er im Flüsterton, räuspert sich dann und entscheidet, in einer ganz normaler Lautstärke weiterzuerzählen, »die Insel Sylt hat fünf Leuchttürme. Einen im Süden, in Hörnum, zwei in Kampen, einer davon steht am Roten Kliff, das ist, also, wie ›Rotes Kliff‹ schon sagt, oberhalb so eines Kliffs, das aus rotem Sand ist. Dann sind zwei Leuchttürme noch ganz oben am Ellenbogen in List. List liegt ganz oben an der Spitze der Insel und da gehört einiges an Land noch den Dänen oder so einer dänischen Familie oder so, dieser Teil der Insel ist quasi ausgeliehen von denen. Ich hoffe, ich erzähle keinen Blödsinn. Egal, auf jeden Fall sind die alle rot-weiß, die Leuchttürme, also vor allem weiß, also hauptsächlich weiß und mit einem dicken roten Balken in der Mitte. Außer der eine in Kampen. Der ist schwarz-weiß. Ist auch ein beliebtes Fotomotiv. Sieht man auf ganz vielen Postkarten oder wenn man mal googelt. Also nach Leuchttürmen. Eigentlich komisch, dass sich der eine von den anderen so abhebt. Aber man muss ihn verstehen. Der steht immerhin in Kampen, haha. Naja, und um das zu verstehen, muss man wissen, dass Kampen der ›Reichenort‹ der Insel ist, wo nur Millionärskarren am Straßenrand vor den Edelboutiquen parken. Nun, die Leute, die in Kampen ihren Urlaub verbringen, die haben die Welt bereist. Glaub ich, hoff' ich mal für die. Die mögen es, sich da von den ›Normalen‹ abzugrenzen«, meine Güte, denkt Lollo, jetzt rede ich schon wie meine Mutter daher, Hauptsache weitererzählen, denkt er, »Neues kennenzulernen. Und die Reichen halten eben immer Ausschau nach Exklusivität. Ist ja logisch. Würden wir ja vielleicht auch machen, wären wir reich oder so. Naja, also natürlich ist da der einzige schwarz-weiße, der exklusive Leuchtturm der Insel besser als der Leuchtturm von der Stange anzuschauen, nicht wahr... Ja, naja... Da ragt der Schwarz-weiße da stolz aus der Dünengräserlandschaft und ruft: ›Schaut mich an! Ich habe es geschafft! Ich bin der Besonderste von allen hier, hohohoho‹«, wo soll das nur hinführen, fragt sich Lollo, doch spricht er immer weiter, einfach immer weiter sprechen, denkt er nebenbei, das lenkt ab, von der Müdigkeit, von allem irgendwie, »ein Monument bin ich! Ich bin etwas, das in den Köpfen bleibt! Das man auf Postkarten druckt! Und alle sind stolz auf mich, weil ich so schön bin und so toll«, nicht anfangen zu singen jetzt, denkt Lollo, jetzt nicht anfangen zu singen, »und alle nicken das so ab, nehmen meine Schönheit hin. Weil's ja auch stimmt, dass dieser besonders schöne schwarz-weiße Leuchtturm dazu gemacht ist, also als Wahrzeichen der Reichen und Schönen sich so im andauernden Präsentationsmodus mit, ich sag mal, extravagantem Licht bescheinen zu lassen. Mit Menschen ist das ja das Gleiche«, Moment, da wird tatsächlich ein Schuh draus, denkt Lollo und fährt fort, »auf dem Schulhof oder im Beruf, vor allem in den musischen Berufen, wie zum Beispiel bei den Künstlern oder auch wie bei dir, bei den Opernsängerinnen und -sängern, ist das so. Am besten sind die, die wirklich besonders sind. Ist ja auch vollkommen richtig, dass, wenn man überraschend von etwas besonders Außergewöhnlichem, etwas überwältigend Schönem gewissermaßen berührt wird, also von etwas Schönem, bei dem man ganz unverhofft auf seine Kosten kommt, dann gehört das, was man so schön findet, auf einmal zum Begehrenswerten und steigt prompt zum am meisten Geliebten auf. Ähm, zum außer Konkurrenz Beliebtem, ähm«, Mist, ich glaub', ich habe den Faden verloren, denkt Lollo, »joah...«, was ich eigentlich sagen wollte, ist, »was ich eigentlich sagen wollte, ist, dass, wenn du schon in so einem Panzerglaskasten singen musst, dann ist das doch eigentlich eher Vorzug als Bürde. Also könnte man behaupten, wenn man das mal so sieht, dass gewöhnliche Opernsängerinnen und -sänger«, warum betone ich das immer so verkrampft genderkorrekt, Sängerinnen und Sänger, das nervt doch, »so ohne alles, quasi nackig auf der Bühne stehen und ohne jegliche Zusätze, ohne großes Spektakel ihre Lieder singen und bei dir ist das so«, Lollo malt mit den Fingern explodierendes Feuerwerk in den Himmel und unterlegt das mit passendem Explosionstönen, pieuuu, puoucch, pucccch, pruocccch, »da passiert so viel auf der Bühne, allein die Technik ist eindrucksvoll, dieser riesige Glaskasten, ausverkauftes Haus, alle wollen die Madame im Glaszwinger erleben«, allmählich mal 'ne Stufe runterfahren, Junge, denkt er, »und dann deine atemberaubende Stimme, deine Kraft, deine Macht«, lass gut sein jetzt, du lässt sie sich ja wie ein überirdischer Freak vorkommen, »nun ja, das habe ich ja gar nicht gewusst, also, ich wusste ja nichts von deinem Talent, von deiner, nun ja, Berufung, deinem, sag ich mal, ›Starstatus‹ in der Opernszene, ich interessierte mich bisher ehrlich gesagt eher wenig bis gar nicht für Opern. Ich habe dich ja ohne all das, ohne das ›Gesamtpaket‹, kennengelernt, im Alsterhaus. Als du da plötzlich dagesessen bist, da oben im Restaurant und wir zusammen gegessen haben. Da saßt du auf einmal. Und das wirklich Besondere daran ist ja eigentlich: Du saßt da nicht wie der Leuchtturm in Kampen. Da hat nichts geleuchtet, du nicht und kein Licht dich an und keine Ausstrahlung«, Vorsicht, Kollege, erst überlegen, dann formulieren, »ähm, also versteh' mich nicht falsch, ich meine nur, du warst so still, bis ja immer so still, was ja auch gut so ist, also eben eigentlich das genaue Gegenteil von extrovertiert, von schillernder Persönlichkeit, von Showbühne. Von Leuchtturm Kampen eben. Und trotz der vermeintlichen Unauffälligkeit müsste ich einen kilometerlangen«, na komm, sach's, »Liebesbrief schreiben, um zu beschreiben, also, um all die Attribute aufzuzählen, die mich an dir so faszinieren, und – und ich sag es dir mal gradewegs: Die mich so dermaßen in dich verlieben lassen. Und es ist keine Floskel wenn ich dir sage, dass ich sowas noch nicht mal im Entferntesten jemals zu einer anderen Frau gesagt habe. Klar, ich bin gerade ein wenig überreizt und stehe ziemlich unter Stress, aber ich bin verliebt in dich, im Ernst, und würde«, nun seufzt Lollo als bedrückte ihn die gewisse Vorahnung, dass eine zukünftig feste Beziehung mit Freja unter keinen Umständen reibungslos und ohne schwerwiegende Zwischenfälle von Statten zu gehen planbar ist, »nun, ich würde, auch wenn's hier und da vielleicht ein paar Problemchen geben wird – aber welche Beziehung ist schon perfekt – gerne mit dir zusammen sein. Wir beide, jeden Tag, das wäre, was ich mir für uns wünschen würde. So wie wir hier zu zweit in diesem Strandkorb sitzen, möchte ich immer überall neben dir, ja gut, oder auch gegenüber von dir, Hauptsache direkt bei dir, sitzen oder stehen oder liegen.« Was mache ich hier, denkt Lollo, dem seine spritzende Ehrlichkeit justament zu viel wird, und wischt mit dem Handballen sein Auge aus, das ist doch völlig bescheuert. Weil erstens hört sie eh nichts, sie ist ja immer noch voller Droge und bereits wieder weggetreten, denkt er auf einmal verärgert, und zweitens, zu viel Quasseln bringt hier nichts, die Kommunikation zwischen uns läuft eher auf der gestikulierenden Ebene ab, eine Reaktion auf meine, zugegeben, etwas unvorbereitete Liebesbeichte, würde ich ja so wie so nicht in gesprochenes Wort gehalten präsentiert bekommen. Lieber lasse ich sie beizeiten spüren, wie ernst es mir mit ihr ist, denkt er und widmet sich ab jetzt tunlichst dem Meer und schaut die Wellen an, verfolgt ihren Lauf von ganz hinten, wo sie entstehen, bis nach vorne, wo sie brechen, und das lenkt auch ab, denkt er.

Frejas schwerer Schädel rutscht von Lollos Schulter herunter und somit hängt seine dösende Birne in der Luft. Er streichelt ihr Haar an der Seite und schiebt vorsichtig ihren Kopf zurück auf Position. Nun kann er sie wieder riechen. Salz. Sand. Käsetheke. Und als ihr Körper wieder an seinem anliegt, fällt ihm direkt auf, dass Freja wieder warm geworden ist. Ist sicherlich die Sonne, denkt Lollo, und ihm wird kalt.

Eine Möwe zischt vorm Strandkorb vorbei. Sie schreit im Durchflug von rechts nach links. Dann kreischt es wieder, diesmal von links nach rechts, genau vor der Öffnung des Strandkorbs, in dem die Temperatur auf einmal abrupt steigt und sofort wieder sinkt. Da fliegt schon wieder eine schreiende Möwe an ihnen vorbei: Aaaaaaaaaaaaagh! Iiiiiiiieeegh! Ein unregelmäßiger, von unruhiger Aktivität bestimmter Basston macht sich Lollo in der Magengegend bemerkbar. Seine Ohren fangen soeben leise zu piepen an. Er wird unruhig. Ist *sie* das? Dieses Warm-Kalt, dieses Wummern, das Wabern, das kennt er doch. Da tut sich etwas bei ihr. Was, wenn sie aufwacht und einen so genannten »Bad Trip« hat, von den Drogen, die sie ihr zur Sedierung verabreicht haben, denk er, ich hab doch keine Ahnung, wie man mit Junkies am besten umgeht, wenn die aus der Narkose aufwachen und zurück im Leben erstmal völlig durchdrehen. In Eppendorf und Co. gibt es ja keine Junkies. Am besten verschwindet man erst einmal aus deren Schlagweite, vermutet er, und bemerkt, dass ihm auf einmal wirklich bange wird, immerhin weiß er ja, was passiert, schnürt sich Frejas Leistungsfähigkeit die Sportschuhe. Erstmal in Deckung gehen, denkt er. Doch fest entschlossen denkt er dann, jedweden aufkommenden Ängsten die Stirn zu bieten, Freja nach wie vor im Arm zu halten, wird sie aufwachen, denn das wird Vertrauen schüren – die Umarmung, die Disziplin die Vertrauen schürt, denkt er, und so zieht er sie an der Schulter noch etwas fester an seine Seite und flötet ein paar leise Pssschts und streicht ihr über die fettige Haarmatte, als ob er ein Kleinkind beruhigte, das schlecht träumte. Er küsst Freja auf die Frisur, versenkt seine Nase in ihren Haaren und blickt zum Horizont hinüber, der einfach unverändert als Horizont in seiner Horizontalen vor ihnen liegt; nichts passiert mit ihm. Die Kutter und die anderen Schiffe bewegen sich langsam, die Sonne geht noch lange nicht unter. Alles beim Alten. Das Warmkalthinundher verliert an Intensität, kurz darauf ist es nicht mehr zu vernehmen, dann vergehen Sekunden der Stille und auf einmal stößt Freja einen mickrigen Rülps aus, der so gespielt klingt, als habe sie bewusst Luft verschluckt und absichtlich gerülpst um in einem Moment der Beklommenheit witzig zu sein, Lollo kennt diesen Trick, den er selber nie beherrschte – auf Kommando Rülpsen – dann schnarcht es hinter dem Vorhang aus Haaren hervor und Lollo nimmt ein wenig Druck aus der Umarmung.

Die Autos fahren um die Ecke und parken neben dem Bahnhof dort, wo die Taxen stehen. Die Gendarmerie steigt aus, jeder Polizist nimmt ein Plexiglasschild auf dem in großen Lettern POLIZEI steht aus einem der bulligen Wagen. Die Polizisten lachen, die Flensburger begrüßen ihre Kollegen aus Husum und Niebüll, die meisten von ihnen haben sich lange nicht mehr gesehen, einige, die Neuen, haben sich noch nie gesehen und stellen sich erst einmal mit Handschlag vor. Begrüßend klatschen Handschuhe auf Rückenpolster. Es werden Späße gemacht. »Gleich donnert's im Juppie-Paradies!« schreit einer, der daraufhin den zur Faust geballten Handschuh hebt und schallend lacht. Dann lässt er sich eine High-Five geben. Von dem Klatschen zuckt der Polizei-Psychologe verschreckt zusammen und tut gleich so, als hätte er sich nicht erschreckt, sondern vertreten, und betrachtet kritisch den Boden bei seinen Füßen.

Er, der Psychologe, hat jetzt einen verzwickten Job: Zum einen muss er den mit ewig einbetoniert stabiler Psyche ausgestatteten Herr der Lage markieren, ihr aller Apostel innerer Sicherheit, ihr aller mobile Rote Couch, und sich keinesfalls anmerken lassen, wie pikant ihm der Auftrag diesmal erscheint, des weiteren muss er konkreter werden und über den Ernst der Lage aufklären, denn wird der Beamte von etwas bedroht, das kaum gewohnt gezücktes Kampfgerät des Gegners, vielmehr kaum von Menschenhand bedienbarer Waffengattung ist, ist äußerste Vorsicht beim Einsatz geboten, denn wie das alles gleich ausgehen wird, ist ungewiss. Kann schon sein, denkt der Polizei-Psychologe, dass es »Verluste am Mann« geben könnte, könnte, muss ja nicht, aber es könnte Verluste geben. Deshalb wird er zur »schnellstmöglichen Stilllegung der weiblichen Zielperson durch Betäubungsmittel« appellieren und wenn das nicht umgehend Erfolg bringt: »vollständige Ausschaltung durch Einsatz von Schusswaffen«. Hier gibt die Angst den Ton an, wird aber als Vorsicht deklariert. Das ist gesünder für den Ruf der Polente. Der Polizei-Psychologe weiß, dass der leitende Kriminaloberkommissar genauso denkt. Zum Glück, denkt der Polizei-Psychologe, entscheidet letztendlich lediglich jener schichthabende Kriminaloberkommissar über das Vorgehen beim Einsatz. So geht ihr Tod nicht auf seine, des Polizei-Psychologens Kappe. Man bespricht sich, der Kriminaloberkommissar beginnt: »Also, flüchtige Zielperson, also die weibliche, der Typ wird uns schon nicht gefährlich, soweit wir wissen, denk ich mal, trotzdem mit Deutlichkeit festtackern, is' klar, also die Frau, die ist gefährlich, und, wie ihr bereits wisst, ist sie in irgendsoeiner Art bewaffnet«, der Kriminaloberkommissar fuchtelt wirr mit den Händen vor seinem Gesicht herum, wie um darzustellen, dass etwas dergleichen nicht darzustellen gelingt, »die macht da 'was mit Schallwellen oder sowas, vielleicht U-Boot-Technik oder irgendwie so«, der Kriminaloberkommissar zieht nichtswissend die Schultern hoch, »irgendwie sowas eben, auf jeden Fall kriegt man von dem Schall ordentlich eine mit, also Obacht, Kollegen. Seid auf der Hut. Konzentriert euch.« Der Kriminaloberkommissar schaut ernst über seine kleine, auf der Nasenspitze abgelegten Brille hinweg auf gespitzte Ohren der um ihn herum Strammstehenden. »Die hat bereits ein paar hundert Fuzzis in der Oper plattgemacht. Wie die das macht, das mit dem Schall, wissen wir erst, wenn man sie in Gewahrsam aufs Gründlichste untersucht hat. Also gilt«, er hält einen Finger in die Luft, »erstens: Die Frau flach legen.« Sofort bricht brüllendes Gelächter aus, auch unter den

Polizistinnen. »Na kommt«, ruft der Kriminaloberkommissar zu Ruhe auf, und auch ihm steht das Funkeln des Lachens in den Augen, »ich weiß, ich weiß. Kommt, also erstens: Die Frau auf kürzestem Wege narkotisieren. Niemeyer?! Wo ist er? Ah da!« Ein Hüne tritt aus dem schwarzen Pulk Kampfbekleideter einen Schritt heraus, für den bei gewöhnlich Gewachsenen drei Schritte benötigt worden wären, er hat den Helm unter den Arm geklemmt, die Hand des anderen Arms umfasst den breiten Gürtel nahe dem Halfter in dem die Pistole baumelt. »Näh, nix!« brüllt der Kriminaloberkommissar. »Erstmal nur Narkotisieren, Sie Hansdampf in allen Gassen! Lass' die Wumme stecken, kerr!« Ein amüsiertes Raunen, etwas affig, geht durch die Reihen, hohes Hicksen, Niemeyer schon wieder. Der Kriminaloberkommissar schüttelt belustigt den Kopf. „Zweitens«, der Kriminaloberkommissar zeigt jetzt ein umgedrehtes Peace-Zeichen, Victory, »wenn Narkotisieren nicht auf Anhieb gelingt, wenn Zielobjekt aufmuckt und Gefahr für Sie und für die Bevölkerung besteht, machen'se ›den Niemeyer‹, aber zippizapizuppi muss das dann gehen, kein großes Trara. Kapische?!« Die Mannschaft nickt still.

Heimlich beginnt der Psychologe, der seine zitternden Hände in den Taschen des Kittels versteckt hat, zu beten. Ein Konstabler verschwindet in einer Wanne, springt heraus und reicht Niemeyer eine Rolle, etwa der Maße einer verpackten Angel. »Gut«, sagt der Kriminaloberkommissar und klatscht drei Mal ganz doll in die Hände, man merkt wie viel Luft er dabei verdrängt noch zwei Meter weiter, »soweit erstmal. Damit wir ihn nicht umsonst mitgeschleppt haben, obwohl«, scherzt der Kriminaloberkommissar und linst den Kriminalpsychologen feix aus den Augenwinkeln an, »könnte einen auch schlimmer treffen, als den Arbeitstag auf der Insel der Snobs abzuhalten, oder, werter Kollege Kriminalpsychologe?« Das sollte die Überleitung sein, zumindest guckt der Kriminaloberkommissar als ob.

»Genau«, beginnt der Kriminalpsychologe (zum Glück ohne befürchtetes Vibrato in der Stimme, sein Mund schmeckt nach Mundgeruch), der übrigens die Oper schätzt, und schaut, als ob er jeden der um ihn und dem Kriminaloberkommissar im Halbkreis herum stehenden Schutzfrauen und -männer einzeln anvisieren würde, ein Stückchen oberhalb ihrer Köpfe über ihre Gesichter hinweg, das ist so ein Trick, weiß er, dann entdecken sie kein Indiz in seinen Augen, das mit seiner Nervosität in Zusammenhang gebracht werden könnte. »Ihr seid vorbereitet. Ihr kennt das. Das Wetter ist schön, alles ist gut. Schön locker bleiben, wir gehen da jetzt geschlossen rüber, schön Sichern, flüssiger Zug, keine Eile, Routine für euch, wem sag ich das.« Als trugen seine Worte zur Lockerung seiner Überspannung bei, zieht er die Hände aus den Taschen, macht eine Geste, als würde er der Polizistenschar die Daumen drücken und lässt die Hände daraufhin schnell wieder in den Taschen verschwinden, bevor er sich jetzt auch noch als Übersprungshandlung die Nase kratzt oder so etwas. »Seid vorsichtig«, holt er aber dennoch kurz aus, »haltet genügend Abstand, keine mutigen Alleingänge oder Übereifrigkeiten. Helft euch. Seid schnell, wenn's drauf ankommt. Ran da und schon wieder fertig sein. So. Keine Probleme. Ich habe, ehrlich gesagt, keine Lust, dass ihr später bei mir vor der Tür im Flur Schlange steht, klar?« Er versucht ein lockeres Lächeln, auch die Belegschaft lächelt zufrieden, das lässt den Kriminalpsychologen noch etwas mehr entkrampfen, obwohl erwähnte Vision des Schlangenstehens und seine Lustlosigkeit darauf, schon sein voller Ernst war.

Ohrstöpsel werden in Gehörgänge gezwängt, die Helme, die an den Seiten über die Ohren gehen, aufgesetzt. Schusssichere Westen, Schritt-, Knie- und Schienbeinschoner bis zu den Stiefeln, Knüppel, Tränengasspray, sogar Gasmasken sind an den multifunktionalen Gürteln angebracht. Die Plexiglasschilder werden hochgenommen. Es geht los, es ist fast wie kurz vor Anpfiff beim Mannschaftssport. Erst setzen sie die Stiefel spazierend in Gang, dann kommen die Schritte in Gleichschritt. Je weiter die Brigade, unter beunruhigtem Gaffen und, selbstredend, etlichem Fotoknipsen und Videodrehen verschiedenster Apparate, die Friedrichstraße hoch gen Strandpromenade schreitet, desto wortkarger wird die Gruppe. Bald verstummt sie komplett, dann hört man nur noch die tonnenschweren dicken Sohlen auf dem Boden. ROMP! RUMP! RUMPT! Der Takt ihrer Schrittfolge, eintönig, energetisch, einen Energiefluss freisetzend. Die Gruppe konzentriert sich. Als deckweißer Farbklecks auf einer Insel aus Schwarz läuft der Kriminalpsychologe in der Mitte des Pulks, von diesem vor Außen geschützt, mit, ebenfalls im Gleichschritt, so gut er kann zumindest. Für ihn fühlt es sich wie Tanzkurs an, da Schritt zu halten. Der Kriminaloberkommissar hat ihm noch einen Lärmschutzkopfhörer gereicht, bevor sie, er, der Kriminaloberkommissar, vorne weg, losmarschierten. Wie knallrote Mickey Maus-Ohren steht er dem Kriminalpsychologen nun vom Kopf ab, er, der Kriminalpsychologe, etwas peinlich, die eingeklemmte Mickey Mouse in der Garde.

Bald vor den Kurtaxehäuschen an der Promenade angekommen, laufen ihnen, vertrauensvoll zunickend, Zivilisten entgegen, die sich durch begrüßendes Winken als Kollegen erkennbar machen. Der Wind fegt neue Muster in die Sandlachen auf dem gepflasterten Boden der Aussichtsplattform vorm *Monbijou*. Diese ist bereits geräumt. Nur ein einziger schwitzender Polizist in dunkelblauem Polizei-Pullover mit gold-bestickten Schulterklappen kniet hinter der Mauer, die ihm im Stehen bis an den Bauch gereicht hätte und säuselt in ein Walkie-Talkie, das manchmal verräterisch krächzt oder fiept. Sobald es das tut, hält er immer die flache Hand vor den Tonausgang und verzieht das Gesicht. Er grüßt auf Hüfthöhe den Neuankömmlingen vom

Festland und zeigt dann, kommentarlos aber auf irgendeine Art stolz, zum Balkon des *Monbijou* hoch, wo sich seine Männer stationiert befinden. Der Flensburger Kriminaloberkommissar nickt bejahend und lässt »Alle Funkgeräte, alles was bimmelt, aus!« als Stille Post ausrichten. Der eine Schutzmann in Zivil huscht geduckt zum knienden Polizisten und hockt sich daneben. Dann gibt's noch ein paar Anweisungen für die Einheit. Niemeyer entpackt die Rolle, die man ihm gegeben hat.

Der erste Stiefel betritt die kleine Holztreppe, dessen fünf Stufen von der Promenade vorm Crêpestand zum Sandstrand hinunter führen. Die Polizisten verabreden sich ab jetzt pantomimisch, verteilen sich mit großen Stapfen im großen Bogen von hinten um den Strandkorb mit der Nummer 1312 herum. Ins Zentrum des Bogens schleicht, in die Knie gegangen so klein wie möglich gemacht, Niemeyer, mit dem vorgehaltenen Pusterohr, in dem eine Spritze steckt, die, wie ein guter Pfeil, Federn hinten dran hat. Das Narkotikum in der Spritze kann von jetzt auf gleich ausgewachsene Nashörner ins Nirwana schicken. Kurz purple rain, dann gute Nacht.

Zwei Einsatzkräfte blieben oben beim Kriminalpsychologen, der, nun ebenfalls wie die Polizeimänner von der Insel hinter der Schutzbarriere kauernd, auf der Aussichtsplattform wartet, und über die Oberkante der Mauer hinweg zum Strandkorb linst. Eine Möwe setzt sich auf einen Sockel der Mauer und kreischt ein paar Male. Sie hebt wieder ab und fliegt zum Meer. Übers Meer hinweg.

Motorisch tollpatschig doch zielgerichtet wie frisch geschlüpfte Schildkröten, auch in ähnlicher Panzerung, schlurft der Halbkreis, mit jedem Schritt versucht, vom Knöchel herab die Unebenheiten im Sand auszugleichen, sich den Zielobjekten nähernd sich allmählich verengend, zum Strandkorb, bis sie ihn eingekesselt haben. Einen Schritt voraus, Niemeyer, noch einen halben Meter davor, die Spitze des Pusterohrs. Daraus spitzt die Spitze der Spritze.

Die Müdigkeit ist ansteckend. Lollo atmet ruhig und flach, genießt es, an einem freien Nachmittag seine Frau im Arm zu halten und hätte jetzt, statt dem gewünschten Bier, gerne eine Weissweinschorle in der Hand. Halb-halb. Weisswein, denkt er, macht einen wacher als Bier, wenn man ein Trinkgelage, das den Rahmen des gemäßen Genusses sprengt, mit Weisswein anfängt. Bleibt man länger fit, kommt anders, irgendwie wacher »drauf« und dann, bevor die Säure sich an den Magenwänden bemerkbar macht, kann man easy auf Bier umschwenken und das Gelage ausklingen lassen. Das mit dem Bier auf Wein, sind wir mal ehrlich, denkt Lollo, wird ja auch nur des Reimes wegen von den Leuten heruntergebetet, die für dumpf daher gebrabbelte Aphorismen empfänglich sind, und nicht, da es stimmt. Da kriegt man keine Kopfschmerzen aufgrund der Reihenfolge, ich zumindest nicht, denkt er.
Eine langgezogene, freundlich weiße Wolke stehlt sich am Blau des Himmel davon, fährt dem Werber aus dem Bildausschnitt, den er auf die Welt außerhalb des Strandkorbes hat, die Gezeiten wechseln sukzessiv, der unsichtbare Mond zieht das Wasser zurück aufs Meer, eine weitere zarte Wolke dimmt die Sonne für einen Augenblick ab, und alles nimmt seinen Lauf, ohne dass man jemals darauf achten muss, dass es immer einfach so weiter geht, alles passiert einfach so, einfach ganz automatisch, passiert einfach, einfach, denkt Lollo und schließt die Augen.
So ist es jeden Tag, ganz alltäglich ist das, das Alltäglichste, denkt er, doch eben nicht im straff gezogenen Korsett eines Berufsalltags alltäglich, sondern viel angenehmer, so ganz normal und so langsam steigt es ihm zu Kopf, wie sehr er die Natur dafür liebt, den Menschen keine Wahl zu lassen, an ihrem Wirken herumzudoktern, die Natur ist stärker als alle Menschen zusammen, denkt er noch, bevor er, selig wie ein

Kind, frisch-naiv, einschlummert.

Ein schwarzer Schatten da rechts schießt lautlos einen Betäubungspfeil ab, der Frejas Schulter trifft. Die Nadel steckt tief im Fleisch. Ob das Narkotikum wirklich sofort angeschlagen hat, kann man nicht sagen, mit Schlagseite neigte Freja schlaffer Körper auch vorher schon regungslos zu Lollo hin. Lollo hört irgendetwas, und als er die Augen öffnet, betrachtet er eine Actionfigur und diese Actionfigur schaut ihn an, greift nach seinem Nacken und Lollo ist zu überrascht und nicht schnell genug, dem gezielten Griff an seinen Hinterkopf zu entkommen, und schon wird er von dem Arm des Gesetzes aus dem Strandkorb manövriert und in den Sand befördert. Blitzschnell geht das. Plötzlich befindet sich Lollo in einem Sicherheitsgriff und kann sich nicht bewegen. Keinen Zentimeter. Eine dick gepolsterte Hand presst seinen Schädel in den Sand, aus Reflex beginnt Lollo zu schreien. Sand rieselt in seinen Mund und brennt in dem Auge, das in die Erde gedrückt wird. Mit dem freien, dem oberen Auge, dem ein Finger vom Polizei-Handschuh eine dunkle Stelle in die Sicht hält, wie ein Finger im Bild auf alten Polaroids, erkennt Lollo, wie Frejas Körper, der kein Gerippe mehr zu besitzen scheint, dorthin umkippt, wo er, Lollo, soeben saß. Er möchte protestieren, doch kann nicht. Keine Spucke.

Die Nordsee rauscht, der Wind bläst, die Luft riecht sauber und frisch. Nichts besonderes. Wie jeden Tag. Zu jeder Zeit. Alles stinknormal.

Inhalt

Buch I
ZUSTOSSEN UND (IMMER SCHÖN) NACHSTECHEN
S.6

BRÜHEND HEISSER ZIPFEL? IN DAS FÜR DICH VORGESEHENE MIT DIR!
(Montag)   S.7

VOM ABGEBEN EINES GESCHÄFTIGEN BILDES ZWISCHEN ZWEIT- BEZIEHUNGSWEISE SPASSWAGEN
(Dienstag)   S.34

DAS LIEBLICHE MURMELN FAIR GEORDNETER GRÜPPCHEN IN PAUSEN
(Mittwoch)   S.68

DINGE, DIE MAN SICH ANTUT, IM SCHWANKGANG TOTALER ÜBERFORDERUNG
(Donnerstag)   S.72

STAKKATOHAFTE EINNAHME BLASSER GERICHTE AUF SPÜLMASCHINWARMEN TELLERN
(Freitag)   S.86

FINGERNÄGELLAOLA AUF STRAFF GESPANNTEM SYNTHETIK
(Montag)   S.97

AMBODENZERSTÖRTEN MIT SCHMACKES UNTER DIE SCHWITZIGEN ACHSELHÖHLEN GREIFEN
(Dienstag)   S.110

Buch II
ZWAR WAR IHM DER SCHNABEL HOLD GEWACHSEN, DIE AUGEN DOCH REIFTEN ERST
S.148

DAS ÖDLAND IM SPIEGEL VERSCHMIERTER MATTSCHEIBEN
(Mittwoch)   S.149

DER HAUPTTRÄGER DER JUGENDHERBERGE »ZUM FALSCH ANGESCHLAGENEN TON«
(Donnerstag)   S.168

GEGEN HILFSMITTEL HAND IST KEIN RUSSISCHER WOLF GEWACHSEN
(Freitag)   S.170

O GOTTHOLD
(Montag)   S.174

DIE FORMEL UNKORRUMPIERBARER SCHICKSALE
(Dienstag)   S.219

BESCHWINGTES WANKEN ZU ZUKUNFTSMUSIK
(Mittwoch)   S.226

DIE SAGENHAFTE KORYPHÄE AUSDRÜCKLICHER ENTHALTSAMKEIT
(Donnerstag)   S.270

Buch III
MARSCH, MARSCH, AMATEUR-DESERTEUR!
S.318

FEURIGER BOOGALLOO IM GRABE ROSSINI
(Sonntag)   S.319

AUSTAUSCH VON WAHRHAFTIGKEIT ÜBER TISCHTÜCHERN AUS MAGGIE-WERBUNGEN
(Montag)   S.396

BIS ES SOWEIT IST, WIRD NOCH VIEL GREINENDES SCHNAUBEN DEN ISEBEKKANAL HINUNTERFLIEßEN
(Dienstag)   S.418

Fabian Kropp, 1984 in einem Nest geboren, hat in Düsseldorf Kommunikationsdesign studiert. Für seine die Design-Disziplinen nur am Rande tangierenden Darbietungen wurde er mit einem Diplom ausgezeichnet. Im Anschluss arbeitete er ein paar Jahre als Texter in einem Hamburger Werbeunternehmen. Um ehrlich zu sein arbeitet er heute noch für derlei Institutionen. Recht gerne gar. Allerdings als freier Werbetexter. Nebenbei ist er auch als freier Autor tätig.